KB153973

늘푸른 소나무 2

김원일 소설전집 11

늘푸른 소나무 2

1판 1쇄 발행 　|　 2015년 8월 28일

지은이 　|　 김원일
펴낸이 　|　 정홍수
편집 　|　 김현숙 박지아
펴낸곳 　|　 (주)도서출판 강
출판등록 　|　 2000년 8월 9일(제2000-185호)

주소 　|　 서울시 마포구 동교로 17안길 21(우121-842)
전화 　|　 02-325-9566
팩시밀리 　|　 02-325-8486
전자우편 　|　 gangpub@hanmail.net

값 18,000원
ISBN 978-89-8218-203-7　04810
　　　978-89-8218-133-7(세트)

이 도서의 국립중앙도서관 출판시도서목록(CIP)은 서지정보유통지원시스템 홈페이지(http://seoji.nl.go.kr)와 국가자료공동목록시스템(http://www.nl.go.kr/kolisnet)에서 이용하실 수 있습니다. (CIP제어번호: CIP2015021631)

김 원 일
소   설
전 11 집

김원일 장편소설

늘푸른 소나무 2

일러두기

1. 이 소설전집의 맞춤법 및 외래어 표기는 현행 맞춤법통일안에 따랐다.
2. 수록된 모든 작품은 최종적인 개고와 수정을 거쳤다.
3. 권별 장편소설 배열과 중단편소설집 배열은 발표 순서에 따르는 것을 원칙으로 하
   였으나, 여러 권짜리 소설 『늘푸른 소나무』와 『불의 제전』은 장편소설 끝자리에 배
   치하였고, 연작소설은 별도로 묶었다.

김 원 일
소   설
전 11 집

차   례

추량(秋涼)

곽돌은 우용대와 함께 파군재 재실 귀틀집으로 돌아오자 밀린
잠을 실컷 잤다. 장사직 처형에 따른 수사기관의 동태를 박창규와
김정대가 번갈아가며 재실을 방문해 들려주기 이틀째, 이제 거동
해도 좋다고 판단되자 곽돌은 재실에 부려둔 등짐을 꾸렸다. 아침
밥 먹고 나자 그는 패랭이모에 물미장 들고 길을 나섰다. 걸음은
가벼웠고 가을 바람이 더없이 상쾌했다.

곽돌이 쉬엄쉬엄 걸어 금호강 남녘, 사과밭이 많은 경산 땅과
인접한 자인 마을 비석거리로 들어서자 점심참이 되어 주막을 찾
아들었다. 안쪽 자리에 옷갓한 중년치 셋이 염소고기 수육으로 낮
술을 마시는데, 그들 말에 곽돌의 귀가 솔깃했다. 시골 한량들이
장사직 처형 사건을 입에 올린 참이었다. 대구 시내에는 그 사건
이 벌써 사람들 입에 오르내리며, 검문 검색이 심해졌다 했다. 매
국노를 총포로 처단했다니 근래 없던 체증 뚫리는 소식이라고 말

할 땐 목소리 죽여 주위를 힐끔거렸다. 곽돌이 흐뭇해져 막걸리 한 되를 기세 좋게 마셨다.

곽돌이 청도천 개천길 따라 남행하여 밀양 읍내에 도착하기는 초저녁 무렵이었다. 천진궁 누각 마을에 있는 자기 집 싸리문 앞에 이르니 문이 지겟작대기에 괴인 채 닫혀 있었다. 마당귀에 서 있는 감나무는 붉은 감을 숯불처럼 달고 달빛에 함초롬히 젖었고 건넌방은 문살이 밝았다. 방에서 베틀 바디치는 소리가 들렸다. 장터거리 여막 봉놋방을 떠돌던 예전 홀아비 시절과 견줄 때 몸 뉘어 쉴 안식처와 기다리는 처자식이 있다는 행복감이 그의 마음을 뿌듯이 채웠다.

"한얼아, 아비 왔다." 곽돌이 큰기침했다.

베틀질 소리가 멈추고 건넌방 문이 열렸다.

"서방님 오셨습니까."

율포댁이 짚신을 거꾸로 꿰고 뛰어나와 서방을 맞았다.

"얼이는 자오?"

"낮에 지치도록 놀더니 초저녁에 잠들었습니다. 오늘이나 내일쯤 오시리라 기다렸는데…… 시장하시죠? 방에 드셔 한얼이 자는 모습 보세요. 얼른 저녁상 봐 올리겠습니다."

곽돌은 마루에 등짐을 내렸다. 율포댁이 건넌방 등잔걸이 호롱불을 안방으로 옮겼다. 곽돌이 짚신을 벗고 방으로 들어가니 따뜻한 아랫목에 어린 자식이 활개 펴고 잠들어 있었다. 그는 잠에 든 자식을 안아들고 볼에 창대수염을 비볐다. 선잠 깬 한얼이 입을 비죽거려, 그는 아들을 자리에 뉘었다. 이불을 덮어주고 다독거리자 아이는 다시 잠에 들었다.

율포댁은 부엌 등잔을 방으로 들여와 불을 옮겨 붙여나가더니 서방 저녁상 준비에 바빴다. 솥에 물부터 끓여 더운 물 한 대야를 축담으로 옮겼다. 곽돌이 고린내 나는 버선을 벗고 손발을 씻자, 따뜻한 물의 감촉만큼 안사람의 정이 느껴졌다.

율포댁이 밥상을 날랐다. 통영반이 좁아라 찬이 많았는데, 찐 조기에 육산적, 어산적, 갖가지 나물에 탕수가 올랐다.

"서방님이 한가위엔 집에 못 오신다기에 제사상 차려 한얼이에게 절을 시켰습니다."

"잘했소. 상이 걸구려. 허허, 등짐장수가 진수성찬을 받게 되다니, 내가 임자를 잘 만나 크게 출세했구려." 곽돌이 흐뭇해하며 말했다. "먼 옛적 신시(神市) 시절부터 오곡백과가 무르익는 한가윗날에는 하늘에 제사를 지냈다 하오. 행로(行路)에서 생겨난 미천한 신분이라 부모님 산소가 없어 성묘는 못할망정 해마다 추석과 설날에는 우리 으뜸 조상 되는 한배검을 숭모하여 지성으로 제사를 지내야 할 것이오."

"어제 윤진사어르신 댁에 중추절 문안을 다녀왔습니다. 대교 신도가 많이 와 계셨고, 일본 순사도 눈에 띄더군요. 둘째어르신(단애 윤세복)은 만주에서 아니 오시고, 추석 전 북지에서 대교 사람이 다녀갔다고 들었습니다."

곽돌이 포식하고 밥상을 물리자 등짐을 풀었다. 그는 한얼이에게 줄 깨엿봉지를 꺼내놓고 명주 조각보로 싼 조그만 물건을 율포댁 앞에 내놓았다.

"풀어보구려. 청도 땅을 거쳐오며 시전목에서 샀구려."

율포댁이 명주 보자기를 풀었다. 패도(佩刀)용 노리개였다. 피돈은 나비 모양의 은칠보에 '一片丹心' 네 글자를 선각(線刻)하고 아래 매화 매듭을 맺은 뒤 진자주 비단실을 꼬아 길게 늘였다. 노리개 은칠보 올린 피돈이 호롱불빛에 반짝였다.

"귀한 선물이군요. 잘 간수하겠습니다."

"임자가 장도를 지녔음을 아는데 노리개를 장도에 엮으면 어울릴 것이오." 처를 보는 곽돌의 눈길이 그윽했다.

그로부터 곽돌은 닷새를 집에서 머물렀다. 한가위를 넘겨 아침 저녁으로 날씨가 제법 쌀쌀했다. 곽돌은 곧 닥칠 동절기를 앞두고 남정네가 손대어야 할 집안일에 나섰다. 헐려진 부뚜막에 흙질하고 선반도 손보고 문짝마다 새 문종이를 발랐다. 감을 따 한얼이 겨울 간식감으로 곶감을 만들어 처마에 걸고, 나흘 동안 부지런히 땔나무를 해다 날랐다. 틈틈이 장거리로 나가 장사직 처형에 따른 세상 사람들 말을 귀동냥하기도 했다. 도하 신문에 장사직 처형 기사가 실린 탓인지 밀양 장거리에도 소문이 파다했다. 선고문에 글을 남긴 광복회가 누가 주축이 된 어떤 단체인지 오리무중이라 사건이 미궁에 빠져 있었다. 강제병합 여섯 해째, 그 사건만큼 조선 민중을 통쾌하게 한 사건이 없었던 터라, 이를 입에 담는 사람들 표정이 회열에 들떠 있었다.

율포댁은 스물둘에 청상이 되어 시댁에서 물질하며 공방살이 3년 만에 여부상으로 나섰다가 노상에서 만난 홀아비가 곽돌이었다. 이태 전 어느 봄밤, 표충사 사하촌 길섶에서 정분을 튼 뒤 밀양에 살림을 차리자, 그네는 하루하루가 새날 같았다. 나돌아다니는 남정네를 뒀으나 어린 자식을 키우며 안살림을 여물게 살았다. 서방이 집에 있을 때도 그네는 아장아장 걷는 한얼을 데리고 낮에는 대갓집 윤진사 댁에 바느질품이며 들일을 다녀 품삯을 벌어왔다. 저녁이면 베틀 앞에 앉아, 베틀신 한 켤레가 헤어져야 무명 한 필을 짠다는 말대로 밤이 깊도록 손을 놀려 말코(베를 감는 부분)를 돌렸다. 그네는 서방이 행상을 그만두고 들어앉은 점포를 낼 동안 한푼이라도 부지런히 벌어 장사 밑천에 보태려 애를 썼다.

저녁이면 호롱불을 밝혀 세 식구가 이마 맞대어 밥을 먹고, 곽돌이 아들 재롱을 보며 어르다 터뜨리는 웃음에 밤이 깊은 줄 몰랐다. 간도 청포촌에서 듣고 온 '도리도리 짝짜꿍' '어화, 둥둥' '곤지곤지'의 연고 깊은 뜻을 헤아리며 어린 자식을 가르쳤다. 이웃 간에는 금슬 좋은 원앙이란 말이 나돌만 했다.

집으로 돌아온 지 엿새째 되는 날, 곽돌이 다시 도붓길에 나섰다. 율포댁은 엄동을 앞둔 절기라 서방 등짐에 손수 시침한 솜옷 두 벌과 목도리, 버선, 장갑을 챙겨 담았다. 서방이 장생포 가는 길에 언양 고하골 백군수 댁에 들른다기에 친정 부모님께 드릴 선물로, 친정아버지 겨울용 털조끼와 친정엄마 솜버선 두 켤레도 담았다. 그네는 한얼을 업고 10리 길 넘는 산외면 남천강변 긴숲(長林)까지 서방을 배웅했다.

"바람도 찬데 얼이 감기 들겠소. 그만 들어가구려."

"서방님, 차마 말씀 드리지 못했는데……" 율포댁이 눈길을 떨구고 조그맣게 말했다. 숨기지 말고 말해보라는 서방의 채근에 그네가, 둘째아기를 가진 것 같다고 말했다.

"정말이오?" 곽돌이 기쁜 소식에 처를 불끈 안아들었다 놓았다. "행상 걸음이 한결 가볍겠소. 무리하지 말고 몸조심하시오. 둘째 애도 배달의 자식으로 잘 키워봅시다."

곽돌은 처 등에 업힌 뺨이 발갛게 익은 한얼을 얼러주곤 오솔길 따라 낙엽 차며 길을 걸었다. 율포댁은 만산에 지는 낙엽 속으로 멀어지는 서방 뒷모습을 오랫동안 지켜보며 손을 흔들었다. 긴숲 에서부터 표충사까지가 50리 길이었다.

곽돌이 표충사에 당도해 처남을 찾았으나 아직 선방에 거처한 다 해서 만날 수 없었다. 장좌불와(長坐不臥) 묵언 수행으로 용맹 정진할 동안은 누구도 접견이 허락되지 않음이 통례였다. 속세 부 모가 돌아가셨다 해도 선방에 소식을 전하지 않았다. 주율이 선방 에 들어가기가 지난 여름철이요 동안거(冬安居)가 시작되어야 마 친다니 음력 10월 중순을 넘겨야 얼굴을 볼 수 있을 터였다. 미친 녀석, 망국의 통분을 안다면 제놈이 일신의 극락왕생을 위해 좌불 만 하겠는가. 제 한 몸 어디서 생겨났으며, 이 땅의 겨레붙이가 피 눈물로 이승을 살 때, 제 놈이 참선만 좇고 있겠는가. 곽돌은 선방 쪽을 쏘아보며 속말을 씹었다. 그가 종무소로 가서 경후를 찾았 으나 그 역시 만행 중이라, 교무승 자명을 접견했다. 교무승은 칠 곡군 장참의 거사를 잘 전해 들었다며 호국을 위해 큰일을 했다고 곽돌을 칭송했다.

"이젠 시작일 뿐, 앞으로 사업이 더 중요하겠지요." 겸연쩍어진 곽돌이 머리를 긁적거렸다. "그럼 저는 서상암으로 올라가 김조경

선다님을 뵙고 떠나겠습니다."

곽돌은 종무소에서 물러나왔다. 그는 별좌(別座, 절 취사장 감독 소임)를 만나 부탁해놓은 산채와 피혁 수거 현황을 알아보곤 그길 로 서상암으로 떠났다.

곽돌이 서상암에 이르니, 김조경은 경주로 나가 박상진 총사령 과 다른 동지를 만나고 이틀 전에 돌아와 있었다.

"경찰서와 헌병대가 합동수사본부를 설치해 범인 색출에 총력 을 기울이나 아직 단서를 잡지 못한 게 분명합니다." 김조경이 잠 시 말을 끊었다 곽돌을 정시하며 말했다. "곽동지, 대구 일광 요릿 집에서 경무부 형사부장 우치다, 헌병본부 특고과장 야마모토, 이 범덕 등이 동석한 자리에서 흘러나온 얘깁니다. 교복 입은 생도와 등짐장수가 추석 전에 학산리를 들랑거렸다는 제보를 포착하고 지금 대구부는 물론 주변 마을까지 각 학교와 상단(商團)을 주목 하고 이 잡듯 뒤진답니다. 대구 서문시장 상인과 각 도갓집에 소 속된 보부상이 난리를 만났다더군요."

"절 삭도기 빌려 수염부터 밀어야겠군요."

"곽동지도 행보에 늘 조심해야 할 겝니다." 김조경이 말머리를 돌렸다. "경주 회합에서, 지금이 적기라 판단하고 의연자 명단에 올라 있는 부호들에게 통고문과 포고문을 동시에 발송하기로 결 정했어요. 파발을 띄웠으니 팔월(음력)을 넘기기 전에 일차 발송 은 전국적으로 끝날 겝니다. 신문에도 기사가 났지만, 조선인 부 호들은 장사직이 의연에 협조치 않아 대한광복회에서 처형한 줄 알고 있으니, 대체로 의연에 선선히 응할 게 틀림없습니다. 대구 이범덕에게도 마지막 포고문을 띄우기로 했습니다. 저도 내일 밀양 읍내로 나가 전홍표 선생과 함께 밀양 지방 부호를 만나 의연 협조를 구할 작정입니다. 그리고 부산에 들렀다 이십오일 대구 달성공원 회합에 나가야지요."

"권총은 채동지가 보관하기로 했습니다. 제 일정은 어찌될는지 모르나 이 길로 언양 백선다님을 뵙고 가겠습니다."

그날, 곽돌은 창대수염을 삭도기로 밀어버리고 서상암에서 하룻밤을 묵었다.

이튿날 아침, 곽돌은 본사로 내려와 별좌가 산간 마을에서 수거해놓은 갖가지 말린 산채를 보퉁이로 꾸렸다. 가지산, 향봉산, 사자봉, 신불산 일대의 깊은 산록에서 채집한 산채였다. 절에서 확보해놓은 피륙과 야생꿀도 열 통 넘게 장생포 전도가에 넘기려 등짐에 꾸렸다.

곽돌은 사자평을 향해 높드리 산길을 탔다. 정상은 단풍이 불붙듯 타올랐고, 불길이 아래쪽으로 번지고 있었다. 노루며 산토끼, 꿩도 겨울 채비를 하느라 낙엽을 차며 가로질렀다.

곽돌이 길 나선 행인 셋과 간월재 마루를 넘을 동안 이 골짜기 저 등성이에서 나무 찍어 넘기는 소리와 통길로 통나무 굴리는 소리가 지축을 흔들었다. 그렇게 인적기(人跡氣)가 잦아지고부터 몇 해 사이 호랑이는 간월재 일대에서 자취를 감추었다. 곳곳에 벌채장이 생겨 수백 년 된 적송이 가차없이 베어지고 있었다. 영림지청(營林支廳)으로부터 벌목 허가를 받은 자는 모두 일본인이었다.

간월재를 넘으면 언양 땅이었다. 곽돌이 언양 면소 장터거리로 들어섰을 때는 해가 서산마루로 기울었다. 허리가 휘어져라 등짐 지고 산을 넘은지라 그는 몹시 허기졌다. 면소로 들어서면 그는 늘 장터 뒤안 신당댁에서 다리쉼을 하고 갔다.

"곽서방 아니오. 그놈의 뻣뻣한 수염을 밀어버려, 난 또 누군가 했지. 나이가 십 년은 젊어 보이네. 그런데 한양 가는 봉물도 아닐 텐데 웬 짐이 그렇게 많소?" 마루로 술되 나르던 신당댁이 곽돌을 반겼다.

벼베기 하고 돌아온 마을 남정네 몇이 바짓가랑이를 걷어붙이 고 평상에서 술추렴하고 있었다.

"모두 산채에 꿀통이오. 갯가 사람은 심심산골 산나물을 일등 찬감으로 치지 않습니까. 그동안 별고 없었지요?"

곽돌은 등짐을 쪽마루에 부렸다. 들메끈 풀며 부엌을 들여다보 니 보꾹은 연기로 자욱했고 정심네가 저녁밥을 짓고 있었다.

"아저씨구먼요. 밀양서 추석 쇠고 넘어옵니까?" 정심네가 마른 콩대를 아궁이에 밀어넣으며 곽돌을 보았다.

"한가위는 장생포에서 쇠고 사흘 만에 밀양으로 들어갔소. 우리 한얼이하고 며칠 놀다 오니, 지금도 자식놈 재롱이 눈에 삼삼하구 려. 정심네도 헌걸찬 남자 만나 떡두꺼비 같은 자식놈 낳아봐야 사람 사는 재미를 알지."

"그런 사내 있다면 딸년 중신 좀 서주오." 정심네 대답이 없자, 신당댁이 참견했다.

포목상 하던 최영감이 작년 겨울에 병을 얻어 죽자 소실 신세에 서 해방된 정심네는 어미가 하는 숫막 일을 돕고 있었다. "내가 중신이나 서볼까. 중신 잘 서면 무명 한 필은 주겠지. 그건 그렇고, 막걸리나 한 되 주구려. 신당댁, 나 이래 봬도 음력설 넘기면 둘째 자식을 보게 될 거요. 살림 차린 게 어제 같은데 벌써 자식을 둘이나 두게 되다니." 곽돌이 기분이 좋아 입이 절로 벌어졌다.

"율포댁이 봇짐 지고 우리 집에 들랑거릴 때부터 육덕 좋아 자식농사 잘 짓겠거니 봤지. 입이 늘면 곽서방 다리품 더 팔아야겠어. 근데, 말만한 우리 저년은 언제 이 품에 외손자라도 안겨주려나." 신당댁이 한숨을 껐다.

"죽은 최영감이야 양물이나 제대로 섰겠소. 정심네도 힘 좋은 서방 만나면 연년생으로 자식을 뽑아낼 거요."

"추석이라 달 좋다 핑계 대며 구들장 농사를 얼마나 지었기에 주둥이에 감주내가 덜 가셨네."

"술 한잔 먹을 동안 닭 한 마리 얼른 구해주시오. 모처럼 처가에 들르는데 빈손이면 사위 위신이 서겠어요." 곽돌이 춤지를 풀어 닭값과 술값을 함께 치르겠다며 돈을 내놓았다.

"사위 하나 잘 됐다고 노친네 입이 바소쿠리가 되겠네. 부화 끓어 죽으라고 누구 약 올리나." 신당댁이 곽돌이 주는 돈을 받아 휑하니 삽짝을 나섰다.

두 사람이 언죽번죽 지껄이자 평상에서 술을 마시던 농군들이, 장단이 맞다며 웃음을 터뜨렸다. 그들은 하던 말을 계속했다. 도요오카 농장주 부자 문제였다.

"……부자간에 대판 싸운 끝에 아들이 일본으로 들어가버렸잖아. 사냥 좋아하던 젊은이는 작인들한테 인심 잃지 않았는데,

모두 아쉽게 여기더군.” “농감이 부자간에 싸움을 붙인 격이지. 양쪽 눈치보며 촐싹대다 결국은 제 이문 좇아 아비 편에 붙잖았나. 지난 해토머리, 소작지 등급 결정에도 아들이 작인 편에 들어 등급을 후하게 매기자 신가 놈이 아비한테 고자질했다잖아.” “벌써 또 소작 갱신 얘기가 나오는 걸 보면 앞날이 평탄찮겠어. 죽일 놈이 신가야. 각 동네마다 박아놓은 심복 마름을 불러들여 이번 납곡을 두고 조져대니 도조 때는 피부림을 볼걸.”

올해 추수를 끝으로 도요오카 농장으로 넘어갈 전답이 언양 인근만도 2정보에 이른다는 말이 오갔다. 몇 년 가지 않아 언양 땅에 자작농은 한 가구도 남지 않고 도요오카 농장 소작붙이나 한초시네 작인 신세 되는 길밖에 없다는 푸념이었다.

곽돌이 술국에 밥을 말아 배를 채우고 막걸리 한 되까지 비우자 접혔던 허리가 펴고 기운이 났다. 하늘은 재색으로 사위어가고 있었다. 신당댁이 날갯죽지와 다리를 묶은 장닭 한 마리를 들고 삽짝으로 들어왔다.

“나 그럼 갑니다.” 장닭을 받아 든 곽돌이 등짐을 졌다.

“아저씨, 잠시 봐요.” 정심네가 삽짝 밖으로 따라나왔다.

“할 말이라도 있소?”

“평상에 듣는 귀가 있어 말 못했는데, 조심해야겠어요. 요즘 주재소 기찰이 심합니다. 대구 쪽에서 큰 사건이 났다던데 보부상이 사건에 끼었는지, 순사들이 자주 숯막에 들러요. 지난번 언양 장날 전날 밤은 장사꾼이 우리 집에서 잠을 자다 기찰 나온 통에 모두 주재소로 달려가 조사받았답니다. 강오무라란 헌병경찰한테 걸리면 치도곤 안 당하는 사람이 없대요."

"알려줘 고맙소. 나야 상관없는 일이니 탈 없을 거요."

"고하골 백군수 댁에 들르실 거지요?"

"백선다님께 인사드려야지요. 그 댁이야말로 장인 장모가 있으니 내겐 처갓집이요."

"주재소에서 백군수 댁 작은서방님을 늘 감시해요. 며칠 전 순사 둘이 술을 마시며 서방님의 잦은 출타를 두고 무슨 얘긴가 쑤군댑디다."

"그렇게 전하겠소. 정심네에게 이런 말을 해도 될는지 모르겠네. 그분이야말로 울산, 언양 땅에서는 인물 중에 인물이오. 미천한 나로선 배울 바가 많은 분이셔."

"그럼 조심해서 가세요." 정심네가 돌아서려다 곽돌을 보았다. 이내 내리는 푸르스름한 기운 속에 그네의 큰 눈이 빛났다. "표충사 계시는 처남 분은 잘 있습니까?"

"참선하느라 몇 달째 선방에 앉았기에 코빼기도 못 봤소."

그 말에 정심네는 삽짝 안으로 들어갔다. 곽돌은, 저 젊은 과수댁이 처남을 좋아하는 걸까, 아니면 한초시 댁에서 쫓겨날 때 처남이 훈수 들어준 은덕으로 그냥 물어보는 걸까. 알 수 없는 일이 남녀 사이였다. 아무럼 어떠랴. 처남은 출가해 도 닦는 몸, 꿈에 그려본들 제 홍일 텐데 관심 둘 일이 아니었다.

재색으로 사위는 하늘에 작은 새 떼가 자욱 깔려 남으로 길을 재촉하고 있었다. 도요새일까, 물떼새일까. 곽돌이 낙엽을 차며 걷자, 가을도 깊었음이 서리친 여한으로 마음에 닿았다. 도부 생활

18

청산하고 들어앉아야지. 이제 자식 하나 더 생긴다면 그렇게 해야지. 그렇게 중얼거리자, 다른 생각이 불쑥 앞길을 막았다. 시전에 점포 내어 처자식과 붙어산다고 내가 과연 장사에 몰두할 수 있을까. 구국운동에 발벗고 나선 걸 처도 아는데, 과연 집안기둥 구실을 옳게 할까. 언제 왜놈 손에 죽거나 감옥에 갇히게 되는지 모를 팔자였다. 생각이 그쪽으로 옮아가자 얼이엄마와 살림 차리지 않는 게 나았을지 모른다는 생각이 들었다. 빼도 박도 못할 입장에 선 자신을 돌아보자, 삶이 잡초의 한살이 같다고 여겨졌다. 조선 남정네가 하나같이 구국운동에 뛰어들어 제 명대로 못 산다면 끝내 씨가 마르게 되리라. 윗대가 그렇게 죽으면, 죽은 자 따라 자식이 아비 대를 잇는 게 잡초의 생명력이리라. 방안에 키우는 화초가 아닌 다음에야 목숨에 연연해서는 안 되리라. 자식 두어 대를 잇게 하고 구국운동 발벗고 나서야 하리라. 그는 그렇게 자신의 심지를 다잡았다. 울진 땅 갯가 숫막에서 객사한 아버지가 떠올랐다. 나이 열네 살로 아버지 도붓길 따라다닐 때였다. 아버지 시신은 동무들이 행탁을 풀어 거두었고, 화장해 뼛가루는 바다에 뿌렸다. 몸이 장작처럼 마르고 살이 꺼멓게 타들어가는 병으로 숨 거두기 전에 아버지는, 도붓장사 청산하고 화전이라도 일구며 농사짓고 싶다는 말을 자주 했다. 그 바람은 이루어지지 않았다.

곽돌이 고하골 백군수 댁에 이르기는 사방이 깜깜해진 뒤였다. 솟을대문은 닫혀 있었다.

작년 늦봄 백군수 댁 종부 안씨가 타계하자, 울산 읍내 학산리 쉰다섯 칸 저택은 조익겸이 천5백 원에 저당잡았다. 백상헌은 그 돈으로 여기저기 널린 빚가림을 하고 선산이 있는 고하골 재실 아래, 묘지기 김첨지 초가 윗터에 덩실하게 네 칸 기와집을 짓고, 가솔과 함께 낙향하기가 추수 끝낸 뒤였다. 윗대만 해도 울산 근동에서는 권세와 영화를 누렸으나 적빈한 꼴로 낙향했지만 솟을대문만은 높게 지었다. 소작인들 보기에도 망조 들어 낙향했다는 쑤군거림을 들어서는 안 된다는 허장성세가 백상헌 마음에 아직 남아 있었다.

"문 좀 따주구려!" 곽돌이 문고리로 문짝을 치며 서너 차례 부르자 대문을 열어준 이가 갈밭댁이었다.

곽돌이 등짐 지고 푸덕거리는 장닭을 든 채 백상충 가족이 쓰는 별채로 건너갔다. 안방과 건넌방에 불이 밝았고 건넌방 댓돌에 백상충 베신이 눈에 띄었다. 백선다님이 동운사 뒤 초당에 있지 않음이 곽돌로서는 다행이다 싶었다.

"선다님 계시옵니까. 곽돌입니다."

"곽서방이구려. 이제쯤 올 때가 됐다고 기다렸소." 백상충이 방문을 열었다.

"잠시 장인 장모님께 인사 여쭙고 오겠습니다."

곽돌이 김첨지 댁 뒤꼍으로 돌아 잿간에 달아 지은 초가 오두막으로 갔다. 부리아범 내외가 쓰는 방이었다. 장인은 저녁밥 먹고 마을 나갔고, 등잔 아래에서 맷돌에 녹두를 갈던 너르네가 사위를 맞았다. 곽돌이 등짐을 쪽마루에 부리곤, 묶인 닭을 풀어 마루 받침기둥에 묶고 물 한 종지를 앞에 놓아주었다.

"곽서방이구먼. 어서 들어오게. 내 얼른 저녁밥 짓겠네." 너르네가 사위를 맞으며 일어났다. 그네는 머리카락이 희끗해 이제 노인티가 완연했다.

"장터에서 먹고 왔습니다. 그냥 앉으셔서 절 받으십시오."

곽돌이 큰절을 하곤, 안사람이 둘째아이 밴 소식이며 어진이의 선방 참선 소식을 전했다.

"듣자 하니 곽서방도 작은서방님처럼 그 무슨 의병운동한다고 집안 사람이 귀엣말하던데, 그게 정말이오?" 너르네가 물러터진 눈꼬리를 쓸며 물었다.

"요즘 세상에 의병운동이 가합니까. 왜놈 헌병이며 순사놈들이 독사눈 뜨고 있는데요. 저야 오며 가며 선다님들 사발통문이나 전합지요." 곽돌이 웃었다.

"곽서방도 알다시피 우리 양주는 가슴에 한이 많은 천민이네. 둘째애는 객지 떠나 소식 없고, 똑똑하던 막내자식은 스님이 돼 집 떠났고, 눈먼 딸년은 부산포로 가더니 거기서 차마 못할 고초를 겪는다네……" 너르네가 물코를 들이켰다.

"고초라니요?"

"작년 초여름, 노마님 별세했을 때 문상 온 삼월이 따라 이 집 김첨지네 딸 복례가 부산포로 내려갔잖나. 누이 만나러 김첨지 아들이 부산포 다녀와 하는 말이, 선화가 숫막인지, 뭐라더라 여관에서…… 차마 입에 올리지 못하겠구먼."

"선화가 여관 여랑(女郞)이 되었단 말입니까?"

"뭇 사내 주무르는 마사로 온갖 멸시를 다 받는다네. 곽서방, 그래도 청상에 과수된 큰딸년이 곽서방 만나 따스운 가정을 이루어

늙은 어미 한을 풀어주는데, 자네가 의병 일 한다면 또 무슨 변고를 치르겠는가. 자네 일신을 돌볼 겸 제발 가솔 여물게 보듬고 살게. 우리 늙은 양주야 이렇게 살다 백씨집 거적말이 되어 묻히면 그뿐, 죽어 눈 못 감는 원한이 하늘에 맺히게는 말게."

"장인 장모님 자시라고 닭 한 마리 가져왔습니다. 얼이엄마가 챙겨준 선물도 등짐에 있고요." 장모 수다가 늘어질 것 같아 곽돌이 일어났다. "서방님 뵙고 오겠습니다."

"뭘 그런 걸 다 가져와" 하곤, 너르네가 쪽마루로 나서는 사위에게 말했다. "작은서방님이 위험한 일을 맡겨도 곽서방이 맡아선 안 되네. 예전에 어진이가 서방님 서찰 전하다 헌병대로 끌려가 고초를 당했는데. 참, 술에 곯은 큰서방님이 아침마다 녹두죽으로 허한 속을 달래는데, 서방님 뵙고 와서 한 그릇 들게."

곽돌은 별채 건넌방으로 갔다. 형세가 아버지 옆에서 공부하다 곽돌이 들어오자 공부거리를 챙겨 안방으로 건너갔다. 형세는 보통학교 졸업반이라 꼬마신랑이라 불려도 될 만큼 자랐다.

백상충은, 며칠 전 경주에 나가 장사직 암살에 따른 거사 성공을 잘 접했다며 곽돌을 한바탕 치켜세웠다. 만나는 사람마다 칭찬을 하니 곽돌은 겸연쩍어 머리가 숙여졌다.

"선다님께서 저를 천거해주신 덕분이지요. 고맙습니다."

"별 말씀을. 곽동지 담력과 의기야 주무요원들 사이에 평판이 났으니 상찬받아 마땅하지요."

"각 지방 주무요원님 다들 안녕하시고요?"

"이번 거사 성공으로 사기충천하여, 장차 일이 잘 풀릴 것 같습니다."

"총사령님이 호협하고 지도력이 남달라 과거 영남유림단과 대한광복회를 견주면 아이와 어른 같다는 생각이 들어요. 대한광복회야말로 진정한 결사단쳅니다."

곽돌의 말에 백상충은 대답이 없었다. 영남유림단 주무요원 시절에는 백상충의 존재가 돋보였으나 대한광복회에서는 명색이 주무요원이지 자리만 채우는 형편이었다. 채기중, 김한종, 우용대가 총사령 특급 참모로 진을 쳤고 그들에 의해 대한광복회 사업이 결정되고, 만주 쪽과의 연계는 이관구가 맡고 있었다. 박상진 총사령과의 심정적 알력도 한 단계를 넘었고, 그의 아랫사람으로 전락한 열등의식에 괴로워하기도 시간이 제법 흘렀다. 수양 부족과 덕없음을 스스로 경계하며 맡은 소임에 매진하겠다고 작심하자 앞길이 보였던 것이다.

"곽동지." 표정이 어둡던 백상충 얼굴이 다시 살아났다. "나도 언양과 울산 지방 의연 모금을 본격적으로 시작할 참이오. 내일 울산으로 들어가 장경부와 도정어른을 만나야겠소. 그들도 광복회 취지를 알아 내 오기를 기다리고 있소."

"오는 길에 장터거리에서 듣자니, 이곳 지주 한초시가 왜놈 주구로 도요오카 농장과 더불어 농지 수탈 악폐가 대단한 모양이던데요. 선다님께서 언양 지방 의연자 명단에 한초시를 등재하지 않으셨습니까?" 포고문을 직접 송달했으나 의연 갹출에 실패한 대구 이범덕 건을 아는지라, 곽돌이 물었다. 일본 앞잡이일수록 의연에 비협조적임을 그는 알고 있었다.

"한초시는 절대 의연에 응하지 않을 것이오. 누가 의연 협조차 광복회 통고문을 들고 방문하면 당장 주재소에 고지할 놈이오. 내 언젠가 곽동지에게 말하지 않았습니까. 병오년(1906) 선고 서찰을 들고 의병 군자금을 염출하러 갔다 봉변만 당했다고요. 그 영감도 장사직처럼 처형함이 마땅할 줄 아오."

"그럼 왜 포살자 명단에 올리지 않으셨나요?"

"따지고 보면 그 정도 매국노야 지방마다 어디 한둘이겠습니까." 백상충이 뜸을 들이다 말했다. "그래서 내 계획으론 이범덕 경우처럼 야밤에 들이쳐서 그자 생명을 위협하며 통고문을 전하고, 불응할 시는 처형함이 가할 줄 아오. 통고문 전할 자는 광명서숙 생도 중 몇을 선발할까 합니다. 장경부가 민족의식이 있는 생도를 따로 지도하니깐요. 그런데, 곽동지께서 그들 지휘를 맡아주셔야 할 것 같소. 의협심과 용맹을 갖추었다 하나 연소하여 만에 하나 일을 그르칠까 염려됩니다."

"날짜는 어떻게 잡고 있는지요?"

"곽동지가 장생포에서 이쪽으로 걸음할 때를 맞출까 하오."

"나흘 후쯤이 되겠습니다."

"그럼 가시는 길에 도정어른을 만나십시오. 구체적인 계획은 나흘 안에 마쳐놓겠습니다." 백상충이 곽돌의 손을 굳게 잡았다. "고맙구려. 우리의 인연은 하늘이 내려주었나 보오."

곽돌이 활활 타는 백상충의 눈을 마주보다 머리를 숙였다. 서책 펴놓고 탁상공론으로 도덕과 오상오륜(五常五倫)의 무너짐만 개탄하는 양반 후예들이 허다한 마당에 지와 무를 합일하여 실천하겠다는 백상충을 대하면 그는 늘 머리가 숙여졌다. 천민인 자신을 동무 삼는 것도 그런 넓은 도량에서 나오리라 짐작되었다.

"한동안 왕양명학(王陽明學)에 몰두하시더니, 지금도 그 공부를 하십니까. 몇 자씩 가르침 받다 장삿길 나서곤 하나 돌아서면 잊고 맙니다." 곽돌이 문갑에 쌓인 책을 둘러보며 말했다. 그는 백상충을 만나면 짧은 시간이나마 몇 자 배우기를 청했는데, 근래에는 주로 양명학의 지행합일설(知行合一說)에 관해 단편적 지식을 머릿속에 쟁였던 터였다.

백상충은 동운사 뒤 초당을 짓고 그곳에 들어앉아 한동안 조선조 초기 사림파(士林派) 연구에 몰두하여 『충사록(忠思錄)』 두 권을 엮었다. 논제가 곧 '사림파 절의사상'으로, 장경부가 이를 필사하여 광명서숙 생도 중 가려 뽑은 '형광회' 동우리에게 과외로 가르쳤다. 그 뒤 백상충은 왕양명학으로 공부를 옮겨 정제두(1649~1736) 연구에 몰두하고 있었다.

소론파 진사 정창 아들인 정제두는 일찍 학문과 덕행이 조정에 알려져 중신들 천거로 대사헌, 이조참판, 우찬성 등 서른여 회나 요직에 임명되었으나 대부분 거절하고 재야에서 묵묵히 왕양명학에 전공하여 이를 집대성한 학자였다. 이황과 이이 이래 주자 이론이 절대적인 학문으로 신봉되어, 주자 견해와 글자 한 자만 달라도 사문난적(斯文亂賊)으로 탄압받아 왕양명학 따위에 관심 둘 수 없는 풍토였으나 정제두는 외로이 이를 연구하며 젊은이를 교육했던 것이다. 주자학이 국가 경륜이나 백성의 행복보다 사리와 당쟁을 위한 관념적 논쟁만 계속하는 학문적 풍토를 과감히 떨치고 위선적 교리를 공격하며, 학문은 백성을 위한 사회적 양심에 바탕을 두어야 이를 실천해야 함을 역설했던 정제두는 당시 기세 드높던 주자학 천하에 이단자요 선각자였다.

"양명학의 격물치지(格物致知)가, 뒤이어 일세를 풍미한 실학의 실사구시(實事求是)와 상통하는 이치이기에 요즘은 그쪽 책을 읽지요. 제가 소싯적 한창 난독할 시절 다산의 『목민심서』도 읽었으나 그때는 뜻을 깨치는 정도의 수박 겉핥기에 머물고 말았지요. 이제 속뜻을 가슴에 담으니 백성을 대할 낯이 없고 흰 손이 부끄럽구려. 좋은 시절이라면 초야에 묻혀 호미 쥐고 밭 일구며 학동 가르치고, 밤이면 성현 서책을 벗 삼아 살련만 이 암흑의 시대가 나를 그렇게 놓아주지 않는구려. 노도의 망망한 바다로 나선 가슴 답답한 선비가 바로 나요." 백상충이 멍한 시선을 호롱불에 옮겼다.

마른 얼굴에 높게 선 콧날이 곽돌 눈에 외롭게 비쳤다.

"정제두란 학자 얘기나 한차례 들려주십시오."

"하곡(정제두) 선생은 교우와 주고받은 서찰을 통해 자신의 사상 체계를 피력했는데, 『존언(存言)』이란 세 권짜리 서찰집을 남겼지요. 그분은 주위의 기방(譏謗)이나 비평에 개의치 않고 자신의 학문에 확신을 가졌으니, 모든 학자가 오른쪽 길로 갈 때 선생만이 왼쪽 길로 혼자 가신 분입니다. 당대에 선생만한 고집과 지조를 가진 이가 없었습니다. 내가 이렇게 말함은 선생께서 높은 벼슬을 다 사양하고 외로이 학문에만 정진했다는 청빈한 자세를 두고 칭송함이 아니오. 곽동지, 선생의 『존언』에서 채록한 말을 우리글로 옮겼어요. 이걸 한번 읽어보시오."

백상충이 한지에 붓글씨로 옮겨 쓴 글귀를 내보였다.

"더듬더듬 읽을 수 있으나 문자를 깨치기에 머리가 아둔하오니 선다님께서 일독해주시지요."

"그러리다." 백상충이 종이를 들고 읽어 내려갔다. "도(道)가 밝아지는 것은 밝힐 사람을 얻어 몸소 행함에 있도다. 세상에 대고 큰 소리로 말해 다른 사람에게 이기기를 구해서 무엇을 얻겠느뇨. 뜻 있는 사람을 만나지 못하면 잠잠할 뿐이요, 오직 그 방향이나 글로 전하여 뒷날에 지자(知者)와 능자(能者)를 기다릴 것이로다…… 반복하고 변난하는 것은 이기기를 구하는 것이 아니고, 늘어남(益)을 구하는 것이요, 알아줌을 구하는 것이 아니라 바른 것(正)을 구하는 것이로다. 어느 것이나 모름지기 이 도를 밝혀내어 스스로 얻음이 있기를 힘쓰자 함이요, 일 획이라도 남에게 알아줄 것을 구하여 허여해주기를 바라는 것이 아니다. 우리 학문은 안에서 구하고 밖에서 구하지 아니하니, 안에서 구한다 함이란 반관(反觀)과 내성(內省)만으로 외물(外物)을 끊는 것이 아니라 오직 스스로 안에서 진실을 구하고 바깥 득실에 관계하지 아니하고, 오직 마음의 시비를 다하고 다시 남의 시비를 따라가지 아니함을 말함이로다……"

"강단 있는 말씀이군요. 그 말씀을 들으니 우리 광복회원들이 지금 하는 일과 맞아떨어진다 싶습니다. 국권회복을 위해 우리가 하는 일이야말로 남이 알아주기를 바라거나 어떤 득실을 따져 하는 일이 아니지 않습니까. 내 마음에서 우러나오는 충정이 행함을 시키기에 그 일에 순명할 뿐이지요."

"옳은 말입니다. 나도 내 마음의 동요를 보고 있어요." 백상충이 말했다. 그랬다. 그는 자신이 행하는 일을 박상진 지령에 따라 움직인다고 생각지 않았다. 그렇게 생각하지 않아야 공고하게 주관을 세울 수 있었다. 그런 의미에서 정제두의 『존언』은 그에게 새로운 용기를 북돋아주고 있었다.

밤이 이슥토록 곽돌은 백상충으로부터 양명학과 실학 강의를 들었다.

이튿날, 백상충과 곽돌은 울산 읍내로 떠났다. 언양 면소를 거치지 않는 지름길을 택하여 반구대를 거쳐 사연못을 돌아 무학산 아랫녘으로 빠졌다. 울산 읍내에 도착하기는 낮참이 지나서였다. 그들은 곧장 광명서숙으로 갔다. 운동장에서는 한 무리 생도가 편을 나누어 공차기를 하고 있었다. 곽돌이 운동장에서 기다릴 동안 백상충이 장경부를 만나고 왔다.

"저녁때 도정어른 집에서 만나기로 했어요. 곽동지도 자리 함께할 수 있나요?"

"저는 오늘 장생포로 들어가야겠습니다. 나흘 뒤면 다시 내지로 들어갈 텐데, 그때 도정어른 댁에 들르지요."

허리 휘게 등짐진 곽돌은 그길로 장생포로 떠났다.

그날 밤, 도정 박생원 집 건넌방에 네 사람이 모였다. 집주인과 백상충, 장경부, 함명돈이었다. 백상충은 닷새 전 경주에서 있었던 대한광복회 경상도 지방 주무요원 회합 내용을 보고하고, 장사직 암살 결과를 두고 말을 나누었다.

"……그래서 울산, 언양 지방도 의연 모금에 박차를 가하기로

했습니다. 제가 광복회에 제출한 명단은 장순후 판관, 신현리 박
제국 참봉, 언양 신화리 김용한 주사, 언양 전천리 한승학 초시,
이렇게 넷이지만 그 외에도 우리가 지난 명부에 근동 지주 여덟이
더 있습니다. 그러한즉, 앞서 거명한 네 사람은 대한광복회 이름
으로 의연 액수를 미리 정해 고시문을 보내고, 나머지 여덟 분은
구두로 전하며 의연 액수는 각자 재량에 맡김이 좋을 듯합니다."
백상충이 말을 맺곤, 경주에서 가져온 고시문(告示文) 사본을 꺼
냈다.

 ……사람들이 그 能하고 長한 바에 의하여, 文을 能히 하는 자
는 文으로써 國光을 揚하고, 武를 能히 하는 자는 武로써 國을 恢
復하며, 權謀를 能히 하는 자는 權謀로써 國光을 揚하고, 勇을 能
히 하는 자는 勇으로써 國을 恢復하며 辯을 能히 하는 자는 辯으
로써 國光을 揚하고, 術을 能히 하는 자는 術로써 國을 恢復하며,
業務를 能히 하는 자는 業務로써 國光을 揚하고, 財를 能히 하는
자는 財로써 國을 恢復해야 할 것이다. 그러한즉……

독립운동 자금 모금을 위해 해삼위에서 신채호가 작성하여 박
상진 편에 국내로 보낸 고시문을 셋이 돌려가며 읽었다.
 의연 모금의 분담이 결정되었다. 장순후 참의는 백상충과 함명
돈이 방문하기로 했고, 박제국 참봉은 장경부와 박생원이 맡았다.
의연 금액 배당은 재산 정도에 따라 3천 원에서 천 원 사이로 정했
다. 나머지 여덟 사람도 방문자가 정해졌다. 그동안 박생원은 집

안팎을 들락거리며 엿듣는 귀가 없나를 살폈다.

"이제 진천리 신당 마을 한초시 영감만 남았습니다. 그 영감은 의연 협조가 말이나 글로써 통하지 않을 터인즉 협박하는 길밖에 다른 길이 없습니다. 그래서 서숙 형광회 회원 중 담력 있는 자를 둘 정도 동원해야겠습니다."

백상충이 좌중 연장자 함명돈 숙장을 보았다. 한초시 의연 갹출 방법에 대해서 장경부, 박생원과 의견일치를 보았기에 숙장 동의를 구하려는 참이었다. 함명돈은 처음 듣는 말이라 머리를 갸우뚱했다.

"그 영감에게 협박으로 돈을 갈취해내려면, 차라리 더러운 그런 돈은 포기함이 낫지 않을까요? 일이 성사도 못 되고 조직만 탄로난다면 벌집 건드린 꼴이 되잖겠소."

"숙장님, 그렇지 않습니다. 장사직이 의연에 협조하지 않아 피살된 걸 한영감도 인지할 터인즉, 통고문을 보면 목숨이 아까워 돈을 내놓을 겁니다. 그런 친일주구 돈을 갹출함이 의연에 의의가 더 클 줄 압니다." 장경부 주장이었다. 그는 결혼한 뒤 폐병이 많이 나아 각혈도 멈추어 건강을 웬만큼 회복하고 있었다. 대구 신명여학교를 졸업한 처는 첫아들을 낳아 울산 본가로 들어와 시집살이를 하고 있었다.

"글쎄, 아무리 친일분자라지만 협박으로 돈을 갹출함은 교육자 입장에서 뭣하구먼. 한초시 악명은 나도 듣고 있는데 꼭 그 영감 돈을 받아내어야만 할까요. 전국적으로 의병 궐기가 한창이었던 정미년(1907) 칠월부터 이듬해 오월까지 일진회원(一進會員)이 당

30

한 피해 중 의병에 의해 사살된 자만도 구천이백여 명이라 들었소. 친일 앞잡이를 일 년 못 되는 사이 그렇게 죽여도 합방 이후 친일 분자는 그 숫자의 수백 배로 늘어났소. 비록 한영감이 눈엣가시 같다 해도 못돼먹은 인간 하나에 너무 매달릴 필요는 없다고 보오. 애국애족을 더 큰 안목으로 봐야지."

"아닙니다. 그 영감이 의연에 협조하지 않으면, 그때는 결단코 포살이라도 해야 합니다." 장경부가 잘라 말했다.

"사실인즉 제 소견으로는 그 영감에게 의연을 요구할 게 아니라 즉각 처형을 주장합니다." 입이 무거운 박생원이 대화를 듣다 입을 열었다. "영감이 언양 현청 아전붙이로 있을 때 백성의 재물을 늑탈한 소행이나, 그 후 장토를 늘여 소작붙이에게 행한 패행을 미루어볼 때 의연에는 땡전 한 닢 내놓을 위인이 아닙니다. 통고문을 보내고 협박해도 눈 깜짝할 놈이 아니기에 그놈은 구차한 형식을 갖출 필요 없이 처형해버려야 마땅합니다. 통고문을 보내고 이차로 처형을 고려한다면, 그동안 영감이 주재소와 내통해 흉모를 꾸밀지 모릅니다. 이를테면 통고문 혐의를 백선생님에게 두고, 주재소에 돈을 써서 내사하라는 따위로 말입니다."

"한영감을 처단한다? 육순을 넘겼으니 앞으로 몇 해 못 살 텐데, 처단한다고 국권회복에 얼마나 도움이 되겠소?" 함명돈이 박생원을 보았다.

"비록 늙은이 목숨이지만 그의 처형은 악질 지주와 도요오카 농장의 가렴주구에 신음하는 이 지방 농민들에게 큰 용기를 줄 겝니다."

"바야흐로 만국 정세는 열강 제국주의 힘의 팽창 시대로 돌입했어요. 서방 강대국들이 만국 전쟁에 휘말려 지금 막대한 물적 인적 손실을 자초하는 사이 동방의 일본은 군비 증강에 혈안이 되어 노골적인 대륙 진출에 박차를 가하고 있소. 너무 비관적 견해일지 모르나 지금 시국으로는 조선 독립이 요원하다 볼 수밖에 없고, 먼 앞날을 기다려 자력갱생의 힘을 기르는 방법밖에 없어요. 그것이 바로 자라나는 세대를 몽매에서 깨어나게 하는 교육이라 믿고 있소. 그런 뜻에서 한초시 한 사람 처단은 별 의의가 없다고 보오."

숙장의 말에 모두 입을 봉하고 있었다. 백상충은 개인적 감정으로 한초시를 응징하려던 자책도 있은 만큼 아픈 곳을 찔린 듯 쓴 입맛만 다셨다. 무릇 배운 자로서 아무리 못된 자라 할지라도 상대에게 한 차례 기회도 주지 않고 즉각 처형함은 그로서도 내키지 않았다.

"의병장 의암(유인석)께서도 도덕을 논하시며, 이는 공소한 논리가 아니요 실천이어야 하며 지, 인, 용(智, 仁, 勇)을 겸하되 문으로도 무로도 발휘해야 한다 했습니다. 태평성대가 아닌 식민지 치하에서는 무가 문보다 우선되어야 할 것입니다." 백상충이 오랜만에 입을 떼었다.

"그렇다면 숙장님, 그 일은 우리에게 맡겨주십시오. 의연 통고문을 전달하는 일쯤은 뒤탈 없게 끝내겠습니다. 구국운동에는 상충 형님 말씀처럼 지구전 온건책도 중요하지만 단기전 과격책도 병행해야 된다고 봅니다. 때가 무르익을 동안 한세월을 기다리고 있을 수는 없습니다." 장경부가 말했다.

"장사직 사건 이후 여기 주재소도 바싹 긴장하고 있으니 특별히 조심해서 행동해야 할 것이오. 어제도 헌병대 형사가 서숙엘 다녀 갔소. 비밀리 수업도 참관하고 교무일지도 검사했더랬소." 즉각 처형이 아닌 1차 통고문 전달을 두고 함명돈 숙장의 내키지 않는 허락이 떨어진 셈이었다.

박생원이 못마땅해하는 눈길을 숙장에게 보냈으나 백상충의 지원이 없자 자기 고집을 더 우기지 않았다.

*

나흘 뒤, 곽돌이 건어물을 한 짐 가득 지고 울산 읍내로 들어오자 곧장 도정 박생원 집부터 찾았다. 한창 바쁜 농번기라 박생원도 아우네 소작붙이 들일을 도우려 출타 중이라 그의 막내딸을 심부름꾼으로 보냈다. 박생원이 돕던 일을 제쳐두고 달려왔다.

"오늘쯤 오실 줄 알고 기다렸습니다. 요즘 서숙이 농번기 방학이라 어제 형광회 생도 둘과 함께 땔나무도 할 겸 진천리 신당마을과 한초시 집 일대를 먼발치에서 둘러봤습니다. 초시 영감 내외가 거처하는 방은 안채 안방인데, 뒤에 있는 사당 쪽 담을 넘어 들어가면 맞춤하겠습디다. 행랑채는 아래쪽에 떨어져 있어 안채의 웬만한 소리는 들리지 않겠어요."

"날짜는 언제로 잡았습니까?"

"쇠뿔은 단김에 빼라고, 내일 밤쯤이 어떨까 하온데요?"

"백선다님과 그렇게 약속되었습니까?"

"그렇게 알고 계십니다. 선생께서는 어제 장순후 판관님을 방문하고 오늘 아침 언양으로 떠났습니다. 장판관님이 익명으로 일천원 의연을 흔쾌히 약속하셨답니다. 의연 사실을 광복회 조직측에 극비에 부친다는 조건을 달아서요. 백선생께서도 우리가 내일 언양으로 들어올 줄 알고 계십니다."

"내일 밤 거사라……" 곽돌이 혼잣말을 중얼거렸다.

"포고문과 통고문으로 협박할 게 아니라 처형해버리는 쪽이 훨씬 후환이 없을 텐데, 숙장어른께서 그렇게 우기니 어쩔 수 없지요. 백선생님도 즉각 처형만은 망설이는 것 같고……"

"기회는 또 있을 테니 뒷날을 보지요."

그날 밤, 박생원 집에 장경부와 광명서숙 학생 둘이 왔다. 학생은 형광회 회원이었다. 다섯은 머리 맞대고 구체적인 계획을 짰다. 먼저, 내일 오전 일찌감치 박생원과 학생 둘은 나무꾼 행색으로 울산을 떠나 동운사 뒷산인 연화산에서 땔나무를 하며 시간을 보낸다. 점심때 곽돌과 장경부는 따로 길을 나서서 곽돌은 곧장 초당으로, 장경부는 고하골에 들러 백상충과 함께 초당에 오기로 한다. 어둠이 내린 뒤 일행이 모두 초당에 합류해 선서를 마치고 한초시에게 남길 포고문과 통고문을 작성하여 대기한다. 자정 무렵 백상충만 초당에 남고 나머지 사람들은 신당 마을로 출발한다. 장경부는 한초시 집 밖을, 박생원은 면소로 통하는 마을 어귀를 감시한다. 나머지 셋은 복면하여 한초시 자택을 월담하는데, 현장지휘는 곽돌이 책임진다. 침입 후 주건걸은 집안 동태를 감시하고, 곽돌과 이웅희가 안채 안방을 들이친다. 그들은 그렇게 계획을 짜고 밤늦게야 헤어졌다.

한초시에게 의연에 따른 통고문을 전달하기 위해 일행 다섯이 백립초당에 합류하기는 깜깜해진 뒤였다. 방안은 호롱불을 밝혔으나 방문과 봉창은 차양 쳐서 불빛이 새어나감을 막았다.

"서두르면 실패도 염려치 않을 수 없습니다. 설령 일을 그르치더라도 집안 행랑 식구나 머슴들에게 잡히는 수모를 당하면 안 될 것이오. 수단 방법을 가리지 않고 현장을 탈출해야 하오. 만약 붙잡혀 주재소로 넘어가더라도 누누이 당부한 말처럼, 광복회 이름은 신문 보고 알아 흉내 낸 것뿐이라 우겨야 하고, 조직을 일절 발설해선 아니 되오." 곽돌이 학생 둘에게 당부했다.

"알겠습니다. 그러나 이 정도 일에 실패는 없을 겁니다." 주먹코를 한 얼굴 넓적한 이웅희가 말했다.

학생 둘이 만약 체포되는 사단이 생길 때는, 일본으로 유학 갈 여비와 학자금을 마련하려 했다고 발뺌할 작정이었다.

"이 사람들아, 이 일을 닭서리 정도로 생각하면 안 돼. 마음을 단단히 가져야지." 박생원이 핀잔을 주었다.

"도정어르신, 과히 염려 마십시오. 우리 둘에게 이 일을 맡겨주신 것은 하늘의 뜻이라 여겨, 형광회에 입회할 때 혈서를 썼듯, 어제 낮에 이번 일의 성공과 절대 비밀을 지킬 것을 혈서로 맹세했습니다." 몸집이 작으나 고추처럼 야무져 보이는 주건걸이 말했다.

"다음달에 북지 신흥학교로 떠날 선우군 못지 않게 믿을 만한 생도들입니다. 제가 보장하지요." 장경부가 말했다.

"장선생님, 기조가 형광회 모임을 대충 눈치챈 모양입디다. 한

번 불러 진의를 캐보십시오. 머리가 비상한 녀석이라 이것저것 캐어묻는데 공연히 수꿀해집디다." 주건걸이 다른 말을 꺼냈다. 김기조는 학교 소사를 겸한 졸업반 학생으로, 학교 숙직실에서 숙식을 겸하고 있었다.

"한번 만나보지. 영리하고 꾀가 있으나 주재소 끄나풀 노릇할 젊은이는 아냐. 언젠가는 쓸모 있는 일을 할 테지." 백상충은 김기조가 구국운동에는 관심이 없음을 알고 있었다.

"선서하고 출발합시다." 곽돌이 회중시계를 꺼내보며 말했다.

파군재 귀틀집 뒷방에서 총사령 박상진 앞에 선서했듯, 신당 마을로 떠날 일행이 백상충 앞에 선서를 마쳤다. 시간은 자정이었다. 초당에서 신당 마을까지는 40분 정도 거리였다.

물미장을 쥔 곽돌이 앞장섰다. 그 뒤로 죽창을 든 넷이 뒤따랐다. 음력 스무나흘, 달도 여위어 사위가 깜깜했다. 세찬 바람에 갈잎나무가 마른 울음을 울었다. 그들은 동운사를 비껴 돌아 반곡천으로 내려갔다. 발목이 재이게 쌓인 낙엽 헤치는 걸음 소리와 짐승들 울음소리가 바람 소리에 섞갈렸다. 신당 마을 뒷동산에 도착할 동안 그들은 한마디 말도 나누지 않았다.

"내려갑시다."

곽돌의 말에 일행은 하산했다. 한초시 댁 뒷담까지 와서 집안 동정을 살피니 불 켜진 방은 없었고 집안이 괴괴했다.

"우리 먼저 내려가겠습니다. 십 분 안에 연락이 없으면 행동을 시작하십시오. 그럼 이십 분 뒤에 성황당에서 만납시다."

장경부와 박생원이 돌각담을 끼고 마을로 들어갔다. 한초시 댁을 월담할 셋은 검은 광목천으로 복면했다. 곽돌이 먼저 담을 타 넘었다. 그가 신호를 보내자 두 젊은이도 담을 넘었다. 곽돌이 앞 장서서 사당을 돌아 안채로 발소리 죽여 다가갔다. 후원에는 바 람 소리와 낙엽 구르는 소리뿐 적적했다. 주건걸은 안채와 사랑채 사이, 곽돌과 이웅희는 행랑채로 내려가는 계단 옆 감나무에 몸을 붙었다. 곽돌과 이웅희가 안채 마루로 올라가 방안 동정에 귀기울 였다. 아무 소리도 들리지 않았다. 이웅희가 죽창을 마루벽에 세 우고 허리에 꽂은 비수를 빼어들었다. 안방과 건넌방도 기척이 없 었다. 섬돌 밑 귀뚜라미 울음소리가 일을 재촉하듯 보챘다. 곽돌 이 문풍지 울어대는 안방 문고리를 슬며시 당겼다. 잠겨 있다면 창호지를 뚫고 팔을 밀어넣을 작정이었는데 방문이 당기는 대로 열렸다. 곽돌이 방안으로 들어가자마자 부시를 쳐 두 양주 잠자리 위치를 확인했다. 노친네는 잠귀가 밝아, 방문을 열 때 껴드는 찬 바람에 한초시 처가 몸을 뒤척였다. 곽돌이 얼른 그네가 덮은 이 불을 머리 위로 둘러씌워 눌렀다. 뒤따라 들어온 이웅희 역시 한 초시 머리 위로 이불을 씌우곤 칼날 끝을 돌려 자루로 가슴팍을 찍었다.

"늙은 연놈, 고함 질렀다간 비수가 멱창을 뚫을 것이다!" 이웅 희가 이불을 걷고 한초시 멱을 죄었다.

곽돌은 주먹으로 한초시 처 명치를 몇 대 쥐어박곤 이불을 젖혀 헐떡이는 그네 입에 허리에 찬 수건을 쑤셔박았다. 그가 재빨리 한초시 손과 발을 포승으로 휘갑쳤다.

"친일주구에 악덕 지주요, 악질 고리대금업자인 한초시 이놈,

지금부터 내 말 똑똑히 새겨들거라." 곽돌이 서두를 떼곤 복면을 풀었다. 말을 하기도 불편했지만 방안이 칠흑이라 상대가 얼굴을 알아볼 것 같지 않았다. "우리는 광복회 단원으로 네놈을 포살하려 별러왔다. 한초시, 네놈도 칠곡군 친일주구인 장사직이 광복회 단원 총포에 비명횡사했다는 소식은 들었을 것이다. 우리가 네 연놈을 여기서 도륙해야 마땅하나 인간의 탈을 썼다고 개과천선의 기회를 한 번은 주겠다. 그러니 이를 감사히 여겨 우리가 두고 가는 통고문에 쓰인 대로 독립군 자금 염출에 선선히 응하길 바란다. 만약 네놈이 광복회 지시를 어겨 주재소에 신고할 때는 네놈 일족을 가차없이 몰살할 테니 그리 알아. 광복회는 적심으로 맹세한 동지이기에 한번 했던 언약은 반드시 실천에 옮겨 철저히 보복할 것이다!" 비수를 한초시 목에 대고 말을 마친 곽돌이 짚신발로 그의 면상을 걷어찼다. 한초시는 비명 한번 제대로 못 지르고 나동그라졌다. 한초시 처는 경황이 없는 중에 까무러치고 말았다.

이웅희가 주머니에서 포고문과 통고문을 꺼내어 방바닥에 던졌다. 둘은 안방에서 나왔다. 바깥에서 기다리던 주건걸과 함께 셋은 사당 뒤를 돌아 월담하여 뒷산으로 달아났다. 성황당에서 숨을 돌리자, 잠시 뒤 낙엽 밟는 소리가 들리고 장경부와 박생원이 뒤따라 올라왔다. 너무 수월하게 일을 끝낸 일행은 그길로 초당으로 돌아왔다.

"수고가 많았소. 그럼 출발하시오."

백상충 말에 장경부와 학생 둘은 날이 밝을 즈음 울산 읍내에 들기로 하고 초당을 떠났다. 박생원은 당분간 생업에 몰두하기로 했고, 곽돌은 도붓길에 나서기로 했다.

초당에서 말뚝잠으로 잠시 눈을 붙인 곽돌은 바깥이 뿌옇게 밝아오자 등짐을 지고 길을 나섰다. 동운사 뒤를 돌아 백연정을 거쳐 대곡천 여울을 거슬러 올랐다. 연화산을 넘어 70리를 곧장 북행하면 경주에 닿았다.

곽돌을 떠나보내자, 백상충은 동운사로 돌아나갔다. 말갛게 비질이 된 절마당에 낙엽이 지고 있었다. 굴참나무 높은 가지에 까치가 앉아 개소리로 짖고 있었다. 작년만 해도 이 시간이면 마당에 나선 조실승이 시끄럽게 우짖는 까치를 쳐다보며 연기(緣起)에 따른 한마디 법어쯤 중얼거릴 테지만 이제 거동을 못해 두문불출 칩거 중이었다.

"노스님 계시옵니까." 백상충이 조실 앞에서 여쭙자, 시자승이 방문을 열었다. 조실승이 꼬부장히 앉아 염주알을 굴리고 있었다.

"백처사로군. 요즘 자주 볼 수 없더니, 웬일인고?"

"모처럼 초당에 올라와 책을 읽었습니다. 스님 건강은 어떠신지요?"

"생사일여(生死一如) 아닌가. 본무생사(本無生死)할진대 늙음과 죽음이 어디 있겠으며 튼튼함과 부실함이 또한 무엇이겠어. 나 이제 번뇌망상의 불을 끄고 곧 입적할걸세. 풋나무가 소생하기 전에 멸할 거야." 조실승은 말을 마치곤 쪼그락진 입에 소년 같은 천진한 미소를 머금었다. 입적이 이웃 나들이나 된다는 투였다.

"계절이 바뀔 철에 더 조심하셔야 합니다."

백상충이 머리 숙이고 일어서자, 조실승이 그를 쳐다보았다.

"백처사나 조심하게. 자네 안구와 언행이 분기로 넘쳐. 보리심이 없으니 늘 악연(惡緣)만 연으로 생각하지. 악을 악으로만 대하면 백처사도 아귀도(餓鬼道)에 빠져. 가을 서리 한차례에 영락하는 초목도 있고, 달도 차면 기운다지 않던가……"

중언부언 읊는 노승을 뒤로하고 백상충이 조실에서 나왔다. 그는 주지 자운을 만나지 않고 총총히 절을 떠났다. 한초시 집이 있는 신당 마을이 아닌, 반구대 쪽으로 길을 잡아 호젓한 야산을 넘어 선산 재실을 거쳐 집으로 돌아왔다. 그동안 그는 아무도 만나지 않았다. 집안은 아침밥 짓는 연기가 피어오르고 있었다.

처 조씨만 서방이 밤사이 집을 비웠음을 알 뿐 나머지 가족은 백상충이 재실에 새벽 참례를 마치고 돌아오는 줄로 알았다. 그는 평소대로 아침밥 먹고 나자 건넌방으로 건너가 여느 날처럼 책을 펼쳤다. 그가 그즈음 읽는 책은 박지원의 『연암집(燕巖集)』이었다.

*

박생원이 연락을 취해 진목나루터에 사는 백상충 재종형 백상면이 고하골로 찾아오기는 한초시 집을 야반 습격한 이튿날이었다.

"상헌이 아직도 정신 못 차리니 종가 앞날이 걱정이야. 여기로 들어오다 나루터에서 상헌을 만났지 뭔가. 웬 울산 출입이 그리도 잦냐고 물었더니, 언양 골짜기야 소일처가 있냐더만."

"암담한 세월이라 형님도 그렇게 날수를 보내겠지요."

당주 백상헌은 집안이 언양 고하골로 들어앉은 뒤로 한 달이면 보름은 울산 읍내로 나갔다. 그곳에서 그는 한량들과 어울려 노름하고 술 마셨고, 이틀 사흘 머무르다 주색에 곯아 돌아오곤 했다.

"마작이란 것이 원래 중국 노름으로, 예전에도 있던 모양이지만 왜놈이 들어와 퍼뜨린 후 그게 큰 돈놀이가 된 모양이다. 광산촌에서는 전주가 마작에 미쳐 기백 원을 날리고 칼부림한 사건도 흔하다더군. 그런데 상헌이도 요즘 마작에 재미를 붙였나봐. 읍내에 나갔다 오는 사람들 소문이 그러하데. 상헌이 마작까지 손댄다면 어디 종답마저 남아나겠는가. 내년 한식 때 문중이 모이면 담판을 내야겠어. 아닌 말로 지난번 선고 제사 때 우리 형제가 모여 그런 말이 오고갔네. 상헌이 딸만 넷을 두어 장적(長嫡)이 없으니 자네 손인 형세를 종손으로 삼아야 한다는 얘기 말이네."

"형세는 아직 어린데, 그 문제는 뒷날 논의해도 되겠지요."

백상충은 말이 곁길로 풀리자, 자리를 떠서 뒷간을 다녀왔다. 집안을 둘러보았으나 어른들은 가을걷이에 나가고 조용했다.

"제가 형님 댁을 찾아나섬이 도리겠으나 남의 눈도 있고 하여 그렇지 못해 형님을 모셨습니다. 긴히 드릴 말은 다름이 아니옵고……" 방으로 들어온 백상충이 재종형을 부르게 된 본론을 꺼냈다. 백상충은 대한광복회 조직의 저간 사정과 한초시에게 의연 협박한 전말을 털어놓았다. 상충이 초당을 짓고 은거할 때 어진이를 통해 울산 읍내에 서찰을 비밀리 전하는 데 함명돈 숙장 댁을 주로 이용했지만 더러는 중간책을 맡았던 백상면인지라, 그는 적이 놀라면서도 집안 아우 말을 솔깃하게 들었다. "그러한즉 음력 구월 스무날 낮 정오에 진목나루터로 한초시 영감이 단독으로 직접 의연금 이천 원을 가지고 나오기로 약속되었습니다."

"안 될걸세." 백상충 말에 백상면은 머리를 흔들더니 퇴박부터 놓았다. "한초시 영감이야말로 능지처참해야 마땅하지만, 자네 생각이 글렀어. 자네가 글줄이라도 읽었다면 그것도 계책이라고 내놓았는가. 그 영감이 돈보따리를 들고 혼자 나올 성싶은가 말이네. 설령 나온다 해도 빈 보자기에 한지 뭉치나 싸들고, 나루터 주위에 순사를 깔아놓았겠지. 그 돈 받겠다고 자네가 나루터로 나가면 당장 오라를 받을걸세."

"언성 낮추십시오. 저도 뒷생각을 해뒀습니다. 그 영감이 그런 짓 할 게 뻔하므로 우리 쪽은 그날 진목나루터로 아무도 나가지 않습니다. 형님께서 그날 영감이 나루터에 나오냐, 나루터 주위에 변복한 순사나 끄나풀이 얼쩡거리냐만 염탐해주십시오. 형수님이 조카 업고 나루터를 나가도 그 정도는 쉽게 눈치챌 테니깐요. 그러면 집으로 들어와 빨랫줄에 빨래를 널거나 걷거나 그렇게 신호를 보내면 됩니다. 우리 패 중 하나가 건너편 언덕에서 빨래를 널면 위험하다, 빨래를 걷으면 미행자가 없다고 짐작할 겁니다. 만약 영감이 혼자 돈 보퉁이를 들고 나왔다면 간짓대 한쪽 줄에만 빨래를 널면 됩니다. 한초시가 우리를 기다리다 신당 마을로 돌아갈 때, 길목을 지키다 의연금을 빼앗을 수 있을 테니깐요. 일이 수포로 돌아가면 이차 통고문 보내야지요."

진목나루터 일이 그르칠 경우 백상충은 한초시에게 2차 통고문 대신 그를 포살키로 작정하고 있었다. 그러나 그런 말까지 재종형에게 털어놓지 않았다.

"조선 동포라면 그런 일쯤이야 어렵지 않네만, 어찌 일이 잘 풀릴 것 같지 않아. 지금이 어디 의병운동 때만 같으냐. 왜놈이 이 땅을 차지하고 해가 갈수록 권세가 하늘을 찌르는데."

"어쨌든 형님이 그 일만 수고해주십시오. 형님 신상에는 폐가 되지 않도록 하겠습니다."

"알았네. 어쨌든 돌다리도 두드려보고 건너라고, 그런 일일수록 신중을 기해야 할걸세."

그날, 백상면은 상충으로부터 짐을 맡고 돌아갔다. 백상충은 재종형을 배웅하고 그길로 밭으로 나가 집안사람들의 들깨 수확 일을 도왔다. 그가 손에 흙을 묻히며 일을 하기는 그해가 처음이었다. 선비로서 근농(勤農)의 참뜻은 지식으로 알기보다 행함이 우선임을 새긴 때문이었다.

*

벼를 베어낸 반곡천변 언덕배기 천수답에 가을갈이를 하던 날이었다. 김첨지와 부리아범이 쟁기질을 했고 백상충도 일을 도와 쇠스랑으로 덩어리흙을 부수고 보리 파종할 고랑을 골랐다. 낮참이 되어 집으로 밥 먹으러 가기에 앞서 수확이 끝난 수수밭둑에서 쉬고 있을 때, 마을 쪽 개울가 길로 누구인가 오고 있었다. 언덕길로 꺾어들자 순사 복장과 허리에 찬 칼이 눈에 들어왔다.

"읍내 순사가 웬일로 여기까지 출두한담." 곰방대를 빼물며 김첨지가 아래쪽을 보았다.

부리아범이 백상충 표정부터 살폈다. 밭둑에 앉은 상충은 그저 덤덤히 언덕길을 오르는 순사를 보고 있었다. 순사를 뒤따라 조씨가 쫓음걸음을 놓고 있는 게 보였다.

"백상, 오래마이로소이다. 백상도 일하오?"

안경 긴 언양주재소 순사 다카하시였다. 백상충 동태를 살피러 고하골로 더러 들르는 스물 중반의 순사였다. 상충이 대답 없이 일어나 엉덩이를 털었다.

"주재소에 가야겠소이다. 조사할 게 있으므이다."

"무슨 일인데요?"

"가보면 아리다. 오시오." 말을 마치자 다카하시가 앞장섰다. 뒤쫓아 올라온 조씨가 불안한 눈으로 서방을 보았다. 백상충은 순사를 따르며 연행 사유를 따져보았다. 한초시가 주재소에 신고했을까, 아니면 다른 일 건일까. 얼른 짐작이 가지 않았다. 집안이 고하골로 들어앉고 그는 언양주재소에 네 차례 임의동행 당했다. 그를 담당하기는 울산헌병대 소속으로 파견 나온 강형사였다. 요즘 하는 일이 무어냐는 근황을 캐내려는 출두 지시였기에 쉬 풀려났다. 조씨가 순사에게 서방 연행 사유를 물었으나 다카하시는 '내상'이 알 일 아니라 했다. 백상충은 곧 돌아올 테니 걱정 말고 처를 안심시켰다.

"의관을 갖추지 않으십니까." 서방이 집 앞을 지나치자 조씨가 물었다. 백상충은 허드레옷 차림이었다. 그는 출타할 때 늘 옷갓으로 정제했던 것이다.

"아무럼 어떻소. 그냥 다녀오리다."

44

백상충은 다카하시와 함께 면소로 들어갔다. 10리 길 걸을 동안 둘은 아무 말도 하지 않았다. 백상충이 주재소 마당으로 들어가자 뒤꼍에서 신음 소리와 회초리 내리치는 태질 소리가 들렸다.

주재소 단층 목조건물 안으로 들어가자 백상충은 주재소장 아라하타와 눈이 마주쳤다.

"백상을 잡아왔습니다!" 다카하시가 마룻바닥이 울리게 두 발을 모아 차렷자세를 하곤 상관에게 경례를 붙였다.

"유치장에 처넣어." 아라하타 소장이 저희 말로 말했다.

다카하시 순사가 백상충의 저고리 고름을 뜯고, 바지 대님과 허리띠를 풀게 했다. 무슨 일로 이러냐고 백상충이 묻자, 조사가 시작되면 알게 될 거라고 다카하시가 말했다. 강형사는 보이지 않았다. 다카하시가 백상충 한 팔을 잡고 주재소 건물 뒤로 돌아갔다. 태를 든 고무라 순사가 된숨을 내쉬며 둘 옆을 스쳐갔다. 태는 소음경으로 만든 회초리였는데 끝에는 납구슬을 붙여 태로 사람 맨살을 치면 살이 터져 금세 피가 낭자했다. 뒷마당 십자형 장판(杖板)에는 상투 튼 젊은이가 팔다리를 묶인 채 널브러져 있었다. 솜바지를 까내린 볼기짝은 살이 터져 걸레쪽이 되었고 흘러내린 피가 땅바닥에 떨어졌다.

백상충은 뒷마당에 돌아앉은 유치장에 수감되었다. 먼저 들어와 있던 사내 셋이 소곤소곤 말을 나누다 퀭한 눈으로 백상충을 맞았다. 상충에게는 안면 없는 얼굴이었다. 한 젊은이가 백상충에게 무슨 죄목으로 들어왔냐고 물었다. 상충은 자신도 연유를 모른다고 대답하곤 맨 땅바닥에 앉았다. 컴컴한 감방 안은 지린내와 악취로 차 있었다.

"글쎄, 일 원에 태 한 대로 계산한다니 그 젊은이는 서른다섯 대가 아니오. 아무리 장사라도 스무 대 넘기면 까무러치지 않는 자가 없답디다." "태장당했으니 석방되겠군. 술 취해 방가(放歌)했다고 잡아들이니, 세상이 말세긴 말세라." "의병가(義兵歌)였다지 않아요." 한 사람은 말이 없고 둘이 태질당한 젊은이를 두고 하는 말이었다.

백상충의 심문이 시작되기는 어둠이 내린 뒤였다. 심문은 강형사와 고무라 순사가 맡았다. 본격적인 심문이라기보다 참고인 진술을 받듯 둘의 태도가 느슨했다. 둘은 부근 식당에서 저녁밥을 시켜 먹은 뒤라, 강형사는 성냥개비로 이빨을 쑤시며 백상충에게 물었다.

"요즘 어떻게 지내고 있소?"

"책 읽고 농사일 하지요."

"더러 타관에도 나다닌다던데?"

"울산 읍내가 고작이오."

"본서에서 불령선인 동태를 파악하라는 공문이 와서 백상을 불렀소. 참, 일본말도 잘하지." 고무라가 책상 위 공문을 보며 저희 말로 말했다. "백상이 지난 한 달 동안 날짜별로 일기를 적어주시오. 어디서 무엇을 했고, 누구를 만났고, 무슨 책을 읽었나, 빠뜨림 없이 적어야 하오. 진술서를 상부에 보고해야 하니깐." 그는 백지, 철필, 잉크를 백상충 앞에 놓았다.

백상충은 예전 같잖게 자기를 헐렁하게 대하는 그들 태도가 의

심쩍었다. 한초시 영감의 밀고가 있었다는 심증은 가는데 아직 단언할 단계는 아니었다. 고무라는 강형사에게 뒷일을 부탁하곤 사무실을 나갔다. 강형사는 오늘이 자기 숙직날이라고 말하곤 신문을 펼쳐들었다.

백상충은 무슨 함정이 있다고 느끼며 벽에 걸린 달력을 보았다. 한 달 전 날짜를 짚으니 양력 9월 23일이었다. 그날 무엇을 했는지 기억나지 않았다. 한 달 사이 기억에 남기는 열흘 전 경주를 다녀왔던 일과 엿새 전 한초시 집에 통고문을 전한 정도였다. 그러나 명령이니 쓰지 않을 수 없어 그는 세 시간에 걸쳐 일기 형식의 진술서를 대충 작성했다.

백상충은 다시 유치장에 수감되었다. 수감자 셋은 그대로 있었다. 한 사람은 도벌죄로, 한 사람은 노름 장소를 제공하며 구전을 뜯은 죄로, 한 사람은 실성기가 있어 보였는데 배회죄에 해당되어 구류처분을 받은 터였다. 경찰법 처벌규칙 제1조 제1항이 일정한 주거 또는 생업 없이 여러 곳을 배회하는 것에 대한 규정이었다.

어느덧 밤이 깊었다. 백상충은 저녁밥 굶은 빈속이라 옷 속으로 스며든 야기로 추위를 느꼈다. 수감자 셋은 땅바닥에 몸을 모로 눕혀 서로의 체온에 의지해 새우잠에 들었다. 상충은 앉은 채로 밤을 새웠다. 아침밥은 소금물에 적신 콩밥이었다.

유치장의 높게 달린 창으로 빛살이 비껴들 때였다.

"문벌 집안은 다르구먼. 차입이 들어왔소." 조선인 순사보 안기창이 옷꾸러미를, 주재소 소사로 열댓 살 된 소년이 보 씌운 함지를 들고 유치장 앞에 나타났다. 옷은 두툼한 솜바지 저고리였다.

함지 보를 벗기니 쌀밥에 산채무침과 명태국, 간고기구이였다. 음식을 본 셋의 퀭한 눈이 반들거렸다.

"난 콩밥을 먹었으니 당신네들이 잡수시오."

백상충 말에 둘이 함지를 차고앉아 손으로 게걸스럽게 밥과 찬을 먹어치웠다. 실성기 있는 자는 우두커니 동료의 식탐을 보기만 했다.

자술서를 검토한 주재소장의 심문이 있으리라 여겼으나 종일 아무 연락이 없었다. 저녁때가 되어 차입한 사식이 다시 들어와 백상충은 동료 죄수 셋과 나누어 먹었다. 이웃 잘 둔 덕분에 기갈을 면한다며, 벌목죄로 잡혀온 젊은이가 백상충을 깍듯이 모셨다. 그날은 아무 일 없이 하루를 넘겼다. 백상충은 솜옷을 덧껴입어 추위를 별 느끼지 못한 채 밤을 보내고, 이튿날 아침 역시 차입해준 콩나물국밥으로 요기했다. 그날도 오전 내내 아무런 통보가 없었다. 백상충은 사람이 유순해 보이는 안기창 순사보에게, 처의 면회를 부탁하고 무료하니 집에 있는 책을 차입해달라고 말했다. 저녁 무렵에, 가족 면회는 안 된다며 필사본『존언』과『연암집』을 넣어주었다. 주재소에서는 요시찰 인물을 가둬두고 보호 관찰하겠다는 태도였으나 숨은 음모가 있는 듯해 그는 긴장을 풀지 않았다.

이튿날 오전 동안 백상충은 독서로 소일했다. 점심은 콩밥조차 나오지 않았고 음식 차입도 없었다. 낮쯤 되었을 때, 백상 면회요, 하며 다카하시 순사가 유치장으로 왔다. 형님이나 처이려니 하고 백상충이 주재소 사무실로 들어갔다. 면회자는 뜻밖에도 김기조였다. 그는 광명서숙 소사로 학교에서 숙식을 겸하고 있었기에 백

48

상충이, 웬일이냐고 물었다. 스승님 안색이 많이 그릇되셨다고 김기조가 다소곳하게 말했다. 백상충은 기조 군이 면회 온 이유를 따져보았다. 집에서 장경부에게 자신이 언양주재소에 갇혔음을 알리자, 장경부가 염탐차 기조 군을 보냈으리라 짐작되었다. 그렇다면 기조 군에게 면회를 허락한 주재소측 속내를 알 수 없었다. 면회 중 대화 내용을 듣기 위한 수작일까? 그러나 순사 셋은 자기 일에 열중할 뿐 관심을 두지 않았다. 무관심한 체하는지도 몰랐다.

"모처럼 집에 들렀다 스승님이 주재소에 계시다는 말씀을 듣고 찾아왔습니다. 전하실 말씀이나 필요한 물건이 있다면 마님께 전해 올리겠습니다." 김기조가 부리부리한 눈으로 주위를 살피며 무슨 말인가 꺼내려다 입을 다물었다.

"필요한 게 없다. 잘 있으니 염려 말라고 전해라."

싱겁기 짝이 없는 면회가 간단히 끝났다. 백상충은 절름걸음으로 유치장으로 되돌아왔다. 그러나 저녁용 콩밥을 유치장에 날라온 소사가 상충에게, 기조가 취조실에서 강형사로부터 심문을 받는데 비명이 대단하다 했다. 백상충은 이런저런 바깥소식을 귀띔해주는 소사 아이가 자신에게 호의를 가졌음을 진작 알고 있었다. 어쩌면 형세어미가 지전깨나 집어주어 소년을 매수했는지 알 수 없었다.

"누구 지시로 면회 왔냐고 강형사님이 윽박지르고, 기조 그 사람은 아무에게 부탁 받은 바 없다고 우기니 매질당할 수밖에요." 소사가 연방 바깥쪽을 살폈다.

"알려줘서 고맙군. 면회 온 것도 죄가 되다니." 더 묻고 싶은 말이 있었으나 백상충은 물러났다.

"어제 강형사님과 주재소 순사 둘이 고하골 선다님 댁을 대대적으로 수색했습니다." 소사가 그 말을 남기고 떠났다.

그런 경우를 염려하여 백상충은 트집거리로 책잡힐 증거물을 그때마다 없애버려 그들이 가택 수색을 해봐야 나올 게 없었다. 주재소측이 자신을 가둬놓고 느슨한 태도를 취하는 이면에는 중요한 단서를 잡고 있음이 틀림없었다. 그 점은 한초시가, 협박문을 보낸 자는 백상충 수작질이란 신고가 있었던 게 분명했다.

날이 훤히 밝아왔을 때, 술에 취해 몸을 제대로 못 가누는 상투머리 사내가 유치장으로 들어왔다. 노름꾼이 무슨 죄목이냐고 물으니, 사내는 소도둑이라 대답하곤 변기통 옆에 꼬꾸라져 잠에 들었다. 낮쯤에 김기조가 유치장으로 들어왔다. 그는 얼굴에 피멍이 들었고 어깻죽지를 제대로 쓰지 못했다.

"자네가 나 때문에 봉변당했군." 백상충이 그를 위로했다.

"스승님이 계셨기에 오늘의 제가 있는데, 이 정도야 대숩니까. 제 걱정 마십시오."

"죄가 없으니 곧 풀려나겠지."

"아무렴요. 스승님이 무슨 죄가 있습니까. 죄 없는 사람을 계속 가둬놓을 수야 없지요."

김기조가 다른 수감자를 둘러보며 큰 소리로 말하자, 백상충은 녀석이 분명 무엇인가 알고 면회 왔으나 흰소리로 능갈침을 알 수 있었다. 기조가 그런 지모쯤은 가진 위인이었다. 밤내 눈을 못 붙였다며 기조는 쪼그리고 앉은 채 무릎 사이에 머리를 박더니 곧

코를 골았다.

김기조는 저녁 무렵에야 고무라 순사에 의해 소도둑과 함께 불려 나가더니, 둘은 유치장으로 돌아오지 않았다.

"소도둑을 방면하다니, 이상하군." 도벌꾼이 불퉁거렸다.

백상충은 짚이는 데가 있었다. 소도둑이란 사내는 김기조가 자기에게 무슨 정보를 흘리는가 염탐하라고 주재소에서 들여보낸 위장 죄수가 틀림없었다. 그들이 그런 짓거리를 상용함을 상충은 알고 있었다.

*

백상충은 엿새를 유치장에 갇혔다 석방되었다. 그동안 그는 책을 읽으며 소일했고, 한 차례도 심문받지 않았다.

"모종 사건 조사가 상부로부터 하달되어 백상을 연행했더랬소. 그러나 혐의가 없어 석방하니 집으로 돌아가구려. 단, 고하골 밖을 떠날 때는 주재소에 반드시 신고해야 하오." 출근하자마자 아라하타 소장이 백상충을 풀어주며 말했다.

집으로 연락을 취하지 않았는지 백상충이 주재소 정문을 나서도 맞는 사람이 없었다. 그는 서리 내린 길을 절름걸음으로 걸었다. 들은 황량했고 겨울이 닥치고 있어 아침 바람이 찼다. 유치장과 감옥소를 들락거린 횟수가 열 손가락을 꼽을 만했고, 풀려날 때면 몸은 만신창이가 되었으나 머릿속은 늘 맑았는데, 이번은 그렇지 않았다. 몸은 멀쩡했으나 머릿속은 엉킨 실타래처럼 혼란했고 마음이 무거웠다.

백상충이 힘없는 걸음을 옮겨 돈박고개를 넘어섰을 때, 틀못 둑 길로 두 아낙이 오고 있었다. 장옷 쓴 쪽은 조씨였고, 머리에 함지 이고 오는 아낙은 너르네였다. 유치장으로 아침 사식을 나르는 참 이었다.

"서방님, 나오셨습니까." 서방을 맞은 조씨가 눈물부터 쏟았다. 상투가 풀려 흩날렸고 수염 더부룩한 얼굴이 수척했다.

"괜찮소." 백상충은 부축하려는 처의 손을 물렀다.

집에 당도할 동안 조씨는 말없이 속울음만 지웠으나, 너르네가 그동안 바깥 사정을 떠벌렸다. 천전리 한초시 댁 서기가 이틀에 한 번 읍내 주재소에 뻔질나게 들랑거린 꼴로 보아 이번 사단은 한초시 영감이 꾸며낸 수작이 틀림없다고 말했다. 백군수 댁이 자 기네 옆 마을로 이사온 뒤부터 한초시가 눈에 쌍심지를 켰기에 무 슨 티끌만 잡으면 주재소에 신고부터 했던 게 사실이었다. 지난여 름 물꼬 싸움만 해도 그랬다.

"그 영감쟁이 오래도 살아. 농사꾼 원성을 도맡는데도 쉬 죽지 않으니 하늘도 무심하지. 서방님이 예전에 의병운동했기로서니 이제 와서 트집 잡다니." 속내 모르는 너르네 말이었다.

병오년에 군자금 염출차 한초시를 만났던 일을 그놈은 깊이 새 겼다가 이번 포고문과 결부지었음을 백상충은 앞산에 불 보듯 환 했다. 의연금 2천 원을 받아내기는 글러버린 일, 놈을 척살할 길밖 에 없음을 그는 어금니 깨물며 다시 새겼다.

집으로 돌아오자 조씨는 기조가 하루를 집에서 쉬고 다시 울산

서숙으로 돌아갔다고 말했다. 상충의 추측대로 역시 장경부가 기조의 머리를 믿고 염탐차 면회를 보냈던 것이다.

"당분간은 누구도 나를 만나러 우리 집을 출입해선 안 될 것이오. 주재소에서 밀정을 풀어놓고 출입자를 감시할 게 분명하오. 이런 말을 경부 군한테도 알려야 할 텐데, 집안사람조차 울산 나들이를 마음대로 시킬 수 없으니…… 울산 장날에 뭘 내다팔 겸 행랑아범을 내보낼 수밖에." 어린 딸 윤세를 무릎에 앉히며 백상충이 말했다.

"읍내서 숫막 열고 있는 신당댁이 예전에 서방님 신세를 졌다며 차입 음식을 넣어줬답니다. 한초시 댁 행랑살이를 하다 쫓겨났다는 소문이 있습디다." 조씨가 덧붙인 말이었다.

부리아범과 김첨지가 도정한 햅쌀 한 가마와 수확한 밭작물을 내다 팔러 울산 장날 출타하자, 백상충은 그를 불러 장경부에게 전할 말을 일렀다. 일이 순조롭지 않으니 기다려야 한다는 말만 전하라 했다. 한초시 처단 문제는 좀더 시간을 잡아야 하겠거니 싶었다.

그날, 해가 져서야 장에서 돌아온 부리아범이 울산 쪽 소식을 가져왔다. 평소에 소행이 불온한 광명서숙 학생에 대한 조사가 있어 다섯이 울산경찰서로 연행 당해 이틀 동안 조사 받았고, 장경부도 경찰서로 불려갔다는 것이다.

"별일은 없었다며, 그렇게 말씀드리면 아실 거라더군요. 누구한테 발설 말라 당부하면서." 부리아범이 말을 전하고 물러나려다, "서방님, 쉰네는 세상 물정에 어둡습니다만 늘 조심하셔야 합니다"

하고, 백발 얹은 상투머리를 조아리며 당부했다.

"아범이 아니면 누가 그런 말을 일러주겠소."

백상충은 언양, 울산 지방의 불령선인 중 족집게로 집어내듯 정확한 왜경의 탐문 수사에 탄복하며, 그래도 저들이 끝내 혐의를 잡아내지 못한 데 적이 안심했다. 언양주재소 명령도 있었지만 당분간 칩거하지 않을 수 없었고, 몸이 묶이자 한초시 영감에게 통고문을 보낸 저간 행위 또한 깊이 반성했다. 함숙장 말대로, 금수만도 못한 인간에게 의연 협조를 바랐던 게 말이 되잖는 소리였다. 차라리 마음을 독하게 가져 도집어른 말대로 그의 처단을 확정 짓고, 함숙장 반대를 무릅쓰고 실행에 옮겼음이 옳았을지도 몰랐다. 한편으로, 새 소식을 가져올 곽돌과 표충사 경후가 기다려지기도 했다. 아니, 곽돌과 경후가 당분간은 집에 걸음하지 않았으면 하고 조바심을 냈다. 그들이 집을 거쳐가면 김기조 꼴로 주재소에서 출입 사유를 따질 게 분명했다.

행랑채 양주가 출가한 아들을 그리워하는데다, 주율이 선수행을 끝낼 때쯤 되었기에 백상충이 부리아범을 표충사로 보내 아들을 보게 할 겸 서상암에 있는 김조경을 만나고 오게 할까 어쩔까 하던 참이었다. 절기는 입동을 넘겨버렸다.

칠흑의 밤이었다. 바깥은 바람이 드세어 문풍지가 떨어댔다. 백상충이 서반 앞에서 책을 읽고 있었다.

"서방님, 손님이 찾아왔습니다." 다듬이질을 도우러 김첨지네 방으로 건너갔던 조씨 목소리였다.

백상충이 방문을 열자 쓰개치마를 둘러쓴 웬 아낙이 축담 아래서 있었다. 야밤에 낯선 여인을 방으로 들이기도 무엇하여, 어디서 온 뉘시냐며 백상충이 물었다.

"읍내 숫막에서 어느 어르신 심부름으로 왔습니다."

백상충은 짚이는 데가 있어 여인을 방에 들게 했다. 방으로 들어온 여인이 방문을 닫고 문 옆에 비껴 앉았다.

"야심한데 선다님을 찾아뵙게 되어 죄송합니다. 찾아뵌 까닭은, 숫막에 보부상 곽어르신이 저녁 무렵에 드셔서, 고하골 선다님 집 행랑에 사는 장인 장모님을 뵈러 가신다기에 저희 모녀가 붙잡았습니다."

백상충이 듣고 보니 주재소 유치장에 사식 넣어주었다는 숫막 여인네가 틀림없었다. 쓰개치마로 눈과 코만 남긴 옆모습으로 그네가 한초시 머슴들에게 도둑 누명을 쓰고 몰매 맞던 정심네임을 알아보지 못했다.

"처갓집에 간다는 사람 발목을 잡다니, 무슨 사유가 있습니까?"
뒷말을 들어보려 백상충이 물었다.

"선다님이 지난번 주재소에 계시다 나오신 후, 고하골 선다님 댁은 순사들의 감시가 심한 줄 아옵니다. 무심코 출입했다 행여 책잡히게 되면 곽어르신은 물론 선다님 옥체에도 누가 있을까 염려되어 제가 대신 걸음했사옵니다."

"순사가 밤낮으로 감시하는데…… 하여간 위험을 무릅쓰고 찾아주어 고맙군요."

"이 고을에 사는, 성함은 모르겠습니다만 별호가 딱부리라는 젊은이를 조심해야 합니다. 무슨 일인지 그자가 자주 주재소로 출입하는 걸 보았습니다. 그저께는 천정리 한초시 영감도 말을 타고 친히 주재소에 들렀습니다."

"그래요? 놀라운 소식이로군."

딱부리란 젊은이는 고하골 방앗간집 머슴이었다. 그가 집 주위를 어슬렁거리는 모습을 백상충도 여러 번 본 적 있었으나 무심히 여겨왔다. 튀어나온 눈이 술기에 젖은, 주사가 심한 젊은이였다.

"곽어르신 말씀이, 고하골에 들르지 못하고 장생포로 가신다며 선다님께 전하라는 쪽지를 주셨습니다." 정심네가 몸을 돌려 치마 말기에서 꼬깃꼬깃 접은 종이를 꺼냈다.

'무사 안녕. 대한 서상.'

압축한 내용이었으나 백상충은 금방 뜻을 깨칠 수 있었다. 광복회 일은 순조로우며 음력 섣달 열아흐렛날(대한) 서상암에서 회합이 있다는 전갈이었다. 그동안 모금한 의연금을 그날 서상암으로 가져오라는 뜻이 담겨 있었다.

"쇤네는 그만 물러가겠사옵니다."

정심네가 절을 하곤 일어섰다. 백상충이 그네의 숱진 눈썹을 보자 그제야 그네 정체를 알았다. 뭇매 맞는 처녀를 말려준 것도 보은이라고 일신의 위험을 무릅쓰고 심부름해준 마음씨가 고마웠다.

"어두운 밤길 조심해서 가시오."

바깥마당에는 조씨가 그때까지 센바람 맞고 서 있었다.

곽돌이 장생포에서 건어물을 받아 내지로 다시 들어갈 때를 넘겼으나 그는 무엇이 짚였음인지 고하골에 걸음 하지 않았다.

불고(不顧)

양력 새해 정월을 넘겨 표충사 서상암 회합날을 며칠 남겨두자,
백상충은 언양주재소로 나가 출타 신고를 하기로 했다. 유치장에
서 풀려난 지 한 달여, 그동안 아무 일 없었으니 집안 길흉사를 핑
계 대면 출타가 허락되리라 여겼다.

따뜻한 날을 골라 김첨지 집과 부리아범 내외가 거처하는 헛간
채 지붕갈이를 하느라 앞마당이 짚단으로 어수선한 낮참에, 홀연
히 경후가 솟을대문으로 들어왔다.

"경후스님이구려. 오랜만입니다." 백상충이 반겨 맞았으나 그가
집으로 들어올 때 혹시 방앗간집 머슴 딱부리가 보지 않았나 걱정
되었다.

"가을중 시주 다니듯 한다는 말도 있잖습니까." 검은 승모를 쓴
경후가 합장하며 말했다.

"어디서 오는 길이오?"

"경주에서 내려오는 길입니다." 백상충은 처를 불러 대문 밖을 살피라 이르곤 경후를 건넌방으로 맞아들였다.

"언양 읍내 쪽에서 오지 않기를 잘했소" 하고 말한 뒤, 백상충이 한초시에게 포고문 협박건을 알렸다. 그리고 김기조란 집안 젊은이가 언양주재소에 면회 왔다 당한 고초를 들려주며 조신을 당부하자, 경후는 웃기만 했다.

"제가 연락차 다니는 집이 왜경 요시찰 대상이라 처음 한동안은 대문을 들어설 때 주위를 살피게 되고 겁도 났지요. 이젠 만성이라 아무렇지 않습니다. 주재소에 잡혀가도 발뺌할 구실이 있고, 당해봐야 불국토(佛國土) 건설을 위한 불보살 고행 아니겠습니까. 인왕호국반야바라밀경(仁王護國般若波羅蜜經)을 암송하고 걸으면 그런 근심이 사라집니다. 통감부가 사찰령으로 족쇄를 채우고, 절 주지를 총독 임명제로 해서 친일 주지에게는 일본 시찰까지 시키는 알량한 선심을 보십시오. 그럴수록 호국불교의 참뜻은 거룩하지요." 경후가 대한광복회와 영우단 지역책 집을 방문할 때마다 뱉는 말이라 어조가 수월했다.

백상충은 경후스님이야말로 해행겸비(解行兼備)한 학승이라 아니할 수 없었고, 어진이를 경후처럼 만들지 못한 자신의 부덕함이 되돌아보였다.

"총사령 뵙고 오는 길입니까?"

"경주 녹동에 계시지 않고 지금 대구에 거하십니다. 동절기로 접어들었다 보니 상덕태상회 곡물 수거가 바빠 그쪽에 머무르십니다. 대구에는 서상일 처사께서 태궁상회(太弓商會)라는 북지 독립군 지원 상점을 열었습니다. 영주에는 대동상점(大同商店)이 문을 열었고요. 의연금도 전국 유지들 협조로 많이 거둬 지난 스무 닷샛날에 그동안 모금된 이십여만 원을 만주 신흥학교에 일차 송달한 줄 압니다."

"울산 쪽도 여러 동지가 수고하고 있으나 내가 발이 묶여 마음만 바쁘다오. 섣달 열아흐렛날 서상암에 갈 때 모금한 의연금을 넘기려 했는데 경후스님이 마침 잘 오셨소."

경후는 다른 소식도 전했다. 박상진 총사령은 조선총독부가 징수하는 세금을 압수하는 방법으로 우편차 습격을 계획 중이라 했다. 1차로 경주우체국 우편차를 습격하기로 했는데, 우편 송금이 많은 양력 1월 그믐께로 날짜를 잡았다는 것이다. 또한 이범덕에게 마지막 고시문을 송달한 결과, 장사직 처형 소식에 잔뜩 겁을 먹은 터라 왜경 수사기관 몰래 1만 원 의연금을 받아내는 쾌거를 올렸다 했다.

그날 밤, 경후는 건넌방에서 일박했다.

백상충은 남의 눈에 띄기 전 어둑새벽에 경후를 떠나보내려 처에게 일러, 조씨가 새벽동자를 지었다. 경북 풍기까지 영남 일대를 한 바퀴 돈 경후의 귀착지가 표충사였다.

"조심해서 가구려. 면소는 거치지 말고 화장산 뒤를 돌아 곧장 간월재 길을 타시오." 경후를 헛간채 뒤 바자삽짝에서 배웅하며 백상충이 말했다.

"염려 마십시오. 가내 두루 부처님의 무량한 자비가 넘치기를 축원합니다." 경후가 합장하곤 어둠 속을 총총히 떠났다. 그가 멘 바랑이 홀쭉했으나 품에는 여기저기에서 거둔 의연금 1만 3천여 원을 간직하고 있었다.

새벽 한기가 차가웠다. 경후는 무명장삼 소매 안에 두 손을 맞물려 꽂고 휑한 논 사잇길로 부지런히 걸었다. 그가 직동리를 옆에 두고 동산 갓길로 들어섰을 때였다. 어느새 하늘이 재색을 거두고 희뿌윰히 밝아왔다. 마을 쪽에서 닭 우는 소리가 들렸다. 그는 왠지 뒤쪽이 켕겼다. 미행당하는 느낌이 들어 걸음을 멈추지 않고 뒤돌아보았다. 다복솔 너머 저만큼 뒤쪽에서 장정 하나가 바삐 오는 모습이 잡혔다. 꼭두새벽부터 웬일로 저리 바쁠까, 하며 그는 걸음을 빨리했다. 한참을 걷다 돌아보니 장정 뒤에 따르는 자가 둘 더 있었다. 검은 제복에 모자 쓴 모습이 잡히자 그는 직감적으로 순사임을 알았다. 사방을 둘러보았다. 서리 앉은 고만고만한 동산과 따비밭만 눈에 들어왔다. 어디로 도망친다? 뜀박질에는 자신이 있어 쉬 잡힐 것 같지 않았다. 그러나 숲이 짙은 심산이라면 모를까 숨을 데가 없었다.

"스님, 길 좀 물읍시다!" 뒤쫓아오던 장정이 외쳤다.

경후는 도망가기에 글렀다고 체념하며 걸음을 멈추었다. 순간적으로 부처님의 자비로운 모습이 눈앞에 스쳤고, 당신이 하는 말을 환청으로 들었다. "불제자여, 담대하라. 내가 너를 지키지 않느냐."

장정은 방앗간집 머슴 딱부리였다. 그는 대뜸 경후 장삼 섶을 죄어 잡고, 중놈을 잡았다고 소리쳤다. 경후는 딱부리가 쥔 손을 뿌리치고 뛰기 시작했다. 줄행랑치다 품에 숨긴 의연금을 나중에 찾게 되더라도 우선 어디든 버려야 한다는 생각이 설핏 스쳤다. 그러나 몇 발을 뛰지 못해 등에 멘 바랑끈을 다시 잡혔고, 그는 자빠지고 말았다. 따라붙은 강형사가 경후 면상을 구둣발로 걷어찼다. 강형사와 호리가와 순사가 쓰러진 경후에게 매타작을 놓았다. 실신하지 않을 만큼 실컷 팬 뒤, 호리가와가 허리에 찬 포승을 풀어 그의 팔을 뒤로 꺾어 결박했다.

"네놈을 생포하려고 밤새 백가 집을 지켰다." 강형사가 주먹으로 경후 턱을 후려쳤다. "주재소로 가!"

경후는 언양주재소에 끌려갔다. 취조실에서 호리가와가 고쟁이만 남기고 경후의 절옷을 벗긴 뒤 차꼬를 채웠다. 댓 평 너비의 취조실은 창이 없어 깜깜했다. 벗은 몸이라 추위가 살을 저며 그는 『천수경』을 읊었다.

백상충을 연행해 와 독방 유치장에 가둔 뒤, 경후의 심문이 시작되기는 아침 열시를 넘겨서였다. 취조실 벽에 호롱불을 걸어놓고, 주재소장 아라하타가 책상 맞은편 의자에 앉아 취조에 임했다. 강형사가 그 옆에 섰다. 장작불 피운 화로에는 부젓가락 여러 개가 꽂혀 있었다.

"어느 절 소속인가?" 강형사의 첫 질문이었다.

"밀양 표충삽니다."

강형사가 경후의 속명, 출생지, 승려가 된 동기를 물었다.

"백가를 만난 목적을 말하라." 아라하타 소장이 본론을 꺼냈다.

"백처사 자당께서 생전 표충사 소속 불자라……"

"산골짜기마다 널린 게 절인데, 노친네가 그 먼 표충사까지 다

넀어?" 강형사의 고함이 떨어졌다. "네놈 말대로 백가 모친이 불교신자라 치자. 그렇다면 네놈이 가진 일만 삼천여 원 거금은 어디서 생겼어?"

"시줏돈입니다."

"바른말 할 때까지 아주 혼을 뽑으시오!" 아라하타가 의자에서 일어서며 강형사에게 저희 말로 명령했다.

소장이 나가자 기다렸다는 듯 호리가와 순사가 몽둥이를 들고 들어왔다. 다짜고짜 무작한 매질이 시작되었다. 강형사도 합세하여 경후 상체를 싸리매로 후려쳤다. 두 고문자는 매질하며, 사실대로 자백하라고 으름장을 놓았다. 경후는 가물가물하는 의식으로 생사일여(生死一如)만 되뇌었다. 매질이 계속될수록 고통의 농도가 엷어지더니 그는 정신을 잃어갔다. 진여(眞如)의 참뜻이 여기 있겠거니 하는 생각조차 꺼져버렸다. 그는 입을 열지 않은 채 실신하고 말았다. 호리가와가 밖으로 나가 양동이 물을 가져오더니 경후 몸통에 끼얹었다. 찬 물벼락을 맞자 경후는 깨어났다.

"네놈 임무가 뭐냐? 중놈 행세하며 백상한테 보고한 말을 실토해. 돈의 출처를 밝혀!" 강형사가 불에 달군 부젓가락으로 경후 가슴팍을 한차례 지졌다.

경후는 대답하지 않기로 마음먹고 앞니로 혀를 끊으려 깨물었으나 턱뼈가 내려앉아 아귀에 힘이 모아지지 않았다.

"실토 않겠다? 아주 죽여주마." 강형사가 이기죽거렸다.

'비녀 꽂기', '꽈배기' 고문이 번갈아가며 경후 육신을 쥐어짰다. 그는 비로소 죽음의 공포를 실감했다. 삶과 죽음이 여반장이란 말대로, 죽음조차 담담히 맞겠다는 말을 예사로 했고, 호국불교의 성스러움을 수행하다 죽게 됨이 진여의 참 실천이라 자위했으나 그런 생각과 말이 관념의 유희였음을 뼛속 깊이 새겼다.

"……일본제국이 베푸는 시혜를 모르고 경거망동하는 자를 우리는 폭도라 부른다. 그런 놈을 색출해서 정신 상태를 개조시키는 게 우리 임무다. 말이 통하는 자는 말로 설득하고, 뉘우침이 갸륵한 자는 천황의 은덕으로 방면하고, 끝까지 항거하는 자는 처형으로 씨를 말린다. 그러나 자백하지 않기에 방면할 수 없는 폭도에겐 고문만이 명약인데, 네가 바로 그런 놈이다. 고문은 이제 시작에 불과해." 강형사의 말이 의식을 놓아버린 경후 귀에 먼 메아리로 들렸다. "지금부터 네놈이 만난 자를 실토하라. 백상충을 알게된 동기와 방문 목적을 밝혀. 일만삼천여 원 출처는 물론, 사용 목적을 이실직고해. 만약 이를 자백하지 않을 때, 우리는 너를 죽이지 않고 살려두며, 죽음보다 더한 고통으로 살과 피를 말릴 것이다." 강형사가 경후를 도마 의자에 앉히고 종이와 연필을 책상에 놓았다. "기록해. 우리가 잡고 있는 정보에 합당할 만큼 사실대로 밝혀!"

경후의 흐릿한 눈에 백지가 들어왔다. 그는 누구의 이름도 쓸수 없었다. 비밀을 지닌 채 이승을 하직하는 길만이 해탈임을 깨우쳤다. 업장반 시절, 학승의 가르침이 떠올랐다. "끼니는 하루 한끼에서 일주일에 한 끼로 줄이고, 한 끼도 곡식 낱알을 하나씩 먹고, 몸의 털을 하나씩 뽑는 고행, 가시덩굴에 누워 있는 고행, 며칠씩 물에 몸을 담그고 사는 고행…… 마침내 석존의 몸은 마른 나뭇가지처럼 여위고, 다리는 갈대처럼 가늘어지고, 뼈는 살가죽 위로 튀어올랐다. 석존께서는 여섯 해 동안 고행을 달게 받으며 파순(波旬, 악마)의 유혹을 이기셨느니라……"

"자, 자백할 게 없소. 내게 고통을 더 주시오……" 경후가 머리를 도리질했다. 물레방아처럼 끊임없이 도는 치차(齒車) 칼날에 목이 베이고, 새 목이 돋아나면 다시 베이는, 이승의 고통을 수천만 번 되풀이당해도 인욕바라밀(忍辱波羅蜜)하리라. 그는 그렇게 결심했다.

"좋다, 네놈이 얼마나 견디느냐 두고 봐!"

강형사의 눈에 불꽃이 튀었다. 그는 몽둥이로 경후를 무차별 구타했다. 경후의 무릎뼈가 분질러져 오른쪽 다리가 덜렁거렸다. 호리가와가 취조실로 들어왔다. 둘은 합세하여 벌겋게 단 부젓가락으로 경우 허벅지살을 지졌다. 경후가 정신을 잃었다 깨어나면 고춧가루 탄 물고문으로 이어졌다. 그는 자정을 넘길 때까지 숨돌릴 틈 없게 고문당한 뒤, 취조실 천장에 육괴처럼 매달렸다.

이튿날 아침부터 유치장에 갇혀 있던 백상충의 심문이 강형사와 고무라 순사에 의해 시작되었다. 한초시에게 전달한 협박문을 꺼내놓고, 광복회란 비밀조직의 결성 경위, 회원 명단을 밝히라는 윽박지름이 취조실 안을 울렸다. 그가 침묵으로 일관하자, 그 역시 고쟁이만 걸친 벗은 몸으로 경후가 당한 고문을 되풀이 밟았다.

"내 언젠가 네놈한테 말했지? 한번은 내 손에 걸려들 거라고. 그날을 내가 별렀다. 중놈이 실토했으니, 너도 밝혀!" 강형사가 백상충 상투머리를 잡고 뺨을 후려쳤다.

"모르오. 나는 그런 단체를 모르오……" 백상충이 버텼다. 오후 내내 다카하시 순사까지 동원되어 셋이 백상충을 여러 방법으로 악형을 가해도 그는 입을 다문 채 표정이 없었고 비명조차 지르지 않았다. 경후는 거꾸로 매달린 상태로 백상충의 고문 장면을 지켜보았다.

저녁때, 고문자 셋은 구수회의를 가졌다. 그들은 백상충보다 경후에게 혐의를 더 두었고, 자백을 받아내기도 그가 용이하다고 결론을 내렸다. 1만3천여 원을 소지했으며, 지하단체 연락책이 분명했기 때문이었다. 그들은 백상충을 감방에 수감시키고, 경후를 집중적으로 다뤘다.

사흘째 되는 날, 아라하타 소장은 아직 별다른 성과가 없다는 고무라 순사의 보고에 분노를 터뜨렸다. 이미 울산경찰서와 울산헌병분견소에 보고되었고, 밀양주재소 조회 결과 경후의 승적이 확인된 마당에 아직 자백을 받아내지 못했냐며 부하들에게 호통쳤다.

"내가 직접 담당하겠다."

아라하타가 장판(杖板)과 배터리를 준비하라 이르곤 취조실로 들어갔다. 고무라가 천장에 거꾸로 매달린 경후를 땅바닥에 내렸다. 강형사와 고무라가 경후를 장판에 뉘고 오라로 묶었다. 강형사가 경후 양발 엄지발가락 사이에 쇠봉을 끼우고 붕대로 감았다. 붕대 감은 발에 물을 부었다. 쇠봉은 전선줄로 소형 배터리와 연결되어 있었다.

"얼마를 견디나 보자. 시작해." 아라하타 소장이 고무라에게 명

령했다. 고무라가 배터리에 달린 손잡이를 돌렸다. 웽, 하는 소리
와 함께 경후 입이 한껏 벌어지고 온몸이 경련을 일으켰다. 동공
이 튀어나올 듯 확대되었다.

"백상을 만난 목적을 말하라. 누구 돈인지, 무엇에 쓸 것인지 출
처와 용도를 대!" 강형사가 소리쳤다.

경후는 헉헉대기만 할 뿐 말문을 열지 않았다. 갑자기 아라하타
가 코를 감싸쥐었다. 경후가 똥오줌을 싸버린 것이다. 전기고문은
멈추었다 이어졌다 차츰 강도를 높여가며 한 시간 동안 계속되었다.

경후가 의자에 앉혀졌을 때, 그의 왼팔은 탈골되어 덜렁거렸고
부은 입 사이로 핏덩이가 떨어졌다. 깨진 머리와 귓바퀴에서 피가
흘러내렸다. 아직 전류가 흐르듯 살갗이 제풀에 경련을 일으켰다.
그는 자포자기 상태가 되고 말았다.

"네놈이 광복회 연락책인 줄 알고 있어. 친일 부자들을 협박해
돈을 거뒀다고 백상이 자백했다. 너도 계보를 밝히면 석방하겠다."
강형사가 목소리 낮추어 말했다.

뒷전에 아라하타 소장과 호리가와가 서 있었다.

"시줏돈……"

"안 되겠어. 더 세게 다뤄." 아라하타 소장이 말했다.

물고문과 전기고문이 다시 이어졌다. 고문자는 교대로 밤을 새
워가며 경후를 볶아쳤다.

이튿날 아침, 고무라는 경후의 꺼멓게 변색된 오른손을 책상에
올려놓고, 쇠침 꽂힌 송곳을 그의 장지 손톱 밑에 쑤셔박았다.

"실토해. 광복회 조직을 밝혀!" 강형사가 소리쳤다.

"과, 광복회가 아니라······" 퍼부어오는 졸음으로 의식이 몽롱해진 경후가 고통을 참지 못해 헛소리처럼 읊었다.

"아니라면?" 긴장한 강형사가 다잡아 물었다.

"유림단······" 말을 흘리곤 경후는 까무러치고 말았다.

강형사가 경후 머리통에 양동이물을 퍼부었다. 따귀를 여러 차례 때려 그의 의식을 살려냈다.

"백상충이 유림단 괴수지?"

"······"

"백상을 어떻게 알게 됐냐?"

"백처사 댁······ 주율······ 행자반 동기라······" 경후는 자신이 무슨 말을 중얼거리는지 몰랐다. 대한광복회를 발설해서 안 된다는 강박관념이 엉뚱하게 유림단을 입에 올리게 되었는지 몰랐다. 그는 비몽사몽에서 헤매고 있었다.

"주율? 표충사에 있단 말이지? 연락책인가? 그렇다면 백상 집에 드나들던 등짐장수는?" 강형사가 헐떡이는 경후 입을 주시했다.

"곽처사······ 서상암······ 간도······" 경후가 머릿속에 스치는 말을 읊조렸다.

"광명서숙 장경부와 천도교 박호문은 어떤 역할을 했냐?"

경후는, "그런 자는 모르오······" 하는 말을 마지막으로 정신을 잃고 말았다.

"이제야 중요 정보를 잡았어요. 사건을 엮을 수 있겠습니다." 강형사가 아라하타 소장에게 말했다.

그들은 경후를 장판에 묶어두고 우르르 몰려나와 곧 회의에 들어갔다.

"표충사에 딸린 암자로 서상암이 있는 모양입니다. 그곳이 유림단이란 지하조직체 본부가 틀림없습니다. 그리고 만주에 있는 조선인 불령단체(독립운동 단체 및 독립군)와 영남유림단이 연계가 있는 듯싶습니다." 강형사의 추리였다.

"등짐장수 곽은?" 아라하타 소장이 물었다.

"곽이란 놈도 백가 집을 들랑거린 주요 인물입니다. 그자가 혹칠곡군 장사직 살해범 중 한 놈인지 모르죠. 보부상이 용의자로 지목된다는 공문이 하달되지 않았습니까."

아라하타 소장이 머리를 끄덕였다. 넷은 토의 끝에 결론을 내렸다. 백상충을 계속 문초한다. 주율이란 중과 표충사 주요 직책을 맡은 중들을 검거한다. 보부상 곽의 행방을 조회한다. 서상암을 덮쳐 암자에 기거하는 자들을 연행한다. 결론을 내리자 언양주재소 순사 넷으로는 감당할 수 없는 사건이었다. 검거자만도 열을 웃돌았다. 우선 본서에 사건 전말을 보고하고, 사건 전담반을 편성하려면 아라하타 소장이 당장 울산 본서로 출장을 나서야 했다.

아라하타 소장은 본서와 경남경찰부 고등사찰계에 전통을 띄우고, 타고 떠날 말을 준비시켰다. 그는 부하 직원에게 경후와 백상충을 계속 심문하여 중요한 정보를 더 빼내라는 말을 남기곤 주재소를 떠났다.

그날 밤, 백상충과 경후는 고문자 셋으로부터 번갈아가며 혹독한 고문을 당했고, 대질 심문을 받았다.

"유림단? 유림회니, 유가회니 하는 친목계 모임은 영남 땅 어느 고을에나 있잖소." 백상충은 영남유림단 실체를 부인했다. 전기고문을 당하며 몇 차례 실신까지 했으나 그는 누구의 이름도 토설하지 않았다. 오직 통분한 점은 도정어른 말을 좇아 한초시를 처형하지 못한 점이었다. 그를 살려둔 게 끝내 이런 고초를 자초하게 되었으니 이제 와서 함숙장의 온건론을 원망한들 소용이 없었다. 아니, 함숙장 말을 꺾고 도정어른 강경론에 찬동치 못한 자신의 우유부단함을 책할 수밖에 없었다.

"독한 놈, 네놈이 아무리 둘러대도 실토하고 말 것이다. 네놈이 거짓말하는 줄 알고 있다. 요시, 죽어봐!"

분김을 못 참은 강형사의 싸리매질이 시작되었다.

백상충은 경후와 대질 심문에서 속명 어진이, 법명 주율과의 관계는 사실대로 밝혔다. 주율은 집안 행랑채 자식인데 밀양 표충사로 출가했다 보니 경후가 집에 들러 속세 부모에게 그쪽 소식을 전한다 했다. 강형사는 주율이 백군수 댁 행랑아이로 어진이와 이명동인임을 그때서야 알았다.

이튿날, 부리아범이 언양주재소로 연행당해 강형사로부터 조사를 받았다. 아들이 그동안 몇 차례 집에 왔는가, 경후란 중은 한 달에 몇 번 들르느냐, 등짐장수 곽이란 자는 무슨 일로 백가를 만나느냐는 따위였다. 부리아범은, 자식이 출가한 뒤 노마님 별세 때 한 번 울산 학산리 집에 들른 적이 있을 뿐 얼굴을 보지 못했다고 대답했다. 경후는 두세 달에 한 번 바람같이 들렀다 가는데 그편에 아들 수행 소식을 듣는다 했다. 작은서방님 장인이 부산에서 큰 객주를 열고 있는데다 장생포에 임방이 있어 그 연줄로 울산

학산리 시절에도 보부상 출입이 잦다고 했다. 겁먹어 말도 제대로 못하는 늙은이를 붙잡아두어야 빼낼 정보가 없었기에 주재소측은 부리아범을 하룻밤 잡아두었다 풀어주었다.

부리아범은 아침참에 고하골 집으로 돌아오자, 주재소에서 작은서방님 만난 정황을 집안 모두가 모인 자리에서 털어놓았다. 백상충이 잡혀 들어간 뒤 그동안 일절 면회는 물론 사식 차입까지 되지 않았던 것이다.

"말씀 마십시오. 입성은 피걸레가 되었고 얼굴이 온통 찢겨 차마 마주뵐 수 없었습니다. 얼마나 맞았는지 걸음조차 옮기지 못하시더군요. 무르팍에 얹힌 손을 보니 찢긴 손등이 숯덩이처럼 꺼멓게 변했는데, 손톱이 몇 개 빠졌습디다."

부리아범 말에 조씨와 너르네가 울음을 터뜨렸다.

"시절이 어느 때라고 껑중대더니 기어코 일을 내고 말았어. 이번 사단은 예삿일이 아닌 것 같아. 저러다 송장 되어 안 나올는지……" 백상헌이 한숨만 쉬었다.

"작은서방님 때문에 집안이 아주 망하게 됐네. 허기사 국사범은 조정 대신도 못 구제한다던데." 허씨가 참견했다.

"면소에 소문이 파다합디다. 한초시 내외를 결박지어 협박한 고수가 작은서방님이라고요." 김첨지가 말했다.

"울산 언양 근동 유생들을 찾아다니며 구명운동이라도 벌일까, 어쩔까." 백상헌이 자신 없는 목소리로 중얼거리다 무릎을 쳤다. "제수씨, 얼른 부산 사돈댁에 통기부터 합시다. 사장어른이 권세 가니 거기 경무부나 헌병대에도 안면이 넓을 겁니다. 일이 더 커

지기 전에 서두름이 좋겠습니다."

백상헌은 김첨지를 울산 광명서숙으로 보내 아들 기조로 하여금 부산 조씨 친정집으로 떠나게 지시했다. 부리아범은, 주재소에서 곽서방이 자기 사위인 줄 모름을 알았기에 그쪽도 몸을 피하라는 통기가 화급함을 알았다. 어쩌면 아기를 밴 딸애도 밀양경찰서로 달려가 치도곤을 당할는지 몰랐다.

"임자는 주재소서 감시하니 내가 나서리다. 어진이한테 소식 알리고, 밀양 읍내로 나가 곽서방과 딸년도 어디든 숨어라 일러야겠소." 너르네가 말한 뒤, 길 떠날 채비를 했다.

너르네는 황망히 표충사로 나섰다. 언양 면소 쪽 길을 잡지 않고 화장산 뒤를 돌아 간월재 길로 향했다. 그네는 마음이 다급했다. 어진이가 출가 전 작은서방님 서찰 심부름을 다니다 울산헌병대로 끌려가 당한 고문을 떠올리자, 이번에는 필경 그보다 더 큰 화가 미칠 것 같았다. 아들이 곽서방과 함께 만주 땅을 갔다 왔다니 그 일이 마음에 걸렸다. 그네가 잰걸음을 놓자 초겨울 찬바람에도 구슬땀이 났다.

너르네가 신불산과 간월산에 걸린 험한 잿길을 넘었을 때는 해가 사자봉 마루에 걸려 있었다. 그네는 아들과 딸네 식구를 구해야겠다는 화급한 마음 하나로 한나절을 물 한 모금 마시지 않고 이천리 골짜기를 빠져 내려갔다. 사자평으로 오를 때는 해가 지고 그늘이 내린 뒤였다. 그쯤에서 그네는 사자평에서 넘어오는 도붓장수 둘을 만났다. 둘 중 하나가 막내딸 선화를 장생포로 팔아넘긴 지월도였다.

"지서방 아닌가요."

"아주머니가 웬일로 험한 재를 넘어, 어디로 가는 길입니까?" 젓동이 진 지월도가 놀란 기색으로 물었다.

"내 딸 여각에 팔아넘기더니 하늘이 벌을 내려 아직도 젓장수 신세를 못 면했구려." 지월도 멱살이라도 잡고 한바탕 대거리 놓고 싶었으나 너르네는 그럴 경황이 없었다.

"소문으로 듣자 하니 부산포 대갓집에서 자족하게 산다던데, 무슨 말씀이 맑은 날 벼락치기요?"

"듣기 싫소. 지금 임자와 싸울 처지가 아니오." 너르네가 수건으로 땀 채인 얼굴을 닦으며 소금포를 등짐진 도붓장수에게 물었다. "어디서 오시는 걸음인지 모르나 장생포에 임방(任房) 둔 건어물상 곽서방을 아시나요?"

"곽동무요? 알다마답죠. 아주머니는 뉘시오?"

"곽서방이 쇤네 사위라오. 급한 전갈이 있어 밀양 가는 길이야요."

"밀양 읍내에서 헤어졌으니 지금쯤 청도 땅에 들어섰을걸요. 아주머니가 헌걸찬 사위를 뒀습니다만……" 소금장수가 끝말을 사렸다.

"소식 줘 고마워요. 어서 딸년이라도 만나야지."

너르네가 지월도에게 눈총을 주곤 가던 길을 바삐 걸었다. 밤에 들어서야 표충사에 닿겠거니 여겼는데, 도붓장수 둘의 주고받는 말이 등을 미는 바람에 섞여 그네 귀에 스쳤다. 너르네가 걸음을 멈추고 도부꾼 말을 엿들었다.

"트집거리를 잡은 모양이야. 순사와 헌병이 떼거리로 몰려온 걸 보니." 소금장수 말이었다.

"아무 죄도 없는 우리까지 추달당했으니 오늘 일진이 좋지 않습니다요. 놈들이 곽동무를 쫓는 모양인데, 잡힌다면 경을 치겠어요. 어떻게 빨리 연락돼야 할 텐데……"

"이천리 숯막에 들러 청도로 빠지는 동무를 만나면 곽동무한테 쉬 연락이 닿을걸세."

근처 대찰은 표충사밖에 없기에 그곳에 순사와 헌병이 밀어닥쳐 분탕질 친 게 틀림없었다. 주재소에서 나온 서방 말로는 순사가 사위를 쫓고 있다니 도부꾼 둘도 얼김에 추달받았음이 짚여졌다. 억새 우거진 사자평 더기에 올랐을 때는 어둠이 내린 뒤였다. 소한 절기라 밤바람이 매웠고 몰아치는 바람에 섞여 먼 산에서 우는 짐승 울음이 처량했다.

너르네는 별빛만 초롱한 깜깜한 오솔길을 더듬어 어떻게 표충사에 도착했는지 자신도 알 수 없었다. 돌부리나 나무 뿌리에 걸려 넘어지고 허방을 밟아 자빠지기도 하며 그네는 숨이 턱에 닿게 내달아왔던 것이다.

너르네는 절 서쪽 일각문을 통해 만일루 앞을 발소리 죽여 걸었다. 순사 떼거리는 모두 철수했는지 산사는 어둠과 바람에 묻혀 적요했다. 열반당 앞마당으로 돌아들자 대웅전 쪽에서 염불 외는 소리와 목탁 치는 소리가 들렸다. 그네가 큰마당으로 들어서자 오층석탑이 앞을 막아섰다. 그네는 탑신 앞에서, 부디 어진이와 딸 식구를 굽어 살펴달라고 합장하여 비손했다. 염불 소리가 우렁우

렁한 대웅전으로 다가가다 그네는 사방등을 들고 가는 늙은 공양
주를 만났다.

"저, 말씀 좀 묻겠습니다. 이 절에 스님으로 있는 어진이라고,
속세 어미 되는 사람인데······"

"절에서 부르는 법명을 대서야지요."

"주, 주율이라 합디다."

"방장스님 시자승인 주율스님 말씀이군요. 그런데 오늘 낮참에
순사와 헌병이 절로 들어와 여러 스님을 잡아갔어요. 주지스님 교
무스님은 물론이고 선원(禪院)의 선덕스님, 강원(講院)의 원장스
님, 주율스님도 끌려갔답니다."

"잡혀가다니, 어디로요? 언양서 간월재를 넘어온 길인데 순사
를 만나지 못했어요." 너르네가 쏟아지는 눈물을 머릿수건으로 닦
았다.

"밀양 읍내로 끌려갔습니다. 서상암에 유하시던 문장스님과 처
사 두 분도 함께요."

"아이구, 이 일을 어찌할꼬. 벌써 잡혀갔다니······"

"너무 상심 마십시오. 부처님의 광명과 자비가 스님들을 지켜주
실 겁니다. 먼길 오셨는데 공양은 드셨는지요?"

"저는 이 길로 나서렵니다. 아들딸을 만나야 해요."

"야심한데 오십 리 밤길을 어찌 가시려고······"

"벌써 저승 들 때도 된 늙은이, 범이 물어 가면 가라지요. 그런
데 밀양 읍내는 어디로 길을 잡아야 합니까?"

"물길 따라 난 한길로 내처 내려가면 됩니다."

너르네는 그길로 황황히 표충사를 떠났다. 그네는 남천 물길을 따라 걸었다. 그제야 여윈 눈썹달이 산 위로 떠올라 서쪽으로 트인 길을 희미하게 비췄다. 내리 걷는 길인데다 사위와 딸까지 밀양주재소로 잡혀갔는지 모른다고 생각하자 그네 걸음이 천방지축이었다. 지난번에 들른 곽서방 말로는 딸이 둘째애까지 가졌다니 그 몸으로 고초를 당한다면 두 목숨을 잃을는지 몰랐다.

너르네가 밀양 읍내로 들어갔을 때는 새벽 네시를 넘겨 여름 같으면 새벽닭이 울 때였다. 그러나 읍내는 불 밝힌 집이 없었다. 사위와 딸이 밀양 읍내 천진궁 누각 마을에 살고 있다기에 움파리처럼 엎드린 올망졸망한 초가마다 뒤져 자는 사람 깨워 말을 붙일 수 없었다. 속옷을 적시던 땀이 얼마르자 추위가 뼛속을 저몄다. 그네는 누각 마을을 다람쥐 쳇바퀴 돌 듯 기웃거리며 다녔다. 등잔불을 켜는 집이 있으면 불문곡직 마당으로 들어가 딸네 집을 물을 작정이었다.

동녘 하늘이 밝아올 때야 너르네는 빈 지게 지고 나선 장정을 만났다.

"말씀 여쭙겠습니다. 혹시 이 마을에 보부상 곽서방 집이 어딥니까? 안사람은 아들 하나를 키우고 살 텐데요."

"율포댁 말씀이시군요. 제가 데려다드리리다. 우린 단군 한배님을 받드는 대교 신도들입니다."

장정이 앞장섰다. 딸네 집은 골목을 돌아 세번째, 너르네는 코앞에 둔 집을 찾아 두 시간 좋게 헤맨 셈이었다.

"얼아, 한얼이 있냐." 너르네는 뛰는 가슴을 누르고 닫힌 삽짝

앞에서 외손자 이름을 불렀다.

안방문이 열리고 율포댁이 마루로 나섰다. 삽짝까지 와서야 그네는 어슴새벽 속에 떠오른 엄마 얼굴을 보았다.

"신새벽에 웬일로? 어디서 오는 길이오?"

"잔말 말고 어서 방에 들어가."

너르네는 딸을 앞세워 안방으로 쫓기듯 들어갔다. 율포댁이 등 잔불을 켜려 하자 너르네가, 목소리만 들으면 됐지 무슨 불이냐며 말렸다.

"곽서방 언제 집에 들렀냐?"

"집에서 하룻밤 쉬고 어제 새벽 들고 청도로 떠났어요."

너르네는 경후란 젊은 스님이 잡혀가자 작은서방님이 묶여가 초주검 되다시피 당한 고문과 표충사 공양주로부터 들은 사단을 딸에게 낱낱이 일렀다.

"어진이까지요?"

"곽서방이 어진이 데리고 만주 갔다 왔다는 말 안하던?"

"사실 며칠 전 아침에 형사 둘이 집안을 샅샅이 뒤지고 갔어요. 얼이아버지에 대해 꼬치꼬치 캐묻더니만, 내 배가 앞산만하다 보니 잡아가지 않고 그냥 두는 눈칩니다. 그래서 얼이아버지도 며칠 유하기를 포기하고 선걸음에 떠났어요." 율포댁이 된숨을 내쉬며 말했다.

"일이 터졌으니 필경 헌병이 금방 닥칠 거다. 한발 차이로 곽서방을 놓쳤으니 너라도 대신 잡아채가겠지."

바깥이 밝아왔다. 한얼이도 잠에서 깨었다. 율포댁은 친정 엄마가 어제 아침밥 한술 뜨고 종일 굶으며 첩첩한 산 넘어 백 리 넘는 길을 달려왔음을 알자, 부엌으로 나가 아침동자를 바삐 지었다. 너르네는 벽에 기대어 말뚝잠으로 잠시 눈을 붙였다.

"너도 어서 청도 쪽으로 나서보아라. 길가다 숫막마다 들르면 수소문은 할 수 있을 게다. 그러면 전말을 알리고, 밀양 땅에 절대 걸음해선 안 된다고 일러라. 세상이 잠잠해질 때까지 장사일도 걷고 심산에라도 들어앉아 숨어 지내야 할 게다." 아침밥을 한술 뜨며 너르네가 딸에게 일렀다.

"그래야겠어요. 나도 당분간 집을 비워야 할까봐요. 오늘도 틀림없이 헌병이나 순사가 올 겝니다. 얼이 데리고 길 나서다 얼이 아버지 만나면 어디든 몸을 피해야 할까봐요."

율포댁은 서방을 감옥소로 보내고 혼자 집 지키며 살 수 없을 것 같았다. 따지고 보면 서방이 도붓장수를 계속하든 어디로 몸을 피하든, 빈집 지키며 살기는 마찬가지였다. 그러나 서방이 장사일을 마치고 처자식 보러 집으로 돌아올 날을 손꼽아 기다리는 그 바람조차 없이 무작정 빈집을 지킨다면 예전 과수 생활과 다를 바 없었다. 물속이든 불속이든 서방 따라나서서 서방 안위를 옆에서 돌보아줌이 안사람 도리라 여겨졌다. 그네는 아침밥 지으며 그런 결심을 다독거렸던 것이다.

"홑몸도 아닌데 엄동에 나서자면 노잣돈이라도 있어야 할 텐데." 너르네가 딸의 부른 배를 보며 말했다.

"여축해둔 돈이 있어요."

"어서 서방부터 찾아선 위급한 사단을 전해. 곽서방이야 골골샅

살 뒤지고 다닌 장사꾼이라 어디 숨어살기 맞춤한 데는 알 거야. 여기까지 왔으니 나는 어진이가 잡혀 있다는 밀양주재소로 가봐야겠다."

"어머님도 노잣돈이 필요하실 테니 제가 얼마 드리다. 경찰서에 제 대신 사식이라도 넣어주세요."

율포댁은 곧 짐을 쌌다. 점방 내려 모아두었던 돈을 챙기고 겨울날 수 있는 가족 옷가지로 보퉁이를 꾸렸다. 간단한 살림살이 도구와 남은 양식도 챙겼다. 그네는 대교 교도인 장서방 댁에 들러 안주인에게, 당분간 집을 비우게 되어 세간살이는 두고 가니 보아달라고 부탁했다. 방 두 개 문과 부엌문을 못질해 남이 출입 못하게 했다.

율포댁은 보퉁이를 새끼줄로 묶어 등짐 지고, 보퉁이 하나는 머리에 이었다. 한얼이도 솜옷을 입혀 머리통은 수건으로 싸매었다.

"배도 부른데, 엄동설한에 나선 네 꼴을 차마 못 보겠구나." 너르네가 딸을 배웅하며 손등으로 눈물을 찍었다.

"저도 여부상하며 이 근방을 돌아다녀 여기 물정은 밝으니 염려 마세요. 얼이아버지 만나 살 데를 마련하면 언양 고하골로 통기할 게요. 얼아, 외할머니한테 인사드려."

엄마 따라나선 한얼이 영문도 모른 채 외할머니께 절을 했다. 어디 보자 우리 새끼, 하며 너르네가 외손자를 안아 들고 갈라터진 뺨에 입을 맞추고 내려놓았다.

"어서 가. 부디 곽서방 만나 무사하거라."

"어머니도 잘 돌아가세요."

양력 정월 초순의 강추위라 아침 바람이 매운 속에 율포댁과 어린 자식은 북으로 길을 잡아 떠났다. 너르네는 그들이 들길 멀리로 사라질 때까지 그 자리에 서 있다 샌바람을 등지고 걸음을 돌렸다. 그네가 밀양경찰서 정문 앞에 이르자, 한 떼의 젊은 승려가 정문 앞 맨땅바닥에 앉아 목탁을 치며 경을 읊고 있었다. 서른이 넘는 인원인데, 그보다 많은 불도(佛徒)가 한데 바람을 맞으며 승려들과 동참하고 있었다. 구경꾼이 겹으로 울을 치고 있었다.

"어제 주지스님을 비롯해 스님 일곱 분이 경찰서로 잡혀왔잖아. 그걸 항의하러 절 스님들이 몰려나왔어." "표충사에서 새벽예불을 마치고 곧 출발했대." "변고로다. 한둘도 아니고 여러 스님을 잡아 가두다니. 이런 법난(法難)이 있나." 구경꾼들이 쑤군거리는 말이었다.

승려들이 치는 목탁 소리와 한목소리로 읊는 경이 지축을 흔들었고, 무장한 순사와 헌병이 만약의 사태에 대비해 경찰서 정문을 지키고 있었다. 그들은 총구를 겨누거나 칼을 뽑아든 채 도열했고, 말을 탄 헌병도 셋이었다.

"물러가. 물러가지 않으면 쏠 테다!" 경부가 권총을 치켜들고 소리쳤다. 승려들이 꿈쩍을 않자 경부가 하늘에 대고 공포 두 발을 쏘았다.

"소장님, 중은 폭력을 안 쓸 테니깐 그냥 두지요. 이자들을 건드렸단 신도가 들고일어날 것 같습니다." 일본인 순사가 경부에게 저희 말로 말했다.

"성질 같아선 모조리 잡아넣었으면 좋겠으나 수용 시설이 없어.

만약 행패 부리는 자는 치명상 입혀 잡아들여." 경부는 권총을 허리에 차곤 경찰서 안으로 들어갔다.

승려들의 경 읊는 소리가 더욱 높아지고, 신도들은 일곱 승려가 갇힌 경찰서를 향해 맨땅바닥에 무릎 꿇고 쉼 없이 절을 했다. 승려들은 『천수경』을 읊었다. 업장반 반장이었던 취봉이 앞쪽에 자리잡아 경 이음새를 이끌었다.

아들 면회가 될성부르지 않아 너르네도 불도들 사이에 섞여, 그들 따라 땅바닥에 무릎 꿇어 절을 했다.

해가 하늘 가운데로 높이 솟았을 때였다. 경찰서 건물에서 순사 둘이 나오더니 호루라기를 불었다. 순사와 헌병들은 승려들을 밀쳐내기 시작했다. 말을 탄 헌병 셋이 그 사이를 비집고 들었다.

"나온다, 모두 나온다!" 군중 속에서 누군가 외쳤다.

승려 일곱과 김조경, 장남화가 굴비두름 엮듯 포승에 줄줄이 묶여 경찰서 마당으로 걸어 나왔다. 밤새 얼마나 문초를 당했는지 입성과 몰골이 말이 아니었다.

"일각스님!" "자명스님!"

신도들은 그들이 지나가는 길 옆에 엎드리며 울부짖었다. 경찰서 앞마당에서 목탁 치며 경을 읊던 승려들은 묶여가는 일행 뒤를 따랐다. 통곡과 외침과 경 읊는 소리와 목탁 소리로 한길이 수라장을 이루었다. 곧 무슨 일이라도 터질 듯 분위기가 살벌한 가운데, 순사와 헌병들이 군중에게 총구를 휘두르며 죄수를 돼지 몰 듯 몰아쳤다.

"어진아, 어미다. 어진아!" 너르네가 다섯번째로 묶여가는 아들을 부르며 뛰어들자 순사가 발길질로 그네를 밀쳐냈다.

"부산으로 압송하는 모양이다. 얼마 있잖아 부산 가는 열차가 밀양역에 도착하니깐." 군중 속에서 누군가 말했다.

말을 탄 헌병이 앞장서서 길을 열고, 아홉 명의 죄수 좌우에 순사와 헌병들이 포위하고, 신도와 군중이 그들을 둘러쌌다. 그 뒤로 승려들이 열 지어 따랐다. 역은 읍내에서 떨어져 밀양강변 들을 건너 십 리 길이었다. 형장으로 끌려가는 순교자를 배웅하듯 승려와 신도들이, "불고수리보 어의운하 / 여래 석재연등불소 어법 유소득부 / 불야, 세존 / 여래 재연등불소 어법 실무소득 / 수보리 어의운하……" 하며 『금강경(金剛經)』 '장엄정토분(莊嚴淨土分)'을 낭송했다. 인기척에 놀랐는지 강변 갈대밭에서 청둥오리 떼가 날아올랐다. 서북풍이 밀양강 강물을 뒤집었다.

"댁네 아드님이 잡혀가는 스님 중 한 분입니까?" 소리쳐 우는 너르네를 보고 따라오던 신도가 물었다.

"가장 젊은 스님이 제 자식이오."

"출가하면 속세의 연을 끊은 몸이니 너무 슬퍼 마세요. 불제자의 주력(呪力)만으로도 일곱 분 스님은 부처님의 무량한 자비를 입을 겁니다."

*

너르네가 언양 고하골로 돌아오기는 이튿날 꼭두새벽이었다. 고하골 초가들이 삭풍에 움츠리듯 엎드린 채 어느 집도 봉창 밝은 집이 없었다. 외떨어져 앉은 백군수 댁만이 불이 밝았다. 언양주 재소 유치장에 갇혀 있는 백상충과 경후를 부산경찰부로 압송한 다 해서 조씨가 서방 옥바라지하러 딸 윤세를 데리고 부산으로 떠 날 짐을 꾸리고 있었다.

"아니, 밤중에 간월재를 넘어왔어?" 새파랗게 언 얼굴로 들어선 처를 부리아범이 맞았다.

너르네는 서방 말에 대답할 기력이 없어 방에 들자마자 아랫목 에 눕고 말았다. 너르네가 왔다는 말에, 조씨가 움막집으로 건너 왔다. 너르네가 다 죽어가는 목소리로 표충사와 밀양 읍내에서 듣 고 본 사정을 자초지종 읊자, 조씨가 더 듣기가 괴로운지 자기 처 소로 건너갔다.

"아침에 작은마님이 부산으로 떠난다기에 농한기라 내가 따라 나서기로 했어. 선화도 만나볼 겸. 기조 그 녀석은 함흥차사가 된 모양이라."

부리아범이 곰방대에 엽초를 쟁였다. 김기조가 부산 조씨 친정 집으로 떠난 지 나흘이 지났건만 아무 연락이 없었다.

"무슨 중죄를 지었기에 꽁꽁 묶어 부산으로 끌고 가는지…… 부디 곽서방이라도 무사해야 할 텐데. 순해 빠진 어진이를 어쩔 꼬……" 서방 말이 귀에 들어오지 않는지 너르네가 곡지통을 터 뜨리며 횡설수설해댔다.

부리아범이 기침을 쏟아내는 여편네 이마를 짚어보니 열이 끓 었다.

"임자 이러다간 영 못 일어나겠어. 내 돌아올 때까지 속 그만 끓이고 조리나 잘해."

먼동이 터오기가 바쁘게 쓰개치마를 둘러쓴 조씨가 나귀 등에 올랐다. 김첨지가 윤세를 안아 들어 어미 품에 안겨주었다. 부리아범은 등짐 진 채 나귀 고삐를 잡았다. 밤사이 몰아치던 바람이 멎고 기온이 푹해지더니 눈이라도 내릴 듯한 찌무룩한 날씨였다.

"형님, 그만 들어가십시오. 시아주버님 못 뵙고 떠나니 인사 대신해주세요." 조씨가 눈물 괸 눈을 슴벅이며 대문 앞에 선 허씨에게 말했다.

"여기 걱정일랑 말고 잘 다녀오게."

대문 앞에 허씨와 딸애들, 형세, 김첨지 내외가 길 떠나는 이를 배웅했다. 너르네는 자리보전해 배웅에서 빠졌다. 백상헌은 아우 문제를 알아본다며 사흘 전 울산 읍내에 나가 돌아오지 않았다. 그는 아우 일 수습에 아무 용맹이 없어 울화를 삭이느라 읍내에서 마작과 술로 소일했다.

"형세야, 큰어머님 말씀 잘 듣고 공부 열심히 해." 조씨가 허씨 옆에 서 있는 아들에게 일렀다. 형세는 보통학교 졸업반이었다.

"잘 다녀오세요." 형세가 말을 맺지 못하고 돌아서더니 교복 소매로 눈물을 훔쳤다.

"그럼 어서 가게. 면소에 늦게 도착되면 떠날 아지뱀도 못 보게 될라." 허씨가 채근했다.

조씨 모녀가 나귀 등에 타고, 고삐 잡은 부리아범이 고하골을 떠났다. 조씨 일행이 언양 면소 거리에 도착했을 때는 눈발이 푸슬푸슬 떨어졌다.

언양주재소 앞 공터에는 화물자동차 한 대가 대기해 있었다. 화물칸은 눈비를 맞지 않게 나무로 큰 상자를 짰는데, 쌀가마가 바리바리 실려 있었다. 주재소측은 부산경찰부 경찰국 훈령에 따라 어제 아침에 둘을 부산으로 압송하려 했으나 차편이 없어 오늘 공출미를 부산으로 실어나르는 차편을 이용하기로 했던 것이다.

조씨가 주재소 입초 순사에게 서방을 마지막으로 면회할 수 없냐고 청했다 한마디로 거절당했다. 마침 주재소 마당을 비질하던 소사 아이가 담배 심부름을 빌미로 밖으로 나온 김에 조씨를 따로 만났다.

"마님, 사건이 커졌습니다. 주재소장님과 강형사님의 승진이 틀림없다는 걸로 봐 어르신은 아무래도 고생하셔야 할 것 같습니다." 소사가 소곤소곤 말했다.

"나도 짐작하고 있네. 서방님 아침진지는 드셨냐?"

"어제 저녁도 굶은걸요. 아침사식 부탁차 제가 신당댁 주막에 갔다 왔지요." 그동안 유치장 사식 차입은 금지되었는데, 중죄인을 상부 관청으로 이첩하는 마당이라 마지막 사식 차입을 허락했다고 소사가 말했다.

"그동안 자네 수고가 많았네. 입성이 얇은데 이 돈으로 솜옷이나 한 벌 해 입게." 조씨가 소사에게 몇 푼 지전을 쥐여주어 돌려보내곤 부리아범을 불렀다. "신당댁 숫막으로 가보구려. 어제 저녁도 안 드셨다니……"

부리아범이 신당댁 숫막으로 쫓음걸음을 놓다 맞은편에서 오는 신당댁과 정심네를 만났다. 모녀는 채반에 음식을 담아 머리에 이고 오던 참이었다.

"아주머니께서 표충사에 갔다더니 그쪽은 어찌 됐어요?" 주재소로 걸으며 정심네가 부리아범에게 물었다.

"말도 마라. 내 자식도 스님 여섯 분과 함께 줄줄이 묶여 밀양역에서 화차에 실려 부산으로 갔단다."

"주율스님이 잡혀갔단 말이에요?"

"곽서방 따라 만주를 갔다 온 게 죄가 됐나봐."

"곽서방님은요?"

"사위는 집에 있지 않아 화를 면했대."

부리아범과 신당댁 모녀가 주재소 앞에 이르자, 입초 순사가 신당댁과 정심네의 지서 안 출입을 허락했다. 조씨가 신당댁 편에 서방과 경후의 새 옷 한 벌을 들여보냈다.

눈발이 차츰 촘촘하게 그물을 짜더니, 얼마 뒤 초가지붕 위와 주재소 앞 빈터를 눈이 하얗게 덮었다. 동네 아이들이 눈을 맞으며 굴렁쇠를 돌리거나 줄넘기를 하며 놀았다. 아이들의 뛰노는 모습을 멍하니 보자 조씨는 정미년(1907)이던가, 그해 음력 정월이 떠올랐다. 두 해째나 소식 없던 서방이 한양 종로경찰서에 갇혀 있다는 연락이 와서 시아주버니와 허겁지겁 한양으로 올라가 면회를 신청하니 면회소에 나온 서방은 모진 고문으로 폐인 꼴이 완연했다. 그네는 마포 도화동에 사글셋방 한 칸을 얻어 이듬해 봄까지 서방 옥바라지했다. 이제 부산에서 또다시 그런 세월을 보내야 하리라. 내년 봄이 오면 그이도 자유의 몸이 될까. 아니면 더 먼 세월을 기다려야 할까…… 조씨가 애잔한 마음으로 그런 생각을 엮자, 엄마 손을 쥐고 섰던 다섯 살배기 윤세가 말했다.

"엄마, 나도 애들과 놀까요?"

"우리는 곧 가야 해."

그때, 주재소 안에 들어가 불을 쬐던 운전사가 나오더니 조수에게 차 시동을 걸라고 일렀다. 화물자동차가 시동을 걸어놓자, 한참 만에 아라하타 소장을 선두로, 총을 멘 순사들이 나왔다. 뒤이어 포승에 묶인 미결수 둘을 주재소 용원이 업고 나왔다. 백상충과 경후는 용수갓을 써 얼굴을 가렸다.

"형세아버지! 부산으로 저도 따라가요." 조씨가 오열을 터뜨리며 외쳤다. 얼마나 악형을 당했으면 걸을 수 없고 몰골 또한 얼마나 처참하면 용수갓을 씌웠을까 싶어 그네의 애간장이 녹았다.

"업힌 사람이 아버지예요?"

윤세가 물었으나 조씨는 딸애를 얼른 돌려세워 치마폭으로 싸안았다. 차마 지아비를 딸에게 보이고 싶지 않았다.

"얼마나 당했으면 저 지경이 되었을꼬." "부산에서 재판을 받게 되나봐요." "무서운 세월이라. 주재소 쪽 보곤 숨쉬기도 두렵네." 구경 나온 면소 사람들이 혀를 차며 한마디씩 했다.

호송을 맡은 호리가와가 화물칸에 먼저 올라가 장정이 업고 온 미결수 둘을 넘겨받아 실었다. 포승에 묶인 둘은 죽었는지 살아 있는지 모를 정도로 쌀부대이듯 화물칸 바닥에 쓰러졌다. 먼저 탄 미결수 둘에, 자동차 조수가 화물칸에 오르자 강형사가 나무문짝을 닫고 빗장을 질렀다. 그는 아라하타 소장에게 차렷자세로 경례를 붙이며, 무사히 인수인계를 마치고 돌아오겠다고 말했다. 호송 책임자로 강형사가 운전석 옆 조수석에 앉았다.

"서방님!" "아버지!" 하며 조씨 모녀가 차를 향해 뛰어들자, 다카하시 순사가 둘 앞을 막았다. 화물자동차는 쏟아지는 눈발을 헤치고 울퉁불퉁한 신작로를 방아질하며 굴러갔다. 통도사와 양산을 거쳐 부산으로 가는 남행길이었다. 차가 눈발 속에 묻혀 사라질 때까지 묵묵히 지켜보던 구경꾼들이 뿔뿔이 흩어졌다.

"마님, 어서 타십시오. 우리도 서둘러야겠습니다."

등짐 진 부리아범이 조씨를 부축하여 나귀등에 태우고, 그때까지 아버지를 부르며 훌쩍이는 윤세를 안아 조씨에게 넘겼다. 조씨는 딸을 쓰개치마로 가려 품에 안았다.

"마님, 잘 다녀오세요." 구경꾼 중에 그때까지 남았던 신당댁과 정심네가 일행을 배웅했다.

눈발이 날리는 속으로 일행은 화물자동차가 떠난 길을 따라갔다. 자동차 바퀴 자국은 숫눈에 묻혀버렸고, 나귀 요령 소리만 달랑거렸다. 나귀를 탄 조씨 모녀와 견마잡이 부리아범이 태화강에 걸린 나무다리를 건너 도요오카 농장 사무소가 있는 교동골 어름까지 내려갔을 때, 뒤쪽에서 쓰개치마 쓴 여인네가 바쁜 걸음으로 일행을 쫓아왔다. 정심네였다.

"어딜 간다고 이렇게 나섰소?" 부리아범이 물었다.

정심네는 그새 집으로 돌아가 솜저고리에 누비치마로 겨울 나들이 차림을 단단히 하여 길을 나선 참이었다.

"저도 부산포까지 마님을 모시겠어요." 정심네가 말하곤, 자기가 윤세를 업고 가겠으니 넘겨달라고 조씨에게 말했다.

"길이 얼마라고, 부산까지…… 정심네까지 고생하며 따라나설 이유가 있나." 조씨가 말했다.

"백선다님과 주율스님이 부산경찰부로 달려가는 마당에 제가 따뜻한 방에 누워 어찌 잠을 자겠어요. 면소 사람들 말로는 신당리 한초시 영감 고자질이 있었다던데, 엄마와 제 원수가 초시 영감 아닙니까. 그런즉 마님 모셔다드리고 아저씨와 함께 언양으로 돌아올 테니 제 걱정은 마세요."

정심네 말에 조씨와 부리아범은 할 말이 없었다. 신당댁 모녀가 두 사람한테 신세를 졌기로서니 이럴 필요까지 있을까를 헤아려 봤을 따름이었다.

*

일행이 30리를 걸어 통도사로 들어가는 삼거리목 부지 마을까지 왔을 때는 쌓인 눈이 발목을 덮었다. 오랜만에 내리는 대설이었다. 조씨는 여섯 해 전 시아버님이 타계하신 날이 떠올랐다. 그날도 눈이 얼마나 내렸던지 천지가 눈물 괸 눈을 멀게 할 듯 희게 빛났다.

"나야 편케 앉아 가니 괜찮지만 걷는 사람은 고생이 많으니 어디든 잠시 쉬어 갑시다."

조씨 말에 일행은 삼거리 주막을 찾아들었다. 국밥으로 요기를 하고 다시 길을 나서자 잠잠하던 바람이 날을 세웠고 눈발은 숙지막해졌다. 그러나 길이 미끄러워 노새며 걷는 이들의 행보가 쉽지 않았다. 환갑 바라보는 나이인 부리아범은 발이 허든거려 나귀 고삐 쥔 채 연방 미끄럼을 탔다.

양산 어름까지 오자 구름 긴 날씨가 금방 어둑해져 일행은 숫막을 찾아들었다. 방 두 개를 잡아 잠을 자고, 이튿날도 일찍 길을 나섰다.

일행이 용두산 아래 대창정 삼정목에 있는 조익겸 자택에 도착하기는 오후 들어서였다. 울산 딸네가 당도했다는 전갈을 받은 엄씨가 득달같이 행랑마당으로 달려 나왔다.

"아이구, 형세어미 왔구나. 언제 오나, 오매불망 기다렸다. 어서 들어가자. 윤세도 어서 들어가. 찬바람에 얼어 통통한 뺨에 얼음이 박힐 지경이구나. 어서 따뜻한 방에 들어 몸부터 녹여." 백서방이 주재소에 잡혀 들어갔다는 전갈을 시가댁 총각으로부터 전해 듣고 근심이 한 짐이었으나 딸네 식구를 보자 반가워 엄씨가 수선을 떨었다.

"어제 아침 화물자동차 편에 형세아버지가 여기 경무부로 넘어 왔답니다. 초주검이 돼서……" 쏟아지는 눈물을 참고 조씨는 묻고 싶던 말을 달았다. "아버지가 어떻게 힘쓰고 계세요?"

"백서방이 여기 경무부로 넘어올 줄 진작 알고 계시더라. 어젯밤에 하시는 말씀이 경무부 높은 분을 만났는데 사건이 워낙 어렵게 꼬여 일이 쉽지 않겠다더군." 엄씨는 깜박 잊었다는 듯 부엌아이를 불러, 따뜻한 꿀물을 가져오라 일렀다.

"그렇다면 여기서 또 취조를 받겠군요?"

"일본 경무부 하는 일을 내가 어찌 알랴만 조사가 또 있다면 백서방이 곤욕을 치르겠지."

"언양주재소서 손톱까지 뽑혔다던데…… 여기서 또 당하면 목숨인들 온전하겠어요. 그 생각만 하면 그저 죽고 싶은 마음뿐인데, 내 죽고 나면 형세아버지 뒷바라지며 두 자식을 누가 돌봅니까." 조씨가 흐느껴 울었다.

"엄마, 또 우네. 울지 마." 윤세가 엄마 손을 잡았다.

"광복운동인가 뭔가, 그런 위험한 짓 하면 생목숨 잃게 되는 줄 번히 알면서, 자청해서 그 짓 하는 백서방 아닌가. 너한테 언젠가 말했듯, 서방은 그런 사람인 줄 아예 제쳐놓고 마음 편히 가져 자식들이나 잘 거둬야지." 옷고름으로 눈물을 찍던 조씨가 황망히 몸을 일으키며 허둥거리자 엄씨가, 왜 그러느냐고 물었다.

"내가 이렇게 따뜻한 방에 앉아 있을 때가 아니에요. 행랑아범 앞세워 경찰서로 가봐야겠어요. 어디에 갇혔는지, 무슨 일을 또 당하는지 알아봐야지요."

"이것아, 왜 그렇게 오두방정이냐. 네가 간다고 풀려나올 사람인가. 진득하니 몸이나 녹여. 저녁에 아버지 귀가하면 그런 저런 소식 가져올 게다. 오늘도 권세 있는 일본 사람을 만나신다더라."

부리아범은 행랑채 방 한 칸에 들었고, 정심네는 반빗아치가 쓰는 안채 부엌 옆방에 들어 언 살을 녹였다. 부리아범이 장국밥으로 허기를 끌 때, 바깥에서 정심네가 찾았다.

"들어오시구려." 부리아범이 정심네를 맞아들였다. "안채에서 무슨 소식 못 들으셨소?"

"젊은 서생이 있기에 몇 마디 물었더니, 여기서 우리가 할 일은 아무것도 없어요. 국사범 중죄인은 검사국으로 송치되기 전까지 권세가라도 면회가 힘들답니다."

"갇힌 옥을 안다면 사식은 차입할 수 있겠지."

"시골 주재소도 사식 넣기가 힘든데 여긴 더 어렵겠지요. 옥리(獄吏)를 매수한다면 길이 있을까 몰라도……"

"어쨌든, 조대감님이 귀가하시면 무슨 소식을 듣겠거니."

그날 밤늦게 조익겸이 귀가했다. 행랑아이가 낮에 흥복상사로 나가 울산 큰아씨가 왔다고 알렸기에 조익겸은 딸이 집에 왔음을 알고 있었다. 그는 유카타로 갈아입고 사랑에서 처와 딸을 대면했다.

"아무래도 이번 사건은 쉽게 해결될 것 같잖아. 고등경찰계가 이 사건을 맡았다더군. 그쪽으로 넘어가면 고유 권한이 막강해 누가 손을 써도 안 된다더라. 원리원칙대로 처리할 뿐이라니." 조익겸 목소리가 침통했다.

"백서방 얼굴도 못 봤나요?" 엄씨가 물었다.

"당분간은 면회가 일절 허락되지 않는다더군. 조사가 일단락되어 검찰청에 송치되면 모를까."

"그게 얼마나 걸린답디까?" 조씨가 물었다.

"고등경찰계 마음대로지. 잡혀온 사람이 무더기라 조사가 쉬 끝나지 않을 것 같아. 한두 달은 걸릴걸."

"아버지, 이번 일만은 꼭 좀 힘써주세요. 형세아버지보다 어린 외손들을 위해 힘닿는 대로 도와주세요."

"넌 아직 세상 물정을 몰라. 내 능력 밖이라 아무리 손을 쓴다

한들 꺼내기는 힘들어. 그 일에 빠진 놈은 아편쟁이와 같아. 손 끊겠다고 장담할 놈도 아니고, 죽을 때까지 손 못 뗄 테니 두고 보라구!" 조익겸이 역정을 냈다.

"백서방 두고 나도 애한테 그렇게 말했다오. 그러나 딸애가 노심초사하니, 백서방 탓만 하고 앉았을 땝니까. 어떻게 손을 써보셔야지요."

"이 기회에 형세도 아주 외가로 데려와. 해동되면 거기 보통학교를 졸업할 테고 어차피 고등보통학교에 입학시켜야지 않는가. 너도 아예 보따리 싸서 촌구석을 떠나고. 시부모 모신 시집살이보다 손윗동서 시집살이가 더 맵다더라. 서방이 갇혀 있는데 망한 집안 기둥뿌리 잡고 앉았으면 뭘 해. 가토 경시 말을 듣고 내 나름대로 추리해보건대, 백서방이 이번만은 적게 잡아도 서너 해 옥살이를 해야 거야."

친정아버지 말이 조씨 가슴에 천둥소리를 일으켰다. 적게 잡아도 서너 해라니, 서방이 무슨 중죄를 지었단 말인가. 설령 서방이 한초시 영감 집을 밤중에 월담해서 의연금을 내놓으라 협박했기로서니 그 죄가 서너 해를 감옥소에 갇혀 있어야 할 중죄란 말인가. 조씨는 그만 아득해져 어질머리를 앓듯 이마를 짚었다.

"아버지 피곤하실 텐데 우린 안방으로 건너가자." 엄씨가 서방이부자리를 폈다.

이튿날 아침 부리아범은 조씨 허락을 얻어 행랑아이를 앞세우고 선화가 있다는 길안여관을 찾아 나섰다.

바다를 메워 신시가지로 건설한 초량 중심가로 나선 부리아범은 눈이 휘둥그레지고 말았다. 작은마님 친정 나들이 때 가마꾼으로 부산포를 다녀가기가 십수 년 전이었다. 한적한 어촌에서 일본인 전진 기지로 막 탈바꿈하던 당시, 그는 기선을 처음 보고 놀랐으나, 이제 부산은 온통 놀라운 것뿐이었다. 천지개벽이나 별천지란 말이 이를 일컬음을 실감했다. 전봇대와 전선이 하늘을 가르고 전차와 자동차가 길 복판을 누비고 다녔다. 인력거꾼, 손수레꾼, 지게꾼, 일본옷을 입은 통행인이 거리에 넘쳤다. 처음 보는 갖가지 상품을 진열한 상점과 2층집이 끝없이 이어졌다. 부리아범이 어진이와 선화 생각도 잠시 잊고 연방 한눈을 팔며 행랑아이 뒤를 쫓는 사이, 초량 삼정목 길안여관 앞에 닿았다.

"여깁니다. 전 그럼 갈래요."

행랑아이는 길안여관 문 앞에 부리아범을 떨구고 휑하니 돌아갔다. 부리아범이 쭈뼛거리며 대문 안으로 들어서자 2층 양옥집이 나섰고, 가로 돌아가는 길이 있어 안채로 들어갔다. 뒤란에서 장작 패는 소리가 들렸다.

"주인장 계시오?" 하고 부리아범이 사람을 찾으니, 부엌에서 달귀댁이 누구를 찾느냐며 얼굴을 내밀었다.

"선화라고, 소경 아이가 이 집에 있을 텐데요."

달귀댁이, 선화 인척 되냐고 물어 부리아범이, 선화 아비 된다고 말했다. 안방문이 열리더니 비단옷 차려입은 홍이엄마가 마루로 나섰다.

"행랑아범이구려. 웬일로 여기까지?"

"삼월이구나." 울산에 살던 처녀 적에는 아저씨라 불렀는데 안

채 상전이 썼던 호칭을 그대로 뱉어 부리아범은 그네 말투가 귀에 거슬렸다. "내 작은마님 모시고 온 김에 선화 보러 왔어."

"오랜만이군요." 집안사람이 모두 주인마님으로 부르는데 행랑아범이 소싯적 호칭에다 말까지 놓으니 홍이엄마도 귀에 거슬리기는 마찬가지였다. "방으로 들어와요."

홍이엄마는 달귀댁에게 선화를 불러 오라 일렀다. 방으로 들어온 부리아범과 홍이엄마는 집안 안부부터 말을 풀었다. 홍이엄마는 복례 오라비 편에 작은서방님이 주재소에 잡혀갔다는 소식을 들었다 했다.

"주인마님 부르셨습니까." 선화가 대청 앞에서 말했다.

"들어오려무나."

흰 무명저고리에 재색 통치마를 입은 선화가 방문을 열고 방으로 들어왔다. 머리 빗질을 했고 갸름한 얼굴이 깨끗했다. 집 떠나고 처음 아버지를 만나건만 허리 세워 곧게 앉은 선화 얼굴은 옥돌로 빚은 듯 표정이 없었다. 딸애가 새우젓장수에게 벼 여섯 섬에 팔려 슬하를 떠난 지 햇수로 다섯 해, 부리아범은 어른스러워진 딸애 모습이 대견했다.

"그동안 잘 있었느냐." 만나기 전 마음 같아선 손이라도 덥석 잡으려 했으나 딸이 너무 숙성해버렸고 표정 또한 찬바람이 돌아 부리아범 말이 서먹했다.

"아버지, 소녀 절 받으세요." 선화가 두 손을 이마에 붙이더니 나붓이 큰절을 올렸다.

"선화가 내 밑에서 호강하지요. 울산 있을 때보다 오동통해졌죠? 사지육신 멀쩡한 사람도 두 끼 호구가 힘든 판에 선화는 쌀밥에 고기반찬을 끼마다 포식하니 그럴 수밖에요. 행랑아범이 자나 깨나 걱정했던 애물단지가 이렇게 팔자 필 줄은 몰랐을 겝니다."

홍이엄마가 언죽번죽 지껄였다.

"집안은 별고 없으신지요?"

"별고가 다 뭐냐. 어르신 댁이 초상집이 됐다. 내가 작은마님 모시고 왔는데, 작은서방님께서 언양주재소에서 여기 경찰서로 넘어왔어." 부리아범은 어진이 말도 꺼낼까 하다 따로 자리를 마련하기로 해 입을 다물었다.

"저는 주인마님 덕분에 잘 지냅니다."

홍이엄마가, 작은마님이 오셨다니 문안인사 가야 한다며 경대 앞에 돌아앉았다. 선화가 아버지에게, 제 처소로 건너가자며 자리에서 일어섰다. 부녀가 마당으로 나서자 장작 패는 소리가 멎더니 뒤란에서 김기조가 나왔다.

"아저씨, 안녕하세요." 김기조가 목에 걸친 수건으로 땀을 닦으며 걸직한 목소리로 인사했다.

"울산으로 벌써 간 줄 알았더니, 여기 웬일이니?"

"서숙으로 돌아가지 않을 겝니다. 더 배울 것도 없고요. 거기 있다 또 무슨 날벼락 맞을지 누가 알아요. 장선생님 부탁을 받고 작은서방님 면회 갔다가 언양주재소에서 당한 봉변 생각하면 지금도 모골이 송연해요."

"그럼 아주 여기 살기로 작정했냐?"

"말은 제주로, 사람은 대처로 나와야지요."

김기조가 바깥채로 눈을 돌렸다. 얼금뱅이 우억갑이 팔자걸음으로 들어서고, 복례가 장바구니 들고 뒤따라왔다.

"아이구, 이게 뉘십니까. 선화 아버님 아니십니까." 우억갑이 부리아범을 반겼다.

"미천한 딸애를 거둬줘서 뭐라 고마운 말씀을 드려야 할지……"

"별말씀 다 하십니다. 선화야 우리 집 보배입지요. 단골을 얼마나 많이 확보하고 있는뎁쇼" 하더니, 우억갑이 안방에 대고 말했다. "포항서 배가 들어와 사바(고등어) 한 하코(상자) 사왔어."

여관업을 하다 보니 날마다 장을 봐야 했는데 어물은 주로 우억갑이 어시장 직판장에서 사다 날랐다.

"임자도 어르신 댁에 인사 가려면 옷 갈아입어요. 작은마님이 오셨답니다." 방안에서 홍이엄마 목소리만 들렸다.

"선화언니 아버님, 오랜만에 뵙습니다." 복례도 인사를 차렸다. 그녀는 시골 땟물을 벗고 옷매무새며 인물이 달덩이같이 훤했다.

선화는 아버지를 모시고 여관 아래층 구석방으로 갔다. 집안 구조가 훤한 듯 선화는 지팡이 없이 부리아범을 안내했다. 물금댁은 빨래하러 가고 없었다.

"여기 일이 어떠냐? 아비한테 사실대로 말해봐." 부녀만의 호젓한 자리가 되자 부리아범이 물었다.

"잘 지내고 있으니 제 신상은 걱정 마십시오."

"네가 여기서 뭇 손님을 상대로…… 차마 아비 입으로 말하기 무엇하구나. 네 어미 말로는, 삼월이 밑에서 고생이 심하다면 집으로 데려오라더라. 우리 양주가 너 하나 건사야 못하랴."

"부모님 슬하를 떠났으니 저는 제 갈 길을 가겠습니다. 더 복되게 사는 형편을 보여주지 못해 송구할 따름입니다."

고개 숙인 딸의 동그란 이마만 보며 부리아범은 말을 잃었다. 침착한 언변이나 의젓한 태도가 울산에서 주인댁 아기업개로 지내던 선화가 아니었다. 그러고 보니 딸애 나이 어느덧 스물임이 짚여졌다.

"작은서방님께서 언양주재소에서 혹독한 매질을 당하고 계신다던데…… 어진이오빠는 무사합니까?"

"네가 그걸 어찌 아느냐. 기조가 표충사 쪽 소식은 모른 채 여기로 왔는데?" 부리아범은 어진이 출가하기 전 작은서방님 서찰 심부름하다 헌병대에 잡혀갔음을 떠올렸다. 여식도 그때를 염두에 두고 하는 말이리라 짐작했다.

"어진이오빠가 부산으로 잡혀 왔단 말입니까?"

"밀양서에서 여기 경찰서로 넘어왔다. 표충사 큰스님들과 함께. 아침에 작은마님이 친정아버님 말씀이라며, 당분간은 어느 누구도 면회가 안 된다는구나. 그애 얼굴이나 보고 언양으로 갔으면 싶은데, 그냥 나서야 할까 보다."

"오빠는 출가한 몸, 부모님은 피붙이로 여기지 마십시오. 오빠는 당분간 생살 태우는 고초를 당할 겁니다." 선화가 정색하여 말했다.

"네가 그렇게 될 줄 어찌 아느냐?"

"작은서방님과 어진이오빠는 만나지 않아야 할 사람이 만났으니…… 한쪽이 피하면 한쪽이 당겨, 두 발을 묶어 뛰니 그 걸음이 오죽 힘들겠습니까."

"점바치한테서 나온 점괘냐? 아니면 네가 판수라도 됐단 말인가?"

"판수는 못 됐습니다만 『주역』을 배운 지 네 해째 들어섰습니다."

"『주역』을 배워? 네가 역술을 한단 말이지?"

"근자에 자주 어진이오빠가 꿈에 보였는데, 한번은 오빠가 무슨 잘못을 저질렀는지 작은서방님 면전에 무릎 꿇어 용서해달라고 빌더군요."

"장님도 꿈을 꾼다더니…… 그렇구나. 너는 배냇소경이 아니니 꿈을 꿀 수 있겠구나. 그런데?"

부리아범은 선화가 이렇게까지 변할 수 있나 하여 연방 혀를 차는데, 선화 쪽은 한결같이 차분했다.

"꿈이 흉몽이라 역을 가르치는 스승님께 오빠와 작은서방님을 짝지어 괘를 풀어 보아달라고 부탁드렸습니다. 그랬더니 화산여(火山旅)라, 외로운 나그네길, 그중에도 한 발씩 서로 묶고 먼길 나선 괘가 나왔습니다."

"그렇구나, 그래." 부리아범이 무릎을 쳤다. "여섯 해 전 서찰 심부름도 그렇게 돼서 당했고, 작은서방님이 어진이에게 글을 가르친 게 식자우환이 되어 그놈이 절을 찾았고, 필경 북지를 다녀오게 된 사연인즉 작은서방님께서 시킨 심부름일 게다. 그러나 종놈이 상전 시키는 일을 어찌 마다할 수 있겠느냐. 불에 뛰어들라면 뛰어들어야지. 그런데 선화야, 이 일을 어찌할꼬. 어진이가 당분간 생살 태우는 고통을 당하게 된다니……" 부리아범이 한숨을 쉬었다.

"용케 목숨 건진다면 훗날을 기약할 수 있겠지요. 스승께서도, 고행(苦行)의 도를 사문에서 닦으나 속세에서 체득하나 마찬가지라 했으니깐요."

"점괘가 그렇게 나와서 네가 내게 어진이를 자식으로 생각지 말라 했던가. 네가 이제 아비 스승이 됐구나."

"아버지는 언제 언양으로 떠나시렵니까."

"내일 신새벽에 나서야지" 하다. 부리아범은 정심네를 떠올렸다. "너는 잘 모를 게다. 언양 장거리에 숫막을 열고 있는 신당댁이라고, 그 아낙 딸도 함께 왔다. 서방님이 언양주재소에 계실 때 사식을 차입해준 여자야. 후살이 하다 제 어미와 함께 사는 젊은 과수댁이지. 그 인연 하나로 여기까지 따라왔으니 그 곡절을 모르겠구나."

무엇을 생각하던 선화가 제 아버지를 말끔히 바라보았다.

"숫막집 과수댁이 서방님을 흠모한다면 충절이 갸륵한 여자이온데, 혹 어진이오빠와 연이 있는 사이가 아닙니까?"

"글쎄, 그걸 내가 어찌 아누."

"연이 있다면 오빠가 출가했을망정 마음속 정인(情人)으로 품고 있는지 모르지요."

"역이 그렇게 나오나?"

"아닙니다. 그냥 그런 생각이 스쳐 해본 말입니다."

"네 말이 맞다면 신통력이 놀랍구나. 역술은 눈 멀쩡한 사람도 십 년 수도는 해야 한다던데, 네가 어찌 어려운 공부를 하겠다는 생각을 했냐?"

"두 눈 멀쩡한 사람이 십 년 걸린다면 저는 이십 년을 배우면 문리가 통하겠지요."

"네가 이렇게 달라질 줄 나는 물론 네 어미도 어찌 예측했겠느냐. 사람 한 목숨 생겨날 때 다 하늘의 뜻이 있다더니 너를 두고 한 말이렷다."

선화가 소경이었으나 빼어난 용모하며 총명하기가 눈뜬 사람보다 낫다고 학산리 마을사람들이 입방아를 찧던 게 거짓말이 아님을 부리아범은 이제 와서야 수긍했다.

"아범, 어르신 댁으로 안 돌아가려오?" 치장하고 나선 홍이엄마가 바깥에서 말했다.

선화는 속치마 속에서 얼른 돈 50원을 꺼내 노자에 보태라며 아버지 앞에 내놓곤 돌아앉았다.

수라(修羅)

부산경찰부 고등경찰과로 연행되어 온 자는 밀양 표충사에서
아홉, 언양주재소에서 둘이었으나 수사가 확대됨에 따라 며칠 뒤
부터 과거 영남유림단 실무요원이 줄줄이 엮여왔다. 신해년(1911)
초가을, 표충사 표충서원에서 열린 첫 회합에 참석한 자가 모두
열다섯으로 각 군을 대표하는 유림들이 모였으니 그들이 속속 체
포되어 압송되었던 것이다. 대구인 우용대는 박상진과 함께 만주
봉천으로 떠났고, 곽돌 역시 재빨리 잠적했기에 화를 면할 수 있
었다.

체포된 사람은 열여덟이었고, 영남 지방에서는 근래에 없던 큰
사건이라 부산경찰부 고등경찰과는 대어를 낚은 듯 흥분했다. 사
건 전모가 밝혀지기 전까지 보도 관제를 해서 사건 자체가 가족과
출신 지방 외 널리 알려지지 않았다.

부산경찰부 고등경찰과는 유림단 사건 전담반을 편성했는데,

반장은 고등경찰과 과장 이와쿠라 경시가 맡아 진두 지휘했다. 고등경찰과 요원, 헌병대 특수수사반 요원, 성내경찰서의 노련한 수사관을 차출하여 취조를 담당하게 했다. 사건 전담반 수사관은 모두 스물둘이었다. 취조 과정에서 통역의 필요에 따라 조선인 수사관도 여럿 동원된 중에 울산군 언양주재소 소속 헌병 상등병 강오무라도 끼어 있었다. 그는 이번 사건의 단서를 처음 포착했을 뿐아니라 백상충의 전력에 누구보다도 소상하므로 특별 차출되었다.

미결수들은 공모를 방지할 목적으로 각각 독거 감방에 수용해 놓고 개별 취조를 했다. 그러다 보니 부산경찰부 유치장만으로 독거 감방이 부족해 대신정에 있는 부산감옥 감방에 수용해선 취조가 있을 때마다 줄줄이 묶어 용수갓 씌워 보수산 고개턱 넘어 본정에 있는 부산경찰부로 데려왔다 취조가 끝나면 다시 감옥에 넣었다. 심문조사차 한번 끌려가면 이틀이나 사흘 동안 혹독한 고문을 당해 제 발로 걸어 감옥으로 돌아오기 힘들 정도였다. 실신 상태로 지겟짐에 얹혀 부산감옥으로 돌아오면 쌀부대처럼 감방에 내팽개쳐졌다.

사건 전담반이 취조 과정에서 캐내려 한 핵심은 유림단이 곧 광복회가 아닌가 하는 부분이었다. 아니면, 유림단을 광복회 산하단체로 규정하려 들었다. 동일한 지역에서 조직된 불령한 비밀결사단체요, 두 단체가 만주 쪽 조선 독립기지와 선을 달고 있다는 유사점 때문이었다. 한편, 드러난 범법 사실을 수사관이 확인만 하려 든다면 취조하는 쪽과 취조당하는 쪽의 의견일치만으로 조서 작성이 완결될 수 있었다. 검사국으로 구속 송치하는 과정과 검사

구형, 판사 최종 결심만 남게 된다. 그러나 경찰이 새로운 범법 사실을 밝혀내려 할 때는 어차피 물리적 힘이 사용되고, 서로가 한 치 양보할 수 없는 처지에서 맞설 때는 취조당하는 쪽이 신체적 고통을 참아내야 했다. 유림단 사건이 그러했다. 경찰은 유림단과 광복회를 어떡하든 고리 맺으려 했기에 온갖 수단이 동원되었다. 그러나 취조당하는 쪽은 한결같이 관련성을 부인했다. 비밀결사 단체 조직이란 죄명은 빠져나갈 길이 없었으나, 대한광복회와 연관이 될 때는 장사직 처형에 따른 살인 강도, 불법 총포 소지죄가 적용되었다. 또한 그 사실을 시인할 때는 다시 대한광복회 요원들이 무더기로 구속당하는 사태가 생길 터였다. 영남유림단 요원들은 단체를 조직할 때, 순국의 길을 밟을지언정 조직을 발설하지 않기로 맹세한 바 있었다. 처음 수사 당국은 영남유림단을 유림단으로, 대한광복회를 광복회로 알았다가 심문 과정을 통해 정식 명칭이 드러났다. 그런 과정에서 경찰서 취조실 여러 방은 한 사람이라도 그 자백을 받아내려 혹독한 고문이 날마다 이어졌다. 열여덟 명 중 특히 집중적으로 심문 받기는 변정기, 자명, 김조경, 백상충, 경후, 그리고 주율이었다. 변정기는 단장으로서 영남유림단 결성 경위를, 자명은 표충사가 유림단 본부로서의 역할과 의연 모금 과정을, 김조경은 수배대상자인데다 영남유림단 무력부 책임자였기 때문이었다. 백상충에 대해서는 경후가 소지한 1만3천여 원이 누구를 협박해서 받아낸 돈이며 사용 목적은 무언지 따졌고 한초시 협박건 또한 그를 집중적으로 심문할 수밖에 없었다. 경후와 주율에게는 간도로 들어간 목적과 귀국길에 가져온 물건을 두고 심문했다.

열여덟 명이 부산경찰부로 잡혀 들어온 지 일주일을 넘겼으나 그때까지 대한광복회 실체는 떠오르지 않고 있었다. 그 부분을 자백한 자가 없었던 것이다. 초조해진 수사 전담반은 아침저녁 구수회의를 열었다.

그날도 석식을 앞두고 이와쿠라 과장 집무실에 사건 전담반 조장 일곱이 모였다.

"의연금을 모아 육영사업에 쓰고, 일부는 서간도 신흥학교로 보낸다는 그 따위 자백을 받겠다고 황금 같은 일주일을 소모하다니!" 이와쿠라 과장이 저희 말로 호통쳤다.

"의연금 낸 자들 명단 작성을 완료했습니다. 곧 그들을 잡아들여 구체적 물적증거를 잡겠습니다. 공개 광역수사를 벌이면 효과가 있을 것입니다." 모두 입을 다물고 있자, 모리 형사가 말했다.

"잡아만 들이면 뭘 해. 학교에 기부금 냈다고 잡아떼면 그만 아냐! 반도 땅을 감옥서로 만들어 조선 종자를 다 취조하겠다는 거야 뭐야. 요는 지금 들어와 있는 주모자 열여덟 놈의 아가리를 통해 대한광복회란 불령단체 전모를 파악해야 되지 않느냐 말야. 학교 설립에 보태라며 보리쌀 한 되 바친 촌각시까지 잡아들여 무슨 대단한 정보를 캐내겠다는 수작들이야!"

"과장님께 심려를 끼쳐 죄송합니다. 나흘간 여유를 주시면 반드시 소기의 목적을 달성하겠습니다." 도쿠다 형사가 머리를 직각으로 꺾어 목례했다.

"나흘이다. 나흘 만에 일차 종합 수사보고서를 내 책상에 올려

놔!" 이와쿠라 과장이 결재철로 책상을 내리쳤다.

이와쿠라 과장이 방을 떠나자, 조장들은 머리 맞대어 다시 회의에 들어갔다. 누구는 어떤 쪽 혐의점을 더 캔다, 누구는 누구와 대질심문을 시킨다, 누구는 이런 방향으로 유도심문을 한다는 따위의 정보교환과 의견 개진을 30분 넘게 나누고 모두 방에서 나왔다.

바깥은 어둠이 내린 뒤였다. 유리창 밖 헐벗은 나무들이 1월 하순의 추위 속에 떨고 있었다.

모리 형사는 동료들과 헤어져 담당 취조실로 걸으며, 모진 놈이 자기한테 걸려들었다며 혀를 찼다. 사문에서 계를 닦는 탓인지 끝까지 굽히지 않는 자세가 기분 나빴다. 형사 생활 아홉 해째, 그렇게 족쳤는데도 항복하지 않는 놈은 처음이었다. 어차피 오늘도 집으로 들어가지 못한다면 배부터 채우고 신문을 시작하기로 했다. 그는 현관을 나섰다. 귀가 못한 지 일주일째였다. 바깥은 바람이 차가웠다.

모리는 경찰서 옆 식당에서 우동을 한 그릇 먹고 돌아왔다. 지하실 취조실로 들어가자 방마다 고함과 신음 소리가 낭자했다. 그는 또 한 번 전쟁을 치러야 한다는 각오 아래 요시, 하며 스스로 분기를 세우고 담당 취조실인 12호 문을 열었다. 끼얹는 열기와 고문 냄새가 후각에 닿았다. 고문 냄새란 맡아지는 어떤 냄새라기보다 수사관 특유의 후각으로 느껴지는, 이를테면 증오와 공포가 뒤엉킨, 도살장으로 들어선 듯한 살벌한 분위기였다.

전등불빛 아래 한쪽은 조개탄 때는 스토브가 한창 열을 내고 있었다. 호리가와는 의자에 앉아 있었고 강형사는 몽둥이를 든 채,

둘은 하나같이 뻣뻣한 얼굴에 핏발 선 눈으로 조장 모리를 맞았다.

"새로운 자백이라도?" 모리가 호리가와에게 물었다.

"아직은…… 없습니다."

그럴 줄 알았다는 듯 모리가 주율 앞에 섰다. 주율은 발가벗기운 채 경후가 언양주재소에서 당한 '비녀 꽂기' 고문을 당하는 참이었다. 양 손목에 수갑을 채우고 머리를 뒤로 젖히게 한 뒤 양 손목을 포승으로 다시 감아 묶고, 배와 허리를 포승으로 여러 겹 묶은 다음, 머리 뒷덜미와 양팔 사이에 곤봉을 끼운 채 꿇어앉아 있었다. 그 고문은 경후가 당한 무릎과 팔 사이에 곤봉을 끼우는 방법보다 고통이 더 심한 비녀 꽂기였다. 머리를 뒤로 젖힌 양팔과 뒷목 사이로 곤봉을 끼우려면 젖혀진 양팔이 평상시 젖혀지는 상태보다 훨씬 더 젖혀야 했고, 복부와 허리를 묶인 상태에서 젖혀지므로 호흡조차 힘들었다. 눈을 감은 주율은 비지땀을 흘리며 헐떡였다. 피멍과 푸른 멍이 든 살점이 푸들푸들 떨렸다.

"얼마쯤 됐나?" 주율을 내려다보던 모리가 물었다.

"삼십 분 지났습니다." 호리가와가 말했다.

주율은 인간이 견뎌낼 수 있는 고통의 한계를 넘어섰고, 고문하는 자나 고문당하는 자나 스스로 인간이기를 포기한 상태였다. 이런 방법의 비녀 꽂기는 대체로 20분을 넘기면 실신하기 십상이었다.

어디에서 저런 극기의 인내력이 나올까. 모리는 주율을 보며 잠시 생각에 잠겼다. 뼈대는 억세나 마른 체격이었다. 벌어진 가슴에 살이 조금 붙었을까 갈비뼈가 앙상했고, 된호흡으로 벌룸대는 뱃가죽은 꺼져 있었다. 선승(禪僧)이라더니 불심(佛心)이 놈의 정신력을 극한까지 견디게 하리라. 모리는 그렇게 단정지을 수밖에 없었다.

모리가 주율과 경후, 두 젊은 승려 취조를 담당하고부터, 경후는 그렇지 않은데 주율을 다루는 데는 거북한 구석이 있었다. 주율을 심문하는 과정에서 물리적 악형을 가하다 보면 자신은 후안무치한 짐승으로 연상되었고, 상대적으로 그는 나이가 수하이고 내선인(內鮮人)이었으나 감히 범접하기 힘든 인자(仁者)다운 풍모가 있었다. 놈은 조선 독립투쟁에 앞장설 무인다운 보짱이 없어 보였다. 승려라 그렇기도 했지만 애초 그런 문제에 관심 둘 위인 같지 않았다. 제법 기개 있는 불령선인도 처음은 늠름하게 취조관을 대하며 조선 독립의 당위성을 주장하다 심한 고문을 당하고 날수가 흐르면 결국은 경후처럼 자포자기하여 시든 풀꼴로 비루한 면을 보이게 마련이었다. 그러나 놈은 달랐다. 준수한 용모에 겁먹은 듯한 부드러운 눈빛, 조용히 말하는 어눌한 목소리, 고분고분 순종하는 태도가 처음부터 지금까지 한결같았다. 한편, 놈은 이쪽에서 캐어내려는 정보에 관해서 한마디도 속시원하게 밝힌 바 없었고, 악형을 참아내는 데는 강철 같은 의지력을 보이는 양면성이 있었다. 답변도 일본말 의사 소통이 가능해 학승다운 면모가 약여했다. 그는 자주 업고란 말을 썼다. 마치 설법하듯 숙세는 물론 현세에도 죄가 많은 육신이라 자신이 이런 업고를 받으니 죽는 그날까지 죄업을 달게 받겠다는 종교적 초연성에는 모리로서도 자신의 위치를 순간적으로 돌아보지 않을 수 없었다. 그러면,

이놈이 나를 능멸한다는 악심으로 더 가혹하게 고통을 주게 되지만, 그렇다고 속이 후련하게 풀리거나 사건 단서가 잡히지도 않았다. "관내에서 가장 노련한 모리 형사가 젊은 두 중놈을 맡아. 그놈 둘이 이번 사건의 열쇠를 쥐고 있어. 모리 조(組)가 이번 일을 잘 처리하면 승진이 틀림없어." 유림단 사건 전담반이 짜여지던 날 이와쿠라 과장이 모리 어깨를 치며 당부한 말이었다. 그는 상관의 격려에 용기백배하여 언양주재소에서 넘어온 사건 경위서를 훑어보곤 단박 이 사건의 전모를 파헤치겠다고 덤볐다. 보자 하니 한놈은 언양주재소에서 얼마나 당했던지 이미 간물 밴 다꾸앙이었고, 또 한 놈은 허우대는 멀쑥하나 직감적으로 순진해 보였다.

모리 형사가 조선에 나오기는 메이지(明治) 39년(1906) 2월이었다. 그해 1월에 일본 통감부가 한양에 설치되고 조선 전토 열두 군데 이사청(理事廳)을 둘 때, 그는 도쿄 경시청을 떠나 처음 대륙 땅에 발을 디뎠다. 부산 이사청 정보 담당 형사로 발령이 났던 것이다. 그로부터 10년, 그는 부산 지방의 크고 작은 보안사범 사건을 다루어오며 그 능력을 십분 발휘하여, 모리라면 이 방면에선 알아주는 민완 형사로 꼽혀왔다.

모리는 숨넘어갈 듯 죄어오는 고통을 안간힘으로 견디는 주율을 내려다보며 연민을 느끼기 잠시, 이와쿠라 과장의 격려말을 떠올렸다. 놈을 다루어온 지 엿새째, 이제 승진 문제는 뒷전이었다. 놈이 이기나 자신이 이기나 하는 자존심 싸움이었고, 싸움에서 질 수 없다는 앙심이 그를 분노케 했다.

"바카야로(나쁜 놈). 엎드려 눕혀!" 모리는 스스로에게 화를 내며 강형사를 보고 소리쳤다.

강형사가 들고 있던 몽둥이를 놓고 주율을 거칠게 쓰러뜨려 시멘트 바닥에 눕혔다. 우두둑, 주율의 어깨뼈가 꺾이는 소리가 났고 그는 고통을 참지 못해 입속으로 신음을 깔았다. 모리가 윗도리를 벗었다. 면내의 소매를 걷어붙이고 몽둥이를 들었다.

"제가 하겠습니다, 모리상." 강형사가 나섰다.

"내가 다루겠어."

모리가 주율의 장딴지와 엉덩판을 몽둥이로 내리치기 시작했다. 살점 없이 버썩 마른 엉덩판은 살가죽이 터져 물러터진 상태였으나 그 위로 몽둥이가 퍽퍽 떨어졌다. 주율은 지난해 가을부터 동안거가 시작될 초겨울까지 달포 동안 선방에서 절식과 단식 참선을 했기에 신체 어디에도 살점 넉넉한 부분이 없었다. 엉덩이에서 장딴지로, 장딴지에서 발바닥으로 난장질이 쉼 없이 계속되었고, 모리의 숨결도 거칠어져갔다. 고문자도 자기 직분에 열중하다 보면 제정신이 아닌 일심불란(一心不亂)의 삼매(三昧)에 빠져들게 마련이었다. 비녀 꽂기를 당해 어깨와 목이 뒤틀린 채 꺾여 있어 천장으로 쳐들린 주율의 머리가 드디어 옆으로 기울어졌다. 그는 의식을 잃어갔다. 심장이 멎었는지 호흡도 끊어졌다.

"곤봉을 빼내고 물을 퍼부어!" 모리가 소리쳤다.

강형사와 호리가와가 달려들어 주율을 묶은 포승을 풀어냈다. 머리 뒷덜미와 양팔 사이에 끼였던 곤봉이 시멘트 바닥에 떨어졌다. 호리가와가 주율의 몸을 바로 누이고 나뭇등걸이 된 그의 가슴에 귀를 기울였다.

"심장이 멈춘 것 같아. 인공호흡을 시켜야겠어." 호리가와가 다급하게 말했다. 그는 주율의 어깻죽지 아래로 곤봉을 괴어 머리를 뒤로 젖혀지게 하곤 두 팔을 들었다 내리는 운동을 되풀이했다.

"더러운 새끼." 강형사가 주율 몸에 침을 뱉곤 입술을 닦았다. 고문자와 고문당하는 자가 숙식을 함께하며 씨름하다 보면 결국 상대가 자신 분신으로서 환부에 해당됨을 느낄 때가 있듯, 인공호흡을 시켜야 할 때가 그랬다. 그는 주율 머리맡에 엎드려 상대 코를 눌러 쥐고 턱을 당겨 입술을 벌렸다. 입맞춤이라도 하듯 주율 입속에 숨을 불어넣고 뽑아냈다. 몇 차례 그 짓을 되풀이하자, 상대가 다시 심장 활동을 시작하는 여린 호흡이 느껴졌다.

호리가와가 양동이 물을 표주박으로 떠내어 주율 얼굴과 가슴에 부었다. 주율의 감은 눈꺼풀이 잘게 떨렸다. 컥, 주율이 막힌 숨을 토해냈다.

"앉혀. 심문 계속해야지."

혹 죽지 않았나 걱정했던 모리는 안도의 숨을 쉬었다. 자신이 내선인을 다루던 중 사망한 경우가 한 번, 후유증으로 감옥에서 사망한 적이 두 번 있었다. 주율이 책상 앞 의자에 앉혀졌다. 쓰러지려는 그를 강형사가 붙잡았다.

"이제 네놈 자백만 남았어. 동료 중놈이 실토했어. 간도에서 가져온 총포를 어디에 숨겼어?" 모리가 물었다.

"객승으로 만행했을 뿐…… 살생하는 도구는 본 적 없습니다." 주율이 꺼져가는 목소리였다.

"곽이란 봇짐장수는 영남유림단과 대한광복회 하수인 아니던가.

그놈이 조선 국조 신도란 것은 우리가 알고 있다. 그놈이 만주 화룡현 종교본부에서 총포를 입수해 봇짐에 숨겨왔음을 알아냈다."

같은 질문을 수십 차례 되풀이하는 노릇이 지겨울 수밖에 없었으나 모리는 주율의 입에서 무심코 흘러나올 단서를 포착하려 신경을 곤두세웠다.

"곽처사님은 인삼 지고 가서 국자가에 팔고 녹용을 사왔습니다……" 거슴츠레한 주율의 눈이 감기고 입가로 피가 흘러내렸다. 그는 사흘째 물 이외 먹은 게 없었고 잠을 자지 못했다.

"이렇게 물렁하게 다뤄선 안 됩니다. 아주 죽여요!" 판에 박힌 대답은 더 들을 필요가 없다는 듯 강형사가 말했다.

고문을 적게 해서 실토를 않는단 말인가? 모리가 그런 표정으로 강형사를 보았다. 그러나 모리에게도 다른 대안은 없었다. 경후와 다시 한번 대질심문을 벌일까 했으나 그 방법도 이 시점에서 마땅하게 여겨지지 않았다.

"죽여도 좋아. 내가 책임질 테니!" 모리가 의자에서 일어서며 말해버렸다. 발설을 안하는 놈은 골과 혀를 땅속에 묻어버리는 수단 이외 다른 방법이 없다는 격앙된 감정이 순간적으로 치받쳤다.

모리는 12호실을 나섰다. 긴 복도의 천장에 군데군데 켜진 30촉 알전구가 뿌윰했다. 안쪽 22호실로 걸었다. 그 방은 20평 정도 넓이였고, 영남유림단 사건 연루자만 임시 수용하고 있었다. 문을 열자, 졸던 조선인 순사보가 의자에서 일어서며 그를 맞았다.

어두컴컴한 22호실은 육소간을 방불케 했다. 천장에서 늘어뜨린 쇠고리에는 여섯 명이 매달려 있었다. 모두 재갈을 물려 검은 주머니를 머리통에 씌워놓아 가슴팍에 붙은 명찰을 보지 않고는 누가 누구인지 알 수 없었다. 손은 뒷허리로 꺾인 채 포승에 묶여 있었다.

"젊은 중놈 어딨냐. 끌어내려!" 모리가 순사보에게 역정을 냈다. 그는 경후를 별도로 취조해보려 작정했다. 간도에서 가져온 총포 문제와 곽돌의 행방 추궁이었다. 장생포 객주는 물론 전국적으로 수배를 내렸는데도 곽은 아직 체포되지 않고 있었다. 대구경무부 협조 공문에 따르면 인상 착의로 미루어 그놈이 장사직 살해의 행동책이 분명했고, 만주 땅으로 들어갈 때 어떤 중대한 밀령을 두 중보다 그놈이 소지했을 가능성이 컸다.

순사보는 경후의 결박을 풀고 얼굴을 씌운 주머니를 벗겼다. 경후를 바로 세워놓았으나 그는 중심을 잡지 못해, 순사보가 부축했다. 형사실로 데려오라고 말하곤 모리는 22호실을 나섰다. 복도를 걷다 그는 기노시타 형사와 마주쳤다. 기노시타는 김조경 심문을 담당하고 있었다.

"아직도 묵비권인가?" 모리가 기노시타에게 물었다.

"독종이야. 단식까지 해서 아가리 벌려 강제로 죽을 먹여."

"이번 사건은 아무래도 이 정도 선에서 일단락 지어야 될는지 몰라." 모리가 말했다.

*

그날도 선화는 보수산 남녘 비탈 고개터에 있는 검정골 백운역술소로 가며, 혹시 어진이오빠와 백군수 댁 둘째서방님을 맞닥뜨리지 않을까 기대했다. 본정에 있는 부산경찰부와 대신정에 있는 부산감옥은 검정골 앞길을 통해 죄수들이 오고갔다.

선화가 지팡이 짚으며 보수산 고갯길을 오르자 동남풍 갯바람이 몸을 날릴 듯 불어왔다. 꽃샘바람이라 쌀쌀하기가 높새 못지않았으나 입춘에 이어 우수를 넘긴 지 여러 날, 그녀는 찬바람 속에 스민 봄의 입김을 느낄 수 있었다. 개울물 소리가 며칠 전보다 더 청량하게 들렸다. 경칩만 지나면 냇가의 버들가지도 잎망울을 터뜨리고 개나리꽃도 피리라. 오리나무는 꽃봉오리를 맺겠지. 그런 생각을 하며 선화는 두 눈 초롱할 때 보았던 오리나무의 빨간 꽃과 개나리의 샛노란 꽃을 떠올렸으나 그 꽃의 실체가 눈앞에 잘 잡히지 않았다. 이제는 기억마저 흐릿한 봄동산이었다.

길 앞쪽에서 갑자기 웅성거리는 소리가 났다. 고함과 훌쩍이는 울음소리도 들렸다. 선화는 간수들이 죄수를 연행해 옴을 알았다. 사모님 옥천댁 말에 따르면, 이틀에 한 번꼴로 아침에 감옥에서 죄수들을 경찰서로 묶어가고, 밤중에 경찰서에서 지겟짐 지워 죄수를 감옥으로 실어나른다 했다. 큰 사건이 터져 그 사건으로 잡혀온 자가 처음은 열여덟이었다 나중에는 의연금을 5백 원 이상 낸 사람들까지 잡혀와 인원이 배로 늘어났다는 말도 해주었다. 경상도 여러 지방에서 잡혀오다 보니 가족이 부산으로 내려와 경찰서에 면회를 청했으나 허락되지 않자 수인들이 오가는 길목을 지킨다는 것이다.

고함과 울음소리가 가까워지자 선화는 갓길로 비켜섰다. 가족

중에 백군수 댁 둘째마님도 있으리라 그녀는 짐작했다.

"나리님, 수돌아빕니다. 마님 모시고 왔어요!" "아버지, 정균입니다. 옥체 균안하온지요. 집안은 별고 없습니다." "효기아버지, 제가 왔어요!" 가족들의 울부짖는 소리였다. 미결수 아홉이 용수갓 쓴 머리를 떨군 채 줄줄이 묶여 있어 누가 누군지 구별할 수 없었으나 풍신과 걸음새와 옷차림을 보고 제 식구임을 짐작했다.

"더 따라오면 칼로 베겠다!" "물러서지 못해!" "사물은 소용없어!" 간수와 순사들이 죄수 가족을 위협하는 말이었다.

옷이나 떡꾸러미를 건네주려던 아낙과 남정네들은 호송하는 순사와 간수 날벼락에 주춤거렸다. 영남유림단에 많은 돈을 의연한 죄로 연행당해 온 사람은 각 고을마다 먹고살기에 어려움 없는 부농 출신이거나 망국 통한을 삭이던 향반 출신이어서 길목을 지킨 이들은 그 가족이 태반이었다.

가족들이 웅절거리며 미결수 일행을 계속 따르자 일본인 순사가 칼을 뽑아들고 길목을 막았다. 미결수 가족은 더 따르기를 단념하고 걸음을 묶었다. 선화는 일행이 자기 앞을 스쳐갈 때까지 숨죽이고 있었다.

"어진이오빠 있어요? 저예요. 선화라오." 오빠가 무리 속에 끼어 있나 하고 선화가 불렀다. 그녀가 일행을 처음 만났을 때는 미결수가 용수갓을 쓰고 있는 줄 미처 몰랐다가 사모님 말을 듣고 알게 되었다. 사모님 말로는 용수갓을 써도 대발 사이로 앞길은 살필 수 있다고 했다.

"오빠, 무사하셔요?" 선화가 다시 한번 물었으나 대답이 들리지 않았다. 검정골로 가다 일행을 만나기도 여러 차례건만 번번이 허탕이었다. 아니면 오빠가 대답을 할 수 없을 정도로 몸을 상했거나, 스스로 대답하지 않는지도 몰랐다.

"선화 나왔구나." 조씨였다. 둘은 여러 차례 이 고개턱에서 만났다.

"마님 오셨군요. 서방님 뵈오셨습니까?"

"오늘도 없구나. 어진이와 비슷한 사람은 본 것 같은데."

"제가 오빠를 찾았으나 대답이 없었습니다."

"가족과 말을 나누면 감옥서에서 한 끼 굶기는 벌을 내린다는 말도 있더라." 선화가 대답 없이 걷자 조씨가 울음을 목 안으로 삼키더니 말했다. "선화야, 벌써 스무 날 넘게 고초를 겪는다면 아무리 실한 장골인들 어찌 목숨 부지가 용이하겠느냐. 재판이 열리려면 한참 기다려야 한다니……"

선화는 스승이 말한 주역괘 화산여를 떠올렸다. 둘째서방님과 오빠가 외로운 나그네길에 한 발씩 서로 묶고 걷는다 하니, 죽어도 같이 죽고 살아도 같이 사는 한목숨이리라 여겨져 작은마님을 위로할 말을 찾지 못했다.

조씨가 선화 손을 잡고 검정골에 도착하자, 옥천댁이 역술소 싸리문 앞에서 기다리고 있었다. 옥천댁만 아니라 검정골 사람이 동구로 나와 돌아오는 미결수 가족을 맞았다. 검정골의 점치는 집들은 때아니게 성시를 맞고 있었다. 미결수 가족이 가져온 쌀이나 돈을 내놓고 사나흘씩 방을 빌려 기식하며, 길목을 지키다 잡혀온 가장을 만나기도 하고, 무사 귀가를 비는 굿판을 벌이기 때문이었다. 역술소만은 손이 없었는데 백운이 조씨만을 맞아 백상충 운세를 풀이해주었다. 그가 조씨를 맞아 처음 뱉은 말이 이랬다. "허허, 이거 큰일이로군. 산지박(山地剝)이 옳습니다. 박이란 빼앗거나 깎이거나 벗기는 걸 뜻하는데, 우뚝 솟은 산이 세찬 풍우를 만나 무너지는 괘로군요. 위험천만입니다." 이어, 백운은 선화 쪽으로 눈을 돌려 막대로 산지박 괘를 만들어보라 일렀다. 선화가 책상 위에 괘를 만들었다. "그렇다면 나쁜 운세를 피할 묘책은 없겠습니까?" 조씨가 묻자 백운은 머리를 흔들었다. "대자연의 섭리로 일어나는 위태로움은 사람 힘으로는 어쩔 수 없습니다. 가뭄과 홍수를 사람 힘으로 어찌 다스리겠습니까. 가군(家君) 스스로 위험에서 몸을 지키기를 기원하며 정성으로 기다리십시오. 그 길뿐, 다른 방책이 없습니다." 다른 점바치 같으면 복채를 놓고 액땜 큰 굿판을 벌이자고 권했으련만 그는 그런 이재욕이나 주변머리와 거리가 먼 사람이었다.

"오늘도 오라버니를 못 만났느냐?" 옥천댁이 선화를 맞으며 물었다.

"대답을 아니하시니 소경이 만난들 무엇하겠습니까."

조씨 말처럼 경찰서로 끌려가는 아홉 명 중에는 주율과 경후가 섞여 있었다. 둘은 경찰서에서 사흘 동안 취조받고 하루 반을 독방에 갇혔다 다시 경찰서로 가던 참이었다. 그렇게 끌려가면 사나흘 동안 고초를 당한 끝에 제 발로 걸을 수 없는 상태에서 지게에 얹혀 감옥으로 돌아올 터였다.

주율은 오늘로 선화 목소리를 세번째 들었으나 대답한 적이 없었다. 가족과 말을 나누면 한 끼 금식 조치가 내렸으나 그 벌칙이 두려워 대답 못하지는 않았다. 그는 누구와 만나기도, 말을 나누기도 싫었다. 아니, 이승의 삶을 체념한 상태라 사바세계 수라장으로부터 떠나고 싶은 마음뿐이었다. 그러므로 누구를 만나 남기고 싶은 말도, 누구를 원망할 마음도 없었다. 기쁨도 노여움도 잦아진 상태에서, 이승에서 지은 죄의 업력(業力)만 새기고 새겼다. 백팔배, 천배, 삼천배로써 참회가 부족하다면 저승에 들어 지옥불에 떨어져서도 참회의 번뇌를 계속해야 한다는 각성으로 질긴 목숨줄을 잇고 있었다. 그는 과거부터 현재까지 지어온 모든 허물과 잘못 중에 특히 세 가지를 두고 괴로워하였다. 첫번째 번뇌는, 북지 간도 와룡현 청포촌에서 언약한 남자가 있는 예복이를 두고 마음의 간음을 했으니 죄업이 아닐 수 없었다. 표충사로 돌아온 뒤에도 그는 꿈을 통해 그녀의 알몸을 여러 번 보았다. 참선과 독경을 해도 끊임없이 솟구치는 정욕을 억제하지 못해 한동안 수음의 악습에 빠지기도 했다. 그는 수음과 몽정을 통해 예복이를 범했고, 삼월이를 범했고, 김기조가 상대한 작은골곳댁까지 범했다. 수습계를 받고도 2년여 단속적으로 수음의 악습을 끊지 못했으니 죄의 높이가 수미산에 못지않을 터였다. 아무리 피 끓는 젊음이기로서니 색탐의 염이 마음 깊이 용트림하고 있다면 차라리 부처 앞에 통성 참회하고 사바세계로 돌아감이 떳떳한 소치일 텐데, 그는 거짓으로 마음의 죄를 덮어버렸다. 두번째 번뇌는 거짓의 탈을 쓴 자신의 모습이었다. 안거(安居)를 끝내는 마지막 날, 함께 공부했던 승려가 모여 서로 보고 듣고 생각하는 동안에 지은 자기 죄를 고백하고 참회하여 꾸중듣기를 청하는 의식이 있었다. 자자(自恣)라는 그 의식에 석주율 역시 여러 번 참석했으나 그는 자신의 죄를 담력 있게 참회하는 용기를 내지 못했다. 대중 앞에 스스럼없이 참회해야 한다고 거듭 맹세했으나 그 말이 목구멍까지 올라오다 걸렸다. 얼굴이 홧홧해지고 가슴이 두근거려 말을 뱉을 수 없었다. 부끄럼 타는 소심한 성격이 수신(修身)을 닦는 동안 많이 고쳐졌다고 스스로 자부했는데, 자자 시간만은 얼어붙은 입이 되고 말았다. 그러나 자자 의식이 끝난 뒤 참선 시간에 자신의 마음을 고요히 들여다볼 때는 이기심과 공명심이 마음 깊은 소에 똬리를 틀고 있음을, 맑은 물밑을 관조하듯 볼 수 있었다. 표충사 젊은 승려들 중에서도 촉망을 한몸에 받고 있다는 자부심과, 대덕(大德)의 길로 나아가는 데 한 점 티끌이 있어서는 안 된다는 자만심이었다. 그 자만심은 사명선사의 길을 멀리하고 동운사 조실스님의 길을 따라야 한다는 경계심을 비밀히 품었고, 이를 솔직히 참회하지 않았다. 내가 이 아집의 망(妄)을 끊지 못한다면 출가의 뜻이 소멸된다. 다음 자자 의식 때 필히 참회하여 꾸짖음을 달게 받으리라. 그는 그렇게 결심했으나 맹세를 이루지 못하고 있었다. 세번째는, 이번 사건에서 취조와 악형을 당하며 생기게 된 괴로움이었다. 순사와 헌병들이 표충사로 들이닥쳐 분탕질을 하고 주모자를 색출할 때, 대한광복회를 절대 입에 올려서는 안 된다는 약속이 입으로 눈빛으로 전해져, 주율 역시 어떤 악형을 받게 되더라도 약속을 지키리라 결심한 바 있었다. 주율뿐 아니라 모두 그 점 하나만은 굳게 지키고 있음을 그는 개별 취조를 통해 감지했다.

경후한테 듣기로 박상진이 총사령이요, 대구인 우용대가 칠곡 부호 장사직 처형을 지휘했고, 속세 자형 곽처사가 그 사건에 깊이 관여한 듯한데, 그런 이름과 행적이 취조관의 입에 오르내리지 않았던 것이다. 그래서 주율은 다른 분들 역시 고통을 참아내며 약속을 철저히 이행하고 있는데 내 입으로 발설할 수 없다는 결심을 굳혀왔으나 날수가 지나면서 더 참기 힘든 극악한 고문을 당하면서 그런 맹약이 서서히 무너져 내림을 느꼈다. 이번에도 또 그런 고통을 당하면 나도 모르는 사이 발설하고 말는지 몰라. 삐끗 실수하여 내 입으로 실토하게 되면 어쩌나. 이런 공포심이 날이 갈수록 마음을 죄어왔다. 그 공포는 고문 못지않은 마음의 고통을 주었다. 공포심의 원인도 감방으로 돌아와 정신을 수습하여 참선에 임하면, 마음 깊은 곳에 도사리고 있는 아귀의 꾐과 만나게 마련이었다. 아귀의 꾐이란 그 언변이 감미와 향료로 싸발려 듣는 귀를 즐겁게 하고 마음을 풀어놓게 했다. '주율아, 고통이 너무 혹심하니 지금이라도 당장 죽어 해탈하고 싶지? 그러나 일찍 죽고 늦게 죽는 거야말로 찰나이다. 누구나 다 죽어. 생사일여란 말 알지? 중생은 업인(業因)으로 났다 죽고, 죽었다 다시 나서 육도(六道, 지옥도, 아귀도, 축생도, 아수라도, 인간도, 천상도)를 윤회하게 마련이다. 주율아, 나를 보아라. 나도 한때는 권문세속으로 태어나 일평생 부귀영화를 누리다 죽어 노새로 다시 태어나 권세가를 등에 태우고 다닌 적도 있다. 그러나 다시 죽어 이번에는 어찌된 판인지 아귀도로 떨어졌다. 나는 그렇게 일흔일곱번째 육도를 윤회하고 있노라. 우주의 무상변전(無常變轉)과 본무생사(本無生

死)가 그럴진대, 네 한 세월도 찰나가 아니냐. 그 찰나를 살며 인간과 인간과의 약속을 금지옥엽으로 섬기다니. 똥 같은 약속에서 떠나 근심을 덜고 공(空)에다 너를 맡겨. 제행무상(諸行無常)이라. 너 역시 죽어 육도를 헤맬 중생의 티끌이 아니던가……' 살이라고는 한 점도 없는 마른 몸에 갈퀴 같은 손가락을 내저으며 아귀가 유혹할 때, 순간적으로 그의 마음도 흔들리게 마련이었다. 끝 닿는 데 없이 우주와 수억만대의 시간 속에 하나의 티끌이나 먼지로 찰나를 사는 자신을 돌아보면 본무생사나 제행무상이란 어휘가 절절하게 마음에 닿았다. 우주 속에 밤톨 하나로 지구가 있고, 지구 속에 겨자씨만한 땅덩어리로 조선과 일본이 있다면, 두 나라가 갈라지고 합쳐짐이 무슨 대단한 사건이겠는가. 그런 광의적 해석이 가능하다면, 했던 일을 하지 않았다고 거짓을 고집하는 짓거리며, 했으므로 했다고 솔직하게 실토함의 차이 또한 무엇인가. 그 말을 끝까지 숨긴다고 조선이 해방을 맞게 될 것도 아니며 일본의 권세가 하루아침에 주저앉지도 않으리라. 인간이 얕은 지혜를 짜내어 애국, 진리, 정의를 부르짖지만 그 과정은 살육과 늑탈을 무기 삼아 강자만 살아남는 게 세상 이치가 아닌가. 일본의 조선 침탈도 약육강식 논리대로 한쪽이 강해지고 한쪽이 약해지니, 약한 쪽이 잡아먹힌 결과였다. 임진왜란 때 왜놈 강도떼는 조선인 코를 베고 살육을 일삼았건만 천벌을 받기는커녕 멀쩡하게 국력을 키워 다시 조선을 지배하며 늑탈하지 않는가. 여기에 자비로운 부처님 능력이 어디에 존재하는가. 그러고도 일본인들 역시 학교나 가정에서 진리와 정의와 사랑으로 아이들을 교화시킨다. 인간이 어차피 원죄에서 헤어나지 못한 채 무명 속을 헤매게 마련이라면 죄를 짓기는 누구나 마찬가지다. 나도 아귀의 말대로 죄 많은 인간과 인간이 맺은 똥 같은 약속에서 떠나 근심에서 벗어남이 낫지 않을까. 주율이 아귀의 꾐에 좇아 그런 궤변에 마음이 흔들리다가도 홀연히 두려움에 사로잡혀 악몽을 떨치듯 깨어나곤 했다. 참선 자세를 풀고 눈을 뜨면 대한광복회 이름을 끝까지 발설하지 않아야 한다는 새로운 공포감이 엄습해 왔다. 출가하기 전 작은서방님 서찰을 전하다 울산주재소로 잡혀갔을 때는 천방지축을 몰랐던지 줄곧 모르쇠로 버티었을 뿐 잡념이나 공포심이 지금보다 훨씬 가벼웠던 게 사실이었다.

아홉 명의 미결수는 본정 거리에 있는 부산경찰부 뒷문을 통해 뒷마당으로 끌려갔다. 호송해 온 순사가 경찰서 건물 안으로 들어가자, 잠시 뒤 각조 형사들이 나와 자기네 담당 미결수를 인계해 갔다.

강형사가 주율과 경후를 데리고 지하실로 내려갔다. 그는 12호실로 둘을 몰아넣고서야 머리에 씌운 용수갓을 벗겼다. 방에는 조장 모리와 호리가와가 대기하고 있었다.

둘은 서너 발 간격을 두고 의자에 마주보고 앉혀졌다. 손은 뒤로 젖혀진 채 손목과 팔목과 가슴은 포승에 겹으로 묶여 있었다.

"묻는 대로 말하라." 모리가 득의의 표정으로 윽박질렀다.

주율은 오랜만에 경후 얼굴을 보고 깜짝 놀랐다. 부산경찰부로 끌려온 뒤 초기에 두 차례 대질심문이 있었다, 그때만 해도 고문을 엔간히 당했구나 하는 측은한 느낌뿐이었는데 지금 경후 얼굴은 피골이 상접하여 사람 모습이라기보다는 아귀 모습이었다. 밤송이처럼 엉성하게 자란 머리 아래 눈은 움푹 꺼졌는데 동자는 초점이 맞지 않았다. 얼굴은 생채기로 덮인데다 살가죽이 삼베올이 되어 미수를 넘긴 파파옹 같았다. 이제 경후 얼굴에서 예전의 낙천적이고 활달하던 모습은 어디에도 남아 있지 않아, 골병든 몸뚱이로 얼마를 더 지탱할는지 의심스러웠다. 주율은 순간적으로 나도 저런 모습일까 하고 생각하자 등줄기가 뜨거워왔다.

경후는 주율을 흘끗 보곤 고개를 떨구었다.

"간도에서 가져온 총포를 어디에 숨겼는지 자백하라!" 모리는 누구를 찍어 호통치지 않았다.

경후가 깜짝 놀란 듯 머리를 들고 주율을 건너다보았다. 주율은 퀭한 그 눈을 마주볼 수 없어 눈을 감았다. 된호흡을 눌러 삼켰다. 곽돌 처사가 체포된 게 아닐까, 아니라면 김조경 처사가 자백하지 않았을까 하는 생각부터 들었다. 어찌되었든 여태 묻지 않았던 새로운 질문으로, 모리 조장이 무슨 단서인가 잡은 게 틀림없었다.

"경후 이놈, 그 위치를 네놈이 실토해! 표충사 부근 어디쯤이란 건 우리가 알고 묻는 말이다. 네놈 거짓말이 이번에도 통하나 어디 보자." 강형사가 몽둥이를 집어들었다.

경후는 떨기만 할 뿐 대답을 못했다. 벌어진 입속의 앞니는 빠졌거나 부러져 있었다.

"저는…… 모릅니다. 총포가 어디 있는지……" 경후가 고개를 꺾은 채 말을 더듬었다.

"권총과 실탄과 폭약을 가져와서 숨기지 않았느냐?" 호리가와의 윽박지름에 이어, 강형사가 참나무 몽둥이로 경후의 등줄기를 쳤다.

주율은 긴장한 채 신경을 곤두세웠다. 기세등등한 질문 공세에서 경후가 어떻게 빠져나갈까 조바심이 났다. 사실 간도 청포촌에서 가져온 총포는 곽처사와 김조경 둘이 서상암 부근에 숨겼기에 경후와 자기는 그 장소를 알지 못했다. 그래서 마음속으로 경후가 모르쇠로 버텨야 한다는 격려와, 한편 경후가 김조경이나 곽처사 이름을 대버려 자기에게 추궁이 돌아오지 않게 되기를 바라는 이율배반으로, 주율의 입안이 불길을 맞은 듯 탔다. 경후는 입을 다물고 있었다.

"서상암자 맞지?" 모리가 물었다.

"장소를 모릅니다."

"어디에 숨겼어?" 강형사 질문에 경후는 입을 다물고 있었다. 강형사가 모리를 보았다. "이놈은 언양주재소부터 손톱 고문에 약했습니다. 벤찌(펜치, 쇠집게)로 손톱 발톱을 몽땅 뽑아버려야 해요."

"호리가와, 이놈을 십칠호실로 데려가 매달아."

호리가와가 경후 뒷덜미를 잡아채더니 그를 끌고 밖으로 나갔다. 주율은, 내가 당할 차례구나 하고 눈을 감았다.

"서상암자 어느 지점인가?" 강형사가 물었다.

"모릅니다…… 총포를 본 적 없습니다."

"정말인가?"

"저는, 모릅니다."

주율은 눈을 감았다. 그는 속으로 『천수경』을 외며 생각을 간추렸다. 김조경 처사가 끝내 고문에 못 이겨, 총포를 가져와 서상암 근방에 숨겨놓았음을 자백을 했다고 단정지었다. 조장은 곽처사를 입에 올리지 않았고 김조경의 자백을 받아냈다고만 말했다.

"정말 잡아뗄 텐가?" 강형사가 몽둥이를 쳐들었다.

"그놈은 매질로는 안 돼. 호리가와를 불러와 전기고문으로 족쳐! 죽을 때까지!" 모리가 강형사에게 명령했다.

강형사가 19호실로 달려가 경후를 거꾸로 매달아놓고 족치는 호리가와를 불러냈다. 12호실로 온 둘은 주율을 묶은 포승을 풀어내고 윗도리를 벗겼다. 포승으로 주율의 몸을 의자에 묶었다. 조장이 지켜보는 가운데 호리가와가 전선줄을 주율의 양 손가락과 양 발가락, 두 귀와 성기에 연결시켰다. 전기선과 신체 접촉 부위를 물에 적신 수건으로 덮었다. 주율은 펄떡이는 숨길을 가누며 눈을 감았다. 경을 외며, 이 업고를 달게 받으리라 마음먹었다.

"오십 볼트부터 시작해." 팔짱 낀 모리가 소형 발전기를 조작하는 강형사에게 말했다.

전기고문 전류 한계는 직류 5백 볼트, 교류 3백 볼트였는데 처음은 짧고 약하게, 차츰 길고 강하게 전류 세기를 높이는 방법을 썼다. 보통 1초에서 3초 정도 짧게 되풀이했다. 주율이 전기고문을 당하기는 벌써 여섯번째라 전기충격에 따른 윗몸 살 여기저기에 꺼멓게 탄 자국이 남아 있었다.

강형사가 발전기 눈금을 50볼트로 올리고 점등 스위치를 눌렀다. 눈을 감은 채 가쁜 숨을 내쉬던 주율은 순간적으로 전류가 흐르자

의자째 몸이 풀썩 튀었다. 저절로 감은 눈이 뜨였고 동공이 튀어 나올 듯 확대되었다. 강형사가 점등 스위치를 내렸다 다시 올렸다. 주율의 몸에서 살점 타는 노린내가 났다.

"그래도 실토 안할 텐가!" 모리가 소리쳤다.

주율의 벌어진 입은 턱이 떨어져 나갈 듯 한껏 찢어졌다. 온몸의 살갗이 살아 뛰듯 떨렸다. 성기가 꼬챙이처럼 서서 좌우로 흔들렸다. 다른 여러 방법의 고문은 고통을 참는 데까지 참아내다 실신하면 그만이지만 전기고문은 끊어질 듯 이어지는 의식의 실오라기를 놓치지 않으려는 안간힘이 신경을 갉았으므로 견디기 힘든 극한의 고통이었다.

전기고문이 10분 넘어 15분에 이르자 주율의 고개가 꺾어졌다. 그는 완전히 의식을 잃고 말았다.

"호리가와, 십구호실로 가자고. 오무라는 이놈에게 물을 퍼부어 깨어나면 다시 심문해." 모리가 바람을 일으키며 12호실을 나서자 호리가와도 뒤따랐다.

강형사가 양동이에 물을 담아와 주율의 얼굴에 퍼부었다. 그러나 주율은 목을 꺾은 채 꿈쩍을 않았다. 정신 차리라며 강형사가 주율의 뺨을 때렸다. 주율은 목석이듯 널브러져 있었다. 강형사는 이 녀석이 정말 죽은 게 아닌가 싶어 턱을 치켜들고 감은 눈을 까뒤집어 보았다. 동자가 위쪽으로 몰려 있었고 숨 쉬는 기색이 없었다. 얼굴색이 백짓장이었다. 비로소 사태의 심각성을 깨달았다. 의자에 묶인 주율을 황급히 풀어내고 그를 시멘트 바닥에 뉘었다. 손목을 잡고 맥을 짚으니 맥박이 여리게 뛰고 있었다.

강형사가 주율의 몸을 흔들고, 물을 끼얹고, 그 짓을 여러 차례 되풀이했으나 그는 끝내 깨어나지 않았다. 그는 오랜 고문 경험을 통해 주율이 가사(假死)를 흉내 내고 있지 않음을 알았다. 뇌사(腦死)가 아닐까? 강형사는 이제 이 사태를 혼자서 수습할 수 없다고 판단했다. 그는 부리나케 12호실을 나서서 경후를 취조하고 있는 19호실로 달려갔다. 문을 벌컥 열자 경후를 거꾸로 매달아놓은 채 심문하던 모리와 호리가와가 그를 보았다.

"조장님, 놈이 영 깨어나지 않습니다."

"뭐라고?"

"맥박은 살아 있습니다."

강형사가 앞서고 모리와 호리가와가 뒤따랐다. 그들이 12호실로 몰려갔다. 주율은 그때까지 깨어나지 않은 상태였는데 얼굴이 사색이었다. 주율의 코에서 흘러내리는 피를 보며 모리가 호리가와가에게 말했다.

"안 되겠어. 병원으로 옮겨. 이제 실마리를 붙잡은 판에, 이 꼴이 되다니." 모리가 강형사에게 눈총을 주었다.

강형사가 주율을 들추어 업었다. 그는 지하실 계단을 올라가 뒷마당으로 빠졌다. 모리가 뒤따르고 호리가와는 경후를 추달하려고 19호실로 돌아갔다.

경찰서 옆 옛 부청(府廳) 뒷골목에 경찰서 지정병원으로 간다(神田)병원이 있었다. 강형사가 주율을 진찰실로 업고 들어갔다. 의사 이케다가 일본인 부인을 면담하고 있었다.

"이케다 선생, 화급한 환자요!" 모리가 말했다.

강형사는 주율을 진찰용 간이침대에 눕혔다. 이케다는 경찰서 취조실에서 다루는 불령선인을 자주 취급했고 모리 조장과도 아는 사이라, 면담하던 부인에게 양해를 구한 뒤 침대 앞으로 다가갔다. 가리개를 닫고 주율의 맥박을 짚고, 눈꺼풀을 까뒤집어 보고, 입을 벌려 오그라든 혀를 빼내어 살폈다. 이케다는 주율의 가슴 여러 곳을 청진기로 진찰했다. "이자를 살려야 하는데 어때요?" 모리가 물었다.

"뇌에 손상이 간 모양입니다."

"그렇다면?"

"가망이 없을 것 같은데요."

"심장은 아직 뛰잖아요?" 강형사가 말했다.

"여기서 죽으면 안 돼. 최선을 다하시오." 모리가 말했다.

"글쎄······" 이케다 원장이 주율의 팔뚝에 주사 한 대를 놓았다. "오늘 밤이 고비요. 깨어나지 않는다면 포기해야 할 것이오. 우선 입원실로 옮깁시다. 지금은 절대안정이 최선이오. 머리를 낮추고 더운물로 십부(찜질)해주시오. 조금 후에 가리다." 이케다가 간호부를 불러 환자를 조치케 했다.

모리와 강형사가 시체처럼 늘어진 주율을 맞잡아 들고 안채로 연결된 쪽문을 통해 입원실로 쓰는 별채로 갔다. 함석집을 기다랗게 지은 방이 다섯 개였는데 주로 출산부 산후 조리로 쓰는 방이었다. 다다미방에 주율을 눕혔다.

"자넨 발전기조차 제대로 못 다루며 형사질 어떻게 했어?" 담배 개비를 입에 물고 모리가 강형사에게 말했다.

고개를 빠뜨린 강형사는 묵묵부답이었다. 모리는 시체이듯 알몸으로 누워 있는 주율을 내려다보았다. 주율은 머리칼이 밤송이처럼 자랐고 코밑과 턱주가리는 수염이 더부룩했다. 피딱지가 앉은 핼쑥한 얼굴은 납색이었다. 잠에 든 듯 평온한 주율을 보자 모리는 불현듯 측은한 느낌이 들었다. 그는 청소한 수행승이었다. 모리 역시 불교도였기에 도쿄에 있을 때 법회가 열리는 날은 이따금 조오조사(增上寺)에 들러 야마부시(수도승)의 설법을 들으며, 법열에 젖기도 했다. 수도승이 고문으로 저렇게 죽는다? 사람의 한 평생이 허망하다는 생각이 들었다. 어쩌면 놈은 영남유림단과 관련이 없는지도 몰랐다. 백상충 집안의 종이었던 인연에 따라 상전을 모시고 표충사로 가게 되었고, 글을 익히자 중이 되기로 결심했고, 중이 되자 옛 상전 천거로 걸승 삼아 북지를 다녀온 것뿐이라는 그 자신의 진술이 솔직한 자백일 수도 있었다. 사실 부산경찰부에서 조사를 받고 있는 영남유림단 주무요원들 중 주율이 관련을 맺고 있는 자는 백상충과 표충사 승려들뿐이었다. 주율의 얼굴조차 모르는 자도 많았고, 주지승과 교무승은 주율이 영남유림단과 관련이 없음을 변호했다.

"이자를 살려내지 못한다면 우리 조는 사직서 써야 할 거야."
모리가 침통히 말하곤 방을 나섰다.

*

주율은 숨만 붙은 채 사경을 헤매고, 경후는 총포 은닉 장소를 모른다고 끝까지 우기니, 모리 조(組)는 수사에 진경을 못 본 채 실의에 잠길 수밖에 없었다. 보부상 곽돌이란 자가 행동대원으로 총포를 사용하여 장사직을 사살했음이 틀림없는데, 그는 북간도 대종교 본산 화룡현으로 멀찌감치 도망쳤는지 반도 땅에서는 어디에도 자취가 묘연했고 밀양 읍내에 살던 그의 처자식 또한 행방을 알 수 없었다. 수사의 초점이 자연스럽게 서상암에 은거해 있던 김조경에게 쏠렸다. 김조경은 1911년 부산경찰부 폭파범으로 수배된 지 햇수로 여섯 해요 부산부 경무국 경무부장 요시노 총격 사건이 있은 지 두 해째, 그 두 사건이 미궁에 빠졌다가 영남유림단 사건으로 우연찮게 걸려든 터였다. 김조경이 영남유림단 무력부 책임자였으니 그에 대한 취조가 다른 누구보다 준엄했으나, 그는 죽기로 각오했는지 묵비권으로 보름 넘게 버티고 있었다.

주율이 식물인간이 된 지 닷새째, 김조경을 담당한 기노시타 조(組)가 드디어 개가를 올렸다. 김조경을 통해서만 장사직 살해 경위와 총포 은닉 장소를 밝힐 수 있다고 판단한 기노시타가 온갖 고문 수단을 다 동원했던 것이다. 무차별 구타에, 전기고문, 물고문, 관절꺾기 고문, 잠 안 재우기 고문, 손톱과 발톱 뽑기 고문이 되풀이되던 끝에 김조경이 사흘을 묵비권으로 버티다 끝내 총포를 숨겨둔 위치를 비몽사몽간에 밝히고 말았다. 서상암에서 사자봉 정상으로 오르면 혈거가 있는데, 동굴 속에 숨겨두었다는 자백이었다. 혈거는 우용대가 한동안 숨어 있던 곳이었다.

형사대가 서상암 위쪽 혈거로 급파되었다. 그래서 아라사제 권총 두 자루, 실탄 서른다섯 발, 고성능 폭탄 두 개, 아라사제 사냥

총을 회수하는 성과를 거두었다. 권총을 분해하여 과학적인 검사를 한 결과, 약실이 녹슬어 있었고 최근 사용되지 않았음을 밝혀내었다. 권총 한 정 실탄 열다섯 발, 폭약 두 개는 곽돌이 가져갔기에 발각되지 않았다.

영남유림단 사건 전담반은 수사에 착수한 지 한 달에 이르자, 그동안 취조 실적을 토대로 도청이 있는 진주재판소로 사건 송치 골격을 얽었다.

一, 明治 四十五年(1912) 十月, 慶尙南道 密陽郡 所在 表忠寺에서 慶尙道 南部地方 各 郡을 代表하는 不逞鮮人 十八人이 會合을 갖고 朝鮮의 國權回復이란 名分으로 嶺南儒林團이란 不法團體를 秘密히 結成하다.

一, 上記 團體는 傘下에 文治部와 武力部를 두어, 文治部는 朝鮮人 人才養成을 爲한 敎育과 朝鮮人民 啓蒙을 目的으로 삼고, 武力部는 義捐 名目으로 朝鮮人 富豪의 財物을 强奪하여 同 資金으로 쓰는 한편 在滿洲 朝鮮人 不逞團體 新興學校에 送金하려는 計劃을 세운바 있다. 또한 武力部는 國外로부터 銃砲를 購入하여 半島內 日本人 要職者와 日本에 友好的인 半島人을 殺害할 것을 凶謀한 바 있다.

一, 上記 不法團體는 慶尙道 南部地方 各郡에 1個 以上 書塾, 書堂, 講習所 名目으로 變則 學校를 運營하여 生徒들에게 不穩한 思想을 感染시키고, 銃砲를 購入키 爲해 2次에 걸쳐 滿洲 間島로 下手人을 派遣한바, 1次는 失敗하고 2次는 成功, 그 銃砲를 表忠寺 瑞霜庵子

에 隱匿하였다가……

앞 세 가지 항목은 자백을 통해 얻어낸, 사실과 부합되는 내용이었으나 다음 항목은 사건 전담반이 임의 날조하여 사건을 확대 조작했다.

一, 大正 四年(1915) 五月, 嶺南儒林團은 表忠寺 所屬 瑞霜庵子에서 主務要員 會合을 갖고 不逞團體名을 大韓光復會로 改稱, 武力部가 主動이 되어 犯行 實行計劃을 堅立한 바, 各地域 富豪들에게 通告文, 布告文 名稱으로 脅迫 書翰을 發送하여 財物 獻納을 强要한 바 있다. 中樞院 參議요 南鮮合同電氣 大邱府 取締役 張思稷에게 脅迫文을 發送하여 1萬 圓을 獻納하라고 脅迫한 結果, 張思稷이 이에 不應하자 處刑하기로 決定, 指令員으로 褓負商 郭乭을 選定한 바 있다. 郭乭은 姓名未詳(大邱府 高等普通學校 不穩生徒)의 下手人 셋을 糾合하여 張思稷이 仲秋節 先塋 參禮次 還故鄕하는 機會를 捕捉하여 張思稷 處刑에 成功하고……

영남유림단 사건 전담반이 그동안 대외비에 부쳐 수사를 진행해오다, 곽돌 등 장사직 살해범 공개 수배를 목적으로 도하 신문에 사건 전모를 발표하기로 결정을 보았을 무렵, 뜻밖의 사건이 터졌다.

경주우체국 우편차가 불령선인 무리에게 습격당해 현금 8천7백여 원을 강탈당하고, 호송을 맡았던 일본인 순사가 현장에서 총격으로 즉사한 사건이었다. 우편차는 경주에서 대구로 주 1회씩 무장한 순사 탑승 아래 이송되었는데, 동승자는 경주우체국 경리부장과 직원 하나, 운전사였다. 우편차가 읍내를 벗어나 서현 마을을 지나 경사 20도 비탈길을 힘겹게 오를 때, 돌연 길섶에서 폭탄이 날아와 우편차 앞부분과 유리창을 박살 내었다. 차에 타고 있던 자들이 혼비백산하는 사이 길섶 좌우에서 네 명의 복면한 남자가 우편차에 들이닥쳐 그중 하나가 권총으로 일본인 순사를 사살하고 나머지 셋은 소나무에 결박해놓은 채, 현금이 든 우편낭을 가지고 도주했던 것이다. 그들은 현장에 통고문 한 장을 남겼는데, 그 끝에 '광복회 지령원'의 소행임을 밝혔던 것이다. 소나무에 묶인 셋 이외 목격자는 나타나지 않았고, 현장에는 단서가 될 만한 증거가 없어 범인 체포가 용의할 것 같지 않았다.

경주 우편차 공격 사건 소식을 접한 부산경찰부는 당황할 수밖에 없었다. 그렇게 되자 영남유림단 사건 개요는 전면적인 수정이 불가피했기에 사건 전모 발표를 보류하고 대책 회의에 들어갔다.

부산경찰부 영남유림단 사건 전담반은 이와쿠라 과장 주무 아래 각 조장이 모여 대책회의를 가졌는데, 경주 우편차 공격 사건에 따른 해석이 두 갈래로 갈렸다.

한쪽에서는, 곽돌 등이 만주 간도 와룡현에서 돌아올 때 권총은 세 자루를 가져왔고 폭약도 더 많이 숨겨왔다는 견해였다. 그래서 체포되지 않은 곽돌 등 그 잔당이 미리 빼돌린 총포로 장사직 암살과 이번 경주 우편차 공격에 사용했다는 것이다. 또 다른 견해는 범인이 네 명이라 했는데, 영남유림단 주무요원이 모조리 피검된 마당에 네 명만으로 그런 대담한 사건을 감행할 수 있느냐란 의문이 제시되었다. 우편차 송금 금액, 우편차 이송 과정을 면밀히 파악한 끝에 계획을 세워 실행한 범행이라면 네 명만이 아니라 불온한 지하 학생단체 등 더 많은 인원이 배후에 있고, 상당한 실력자가 지휘하고 있으리란 추측이 가능했다. 그러므로 대한광복회는 분명 영남유림단과 별개의 단체로 경북 지방을 근거지로 독자적인 활동을 하고 있다는 주장이 그럴싸했다. 양쪽 견해가 팽팽히 맞서 쉽게 결론이 내려지지 않았다. 조장들 의견을 듣고 있던 이와쿠라 과장이 중재에 나섰다.

"양쪽 의견이 일리가 있으나 기노시타 조와 모리 조는 우선 삼번 김상(김조경)을 더 족쳐 숨겨둔 총포 이외 총포를 곽과 다른 누구에게 넘겨주었느냐를 추궁해야겠어. 그리고 난 후 결론을 내리도록. 다른 조들도 우편차 문제와 관련을 잡기 위해 집중적으로 취조해."

이와쿠라 경시의 지시에 따라 김조경이 다시 악형을 당하게 되었다. 그러나 그는 가져온 총포가 오동나무 상자에 있던 것 외 더 없다고 완강히 버텼다. 김조경의 반론으로는, 만약 숨겨둔 총포 일부를 파내었다면 몽땅 파내지 왜 나머지를 3년 넘도록 방치해두었겠냐는 점이었다.

김조경 취조를 맡은 두 조는 일주일 동안 그를 감옥으로 보내지 않고 경찰서 지하 심문실에서 자백을 받아내려 잠을 재우지 않고 혹독한 방법을 다 동원했으나 결과적으로 실패에 그쳤다. 그때까지 경주 우편차 사건은 단서조차 잡지 못한 채 미궁에 빠졌다.

부산경찰부는 대한광복회와 영남유림단을 별개의 불령단체로 분리시켜 사건을 마무리짓기로 결정내릴 수밖에 없었다. 일이 간편했고, 그 정도 성과만으로도 상부 치하를 받기에 족했던 것이다.

*

영남유림단 사건을 일단 마무리 지어 경상남도 도청 소재지 진주재판소에 사건 일체를 송치하기가 4월 중순을 넘겨 봄이 한창 무르익을 무렵이었다. 부산에도 간이재판소가 있었으나 사건 규모가 큰 만큼 진주재판소로 이관하게 되었다.

연루된 자가 모두 마흔아홉 명으로 미결수를 호송하는 데도 문제가 적지 않았다. 부산에서 진주까지 거리가 3백 리가 넘어 육로로 미결수를 이송하기가 난감했다. 삼랑진까지는 열차 편을 이용한다지만 거기서부터 길이 나빠 화물차를 이용하자면 호송에 문제점이 있었고, 일주일 정도 도보로 이송하기에도 벅찼다. 더욱 경후, 김조경, 백상충, 변정기, 원로승 진묵을 비롯한 여덟 명은 고문 후유증으로 제 발로 걸을 수 없는 자들이었다. 또한 육순 전후의 노인도 몇 섞여 있었다. 그래서 부산경찰부는 미결수를 배편으로 사천 땅 길호강 어귀까지 옮겨, 거기서 육로로 이송키로 했다. 육로래야 진주까지 40리에 불과했다.

보수산을 붉게 물들였던 진달래꽃이 지고, 철쭉이며 제비꽃, 민들레, 노루귀, 꿩의바람풀, 복수초 따위의 봄맞이 꽃들이 다투어 피어나는 4월 하순의 어느 날 새벽녘이었다. 부산감옥에 갇힌 미결수들이 용수갓을 쓰고 줄줄이 묶여 나왔다. 절뚝걸음을 걷는 자,

134

지게에 얹힌 자도 있었다.

순사 넷, 형리 둘이 마흔여덟 명의 호송을 맡았는데, 미결수 중에 주율은 빠져 있었다. 그들은 한 줄로 늘어서서 선창을 향했다. 진주감옥 이감이 비밀에 부쳐졌기에 배웅 나온 가족은 없었다.

선창에 대기하던 너벅선에 미결수들이 올라, 배잡이줄을 풀어내어 배가 떠나기는 동녘 바다에 붉은 해가 이마를 내밀 때였다. 오륙도를 동에 두고 배는 천천히 조도 앞바다를 빠져 태종대를 돌아 나갔다. 바닷물이 잔잔했고 순풍이 돛을 밀었다. 미결수들은 줄줄이 포승에 묶여 고물과 이물에 두 무더기로 나누어 앉아 있었다. 바다로 나왔으나 용수갓은 그대로 씌워두고 있었다.

"의중당에서 일보던 방장승 시자승으로 주율스님 있잖은가. 주율스님이 끝내 죽고 말았다는군." 순사가 덕판에 떨어져 앉아 있어 누군가 조그만 소리로 소식을 전했다.

"한창 나이에…… 출가한 지 몇 해 만에 이승을 떠나다니. 원한이 하늘에 사무치겠어." 옆에 앉은 자가 혀를 찼다.

"아닐세. 아직 숨이 붙었다던데…… 용케 살아난다 해도 제정신을 갖기 힘들 거라." 다른 사람이 말을 받았다.

고랑고랑 앓던 경후가 꿈결이듯 옆사람들 말을 들었다. 목소리만 듣고도 그들이 누구임을 그는 알았다. 언양주재소에서 차라리 자결이라도 해버렸다면…… 그는 수십 번, 아니 수백 번도 더 자결을 결심했으나 실행에 옮기지 못한 자신이 후회스러웠다. 자해를 방지하려 놈들이 여러 방법을 썼지만 죽기로 했다면 머리를 감방 벽에 찧어서라도 죽을 수 있었다. 아직도 삶의 미련이 남아

서일까. 아니면 살아남아 이 업고를 달게 받으며 참회로 한평생을 단근질하려 함인가. 두 무릎에 얼굴을 박고 있던 경후가 천천히 머리를 들었다. 용수갓을 쓰고 있기에 주위 사람이 자기 얼굴을 알아보지 못함이 다행이었다. 용수갓 성긴 싸리발 사이로 갈매기 여러 마리가 배를 따라오고 있었다. 나 때문에 주율이 죽었다? 표충사에서도 사부대중으로부터 선망을 한몸에 받던 주율의 다감한 눈매가 싸리발 앞에 어렸다. 이제 모진 고문이 끝나 재판 결과만 남았다지만 육체적 고문에 못지않게 그의 마음은 천근의 무게에 짓눌렸다.

　"살생중죄금일참회, 사행중죄금일참회…… 백겁적집죄, 일념돈탕진……(남의 목숨 죽인 죄 이제 비오니, 사행한 못된 죄 이제 비오니…… 백겁으로 쌓아 모은 모든 죄업, 한 생각에 모두 풀어 제해주소서……)" 경후가 나직이 중얼거렸다. 만행하며 술과 고기를 먹은 죄, 교만하여 뽐낸 죄, 남을 비방한 죄, 사법(邪法)으로 교화한 죄…… 따지고 보면 사십팔계 중에 지은 죄가 어디 하나 해당되지 않는 조항이 없었다. 거기에 이제 살생까지 저지른 죄인이 되고 말았던 것이다.

　"어느 누구도 무죄 방면은 힘들고 형량이 칠팔 년에서 일 년까지, 모두 실형 선고를 받게 될 거라고들 말합디다." 경후 옆에 있던 사람이 말했다.

　"하늘도 무심하도다. 제 품에 난 자식 교육시키려 비용 댄 것도 죄가 되다니…… 무슨 억하심정으로 하늘이 이 나라 백성에게 이토록 고통을 주시는지……" 누구인가 그 말을 받았다.

소곤소곤 나누는 대화를 들은 일본인 순사가 잡담을 그치라고 고함을 질러 그들은 입을 닫았다.

점심때가 되어 순사 넷은 싸온 김밥을 먹고 사공들도 요기를 했으나, 미결수들은 굶은 채 낮을 넘겼다. 오후에 들자 파도가 높아졌다. 너벅선이 파도를 타며 요동하자, 뱃전에 앉은 미결수들은 거의 다 뱃멀미에 시달렸다. 두 달 넘게 고문으로 육탈이 된 몸에 끼니조차 못 먹어 빈 뱃구레가 뒤집혔던 것이다. 모잽이로 쓰러져 맹물을 올리다 못해 실신하는 자까지 생겼다. 순사와 간수 중 어느 누구도 그런 자를 돌보지 않았다.

배는 항진이 순조로워 거제도 아랫바다를 돌아 어둠이 내려서야 통영군 욕지도 동항리에 닻을 내릴 수 있었다. 욕지도는 한려수도의 점점이 널린 섬 중에 큰 섬이라 인구가 사천을 웃돌았고 전답이 넓어 섬사람들은 어업보다 농업이 주업이었다. 동항리에는 헌병파견소가 있었고, 일본인들이 만든 등대와 일본인 등대지기 외에도, 반도로 건너와 욕지도에 주저앉은 일본인 가구수 또한 수월찮았다. 조선총독부의 토지조사사업을 빌미 삼아 조선인 논밭을 강탈하고 어업권을 빼앗아, 그들 세력이 섬을 지배했다.

죄수를 호송하는 순사 넷은 파출지서의 도움을 얻어 초주검된 48명을 공출미를 보관하던 미창(米倉)에 수용했다. 그리고 부락민 아낙을 동원해 늦은 저녁밥을 짓게 했다. 때가 춘궁기로 들어서서 어느 집이고 쌀이 있을 리 없어 잡곡에 고구마를 썰어 넣은 밥이었다. 미결수들은 시어빠진 김치에 잡곡밥 한 그릇씩을 받았으나 그 밥조차 먹지 못할 정도로 탈진한 자가 많았다. 그들 중 김조경은 마지막 단계의 고문이 얼마나 지독했던지 늘어져 누워 헛소리를 질러댔다. 온몸이 부어 눈조차 열려 있지 않았다. 순사와 간수는 그런 개인적 사정에 괘념치 않았다. 집단 반란이나 탈출을 염려해 창고 바닥에 한 자 높이의 굵은 말뚝을 둘러쳐 박고, 말뚝 하나마다 죄수를 둘씩 손발과 허리를 동아줄로 묶었다. 용수갓도 씌워두었다. 창고 안팎에는 무장한 순사 둘과 지서 순사가 화톳불을 피워놓고 밤새워 보초를 섰다.

먹은 밥을 토해내는 자, 배설조차 마음대로 할 수 없어 피오줌과 똥을 옷에 싸는 자도 있었다. 밤내 앓는 여러 사람의 신음이 창고 안을 진동해서 가위 지옥이라 할 만한 광경이었다. 사방은 흙벽이었으나 통풍을 위해 지붕과 벽 사이에 공간을 틔워두어 밤 기온이 떨어지자, 4월 하순이라지만 바닷바람이 차갑게 들이쳐 모두 추위에 떨며 잠을 이루지 못했다. 그들 중 김조경은 밤새 소리 내어 앓다, 방성통곡을 하다, 자신을 용서해달라고 헛소리를 질러댔다.

날이 밝자 미결수들은 말뚝에서 풀려났고 용수갓도 벗을 수 있었다.

"기동을 못하는 자가 여덟이나 되지만 우선 김조경 씨부터 어떻게 조치해줘야겠소. 다 죽어가는데도 그대로 버려둘 참이오? 의원을 불러 생명은 보전케 해야 할 게 아니오." 참다 못해 백상충이 나서서 하시모토 순사에게 따졌다.

"우리는 죄수들의 어떠한 요구도 들어줄 수 없다. 환자를 치료해주라는 지시도 받은 바 없다. 죄수를 진주까지 이송할 책임만 있다." 호송 책임자 하시모토 순사가 거절했다.

다른 순사가 창고 입구에서 채반을 머리에 이고 서성거리는 아낙들에게, 시간이 없으니 빨리 밥을 먹여야 한다고 호통쳤다. 아낙들이 창고 안으로 잡곡밥과 국과 찬을 날랐다. 일행이 어제 밤중에 도착했을 때는 부락민들이 흉악범들로만 알았다가 밤새 독립운동가들이란 말이 돌았는지, 반찬이 어젯밤보다 정갈했다.

먹는 듯 마는 듯한 식사가 끝나자 하시모토 순사가 출발 명령을 내렸다. 성한 자들은 발목 포승을 푼 뒤 손목을 다시 묶더니 그 줄로 줄줄이 연결하여 굴비 두름같이 동아리를 지었다. 환자 여덟에게는 개별로 손목만 묶었다. 김조경은 가마니 들것에 눕혔다. 아침밥조차 몇 숟가락을 뜨지 못한 김조경은 들것에 실려나가고, 걷지 못하는 자는 마을 장정에 의해 지게에 얹혀 뱃전으로 나갔다.

바다는 어제보다 파도가 높았다. 동항리 마을 사람들이 모두 뱃전으로 몰려나와 떠나는 이들을 눈물로 배웅했다. 아낙들은 납의(納衣, 누더기 장삼)를 방불케 하는 추레한 장삼 차림의 승려들에게 합장하여 절을 바쳤다.

너벅선은 동항리를 떠나 북으로 선수를 돌렸다. 환자들은 배의 요동이 비교적 덜 심한 이물에, 성한 사람들은 고물에 타게 되었다. 순사들은 둘씩 양쪽을 감시했다. 너벅선이 높은 파도를 가르며 북으로 오르기 두어 시간, 대상노도와 두미도 앞바다를 거쳐 넓은 만 속으로 빠져들었다. 멀리 사량도가 파도 너머로 보였고, 한려수도 경관이 아름다웠다.

"내 고향이 도쿠시마 사카이데야. 고향 앞바다보다 경치가 좋군." 고물 쪽 용총줄을 잡고 선 순사가 창막이에 앉아 북어포를 뜯는 동료에게 말을 걸었다.

"재작년 아카 마츠리(11월 26일 추수감사일) 때 고향에 가보고 못 가봤어. 모친이 병중이라는 편지가 왔는데……"

"고향이 후쿠시마 현이라 했던가?"

"고지대지. 바다를 처음 본 게 보통학교 졸업 원족 때였어. 히타치로 나가 처음 태평양 일출을 봤지. 산 위로 솟는 해와 바다에서 솟는 해는 감상이 판이하더군."

순사 둘이 한가하게 향수에 젖어 있을 때였다. 배 바닥에 가로 세로 누워 신음하거나 구토하던 환자 쪽에서 누구인가 뱃전을 향해 바삐 비틀걸음을 걸었다. 순사 둘의 눈이 그쪽으로 옮아갔다. 그들이 미처 손을 쓸 틈 없게 미결수가 뱃전을 넘어 바다로 몸을 던졌다. 순식간의 일이었고, 둘은 그자 얼굴 대신 걸레쪽이 된 장삼 자락만 보았을 뿐이었다. 순사 둘이 뛰어가 뱃전 아래를 내려다보았다. 다섯 자는 실히 될 아래쪽은 파도와 부서지는 포말뿐 아무것도 보이지 않았다.

"투신이야."

"어떡하지?"

고물 쪽에 있던 하시모토와 다른 순사가 이물로 달려왔다.

"뭐냐, 누가 빠졌어?" 하시모토가 물었다.

"죄수 한 놈이 바다에 투신했습니다."

"누군가?"

"젊은 중놈 같습니다."

"배를 세워. 놈을 건져야 해!" 하시모토가 뒤에 선 선부에게 명령했다.

"배를 세워 건질 수 있다면 오죽 좋겠습니까. 가망이 없습니다. 파도에 뛰어들면 다들 바로 물고기밥 신셉니다." 구레나룻 터부룩한 선부는 팔짱을 낀 채 한가롭게 말했다.

"금괴를 빠뜨렸어도 건질 수 없어요. 배를 세워도 배가 제자리에 있지 않고 빠진 자는 벌써 저 뒤쪽으로 흘러가버렸습니다." 선직수(船直手)가 말을 받았다.

하시모토도 어쩔 수 없다는 듯 뱃전에서 아래쪽을 내려다보았다. 나룻배라면 모를까, 너벅선은 뱃전이 높아 누구도 감히 뛰어들 엄두를 낼 수 없었다.

"감시를 철저히 하라고 당부하지 않았냐. 육지에 도착하면 둘은 영창감이다!" 하시모토가 두 순사를 힐책하곤, 다른 사고가 있을지 모르니 환자들도 모두 포승으로 연결하여 함께 결박하라고 명령했다.

느지막한 아침에 욕지도를 떠난 배가 삼천포 앞바다 좁은 해협을 빠졌을 때는 한낮을 넘겼다. 진주만으로 들어서서 배는 곧장 북상하여 남강에서 갈라진 길호강 어귀에 도착했을 때는 아직 해는 서편 산 위에 걸려 있었다.

가까이로는 인가조차 없는 갯벌에서 조개를 채취하던 아녀자들이 겁먹은 눈으로 배에서 내리는 죄수를 지켜보았다. 김조경은 힘이 남은 동료의 등에 업혔으나, 환자들은 줄줄이 묶인 채 갯벌을 비칠대며 자빠지며 걸었다.

용지라는 궁벽한 갯가 마을을 거쳐 일행은 용수갓을 쓰고 면사무소가 있는 사천리를 향해 걸었다. 어차피 일박을 더 해야 진주에 들게 되므로 사천리를 숙식처로 잡고 있었다. 반 마장 거리를 걸어 사천리에 들자 저녁 그늘이 내렸고, 일행은 그곳 헌병분견소 마당에 부려졌다.

호송 책임자 하시모토 순사와 사천 헌병분견소장은 면소에 쉰 명에 가까운 인원을 한곳에 수용할 데가 마땅치 않아 분견소 뒷마당에 천막 쳐서 한뎃잠을 재우기로 합의를 보았다. 그런 결정을 하시모토가 미결수들에게 전달하자, 백상충이 나서서 김조경을 의원 댁으로 옮겨 진료를 받게 해달라는 청을 넣었다. 그러나 경후의 투신자살로 부아를 끓이던 하시모토가 그 청을 받아들일 리 없었다. 다만 김조경을 숙직실에 따로 재우는 정도의 선심만 베풀었다.

점심을 건너뛴 미결수들에게 멀건 보리죽 한 그릇이 배분되었다. 이가 죄 들떠 씹을 수 없고 여문 잡곡밥은 소화 능력이 없는 그들이라 죽을 먹기가 차라리 나았다. 그러나 주지승 일각을 비롯해서 승려 여섯은 경후의 극락왕생을 비는 뜻으로 그 죽마저 더 허한 환자에게 사양하곤, 밤이 깊도록 독경을 읊었다.

일행은 이튿날 아침 시래기죽으로 요기하곤 곧 진주로 출발했다. 모두 보행이었으나 김조경은 건어물을 진주로 나르는 소달구지 뒤켠에 눕혀져 떠났다. 사천 헌병분견소장이 진주로 출장을 겸해 말을 타고 일행을 따라나섰다. 미결수 일행이 용수갓 쓰고 포승에 줄줄이 묶여 한길로 나서자 사천리 사람들이 한길로 몰려나와 남루한 차림과 비틀걸음을 지켜보며 안타까워했다.

그들이 십 리를 나아가 소곡 마을을 앞쪽에 두었을 때였다. 달구지에 실려가며 고된 숨을 헐떡이던 김조경이 힘든 손짓으로 사람을 불렀다. 고향이 시카이데라던 순사가 김조경을 관찰하며 옆을 따르다, 무슨 일이냐고 물었다.

"나 이제 죽소. 마지막 청이니…… 변정기 어르신과 자명스님을 부, 불러주오……" 김조경이 꺼져가는 목소리로 하소했다. 부은 얼굴이 땀으로 질펙했는데, 얼굴색이 검붉어 사색이 완연했다.

순사가 앞쪽으로 달려가 하시모토에게 김조경의 뜻을 전했다. 하시모토와 분견소장이 김조경을 보니, 병세가 심상치 않음을 알았다. 분견소장이 하시모토에게 마지막 청을 들어주자고 권했다. 분견소장이 상급자라 하시모토는 일행의 걸음을 멈추게 하여 휴식시간을 주었다.

김조경을 길섶 나무 그늘 밑에 눕히자 수염 허연 변정기와 주지승, 교무승이 그의 머리맡에 앉았다. 변정기가 김조경의 손을 잡았고, 일각과 자명이 합장하여 그를 내려다보았다. 하시모토와 분견소장은 김조경이 무슨 유언을 남기나 하여 그의 입을 주시했다. 혹 그가 유언으로 새로운 정보라도 흘릴는지 몰랐다. 아닌 말로 만약 그가 경주 우편차 사건 단서나 보부상 곽돌의 행방이라도 귀띔해준다면 이는 뜻밖의 횡재였다.

"김동지, 진주가 목전에 당도했소. 거기 가면 병감(病監)에 들 수 있을 것이오." 변정기가 먼저 말문을 떼었다.

"나 이제 명이 다, 다한 것 같습니다. 어르신, 내 죽더라도 뼈를 추려…… 왜국이 보이는 동해 갯가…… 내 넋이라도 그쪽을……"

김조경이 나직나직 안간힘을 쓰며 말하곤 눈길을 승려 쪽으로 돌렸다. "스님, 조선은 과, 광복될 것이오. 내 그날을 모, 못 보고……호국불교의 참뜻을……"

김조경이 말을 더 잇지 못하더니 빠끔히 열렸던 눈조차 닫혔다. 기가 빠져나간 듯 그의 몸이 늘어졌다.

"이거, 죽은 게 아니오?" 하시모토가 분견소장을 보았다.

분견소장이 김조경 손목을 잡고 맥박을 짚으니 아직 맥박은 살아 있었다.

"이놈마저 죽으면 큰일입니다. 제가 문책을 면치 못해요." 하시모토가 당황해하며 주위를 두리번거렸다. "그렇다면 소장님 말에 태워 먼저 출발하십시오. 감옥 가까운 병원에서 응급조치를 해주십시오. 이놈이 주범이오."

실신한 김조경이 허리를 곧추세울 수 없어 분견소장은 그를 말 등에 가로 눕혀 안장과 밀치끈에 동여매었다. 미결수들이 비록 용수갓을 쓰고 있었으나 그 꼴을 보며, 저렇게 묶어 말을 달리게 한다면 한 마장을 못 가 숨이 끊어지겠다며 혀를 찼다. 말 등에 오른 분견소장이 등자로 말 옆구리를 차서 말을 달리게 했다.

낮참이 되어 미결수들은 진주에 당도해 진주감옥소 안마당에 부려졌다. 송치된 서류에 따라 인원 점검과 신분 확인이 있었고, 죄수복이 나누어졌다. 그들은 누더기가 된 옷을 벗고 붉은 죄수복 한 벌씩을 받았다. 호송 순사 넷과 형리 둘은 보이지 않았고, 그때까지 김조경은 돌아오지 않았다. 미결수들은 이미 그가 운명했을 거라고 귀엣말을 나누었다.

죄수복을 입은 미결수들을 교무과 건물 앞에 모아놓고 간수장이 감옥 수칙을 일러준 뒤, 그들은 제5동 독거 감방에 나뉘어 수용되었다.

백상충은 두 평 채 안 되는 컴컴한 독거 감방에 가두어졌다. 높은 천장 가까이 작은 구멍으로 빛살이 밀려들고 있었다. 흙바닥이었고 출입구 옆에 변기통이 있었다. 안쪽에는 널빤지가 깔려 있었는데, 이를테면 침상이었다. 그는 침상에 가부좌하고 앉아 세 사람의 명복을 빌기 위해 잠시 눈을 감았다. 주율, 경후, 김조경의 얼굴이 감은 눈앞에 우련히 떠올랐다. 특히 주율이 그의 마음에 짐이 되었다.

석주율이 표충사로 출가하겠다고 말했을 때, 그가 학문을 익히기보다 세속을 초탈한 선(禪)의 세계를 동경함을 알고 적이 실망했으나, 떠나보낼 수밖에 없었다. 그로써 인연이 끊어졌다면 그는 법열(法悅)의 세계에 침잠하여 그 나름의 종교적 삶을 살았을 터였다. 그러나 그를 다시 끌어내어 북지로 보냈음이 자신이었고, 그 결과 청춘의 나이를 마감하게 만든 장본인이 되고 말았다. 그에게 학문을 가르치기로 결심했을 때 이미 그를 종으로 생각지 않고 하나의 인격체로 거두어들였다. 그러나 그 결과, 한 나라의 존폐도 중요하지만 한 생명 또한 고귀함을 성현의 글을 통해 접했음에도 끝내 한 인간을 죽음으로 몰아넣고 말았다. 아까운 인물을 채 피어나기도 전에 꺾어버렸다는 후회막급함이 백상충을 오랫동안 번뇌에 잠기게 했다.

이제는 경찰서에서처럼 혹독한 고문은 없을 것이나 재판을 통한 판결과, 얼마의 세월일지 모르나 옥살이만 남았다고 생각하자 백상충은 끓는 부아로 밤새 잠을 이루지 못했다. 마대 같은 홑이불을 덮고 딱딱한 널빤지에 모로 웅크리고 누워, 그는 만가지 감회에 사로잡혔다. 현금 조선 백성의 힘만으로 과연 잃어버린 국권을 되찾을 수 있을까. 그 점은 달걀로 바위치기였다. 달걀로 어떻게 바위를 깨뜨리랴. 그가 이강년 휘하의 의병으로 종군할 때, 그가 모신 영사(營司)가 군사를 모은 뒤 그 말을 두고 이렇게 비유한 적이 있었다. "우리 의진(義陳)이 막강한 일본군과 싸우기를 두고 군사들이 달걀로 바위치기라 체념하는 말을 더러 들었다. 그러나 달걀이 바위를 깨뜨릴 수 있으니, 내 말을 새겨듣거라. 달걀로 바위를 치면 달걀이 깨어지고 바위에 달걀의 노른자가 으깨져 붙게 될 것이다. 바람에 날리던 소나무 씨앗이 달걀노른자에 붙어, 노른자를 자양분 삼아 싹을 틔운다. 기어다니던 곤충이 연약한 애솔에 배설하고 모래 바람이 모래와 흙을 애솔 뿌리에 끼얹어, 그 풍우의 조화가 소나무를 자라게 한다면 강한 생명력으로 뿌리가 바위 틈새를 파고들게 됨이 정한 이치이다. 그래서 먼 훗날 소나무가 장성하게 되면 뿌리 힘으로 바위가 깨질 날이 올 것이니, 그날까지 우리는 싸움을 멈출 수 없을진저……" 듣고 있던 군사들은 물론 백상충도 영사 말이 영 엉뚱한 소리로 들리지 않았고, 그럴 수도 있다고 수긍할 수밖에 없었다. 바위틈에 뿌리를 내린 소나무가 바위를 쪼개는 자연 현상은 어느 산에 발을 들여놓더라도 쉽게 목격할 수 있었다. 그러나 소나무 씨앗이 날아와 하필 달걀노른자에 앉고, 그 씨앗이 질긴 생명력으로 싹을 틔우고, 애솔이 뿌리를 내려 왕소나무로 자라고…… 백 년, 혹은 이삼백 년은 걸려야 할 그런 과정은 실현성이 없는 요행수임을 모두 알고 있었다. 그러나 영사의 말은 그런 요행수를 바라며 무작정 기다림이 아니라, 이삼백 년이 걸리더라도 왜놈과의 항쟁을 멈추어서는 안 된다는 뜻을 담고 있었다. 중국 고사 우공이산(愚公移山)과 견줄 만한 비유였다. 그러나 의병 항쟁도 산야에 촉루만 남기고 허무히 무너진 지 10여 년 세월이 흘러버린 지금, 바위는 더 큰 무쇠바위로 변하고 이제는 던질 달걀마저 없어진 것이 조선의 실정이었다. 그런 깜깜한 절망을 눈앞에 목격하더라도, 이 땅에 씨 뿌리며 대대로 살아온 백성이라면 어찌 싸우지 않고 앉아서 당하고만 죽으랴. 하늘의 뜻과 의를 믿고 내 대가 아니면 자식 대로, 그 손자의 손자 대로 이어져 나라를 찾을 그날까지 항쟁은 계속해야 하리라. 그로서는 무망한 싸움을 두고라도 그런 결심을 다시 새기지 않을 수 없었다. 그러나 싸우려 해도 이렇게 갇혀버리면 싸울 수 없고, 대를 이어 싸울 수 있게 아래 대를 훈육할 수조차 없었다. 가슴을 치는 절망만이 숨도 못 쉬게 좁은 감방 안을 채울 뿐이었다.

*

영남유림단 사건 연루자들이 진주재판소로 송치되고, 1차 예심 재판이 열리기까지는 한 달을 끌었다. 영남유림단의 옛 주무요원들은 검사의 공소 내용을 대체로 시인했다. 불령단체 조직, 사설학교를 운영하며 생도들에게 불온한 사상의 주입, 요인 살상 및 공공 건물 폭파를 목적으로 총포 구입 및 은닉, 의연 명목으로 부호로부터 자금 갹출의 협박 공갈이 주요 죄목이었다.

5월 중순을 넘겨, 모란이 붉고 선연한 꽃망울을 터뜨리고, 송화가 필 무렵이었다. 계동에 있는 진주재판소 대법정 주위로 무장한 헌병 1개 중대가 삼엄한 경계를 편 가운데 예심 재판이 열렸다. 피고인들은 모두 마흔여섯 명으로, 김조경과 경후는 사망으로 빠졌고, 주율 역시 피고인석에 모습이 보이지 않았다. 그들의 팔과 가슴은 오라에 묶였고 용수갓이 씌워져 있었다. 방청석 앞쪽을 피고인들이 채우다 보니 연루자 가족은 방청이 한 사람밖에 허락되지 않았다. 그럼에도 방청석은 초만원을 이루었다. 백상충 처 조씨도 방청석 한쪽에 앉아 손수건으로 연방 눈을 훔쳤고, 장삼 차림의 표충사 스님도 대여섯 섞여 있었다.

일본인 판사는 다섯이었다. 일반 재판은 대체로 재판장과 보좌판사 두 명으로 짜여졌으나 피고인들 수가 많은 만큼 보좌판사가 네 명이었다.

먼저 재판관의 인정신문(人定訊問)이 있었다. 이어, 일본인 검사 둘의 피고 사건에 대한 진술이 있었다. 공소장은 분량이 많아 진술이 세 시간이나 걸렸다. 피고인들이 국사범인 만큼 변호인이 없었고, 재판은 일사천리로 진행되었다.

예심 공판에서 검사는 영남유림단 단장 변정기에게 3년 6개월 구형을, 주무요원으로 표충사 주지승 일각, 교무승 자명을 비롯하여 각군 책임자 7명에게는 3년을 구형했다. 해삼위를 다녀온 장남화는 1년 6개월, 의연에 협조한 자는 그 액수에 따라 6개월에서 1년 구형이 떨어졌다. 그런데 궐석한 주율에게는 2년형이 내려졌다.

예심 선고 공판은 열흘 뒤에 열린다고 재판장이 선언했다. 그러나 국사범 경우는 구형량과 선고량이 일치되었기에 선고 공판 형량의 경감을 기대하기란 가망이 없었다. 모두 구형량만큼 옥살이를 각오하지 않으면 안 되었다. 예심 재판은 오후 세시가 넘어서야 끝났다. 피고인들은 줄줄이 묶인 채 시내에서 떨어진 변두리 상봉 마을 감옥서로 돌아가며, 구형량을 두고 앞뒤 사람끼리 낮은 목소리로 말을 나누었다. 만약 이번 사건이 대한광복회와 결부되었다면 장사직 처형에 따른 살인죄가 추가되므로 그 형량이 껑충 뛰어 주동자는 최소한 무기형이나 10년형을 면치 못했을 것이라는 말이 오고갔다. 만약 김조경이 살아 있다면 그는 부산경찰부 폭파 미수에 부산경찰부 요시노 부장 저격 미수의 묵은 죄까지 씌워져 적어도 10년형은 받았을 것이고, 경후 역시 연락원으로서 그 활동이 컸던 만큼 3년형을 받았을 거라고 했다.

"그런데, 주율이 말이오, 이 년 구형이 떨어진 걸 보면 아직 살아 있다는 뜻이 아닙니까?" 선원(禪院)의 선덕이 앞서 걷는 강원(講院) 원장승에게 물었다.

두 승려와 서상암 주지요 칠순에 이른 원로승 진묵은 불고지죄만이 해당되어 6개월의 구형을 받았던 것이다.

피고인들은 모두 구형량을 체념으로 받아들여 거기에 대해서는 별말이 없었다. 재판관이, 조선의 독립을 도모할 목적으로 불령한 단체를 조직하지 않았느냐고 물었을 때 이를 시인했기에, 저들의

견해로는 그 점만도 중죄에 해당되었고, 설령 5년 이상 구형을 내렸더라도 달리 원통함을 호소할 데가 없었다.

열흘 뒤, 다시 재판이 열려 재판관이 판결문을 읽고 선고 판결을 내렸는데, 그들 모두 형법과 치안유지법 여러 조문의 범죄 피의 사실이 인정되어 구형량 그대로 선고가 내려졌다. 한편, 피고인들이 관여했던 서숙, 서당, 강습소는 무기한 휴교 조치가 내려져 문을 닫게 되었다.

한 달여 뒤, 본심 재판이 열렸으나 형량은 변동이 없었다. 그 확정 판결에서 피고인들 역시 형량이 낮아지기를 기대하지 않았다. 모두 머리털을 깎고 죄수로서 석방될 그날까지 수형 생활을 참고 견디어낼 일만 남게 되었다. 2년 이상 징역을 살 자들은 진주감옥에, 1년 6개월 미만은 부산감옥으로 이감하게 되었는데, 주율은 궐석 재판을 받았기에 부산감옥에, 3년형을 선고받은 백상충도 부산감옥으로 이감되었다. 조익겸이 백방으로 손을 써서 사위가 감옥 생활이나마 처가 가까이에서 할 수 있게 주선한 덕분이었다.

명암(明暗)

모판을 낼 무렵 감질나게 비가 뿌린 뒤 봄가뭄이 이어져, 모심기가 다른 해보다 늦었다. 그나마 벼가 뿌리를 채 내리기도 전에 때아닌 냉해가 닥쳐 제대로 서지 못한 벼포기가 말라갔다. 6월 중순에 접어들어도 비 한 방울 보이지 않자, 들에는 벼가 누렇게 곯아버렸고 천둥지기 논은 가을걷이를 단념하고 늦보리며 밭작물로 서둘러 대치했다.

농촌은 절량농가가 늘어 마을마다 굶어 죽는 자가 속출했다. 부산부만 해도 기민(飢民)들이 거리로 몰려나와 걸식하니 거지들로 넘쳐났다. 오랜 가뭄이라 조금 높은 지대에 사는 가구는 먹는 물조차 멀리 구포까지 나가 낙동강 물을 지게나 동이로 져 날랐다. 가뭄이 심하자 낙동강 하단은 을숙도까지 짠물이 올라와 상어가 잡히는 소동이 벌어졌다. 6월 하순에 들자 날씨마저 복더위를 무색하게 쪄댔다.

달마다 마지막 토요일은 한 달에 한 번 있는 부산감옥 면회 날이었다. 좁은 대기실이 면회 온 가족으로 붐볐다. 창문을 열어놓았건만 바람기 없는 대기실은 정오를 넘어서자 한증막 같았다. 사람으로 차다 보니 땀에 전 시큼한 몸내음하며, 웬 왕파리 떼는 무시로 윙윙거려 초조한 그들 마음에 짜증을 더했다. 면회일 맞추느라 집 떠나 이틀 사흘을 다리품 팔아 수인을 찾아온 가족은 초췌한 표정으로 귀에 익은 수인 번호가 불려지기를 기다렸다. 그들은 면회신청서를 들고 호명이 있을 철망 안쪽 문을 기웃거렸다.

첫 면회 온 조씨와 선화도 그들 사이에 섞여 있었다. 한 수인에 한 사람밖에 면회가 되지 않아 조씨가 서방 면회 길에 나서자, 선화도 오빠 목소리나마 듣겠다고 따라나섰다.

"어진이는 몸이 좋찮다던데 어찌 면회가 되는지 모르겠다." 조씨가 마음을 진정하느라 선화에게 말을 붙였다.

"살아 있음도 부처님 뜻이겠지요." 선화 대답이 침착했다.

주율이 간다병원에서 의식을 회복하기는 그가 강형사 등에 업혀 병원으로 실려간 뒤 엿새 만이었다. 하루를 더 기다려 일주일째 깨어나지 않으면 문제가 시끄러워지기 전에 안락사시키고 심장마비로 사망했다는 진단서를 발부하기로 모리 조장과 이케다 원장이 합의 본 그날 저녁, 주율이 긴 잠에서 깨어나듯 손가락을 꼼지락거렸고 겨자씨만큼 눈을 떴다. 이케다 원장은 기적이 일어났다며 놀라워했다. 그러나 주율은 영남유림단 관련자 전원이 진주재판소로 이송되고 실형 선고가 확정될 때까지 자리보전했기에 병원 입원실 신세를 져야 했다. 주율은 열흘 만에 목을 움직였고, 스무 날

뒤에는 손발을 놀렸다. 미음에서 밥으로 식사를 바꾸자 깨어난 지한 달 보름 만에 일어나 앉게 되었다. 의사 생활 23년 만에 처음 보는 기적이라며 이케다 원장이 모리에게 말했듯, 주율의 소생이야말로 기적이라 할 만했다. 이케다는 자기 병원에서 일어난 기적을 확인이라도 하듯 주율의 회복에 열성을 바쳤다. 빠른 회복을 위한 고단백질 식사는 물론, 영양제 투약도 아끼지 않았다. 그러나 빠른 회복 속도에도 불구하고 정상인으로 생활하기에는 한계가 있었다. 기력을 차려 행동이 웬만큼 자유롭게 되었으나 하루 중에 네댓 시간은 정신이 온전치 못했다. 하루에 두서너 차례 갑자기 말을 잃고 행동이 굼떠져 상대방 말귀를 알아듣지 못했다. 실형을 선고받은 죄수가 건강을 회복했는데도 왜 병원에 두느냐며 법원과 감옥측의 독촉이 있어 이케다 원장은 주율을 더 잡아둘 명분이 없었다. "아직 완전치 못하나 수형 생활은 할 수 있으니 경과를 관찰하리다." 이케다가 간수에게 주율을 인계하며 말했듯, 주율은 뇌 손상에 따른 치매증(癡昧症)의 완치를 보지 못한 채 5월에 들어서야 부산감옥으로 이송되었다. 그즈음은 주율의 병 경과가 좋아져 하루 두 시간 정도 정신이 나갔다 정상으로 돌아오곤 했다. 이케다는 부산감옥 주치의로 한 달에 1회 정기 진찰을 하고 있었다.

"형세아버지 탓에 어진이 고생이 막심하구나. 약 먹고 어서 완치돼야 할 텐데……" 혼잣말을 하던 조씨가 선화에게 말했다. "선화야, 그 환약은 표충사 방장스님이 특별히 지으셨으니 시간 맞춰 꼭 먹게 당부하거라."

정오를 넘겨, 갑자기 철망 안쪽이 웅성거렸다.

"다음번 수인 번호를 호명하겠습니다. 이삼이번, 이삼육번, 이사팔번, 일공칠번, 삼공오번 들어오시오!" 간수가 다섯번째 수인 번호를 불렀다.

"우리 차례가 왔다. 어서 가자." 조씨가 선화 손을 잡고 사람들 사이를 헤쳐 앞으로 나갔다. 232번은 백상충 수인 번호였고, 236번은 주율 수인 번호였다.

면회 허락이 떨어진 다섯 면회자는 발쯤 열린 쇠문 앞에서 쥐고 있던 면회신청서를 간수에게 넘겼다. 안으로 들어가자, 남자와 여자를 구별해, 남녀 간수가 몸수색을 했다. 조씨와 선화는 사물을 미리 차입했기에 빈 몸이었으나 세 면회자는 보퉁이를 보관함에 맡겼다. 그런 과정을 통과하자 그들은 간수가 알려준 면회장으로 갔다.

면회 장소는 개인별로 칸막이가 되어 있었고, 칸막이마다 입회 간수가 있었다. 칸막이 앞에 섰던 간수가 수인 번호를 호명하자 조씨도 선화를 남겨두고 서방을 만나러 갔다. 선화는 오도카니 서서 236번을 부른 위치를 가늠했다.

"이삼육번, 이리 오라니깐."

조선인 간수가 다시 부르자, 선화가 지팡이 짚고 그쪽으로 다가갔다. 간수는 선화가 소경임을 알아보았다. 선화 왔구나, 하고 오빠가 먼저 불러주기를 기대했으나 그쪽에서 말이 없었다. 선화는 손으로 더듬어 앞을 가린 쇠봉을 쥐었다. 그녀는 쇠봉 건너에 오빠가 서 있음을 느꼈다.

"오빠." 선화가 입을 뗐으나 대답이 없었다. "저예요."

"이삼육번, 소경 누이야. 무슨 말이든 해야지." 기록장을 들고 있던 간수가 말했다.

주율은 창살 건너 누이 얼굴을 보고만 있었다. 동공이 고정되어 움직이지 않았다. 혼이 빠져버린 표정이었다. 그는 누이를 알아보지 못했다.

"이놈이 또 정신 나간 게로군. 하필 면회시간에 얼이 빠지다니." 간수가 혀를 찼다. "간수 생활 다섯 해 만에 넋 빠진 죄수와 소경 누이를 입회하긴 처음이군."

"이런 중환자를 왜 가둬둬요?" 선화가 간수에게 물었다.

"하루에도 한두 번 정신이 나가나봐. 저러다 어느 순간에 금세 멀쩡해져."

선화는 그래도 오빠가 상대 말을 알아듣겠거니 싶었다. 꿈을 꿀 때, 꿈인 줄 알면서 가위눌려 깨어나지 못하듯, 누이인 줄 알면서 말문이 틔지 않을 수도 있었다. 그녀는 준비했던 말을 하기로 했다. 다른 면회자 칸막이에서 3분 남았다는 재촉 말이 들렸다.

"주율스님." 선화는 오빠가 속명은 잊어버렸나 싶어 법명을 불렀으나 역시 대답이 없었다. "오빠, 환약 한 달 치를 차입했어요. 표충사 방장스님께서 특별히 제조하셨으니 조석으로 다섯 알씩 잡수셔요." 주율은 묵묵부답이었고, 시간이 자꾸 가므로 선화가 말을 서둘렀다. "언양집 부모님은 무사하세요. 표충사에선 오빠와 진주옥에 계신 스님들을 위해 불사(佛事)를 한다고 들었어요. 부디 몸 성하시고……"

절대 울지 않고 말하리라. 선화가 그렇게 마음먹고 면회 왔건만, 더 말을 잇지 못했다.

"할 말 다 했냐?" 간수가 물었다.

선화는 목이 메어 더 말할 수가 없었다. 오빠가 아무 말도 안하니 무엇이 궁금한지, 무엇이 필요한지 몰랐다. 역(易)을 공부하지만 사람 마음을 이렇게 짚어낼 수 없다니. 오빠 얼굴을 눈앞에 그리자 승려가 되었다는 말을 듣고부터 선골(仙骨)의 맑은 모습이 연상되었다. "위로 셋은 어미를 닮았고, 어진이와 선화는 아비를 닮아 이목구비가 수려해." 돌아가신 노마님께서 그런 말을 자주 했고, 바로 손위 오빠라 다른 오빠들보다 정을 많이 나눴다.

"옥리 어르신, 오빠가 제정신일 때 환약을 조석으로 다섯 알씩 들라고, 말씀 전해주세요."

선화가 간수에게 말하곤, 지팡이 쥐지 않은 손을 창살 안에 넣고 허공을 더듬었다. 아무것도 잡히지 않았다. 면회시간이 끝났음을 알리는 호루라기 소리가 들렸다. 시간 다됐다고 간수가 말했다.

"그럼 물러가요. 작은마님 면회 오실 때 또 올게요."

선화가 몸을 돌려 철망문 어름까지 왔을 때, 조씨가 그녀를 불렀다. 둘이 한길로 나서자, 인력거 여러 대가 길가에 대기하고 있었다. 인력거꾼들이 감옥 정문에서 나오는 사람을 살펴다 옷차림이 멀쑥한 쪽만 골라 쫓아와선, 자기 인력거를 타라고 매달렸다. 조씨가 미색 항라 치마저고리로 치레했으나 그네는 호사를 누릴 마음이 아니었다.

조씨는 다섯 달을 넘겨 처음으로 서방 얼굴을 보고 나온 셈이었다. 그 춥던 겨울에 언양주재소로 달려간 뒤부터, 면발치로 서방 자태는 더러 보았으나 용수갓을 쓰고 있어 모습을 대면할 기회

156

가 없었다. 이번에 본 서방은 상투 잘린 알머리에 두 눈은 더 우묵 꺼졌고 뺨이 패어 생판 다른 모습이었다. 서방이 정미년부터 이태 동안 마포감옥에 있을 때도 상투머리만은 그대로 두었으니, 서방의 맨머리를 보기가 시집오고 처음이었다. 옥살이 고생이 너무 역력해 그네는 복받치는 설움을 가까스로 참았고, 서방을 그곳에 남겨두고 자신만이 대명천지로 나와 인력거에 실려 집으로 간다는 게 죄짓는 마음이라 그럴 수 없었다.

"선화야, 네 오빠 신수는 어떻던?"

"정신이 온전치 못해, 한마디도 말하지 않았습니다."

"불쌍해라. 그런 사람을 옥살이시키다니."

"마님, 여기가 동광학교 앞인 듯한데, 이제 혼자 여관을 찾아갈 수 있겠습니다. 그럼 살펴 가세요." 운동장에서 재잘거리는 아이들 소리를 들으며, 선화가 나붓이 절을 했다.

조씨는 용두산을 바라보고 위쪽 길로 올라갔다. 그네는 친정 부모 권고대로 지난 이른봄, 서방 옥바라지를 겸해 남매를 데리고 친정집으로 왔다. 형세는 외할아버지가 힘을 써서 관립 부산제2고등보통학교에 입학했다.

길안여관에 도착한 선화는 일손이 잡히지 않아 빈방을 지키다, 빨랫감을 챙겨들고 안채 마당으로 들어갔다.

"너 마님 말씀 못 들었어? 비 올 때까진 집안에서 빨래 못한다지 않던." 물동이를 나르던 김기조가 선화에게 불호령을 내렸다.

"내가 쓰는 물값은 따로 내기로 마님께 말씀드렸어요." 선화가 말했다. 마사 일이란 손님을 코앞에 받아야 했기에 구저분한 차림으로 나설 수도, 옷에서 냄새가 나도 안 되었다. 삼월네가 물을 아껴 쓰라 했을 때 그녀가 이유를 대자 홍이엄마가, 그렇다면 물값을 마사 수고비에서 빼겠다 했다.

구변 좋은 김기조도 선화 말에 머쓱해졌다. 그는 지난겨울, 울산 광명서숙 사환 생활을 청산하고 부산으로 내려와 길안여관 중노미로 지내고 있었다. 달귀댁이 장바구니 들고 안채로 들어오자, 모두 어디 갔냐며 그가 물었다.

"공회당에 창극패가 왔다나. 그 구경 갔나 모르지."

"팔자 한번 늘어졌군."

달귀댁이 수채가에서 빨래를 하는 선화를 보곤, 오라비 면회 잘하고 왔냐고 물었다.

"중놈이 염불이나 하지, 광복운동이 당하냐." 김기조가 선화 대신 말했다. 선화가 눈 바로 뜨고 김기조 쪽을 돌아보았다. "째려보면 뭐가 보여? 내 말 틀렸나? 지금 시대가 어떤 시대야. 서양 제국이 덕국 상대로 전쟁을 벌여 정신 못 차리는 사이, 일본은 중국을 한 발로 눌러놓고 군사 대국으로 승승장구하는데, 조선이 누굴 믿고 독립해?"

"그렇게 똑똑한 너는 왜 여관 중노미질 해? 유식 떨지 말고 물이나 날라. 그저께까지 한 동이에 삼 전 하던 물값이 오늘은 사 전으로 올랐다더라." 김기조가 알은체 떠벌리자 부엌에서 달귀댁이 쏘아붙였다.

"달귀댁, 두고 보시오. 나 이래 뵈도 청운의 꿈이 크오. 언젠가 나보고 기조가 저렇게 출세할 줄 몰랐다는 말씀하실 날이 올 테니."

김기조가 흰소리 치곤 물지게 지고 나섰다.

김기조가 한길로 나서자, 손님 받으러 경부선 종착점 부산역으로 나갔던 봉술이가 묵직한 가죽 가방 둘을 양손에 들고 막 여관 현관으로 들어섰다. 그 뒤로 청년 셋이 따랐다. 청년들은 학생모 쓰고 반소매 모시적삼에 검정 바지를 입었다. 반들거리는 가죽구두만 보아도 일본 유학 나선 돈푼깨나 지닌 학생들이었다.

"방이 깨끗하지요. 잔교(棧橋) 앞 여관은 하룻밤 묵을 곳도 못 됩니다. 시끄럽고, 좀도둑 끓고, 식사도 형편없어요." 봉술이가 입에 밴 말솜씨로 너스레를 떨었다.

김기조는 순진해 보이는 학생 셋을 보며, 쓸 만한 봉이 걸렸다고 여겼다.

김기조는 물동이 나르기를 마치자, 여관 앞 한길 평상에서 손님이 놓고 간 조선총독부 기관지 『매일신보』를 읽었다. "여관 중노미가 일본 책도 술술 읽더라." "깔볼 게 아냐. 아는 게 많아 만물박사야." "관공서에 부탁할 일이나 서찰 쓸 일은 기조에게 맡기면 돼." 이웃 사람들이 자기를 두고 쑥덕거리는 말을 못 들은 척했지만 귀가 즐거운 말이었다.

신문에는 경성 경복궁 터에 세울 조선총독부 새 청사 기공식 기사가 크게 실려 있었다. 10년 대공사는 7월부터 시작된다 했다. 국제 정세면에는, 영란(영국) · 법국 등 연합군이 덕국에 대항하여 희국(그리스) 봉쇄령을 내렸고, 덕국은 동서남북으로 좌충우돌 전쟁을 벌여, 구라파 땅은 온통 벌집 쑤셔놓은 꼴이었다. 지난 5월에는 북해에서 영란과 덕국의 대해전(大海戰)이 있기도 했다.

"오빠, 신문 읽네."

복례는 지배인마님과 나들이 갔다 돌아오는 길이었다.

"신문 들고 앉을 짬 있냐? 안팎 청소는 다 마쳤어?" 홍이엄마가 오금부터 박았다. 그네는 세모시 치마저고리로 치장하고, 분과 연지를 발라 얼굴이 화사했다.

"마님, 제가 원체 일손이 번개 아닙니까. 방방이 청소는 물론이고, 독마다 물을 채워놨습니다."

"뒷간도 쳐야겠던데 장서방한테 연락하고, 시장에 나가 기름집과 유리 점포에 장변(場邊)도 채근해." 홍이엄마가 바람을 일으키며 기조 옆을 스쳐갔다. 분내가 풍겼다.

"오빠, 마님 모시고 창극 보고 오는 길이야. 낮 공연에 갔다 왔어. 신파극인데 청춘남녀 이별 장면이 얼마나 슬프던지, 난 막 울었어." 복례 눈이 토끼눈이었다.

"이것아, 너도 자리 알고 방뎅이를 앉혀. 그렇게 싸대다 떨려나면 갈 곳이 어디야? 촌구석에 있담 지금 보리타작이 한창이고 들일로 눈코 뜰 새 없어." 김기조가 누이에게 훈계를 놓았다. 그는 신문을 들고 저자 쪽으로 걸음을 옮겼다.

*

길안여관은 작은방이 여섯 개, 큰방이 두 개였다. 객들은 대체로 하루나 이틀 묵고 관부연락선과 기차 편에 타지로 떠났기에 돈 회전이 빠르고 외상 또한 없었다. 사철 놀리는 방이 없을 정도로 장사가 잘되었다. 그날도 큰방 하나만 비었지 나머지 방은 객이 찼다. 두 방에서 잠잘 다섯 손님은 일본인 관리로 출장 나선 길이라 외식하겠다며 외출했고, 나머지 방은 저녁 밥상이 들어갔다. 빈 밥상이 다시 나오고, 어둠이 내려 방마다 전등불이 들어온 뒤였다. 그 시간쯤이면 대체로 남자 객들은 마음이 들뜨게 마련이었다. 잠자리에 들기엔 시간이 일렀고, 집 떠날 때 장만해 온 노잣돈도 두둑하여 마음이 싱숭생숭할 수밖에 없었다. 바깥의 왁자지껄한 남도 사투리와 그리 멀잖은 곳에서 들려오는 뱃고동 소리는 불현듯 객창의 여수를 불러와 마음을 밖으로 켕기게 했다. 그러나 이곳이 현해탄을 사이에 둔 대륙과 섬나라 현관으로 인심 사나운 항구란 점에서, 선뜻 바깥으로 나서지 못하게 발을 묶었다. 왈자 패거리를 만나 봉변당하지 않을까, 여행증명서와 승선표와 돈을 방에 두고 가자니 도난이 우려되고, 주머니에 넣고 가자니 손재수나 입지 않을까 걱정이었다.

김기조는 한창 바쁜 저녁 시간을 보내고, 손님방에서 나온 밥상에 밥만 한 그릇 얹어 저녁밥을 먹었다. 하루 일과가 거의 끝난 셈이었다. 기조와 봉술이는 안내실로 쓰는 현관 앞 쪽방에 앉아 유리창을 통해 바깥 한길을 내다보며 담배질을 했다. 한참 뜸을 들인 뒤, 기조는 소반에 물 주전자와 물그릇을 담아 들고 청년 셋이 낮참에 투숙한 방으로 갔다.

"자리끼를 대령했습니다." 김기조가 방문을 두드렸다. 방문이 열리자 그는 방안에 소반을 들여놓았다.

"마침 잘 왔네. 우체국을 몰라 그러니 내일 아침에 편지 좀 부쳐

주게." 한 청년이 피봉된 봉투와 3전을 내놓았다. 집안 아랫것들을 부려본 말솜씨라 하대가 거침이 없었다.

"그럽지요" 하곤, 김기조가 봉투 겉면을 보았다. 그가 한문 주소를 읽었다. "경성부 명치정 이가 삼사일 번지라…… 보자 하니 일본 본토로 유학 떠나시며 본가로 보내는 편지군요."

둥글넓적한 얼굴에 힘꼴은 있어 보이지만 여관 중노미 주제에 한문을 읽자, 청년 셋이 놀랄 만도 했다.

"댁이 글을 배웠다니 가상하오." 개어놓은 이부자리에 비스듬히 앉아 책을 읽던 한 청년이 김기조를 보았다.

"들은풍월로 어섯눈 떴지요. 그런데, 학생 분들은 신문명이 한창 꽃피는 부산 선창 야경 구경도 안하시고 방에 갇혀 계시깁니까? 소화도 시킬 겸 산보나 다녀오십시오. 저희 길안여관은 여태껏 단 한 건의 분실 사고도 없다는 게 장점이지요. 물론 도난 사건도요." 김기조가 말했다.

"볼 만한 구경거리라도 있소?" 팔베개하고 누웠던 청년이 몸을 일으켰다. 네모진 얼굴에 몸집이 듬직했다.

"있고말곱죠. 만물상회와 요코하마 상점을 둘러보면 세계 각지에서 모인 희귀한 박래품을 눈요기할 수 있습니다. 일본식 횟집도 있고요. 정종 한잔 걸치고 싱싱한 활어를 초고추장에 찍어 먹는 맛은 일품이죠. 십오 원이면 세 분께서 뒤집어쓸 겁니다. 싸게 자시려면 부둣가 야시장 난전에서 철썩이는 파도 소리 들으며 해삼과 전복에 막걸리를 마실 수도 있고요. 그렇게 자시면 오 원이면 끝내줍죠. 공회당에는 창극패가 들어와 신파극을 하고 있지요. 돈 안

쓰는 방법으로는 부두에서 밤바다 정경도 볼 만합니다. 배마다 불을 밝혀 야경이 좋지요. 용두산에 오르면 전등 불빛이 명멸하는 부산포 전경을 조감할 수 있고요." 김기조가 장황하게 수다를 떨었다.

네모진 얼굴이 마음 동하는지 두 동무 눈치를 살폈다.

"뭐, 꼭 그러시라는 건 아닙니다. 내일 관부연락선 타시자면 고단하실 테니 방에서 쉬시지요. 만약 산보할 의향이 있으면 제가 안내를 맡겠습니다. 이 바닥에서 저를 호위병으로 세우면 안심 놓고 산보를 즐길 수 있습지요."

김기조가 방에서 물러나려 하자 네모진 얼굴이, 자기들끼리 의견을 맞춰보겠다고 말했다. 연락 없으면 자는 줄 알라고 네모진 얼굴이 말했다.

"여부 있습니까. 현관 앞 안내실로 저를 찾으세요."

김기조가 안내실로 돌아온 지 한참 뒤 외출복 입은 두 젊은이가 그를 찾아왔다.

"역시 산보 나가기로 합의가 됐군요. 그런데 서찰 맡긴 분은 안 보입니다?" 김기조가 현관을 나서며 물었다.

"걔는 잠이나 자겠대요. 마누라 품 떠나서도 샌님 노릇 하겠다니 할 수 없지 뭘." 네모진 얼굴이 말했다.

김기조는 돈보따리와 가방을 지키려 방에 파수꾼을 떨구었다 짐작했다. 셋은 한길로 나섰다. 초저녁이라 길거리가 밝았고 사람 내왕도 많았다. 낮에는 날씨가 찌더니 밤이 되자 바닷바람이 한결 시원했다. 유성기점에서 일본 여자가수 유행가가 간드러졌다.

"어디로 모실깝쇼?" 김기조가 신바람 내며 물었다.

"선창으로 나가 바다 구경하며 막걸리나 먹을까." 키가 작달막한 젊은이가 말했다.

저를 따라오라며 김기조가 앞장섰다. 좀팽이처럼 어리숙한 도련님들이라 오늘은 수입이 별로일 거라 판단했다. 그들은 멀지 않은 대창정 아래쪽 선창가로 나갔다. 축조된 해안에는 거룻배, 말뚝배, 야거리 따위의 작은 배들이 닻을 내리고 있었다. 그 앞으로 석유등잔불 밝힌 난전이 즐비했다. 이리로 오시라며 김기조가 도마 의자에 앉았다. 멍게를 까던 서른 초반 아낙이 반색하며 기조를 맞았다. 뱃사람들이 술을 마시고 있었다.

"아줌마, 막걸리하고 해물 좀 줘요. 귀한 손님 모셨으니 잘해주셔야 합니다."

술과 안주가 나올 동안 셋은 통성명을 했다. 네모진 얼굴은 정가였고, 키가 작은 청년은 박가였다. 일행 셋은 관립 한성고등학교를 금년 봄에 졸업한 단짝 동기생들이었다. 그들은 도쿄 와세다 대학이나 메이지 대학 내년 봄 입학을 목표로 유학길에 나섰는데, 도쿄에 도착하는 대로 학원이나 강습소에서 입시 공부에 전력할 거라 했다. 여관에 남은 김은 서울 출신이요, 정은 황해도, 박은 전라도 출신이었는데, 집안이 모두 지주 명문이었다. 정과 박의 그럴싸한 집안 자랑을 듣던 김기조도 한마디 아니할 수 없었다.

"사실은 저도 유학 희망을 키우고 있지요. 한학과 일본어를 웬만큼 뗐습니다. 요즘도 도쿄 정칙영어학교(正則英語學校) 통신강의록을 받아보지요. 남아로 태어났으면 일차 학문의 웅지를 펴야 하고, 그러자면 일본 본토로 들어가 명치유신 이후 그들이 서양 신문물을 어떻게 받아들여 국민을 계도했냐를 접해봐야 할 겁니다. 길이 열린다면 미국으로 건너가 과학 문명의 본고장……"

"야망 한번 대단하오." 정이 기조 말문을 막았다.

"도련님들, 기조 저 청년 그래 봬도 식자라오. 공자 맹자를 줄줄 외고 서양 문물에도 도통해요." 아낙이 손님 모셔온 기조를 두고 양념을 쳤다.

술과 안주가 나왔다. 안주로는 해삼, 전복, 멍게, 소라를 접시에 썰어 내놓았다. 기조가 잔에 술을 쳤다. 세상이 좋아져 귀하신 분들과 동석해 술 마시게 되었다며, 기조는 예를 차린다고 고개 돌려 술잔을 비웠다.

"방에 남은 분은 혼례한 듯한데, 두 분은 어떻습니까?"

"우리도 조혼했지요. 난 열네 살에 열여섯 살 난 구식 여자한테 장가갔소. 그러니 마누라와 어디 정분이 나겠소." 정이 불퉁하게 말했다.

"조선은 그게 문젭니다. 구습에서 탈피해야지요. 조혼 악습 폐지, 자유연애가 보장되는 신사회로 나가야 합니다."

김기조의 말에 둘이 동조하며, 그 화제가 오래 끌었다. 박은 구습 결혼제도를 맹박했다. 셋의 대화가 죽이 맞아, 그들이 막걸리 세 되를 비웠을 땐 취기가 올랐다.

"바람이나 쐽시다." 정이 일어섰다. 술값은 그가 치렀는데, 4원이었다. 김기조가 말한 셈값이 얼추 맞아 정과 박은 바가지를 쓰지 않았음을 내심 만족했다.

셋이 밖으로 나오자 얼큰한 취기를 바닷바람이 식혀주었다. 그들은 발동선이 여러 척 닻을 내린 선창거리를 구경하며 걸었다. 정이 담배를 피워 물었다. 김기조는 기회가 왔다고 생각하며 정 옆에 다가갔다. 듬직한 몸집과 사내다운 성미로 보아 그가 땅딸보 박보다 요리하기 쉬울 것 같았다.

"형씨, 반도 땅 떠나면 언제 돌아옵니까?"

"학교에 입학해 사각모 쓰면 방학 때나 나올까……"

"그동안 독수공방할 텐데, 참한 색시 구경 어떠세요? 십 원이면 한 시간 놀다 가실 수 있습니다."

정이 선뜻 대답 못하고 의견을 묻듯 박을 보았다.

"유곽 말이로군. 화류병이나 걸리면 어쩌려고 그래. 난 여관으로 가겠다." 박이 말했다.

"화류병이라니요!" 김기조가 펄쩍 뛰듯 정색했다. "그런 염려는 놓으셔도 됩니다. 제가 유학 나선 분들한테 감히 그런 집을 안내하겠습니까. 내년에 현해탄 건너와 길안여관 찾으면 저를 또 볼 텐데요. 며칠 전 의령 쪽에서 온 순박하고 귀여운 어린 색시들을 봤기에 제가 말을 붙여본 것 뿐입죠." 김기조가 손을 털곤, 여관으로 가자며 돌아섰다.

"자네 말 믿어도 돼?" 정이 물었다.

"금방 들통날 거짓말을 왜 합니까."

"구경만 하고 나와도 되지?"

"물론입죠. 그게 강요할 성질입니까. 색시가 마음에 안 들면 나와버려요. 사고 염려는 없으니 저만 믿으세요."

"승환아, 너는 망이나 봐줘. 일을 치든 그냥 나오든, 내가 들어가보지." 정이 호기 있게 말하곤, 자네가 앞장서라며 김기조 어깨를 쳤다.

"록정(완월동) 언덕바지에 색줏집들이 줄지어 섰지만 거긴 지저분하고, 가까이 남빈정(남포동)에 깨끗한 집들이 있지요." 김기조가 부두를 버리고 좁장한 골목길로 접어들었다.

인력거 두 대가 비켜갈 골목길은 일본식 2층집과 단층집이 줄지었고, 창문마다 불이 밝았다. 어떤 집은 빨간 꼬마 전구를 켰는지 창호지를 물들인 색깔이 선정적이었다. 집들은 가로닫이 문짝에 옥호 쓴 수박등을 내다 걸었다. 골목 저쪽에서 취객 하나가 사노 사부시(俗曲)를 흥얼거리며 걸어올 뿐, 생각과 달리 한적했다.

"도착했습니다. 잠시 기다려주십시오. 여자가 와서 추파 던지더라도 아예 무시해버려요." 김기조가 어둑한 골목길에 둘을 세워놓곤 샛길로 사라졌다.

"일본인 상대하는 유곽이 틀림없어." 박이 말했다.

"그럴지 모르지." 정의 떨떠름한 대답이었다.

"돌아가. 한석이가 기다릴 텐데."

"청운의 대망을 품고 현해탄 건너자면 이런 경험도 약이 될 수 있어."

"생도 같네. 저희 집에서 쉬었다 가세요." 그들 등뒤에서 일본말을 하는 여자 소리가 들렸다.

둘은 놀라 돌아보니 나카기 입은 중년여인이 손을 오비(帶) 앞에 모아 쥐고 웃미소 띠었다.

"우리는, 사람을 기다려요." 정이 어물쩍 말했다.

"저희 집이 저깁니다. 손님과 함께 오세요."

여인이 수박등에 도화옥(桃花屋)이라 쓰인 옥호를 가리키고는 돌아갔다. 잠시 뒤, 샛길에서 김기조가 나타났다.

"형씨들 이리로 오시지요." 김기조가 골목 안으로 들어서더니 걸음을 멈추고 정에게 난처한 투로 말했다. "그런데 문제가 조금 있군요. 그애들이 이 바닥 들어온 지 며칠 안 되어 숫처녀와 다를 바 없다며, 십오 원은 내셔야 한다고 주인이 우기니…… 십 원으로 쇼부 볼 색시도 있긴 해요. 그러나 보시면 알겠지만, 모란꽃과 호박꽃에 견줄까, 하여간 그런 차이라서……"

"여기 올 때 구경만 해도 상관없다지 않았소? 십오 원짜리가 어떤지 상판이나 봅시다." 정이 말했다.

"집안 좋은 유학생들은 다 여기서 몸 풀고 가지요. 시모노세키 선창거리에도 유곽이 있는데 거기만 해도 최하가 이십 엔이랍디다." 김기조가 말했다.

"난 여자를 사지 않겠소." 박이 말했다.

"도대체 어느 집인데 사설이 분분하오?" 정이 물었다.

"일단 들어와보세요. 두 색시를 선뵈드릴 테니."

김기조가 코앞에 가로닫이 문을 열었다. 문짝 앞에 셋이 서 있었던 것이다. 현관으로 들어서자, 유카타 복대를 매며 건장한 사내가 골마루로 나와 그들을 맞았다. 가슴엔 털이 부숭했고 짧게 깎은 머리칼 아래 생김새가 험상궂었다. 정과 박은 무엇인가 잘못 걸려들었음을 알고 미심쩍어했다.

"제가 있으니 안심 놓으세요. 조바 시마다상이 유도선수지만 마

168

음씨를 고약하게 쓰진 않습니다. 자, 안으로 드시지요." 김기조가
낭패해하는 둘을 구슬렀다.

시마다란 사내가 정과 박을 전등불만 휑한 육조 다다미방에 안
내하곤 가버렸다. 김기조는 어디로 샜는지 보이지 않았다. 둘은
술기운도 달아나버려 솔봉이 꼴로 앉아 있었다. 쓸 만큼 용돈만
넣고 나온 게 다행이라며 둘이 소곤소곤 말을 나눌 때, 바깥에서
김기조의 목소리가 들렸다.

"뭘 그렇게 부끄러워하니. 다 알면서 말야. 점잖으신 부잣집 도
련님이시다. 어서 오라니깐."

어떡하면 이곳에서 무사히 빠져나갈까, 그 궁리만 하던 둘에게
김기조 목소리가 반가웠다. 기조가 조선옷 차림의 여자 둘을 뒤에
달고 방으로 들어왔다. 뒤따라 시마다가 소반에 정종 도쿠리와 안
주 접시를 담아 들고 왔다. 치마를 살포시 들쳐 문 앞에 꿇어앉을
때까지 색시 둘은 얼굴을 숙이고 있었다. 한쪽은 머리를 땋았고,
한쪽은 트레머리였다.

"이것들아, 얼굴 들어 도련님들께 선뵈야지."

김기조 말에 두 여자가 이마를 반쯤 들었다. 박이 별 내키지 않
는 눈길로 두 여자를 건너다보았다. 분과 연지를 발라 화장했으나
그는 15원 값어치와 10원 값어치를 금방 구별해낼 수 있었다. 노
랑 저고리에 분홍치마 입은 트레머리 여자는 넓적한 상판에 메기
입을 한 그저 그런 얼굴이었고 나이도 스물 후반으로 보였다. 초
록 저고리에 물색 치마 입은 편발머리 여자는 오목조목한 귀여운
생김새에 나이도 어렸다.

"상판 보고 돼지고기 먹는 건 아니지만, 색시란 품에 안는 맛이 다릅지요. 어떻습니까?" 김기조가 정에게 물었다.

"좋소. 머리 땋은 색시를 택하리다." 정이 갈 데까지 가보자는 듯 내뱉곤 앞에 놓인 사기잔에 정종병을 따라 한 잔을 호기 있게 들이켰다. 박이 불안한 눈길로 정을 보았다.

"그럼 따라오시죠. 딴 방으로 모시겠습니다." 김기조가 문을 열다 말고 박을 보았다. "방사술에 도가 튼 아가씨 한 분을 모실깝쇼? 마사만 받아도 됩니다. 값은 오 원이고요."

"난 괜찮소."

두 여자가 앞서 나가고 김기조와 정이 자리를 뜨자, 박만이 방에 남게 되었다. 그는 아무래도 기분이 좋지 않아 골목길에서 정을 기다리기로 했다. 정이 50원을 넣고 나왔으니 알아 계산 치르리라 여겨졌다.

김기조가 안방으로 들어갔다. 나카기 입은 주인아주머니가 뜨개질하다 기조를 맞았다. 방 안쪽에 어린 처녀애들 여섯이 옹송그려 앉았다 기조를 보았다. 땟물 벗지 못한 깜조록한 얼굴에 남루한 무명옷 차림이라 궁벽한 촌에서 팔려온 시골 처녀들이었다.

"내상, 여깄수다."

김기조가 10원을 내놓았다. 정으로부터 15원을 받았으나 5원은 그가 챙겼던 것이다.

"긴상은 우리 집 보배요. 날마다 손을 모시고 오니."

"덕이 삼호실에 있죠?" 하곤 김기조가 얼른 방을 나섰다. 3호실 문은 잠겨 있지 않았다. 방으로 들어서자 안쪽 욕실에서 덕이 뒷물이라도 하는지 씻는 소리가 들렸다.

"덕아, 나 왔다구." 김기조가 문고리를 채우며 말했다.

잠시 뒤, 덕이가 속옷 바람으로 욕실에서 나왔다. 자그마한 키에 몸이 옆으로 퍼진 그녀는 수건으로 낯을 닦고 흐트러진 머리채를 싸맸다. 기조는 다다미방에 개어놓은 요때기를 서둘러 깔았다.

"그 쪽발이놈 새끼, 초저녁부터 얼마나 사람을 못살게 구는지…… 나 오늘 너무 피곤해." 김기조 옆에 앉으며 덕이 나른한 목소리로 말했다.

김기조가 3원을 그녀 손에 쥐여주고 여자 고쟁이 속으로 손을 디밀었다. 바빠서 빨리 끝내고 나가야 된다며 그는 덕이를 요 위에 쓰러뜨렸다. 그가 덕이 위에서 한참 방아를 찧자, 그녀가 꿈꾸듯 중얼거렸다.

"나도 팔려 가는 그애들과 함께 내지로 들어갈까봐" 하더니 그녀가 울음을 깨물었다.

김기조가 훌쩍이는 덕이를 구슬러놓고 골마루로 나서자 시마다가, 두 녀석이 벌써 나갔다 했다. 무슨 오입이 번갯불에 콩 볶아먹기였나 하며 김기조가 급히 골목길을 나서니 둘의 모습이 보이지 않았다. 그가 허겁지겁 달려 정과 박을 붙잡기는 선창거리까지 와서였다.

"먼저 간다면 가신다 말씀해야지요. 제가 두 분을 얼마나 찾아다녔는데." 김기조가 숨을 몰아쉬었다.

정이 걸음을 멈추고 당장 멱살이라도 거머쥘 듯 김기조를 쏘아보았다. 무슨 언짢은 일이라도 있었냐는 김기조 말에 정이 대답 않고 손을 털며 걸음을 옮겼다.

"제가 막걸리 한잔 대접해 올릴까요?" 김기조가 말했다.

"그럴 필요는 없소." 박이 정을 대신해 불퉁한 소리로 말했다. "도대체 정종 한 도꾸리에 부침개 서너 쪽 내놓고 육 원을 받다니, 그런 셈법이 어디 있소? 나도 봤지만 딱 한 고뿌만 마시던데……"

"아니, 그걸 드셨군요. 그런 곳은 터무니없게 값을 불러, 따로 내오는 술이나 음식은 절대 잡숫지 마셔야 합니다. 안 먹는다는데 돈 받을 수야 없지요. 일 원이면 일 원, 정해진 값에 일만 끝내셔야죠. 내가 그런 술 잡숫지 말라는 당부 말을 깜박했군요. 제 불찰이니 용서해주십시오" 하곤, 김기조가 박을 보았다. "그런데, 색시는 쓸 만했지요? 닳아빠진 애들보다 그런 애송이가 감칠맛 있습죠. 아프다며 살살해달라고 앙탈 부리는 애교도 있고……" 김기조가 수다를 떨었다.

"뭐라구?" 정이 무뚝뚝하게 첫말을 떼었다. 분김이 어지간히 삭은 목소리였다. "난 그 짓 하지도 않았소. 수숫대같이 마른 몸에 피멍 자국이 숱한데, 시종 떨고만 있으니 가련해서 볼 수가 있어야지. 농촌의 그런 순박한 애들을 후려내어 창기로 몸을 팔게 하는 놈이 누군지, 당장 요절내고 싶었소. 도망갈까봐 잠잘 때는 족쇄까지 채운다니……"

"허허, 이십일 원이나 던져놓고 그냥 나오시다니."

"사연인즉 듣다 보니 처지가 딱해 오 원을 보태주었다오."

김기조는 5원이란 말에 귀가 틔었다. 내일 낮에 유곽에 잠시 들러 3원쯤은 빼앗아야겠다고 생각했다.

선창거리로 찹쌀떡장수가 모찌를 외치며 지나가, 김기조는 50전 어치를 샀다. 그는 감나무잎으로 싼 떡을, 주무시며 들라고 둘에게 내놓았으나 누구도 받지 않았다.

길안여관으로 돌아오니 어느덧 밤이 깊었다. 김기조는 정과 박을 그들 방까지 배웅하곤 안내실 쪽방으로 왔다. 사온 찹쌀떡을 봉술이와 나누어 먹으려 했으나 그는 잠에 들어 있었다. 기조는 복례에게 주려 찹쌀떡을 들고 안채로 들어갔다. 선화와 물금댁이 쓰는 골방에 귀를 기울이니 아무 기척도 들리지 않았다. 안채 안방이 밝았고 도란도란 나누는 말 소리가 들렸다.

"복더위 닥치기도 전에 습진인지 무좀인지 먼저 알고 덤비니, 가려움증으로 미치겠구나."

"장마철도 아닌데 이상하군요. 마님, 날마다 간물에 재를 타서 씻으면 나을 겁니다. 시골에 있을 때 이웃 아주머니가 고생했는데 효험을 봤대요."

"그렇게라도 해봐야겠구나. 살이 깊은 데라 그곳이 습해서 그런지도 모르겠구나."

지배인마님과 복례가 나누는 말이었다. 서방이 장사일로 지방에 나간 뒤 홍이엄마는 잠들기 전에 늘 복례로부터 마사를 받았다. 축담에 선 김기조가 군기침을 했다.

"밖에 누구 있느냐?" 홍이엄마가 기침 소리 듣고 물었다.

"기줍니다."

"야심한데 무엇 하러 안방을 기웃거려?"

"찹쌀떡을 사왔기에 밤참으로 드시라고 들렀습니다."

안방문이 열리고 복례가 마루로 나오자, 김기조는 누이에게 떡을 넘겼다. 그는 돌아서려다 안방에 대고 말했다.

"마님, 피부병에는 온천물이 좋다고 들었습니다. 출장 와서 자주 들르는 해관청 리키조 주사께서 온천 목욕으로 피부병을 고쳤다더군요. 성내 온천물이 특히 효험이 있다던데, 마님께서 청하시면 제가 모셔다드리겠습니다." 김기조 목소리가 음전했고 조심성스러웠다.

"호패찬 사내라고, 그래도 네가 내 속뜻 헤아려주니 고맙구나. 떡은 잘 먹겠다. 문단속 잘하고 자." 성내 온천장으로 모시겠다? 홍이엄마는 아첨 떠는 그의 음충한 속셈을 읽었으나 대답만은 부드러웠다.

*

오랜 가뭄 끝에 빗발이 듣기 시작하기는 7월 초순을 넘기고 나서였다. 하늘 구멍이 한번 뚫리자 햇발은 간데없고 열흘 동안 줄기차게 비가 내렸다. 부산 언덕바지 집이 사태로 무너져 여러 목숨을 잃는 참사가 다반사로 일어났다. 남일정 성내 성벽을 끼고 움집살이하던 토막촌 여섯 가족이 흙더미에 깔리는 압사로 떼죽음을 당하기도 했다. 한편, 수맥을 찾아 밤낮으로 지하수를 퍼올려 마르는 벼포기를 겨우 살려놓은 부산 근교 김해 들판은 이제 홍수로 너른 들이 물에 잠겼다. 인심이 각박해져 도둑떼가 창궐했고, 새벽에 두부 사라는 요령 소리를 듣고 골목길을 나서면 처마

밑에 쪼그려 앉은 채 굶어 죽은 거지도 흔했다.

장마철 동안 길안여관은 방이 반밖에 차지 않게 한산했으나, 소경 선화와 물금댁을 찾는 손은 늘어났다. 날씨가 습하자 몸이 찌뿌드드한 한류객이 마사를 받겠다며 여관방을 빌렸다. 대체로 일본인 관리나 금융업에 종사하는 사무원, 장사치들이었다.

7월 중순에 들어서자 하늘이 개고 햇발을 보게 되니, 본격적인 초복 더위가 지열을 끓이며 몰아쳤다. 이제 염병이 나돌아 병자가 속출했고, 한의원과 병원이 성시를 이루었다. 검정골에도 푸닥거리하려는 손이 꾀어 제철을 만났다. 백운역술소는 여전히 파리만 날려 살림 곤궁하기가 말이 아니어서 옥천댁 날품으로 두 식구가 호구를 이었다.

홍이엄마의 샅 안쪽, 살이 깊은 곳에 생긴 습진이 장마철로 접어들자 양쪽 가랑이로 번져 가려움증이 심했고 진물이 흘렀다. 민간요법으로 처방약도 써보고 한의원에서 가져온 십미패독산(十味敗毒散)이란 가루약을 발랐으나 쉬 주저앉지 않았다. 그래서 그네는 사나흘에 한 차례 복례를 데리고 성내 온천장으로 목욕을 하러 다녔다. 부산진에서 성내까지는 경무년(1910)에 경편철도가 놓여 꼬마 기차가 다녔다.

홍복상사는 사업이 번창해 낮 동안 우억갑은 그쪽 창고 출납일을 주로 보았다. 경남 해안 지방에서 모여드는 건어물을 납입하고 일본으로 보낼 물품은 선적 준비를 해야 했다. 그러다 보니 니시하라 무역소며 어업조합으로 나다녔다. 더러 울산 쪽이나 통영 쪽, 거제도로 출장 나갈 때도 있었다.

여름 장맛비는 잦은 태풍을 동반해 연안 어업은 발이 묶여 창고일도 시들하다, 날이 들자 일손이 바빠졌다. 우억갑은 닷새 예정으로 온산과 장생포로 출장을 떠나게 되었다. 길안여관 경영은 처에게 맡겨두었기에 특별히 당부할 것도 없어, 그는 7월 하순 어느날 아침, 출장길에 올랐다. 아침부터 더위가 쪄댔다.

서방을 떠나보내자 홍이엄마는 대야물을 안방에 옮겨놓고 고쟁이를 벗은 채 가랑이 벌리고 앉아 진물로 찐득한 습진 부위를 깨끗한 수건으로 닦았다. 가려움증으로 미칠 것 같던 벌겋게 부푼부위에 십미패독산을 바르니 살갗이 떨어져 나갈 듯 따갑고 화끈거렸다. 아무래도 오늘 또 복례 데리고 성내 온천장으로 나서야할 것 같았다. 온천물에 씻고 오면 가려움증이 화를 풀어 하루이틀은 견딜 만했다.

홍이엄마는 점심을 먹고 나자 복례에게 온천 갈 준비를 하라고일렀다. 복례는 전차 타는 즐거움과 온천장 구경에 신바람이 나서방짜대야에 새 수건 여러 장과 일본제 가루 사분(비누)이며 화장품을 챙겨 담았다.

반회장 깨끼저고리에 잣풀 올린 모시치마를 차려입은 홍이엄마는 옥양목 새 버선에 콧날 선 옥색 고무신을 신고 안채를 나섰다. 달귀댁에게 두 아들 건사를 부탁했다. 언양을 떠날 때 오라버니 훈계대로 지배인마님 기분을 맞추는 데는 이력이 난 복례가 대야를 싼 보퉁이를 끼고 마님 뒤를 따랐다. 현관을 나서자 홍이엄마는 꽃무늬 알록달록한 양산을 펴들었다. 나무 그늘 평상에서 부채질하던 김기조와 봉술이가, 잘 다녀오시라며 그네에게 깍듯이 인사했다.

홍이엄마는 해관청 번화가로 걸었다. 웬 귀부인 출타인가, 하고 지나가는 사람들이 그네를 힐끗거렸다. 적선하라며 내민 새까만 손이 마님 옷에 얼룩이라도 남길까봐 복례가 따라붙는 거지애들을 쫓았다.

둘은 부산진에서 기차를 탔다. 기차는 화차칸 뒤에 객석용이 두 칸뿐이었는데, 앞칸은 일반용이고 뒤칸은 귀인용이었다. 지붕만 있지 옆이 트인 앞칸은 좌석이 스무 개 남짓했고, 뒤칸은 문짝과 창문이 달려 있었다. 홍이엄마는 늘 귀인용 칸을 이용했다. 낮 더위로 둘 다 속적삼이 젖었는데 차창 바람이 시원하게 식혀주었다. 바다에는 선연한 물빛을 가르고 큰 발동선 여러 척이 일장기를 펄럭이며 부두로 들어오고 있었다.

둘이 성내 온천거리에 도착하자, 여름 복더위에도 온천 목욕을 나온 한유객이 많았다. 계모임이라도 있는지 무리를 이룬 아녀자들도 있었으나, 장사치나 기생 외 한복은 별 눈에 띄지 않았고 대부분 유카타 차림에 나막신 신은 일본 여자들이었다. 한복을 떨쳐입은 화장한 여자는 한눈에 보아도 기생들이라 홍이엄마는 기분이 좋지 않았다. 앞으로는 유카타에 나막신 신고 나서리라 생각해 보았으나 동네 사람들 보기에 왜년 흉내 낸다는 험구를 들을까봐 마음은 뻔했으나 그 차림도 쉽지 않았다.

성내 온천은 3백여 년 전 조선조 광해군 때부터 이름이 났는데, 온천이 본격적으로 개발되기는 1908년 무렵, 일본인들 손에 의해서였다. 섬나라가 화산지대여서 어디에 땅을 파도 온천물이 솟고, 습기 많은 해양성 기후라 일본인은 온천 목욕을 즐겼는데, 부산으로 나온 그들이 성내 온천을 그냥 둘 리 없었다. 일본인들이 온천 주변에 여관을 짓고 온천탕 손님을 받기 시작했다. 온천 찾는 사람이 급속히 늘어나자 여관과 술집이 연달아 생겼고 기생들이 몰려들었다. 일본인은 물론, 돈 잘 쓰는 조선인 부잣집 난봉꾼은 온천도 좋지만 다른 속셈으로 몰려드니 온천거리 밤은 사철 노랫가락으로 불야성을 이루었다. 성내 온천에서 5리쯤 떨어진 명륜정에 1910년 기생조합이 설립되었는데 저녁이면 성내 온천 술집의 호출로 조합 기생들이 타고 오는 인력거가 온천거리를 누볐다.

홍이엄마는 피부병이 있는 만큼 온천거리에 오면 여러 사람이 함께 쓰는 대욕장(大浴場)은 들르지 않고 늘 봉천관 독탕을 이용했다. 복례를 화창포 연못가에 기다리게 해놓곤 그네는 봉천관 독탕을 빌렸다. 헐렁한 욕의를 걸치고 가슴과 팔다리를 드러낸 잘생긴 남자와 복도에서 마주치면 서로 눈웃음 웃는 짜릿한 재미도 있었다. 사내를 따라온 각시도 있었는데, 그네는 그런 여자가 여엽집 아낙이든 기생이든 부러웠다. 그네는 서방과 목욕을 해보지 못해 남녀가 함께 목욕하는 욕탕 안 풍경을 머릿속에 그리면 몸이 달았다.

홍이엄마는 여자 갱의실에서 욕의로 갈아입은 뒤 가지고 온 대야에 사분과 수건과 습진약을 담아, 열쇠 달린 번호표에 쓰인 독탕으로 들어갔다. 빈 욕조에 물부터 채웠다. 성내 온천물은 예부터 돼지고기도 삶아낼 만큼 뜨겁다고 알려져 목욕탕이 생긴 뒤로 온천물에 찬물을 섞어 썼다.

홍이엄마는 대야물을 몇 차례 몸에 끼얹곤 발부터 욕조 속에 담갔다. 목까지 물이 차자 자극을 받은 습진 부위의 가려움증이 스멀스멀 몰려들었다. 더운 기운이 온몸에 뻗쳐 숨이 가빴으나 차츰 가려움증도 가라앉고 나른한 상쾌감에 젖어들었다. 그네가 눈을 감고 살을 부드럽게 문지르자 깊은 곳 어디에 뭉쳐 있던 욕정이 끓어올랐다. 서방과 살 섞지 않은 지 열흘이 넘은 듯했다. 잠이 모자라는 짧은 여름 밤 복더위를 이겨가며 합환하기도 성가신 일이지만 그네의 피부병이 심해지고부터 서방은 잠자리를 가까이하지 않았다. 서방이 타지로 떠났으니 닷새는 독수공방해야 할 터였다. 서방도 나처럼 독수공방할까. 사내놈들 음심이란 다 똑같다던데 색줏집 들병이라도 끼고 자겠거니. 투기심이 끓자 뜨거운 물 탓만도 아닌데 마음이 심란했다. 그네는 복례를 데리고 들어와 마사라도 해달라 할걸 하는 때늦은 후회가 들었다.

홍이엄마는 목욕을 마치자 습진 부위에 가루약을 바르고 욕의를 입었다. 복도로 나서니 한결 기분이 상쾌했다. 그네는 번호표를 쥐고 갱의실로 걷다 우뚝 걸음을 멈추었다. 주인어르신 조익겸이 일본인 중늙은이 여럿과 어울려 이쪽으로 오고 있었다. 복도라 몸 피할 데가 없었다. 방금 나온 독탕은 저만큼 뒤쪽이라 다시 돌아가서 숨기에는 늦었다. 주인어른이 성내 온천장에 더러 간다는 말은 들었으나 정면에서 마주칠 줄은 몰랐던 것이다.

"삼월이 아닌가." 눈길을 내리깔고 비켜선 홍이엄마를 조익겸이 알아보았다.

"주인어르신, 납셨습니까."

"널 여기서 만나다니. 세상이 좋아졌군. 우서방은 아침에 온산 쪽으로 떠났는데, 누구하고 왔어?"

조익겸이 목에 걸친 수건으로 턱살을 훔치며 그네를 보았다. 목욕을 막 마치고 나와 그네의 뺨이 익은 앵두같이 선연했고 살결이 분홍빛을 띠어 피어나는 꽃이듯 미색이었다.

"집 아이 복례 데리고 왔사옵니다. 말씀 올리기 부끄러우나 몸에 습진이 있어 온천물이 좋다기에……"

"습진이라? 피부병에는 온천물이 좋긴 좋지. 그런데 끝내고 나가는 길인가 보군?" 홍이엄마가 조그맣게, 예 하고 대답하자 조익겸이 그네를 그냥 보내기 아까운 듯 숭얼숭얼 읊었다. "때아닌 장소에서 만나니 형세어미한테 딸려 널 울산에 보낼 때가 엊그제 같은데, 세월이 빠르기도 하다. 내가 이렇게 늙은이가 됐으니……"

조익겸이 복도 앞쪽에 눈을 주었다. 일행은 욕탕에 들어갔는지 보이지 않았다.

"그럼 천천히 노시다 오십시오. 여관 일이 바빠 저는 먼저 가보겠습니다." 홍이엄마가 욕의 깃을 여미며 비켜섰다.

"그럴 게 아니라 이렇게 호젓이 만났으니…… 네가 내 등 좀 밀어주련? 늙으니 때 씻기에도 힘에 부쳐."

"제가 감히 어르신을……" 홍이엄마의 얼굴이 술 취한 듯 붉어졌다.

"여기가 행정(幸丁) 한복판도 아닌데 어떠냐. 넌 아이 적부터 우리 집에 매인 몸이 아닌가. 걱정 말아라. 그러잖아도 길안여관을 없애버릴까 어쩔까 하는 참에, 네게 할 얘기도 있느니라." 조익겸이 그네 몸에서 풍겨나는 사분 내음과 체취를 흠씬 마셨다. 그는 은근히 그네 소매를 잡고 계집종 다루듯 복도 안쪽으로 이끌었다.

홍이엄마는 아무 말도 못한 채 숨만 할딱이며 조익겸에게 끌려갔다. 예전에는 한갓 업저지였으나 이제 어엿한 서방과 자식을 두고 내방 차지한 몸인데 아무리 상전이라지만 이럴 수 있을까 하는 생각이 설핏 스쳤으나, 길안여관을 없앨는지 모른다는 말에 마음이 켕기기도 했다. 등 밀어달라는 청을 들어주지 않았다간 식구가 당장 거리로 나앉는 날벼락을 맞을지도 알 수 없었다. 한편, 업저지 때부터 하늘같이 모셔온 어르신을 가까이에서 살 맞대어볼 수 있다는 비밀스런 흥분도 있었다. 주인어르신 연세 예순을 바라본다지만 처첩 건사하며 화류계에서도 여자 다루는 솜씨가 장사 셈만큼 밝다는 소문을 들은 터라, 그네도 색기가 동했다. 이런 수작질이 소문 나서 대창정 본댁 마님이나 서방 귀에 들어가면 어쩔까 하는 점이 염려스러울 뿐이었다.

조익겸이 자기가 쓸 독탕 문을 열쇠로 따고 먼저 들어가며, 어서 들어오라고 그네를 채근했다. 홍이엄마가 마지못한 몸짓으로 따라 들어갔다.

"삼월아, 누구 보는 사람도 없고 너와 나뿐인데 뭘 그렇게 수줍어해. 늙은이 때 좀 밀어주는 게 어디 흥인가. 일본 풍습에는 서방 친구가 집에서 유숙하면 그 집 안주인이 그 친구 등물을 해주는 풍습이 있다더라. 그게 다 정이지. 그렇게 섰지 말고 욕조에 물부터 채우려무나."

홍이엄마가 들고 있던 대야를 한켠에 놓고 빈 욕조에 물을 채울 동안, 조익겸은 욕의를 벗더니 수건으로 아랫도리를 싸매었다.

"너는 벗지 않아도 된다. 늙은이 몸이야 어디 볼품이 있겠느냐.

이젠 부끄럼도 떠난 나이라 나는 이렇게 다 벗고 말았어. 늙은이
몸이라고 흉보지나 말아라."

조익겸이 쑹얼거리곤 물을 채운 욕조 안으로 들어갔다. 홍이엄
마는 욕의를 입은 채 몸을 돌려 서 있었다.

"삼월아, 게딱지 같은 길안여관을 헐어버리고 거기에 서양식 이
층집을 세워 여관을 확장할까, 아니면 잔돈푼 만지는 여관업은 체
신도 있으니 아주 작파해버릴까, 요즘은 그 궁리도 하고 있어. 네
생각은 어떠하냐?" 조익겸이 물었다.

"쇤네 처지로서는 무어라 올릴 말이 없습니다. 서방님과 쇤네는
그저 어르신 처분만 따를 뿐, 지금 베푸시는 은덕에 늘 감지덕지
하옵니다."

"생각 한번 기특하구나. 그러면 이 일은 어떠냐? 내가 본정통
일정목에 부산 바닥서는 첫째가는 일본식 본바닥 요릿집을 낼까
한다. 그래서 눈 바른 요지 여염집 세 채를 매입했지. 그 집을 헐
어내고 새 건물을 지을 참이야. 그렇게 되면 부산 권세가와 재력
가가 다 우리 요릿집으로 찾아들 게야. 이름을 얻으면 관부연락선
편에 반도로 나오는 내지인들도 찾게 되겠지. 그런 고급 요릿집을
하자면 아랫사람을 많이 거느려야 하는데, 내 주위에는 그런 일을
성심껏 맡아줄 사람이 없구나. 그러니 붙임성 있는 삼월이 너도
팔 걷어붙이고 나서서 나를 도울 일이 있을 게다. 네가 여관 손님
구미 잘 맞추고 장사 셈에도 밝다는 건 내가 알고 있느니라." 조익
겸이 물을 끼얹어 낯을 씻었다.

"그러시다면 요리사며, 소리하는 기생이며, 심부름하는 사동도

많이 두겠군요?" 홍이엄마가 그제야 욕조 쪽으로 몸을 돌렸으나 차마 상전을 바로 보지 못하고 물었다.

"물론이지. 주방을 책임질 요리는 내지 본바닥 이타바(熟手)를 초빙해 와야겠고, 금반 출신 절세가인 또한 스물은 넘게 둬야겠지. 내 비록 조선 씨종이나 재물을 두고 따진다면 이 바닥서 내지인한테 질 수 없어. 총독부 또한 만세일계(萬世一系) 천황폐하 은덕을 숭모하는 조선인들이 벌이는 상업에는 제재를 가하는 법이 없느니라." 조익겸 목소리가 근엄했다.

"그런 요릿집을 하신다면 어르신 사업이 더욱 번창하도록 쇤네도 몸바쳐 성심성의껏 일하겠사옵니다."

홍이엄마는 고급 요릿집 여자 지배인으로서 자신을 머릿속에 그려보았다. 많은 종업원을 수하에 두고 부산서 내로라하는 명사들을 가까이 모시는 일이란 호사가 아닐 수 없었다. 그네가 황홀한 상념에 빠져 있을 때, 조익겸이 욕조에서 나와 도마 의자를 깔고 앉았다. 그는 수건으로 샅을 덮곤, 나무통에 욕조물을 퍼내 몇 차례 몸에 끼얹었다.

"오사카에서 건너온 상공인들을 모셨는데 빨리 끝내고 나가야지. 여기서 나가면 다대포로 가서 뱃놀이를 하기로 했어. 삼월아, 어서 등 좀 밀어주련?"

조익겸의 말에 홍이엄마는 눈길을 바로 두었다. 검은 점이 드문드문한 살점 많은 등판과 굵은 허리가 눈앞에 있었다. 그네는 어디부터 손을 대야 할는지 몰랐다. 무릎을 꿇어 쪼그리고 앉아 헐렁한 소매부터 걷어붙였다.

"내 등판에 점이 여럿 있지? 마누라가 그러더군. 점 모양이 북두칠성과 같은 주걱형이라고."

"정말 그러하옵니다." 홍이엄마가 보기에 등판 점꼴이 북두칠성 별자리 같기도 했다.

"그래서 내가 재물 복을 타고났나봐. 보석을 주걱으로 담아 퍼내니깐." 조익겸이 껄껄거리며 웃었다.

홍이엄마가 상전 등판을 밀기 시작했다. 지방분이 두터워 미끄럽기만 할 뿐 때는 밀리지 않았다. 처음은 약하게, 차츰 그네 손끝에 힘이 들어갔다.

"습진은 어디에 있느냐?"

"말씀드리기가 차마……"

"음, 짐작하겠구나. 그렇다면 우서방과 잠자리 정분도 시들하겠군. 허기사 그곳에 습진이 있다 한들 한창 젊은 나이에는 대수롭지 않을 테지."

홍이엄마가 대답을 못하고 욕조 물을 나무통으로 퍼내어 조익겸 등에 끼얹었다.

"그러다가 옷을 적시면 젖은 옷으로 갱의장까지 어떻게 가겠느냐. 벗고 해도 괜찮느니라."

"어르신께서 돌아보지 않겠다고 약속하시면 그렇게 하겠습니다." 상전 말이 그럴듯하게 들려 그네가 다짐을 받았다.

그렇게 하라는 상전의 허락이 떨어져 홍이엄마는 욕의를 벗고, 고쟁이마저 벗을까 하다 그쯤은 적셔도 되겠거니 싶어 그대로 두었다. 그네는 조익겸 등을 밀었다. 때가 나오지 않는 등판을 민다는 게 무슨 호작질인지 그네도 알 수 없었다.

"네 부드러운 손길이 닿으니 늙은 몸도 회춘이 되는 모양이구나. 내 요즘 근력이 떨어져 인생도 황혼을 맞으니 허사로구나 하던 참에 너를 잘 만난 듯하다. 종종 너와 함께 온천 목욕을 해야겠구나. 내 말이 어떠냐?"

조익겸 말에 홍이엄마가 가쁜 숨을 죽일 뿐 대답을 못했다. 조익겸이 고개를 돌려 그네의 젖통 큰 벗은 윗몸을 보았다. 홍이엄마 손이 그의 등판에서 떨어지고, 그네가 고개를 숙였다. 조익겸이 그네를 마치 암송아지 다루듯 품에 안았다.

*

홍이엄마가 누구 눈에 띌세라 황황히 봉천관을 빠져나와 화창포 연못으로 가니, 복례가 보이지 않았다. 계집애가 또 어디로 쏘다니겠거니 하여 상점거리로 나가자, 복례는 바지게에 수박동이를 놓고 파는 떠꺼머리 총각과 무슨 이야기인지 깨가 쏟아졌다.

"다 큰 처녀가 대낮에 무슨 수작질이냐. 어서 가자." 양산을 펴든 홍이엄마가 타박을 놓곤 대야 싼 보퉁이를 복례에게 넘겼다.

"마님께서 오늘은 하도 오래 나오시지 않기에 혹시 저를 못 찾으시나 하고……"

"무슨 잔말이 많으냐. 내가 피곤하여 설핏 잠이 들었다 나왔기로서니, 기다리란 데서 기다려야지."

둘은 온천장 종점에서 기차를 탔다.

"마님, 주인나리님이 온천장에 오셨더군요. 마님은 못 보셨습니까?" 자리 잡고 앉자, 복례가 물었다.

"뵙지 못했다. 어르신도 너를 봤느냐?"

"눈에 띌까 얼른 숨었습니다."

"잘했다. 어르신이 보셨다면 꾸지람깨나 들었을 게다."

홍이엄마는 차창 밖을 보았다. 해는 아직 중천에 떠 있고 바깥은 바람 한 점 없었다. 가까운 야산의 푸새들이 단 햇살 아래 늘어져 있었다. 그네는 차창 밖을 멀거니 내다보며 달콤한 상념에 잠겼다. 늙은이라고 능청을 떨더니만 그게 다 넉살이었어. 그런 솜씨가 있으니 화류계에서도 이름이 났겠지. 그네 입가에 알 듯 모를 듯 웃음이 번졌다. 채신 따지더라도 주인어르신이 회술레하고 다니지 않을 터라 자신만 입단속하면 비밀이 샐 리 없으리라 여겨졌다.

"마님, 다 왔어요. 내리셔야죠."

복례 말에 홍이엄마가 잠에서 깨어났다. 더위 탓만이 아니라 몸과 마음이 녹작지근하던 터라 그네는 단잠에 빠졌던 것이다.

홍이엄마가 집으로 돌아오니 안방문이 활짝 열렸고, 조씨와 선화가 마주앉아 있었다.

"마님, 나오셨습니까." 홍이엄마가 반색하며 방으로 들어갔다.

"온천장에 갔다더구나."

"몸이 좋지 않아 간혹 나다니는데, 마님 오시는 날 집을 비워 죄송합니다." 홍이엄마가 말하고 나니, 이제 내가 촌수 따져 조씨 어미뻘인가 하는 묘한 생각이 들었다.

"내일이 면회날이라 장 보러 나온 김에 잠시 들렀다." 조씨 말에 힘이 빠져 있었다.

"언양 부모님은 못 오시는 것 같군요." 선화가 조씨에게 말했다. 작은마님이 시조모 제사 참례차 언양 큰댁에 간 길에, 매달 양력 끝 토요일이 부산감옥 면회날이라고 알렸다기에 선화는 부모 중 한 분이 면회차 부산으로 올 줄 알았던 것이다.

"농사일이 바쁜 모양이더구나. 네 부모는 그렇다 치고, 아주버 님이라도 오실 줄 알았는데…… 무정도 하시지. 하나 동생이 옥 에 갇혔어도 내 몰라라 하시니. 허기사 면회 와본들 무슨 소용 있 으랴. 감옥서란 데가 징역 날수 다 채워야 풀려나는 곳 아닌가. 몸 성히 계시면 그것만도 다행으로 알아야지." 조씨가 부채 바람 을 일으켰다.

"마님 정성이 갸륵하시니, 서방님 거기 계셔도 옥체 균안하실 겁니다. 여러 사람 면회가 된다면 저도 따라나서겠는데 그렇지 못 해 마음만 애가 타군요." 홍이엄마가 조씨 비위를 맞추었다. 작은 서방님 형기가 3년이라니 그동안 독수공방으로 지낼 마님 팔자가 가련했다. 남녀가 합환하는 잠자리 열락을 모르고 호의호식하면 그게 무슨 재미랴 싶었다. 만약 자신이 그 지경을 당한다면 석 달 을 참아낼 수 있을까. 생각만 해도 끔찍했다.

"이번 면회에 어진이가 제정신으로 널 만날지 모르겠다. 약 효 험이 있어 정신이 말짱해졌어야 할 텐데……"

"어진이가 사람도 못 알아본다면 감옥서에서 나와도 사내 구실 제대로 할까요?" 조씨가 선화에게 하는 말을, 홍이엄마가 제 생각 에 골몰하던 끝이라 무심결에 받았다.

"망측하게 무슨 말이 그래? 도 닦는 스님을 두고."

"제가 엉뚱한 소리를 했나 봅니다. 어진이 스님 된 모습을 한 번도 본 적 없어 엉겁결에……" 홍이엄마가 뒷말을 얼버무렸다. 무심결에 뱉은 말이지만, 자기 마음속에 아직도 어진이를 연연하는 구석이 있단 말인가, 하는 의문이 들었다. 그네는 그렇지 않다고 단언했다. 중이 되었다는 말을 들었을 때는 그가 건널 수 없는 강을 혼자 건너가버렸다 생각했고, 그가 병원에서 사경을 헤맨다는 소식을 듣자 차라리 잘되었다는, 마음의 찌꺼기마저 씻어낼 수 있었다.

"마님, 언양 가신 길에 정심네란 숯막집 과수댁도 만나셨습니까?" 선화가 조씨에게 물었다.

"만났더랬지. 누이조차 못 알아본다 하자, 돌아앉아 울더구나. 아마 그 젊은 과수댁이 어진이가 스님 되기 전 먼발치나마 보았고, 혼자 마음에 두었던 모양이다. 그래서 서방님이 부산으로 화물자동차에 실려올 때 나를 따라 그 먼길을 나선 게지. 부산으로 면회 오고 싶어하던데, 어진이가 사람을 못 알아본다니 무슨 소용이 있겠느냐. 더욱 면회는 한 사람밖에 안 되고. 어진이 먹는 약이 떨어질 두 달 후면 자기가 다시 표충사를 다녀오겠다더라."

"마님, 정심네가 어떤 여잡니까?" 홍이엄마가 끼어들었다.

"한마디로 여장부라. 몸이 크고, 성질도 꿋꿋하고. 모녀가 서방님이 주재소 유치장에 계실 때 사식 나르며 도와줬어."

조씨는 선화에게, 내일 아침 윗집으로 오라는 말을 남기고 자리에서 일어섰다.

이튿날 아침, 조씨는 선화와 분이를 데리고 집을 나섰다. 동대신정으로 넘어가는 보수산 고개턱을 오를 때 말을 탄 일본 병정들이 말발굽 소리 요란하게 흙먼지를 일으키며 그들을 스쳐갔다. 부산감옥 옆 병영의 일본군 수비대 기마병들이었다. 조씨는 기마대를 보며 뛰는 가슴을 눌렀다. 그네는 오래전부터 심장이 약해 가슴 뛰는 병을 앓고 있었다.

"선화야, 잠시 쉬었다 가자. 숨이 차구나."

조씨가 길가에 쪼그리고 앉았다. 누구 시신을 태우는지 아미산 화장터에서 아침부터 연기가 피어올랐다. 조씨는 갑자기, 어쩌면 자신이 서방 먼저 죽을는지 모른다는 생각이 들었다. 두 어린것 제 짝 맺어줄 때까지는 살아야 하는데 조금만 놀라도 가슴이 미어질 듯 아프니 오래 살 것 같지 않았다. 두 자식도 그렇지만, 자기 죽으면 물가에 내놓은 아이 같은 서방은 누가 보살펴줄까 싶었다. 일본과 대적하여 싸우기가 범과 맞서겠다고 나선 토끼와 다를 바 없을진대 이를 서방이 모를 리 없건만 물 무서운 줄 모르고 바다로 뛰어드는 철부지와 다를 바 없었다.

부산감옥에 도착하자 조씨는 서방과 주율 앞으로 영치금과 여름 속옷을 맡겼다. 면회는 역시 오래 기다린 끝에 오후에 들어서야 이루어졌다. 이번은 수인번호 236번 석어진이가 먼저 불려, 선화가 조씨에 앞서 면회장으로 들어갔다. 선화는 지난번처럼 오빠가 또 자기를 알아보지 못할까봐 마음을 졸였다.

"낭자가 오늘은 안심해도 되겠어. 이삼육번이 알아볼 테니깐." 지난번 입회 간수가 말했다.

"선화 왔구나." 주율이 먼저 말했다. 그리운 목소리를 듣자 선화가 말을 못했다. "달라졌어. 네가 선화라니……"

"몸은 어때요? 환약은 식후에 다섯 알씩 잡숫지요?"

"……"

"지금도 독방에서 지냅니까?" 오빠가 말이 없자 선화는 애가 탔다. 그녀는 청각을 곤두세워 저쪽에서 건너오는 어떤 기미를 잡으려 애썼다.

"들어와보니 여기도 선방(禪房)이 있더구나."

"선방이라니요? 하루 종일 선 하세요?" 이런 말보다 더 요긴한 말이 있는데 선화는 오빠에게 말을 시키고 싶어 급히 물었다.

"항마(降魔, 온갖 욕망을 단절하여 악행을 굴복시킴)라 할까…… 나를 죽이고 또 죽여. 나는 벌레요, 티끌이라. 늙은 황소요, 미물이라……"

선화 귀에는 오빠 목소리의 울림이 낮았으나 스스로를 매질하는 하소연같이 들렸다. 그녀는 자기 학대로 고행 중인 오빠가 가여웠다. 스승님은 오빠를 두고 역을 풀이하며 이를 습감(習坎)이라 했다. 난괘(難卦)가 겹쳤으니 난이 지난 뒤에 또 난이 닥친 꼴이었다. 그러니 그 괴로움이 어떠하리오. 그러나 역은, 두려워하지 않고 쓰러지지 않고, 그 속에 몸을 던져 이겨낸다면 승(升)하리라 했다. 그렇게 솟아오를 날이 언제일까. 까마득한 기다림이 자신의 운명과 같아 선화는 그날이 올 때까지 오빠를 보살피리라 다짐했다. 마사하는 소경이 갇힌 자를 보살핌이 고작 면회밖에 더 있으련만. 그녀는 애오라지 정성으로 오빠 후견자가 되겠다고 옥마음을 먹었다. 그런데, 주율의 다음 말이 그녀 결심을 산산이 흩뜨렸다.

"선화야, 다음부터 면회 오지 마. 누가 면회를 신청해도 다음부터 여기로 나오지 않겠어. 나는 이제 주율도 아니요, 어진이도 아니요, 이삼육번이라. 나는 한갓 무명(無名)이니 그냥 내버려둬." 주율이 천천히 몸을 돌렸다.

아직 시간이 남았음에도 오빠가 등을 돌렸음을 선화는 직감했다.

"오빠, 제 말 들어봐요!" 선화가 외쳤으나 대답이 없었다.

"괴짜야. 저런 중이 어찌 국사범 대죄를 지었을까." 간수가 중얼거리곤 선화를 보았다. "낭자, 면회 끝났어. 이삼육번 하던 말 들었지? 차입 넣어줘도 소용없고, 면회 올 생각도 말아. 차입을 거절할뿐더러, 면회를 신청해도 안 나올 테니간. 저렇게 머리가 돌아버리면 그냥 두는 게 상책이야. 가는 세월이 명약이지. 네댓 달 뒤에나 면회신청을 해봐. 독방 신세 면했을 그땐, 어떻게 마음이 돌아설는지 알 수 없잖아."

선화가 지팡이 짚고 돌아서서 걷자 다음 차례 면회를 알리는 수인번호 부르는 소리가 들렸다. 232번, 백상충 수인 번호가 그때야 불려졌다.

선화는 조씨 면회가 끝날 동안 분이와 함께 대기실 밖 버드나무 그늘에서 기다렸다. 한참 뒤, 서방 면회를 끝낸 조씨가 밝은 얼굴로 나왔다.

"지난번보다 기력을 많이 회복하셨더라. 집안 소식이며 형세 공부도 물으시고. 구속영장이 떨어진 지도 날수가 많이 흘렀잖니? 이태 반, 그리 긴 세월이 아니니 수양하는 셈친다고 말씀하셨어. 책이라도 차입되면 좋으련만 독방을 면할 동안 규칙이 그렇다니 안타깝구나. 아침 운동시간에는 먼발치로 어진이를 보기도 하는 모양이라. 어진이 건강이 좋아져 보여 한결 마음이 놓인다는 말씀도 하시고." 말이 없는 선화 얼굴에 수심이 서렸음을 보자 조씨가 물었다. "어진이가 이번에도 너를 알아보지 못하던?"

"알아봤습니다."

"환약 먹고 효험을 본 게로구나. 별말은 없고?"

"약을 잡숫지 않은 것 같아요."

"왜?"

"자신을 벌레나 티끌로 여기니 어디 그런 환약인들 먹겠습니까. 자신을 죽이고 또 죽인다고 말하던데, 스스로를 학대하며 나날을 보내고 있어요. 앞으로 누구든 면회조차 오지 말랍디다."

"어진이가 무슨 억하심정으로 그런 말까지 했을까. 재판도 끝난 마당에 스스로를 책하다 병이 심해지면 어쩌려고. 너는 이번 면회에서 근심을 안고 돌아섰겠구나."

"저도 면회를 그만 가야 할까봐요. 제 생각인데…… 주율이란 법명까지 부정하는 걸 보면 감옥서에서 나오더라도 절로 돌아갈는지 모르겠어요."

"형세아버지 말씀으로는 국사범 중에 삼 년 미만 기결수는 행형 성적에 따라 일 년을 못 채워도 독방 면제를 받는다더라. 서방님과 어진이도 다른 죄수들과 어울리면 덜 외로울 게다. 불경이나 야소교 책도 읽을 수 있고." 조씨가 가슴에 손을 얹고 나직이 한숨을 쉬었다. "말이 그렇지 깜깜한 좁은 감방에 혼자 허구한 날을 보낸다고 생각해봐라. 나는 그 생각만 하면 자다가도 일어나 앉는다. 내가 무슨 낯짝으로 좋은 이부자리에 다리 뻗고 잠을 자나……
그 말을 하니 또 가슴이 뛰는구나. 분아, 내 팔 좀 잡아주렴." 조씨
가 걸음을 멈추었다. 면회 마치고 나올 때만도 발갛게 상기되었던
그네 얼굴이 어느새 하얘졌다.

"마님, 묵혀둘 병이 아닌 듯합니다." 선화가 말했다.

"이 가슴앓이 병에는 명약도 소용없단다. 내 원래 피가 모자라
빈혈이 있고 심장이 약했는데, 서방님이 자주 그 지경을 당하다
보니…… 걱정 없이 잘 먹고 쉬라지만, 내 마음이 어디 그렇게 한
가한 처진가."

"마님, 인력거를 타시지요?" 분이가 말했다.

"안 탄다. 서방님이 독방살이를 하는데 내 발로 마음대로 걷는
것만도 복이 과분타" 하더니, 조씨가 선화를 보았다. "네 언니와
형부는 무사하다고 귀띔이라도 했냐?"

"말을 못 전했습니다. 다른 일에는 관심이 없었습니다."

율포댁은 아들을 업고 밀양집을 떠나 청도 땅 어름 숯막에서 서
방과 조우한 뒤, 그길로 함께 북지 간도 땅으로 줄행랑을 놓았던
것이다. 그 소식이 인편을 통해 언양집에 전해진 지가 지난달이어
서, 조씨가 시댁을 다녀오며 알아왔던 것이다.

*

이틀 뒤, 점심밥을 먹고 나자 홍이엄마는 복례에게 온천 갈 준비
를 하라고 일렀다. 복례가 좋아라며 허드레옷을 벗고 나들이옷으로

갈아입었다. 마님이 화장할 동안 그녀는 대야에 목욕에 필요한 용품을 담아 보자기에 싸놓고 마루에 앉아 기다렸다. 홍이엄마는 트레머리에 곱게 화장하곤 매화 무늬 놓인 남색 나카기를 입고 나섰다.

"마님, 어여쁘기도 하셔라. 그렇게 입고 나서면 모두 일본 여자로 알겠어요." 복례가 호들갑을 떨었다.

"주둥아리 나불대는 꼴이라니. 넌 오늘 따라나서지 마. 밖에서 기다리게 했더니 잡놈과 어울리는 꼴 못 봐주겠어. 애들 놀다 오면 목욕이나 말끔히 씻겨놔." 홍이엄마가 대야 싼 보퉁이를 복례로부터 빼앗다시피 챙겨 들며 말했다.

홍이엄마가 양산 펴들고 한길로 나서자, 걸상에 앉아 신문을 보던 김기조가 얼른 일어나, 오늘은 누이를 데리고 가지 않느냐고 물었다.

"혼자 가기로 했다. 너도 네 누이 단속이나 잘해. 바람이 잔뜩 들어 온천장 잡놈들과 히히덕대니 무슨 일을 저지를지 모르겠더라."

김기조가 보퉁이 끼고 해관청 쪽으로 나실나실 걷는 지배인마님의 뒷모습을 바라보았다. 누이가 바람이 들었다기보다, 그는 이상한 예감으로 고개를 갸우뚱했다. 지배인 아저씨가 출장 중에 왜 옷까지 입고 혼자 온천장으로 간다는 마님이 수상쩍었다. 그는 평소에도 지배인마님의 색탐기를 읽어, 피부병에 온천물이 좋다며 자기가 모시겠다고 은근짜를 부리기도 했다. 마님께서 내 연장 맛을 보면 찰거머리가 될걸. 그는 자신의 출중한 양물과 음행질만은 자신하고 있었다.

김기조는 지배인마님을 미행하기로 작정했다. 그는 먼발치로 그네 뒤를 따랐다. 외간 남자와 수작질하는 현장을 잡으면 협박할 구실을 얻게 되고, 만약 마님이 혼자 온천을 하게 되면 그때야말로 간살을 부려볼 기회를 얻게 될 터였다.

기차는 화차칸 뒤 객석용이 두 칸이었다. 그네가 귀빈용 객차에 오르자 김기조는 일반용 앞칸에 탔다. 일반용 기차칸은 좌석이 차버려 기조는 서서 가게 되었다. 그는 막대기둥을 잡고 스쳐가는 초량 청관(淸館) 거리를 내다보며 여러 궁리를 짜내었다. 누이 말에 따르면 마님이 처음 마사를 시킬 때 이상한 곳을 자꾸 만져달라 해서 부끄러웠으나 그 짓거리에 익숙해지자 이제 아무렇지도 않다고 말했다. 그러고 보면 마님이야말로 한 서방만으로는 육허기를 달랠 줄 모르는 음녀임에 분명했고, 성내 온천장에 눈맞추어둔 사내가 따로 있을지 몰랐다. 누이가 그런 낌새까지 보고하지 않은 걸 보면 샛서방이 없는지도 몰랐다. 그러나 온천 바닥에 널린 얼굴 반반한 손대기(사환)라도 불러들여 황음을 즐길 수 있었다. 만약 이도 저도 아니라면 자신이 정면에서 나서보기로 했다. 마님이 혼자 출타하시기에 온천장이 원래 왈패가 많은 데라 제가 호위꾼으로 따라왔노라고 말할 작정이었다. 그리고 대뜸, 자기 양물과 방사술은 언양 바닥에서 소문났다고 말하기로 마음먹었다. 음녀의 본색을 충동질하는 데는 돌려 말하기보다 대놓고 말해버림이 효과가 있음을 그는 알고 있었다. 만약 거절당하면 뱃심 있게 돌진해보기로 했다. 설령 퇴짜를 맞는다 한들 자신이 밑질 게 없었다.

기차가 성내에 도착하자, 김기조는 몸을 돌려 서 있다 마지막으로 승강대를 밟았다. 그는 먼발치로 지배인마님을 뒤따랐다. 그네가 역 마당에 널린 인력거를 타자, 그는 당황했다. 인력거를 타본 적도, 타고 갈 돈도 없어 뒤따라 걸었다. 그네를 태운 인력거꾼이 뛰자, 그도 뛰었다.

온천거리에 도착한 홍이엄마는 인력거에서 내려 명정여관으로 들어갔다. 여관 욕조에도 온천물이 나오겠지만 기조는 그 점이 괴이쩍었다. 누이 말로는 마님이 늘 봉천관 독탕을 이용한다 했기에, 틀림없이 샛서방과 약속이 있겠거니 싶었다. 그는 마님이 여관을 나설 때까지 망을 보며 기다리기로 했다. 따라 들어가기에는 만용이요 아직 그럴 차례가 아니었다. 그는 지배인마님이 목욕을 마칠 동안 명정여관 주위를 돌아다녔다. 온천 온 일본 여자들은 양산을 썼으나 나이 든 조선 여자들은 얼굴 가리는 삿갓을 쓰고 있었다. 그는 일없이 한 시간 남짓 명정여관 주위를 맴돌았다.

홍이엄마가 명정여관에서 나오기는 들어간 지 두 시간 가까워서였다. 그네는 여관을 나서자 복숭아 같은 얼굴로 사방을 살피며 인력거를 찾았다. 상점 뒤에 몸을 숨긴 기조는 자기가 나설 적기라 판단했다. 아주 공손히 마님을 대하기로 하곤 성큼 뙤약볕으로 나섰다. 그러나 그는 발을 묶고 말았다. 뜻밖에도 명정여관을 막 나서는 흥복상사 사장이요 길안여관 주인인 조익겸 어른을 본 것이다. 여름용 중절모 쓰고 흰 양복 입은 조익겸이 여관을 나서자 홍이엄마를 못 본 체, 다른 쪽으로 방향을 잡았다. 그는 어르신 역시 일행 없이 혼자 온천장에 왔음을 알았다. 어떻게 할까, 그는 잠시 망설였다. 봉이 걸려도 너무 큰 봉이라 함부로 나섰다간 부산 바닥에서 살아남기 힘들지 모른다는 생각이 들었다. 주인어르신이 부두거리 주먹패를 동원해 입막음 삼아 타작매를 놓게 한다면 꼼짝없이 당할 수밖에 없었다. 그도 주먹패 몇과는 안면 트고 있었지만, 부두거리 주먹패는 대체로 아이구치(장도칼)까지 지니고 다니며 칼침 놓는 작패까지 서슴지 않았다. 기조는 마님의 부정한 행실을 잡은 이상 때를 기다리며 새 묘책을 강구함이 도리라 여겼다. 알고 보면 세상일이란 묘하다 아니할 수 없었다. 지배인마님이 주인어르신과 정분 트고 지내다니. 그래서 마님이 그렇게 당당한 세도를 부리는가 하는 생각이 들었다.

홍이엄마는 인력거에 오르자, 아직도 몸속에 잔여분으로 남은 쾌락을 음미하느라 등받이에 윗몸을 눕히고 눈을 감았다. 처음은 습진도 있고 해서 부끄럼을 타는 척 수동적으로 몸을 내주었으나 이번은 영감쟁이를 아주 녹초로 만들겠다는 듯 거리낌없이 몸을 받다 보니, 그 농탕질을 되떠올려 보는 상상만으로도 뺨이 뜨거워왔다. "너야말로 명기(名器)를 가졌구나. 등잔 밑이 어둡다고, 내가 명기를 코앞에 두고 먼 데로만 찾아다녔어. 우서방이 너를 끔찍이 위해주는 게 다 이유가 있음을 알겠다. 내 너를 만나 농와지경하다 신명에 탈이라도 있을까봐 겁이 난다." 한차례 일을 치르고 나자 주인어르신이 하던 말이 그네 귀에 삼삼하게 울렸다.

홍이엄마는 기차로 갈아타기도 귀찮아져 인력거꾼에게 초량까지 곧장 가도록 영을 내렸다. 그리고 대단한 결심을 했다. 내 반드시 조씨 가문 씨를 보고 말리라. 씨종을 빌미로 여관 하나는 그 자식 앞으로 돌리리라. 아니, 영감이 죽기 전 새로 짓는 요릿집을 내 것으로 만들리라.

고집(苦集)

부산감옥 북5동 3호 감방은 세 평 크기였고, 수인은 다섯이었다. 5년형 언도를 받아 2년여 복역 중인 3호 고참은 58이었다. 그는 동척분소(東拓分所) 일본인 농감 집에 불을 질러 가족 하나를 소사케 한 방화살인범이었다. 151은 부모 묘를 화장해 공동묘지로 이장하라는 명령을 어기고 면사무소 기물을 부순 공무집행방해죄와 폭력행사죄로 1년 6월형을 받은 자였다. 나이 중씰한 72는 물꼬 싸움 폭행죄로 역시 1년 6월형을 받았다. 그는 151과 함께 옴병을 앓고 있었다. 47은 상습 강간범으로 2년 6월형을 받은 젊은이였다. 나머지 수인은 236으로, 그는 아직 하루 한두 차례, 한 시간 정도 정신이 나가버리는 실성증 치매를 앓고 있는 주율이었다.

새벽 다섯시면 패통 치는 소리와 함께 기상 호령이 떨어졌다. 천장에 달린 10촉 알전구에 불이 들어오면 3호실 다섯은 침구를 갠 뒤 시찰구를 향해 일렬로 정좌했다. 간수의 인원 점검과 이상

유무 확인이 있고 나면 여섯시 출방이었다. 잠자는 시간을 빼곤 수인들에게 기쁜 한때였다. 간수 호루라기 소리에 감방문이 열리면 수인은 모두 일렬로 늘어서서 복도로 나갔다. 오물통은 236이, 빈 물통은 47이 들고 나섰다. 출방 시에는 누구에게 눈짓만 해도 벌점을 받기에 모두 몸을 사렸다.

바깥은 어둑새벽이 막 물러가는 참이라 동녘 하늘이 희부옇게 트여왔다. 네 군데 망루가 있는 사방은 담이 높게 쳐졌고 운동장에는 서리가 뽀얗게 내렸다. 북동 수인들이 운동장으로 꾸역꾸역 몰려나오고 있었다.

호별(戶別)로 수인들이 정렬하면, 국민의례가 있었다. 일장기에 대한 경례, 신사(神社) 있는 쪽으로 목례, 감방 수칙 복창 따위에 이어, 교정국장 훈시가 있었다. 국장은 옴병을 두고 수인의 청결을 강조했다. 지난여름, 6동에서 번지기 시작한 옴이 기승을 부려 온몸에 진물을 흘리며 고생하는 수인이 많았다. 정도가 심한 환자는 병감(病監)에 이송되어 치료를 받았으나, 그동안 북동만도 옴 사망자가 셋이었다. 교정국장은, 2동은 오늘 침구 일광욕과 옷 세탁이 있다고 말했다. 2동 수인은 바깥에서 낮 한 시간을 보낼 좋은 날을 맞은 셈이었다. 국장 훈시가 끝나자, 수인들이 담벼락을 따라 열 바퀴 보행하는 운동시간이 주어졌다. 하루 한 차례 밟는 땅이라 그들은 팔다리 관절을 열심히 놀리며 걸었다.

236은 김옥의 제반 규칙을 준수했기에 운동시간에도 타인과 눈을 맞추지 않았다. 그래서 부산감옥에 수감된 여섯 달 동안 스승을 한 번밖에 본 적 없었다. 그는 변기통을 비우려 오물장으로 가다 소각장 앞에서 스승을 만났다. "어진이로군. 별고 없느냐?" 백상충이 스쳐가며 물었다. 마른 얼굴이 더욱 깡말라 주율은 스승을 금방 못 알아봤으나, 백상충이 그를 먼저 알아봤다. 주율은 목례만 하고 스쳐갔다.

운동시간이 끝나면 입방이었다. 변기통과 물통을 가져갈 자는 따로 모였다 조금 늦게 입방했다.

감옥은 엄동 절기 넘기기가 가장 힘들었다. 작업반에 뽑혀 노역이라도 하면 추위를 견디기 쉬우련만, 감방 안에 부동자세로 앉아 하루를 배겨내려면 온몸이 한데에 내놓은 독같이 꼬당꼬당 얼었는데, 그중 발가락 동통이 참기 힘들었다. 동상 앓는 수인은 발가락부터 썩어 그 부위를 잘라내는 자도 있었다.

사식 차입과 면회를 일절 거절한 채, 좁쌀알이 더러 박힌 누런 깻묵덩이에 콩 섞인 조악한 세끼 식사 중 점심끼니를 동료에게 양보하고 굶던 236이 감기에 걸리기가 양력 정월에 들어서였다. 처음은 기침이 나고 콧물이 흐르는 정도여서 대수롭지 않게 여겼으나 사흘이 지나자 몸이 불덩이처럼 달았다. 수인들이 간수에게 알려, 병감으로 옮겨야 한다고 말했다. 곧 나을 몸살 감기니 그럴 필요가 없다고 236이 사양했다. 몸살이 덧나선지, 실성증 치매가 악화된 탓인지, 나흘째부터 236은 하루 내 사람을 알아보지 못했다. 붉은 반점이 돋은 얼굴로 수족을 떨며 밤새 헛소리를 질러대더니 날이 밝아도 증세가 멎지 않았다.

시찰구 관찰을 통해 간수는 236이 병자란 사실을 알고 있었으나 그대로 방치했다. 수인들 새벽 출방 때야 그를 들것으로 병감에 옮겼다. 그러나 옥의(獄醫) 이케다 원장이 도착하기 전이라 236을 병감 의무실에 서너 시간 동안 버려두자, 그는 고열로 신음하다 탈진해 실신하고 말았다.

"이런 중환자를 이제야 데려오다니⋯⋯" 열시쯤 병감 진료실에 도착한 이케다가 236을 진찰하며 말했다.

의식을 잃은 236은 중태였으나 병감 약품은 상비약 정도였다. 병감은 치료보다 격리와 정양에 목적을 둬 일반감옥보다 주거 환경이 조금 낫고 하루 두 끼 사식 차입이 가능한 정도의 특혜밖에 없었다. 이케다는 236에게 해열제를 먹이곤 간병부를 불러 환자를 입원실로 옮기게 했다. 입원실은 난로가 있어 실내가 훈훈했고 나무침상이지만 깔개와 덮개가 쓸 만했다. 이케다는 의무실을 떠나며, 236을 특별 간병해야 한다고 간병부에게 말했다.

입원실 간병부들은 행형 성적이 좋은 출감 앞둔 수인이어서, 236은 수건찜질을 받을 수 있었다. 그러나 기력이 떨어진 상태에 열이 내리지 않아 그는 쉬 깨어나지 않았다.

오후에 들어, 오늘 또 송장 하나 치워야 되겠구먼 하고 간병부가 투덜거릴 때야 236번은 실눈을 뜨고 물부터 찾았다. 저녁에 들자 236은 미음 한 공기를 먹었고, 열도 떨어졌다.

236은 병감 입원실에서 일주일을 보냈다. 차츰 체온이 정상을 되찾고 심했던 몸살기도 수그러들었으나 극도의 영양실조로 보행조차 불가능해 당장 감옥으로의 복귀가 무리였다. 이케다는 그를 병감으로 보냈다.

236이 병감 13호로 옮겨간 날은 마침 병감 수인들 목욕날이었다.

감옥 당국은 전염병을 염려한 탓인지 수인들에게 보름에 한 번씩 단체 목욕을 시켰다. 수인들은 발가벗고 한 줄로 늘어서서 긴 복도를 따라 목욕탕으로 갔다. 환자 수인 중 236이 유독 눈에 띄었던지 간수가 그를 따로 부르더니, 따라오라고 했다. 수건으로 샅을 가린 236이 간수를 따라가자, 체중계 앞에 그를 세웠다. 올라서 보라는 간수 말이 떨어졌지만, 236은 발판이 있고 긴 목 위에 눈금 달린 원판이 붙은 기계가 체중계인 줄 알지 못했다. 평소 자기 몸무게를 몰랐으나 체중계 바늘이 38킬로그램에 머물렀다.

"그러면 그렇지. 자네처럼 마른 북어는 근래 처음이다. 그 몸으로 살아 있는 게 용하군." 간수가 혀를 찼다.

236이 자기 몸을 내려다보았다. 비듬이 말라붙은 종아리는 뼈에 가죽을 싼 듯 살점이 없었고, 정강이뼈는 가죽을 찢고 튀어나올 듯했다. 허리는 한줌 되게 가늘었고, 갈비뼈가 돌기진 위로 심줄이 돋아 있었다.

"형기가 얼마 남았는가?"

"일 년 정돕니다."

"섭생에 힘써. 이런 몸으론 몇 달을 버틸 수 없어."

"무슨 병이오?" 236 뒤에서 기침을 하던 늙은이가 물었다.

"열병이었나 봅니다."

"열병은 폐병처럼 살과 피를 말리지. 난 각혈이 심해 동절을 못 넘길 것 같소. 토막촌(土幕村) 움집에서 굶는 처자식을 보다 못해 도둑질한 게 이 꼴이 됐지."

"토막촌이라니요?"

202

"부산 바닥에는 땅속에 굴을 파서 사는 거지 가족이 많소. 두더쥐 같은 짐승들이지. 여기 들어온 사이 처자식은 굶어 죽은 모양이오. 면회조차 안 오는 걸 보니."

236은 입을 다물었다. 수인들 말을 들으면 하나같이 피맺힌 사연을 지녔고, 누구나 고통의 수렁에서 헤매고 있었다. 세상은, 특히 감옥은 연옥과 다름없었다.

감옥 목욕은 둥근 욕조 주위에 수인들이 빼곡이 둘러앉아 욕조 물을 나무통으로 퍼내 몸을 씻는 방식이었다. 간수가 지켰기에 누구도 욕조 안에 들어갈 수 없었다. 삼동 한철만은 데운 물로 목욕했는데, 목욕 시간은 5분이었다. 때를 불릴 겨를 없이 소독약 냄새 물씬 풍기는 물을 나무통으로 퍼내어 몇 차례 끼얹다 보면 간수가 호루라기를 불었다.

236이 젖은 몸을 대충 닦고, 줄지어 복도를 걸을 때였다.

"어진이 맞지?" 236이 고개를 돌리니 알몸들 사이에 묻힌 스승이었다. "어디가 안 좋아 병감에 왔어?"

"다 나았습니다. 스승님은 어떠신지요?" 236이 등 떠밀려 걸으며 물었다.

"나는 괜찮다. 병감 몇 혼가?"

"십삼홉니다. 그럼 안녕히……"

서로 엇갈려 걷기에 말을 더 나눌 수 없었다.

"건강 조심해. 살아서 세상에 나가야 해!"

멀어지는 236 자태를 보며 백상충이 외쳤다. 그는 장인이 감옥 소측에 손을 써 크게 아픈 데 없었으나 병감에서 조금 나은 옥살이를 하고 있었다.

병감 13호에는 여섯 명 수인이 있었다. 낮 동안만도 변기를 스무 번 넘게 타고 앉는 설사병 환자, 얼굴과 손발이 부은 신장병 환자, 3도 동상에 걸린 환자, 피를 토하는 폐병 환자, 만성 소화장애로 헛구역질을 멈추지 않는 위장병 환자, 종일 뜀뛰기를 하며 물을 마시는 방광결석 환자, 이렇게 여섯이었다. 죄목도 갖가지라 살인, 절도, 사기, 폭행이 섞였으나 갓 들어온 236처럼 치안유지법 위반의 보안사범은 없었다.

그날, 저녁식사 때 콩밥이 나왔으나 236 몫이 없었다.

"병감 신참이라 굶기는군." 젊은 설사병 환자가 말했다.

236은 그릇에 얼굴을 박고 허겁스레 밥을 먹는 수인들을 보고 있었다. 236이야 굶든 말든 그들은 관심이 없었다. 악식조차 달게 먹는 모습이 236에게는, 싹을 뭉개어 밟아도 이튿날이면 허리 세우는 들풀 같아 보였다. 누구는 아귀 꼴이 저렇다지만 그에게는 세상 밑바닥에서 신음하는 중생의 생명력이 얼마나 강하냐 싶었다.

먼저 숟가락을 놓기는 폐병 환자였다. 그가 236에게, 우리만 먼저 먹어 안됐다며 뒤늦게 한마디 했다.

"아닙니다. 여러분 자시는 모습만 봐도 배부릅니다."

"허튼소리 작작해. 안 먹고 어찌 배가 불러. 젊은 놈이 어른 놀리면 못써." 나이 쉰 줄에 접어든 신장병 환자가 말했다.

발소리가 들리더니 저녁밥을 날랐던 간병부가 시찰구에 눈을 들이밀고, 여기 중질하던 환자 있냐고 물었다. 236이 자기라고 말하자, 감방문이 열리고 간병부가 밥그릇과 국그릇을 날랐다. 육탕

한 그릇에 쌀밥이었다.

"임자 몫이오." 간병부가 말했다.

"전 사식을 주문하지 않았습니다."

"십호실 이삼이가 보내온 거요."

백상충이었다. 목욕탕 복도에서 그가 주율의 처참한 몸을 보곤 자기 사식을 대신 보내온 것이다. 감방 안 여섯의 퀭한 눈이 한순간에 236 앞에 놓인 그릇에 쏠렸다. 그중 셋은 무릎걸음으로 다가와 밥과 국을 들여다보기까지 했다.

"기름이 동동 뜨누만." "밖에서도 먹기 힘든 이팝이야." "신참은 복도 많군." 환자 수인들이 한마디씩 했다.

간병부가 나갔으나 236은 밥그릇에 꽂힌 숟가락을 들 수 없었다. 열두 개 눈이 덮칠 듯 사식을 쏘아보고 있었다.

"생일상 받아놓고 뭘 해." 폐병 환자가 재촉했다. "먹고 나서 맛이 어떤지 말해줘." 설사병 환자가 말했다. "빈 뱃구레에 육탕이 기별하면 설사깨나 하겠군." 위장병 환자가 말했다.

236은 열병을 앓고 난 뒤 식욕이 살아나 수인들이 식사할 때 배가 무척 고프던 참이라 숟가락을 들었다. 수인들이 236 일거수일투족을 주시했다. 236은 따가운 눈총을 견디다 못해 숟가락을 놓고 말았다.

"어른들이 보고 계시니 혼자 먹을 수 없군요. 여섯 분이 맛이나 보시고…… 제 몫을 조금만 남겨주십시오." 236이 돌아앉아 벽을 향해 눈을 감았다. 감옥 생활을 시작하고부터 그는 좌선을 해도 경은 외지 않았고 신청하면 반입되는 불경집도 읽지 않았다. 그는 감옥에 있을 동안만은 스스로 파계해 환속해버렸던 것이다. 경후처럼 죽지 못하고 살아 계율을 외거나 책을 들춘다 함은 파렴치한 행위요, 석존의 가르침에 모독이라 결론 내렸다.

수인 여섯은 국과 밥을 두고 의견이 분분했다. 어떤 방법으로 나누어 먹고, 236 몫을 얼마만큼 남기느냐에 따른 배분 문제였다. 일곱 해째 옥살이하는 선임 동상 환자 의견을 좇아 한 사람이 밥 한 숟가락, 국 두 숟가락씩 먹기로 했다. 차례는 감옥 생활 연치로 정해졌다.

"그건 공평치 못하오. 밥은 문제가 없겠으나 국은 먼저 떠먹는 사람이 건더기를 다 건어 먹어버릴 게 아니오. 나 같은 졸자는 국물 두 숟가락만 먹게 되고. 그러니 첫 숟가락은 건더기 하나씩, 두 번째 숟가락은 국물만 떠먹도록 합시다." 설사병 환자가 의견을 냈다.

그 말도 일리 있어 수인 몇이 찬성했다. 그렇게 티격태격할 동안 정작 사식 주인인 236에는 관심이 없었다. 여섯은 서로 감시자가 되어 자기네가 정한 규칙을 지켜, 사식을 나누어 먹었다. 결과적으로 236 몫으로 남게 된 분량은 바닥만 적신 멀국과 밥 한 숟가락 분량이었다.

"우리가 너무했나 보군. 신참, 들지." 동상 환자가 미안쩍어했다. "한 사람이라도 제대로 먹게 해줄걸, 공연히 입만 버렸어." 위장병 환자가 투덜거렸다. "인간도 말씀이야, 먹은 음식을 소처럼 게워내어 씹는다면 얼마나 좋을까." 설사병 환자가 입맛을 다셨다. "정말 미안하우. 우리가 고깃국과 쌀밥에 환장해, 형씨 보기에 짐

승만도 못한 인간이 됐구려." 결석 환자가 말했다. 그는 유식자로
죄목은 공문서 위조였다.

236은 수인들의 주목을 피해 돌아앉았다. 밥을 국물에 적셔 떠
먹으니, 스승이 보내준 고마움으로 목이 메었다. 입속 밥이 죽으
로 묽어질 때까지 씹자, 목욕탕 복도에서 본 스승이 떠올랐다. 사
대부 출신으로 학식 높은 그분도 감옥에서는 뭇 수인 중 하나였다.
스승님 당부처럼 살아 세상에 나가려면 온갖 수모를 견디며 건강
부터 돌보아야 하리라. 그는 개처럼 국그릇을 핥았다.

이튿날 아침, 간병부가 병감 13호에 들렀다. 그는 236에게, 사
흘에 한 끼씩 저녁 사식이 차입될 거라고 말했다. 10호에 있는 232
배려라는 말도 덧붙였다. 병감으로 오기 전이라면 마땅히 거절했
겠으나 그는 스승 뜻을 받아들이기로 마음을 고쳐먹었다.

"허허, 우리도 육탕 맛보게 됐구먼. 그런데 이삼이가 자네하고
어떤 사인가?" 위장병 환자가 물었다.

"제게 글을 가르쳐주신 스승님이십니다."

"정성이 놀랍군."

혈육도 아닌데 성의가 갸륵하다며 모두 감탄했다. 여섯 명은 누
구도 사식을 먹는 자가 없었다.

236이 병감 생활을 한 지 열흘째 되는 날이었다. 새벽 운동시
간에, 오늘 남1동, 2동과 병감에 면회가 있다는 간수부장 말이 있
었다. 그동안 선화가 두 번 면회를 다녀간 뒤, 가을이 저물기까지
236에게 면회 오는 자가 없었다. 그러다 입동 절기에 면회신청이
있었으나 그는 면회를 거절했다. 사물 차입과 사식까지 거절했다.

병감으로 오기 전에 또 한 번 면회신청이 있었으나 그는 면회실로 나가지 않았다.

"이십오, 구십이, 이삼육, 면회신청 접수되었소. 대기하도록." 간병부가 13호 시찰구를 통해 전달했다.

25와 92가 환호성을 질렀다. 25는 신장병 환자였고 92는 폐병 환자였다.

"저는 면회장에 나가지 않겠습니다." 236은 이번도 면회를 거절했다.

"이상한 중이군. 왜 면회를 안하겠다는 거야? 사물 차입 받아 속옷이나 갈아입지." 폐병 환자가 말했다. "광복운동자라 결기가 보통이 아니구려." 결석 환자가 말했다. "절집 출신답게 속세와 인연을 끊겠다는 말씀이군." 변기통을 타고 앉은 설사병 환자가 말했다.

면회자는 이발과 면도가 허락되었고 죄수복도 갈아입어야 했기에, 25와 92는 열시쯤에 불려 나갔다.

감방에 남은 자들이 점심 끼니를 기다리던 낮참이었다. 감방문 자물쇠 따는 소리가 들리고, 세 사람이 감방 안으로 들어왔다. 먼저 들어오는 자는 목욕 때 236에게 체중을 달게 했던 간수였고, 한 사람은 옥의 이케다 원장이었다. 나머지 한 사람은 털모자 쓰고 검정 외투 입은 몸집 큰 서양인이었다.

건강 어떠냐고 이케다가 정좌한 236에게 물었다. 지낼 만하다고 236이 대답했다. 이케다는, 석상은 타고난 명이 길다며 식사 잘하느냐고 물었다. 236이 잘한다고 대답했다.

중년 서양인은 장갑 낀 손에 가죽표지 책을 들고 236을 볼 뿐 말이 없었다. 나가자며, 간수가 이케다와 서양인에게 말했다. 설사병 환자와 위장병 환자가 이케다 앞으로 다가가 자신의 병 증세를 설명하며 약을 보내달라고 호소했다. 아직도 형기가 창창하게 남았는데 이렇게 아프니 병감에서 시체로 나가겠다며 설사병 환자가 질금거렸다. 위장병 환자는 간수에게, 이사 간 주소로 편지했는데 답신이 없다고 말했다. 그런 사연에는 만성이 된 듯 간수와 이케다는, 알았다고 건성으로 대답하곤 몸을 돌렸다. 콧날이 뾰족한 파란 눈의 서양인이, 자기는 잠시 남겠다고 간수에게 말했다. 서양인이 조선말을 하자 감방 안 수인들이 놀랐다.

"야소 압니까?" 서양인이 236에게 물었다.

"말을 들었습니다."

236은 행자 교육 시절 단편적이나마 야소와 마호매도(마호메트) 생애와 그들의 종교 사상에 관해 들은 바 있었다. 병감으로 오기 전 일반감방에 있을 때, 한 달에 두 번씩 감방 전도를 하던 젊은 호주인 선교사 설교를 듣기도 했다. 그 선교사는 236에게 서툰 조선말로, 당신이 죄를 회개하면 야소님 용서를 받아 천당(열반)에 갈 수 있다고 말했다. 그 말은 236 마음에 아무런 울림을 주지 못했다.

"당신, 글 읽습니까?"

"예."

"야소님 말씀 기록한 성경책 봤습니까?"

236은 선교사가 든 책을 보며 머리를 저었다.

"이삼육은 중이었어요. 산속에 절 있지요, 거기서 중질했으니 야소교와 상극이지요." 설사병 환자가 말했다.

"당신에게 성경책을 선물하고 싶습니다." 선교사가 236에게 말했다.

"그럴 필요는 없습니다."

236은 오랫동안 책을 읽지 않았고, 성경책이 아니라 다른 책도 읽을 마음이 없었다. 자신을 한갓 벌레로 치부해버린 마당에 책이란 당치 않은 사치였다. 그쯤에서 선교사가 일어날 줄 알았는데, 그가 다른 말을 꺼냈다.

"야소, 그분 옥에 갇힌 죄인입니다."

"죄인이라고요?" 호주 선교사는, 하느님의 아들로 지상에 오신 분이 야소라 말했는데, 이번 선교사는 말이 달랐다.

"야소는 아주 가난한 목수 아들로 헛간 탄생했습니다. 사람 지은 죄 모두 안고 세상에 왔습니다."

"그런 이력은 들었습니다. 사진도 보았고요."

"야소는 죽을 때까지 삼십삼 년 가진 것 없는, 거지였습니다. 아내 자식 없이 떠돌아다녔습니다. 가난한 자, 병든 자, 죄인 사랑했습니다. 권세 없는 자, 미천한 사람 사랑했습니다. 싸우고 시기하는 이 땅에, 서로 사랑하라 말씀 전했습니다. 사랑 전도한 죄로 십자가 못박혀 죽었습니다."

"다른 선교사는 야소를 하느님 아들이라 말하던데, 선생은 왜 죄인이라 말합니까?"

"야소는 하느님 자식으로 죽었다 다시 살아났다는 말을 들었어

210

요." 공문서 위조범인 결석 환자가 말했다.

"그 말 맞습니다. 사람이 지은 죄 다 감당하고 죽은 죄인입니다. 그분 다시 살아나 하늘 갔습니다." 선교사가 들고 있던 성경책을 가리키며 수인을 둘러보고 말했다. "이 책에 야소 말씀 기록되어 있습니다. 읽으면 그분 죄인이요 하느님 아들임을 알 수 있습니다. 왜 거지, 문둥병자 함께 밥 먹고 잠잤나 기록돼 있습니다."

"여기 조선글 읽는 자는 이삼육과 납니다. 성경책을 보내주면 읽어보리다." 결석 환자가 제안했다.

"좋습니다." 선교사가 결석 환자 손을 잡았다. "조선은 야소 믿은 죄로 많은 사람 사형당했습니다. 순교자 나라입니다. 나는 이 나라 백성 사랑합니다. 올해 구 년째 이 땅에 살며, 평생 이 땅에 살겠습니다. 내 이름은 엘릭 빈센트입니다. 엘릭 목사라 부릅니다. 나는 여러분 형제입니다. 나도 죄인입니다." 엘릭 목사가 웃었다. 그는 앞으로 자주 만나게 될 거란 말을 남기곤 13호를 떠났다.

엘릭이 간병부를 통해 얄팍한 성경책을 13호 병감에 보내온 것은 이튿날 오후였다. 『사복음서』로 마태, 마가, 누가, 요한이 야소 생애와 사역(使役)을 기록한 신약이었다.

결석 환자가 먼저 성경책 첫 장부터 읽기 시작했다.

"아바람의자손이시오 다위의자손이신 야소그리스도의족보라 아바람은이사악을낫코 이사악은야곱을낫코 야곱은유다와그형제 들을낫코 유다는타말의게셔파레와자랍을낫코…… 이거 뭐, 누가 누구를 낳고, 또 누가 누구를 낳았다는 말뿐이잖아. 이삼육, 보시 오. 댁이 읽어보고 내게 설명해봐. 설마 족보 얘기로 끝나진 않겠지." 결석 환자가 성경책을 236에게 넘겼다.

누런 종이에 인쇄한 성경을 받자 236은 문득 북지 백두천산하 화룡현 청파호 마을 엄생원 집에서 읽었던 대종교 경전『천부경』 생각이 났다. 그때 이교 경전을 읽으며 재앙이 내릴까봐 가슴 떨었 는데, 그런 두근거림은 없었으나 읽고 싶은 마음이 내키지 않았다.

"이 사람아, 스님보고 야소교 책 읽어달래서야 말이 되는가." 설사병 환자가 말했다. "야소란 자가 어떤 죄인인지, 왜 사형당했 는지 알아봅시다." 동상 환자가 말했다. "서양 코쟁이들이 야소를 섬기는 이유가 있을 거요. 왜 생판 다른 조선 사람에게 야소를 섬 기라는지, 연유인즉 알아봅시다." 위장병 환자가 부추겼다.

결석 환자는, 사서삼경 뗀 유가 출신이 양이 교리를 읽겠냐며 성경책을 던져버렸다.

"책 달랄 땐 언젠데, 변덕도 심하군. 유식쟁이는 변덕이 죽 끓듯 해서 탈이라니깐." 동상 환자가 말했다.

성경책은 누구도 읽지 않고 구석에 버려진 채 하루가 지났다. 236은 책을 읽지 않겠다고 결심했으나 구석에 놓인 그 책에 눈이 갈 때마다, 눈이라도 달린 듯 책이 자기를 보고 있었다. 수인들은 그 책이 거기에 있다는 사실을 잊어버렸다. 먹는 타령, 병 타령, 바깥세상 타령, 가족 타령만 주절거리며 추위에 떨었다.

『사복음서』를 읽을까 말까 하며 236이 하루를 보낼 동안, 그는 야소란 인물에 대해 생각하는 시간을 가졌고, 생각할수록 여러 의 문이 떠올랐다. 엘릭 목사 말처럼, 야소가 싸우지 말고 서로 사랑 하라고, 사랑을 외치다 사형당했다면 그것도 죄가 되며, 죄목은 무엇일까. 그는 정말 하느님 아들로 이 세상에 태어났을까. 석가가 가비라성(迦沸羅城) 성주 정반왕과 마야 왕비 아들로 태어났다는 말은 믿을 수 있어도 야소가 하느님 아들이란 말에는, 환웅이 무리 삼천을 거느리고 하늘에서 태백산 신단수(神壇樹)에 내려와 신시(神市)를 베풀었다는 설화와 같이 꾸며낸 전설이 아닐까 하는 의문부터 들었다. 야소는 살아생전 여러 이적을 베풀었다 했다. 앉은뱅이를 일으켜 세우고, 소경을 눈뜨게 하고, 문둥병자를 낫게 했다 한다. 하느님 아들이므로 그가 그런 엄청난 일을 해내었을까. 과학문명을 일으킨 서양사람은 그 기적을 사실로 믿을까. 그런 권능 있는 자가 왜 죄인으로 사형당했을까. 목사가 주고 간 『사복음서』는 그런 의문을 속시원하게 풀어주겠다는 듯, 감방 구석에서 236을 보고 있었다.

성경책이 감방에 넘겨진 지 나흘째 되는 날, 236은 기어이 책을 손에 들었다. 읽어보지 않곤 배겨낼 수 없게 온갖 의문이 떠올랐던 것이다. 『팔만대장경』의 무량한 부피가 아닌 얄팍한 한 권 책이 1천9백여 년을 거쳐올 동안 서양인의 정신적 지주가 되었고, 서학수난(西學受難)을 통해 조선에도 많은 순교자를 냈으니 읽을 값어치는 될 터였다.

236은 「마태복음」이란, 1장부터 읽어나갔다. 역시 누가 누구를 낳았다는 족보로 이어지다 18절에야, "그리스도의탄성하심은이러하니……"로, 야소 출생부터 본론이 시작되었다.

야소 어머니 마리아의 성령 수태, 야소 출생, 아기 야소 수난, 그리고 청소년기를 훌쩍 뛰어넘어, 야소가 요한에게 세례를 받는

과정, 야소의 40일 금식과 마귀 시험, 이어 야소가 전도 활동에 나
서는 4장까지 읽을 동안, 236은 이 책이 생각했던 만큼 대단하다
는 생각이 들지 않았다. 역사상 위대한 인물의 탄생과 성장에는
신비화 과정이 따르게 마련이었다. 그런데 5장 「산상수훈(山上垂
訓)」으로 들어서자, 236 마음에 뜨거운 불처럼 닿는 말이 있었다.
야소가 산에 올라 백성을 앞에 두고 훈계한 말은 감히 이 세상 사
람이 할 수 있는 말이 아니었다.

　마음으로가난한이는진복쟈로다 텬국이뎌의것임이오 션한이
는진복쟈로다 뎌들이짱을차지할것임이오 우는이는진복쟈로다
뎌들이위로함을밧을것임이오 의덕에주리고목말나하는이는진복
쟈로다 뎌들이배부을것임이오 애긍하는이는진복쟈로다 뎌들이
애긍함을밧을것임이오 마음이조촐한이는진복쟈로다 뎌들이하
느님을뵈올것임이오 화목하는이는진복쟈로다 뎌들이하느님의
아들이라닐커를것임이오 의를위하야곤난을밧는쟈는진복쟈로다
텬국이뎌의것임이오……

　야소의 훈계는 상식을 초월하고 있었다. 야소는 마음이 가난한
자, 착한 자, 우는 자, 의(義)와 덕(德)에 주리고 목말라하는 자,
불쌍한 자, 마음이 깨끗한 자, 의를 위하다 곤란을 받은 자는 모두
복을 받고 천국에 갈 수 있다고 외쳤다. 그는 세상의 높고 밝고 행
복한 데를 보지 않고 낮고 어둡고 누추한 데로 눈을 돌려, 그곳에
사는 백성의 곤핍한 마음에 희망을 주려 했다. 그런 말을 외치고

다녔으므로 그는 가진 자와 권력 있는 자의 미움을 받아 사형당했을까. 권능자들은 그런 야소에게 혹세무민(惑世誣民)한 죄를 씌울 수 있으리라 여겨졌다.

236은 작년 석탄일 때 표충사 대법전에서 사중(四衆)을 앞에 두고 방장승이 한 말씀이 생각났다. 중생이 이승의 고(苦)로 피눈물을 흘릴 때 부처님도 지옥에서 중생의 고통을 대신 받으며 우신다 했다. 교무승 자명은 방장승 봉축 법어를 학승들 앞에서 이렇게 풀이했다. 조선 백성이 지금 그러한 도탄에 헤매고 있으며, 부처님은 이 백성을 구하려 지옥에서 고통을 받고 계시다, 그러한 부처님을 바로 볼 때 무명에서 깨어나 마음의 눈을 뜨게 될 것인즉, 이는 곧 호국이라 했다. 두 말씀 사이에는 일맥상통하는 점이 있었다. 236은 성경을 계속 읽어나갔다. 예수는 인간이 지켜야 할 여러 계명을 훈계했다. 훈계는 불교 계명과 비슷했는데, 5장 39절에서부터, 그의 동공이 더 크게 열렸다.

나는너희게닐어노니악을대덕지말고 오직누가만일네올흔편쌤을치거든 또 다른쌤을더의게두루켜주며 쏘누가너와한가지로숑사하야네속옷을쌔앗고겨하거든 것옷짜지쌔아사가기를버려두며 쏘누구든지쳔보행하기로너를강박하거든 녀와한가지로쏘이쳔보를행하며 네게구하는쟈의게는주고 또네게셔쑤하기를원하는쟈를물니치지말지니라…… 나는너희게닐어노니 네원슈를사랑하며너를미워하는쟈들의게은혜를베플며 너를핍박하고망증하는쟈를위하야긔구하야……

236은 숨을 멈추었다. 야소 가르침이야말로 폭력 없는 공동선(共
同善)을 이루기 위해 인간이 갖추어야 할 품성을 베풂과 자기희생,
겸손과 낮춤으로 규정했다. 불교 경전에도 보시에 따른 닮은 내용
이 있으나, 야소 가르침은 단도직입이었다. 불경에는 불쌍한 자가
옷을 벗어달라면 주고, 원수를 원수로 대하지 않고 그를 용서하
면, 이가 곧 선의 행함이라 가르쳤다. 그러나 야소는 강도가 속옷
을 빼앗으려 하면 겉옷까지 벗어주고, 원수를 사랑하며, 핍박하는
자를 위해 기구하라 훈계했다. 동운사 조실승도 전도 여행을 떠나
는 푸라냐의 인욕을 두고 설법할 때, 이와 비슷한 내용이긴 했다.
그러나 푸라냐는 불타 수제자였기에 순교 각오가 서 있었지만, 중
생으로 하여금 그렇게 하라 가르치기는 야소였다. 종교심이 지극
한 자나 그런 항심을 가질 수 있을까, 범인의 감정으론 용납하
기 힘든 실천이었다. 불교식으로 따지면 선의 행함이 이쯤 되면
그 자비심이야말로 이미 부처님 마음속에 들어갔다고 봐야 할 것
이다.

236은 『사복음서』를 접었다. 일본인 취조관과 강형사가 나를 고
문할 때 나는 과연 그들을 위해 기구할 마음이 있었던가. 236은
머리를 흔들었다. 자기는 원수를 사랑할 만큼 너그럽지 못하다고
시인하지 않을 수 없었다. 성경을 더 읽기가 두려워 책을 마룻바
닥에 놓고 말았다.

"이삼육, 읽어볼 만하던가? 야소가 왜 죄인이며, 왜 사형당했
대?" 폐병 환자가 물었다.

"대단한 말씀이군요. 숨이 막힙니다. 야소 그분이 사형당하는

데까진 읽지 못했습니다만……"

"그래요?" 결석 환자가 반문하며 성경책을 집어들었다.

그때부터 결석 환자는 『사복음서』를 열심히 읽었다. 그는 읽다 "너희는세상의소곰이니 만일습거워지면엇더케다시짜게하겠느뇨" 하는 대목에는 "옳지" 하며 무릎을 쳤고, "네올흔편눈이만일너를 범죄케하거든 그눈을쌔혀네게셔멀리버리라"는 구절에는, 이럴 수 있냐며 놀랐다.

결석 환자는 이튿날 오전까지 걸려 뜻이 애매한 구절은 되풀이 읽거나 236에게 물어가며 『사복음서』 일독을 마쳤다.

"놀라운 서양 경서구려. 나로서는 감히 뭐라 말할 수 없는…… 감동을 받았소이다. 우리 고장 읍내에 야소교당이 섰는데, 나는 뭣하러 서양교를 믿느냐며 거기 나가는 사람을 비웃었다오. 야소 교는 제사도 못 지내게 하고 조상님께 절도 못하게 하지 않소. 그 러나 이 책을 읽어보니 가르침대로 살긴 힘들어도, 구절구절 옳은 말씀이 많구려. 내가 비록 임자 없는 임야를 내 앞으로 등재한 죄 는 졌지만 그게 여태 죄라 여기지 않았는데, 나야말로 죄인이오." 결석 환자가 말했다. 목소리에 진정이 담겨 있었다.

"허허, 여기도 야소쟁이 나왔네. 하느님의 거룩한 아들이 왜 사 형당했답디까?" 신장병 환자가 물었다.

"따르는 무리가 떠돌이 풍각쟁이 같은 야소를 두고 하느님 아들 이요 지상의 왕으로 떠받드니, 로마 총독이 보기엔 그게 아니꼬웠 던 모양이지요. 야소가 살던 땅을 통치하던 총독이 야소를 사형시 켰다고 되어 있소. 동족인 유대 사람들도 자기네 교리를 마음대로 해석하는 미친 마귀 같은 야소가 싫었고…… 그래서 야소란 자는 백성을 현혹케 한 반역자로 몰았던 거요."

"로마 총독이라니?" 동상 환자가 물었다.

"그 당시에는 유대란 땅을 로마란 나라가 다스렸나 봐요. 일본인이 조선 땅을 다스리듯, 한양에 있는 데라우치 총독이 당시 로마 총독쯤 되겠지. 이삼육, 내 말 틀렸소?"

"맞습니다. 지금 조선 땅이 당시 유대 땅과 다를 바 없습니다. 일본이 조선을 지배하니깐요."

"하느님은 그렇다 치고, 야소를 따르던 무리도 그를 구하지 못했군?" 동상 환자가 다시 물었다.

"못 구했으니 죽을 수밖에. 로마 병정이 체포하자 야소 제자들이 자기만 살겠다며 줄행랑친 모양이오. 열두 제자 중 하나는 돈 몇 냥에 야소를 밀고했다고 기록되어 있소." 결석 환자가 말했다.

"말도 안 되는 소리군. 하느님 아들이라며 섬기던 자들까지 도망치다니. 장수 명령을 죽기로 따르는 군졸보다 못하다니." 위장병 환자가 혀를 찼다.

"그렇게 죽은 야소가 다시 살아났다니, 그건 또 어찌된 조합니까?" 변기를 타고 앉은 설사병 환자가 물었다.

"하여간 죽은 지 사흘 만에 다시 살아나 여러 사람 앞에 나타났다고 기록돼 있어."

"꿈에서 봤다면 모를까, 죽었다 어찌 살아나?"

"똥통에 빠져 죽을 놈아, 너는 그 궁리보다 물똥 안 쌀 궁리나 해!" 동상 환자가 퇴박을 놓았다.

236도 야소 죽음과 부활에 강한 의문이 생겼다. 제자들에게조차 배반당하고 죽은 야소가 왜 죽고 난 뒤 만대에 이름을 남기게 되었을까. 그가 부활했기 때문일까? 배반한 제자들은 스승이 죽고 난 뒤 왜 그가 생전에 했던 훈계를 새삼 기록할 마음이 생겼을까. 야소는 자기 죽음을 미리 알고 있었을까? 그의 부활은 사실일까? 236은 『사복음서』를 끝까지 읽고 싶은 충동에 사로잡혔다. 그는 「마태복음」 6장부터 읽기 시작했다. 의를 행할 때도, 남을 구제할 때도 자기 영광을 드러내거나 뽐내지 말고, 오른손이 하는 일을 왼손이 모를 정도로 은밀히 할 것이며, 기도할 때도 회당이나 큰 거리에서 잘난 체 떠들지 말고 골방에서 은밀히 하라는 훈계가 이어졌다. 야소는 인간의 이기심과 허영심을 억제시키는 데 훈계의 초점을 두고 있었다. 인간이 세속적으로 하고 싶어하는 본성을 깡그리 뭉개버리자는 그의 철칙은, 6장 25절에 이르러 절정에 달했다.

　그러므로너희게닐어노니 너희생명을무엇으로먹이고너희육신을무엇으로닙힐고하야걱정하지말나 생명은음식보다더즁하지아니하며 육신은의복보다더즁하지아니하냐 공즁에나는새를보라 심으지아니하고거두지아니하고창고에싸치도아니하대하늘에계신너희셩부뎌들을먹이시니 너희는뎌들보다더귀하지아니하냐…… 또너희가어찌의복을걱정하느뇨 들에백합화가엇더케자라는지살펴보라 슈고치아니하고길쌈하지아니하대……

뜻대로 해석하자면 하느님은 인간을 무엇보다 귀히 여기사, 먹는 것 입는 것을 알아 장만해주니 그 걱정은 말라는 훈계였다. 불교 경전에도 석존께서 비유로 말씀하신 많은 대목이 있기에 이를 말뜻대로 우직하게 해석할 필요는 없었다. '사람이 먹고 입는 데 매이다 보면 끝이 없으니 그 일과 생각에서부터 벗어나 나를 하느님께 맡길 때 진정 마음의 평안과 육신의 자유를 얻을 수 있느니라.' 최소한 그쯤은 해석해야 했고, 그런 말씀은 승가에도 중히 여기는 실천요강 중 하나였다. 한마디로 사문은 무소유(無所有)가 그 가르침이었다.

236이 성경을 읽어가자 어느덧 눈앞에 하나의 환영을 보았다. 지닌 것 없이 누더기 옷에 맨발로, 울부짖고 신음하는 가난하고 병든 사람들 사이로 천천히 걸어가는 두 사람 모습이었다. "괴로워 말라. 이 지상에서 버림받은 너희들이야말로 천당에 들 자이니라. 내가 언제나 너희와 함께하리라." 두 사람이 한목소리로 말했다. 두 사람 자태가 어둑신한 감방 안에 환한 빛처럼 나타났다. 236은 눈이 부셔 둘의 얼굴을 바로 쳐다볼 수 없었다. 차츰 그 형체가 없어지는 대신, 거대한 빛 덩어리가 눈앞을 가렸다. 그의 손에 힘이 빠지고 성경책이 바닥에 떨어졌다. 그는 의식을 잃고 무아의 세계로 들어갔다.

236이 치매 상태로 멍해져 있자, 결석 환자를 중심으로 수인들의 야소 말이 분분했다. 감방 생활의 지루함과 추위와 병으로부터 잠시라도 놓여나는 길은 잠과 말밖에 없었다.

"그럼 임자는 그 책 한 번 읽고 유학자가 야소쟁이로 변했단 말이오? 눈알 새파랗고 머리털 노란 그 사람을 일심으로 섬길 작정이오?" 위장병 환자가 결석 환자에게 물었다.

"당장에 그렇게 되기야 곤란하지요. 우리가 어디 성현의 말씀을 읽는다고 가르침대로 금방 행할 수 있겠소. 야소교 책도 읽어보니 가르침이 그럴듯하고, 야소를 섬기는 조선인들을 무조건 비웃지 못하겠다는 말이지요. 어떻게 될지 알아요. 내가 석방돼 나가면 야소 신봉하는 신도가 되는지. 하여간 코쟁이 목사가 오면 궁금한 점을 물어보리다. 먼저, 십자가에 못 박혀 죽은 예수가 다시 살아났다는 게 영 믿어지지 않으니깐요. 조상 제사에 절하지 말라는 말도 물어보고."

"저것 봐요. 이삼육이 또 정신 나갔어요." 설사병 환자가 236을 손가락질했다.

수인들이 236을 보았다. 236이 눈을 번히 뜬 채 산 송장처럼 멀뚱해져 있었다.

"나를 보시오." 결석 환자가 『사복음서』를 집어 들더니 수인들이목을 모았다. "심심하니깐 내가 성경책을 읽어드리겠소. 이 책을 복음서라던데, 말 그대로 복 주는 책인지 아닌지 동무들이 판단하구려." 결석 환자가 어깨 흔들며 「마태복음」 첫 장부터 천천히 읽었다.

236이 치매 상태에서 깨어나기는 시간 반이 지나서였다. 그때는 결석 환자도 성경 읽기를 멈추고, 모두 입맛을 다셔가며 점심 끼니를 기다리던 중이었다.

"꿈에서 야소라도 봤는가?" 동상 환자가 236에게 물었다.

236은 멋쩍은 미소만 띄우곤 결석 환자 옆에 있는 『사복음서』를 집어들었다.

236이 『사복음서』를 두번째 완독했으나, 그로부터 며칠이 지날 동안 엘릭 목사는 나타나지 않았다. 목사를 기다리기는 236이나 결석 환자나 한마음이었다. 둘은 『사복음서』를 읽은 독후감을 교환하며, 목사에게 물을 말을 준비해두었다.

엘릭 목사 심방을 못 보고 236이 일반 감방으로 돌아가기는 2월 중순 들어서였다. 어느 날 아침, 돌연 236의 이감(移監)이 통보되었다. 침구를 꾸려 들고, 조그만 사물 보퉁이를 든 236이 병감 수인들에게 인사했다.

"착한 젊은이, 잘 가게. 일반 감방은 말조차 제대로 못 나누는데, 또 고생살이 시작이로군. 그러나 임자는 고행하는지라 잘 견딜걸세." 동상 환자 말이었다. "이삼육 보기가 마지막이군. 난 봄 되기 전에 죽을 테니깐. 이제 굶는 짓 말고 자네 정신병이나 잘 다스려. 임자는 새봄 오기 전에 세상으로 나갈 테고, 나가면 큰 인물이 될걸세." 폐병 환자가 가쁜 숨을 쉬며 쉿소리로 말했다. "이제부터 사식도 안 들어올 것 아냐. 그동안 이삼육 덕분에 기름진 국물도 맛보았는데…… 부디 복 받으슈." 설사병 환자도 한마디 거들었다. 그동안 236에게는 사흘에 저녁 한 끼니씩 사식이 차입되었는데, 그때마다 그는 다른 수인들과 사식을 나누어 먹었다. "회자정리(會者定離)라, 안 죽고 살아 있으면 또 만나겠지요. 이삼육, 날 잘 봐두시오. 내 안 죽고 살아서 세상에 나가면, 임자가 있었다는 표충사에 만나러 가리다. 착한 양반, 몸 조섭 잘하시오." 결석 환자가 진땀을 훔치며 말했다. 모두 그렇게 한마디씩 위로의 말을 했고 눈물을 글썽거리는 자도 있었다. 무슨 죄를 지어 감방에 들어와 육신의 고통을 당하든, 헤어질 때의 마음은 순정에 넘쳤다.

"부디 강건하십시오. 소자 떠납니다." 236이 여러 번 절을 하곤 간수를 따라 감방을 나섰다.

236은 병감 복도를 걸으며 스승이 있다는 10호를 살폈다. 13호 두 방 앞쪽 건너편에 10호 팻말이 붙어 있었다. 어진이 이제 다른 감방으로 떠납니다, 하고 한마디쯤 외치고 싶었으나 그는 말문이 떨어지지 않았다.

간수와 236은 병동 앞 공지로 나섰다. 날씨는 쌀쌀했으나 하늘이 맑았고 볕이 따사로웠다. 건물 앞 화단에 심어진 개나리는 꽃망울을 맺어 노란 눈이 보였다. 감방 안에서는 계절의 변화에 둔감했으나 바깥세상에는 봄이 깃들고 있었다. 그는 햇살이 눈부셔 눈을 찌푸리고 심호흡으로 맑은 공기를 가슴 가득 채웠다. 옥사 가장자리에도 파란 풀이 돋아나 있었다. 누가 씨 뿌려 가꾸지 않아도 질경이는 생명력이 있기에 봄 햇살을 달게 받았다. 하잘것없는 한 포기 풀조차 생명의 입김을 불어 넣어주는 우주의 섭리가 신비로웠다. 봄을 먼저 알고 풀이 생명을 틔워내듯, 나도 그렇게 살아야지. 그는 돋아난 풀을 보고 삶에 대한 자신감을 부추겼다. 이상한 감동이 신선하게 마음을 채웠다. 버드나무에는 까치 두 마리가 앉아 무슨 소식을 전하듯 우짖었다. 어디에고 마음대로 날아다니는 새를 보자 문득 야소 훈계가 생각났다. '공중에 나는 새를 보라, 거두지 않아도 하느님이 기르시니 너희는 이것들보다 귀하지 아니하냐……' 과연 나는 새보다 귀한 존재일까. 그는 결코 자신이 새보다 귀하지 않았다고 생각했다. 야소는 음욕을 품은 자마다 이미 간음했다고 단언했다. 야소의 선언적인 계율에 따르면, 자신은 이미 수백 번도 넘게 간음했던 몸이었다. 더러운 육신이기에 두더지처럼 감방에 갇혀 살아야 제격이었다. 236은 망아지처럼 가볍게 걸음을 떼었다. 이 길로 석방된다면 인간이 아닌, 마소처럼 살아도 좋으리라. 마음껏 들을 달려 흙 밟고, 구슬땀을 흘리며 일할 수 있는 자유를 감사한 마음으로 받아들이리라. 그는 그런 생각을 했다. 그러나 마소처럼 사는 삶이 어떤 삶일까. 결과적으로 주인의 부림을 당하며, 시키는 대로 수동적으로 일하며 목숨을 이어가는 것 아닌가. 그렇다면 마소가 아닌, 만물의 영장으로 태어난 사람이라면 마땅히 남을 위해, 나보다 낮은 자를 위해 바치는 삶이 참다운 인간의 도리리라. 더욱 자신은 글을 익혀 배운 행운을 잡았고, 선문의 세계에서 짧은 세월이나마 참다운 삶의 길을 예시 받지 않았던가. 그렇다면 사바세계 중생을 위해 내 한 몸 던져 그들의 고통에 동참하며 더 나은 길로 인도함이 살아생전 내가 치러야 할 업보가 아닐까. 이 세상을 일찍 하직한 경후도 선문에서 참선만 하는 나를 보고, 중생과 함께 업과(業果) 치르기를 원하지 않았던가. 내가 정말 남을 위해 나를 희생할 수 있을까……
그는 번뇌와 회의를 되풀이했는데, 그런 생각만으로도 마음이 편안했다. 문득 선화가 차입해준 표충사 방장승이 처방했다는 환약이 생각났다. 그는 간수가 들여보내준 환약을 한 알도 먹지 않았다. 스스로 육신을 담금질하다 보니 약이 필요 없었고, 다른 죄수가 누리지 못하는 호사를 마땅히 자제해야 한다고 여겼다. 그러나 스승님 말처럼 살아서 세상으로 나가자면, 세상에 나가 구휼의 소임을 맡자면 자신이 먼저 강건해야 했고, 육신의 건강을 찾는 길은 치매증 치료가 선행되어야 함을 깨달았다. 환약이 치매증 치료약인지 알 수 없으나 그는 보퉁이에 든 환약을 식후마다 다섯 알씩 먹기로 마음 작정했다.

236은 병감으로 오기 전에 있었던 북5동 3호 동무들 얼굴을 그려보았다. 다시 그들을 만날 터였다. 겨울을 어떻게 넘겼는지, 그 모습들이 보고 싶었다. 그러나 간수는 남쪽이 아니라 해가 비쳐오는 동쪽으로 걸었다. 236은 다른 간수에게 넘겨져 동1동 맨 끝 방인 19호로 갔다. 그는 짐을 들고 감방으로 들어섰다. 안은 두 평정도로 협소했는데, 컴컴한 감방 안에 수인 셋이 있었다.

"넌 왜 자빠져 있어? 계속 규칙 어길 텐가!" 간수가 외치며 벽에 기대어 누운 수인을 발길로 걷어찼다.

발길에 차인 자는 몸집이 우람하고 험상궂게 생긴 젊은이였다. 그자만이 손목에 수갑을 차고 있었다.

"씨팔, 또 독방에 처넣슈!" 사내가 이기죽거렸다.

"따끔한 맛을 봐야 알겠어!" 간수가 방망이를 빼들었다.

"때려봐. 내 석방되면 넌 죽었어." 사내가 맞받았다.

"이 쌍놈의 새끼!" 분김에 떨던 간수가 방망이로 사내를 내리쳤다. 그는 사내 머리통만 빼곤 무작하게 매질했다.

수갑 찬 사내는 끙끙 앓으며 매질을 받았다. 236은 망연자실한 채 삿매질을 보고 있었다. 부산경찰부 지하실에서 당한 고문이 새삼 떠올랐다.

"이 새끼, 죽어. 아주 돼져!"

간수가 매질할 동안 두 수인 역시 지켜보기만 했다. 수갑 찬 사내가 입에 거품을 물고 늘어지자, 매타작이 거두어졌다.

"아가리 조심해. 한 번 더 그 따위 소리했담 독방에 처넣어 아주 병신으로 만들 테니!" 간수가 말하곤, 애꾸사내 쪽으로 몸을 돌렸다. "이삼육은 병동에서 이감된 환자다. 하루 한두 번 정신이 나가버리니 그리 알도록."

간수가 감방을 떠났다. 철커덕, 감방문 자물쇠가 채워졌다. 236은 이불 꾸러미와 사물 보퉁이를 문 옆에 놓고 무릎 꿇어 앉았다. 늘어져 누웠던 수갑 찬 사내가 일어나 앉더니 갑자기 땡고함을 내질렀다.

"네놈을 그냥 두나 봐. 나는 한다면 하는 놈이다!" 사내는 수갑 찬 손목으로 벽을 치며 울부짖었다.

바깥에서는 아무런 기척이 없었다. 사내는 입에 담을 수 없는 욕설을 퍼질렀다. 236은 무슨 영문인지 알 수 없었다. 갇힌 죄수가 간수를 죽이겠다는 말도 그랬지만, 안 맞을 공매를 자청한 뒤 부리는 만용을 이해할 수 없었다.

"최형, 참으슈. 늘 당하면서 무슨 봉변이오. 몸만 상할 짓을 왜 하는지 모르겠네." 애꾸사내가 말했다. 그는 서른 중반 나이로, 꺽다리라 불러도 좋을 만큼 여위고 키가 컸다.

"네놈 연장을 고자로 만들어주마. 네놈이 이기나 내가 이기나 어디 해보자!" 수갑 찬 사내가 욕설을 퍼부었다.

226

한동안 발광을 떨던 사내는 제풀에 지쳐 광기를 멈추었다. 그는 감방 안을 살피다 236과 눈이 마주쳤다.

"네놈은 무슨 죄로 들어왔나?" 사내가 236에게 물었다.

"총포를 숨겨온 죄로 들어왔습니다."

"총포? 바깥에서 뭘 했기에?"

"중이었습니다."

"중이 살생하겠다 이 말인가?"

"윗분이 시키는 대로 따랐습니다."

"윗분이라니? 늙은 중놈이 총포를 어디에 쓰려고?"

"광복운동 같은……"

"최형, 신참이 정신병자랍니다." 애꾸사내가 말했다.

"난 이일일로, 최가다. 열 달 채웠으니 두 달 후 출감해."

"저는 이사굽니다. 홍근출이구. 과실치사죄로 이 년째 살고 있습니다." 애꾸사내가 말했다. "꼬마도 이력을 대렸다."

무릎 사이에 얼굴을 박은 채 홀쩍이던 수인이, 저는 업동이고 이오이라요 하고 조그맣게 말했다. 열예닐곱 살 정도의 몸집 작은 소년이었다.

211 눈치가 보였으나 236은 19호에 온 첫날부터 좌선했고, 저녁 무렵에는 한 시간 남짓 정신이 나가버리는 실성증 치매도 보였다. 시찰구로 석식이 왔을 때, 236은 식후에 처음으로 환약 다섯 알을 먹었다. 환약을 깨물자 박하향이 나서 사향(麝香)이 섞였음을 알았다.

"좌선하는 꼴을 보니 네놈이 중질을 하긴 한 모양이군. 하여간 마음에 들었어." 211이 호탕하게 웃었다. 그는 잠시도 쉬지 않고 차고 있는 수갑을 두고 욕설을 해댔다.

211의 등등한 기세에 눌려 아무도 입을 열지 않았는데, 252는 춥고 배고프다며 훌쩍거렸다. 그는 고아로 거지 행각하며 떠돌다 배가 고파 남의 집에 월담해 밥을 훔쳐 먹다 잡혀 들어왔다 했다. 한두 번은 주재소에서 방면되었으나 상습범으로 찍히자 6개월 실형을 받았다.

그날 밤, 211은 두툼한 솜이불과 요때기를 덮고 깔고 따로 잠을 잤다. 249와 252는 한 침구를 썼기에, 236 역시 따로 자기 침구를 썼다.

211의 코고는 소리가 드르렁거리자, 249의 숨죽인 목소리가 236 귀에 들렸다.

"가랑이를 더 벌려. 그래, 옳지. 그렇게 벌리고 있어."

249가 252를 상대로 비역질을 벌임이 분명했다. 그런데 묘하기는 252가 투정부릴 줄 알았는데 249 말에 고분고분 따랐다. 둘이 덮은 낡은 홑이불이 들썩거렸다.

"그렇지, 엉덩이를 더 밀어." 249가 앓는 소리로 말했다.

낮시간은 짜며 보내던 252도 그 설움이 언제였나 싶게 할딱거렸다. 236은 김기조가 떠올랐다. 여섯 해 전인가, 스승님 모시고 언양 반곡마을 고하골로 들어간 첫날, 김기조가 그 짓거리를 요구했다. 그때, 자신은 수치심으로 분개했으나 이제 그런 순정도 희석되고 말았다. 236은 정욕의 한 장면을 목격했으나 이것이 속세 중생의 일상이거니 여겼다. 인간이 여성 자궁을 거쳐 현세로 들어올 때 육으로 생겨났으니, 육은 대를 잇는다는 빙자로 끊임없이 성적 충동을 촉발했다. 그러므로 본능을 억제함이란 가혹한 시련이었다. 육허기의 극기(克己)가 수양일진대, 그런 인간의 약점을 인지했음인지 석가와 야소는 죄의 육신에서 떠나 영(靈)으로 서야 참사람으로 거듭난다고 훈계했다. 말씀이 지존할수록 실천은 쉽지 않은 법이다. 석존이 입멸한 지 2천4백여 성상, 야소가 십자가에 달려 죽은 지 1천9백여 성상이 흘렀으나 인간은 그들이 훈계한 죄의 탐닉에서 빠져나오지 못했다. 가르침은 너무 높기에 외롭고, 배움의 무리가 자자손손 이어졌으되 실천 또한 어려움이 개미가 바다 건너기였다. 세상의 이치가 옳은 일은 가시나무 위에서 잠을 자고 쓸개를 씹는 것과 같고, 옳지 못한 일은 비단 금침에서 자고 기름진 음식을 먹는 것처럼 욕망을 즐겁게 한다. 그렇다면 나는 어찌해야 할 것인가. 헛된 욕망을 죽이고 죽여 정(正)만을 좇는다면 천상 높이 올라갈 수 있을까. 감옥 안에서 늘 만나듯 어둠 속 무간지옥에서 신음하는 중생은 버려두고 나만 그렇게 좇음은 바른길이 아닐 것이다…… 236은 상념에 빠져 249와 252의 코고는 소리를 듣고도 잠을 이루지 못했다. 한기가 온몸을 죄어올수록 정신은 맑게 갰다. 그는 새벽이 가까워서야 잠에 들었는데, 오랜만에 부모와 선화 모습을 보았다. 그들은 성적 욕망이 아닌 또 다른 육신고로 괴로워하는 가련한 모습으로 꿈을 타고 찾아왔다.

이튿날 오후였다. 236이 면벽 정좌해 단전호흡을 할 때였다. 249는 코딱지를 후벼내어 무엇을 만드는지 조몰락거렸고, 252는 배가 고프다며 훌쩍거렸다. 한동안 조용하던 211이 또 발광 증세를 보였다.

"두 달만 있으면 석방될 텐데, 이놈들이 계속 이렇게 수갑을 채워놀 건가. 박가 놈아, 수갑 풀어달란 말야!" 211이 벽을 치며 고함질렀다. 그는 억압된 감정을 하루에 한두 차례 그렇게 해소해야 직성이 풀리는지 몰랐다.

정좌한 236은 고함이 뇌수를 긁자 자세를 풀어버렸다. 간수가 오면 211이 타작매를 맞을 텐데 하고 조바심 내자, 아니나 다를까 감방 문이 열렸다. 간수가 수갑을 풀어달라고 버둥대는 211을 데리고 밖으로 나갔다.

"뭇매 맞고 독방에 갇히잖을까요?" 236이 249를 보았다.

"두고 보면 알겠지만 그렇게는 안 될걸."

"무슨 말씀입니까?"

"이일일은 배경이 든든하오." 249가 두 다리 뻗어 편한 자세를 취했다. "이일일이 나가니 숨 한번 제대로 쉴 것 같군. 말도 마. 석 달째 불통과 함께 있는데, 보다시피 저놈한텐 상하 귀천이 없고, 막돼먹은 놈으로 북일동에서는 소문이 났어. 폭행죄로 들락거리기가 벌써 세번째라. 그러나 집안이 번듯하니 감옥서도 이일일을 무시할 수 없지. 저 자식 부친이 중앙어시장 총대까지 지낸 큰 화주요, 삼촌이 조선인으로선 꽤 높은 관직인 경상남도 참사관이지. 그런 집안 배경으로 어릴 적부터 안하무인으로 자라, 부두거리 왈패 두목이 됐잖아. 나도 부산 본토박이라 여기 들어오기 전 이일일 소문은 들었지. 고등보통학교 다니다 작파한 모양인데, 최불통이라면 부산 바닥 주먹판에선 첫째로 알아줘."

249가 했던 말은, 211이 감방으로 돌아왔을 때 사실로 드러났다. 그는 수갑을 차지 않았고 유지로 싼 뭉치를 들고 여낙낙하게 들어섰다.

"제놈들이 어디 수갑을 안 풀어주고 배겨." 211이 기세 등등하게 말하며 들고 있던 유지 뭉치를 249한테 던지며, 난 곰탕으로 포식했으니 너들이나 나눠 먹어라 했다.

249가 유지뭉치를 풀자, 시루떡 세 켜였다. 무릎 사이에 머리를 박고 있던 252가 얼굴을 들었다.

"암, 간수들도 최형을 알아 모셔야지. 특별면회가 아무나 됩니까. 고맙게도, 늘 신세만 져서…… 최형의 야쿠자 의리는 알아줘야겠습니다." 249는 211이 없을 때 빈정거림과 달리 능갈쳤다. 시루떡을 3등분했는데 자기가 절반을 차지했고 252 몫이 그중 적었다.

"너도 떡 먹고 짜지 말아. 네놈은 여기서 나가야 좀도둑밖에 더 되겠어. 여기 있음 세끼 먹고 떡도 먹잖니." 211은 249의 떡 분배에 신경 쓰지 않고 태평스레 말했다.

249와 252는 허겁스레 떡을 먹었다. 236은 자기 몫 떡을 손에 쥔 채 먹지 않았다.

"넌 왜 안 먹니?" 211이 물었다.

"배가 안 고픕니다."

"감옥에서 배 안 고프단 소린 처음 듣는군. 너 정신 나갔냐? 아님, 내가 준 떡이 아니꼽다는 거냐?" 211이 눈을 부라리며 말했다.

"그런 뜻이 아니라 소년이 늘 배고프다고 울어…… 제 몫을 주려고요. 저는 감방 식사로 충분합니다."

"선심 한번 부처 귀만하군. 여기 들어와 사람 같은 사람을 처음 만났어. 어느 절에서 중질은 얼마 했어?"

"밀양 표충삽니다. 네 해 정도 있었습니다."

"총포를 들여오다 잡혔다면 추달이 심했겠고 고문깨나 당했겠어. 형기가 얼마 남았냐?"

"올해 채우면 출감합니다."

"절로 가기 싫으면 대창정 삼정목 국일화물로 찾아와. 밥술은 먹게 해줄 테니. 내 밑에서 서기 노릇이나 하던가." 236의 공손한 태도에 211 목소리가 부드러웠다.

"최형, 나도 수하에 둬줘요." 249가 나섰다.

"네놈은 틀려먹었어. 사람이 좁쌀처럼 잘아빠져 어따 써먹겠어." 211 말본새가 시원했다.

"흥복상사 조익겸 어른을 아시는지요?" 236이 물었다.

"알다마다. 사업 관계로 집안과 교우가 두텁지. 그런데 그 양반은 인색해서 틀려먹었어. 그 양반을 어찌 아는가?"

"사실 저는 중이 되기 전 울산 백군수 댁 종이었는데, 그 댁 작은마님이 그 어른 따님이라서……"

그날 저녁, 236과 두 수인은 좁쌀, 조, 콩이 섞인 감옥밥을 먹었으나, 211은 사식으로 들어온 국밥을 먹었다. 236은 환약 복용이 이틀째였는데 머릿속이 맑게 트여옴을 느꼈다.

*

엘릭 목사가 동1동 19호에 들리기는 4월로 접어들어서였다. 바깥은 봄볕 다사로운 절기였으나 감방 안은 계절의 변화를 모른 채 음습하기가 마찬가지였다. 그즈음, 주율은 복용하는 환약의 약효가 나타나 실성증 치매도 하루 한 차례, 시간도 한 시간 못 되게 줄어들었다.

"안녕하셨습니까? 이삼육께서 이리 왔다는 말 들었습니다. 그 동안 나 경성 올라갔다 팔도 부흥예배 인도하고 왔습니다. 조선에 야소 믿는 신자 많이많이 늘어났습니다." 목사가 236을 보고 미소 띠었다.

"뭐라구요?" 236이 잠자코 있자, 211이 나섰다. "우리더러 야소 믿으라는 소리요? 야소가 조선 땅하고 무슨 상관 있소? 조선 백성이 야소 얏자 몰라도 지금까지 살아왔소."

"야소교는 문명한 만국 종굡니다. 만백성에게 복음 전하라 야소님 말했습니다. 지금 늦지 않으니 야소 믿기 바랍니다. 야소님은 죄인, 병자, 빈자 사랑했습니다. 조선 사람 야소 믿어야 합니다. 고통받는 사람 많기 때문입니다. 야소님 생겨났을 때 유대 나라 없었습니다. 로마에 고통받았습니다."

"나는 야소 안 믿소. 천당도 지옥도 없소. 한세상 살다 송장 되면 흙이 될 뿐이오." 211이 누워버렸다.

"천당 지옥 진짜 있습니다. 마음 악마 물러가면 믿게 됩니다. 야소님은 당신 마음에 역사할 것입니다." 목사가 211 손을 잡았다.

"왜 이러는 거요? 서양 목사면 다야!" 211이 손을 뿌리치며 고함질렀다.

목사는 211을 버려두고 236 쪽으로 돌아앉았다.

"나는 당신한테 관심 많습니다. 그동안 만나고 싶었습니다. 내가 부산 있었다면 만났을 것입니다. 주고 간 성경책 보셨습니까?" 목사가 물었다. 주율이 머리를 끄덕였다. "야소도 죄인이라 말했습니다. 그분은 훌륭한 죄인이지요?"

"그렇지 않습니다. 그분은 인류를 가르친 스승이십니다. 『사복음서』 읽고 많은 깨우쳤습니다."

"그분도 감옥에 갇혔다 죽었습니다. 죽을 때, 하느님 왜 나를 버리냐고 보통 사람처럼 억울해하며 죽었습니다."

"그분이 하느님 아들이라면, 그렇게 죽지 않을 수 있었을 텐데요?"

"제자들 생각도 그랬습니다. 제자들 예루살렘 부근에 숨어, 죽은 자까지 살리신 이기에 또 기적 부려 살아나기 바랐습니다. 아니면, 하느님이 독생자 아들 죽이는 무리보고 저주하는 기적 나타나기 고대했습니다. 그러나 야소님은 당신 영혼을 하느님 손에 맡기고 힘없이 죽었습니다. 이루었다, 하고 최후 말씀 하고 죽었습니다. 그런데 야소 무덤 부활 사건을 아는지요? 부활로 기적 보였습니다. 기적이 겁쟁이 제자들 다시 당신께로 돌려세웠습니다. 제자들 절망하는 마음에 불붙듯이 생명의 말씀 심었습니다……" 목사가 힘주어 열변을 토했다.

목사 말이 진지해 그의 논리를 꺾는다는 게, 야소 시대 그를 비웃는 무리로 착각될 정도였으나 236은 『사복음서』를 읽고 난 뒤 의문 중 한 가지를 묻지 않을 수 없었다.

"많은 이적을 행한 하느님 아들이 어떻게 그토록 무력하게 죽었으며, 죽은 후 다시 살아날 수 있었나요? 저는 그분 죽음과 부활을 믿기에는 아직…… 또한, 스승이 체포될 때 도망친 제자들이 그분의 힘없는 죽음을 보고 나서야 어떻게 그토록 갑자기 열렬한 그분 신봉자가 될 수 있었느냐, 하는 대목도 그래요. 제자들이 부활의 기적을 확신하고서야 이방 선교에 목숨 바쳐 나섰다? 그럴 수 있을까 하는 의문이 듭니다. 그분이 훈계하신 말씀은 대단했습니다만……"

"나를, 나를 보십시오!" 목사가 갑자기 자기 가슴팍을 주먹으로 쳤다. 그의 눈동자에 불꽃이 타오르듯 했다.

"당신은 야소를 보았소? 그가 하늘나라에 있는 걸 봤단 말이오?" 211이 일어나 앉으며 물었다.

"나는 야소님 살던 시대에서 오래오래 후 태어났습니다. 나는 그분 본 적 없습니다. 그러나 나는 스데반처럼 그분 말씀 믿습니다. 하느님 아들, 부활도 믿습니다. 분명 야소님은 하늘에 계십니다. 나는 그분 증거하려 아주 먼 조선까지 왔습니다. 예리구(芮里求)란 조선 이름 지었습니다. 나는 죽을 때까지 조선 백성 똑같이 살겠습니다. 부활한 야소님이 내 마음에 살아 있고, 그분이 나를 보냈습니다. 여기서 말씀 증거하라 보냈습니다. 그분 말씀 만백성께 증거해야 합니다!" 목사 목소리가 열정에 들떠 있었다.

236은 할 말이 없었다. 영육을 던져 낯설고 물선 동방 조그마한 나라를 찾아와 어둡고 습한 감옥까지 돌아다니며 야소 증거자가 되고자 하는 그의 신앙심을 비판할 자격은 자기에게도 없었다. 그 앞에서 야소 생애와 말씀을 두고 의심하는 질문을 던진다는 게 부질없는 요설일 뿐이었다. 절 생활을 몇 년 해보았지만 그 많은 승려 중 부처님 말씀의 증언에 엘릭 목사만큼 적극적인 전도자가 흔치 않았다. 불교 포교 활동이란 순리에 적응해, 당신이 이승의 번뇌에서 해탈하고자 할 때 부처님 말씀을 들어보면 길이 열릴 거라는 정도로 가르치지, 무턱대고 아무나 잡고 석가모니불을 믿으라 강요하지 않았다. 큰스님일수록 설법하는 목소리가 낮고 조용했으나, 엘릭 목사는 웅변조였고 정열적이었다. 서양 종교의 동적(動的)인 그 점과 동양 종교의 정적(靜的)인 점은 어쩌면 양쪽 사람들 생활관습과 성품 차이에서 오는지도 몰랐다. 불경에 비추어 성경 말씀 또한 논리가 담백하고 적극적이었다. 내 앞에서 다른 신을 두지 말고 절하며 섬기지 말라고 첫마디에서 못박았으니, 조선인의 제사 문제와 부딪칠 수밖에 없었으나, 야소교는 촌치의 양보가 없었다.

"서양 야소쟁이들이 조선 땅 아무데나 사람 끓는 곳이면 말뚝 박아 학교와 예배당부터 세워, 조선 사람 야소 귀신 만들려는 것 모르는 줄 아오? 언젠가 이 땅을 잡아먹겠다고. 내 그런 말 학교 다닐 적 훈도한테 들은 적 있소. 서양놈들은 인도와 지나를 삼키고, 중국까지 짓밟지 않았소. 내 말 틀렸소?" 211이 엉뚱한 질문을 던졌다.

"미안합니다. 당신도 학교 다녔군요?"

236

"고등보통학교 이학년까지 다녔수다. 골 빠개지는 공부가 싫어 집어치웠지만."

"그래습니까. 나도 서양사람이지만, 오해 마십시오. 우리가 조선에 학교 하는 거, 이 나라 사람 교육하는 데 목적 있습니다. 병원 세워 불쌍한 사람 치료해줍니다. 야소님이 그 일 시켰습니다."

"이삼육은 보통 넘는 유식쟁이니 그놈 잡고 나발 부슈. 절에 있던 녀석이라 호락호락 넘어가지 않을걸." 211이 팔베개 베고 누웠다.

249와 252는 눈을 말똥히 뜬 채 서양인의 조선말이 신기하다는 듯 목사를 지켜보고 있었다. 236이 말이 없자, 목사가 그를 상대로 말을 붙였다.

"지난겨울 당신 만나자, 야소님이 당신 구원하라, 내게 말씀 줬습니다. 감옥 서무과에서 당신 서류 보았습니다. 조선 광복운동 했다는 거 알았습니다."

"사실은 그런 운동 하지 않았고, 그럴 위인이 못 됩니다."

"세상 나가면 또 스님 합니까?"

236은 선뜻 대답할 수 없는 서늘한 자기 마음을 읽었다.

"당신은 왜 밖에서 주는 식사 거절합니까? 하루 두 끼 먹는다는 말 들었습니다. 지금도 수도합니까?"

"그 점은 뭐랄까, 육신의 욕망을 버리면 마음이 맑아진다고, 절에서 배웠습니다. 스님들은 금식과 묵언을 실천하지요. 제가 읽은 성경 말씀대로라면, 그렇게 하여 마음이 가난해지고 싶다고나 할까요. 마음이 가난해지려면 우선 육신의 고통을 통해 나를 버리는 게 아닐까요? 부처님은 무엇에든 집착하지 말라고 가르쳤습니다.

성경에도 비슷한 말씀이 있었고요. 세상일에 집착하지 않으려면 육신의 욕망부터 제어해야겠지요. 목사님께서 조선 땅에 나와 야소교를 전도하려 결심했을 때나, 이 땅에 살다 죽겠다 했을 때나, 많은 것을 버리고 헌신할 단단한 각오를 했을 겝니다."

"그 말씀 대단합니다. 당신은 훌륭한 사람입니다."

"내 뭐랬소, 이삼육은 특별한 유식쟁이라 하잖았소. 주먹세계에도 저런 독종은 없을 거요." 211이 누운 채 말했다.

"그렇다면 야소님 믿으시오. 당신은 전도 자격 있습니다. 야소님이 당신을 특별히 사랑할 것입니다." 236이 대답하지 않자, 그가 말했다. "지금 당장 야소님 믿으라는 거 아닙니다. 성경 읽고 기도하면 반드시 야소님이 당신 앞에 찾아옵니다. 야소님은 신비 능력 가졌습니다. 내가 목사 되려 결심한 것은 하이스쿨 시절입니다. 어느 날, 예배당에서 혼자 기도하던 중 야소님이 내 앞으로 걸어왔습니다. 나는 보았습니다. 못자국에 피 흘리며 다가와 말씀했습니다. 빈센트야, 너는 모든 거 버리고 나 따르라. 내게 말씀했습니다……"

"뭐? 예수가 당신 앞에 나타났다고? 야소가 살아나? 알고 보니 그때부터 미쳤군. 조선에도 귀신 들린 자 있으니 서양엔들 야소 귀신이 없겠냐." 211이 목사 말을 꺾었다.

236은 211의 발광을 처음 보았을 때 그가 귀신 들린 자가 아닐까 의심했는데, 이제 그가 엘릭 목사를 귀신 들린 자로 몰아세웠다. 허긴 세상 모든 사람은 제가끔 얼마쯤 귀신에 들려 있는지 몰랐다. 자신도 그중 하나이리라.

"목사님, 그럴 수 있습니다. 야소님이나 부처님이나 환각을 통해 나타나기도 하니깐요. 어떤 대상을 마음에 깊이 새기면 꿈길로 찾아오듯, 망자가 살아나 말을 걸어오는 체험은 누구나 할 수 있습니다."

"그래요." 236 말에 목사가 머리를 끄덕였다. "야소님이 내게 말했을 때, 내 마음에 강한 빛 비쳤습니다. 온몸이 타는 체험했습니다. 나는 야소님께 고통받는 만백성에게 복음 전하는 사도 되기로 서약했습니다. 먼저, 성경 읽고 또 읽으며 같이 기도해봅시다." 목사가 236 손을 잡았다.

"『사복음서』는 그쪽 감방에 두고 왔습니다. 여분 있다면 한 권 주십시오." 크고 따뜻한 손을 통해 야소 영혼이 전해지듯, 236은 어떤 전율이 건너오는 느낌을 받았다.

"오, 긍휼하신 야소님이여. 드디어 이 감방에도 찾아오셨군요!" 목사가 천장을 향해 소리쳤다. "당신이 죄인이듯, 나도 죄인이듯, 여기 죄인 구해주소서. 우리 함께 주님 품으로 가게 건져주소서."

엘릭 목사가 짤막한 기도를 마치곤, 성경책을 가져오겠다고 236에게 말하곤 감방을 떠났다.

"너 정말 믿을 작정인가?" 211이 236에게 물었다.

"믿는다기보다…… 성경책은 마음의 양식이 될 수 있는 말씀입니다. 성경책 오면 제가 읽어드리지요."

"관둬. 그까짓 양코쟁이 교를 알아선 뭘 해."

엘릭 목사가 『사복음서』를 감방으로 가져온 것은 닷새 뒤였다. 그날, 목사와 236은 성경과 불경을 두고 한 시간 정도 토론했다.

인간의 유한성(有限性)에 대한 두 성현의 견해, 구원과 해탈 문제, 극락과 천당 차이에 대해 의견을 나누었다. 목사가 자기 주장을 펴는 쪽이라면, 236은 듣는 입장이었다. 목사는 절대신앙으로 기독교 유일신(唯一神)을 주장했다. 그는 무엇보다 우선 '야소의 집'으로 들어와 신도가 되어야 한다 했다. 그러나 236은 두 종교 모두 세속 인간들에게, '나는 무엇이며, 어떻게 살아야 하느냐'를 가르친 참된 교라고 말했다. 그리고 깨우친 자는 자신보다 낮은 사람들의 종이 되어 그들을 영육으로 보살펴줌이 아름다운 삶이라 깨우쳤다고 고백했다. 목사가 야소를 하느님 독생자라 말했을 때, 236은 누구나 지극 정성을 다하면 부처가 될 수 있다고 말했다. 목사가 천당에서 영생복락을 말했을 때, 236은 윤회를 말했다.

"어느 종교든 생명력이 내세의 이상론에 있는 만큼, 내세를 내세우지 않을 때 중생으로 하여금 현세의 삶을 각성케 하는 구속력이 그만큼 약화된다고 봅니다." 236이 말했다.

"그렇다면 당신은 스님 할 동안 불타 사상 믿지 않았습니까? 현세 사는 사람 겁주려 내세 주장한다는 말입니까?"

236이 목사 말을 듣자, 잘못 말했구나 하는 마음이 들었다. 윤회 사상에 확신을 가지지 못했다면 중 생활 몇 년이 헛수고였을 뿐이다. 그러나 지금, 윤회설이 만고불변의 진리라는 확신에 별 자신이 없었다. 석존의 많은 말씀 중 하나 그릇된 말이 없기에 열반 이후 윤회 과정도 믿어야 함을 무의식중에 체득해왔을 따름이었다.

"내세가 있음을 믿습니다. 어제가 있어 오늘이 있고 내일도 있듯, 전생과 현생과 내생은 있습니다. 인간은 현생의 업보에 따라 내생 어느 한곳에 들게 되겠지요." 236은 말을 뱉고 나자 세 치 혀가 얼마나 간사한가를 깨달았다. 의무감의 멍에를 지긴 했지만 내세를 믿지 않을 수 없다고 수긍했다. 한편, 내가 출가를 작심했을 때, 선문의 무엇을 동경했던가 하는 데 생각이 미쳤다. 자연의 고요 속에 칩거해 나의 본체를 찾자는 데 있지 않았던가. 그 시절로서는 죽은 뒤 내세에는 관심이 없었다. 사미승이 된 뒤부터 부산 감옥으로 오기 전까지는 첫 그리움의 파헤침으로 일관되었다고 볼 수 있었다. 내세에 집착하기에는 너무 젊은 탓인지 몰랐다.

엘릭 목사는 236에게 서로 이런 토론이 공부가 된다며, 또 찾아올 것을 약속하고 감방을 떠났다. 떠나며 그는, 당신을 반드시 야소님 전도자로 만들겠다는 예언 같은 말을 남겼다. 자기 능력으로 이룰 일이 아닐지라도 오래 기도하면 야소님이 그 일을 합당하게 이루실 것이라고 말했다.

"내가 다시 오겠지만 만약 못 오더라도 석상 석방되면 나를 찾아오시오. 서대신정 원랑보통학교 옆 부산장로예배당 있습니다. 만납시다." 목사가 이 말을 남기고 떠났다.

"넌 정말 대단한 녀석이야." 211이 236 어깨를 치며 만족해했다. "양코쟁이를 꼼짝 못하게 했으니깐. 그러나 서양 야소교를 믿지 마. 코 큰 그놈들을 신용할 수 없으니깐. 인부들을 짐승처럼 매질로 다루며 금을 파낸다며 우리나라 강산을 마구잡이로 파헤치지 않았나. 우리나라가 일본에게 넘어갈 때도 우리편이 되어주지 않았어. 일본놈들과 한패 되어, 조선을 일본 속국이라 인정했거던. 이삼육, 출감하면 예배당 말고, 나를 찾아와. 내가 널 거둬줄 테니깐.

아니, 내 밑에 있기 아까워. 큰물에서 놀아야지. 그러자면 공부를 더 해야 되겠지. 내 널 후원해주마. 나는 한번 하면 한다는 놈이니, 넌 나를 잘 만났어."

이튿날 아침, 236은 『사복음서』를 다시 읽다, 성경 말씀을 세 수인에게 풀이해 들려주려 했다. 211이, 집어치우라고 몇 차례 호통쳐도 그가 말을 듣지 않자 멱살을 틀어쥐었다.

"너 죽고 싶어 환장했냐?"

"제가 여러분께 야소교 신자 되라고 이러는 게 아닙니다. 신자 되겠다고 결심한 바 없고요. 내게 스승이 될 만하면 백 리 길도 마다 않고 찾아가 배우라 했습니다. 내가 하는 일이 참될 때는 목에 칼이 들어오더라도 그 뜻을 굽혀서 안 된다고 스승님이 말씀하셨습니다." 236이 말했다.

"곱게 봐줬더니, 이놈이 정말 양코쟁이한테 미쳐버렸군. 네놈 어디 한번 내 손에 죽어봐!" 211이 236 따귀를 치곤 주먹질을 해댔다. 236은 매질을 달게 받았다. 249가 둘 사이를 말려도 211은 매질을 물리지 않았다. 그의 광기가 236에게 폭발해버린 셈이었다.

그날, 19호 수라장을 간수가 들고 감방문을 열지 않았다면 236은 211 매질에 실신하고 말았을 터였다. 다음날부터 211은 236을 야소쟁이라 빈정댔다. 툭하면 시비를 걸어, 광기 한 부분을 236에게 풀었다. 그는 236을 두고 유식쟁이, 굶어 죽을 놈, 괴짜 중, 실성한 놈이라고 욕설했다. 그래도 반응이 없으면, 네놈은 몸을 학대할수록 정신이 맑아진다고 했으니 내가 시험하겠다며 달려들었다. 관절 꺾기, 복부 치기, 거꾸로 세워놓고 간지럼 태우기 따위의 장난을 즐겼다.

"최형, 이삼육이 무슨 죄가 있소. 너무 그러지 마시오."

249가 말려도 211은 막무가내였다. 배가 고프다며 훌쩍이던 252도 그때만은 앓는 소리를 그치고 211 짓거리를 눈 동그랗게 뜨고 보았다.

"재미있군. 어릴 적에도 우리 집 종놈들 골려주는 게 취미였거던. 가슴팍에 촛농을 떨어뜨리기도 했지. 학교에 다닐 땐 교단 바닥에 양초 칠해서 선생을 자빠지게 했고." 211은 하루에도 한두 차례 236을 골리다, 주먹으로 벽을 치고 소리 지르는 광기를 부렸다. 그럴 때 236이 진정시키느라 말리면, 네놈은 배알도 없냐며 생트집을 잡았다. "네놈이 이곳에 들어오지 않았다면 난 미쳐버렸을 거야. 하여간 네놈 속은 알 수 없어." 211은 이렇게 엉뚱한 말을 하기도 했다. "부처님께서는 본성이 악인은 없다 했습니다. 부처님도 자신이 깨달음을 향해 정진함으로써 실천을 통해 부처가 되셨습니다. 선배님도 본성이 어지신 분이니 모쪼록 지혜를 깨우치도록 하십시오." 236이 이렇게 말하면 211은 풀이 죽어, 불교 이야기나 들려달라고 졸랐다. 그럴 때는 마치 심술쟁이 어린애같이 천진스러웠다. 236은, 듣고 읽은 대로 말해주겠다며, 부처님 설법 중에 떠오르는 대로 주워섬겼다. 그는 성선설(性善說)을 신봉하고 있었다. 211 역시 환경 탓으로 성격이 비뚤어졌을 뿐, 본성은 착하고 마음보가 넓으며 사내다운 호방함이 있었다. 다만 하루 한두 차례 그의 폭발적인 광기를 누구도 다스릴 수 없다는 데 문제가 있었다.

236은 낮 시간 동안 『사복음서』를 부지런히 읽었다. 211 불호령이 떨어져 그가 책을 빼앗을 때까지 여러 차례 되풀이 읽으며 심오한 뜻을 두고 묵상했다. 211이 성경책을 찢지 않는 점이 다행이었다. 성경책을 찢는다면 신벌(神罰)이 내릴는지 모른다는 마음 작용이 있는 모양이었다.

*

활짝 핀 봄이 찾아왔다. 감방 안도 한밤을 빼곤 추위를 느낄 수 없었다. 길고 지루한 겨울이 지나가면 감방 생활은 견디기가 한결 수월했다. 어느덧 236 실성증 치매도 거의 완치를 보았으니, 표충사 방장승이 제조한 환약이야말로 잠든 영혼을 깨우는 신묘한 능력이 있었던 것이다.

211이 1년 형기를 끝내고 출감하기는 온누리에 봄이 무르익은 5월 하순이었다. 5월에 들고부터 출감 날수를 손꼽아 헤아리며 무시로 면회실을 들락거리던 끝에, 어느 날 아침 그는 석방을 맞아 감방을 나서게 되었다.

"이삼육아, 그동안 널 못살게 굴어 미안해. 너라도 있었기에 배겨내기 수월했어. 배운 것도 많았고. 네가 말했듯 나도 천성이 악질은 아니니 그동안 행패를 고깝게 새겨두지 마." 211이 236 어깨를 치며 말했다.

"나가시면 모쪼록 좋은 일 하십시오."

"좋았어. 기억해두지. 그리고 여기서 나오는 날, 절로 돌아갈 마음이 없다면 날 찾아와. 대창정 국일화물로 말야. 네가 공부를 하겠다면 도일(渡日)을 주선하지. 머리 좋은 별종이니 뭐든 파고들면 대성할 수 있어."

"말씀만 들어도 과분합니다. 인연이 있다면 선배님 뵈올 날이 오겠지요."

"모두 잘 있어. 우리 다시는 이런 지옥에서 만나지 말자고. 삼세판이란 말 알지? 나도 이번이 마지막이야."

211은 당당한 걸음으로 감방 문이 비좁게 떠났다.

"시원섭섭하다는 말이 걸맞군. 이일일 발광을 안 보게 됐으니 속이 후련해. 그러나 앞으론 사식 얻어걸릴 수 없으니 감옥 밥으로 견딜 수밖에." 249가 말했다.

211이 나가고 이틀 뒤 신참이 감방으로 들어왔다. 작달막한 키에 눈썹이 짙고 눈빛이 초롱한 젊은이였다. 357은 일본으로 밀항하려 선창에서 화물선에 몰래 승선했다 붙잡혀 4개월형을 선고받은 자였다. 밀항죄로 들어온 그는 보짱이 있었고 학구열이 대단했다. 소작농 아들로 태어나 독학 끝에 보통학교 과정을 뗀 뒤, 일본에서 고학하려 배를 탔다 했다.

"경찰서에선 까막눈이라 했지요. 일본으로 들어가 막노동이라도 하면 배 안 곯게 된다기에 밀항하려 했다고 속였죠. 사실 나한테 배 삯이 어딨으며 누가 보증서 선승증(船乘證) 만들어주겠습니까."

"간도 크군. 하필이면 왜 일본으로 가. 조선서도 공부할 수 있을텐데." 249가 말했다.

"여기선 일하며 배울 수 없지요. 일본 도회지는 일거리가 지천으로 널렸대요. 배달원도 좋고, 장사도 좋고, 막노동을 할 수 있고요. 넉 달 후 풀려나면 부산 선착장에 날품 팔며 다시 도일 기회를 노리겠어요. 열심히 배워와 조선 청소년을 가르치는 게 꿈이에요. 우리 민족도 남만큼 배워 깨친다면 왜놈 압박에서 벗어날 날이 올 겁니다."

"한마디로 표 안 나는 광복운동 같은 걸 하고 싶다 이 말이군. 그렇다면 돌아앉아 면벽 수도하는 이삼육과 얘기 나눠봐." 249가 말했다.

357은 236 옆에 붙어 앉았다.

"저는 경상도 선산 출신 황봉학이라 합니다. 같은 감방에 있게 되어 영광입니다." 357이 인사를 청했다. 좌선하던 236이 돌아앉아 통성명했다.

불볕 더위가 지열을 끓이는 여름 한철을 넘길 동안, 236은 249, 252, 357과 넷이 동1동 19호에서 수형 생활을 했다. 여름을 보낼 동안 236은 사흘이 멀다하고 249와 252의 비역질 수작을 곁귀로 들어야 했고, 낮 시간은 좌선과 『사복음서』 읽기로 보냈다. 357과는 학문이며 종교에 관해 토론을 나누기도 했다. 357은 나이가 세 살 아래라 236에게 형님이란 존칭을 썼다. 357이 조선 광복 문제를 두고 역설할 때만은 듣기 거북했으나 다른 점에서는 236의 말동무가 되었다. 조선 민족의 갱생은 오로지 교육에 있다는 그의 말은, 책을 멀리하기로 했던 236 마음을 움직이는 데 적잖은 힘이 되었다.

여름이 물러갈 때쯤 늦장맛비로 큰물이 져서 북동 옥사 여러 채가 수해를 입자, 부산감옥은 수인들의 대대적인 감방 이동이 있었다. 이감에 따라 357과 헤어지게 되자 236은 여간 섭섭하지 않았다.

"황형이 저보다 먼저 출감하니, 나가면 대창정 삼정목에 있는 국일화물 최학규 씨를 찾아가보시오. 그가 제게 일본 유학을 주선해줄 수 있다 했으니 황형도 도움받을 수 있을 겁니다." 236이 357과 헤어지며 말해주었다.

"최가 성질이 개차반이라도 의리 있어. 부두거리 주먹왕이니 비위 잘 맞추면 선승증을 만들어줄 거야." 249가 말했다.

"고맙습니다. 그분을 뵙도록 하지요." 357이 249에게 인사를 하곤 236 손을 굳게 잡았다. "형님도 그만큼 글 읽었으니 글을 혼자 머릿속에 간직하지 말고 글 모르는 동포에게 나누어주십시오. 그것이 부처님 말씀한 보시입니다. 현금 조선 독립은 무력으론 어림없고, 백성이 먼저 깨우쳐야 합니다. 실력으로 왜놈과 대등하게 싸워야지요. 백성을 일으켜 세우는 일이 바로 우리 젊은이 임무입니다."

"황형 뜻은 알겠어요. 그럼……"

"형님, 언제 다시 만나면 힘 합쳐 학당 하나 열어봐요."

357 말에 236은 선선히 대답할 만큼 뒷날을 두고 자신이 서 있지 않았다. 속죄의 고통에 짓눌려 하찮은 미물로 낮추는 자기부정에서 출발해, 육(肉)을 송두리째 비워내 공(空)에 이르게 되기를 바라며 참선의 극기로 일관하다, 홀로 청정하게 득도하기보다 고통 속에 헤매는 중생을 위해 헌신함이 이승의 아름다운 삶이란 데까지 생각이 발전했으나, 자신이 학동을 가르치는 스승으로서의

역할에는 아직 소명감을 가지지 못했던 것이다.

236은 남동 감방으로 이감되어 여덟 명의 낯선 수인과 생활하게 되었다. 그는 그 감방에서 여러 종류의 사람을 만났다. 죄목도 갖가지였고 성격과 버릇 또한 천태만상이었다. 사무친 원한이 많은지 그들은 한결같이 세상을 원망했고 때로는 한없는 설움에 잦아들어, 하루하루 옥살이를 이어가고 있었다. 236은 그들을 통해 이승의 삶이 높은 산과 깊은 물을 허위 넘는 고행임을 다시 한번 실감했다.

236이 그곳에서도 좌선을 일삼자, 처음은 다른 수인들의 비웃음을 샀다. 그러나 겸손이 몸에 밴 236이 불경과 성경에 통달함을 알자, 수인들은 자주 그에게 종교적 설법을 베풀어달라고 청했다. 236은 몇 차례 사양하다 그들의 청을 받아들여 석가와 야소 훈화를 들려주고 풀이해주기도 했다. 그가 남동 감방으로 옮기고도 엘릭 목사가 서너 차례 그를 만나러 왔다. 목사는 그가 성경 말을 줄줄이 외며 몇 장 몇 절 말씀이라고 대자, 노력과 정성에 탄복했다. 목사는 자기에게 세례받기를 권했다. 그러나 236은 야소교 신자가 되기를 사양했다. 『사복음서』은 누런 닥종이가 헤어질 만큼 읽었으나 교도가 될 마음은 없었다.

236은 겨울이 될 동안 먼발치로 스승을 두 차례 만났다. 스승 또한 자기를 보았으나 거리가 멀었기에 말을 나눌 기회는 없었다. 스승 모습은 앙상히 말라 장승 같았고 한쪽 다리는 전보다 더 절름거렸다. 그런 스승을 보자, 반드시 살아 세상에 나가야 한다던 스승 말을 다시 곱씹었다.

12월에 들어 어느 바람 센 날, 남동 옥사에 불이 났다. 경비실 난로 과열로 일어난 불은 센 강풍을 타고 삽시간에 목조 옥사로 옮겨 붙었다. 화재로 미처 빠져나오지 못한 수인 다섯이 불에 타 죽고 열셋이 화상을 입는 참사를 빚었다.

불길은 236이 갇힌 옆 감방까지 번져 하마터면 아홉이 소사할 뻔했으나, 간수가 먼저 손을 써 감방문을 개방했기에 피신할 수 있었다. 화제 뒤, 236은 다른 감방으로 옮기게 되었다. 서동 감방으로 옮긴 그는 다섯 잡범과 동숙하게 되었다. 그때까지도 그는 사식 차입과 면회를 거절했다.

형기의 끝막음을 가까이 두자, 236도 출감 날짜를 헤아리게 되었다. 한편, 출감 뒤 자신의 살아갈 길을 두고 여러 생각을 따져보지 않을 수 없었다. 정한 이치대로 다시 선문으로 돌아가 참구정진(參究精進)하며 일심공력으로 보리를 좇아야 함이 마땅했으나 표충사에서 체포된 뒤 2년, 1년 6개월여 수형 생활 동안 인생 밑바닥 아비지옥(阿鼻地獄)의 생체험 탓인지 선경(仙境)에서의 고고한 참선이 가시방석같이 여겨졌다. 어쨌든 당장 돌아갈 처소는 그곳뿐이었다. 주지승, 교무승보다 먼저 석방된 이상 절로 돌아가 출감 인사부터 올려야 마땅했다. 언양 고하골에 들러 부모님께 인사드리기엔 자신이 초라하고 부끄럽게 여겨졌다.

인동(忍冬)

1918년 1월 17일 주율은 부산감옥에서 만기 출소일을 맞았다. 그날은 이태 전, 그가 밀양경찰서에서 부산경찰부로 압송된 날이기도 했다. 함박눈이 퍼붓던 이태 전 그날과 달리 바람 잠잠한 구름 낀 날씨였다.

주율은 아침밥도 거른 채 계호간수에 의해 감방에서 불려나가 만기 출소 수속을 밟았다. 교도과에서 여러 장의 서류에 손도장을 찍었다. 석방 수속을 마치기는 오전 열한시경이었다. 교도과에서는 석방허가서를 주며, 거주지 소재 경찰서에 본인이 닷새 안으로 출소신고를 해야 한다고 말했다. 불령인 관찰대상 인물이므로 거주지 주거허가증명서를 발급받아야 하며 이를 어길 때는 형사령 경찰범처벌법에 저촉된다고 했다. 그의 전 거주지가 밀양군 단양면 표충사였기에 신고처는 밀양경찰서였다.

주율이 영치계에서 인계받은 사물은 표충사를 떠날 때 입었던 누비 절옷과 선화와 사모님 조씨가 때때로 차입해주었으나 한 푼도 쓰지 않아 모인 돈 80여 원이었다. 사모님이 차입해준 진솔 장삼을 걸친 주율은 중병 치르고 소생한 듯 피골 상접한 몰골로 감옥 정문을 나섰다.

"주율스님, 얼마나 고생 많으셨습니까." "주지스님께서 스님을 모셔오라고 우리를 보냈습니다." 정문 앞에서 기다리던 젊은 승려 둘이 주율 앞에 나서며 말했다. 둘은 주율 1년 뒤 사미계를 받은 승려였다. 키가 아담하고 얼굴이 둥글어 앳되어 보이는 승려는 법명이 광우였고, 범눈썹에 메기입을 한 키 큰 승려는 증벽이었다.

주율은 표충사에서 마중 오리라 기대하지 않았다 어리둥절한 채 미소만 띠었다. 광우가 자기 목도리를 끌러 그의 여윈 어깨에 둘러주었다.

"병환은 어떠신지요?" 증벽이 물었다.

"방장스님이 보내주신 약제 덕분에 나았습니다."

"조반도 들지 못했지요? 두부가 좋다던데……"

셋이 걸음을 옮기자 면회대기소 쪽에서 세 사람이 다가왔다. 쓰개치마 쓴 선화와 백운역술소 주인 백운, 정심네였다. 중절모에 두루마기 차림의 백운이 지팡이 든 선화를 주율 앞으로 이끌었다. 선화는 긴 머리채를 자르고 쪽을 쪄 비녀를 꽂고 있었다.

"선화구나."

"작은마님은 몸살이 심해 스승님과 저만 왔습니다. 언양에서 오신 분은 그동안 오빠를 위한 정성이 극진했습니다." 선화가 정심네 쪽을 돌아보았다.

"저는 선화에게 역을 가르치는 백운이라 합니다. 선화 편에 말씀 들었지요. 뵙고 싶었습니다." 백운이 말했다.

"고맙습니다."

"스님, 고하골 부모님을 대신해 마중 왔습니다. 자당님은 신병이 있어 거동이 여의치 못하고, 춘부장께서는 땔감 하다 발목을 삐었기에…… 두 분이 아드님의 무사 출옥을 학수고대하셨습니다." 정심네가 주율에게 다소곳이 목례했다.

"고맙습니다." 주율은 어머니 신병이 무어냐고 묻고 싶었으나 말 걸기가 스스롭지 못했다. 아무리 심부름이라지만 이 여인이 부산까지 출소 마중을 나섰다는 게 의아스러웠다.

그들은 보수산 고갯길을 걸었다. 주율은 두 해 만에 처음 보는 바깥세상을 둘러보았다. 길가 여염집들은 담과 벽을 허물어 잡화점, 유기점, 주점을 내고 있었다. 바깥의 일상은 예전과 다를 바 없건만 세상과 고립된 산문과 수형 생활을 오래 겪은 그의 눈에 저잣거리 풍경이 새로웠다.

보수산 고개 넘어 바다를 멀리로 내려다보며 언덕길을 내려가자 신시장이 나섰다. 장거리에는 많은 사람들로 붐볐다. 나무장수, 옹기장수, 신발장수, 목기장수, 나물장수, 망건장수, 죽물장수, 남초장수, 건어물장수들이 물목을 늘어놓고 물건 자랑에 곁들여 호객을 외쳐댔다. 난전에는 단지, 목판, 채반에 팔거리를 늘어놓고 팥죽, 방물, 젓갈, 어물을 파는 장사꾼에, 엿, 떡, 고무줄, 사탕을 파는 행상도 있었다. 이 점방과 저 난전을 기웃거리는 장꾼도 많았다. 갓쟁이에 중절모가 있는가 하면, 도포에 국민복도 섞였고,

무명옷 입은 아낙들 사이 왜옷 입은 일본 여자도 보였다. 주율은 장거리 물정을 통해 세상살이를 한꺼번에 볼 수 있었다. 감옥에서도 여러 유형의 사람을 만났으나 장바닥이야말로 온갖 사람이 들끓어 생존의 아귀다툼을 벌이는 생활 현장이었다. 그는 순간적으로 자신의 신분이 승려로 다시 복귀되었음을 잊고, 장 구경 나온 뭇사람 중 하나가 되어 장판 소란을 두리번거렸다. 후각에 닿는 단내, 쉰내, 누린내, 마늘내, 고소한 냄새, 비린내 따위의 온갖 내음을 그는 주린 개처럼 마셨다.

"마님, 어린것이 굶어 죽어갑니다. 한 닢 적선해줘요." 아이 업은 아낙이 정심네 앞길을 막고 손을 내밀었다. 질척한 땅을 맨발로 누비는 아낙 얼굴이 부황기로 누르게 떴고 등에 업힌 서너 살 됨직한 계집아이는 피골이 상접한 큰 머리통을 어미 등짝에 눕히고 있었다. 정심네가 여인을 비껴가려다 치마 말기를 잡히자 하는 수 없이 들고 있던 보퉁이 사이에서 인절미 두 개를 꺼내 아낙의 때탄 손에 넘겼다. 아낙이 물러나자, 적선을 훔쳐보던 대여섯 거지아이가 몰려와 정심네를 에워쌌다.

"마님, 배고파 죽겠어요. 저도 떡 하나 줘요." "젊은 마님, 저도요!" 넝마 옷으로 살을 가린 아이들이 너도나도 손을 내밀었다. 한 아이가 그네 보퉁이를 잡고 늘어졌다.

"너들에게 줄 떡이 없어."

거지아이들은 정심네 말을 들은 척도 않고, 떡을 달라거나 적선하라고 졸라댔다.

"떡을 애들에게 나누어주십시오." 주율이 말했다.

"인절미는 고하골 부모님이 마련한 것인데요."

다 줘도 된다는 주율 말에 정심네가 보퉁이를 끌렀다. 보퉁이에서 주율의 새 속옷과 유지로 싼 인절미 꾸러미가 나왔다. 그네가 한 아이마다 두 개씩 인절미를 주자 어른거지와 행려자는 물론 행상꾼까지 담을 쳐, 나도 맛 좀 봅시다며 손을 내밀었다. 한 팔이 뒤틀린 곰배팔이 거지, 얼굴이 찌그러진 문둥병 사내가 있는가 하면, 앉은뱅이 걸식자는 사람들 가랑이 사이로 파고들었다.

주율은 소란을 지켜보았다. 호의호식하며 부귀를 누리는 사람도 있겠으나 대체로 중생은 허갈증에 시달렸고, 거지와 행려자야말로 아귀도(餓鬼道) 나락에서 헤매었다. 인절미가 순식간에 동이 나자 그는 걸음을 돌렸다. 시장 어귀를 빠져나올 동안 장판을 떠도는 거지와 모닥불 피워 둘러앉아 추위를 녹이는 여러 행려자 가족이 널려 있었다.

"작은마님께서 대창정에 들렀다 가래요." 선화가 말했다.

"우린 주율스님 모시고 열차를 타려는데요. 절에서 스님을 기다립니다. 환영법회 날짜도 잡혔고요." 증벽이 말했다.

주율의 대답이 없자, 백운이 나섰다.

"대창정 집이 석형 속세 때 스승인 백상충 선생 처가댁입니다. 스님도 공양 들고 떠나지요. 제가 역에 나가 오후에 출발하는 보통열차 편을 선약하겠습니다." 백운이 말했다.

두 승려가 마지못해 승낙했다. 주율도 스승보다 먼저 출감했으니 사모님께 인사드림이 마땅하다 여겼다.

"그런데 환영법회라니요?" 주율이 물었다.

"주율스님 석방 환영법회지요." 광우가 말했다.

"아무 한 일 없는 제게 법회까지 열어주신다니…… 아직 옥중에 계신 큰스님도 있는데 말입니다. 법회를 취소함이 어떨는지요."

"안 됩니다. 교무스님이 결정한 불사라…… 법회가 음력 정월 초닷샛날로 잡혔습니다." 증벽이 말했다.

주율은 표충사 승려들과 불도들 앞에 나설 자기 모습을 그려보았다. 경후가 자살한 마당에 절옷 걸치고 있음이 송구할 뿐인데 출옥 환영법회를 열어준다니, 그는 부끄러움으로 쥐구멍에라도 숨고 싶은 심정이었다. 표충사에 들어가는 길로 자신의 환영법회를 다른 명칭으로 바꾸자고 말하기로 마음먹었다. 주지스님이 허락하지 않는다면 방장스님에게라도 졸라볼 일이었다.

"진주감옥 쪽을 말씀드리자면, 선덕스님께서 스무 날 좌선 단식 끝에 지난해 팔월 하안거 끝날 때를 맞추어 입적하셨습니다." 광우가 조심스럽게 말을 꺼냈다.

"뭐라고요, 선덕스님께서?"

선덕스님은 선원(禪院)을 관장했던 큰스님이었다. 오랜 수행을 통해, 표충사에서는 사유수(思惟修)의 표본으로 칭송받던 분이었다. 꼿꼿이 앉아 좌선에 임하면 주위 공기조차 정적일순의 엄숙함이 감돌곤 했다.

"서상암 진묵스님은 연로하신데다 고문 후유증으로 옥중에서 고생하시다, 지난겨울 입동 절기에 입적하셨고요. 돌아가시기 전 일본인 간수장이 스님을 존경해 글월 받기를 청하자, 스님께서 '무로사역무로사진(無老死亦無老死盡)'이란 글을 내렸답니다. 간수장이 가보로 간직하겠다며 요릿집에서 자랑했던 게 진주 바닥에 퍼졌습죠."

"무로사역무로사진이라……" 주율이 입속말로 읊었다. '늙어서 죽는 것도 없고 죽는 것으로 끝나는 것도 없다'란 말은 죽은 뒤를 열반세계로 받아들이고, 윤회의 억겁에 귀의함이리라. 눈앞에 두 원로승 모습이 어른거렸다. 깎은 참나무 같던 선덕스님, 파파옹으로 암자에 은거했던 진묵스님이었다. 진묵스님은 자신이 서상암에서 수계식을 받을 때 집전을 맡은 계사(戒師)였다. 둘과 함께 앞서 죽은 경후, 김조경 처사 모습이 떠오르자, 그들 죽음을 담보로 세상에 나온 나는 무엇인가란 자괴감으로 그는 몸이 떨렸다.

대창정 못미처 백운이 기차표를 예매하러 역으로 떠날 때, 정심네가 자기는 차도 따라 보행해 언양으로 가겠다고 말했다. 일행은 대창정 조익겸 댁 별채 조씨 방에 들었다. 가슴앓이병이 악화되어 파리한 안색으로 자리에 누웠던 조씨가 주율을 맞았다.

"그런 중병을 앓고도 무사히 나왔으니 부처님 은덕이겠거니. 내 너를 어진이란 아명으로 부르기 무엇하니 하댓말을 쓰기도 거북하고나." 조씨가 나직이 말했다. 그네는 서방이 1년 더 옥살이해야 한다는 안타까움으로 마음 저렸으나 내색을 않았다. 그네는 식모와 반빗아치를 불러, 스님들이니 육류는 빼고 국과 찬은 푸성귀를 써서 만들라 일렀다.

주율이 세수간으로 가서 데운 물로 몸을 대충 닦고 나오자 선화가, 잠시 보자며 오빠를 불렀다. 오누이는 빈 침모방에 마주앉았다.

"출감했으니 절에 머물겠군요?"

"왜 그걸 묻니?"

"제가 두번째 면회 갔을 때 오빠가 스스로를 매질하며 법명조차 부인하는 걸 보고 마음이 아팠습니다……"

선화가 두번째 면회를 다녀간 게 재작년 복더위 때였으니 1년 반이 흐른 셈이었다. 그사이 머리 얹어 새색시가 된 선화 용자가 피어났지만, 말하는 태도가 규방마님 흉내 내듯 하여 주율에게는 예전 누이 모습이 아니었다. 백운이란 역술한다는 자가 선화 서방 일까? 나이 차이가 많이 지니 소실일까? 주율은 언뜻 잡스런 생각을 하다 자리에서 일어나 별채 객방으로 건너오고 말았다. 정심네는 자리를 떴고, 그사이 백운이 오후 네시 반 보통열차 기차표를 예매해 왔다.

남자들은 객방에서 두레상을 받았다. 푸성귀 반찬으로만 차린 음식상이 걸었다. 쌀밥에 열 가지나 되는 반찬을 앞에 두자 주율은 수저를 들 수 없었다. 부산감옥 수인들이 떠올랐다. 기갈 들린 그들을 남겨두고 이런 밥상을 받는 게 죄스러웠다. 또한 스승님을 비롯해 영남유림단 실무요원들이 아직 엄동의 감방 생활을 견뎌 내고 있었다. 그는 목이 메어 자기 앞에 놓인 고사리나물 한 가지 찬만으로 밥을 먹었다.

그들은 한담으로 시간을 보내다 오후 세시가 넘자 조익겸 저택을 나섰다.

"사모님이 빨리 쾌차하셔야 할 텐데…… 스승님보다 먼저 나와 면목 없이 떠납니다. 선화도 잘 있고" 하곤, 주율이 정심네에게는 목례만 했다.

그들은 역을 향해 염주정 해안길을 걸었다. 하늘이 우중충해 바닷물이 잿빛이었다. 표충사 두 승려가 앞장서고, 백운과 함께 뒤따르던 주율이 갈매기 자맥질하는 물빛 어두운 망망대해에 눈을 주었다. 옥살이에서 풀려나 드넓은 바다를 볼 수 있음만도 축복인데, 아무런 감흥이 일지 않았다.

"갇혔다 나왔으니 승방에 칩거치 말고 금강산이나 묘향산쯤 만행에 나서보지요." 백운이 말했다. 주율이 말이 없자, 하산할 생각을 갖고 계신 건 아니냐고 백운이 물었다.

"제 역 풀이가 그러합니까?"

"절에 머물 것 같지 않습니다. 광복운동에 투신할 뜻은 없겠고…… 산거가 아닌, 마을로 내려올 운세요."

"제가 절집에 있을 팔자가 못 된다고요?"

"역은 운명론이 아닙니다. 역의 본뜻은 삼라만상이 끊임없이 변역한다는 데 있습니다. 사람도 마찬가집니다. 사람 사주도 음양에 의해 변역됩니다. 개개인도 성격과 체질이 음양을 가졌기에, 음양의 대립과 조화를 짚어낼 수 있어 그 사람이 나갈 길을 맞추고, 해야 할 일과 하지 않아야 할 일을 일러주지요. 제가 푼 역으로 보자면 석형은 절집에서 도 닦을 운세가 아닙니다."

백운 말에 주율은 표충사 방장승을 처음 뵙던 날이 생각났다. 스승을 모시고 난생처음 너른 세상으로 나가 표충사까지 갔으니, 일곱 해 전이었다. 노승은 주율에게 이것저것 묻고 난 뒤, 어젯밤 꿈에 동자가 피 묻은 손에 애솔 한 그루를 받쳐 들고 저잣거리로 가더란 말을 했다. "산으로 올라온다면 만고풍상을 이겨 왕소나무

258

가 될 수 있으련만, 동자가 저잣거리로 내려가지 않나……" 방장 승 꿈풀이가 자기를 두고 한 말이 아니었을까 하는 섬뜩한 느낌이 그의 뇌리를 쳤다. 백운 역시 자기가 절을 떠날 것임을 예언하고 있었다.

"내 언젠가 선화에게 석형 운세를 화산려(火山旅)로 풀이해준 적 있습니다."

"무슨 뜻입니까?"

"고독한 나그넷길이지요. 석형은 고독한 나그네처럼 많은 어려 움을 넘기게 될 겁니다. 그러나 심성이 물과 같아 난경 또한 극복 해내겠지요. 『맹자』를 보면 이런 말이 있지요. 하늘이 이런 사람에 게 큰일을 맡기는 명을 내리려면, 반드시 먼저 그의 마음을 괴롭 히고, 그의 살과 뼈를 지치게 만들고, 그의 육체를 주려 마르게 하 고 그의 생활을 궁핍하게 해서, 하는 일마다 꼭 해야 할 일과 어긋 나게 만든다(天將降大任於是人也 必先苦其心志 勞其筋骨 餓其體膚 行 拂亂其所爲 所心動心忍性 曾益其所不能)는 글귀입니다. 하늘이 큰 짐 을 맡길 만한 사람에겐 그런 형벌을 주어 그 사람이 거기서 헤쳐 나오기를 앙망합니다. 중도에서 짐을 감당치 못해 실패하는 경우 가 태반이겠으나……"

백운 말대로라면, 하늘이 주율에게 큰 짐을 맡기려 한다는 풀이 였다. 설령 속세에서 가시밭길을 걷게 되더라도 『맹자』 풀이로서 는 과분한 찬사가 아닐 수 없었다. 한편 주율에게 백운의 비유는, 고독한 나그넷길을 걷게 되더라도 맹자 말에서 위안을 얻게 되리 란 위무로 들리기도 했다. 석존도 고(苦)의 바다에 모든 욕망을 제

어하고 오직 정각해 보리심을 낼 때, 누구나 부처가 될 수 있다 했다. 야소도 주리고 헐벗은 자, 우는 자, 불쌍한 자, 의와 덕을 위하다 핍박받는 자는 천국에 갈 것이라고, 이 땅에서 고통당하는 인간들에게 위무의 은사를 내렸다. 저잣거리에서 보았던 거지아이들과 행려자 가족이 그의 눈앞에 선했다. 그는 상념에 빠져 말없이 걸었다.

"내가 공연히 석형 사주를 짚어준 셈이구려. 석형도 주역을 통달해보십시오. 많은 깨우침을 받게 될 겁니다. 선화가 주역 배우기 햇수로 다섯 해, 비록 소경이지만 눈뜬 자만큼 진경이 빨라, 석형 운세를 그때그때 풀이해 갈 길을 점지해줄 것이오." 백운이 헛웃음을 웃었다.

주율이 짚어보니 자기 나이 스물넷, 선화가 스물두 살이었다. 선화는 처녀가 아니라 머리 얹은 색시였다.

"선화가 언제 혼례를 올렸습니까?"

"혼례는 무슨…… 스스로 머리를 얹었지요. 마사 일을 하다 보니 치근대는 사내를 물리치는 데 방편도 되고…… 앞으로도 성례치를 마음은 없나 봅디다."

부산역에 닿자, 대합실은 탑승객들로 붐볐다. 바지저고리와 두루마기 차림의 조선인보다, 관부연락선 편으로 현해탄을 건너와 조선 땅에 정착할 일본인이 더 많았다. 고리 짐짝이며 트렁크며 크고 작은 보퉁이 주위로 몰려선 일본인 가족이 저희 말로 수다를 떨었다. 조선이 일본의 변방이 된 지 열한 해째, 어느 해 어느 날 가리지 않고 그들은 대륙으로 몰려나왔다. 관리와 장사치, 군인

가족도 있었지만 대부분 식민지 땅에서 우월권 누리며 살겠다는 기대 부푼 하층민들이었다. 그렇게 몰려나오는 이민자에게는 총독부에서 정착금 융자와 직업 알선 혜택이 있어 그들에게 조선 땅은 신천지와 다름없었다.

"만행 나서게 되면 부산에도 걸음하십시오. 밤새워 흉금 터놓고 애기나 나눠봅시다." 백운이 주율에게 백운역술소 주소가 적힌 종이쪽지를 주었다. "석형의 감방 생활태도를 선화로부터 전해 듣고 진작 만나뵙고 싶었습니다. 헤어지는 마당이니 하는 말이지만, 석형을 처음 대면한 순간…… 저 사람은 보통 사람이 아니란 느낌을 받았어요."

"고맙습니다." 주율이 고개를 숙였다.

개찰이 시작되어 일행이 개찰구를 벗어나자 헌병 둘이 승강장으로 나서는 승객을 관찰하다 껑더리가 된 주율을 수상히 여겨 불심검문했다. 주율이 석방허가증을 보인 끝에 기차가 출발하기 전 승차 허락을 받았다. 승강장으로 멀어지는 일행을 보고 백운이 손을 흔들었다.

기차 안은 만원이라 일행은 통로를 우왕좌왕하다 출입구 앞에 자리잡았다. 기차는 작은 역마다 쉬어 가며 기운차게 북행했다. 구름이 실린 날씨는 어느새 잿빛 어둠을 몰아왔다. 차창 밖으로 널린 낙동강 녘도 땅거미가 내렸다. 들오리 떼들이 기차 소리에 놀라 강 건너로 날아가는 모양을 보며 주율은 어스레한 들녘에 멍한 시선을 풀어놓고 있었다.

일행이 밀양역에 내렸을 때는 밤 기온이 떨어지고 한파가 몰아쳤다. 역 마당 주위는 숫막 몇 채가 호롱불 밝혔을 뿐, 황량한 들은 어둠과 바람 속에 휑했다.

"주율스님, 어한이라도 풀고 가지요." 광우가 말했다.

"괜찮습니다. 그냥 걷겠습니다."

그들은 말없이 달빛조차 없는 어두운 길을 걸었다. 길가 마른 나뭇가지를 휘젓는 바람 소리가 매서웠다. 일행은 민가가 촘촘한 읍내 어귀로 들어섰다. 밀양 읍내에서 남천을 끼고 굽이굽이 오르는 표충사까지가 늘어진 50리 길이라 아무래도 어디서든 일박하고 새벽길을 나설 수밖에 없었다.

"읍내서 밤을 보내고 아침에 나서야겠습니다. 경찰서에 신고도 해야 된다면서요?"

광우 말에 주율은 걷기만 할 뿐 대답이 없었다. 그는 출소한 이튿날로 경찰서부터 찾는 게 마음에 내키지 않았다. 며칠 뒤 날을 잡아 읍내로 걸음하기로 했다.

"달도 없는 밤길은 무섭니다. 엄동인데 산협에는 사나운 짐승도 있고……" 증벽이 말했다. 주율의 대답이 없자, 그가 덧붙였다. "읍내에 신실한 보살이 많이 삽니다. 방 한 칸은 빌려 들 수 있어요."

"신세지기도 뭣하고…… 그냥 걷지요."

셋은 묵묵히 발길만 옮겼다. 읍내를 벗어나 산외면으로 드는 어귀 남천 강변의 긴 숲까지 오자, 마침 호롱불을 끄지 않은 숫막이 있었다. 광우와 증벽은 저녁공양조차 마다하는 주율을 우격다짐으로 숫막에 밀어넣었다. 허한 속조차 데우지 않고 산내리바람을 맞으며 밤길을 걷기란 무리였다.

주모가 그들을 맞았다. 건넌방은 마을 남정네들이 윷판이라도 벌이는지 왁자지껄한 소리가 들렸다. 일행은 아이들이 잠자리에 든 안방 윗목을 차지해 앉았다. 광우가 요깃거리를 주모에게 청했다. 주모가 화로 불씨를 부젓가락으로 집어 나가 부엌 아궁이에 불을 살렸다. 잠시 뒤, 그네가 책상반에 김 오르는 시래기국밥 세 그릇을 들여왔다.

"표충사서 내려오는 길입니까?" 주모가 호롱 등대를 밥상 옆으로 밀며 물었다.

"부산에서 열차로 오는 길입니다." 증벽이 말했다.

"이 밤중에 표충사까지 갈려고요?"

"글쎄요" 하며 증벽이 주율을 보았다.

"섣달 엄동에 표충사까지라니요. 걷다 얼어죽기 알맞겠습니다. 누추하지만 여기서 밤을 나고 새벽에 나서요. 건넌방이 곧 빌 겝니다."

"가야 합니다." 잠자코 있던 주율이 말했다.

창백한 안색에 피골 상접한 주율 말에 승려 둘은 입을 떼지 못했다. 실성증이 있었다던데 주율스님이 아직 제정신을 못 차린 게 아닐까, 하며 증벽이 그를 보았다. 그러나 주율의 표정이 무심했다. 증벽은 본사까지 노정은 무리라 여겨져 근곡이나 단양 마을쯤에서 밤을 나기로 내심 작정했다. 거기까지 한 마장 거리여서 그쯤에서 주율을 붙잡기로 했다.

주율은 국밥 한 그릇을 비우지 못한 채 수저를 놓았다. 식사를 마치자 숭늉으로 입을 헹구고, 셋은 방을 나섰다. 두 승려가 마루

끝에 앉아 미투리 들메끈을 죄어 매자, 주율은 버선조차 벗더니 미투리를 들고 축담에 내려섰다.

"맨발 아닙니까?" 광우가 놀라 물었다.

"앉아서만 지냈다 보니…… 맨발로 걷고 싶어서요."

"여름도 아닌데 돌팍길에 웬 맨발로?" "스님, 어쩌자고 그러세요?" 증벽과 주모가 한마디씩 했다.

"제 걱정 마십시요. 발 시리면 신을 신겠습니다."

주율이 삽짝을 나섰다. 둘은 잠시 멍해져 있다, 주율을 뒤쫓았다. 주율은 맨발로 어둠과 강바람을 헤치며 휘적휘적 앞서 걸었다.

"스님, 그러다 동상 걸리면 어쩌렵니까?"

증벽이 말했으나 주율은 걷기만 했다. 증벽과 광우는 주율의 기행을 두고 생각에 잠긴 채 뒤따랐다. 속세를 등진 선문의 집단 생활이란 질서와 규율이 엄격했으나, 한편 철저한 자유 방임이 허락되었다. 출가해 절 식구가 됨도 자유요 환속 또한 누가 붙잡지 않듯, 계율을 범하지 않으면 개인 수도에 간섭이 없었다. 그러므로 주율이 섣달 그믐밤 얼어붙은 돌팍길을 맨발로 걷는다 해서 이를 저지할 필요가 없었다. 목숨 잃을 정도가 아니면 하고 싶은 대로 하게 할 뿐이었다. 그 고행 또한 선수행 과정으로 이해할 만했다. 감옥으로 가기 전 용맹정진에 앞장섰고 한겨울에도 꼭두새벽에 학암 폭포에서 목욕 재계했다는 주율의 일화를 들은지라 둘은 그가 맨발로 걷겠다는 속뜻을 이해했다. 감방 생활을 통해 얼마나 바깥세상에서 걷고 싶었으면 자유의 몸이 되자마자 언 땅을 맨발로 걸으려 할까. 두 승려 심중이 그랬으나 한 가닥 의문도 없지 않았다.

264

아직 정신이 온전치 못해 그가 만용 부리는 짓거리가 아닐까 여겨졌던 것이다. 속세 대중에게 인사할 때 그가 합장으로 답하지 않음 또한 병 탓으로 상기되었다.

주율이 맨발로 표충사까지 걸어가겠다고 작심하기는 국밥 먹을 때였다. 막상 출옥했으나 이를 개인적 기쁨으로 받아들일 수 없었다. 아직 갇혀 있는 수인과 수형 중 죽은 분들을 자신과 연계시킬 때, 행복을 혼자 차지한 부끄러움이 마음을 저몄다. 중생의 고통을 체득하지 않는 삶은 진정한 삶이 아니라는 뜻에서 면회는 물론 사식 차입조차 거절해온 만큼, 자유의 몸이 되어 걸을 수 있는 축복도, 그 행복한 누림에는 인과성(因果性)의 뜻이 작용한다고 보아야 했다. 원인이 결과를 낳는다는 불교적 해석이 아니더라도, 인간과 인간 사이, 관계가 빚는 법칙이 있게 마련이었다. 나의 행복이 남의 피눈물 보상으로 얻어진 것일 때, 그 누림은 참다운 행복이라 할 수 없다. 내가 두 다리로 자유로이 걸을 때 걷고 싶어도 걸을 수 없는 사람 몫까지 대신 걸어주지 않으면 안 된다. 그 쉬운 방법은, 걷고 싶어도 걸을 수 없는 사람의 불행을 내 육신을 통해 받아들이는 길이다. 그의 생각이 여기에 이르렀을 때, 그는 표충사까지 맨발로 걷겠다는 단안을 내렸다. 발바닥이 찢겨 피가 나거나 동상에 걸리더라도 갇힌 모든 수인의 간절한 소망을 대신해서 걸으리라. 국밥을 먹으며 다짐했으면서도, 한편으로 자신의 결정이 객기가 아닐까 반성도 했다. 설령 그 짓이 미욱한 용기라 할지라도 어쩔 수 없는 일이었다. 밀양 읍내에서 숙식 않고 내쳐 밤길을 걷자고 우겼을 때, 그래도 풀리지 않던 마음의 멍이 그 결단을 내리자 그는 씻은 듯 삭아지는 기쁨을 순간적으로 체험했다.

주율은 어둠을 헤치고 걸었다. 바람에 묻혀 짐승 울음소리가 들렸으나 그는 겁없이, 산신령을 부르기라도 하듯 산길을 앞서서 타고 올랐다. 저 산모롱이를 돌면 우선 버선과 미투리를 신지 않곤 배길 수 없겠거니, 구천골이 나서면 어느 집이든 쉬어 가자고 먼저 말하겠거니, 이렇게 헤아리며 주율 뒤를 따르던 광우와 증벽의 기대는 구천골을 넘자 무너졌다. 세속적으로 말하면 독종이요, 불가 안목으로 헤아리면 그는 부처의 길로 남 앞서 걷고 있었다.

주율이 맨발로 걸어 표충사에 도착하기는 자정을 넘겨서였다. 한 가지 생각에 몰입하면 육신의 고통마저 잊는다던가. 그는 무엇에 홀리기라도 한 듯, 타계한 자들과 갇힌 자, 이승의 가장 아랫자리 무명(無明)에서 신음하는 중생의 고난만 헤아리며 걸었던 셈이다. 그는 발이 시렵다거나 발바닥이 쓰린 아픔을 깨닫지 못한 채 일주문으로 들어섰으니, 그동안 무아경에 취해 있었다.

절간은 바람을 탄 풍경 소리만 적막을 깨뜨릴 뿐 만귀잠잠했다. 방장스님께 인사부터 올려야겠다며 주율이 장경각 쪽으로 걸었다. 취침 중이실 거라며 증벽이 말했다. 방장실이 깜깜했다. 시자승도 단잠에 빠졌는지 기척이 없었다. 주율은 방장실 댓돌 앞에 걸음 묶고 감옥에서 나온 뒤 처음으로 합장하며, 고마우신 은혜 잊지 않겠다는 묵도를 드렸다.

넷은 장경각 곁방에 들어 등잔불을 밝혔다. 광우가 주율의 발부터 살피더니, 이대로 뒀다간 더 거동을 못하겠다며 쑥찜이라도 해야겠다고 말했다. 주율 발바닥은 걸레짝이 되어 있었다. 찢겨 갈라터진 골에 피가 멎지 않고 흘렀다. 발등도 생채기로 얼룩졌고 죽은 살갗이듯 퍼렇게 부풀어 있었다. 증벽이 의중당 시자승을 깨워 데려왔다. 주율이 절을 떠나기 전 의중당 소임을 볼 때 없었던 행자반 출신의 동승이었다. 시자승이 물을 데워 삶은 쑥을 발 아래위에 붙이고 광목천을 싸맸다. 동상과 출혈을 방지하고 응혈의 독기를 푸는 방법이었다. 광우가 응급처치하는 시자승을 도왔다. 수습을 대충 끝내자, 새벽 예불을 알리는 타종 소리가 들렸다. 그들은 눈 붙일 짬도 없이 바깥으로 나왔다. 요사채 방마다 불이 밝혀지고 인기척이 들렸다.

두 발에 광목천을 감자 주율은 짚신을 신을 수 없었다. 그는 옥류동천 냇가로 나가 얼음을 깨고 시린 물에 낯을 닦았다. 옥류동천에서 낯을 씻기가 얼마 만인가 싶어 감회가 새로웠다. 그가 큰 법당으로 들어가자 벌써 많은 승려가 골마루 선에 맞추어 앉아 독경하고 있었다. 앞쪽 가운데 자리에 방장승이 목탁을 치고 있었다. 아직도 정정하시다. 방장승 뒷모습을 보는 순간 먼저 떠오른 말이었다. 큰스님은 늙을수록 더 의젓한 소나무를 닮아 있었고 세세만년 더 젊지도 늙지도 않고 표충사 생불로 살아 있을 것만 같았다. 코에 익은 만수향 내음이 법당 안을 채웠다. 이태 동안 절을 떠났다 돌아왔어도 관행만은 몸에 익었는데, 그의 마음은 예전처럼 편치 않았다. 마음이 편안하지 않으면 선수행도 힘들 텐데, 무엇 때문일까. 방장승이 두드리는 목탁 소리가 불안한 마음에 파문을 일으켰다. 그는 본존불을 보았다. 일렁이는 촛불 뒤쪽, 늘 그렇듯 부처님은 자비 넘치는 모습으로 까까머리 불자들을 내려다보고 있었다. 너희들 마음의 깊고 얕음을 내 알렸다 하듯, 잔잔한 미소가 그에게는 자기 마음을 들여다보는 듯해 눈을 감았다.

"부처님, 영남유림단 사건으로 열반에 먼저 드신 분들을 살펴주옵소서. 옥에 갇혀 신음하는 중생의 육신고를 헤아려주소서." 여기까지 입속말을 읊자 더 할 말이 없었다. 스승 얼굴이 떠올랐다. "스승님을 살펴주소서. 저도 한때 무심청정하려 혼신을 기울였으나…… 중유에 들 때까지 무량하신 말씀 마음 깊이 새기며 살겠습니다……"

주율이 부처님에게 참회의 기원을 드릴 동안 만수향 내음이 차츰 농도를 더해 콧속으로 스며들었다. 생솔가리를 태우듯 코를 매웁게 하더니 머릿속이 어질거리고 온몸에 기운이 빠져나갔다. 그는 차츰 몽혼 상태로 빠져들어 끝내 정신을 잃고 말았다.

깊은 잠에서 깨어나듯 주율이 눈을 떴다. 만수향과 또 다른, 한약재 내음이 코끝에 묻어왔다. 이제야 깨어났다며, 누군가 가까이에서 말했다. 주율이 그쪽으로 머리를 돌리니 노승이 자기를 내려다보고 있었다. 주지승이었다. 주지승 외 의중당 소임을 맡은 각공과 정혜가 눈에 들어왔다. 그들만 아니었다. 낯익은 여러 승려가 진을 치고 앉아 염불을 읊고 있었다. 주율은 자신이 왜 의중당 객실에 누워 있나를 깨달았다. 다시 실성증 치매가 발동해 몇 시간 정신이 나가버린 걸까, 아니면 출옥에 따른 긴장감이 풀어져서일까. 그도 아니라면 착심하지 못한 자신의 마음을 부처님이 헤아려 경책을 내렸을까. 어느 쪽으로도 짚이지 않았으나 그의 마음을 어둠 쪽으로 당겨 내렸다.

"대자대비하신 부처님이 불자를 건지셨도다." "주율, 그동안 고생 많았어." "너무 여위어, 고행하신 부처님 모습이로다." 주위 승려가 한마디씩 했다.

누가 연락했는지 방장승 무장이 객실로 들어오자, 다른 승려들은 하나둘 자리 뜨고, 의중당 소임승 둘과 무장 시자승만 남았다.

"방장스님, 소승 형기를 마치고 돌아왔습니다. 보내주신 약제 신험 덕분에 온전한 영육으로 무사히……"

주율이 일어나려 하자, 각공이 누워 있으라며 말렸다.

"소욕(小欲) 지족(知足)하여 형벌을 이겨낸 네 고행을 잘 들었다. 업병(業病)이 아닌 네 육신고를 다스리지 못하면 어찌할 거나. 부처님 하시는 일을 내 어이 알꼬." 방장승이 걸걸한 목소리로 말하며 주율 머리맡에 앉았다. 진맥부터 보자더니 이불을 걷었다. 가슴을 열게 하고 바지를 불두덩까지 내리게 했다. 무장이 주율 손목을 잡고 맥을 짚었다. 이어 가슴, 위, 장기 부위를 두루 누르며 만졌다. 사람 신체에도 음양이 있는 법, 그 이치에 달통한 무장은 경락(經絡) 또한 꿰뚫어 병의 원인을 짚어냄은 물론 처방이 적확했다. 주율이 한때 자기 시중 든 시자승이라 자침(刺針)을 통해 오장육부 반응을 살폈다. 주율이 전기고문에 따른 뇌 손상으로 실성증 치매를 앓았다 했기에 무장은 그의 머리 부위를 누르거나 두드리며 환자 반응을 관찰했다. 20분 넘게 진찰을 마친 방장승은 서너 뼘 물러앉으며 머리를 끄덕였다.

"생명을 건졌음이 장하다. 어디 한 곳 온전한 데가 없음에도 기(氣)만이 여린 숨을 쉬니, 부처님께서 너를 내생보다 현생에서 쓰려 거두지 않으셨구나."

"스님, 새벽예불에 혼절한 것이 치매 증세 후유증 탓인가요?"
각공이 물었다.

"아니로다. 온전한 데가 없으나 특히 간과 신이 유독 허해. 혼절
은 간 탓이야." 하곤, 무장이 각공에게 지필묵을 가져오게 하여 처
방전을 썼다. 그는 객실을 떠나며, 주율을 음향각 뒤에 있는 선방
에 정양시키도록 일렀다. "움직여선 안 돼. 일어나 앉음도 중노동
이니 내 허락이 떨어질 때까지 반듯이 누워서만 있어야 해. 누구
도 접견을 허락치 말고. 허무할지고, 허무할지고……" 무장이 의
중당을 나서며 말했다.

주율은 음향각 뒤 선방으로 옮겨졌다. 어디 아픈 데가 없었으므
로 그는 자신이 중병에 걸렸다고 느끼지 못했고, 방장승 또한 그
점을 인지했을 터였다. 그런데 선방에서 일어나 앉지도 말고, 누
구도 만나지 않고 정양하라니? 처음 주율은 방장승 말뜻을 이해하
지 못하다 한참 뒤 깨달았다. 선방은 정양하는 장소가 아닌 선정(禪
定) 처소이므로 여태껏 속세 감옥에서 부대끼어온 몸과 마음을 부
동(不動)을 통해 씻어내라는 뜻이겠거니. 아니, 흔들리는 자신의
마음을 읽고 마음의 병을 다스리라는 뜻이겠거니 짐작하자 또 다
른 감옥인 음양각에 가둔 이유에 수긍이 갔다.

주율이 네 칸 남짓한 선방에 누웠다. 불을 지핀 듯 방안이 따뜻
하고 아늑했다. 석방에 따른 축하법회가 열린다는 음력 정월 초닷
샛날까지 보름 가까이 남아 있었다. 또한 방장승이 처방전을 내린
것으로 보아 앞으로 두 제 정도 약을 먹는다면 한 달 넘게 걸릴 터

였다.

"주율스님 계십니까." 바깥에서 앳된 목소리가 들렸다.

"뉘십니까?"

"속복행자 선우입니다."

주율이 방문을 열었다. 머리카락을 치렁하게 땋은 열대여섯 살 됨직한 사미승이었다. 갸름한 얼굴에 동그란 두 눈이 빛났다. 계집아이로 생기다 만 미동(美童)이었다.

"주율스님 시중을 들라는 소임을 받았습니다." 선우가 말하며 약첩 묶음을 방에 들여놓았다.

"누가 보내서 왔나요?"

"행자반장께서 의중당 각공스님을 뵈오라 하셔서 그곳에 갔더니 여기로 보냈습니다."

"나한테 시중들 행자를 달리다니……" 주율이 혼잣말을 중얼거리곤 일어나 앉으려다 방장승 엄명이 생각나 그대로 누워 있었다.

약부터 한 첩 달여 올리겠다고 선우가 말하곤 약 한 첩을 들고 나갔다. 그는 후원으로 가서 풍로와 약탕관을 빌려 약 한 첩에 각공스님이 일러준 대로 물을 알맞게 부었다. 숯불을 피워 약을 달였다. "약이란 세 가지 정성이 합치되어야 효험을 보느니라. 우선 약이 병과 체질에 맞아야 하고, 먹는 이가 그 약을 보배로 알아 병이 꼭 낫겠다는 확신을 가져야 하고, 마지막으로 약 달이는 이가 정성을 다해야 하느니라." 각공의 말에 따라 선우는 정성껏 약을 달여 짜선 한 그릇을 만들었다. 방으로 들어온 그는 약을 달여왔다고 말했으나, 눈을 뜨고 누운 주율은 대답이 없었다. 선우가 한

참을 기다리자 점심공양 알리는 타종 소리가 들렸다.

"약이 식었습니다. 공복에 드셔야 한다 이르셨는데……"

내가 이렇게 호사스레 정양하며 달여주는 약까지 먹어도 될까 란 미안함으로 주율이 약사발을 바라볼 때, 교무승 내방이 있었다. 자명이 영남유림단 사건으로 피검된 뒤 그 자리를 승계한 한능이 었다. 한능이 강원(講院) 원장으로 있을 때 주율은 그의 가르침을 받기도 했다. 주율이 몸을 일으키려 하자 한능은, 절대 정양이 필요하다며 누워 있으라고 말했다.

"표충사 모든 스님들은 주율의 석방을 환대하고 있어요. 끝내 조직을 발설치 않고 갖은 악형을 견디어냈다는 것도 알고 있고 요. 몇날 며칠 혼절했다 깨어났다니 그 고역이 어떠했겠소. 모두 인사 오려 했으나 접견을 삼가라는 큰스님 말씀이 계셨으니 혜량 바라오."

"제가 한 일이 있습니까. 이렇게 하늘 보고 땅 밟게 된 것도 여 러 스님 기원 덕분인 줄 아옵니다."

어서 약을 들라는 한능 채근에 주율이 약사발을 들었다. 문득 동운사 초동 시절 스승님께 약을 달여 바치던 적이 생각났다. 스 승 같은 신분도 아니요, 그 연세에 이르지 않았는데 자신이 그런 대접을 받고 있었다. 탕약이 미지근하게 식었으나 향내와 쏩쓰레 한 미각이 코와 혀끝에 닿았다. 향내는 약제 중에도 귀한 사향(麝香) 내음이요, 쓴맛은 웅담(熊膽)임을 알았다. 주율은 약을 마시며 감 방 생활 초기에 방장승이 지어보내 차입된 환약을 한동안 먹지 않 겠다고 거절했음을 상기했다. 탕약 맛이 그 환약과 비슷했다.

한능이 사미승을 밖으로 내보내고 바깥 동정에 귀기울이더니 낮은 목소리로 입을 열었다.

"영남유림단 사건 이후 표충사는 왜경 사찰 대상이 되어 회합 장소로 이용되지 않으나 연락원을 통해 대한광복회 활동상은 늘 접하고 있어요. 여러 동지들의 피검 후에도 조직이 와해되지 않음은 주율을 비롯하여 옥중에서 고생하시는 분들이 끝까지 조직 체계를 밝히지 않은 덕분이었소. 지금도 자산가들에게 의연금을 거두어 만주 독립군 기지로 보내고, 저희들도 암암리에 모금하고 있소. 또한 독립군 요원으로 인재를 뽑아 만주 통화현 신흥학교에 입교시킨답니다."

저와는 아무런 관련이 없는 일입니다, 하고 말하고 싶었으나 주율은 잠자코 있었다. 박상진을 단장으로 전국 규모의 조직망을 갖춘 대한광복회는 영남유림단 주무요원이 구속된 뒤에도 지하 활동을 멈추지 않았던 것이다. 박상진은 군자금의 효과적인 모금을 위해 동지들로 하여금 전국 각도 자산가의 주소와 성명, 재산액을 파악토록 하여 2천 원에서 3만 원까지 형편에 따라 할당액을 정해 포고문과 함께 보내어 협조를 요청했다. 비록 가세가 넉넉하나 재물욕이 강해 의연에 불응하는 자에게는 강권책도 썼다. 경북의 경우만도 조선인 60여 명 부호에게 군자금 명목의 의연을 배당했다. 그 결과 그동안 백만 원 모금을 달성하는 성과를 올렸다. 그렇게 모금된 돈은 만주와 국내에 연락 책임을 맡은 동지 편에, 만주 조선인 독립군 기지에 전해졌다.

한능이 나가자 잠시 뒤 바깥에서 인기척이 있더니, 선우가 방문을 열었다. 선우가 소반에 죽그릇을 받쳐 들고 방으로 들어왔다.

"잣죽이옵니다. 식기 전에 드십시오."

"출가한 후 나는 오공을 먹어본 적 없어요. 내가구려."

"스님, 큰법당에서 혼절까지 하셨다니, 지금 성한 몸이 아니시 잖습니까. 안 자시면 제가 견책을 받습니다. 의중당에서 드시는 걸 꼭 확인하라 이르셨거든요."

주율은 더 고집 부릴 수 없어 소반을 당겼다.

*

주율의 만기 석방에 따른 밀양경찰서 출두 신고는 장본인의 신병으로 종무소에서 다른 승려를 보냈다. 주율이 음향각에 든 지 이레 뒤, 의중당에서 가벼운 산책을 해도 좋다는 허락이 떨어졌다. 그러나 주율이 한사코 고집한 석방 환영법회 명칭 변경은 끝내 내락을 받지 못했다. 종회에서 결정한 일이라 번복이 불가하다는 교무승 한능의 일침이 있었다.

단양면 주재소에서 조선인 순사가 표충사를 방문해 주율을 면담하고, 신상과 이력을 파악하고 돌아간 날이었다. 발바닥 상처도 거의 아문 그날 저녁 나절, 주율은 선우를 앞세워 선방에 칩거한 지 처음으로 절 마당을 나섰다. 요사채 쪽으로 걷자, 공양 마치고 나오던 승려들이 주율을 알아보고 합장해 목례했다. 다른 쪽으로 가던 승려들도 걸음을 돌려 주율 쪽으로 와서, 관세음보살을 외며 그의 출옥을 반겼다. 후원을 거쳐가자 공양간, 간상장, 갱두

장에서 부엌일 하던 공양주들이 다투어 쫓아 나와 주율 앞에 합장해 절하며 칭송 말을 읊조렸다. 그의 헬쑥한 얼굴을 보며 울먹이는 보살도 있었다.

"부처님, 스님 살려주셔서 감사하옵니다." "장하고 장하도다. 우리 주율스님 돌아오셔서 이제야 거동하셨네." "왜놈 순사가 생명을 위협해도 그 불심 변함이 있을손가." "주율스님, 이제 표충사 대들보가 되소서." 이렇게 한마디씩 칭송하는 공양주들 환대가 대단해 주율은 부끄러움으로 정신이 혼미했다. 그가 그런 우러름을 받게 되기는, 부산경찰부에서 전기고문 끝에 완전히 죽어 열반에 들었다 부처님 영험으로 다시 살아났다는 소문이 표충사 주위에 퍼졌던 때문이었다. 소문은 눈덩이처럼 과장되어, 왜놈 순사가 칼로 머리를 쳤는데도 피 한 방울 흘리지 않았다느니, 수형 생활하며 많은 죄수를 설법으로 감동시켜 불제자로 귀의케 했다는 따위였다.

이튿날 오후, 단양주재소 이노우에 소장이 말을 타고 표충사에 와서 주지승과 교무승을 만난 뒤, 주율을 찾았다. 그는 주율을 면담하며, 한 달에 한 번 첫 월요일에 주재소로 출두해 그동안 행적을 보고해야 한다는 말을 남기고 떠났다.

사미 선우와 함께 음향각 선방 생활을 계속한 주율의 일과는 단조로웠다. 하루 세 번 있는 큰법당 예불에 참석했고, 아침공양 뒤 옥류동천을 따라 용추폭포까지 포행을 다녀오는 외, 그는 음향각 선방에 칩거했다. 불경을 들치거나 계송은 읊지 않았다. 읊어도 예전처럼 불심이 일지 않아 말이 헛소리처럼 입술에서 따로 놀았다.

좌선해 무아의 세계로 침잠하려 정성을 쏟았으나 정신 집중이 되지 않았고, 마음은 두려움에 떨었다. 일체 상념을 머릿속에서 내보내면 졸음이듯 꿈이듯 몽혼한 세계로 빠져들었다. 감방 안 수인들의 쌍소리와 엉두덜거림이 시끄러워 홀연히 눈을 뜨면 여기가 감방이 아닌 선방임을 알았다. 저잣거리를 떠돌던 굶주린 뭇 중생 모습도 간단없이 나타나 연옥의 아귀들이 울부짖듯, 갈퀴 같은 손을 내밀며 적선을 외치거나 탄식을 쏟았다. 한 몸의 편안함이 더없는 괴로움임을 자각하는 나날이었다. 중생의 그런 고통에 마음만이 동참하며 세끼 공양 마다 않고 가는 세월을 무심하게 목탁만 두드리는 승려가 자기 이외 어디 한둘이겠는가. 아니, 그런 마음 걱정 없이 가사 걸친 몸으로 염불 읊으며 유유자적 산문살이 하는 승려도 많았다. 그렇게 보아서 그런지 주율 눈에 승려 절반은 진정한 구도자 모습이 아니었다. 주리고 헐벗은 불도들을 아래로 내려다보며 권위로 군림하고, 경전을 임시방편 요설로 풀이하여 사부대중을 농간하는 승려도 있었다. 그렇다면 나는 어찌해야 한다? 이런 질문을 되풀이할 때마다 번뇌가 떠나지 않아 그는 입에 군내 날 정도로 종일 말을 비웠다.

선우는 행자 교육받는 시간을 제외하곤 주율의 선방 주위를 떠나지 않았다. 하루 세 차례 약첩을 달여주는 일이 그의 소임이었으나, 새로운 일감 한 가지로 낮 시간 내내 시달렸다. 일감은 불공 드리러 표충사를 찾아온 사부대중이 주율을 찾아 설법 듣기를 청해 왔던 것이다. 특히 아낙들은 그의 얼굴이라도 보고 가기를 원했다. "안 됩니다. 스님께서는 좌선 중이라 어느 누구도 뵈올 수 없습니다. 설 쇠고 초닷샛날 환영법회에 오시면 뵐 수 있어요." 선우가 선방 문을 지키며 찾아오는 불도를 내쳤다. 주율은 선우가 자기 시중을 들겠다고 왔을 때 그를 물리치지 않았음을 다행으로 여겼다. 선우가 선방을 지키지 않을 때 방문을 살그머니 열어보는 아낙도 있었다. 좌선한 주율이 돌아앉은 채 돌부처이듯 꼼짝 않는 모습을 보곤 차마 말을 걸지 못한 채 바깥 흙바닥에 백팔배 절을 하고 돌아가기도 했다. 주율을 두고 의승(義僧)이니, 선승(禪僧)이니, 곧 중덕법계(中德法階)를 받을 대덕(大德)감이란 따위의 말이 그들 입방아에 오르내렸다.

"주율스님을 칭송하는 말이 밀양, 언양, 양산, 청도에까지 퍼져 불도들 행렬이 끊이지 않습니다. 스님을 모시게 된 것이 저로서는 영광입니다." 선우가 주율에게 약사발을 올리며 이런 말을 하기도 했다. 그런 말을 들을 때, 주율은 곤혹스러워 더욱 선방을 나설 수 없었다. 그는 초닷샛날 법회만 치르면 주지스님께 여쭈어 서상암으로 올라가 당분간 그곳에서 정양하기로 작정했다. 그 방법이 뭇 눈길을 피하는 첩경이기도 했지만, 본사 선방 생활이 그에게 여러 점에서 걸림이 많았다. 무엇보다 큰스님들이 자신을 중환자로 취급해 행동에 제약을 가했다. 그중 하나가 점심공양 문제로, 반드시 먹도록 명령을 내렸다. 오공까지 거르다간 건강을 아주 잃는다는 충고였다. 그 뜻이 고마웠으나 그로서는 자기 건강이 그토록 허약하다고 생각지 않았다. 또한, 중생들의 주림을 생각할 때 오공 식사가 모래 씹듯 목구멍에 걸렸다. "방장스님 말씀으로는 육질을 먹어야 뇌와 간의 회복이 빠른데 불가에서 그럴 수 없다는 말씀이 계셨다. 그런데 한 끼를 건너뛴다면 약을 써도 효험이 없다 하셨다. 네가 옥중에서 그 알량한 점심공양마저 다른 죄수에게 나누어줬다는 말을, 다른 스님들이 듣고 와서 전했다. 그때도 방장스님께서, 그애의 마음은 알겠으나 그렇게 해서 어찌 저절로 온전하기를 바라겠냐며 안타까워하셨다." 의중당 각공 말이었다. 또한 표충사에 온 지 이레 뒤부터 발을 감싼 천을 풀어내자 신을 신게 되었는데, 그는 차라리 맨발로 걷고 싶었다. 최소한 스승님과 큰스님들이 석방될 때까지라도 그렇게 해야겠다는 마음이었으나, 그것이 다른 절 식구들에게 객기로 보이기 십상이라 주저되었다. 그뿐 아니라, 선우가 늘 따뜻하게 군불을 지펴 네 칸 선방에 혼자 거하며 호사를 누림이, 옥에 갇힌 모든 수인이나 거처 없이 굶주려 헤매는 사바세계 중생에게 죄짓는 마음이었다.

설을 쇠고 음력 초나흘 저녁이었다.

"하루 전에 도착한 사부대중들로 벌써 큰법당이 찼습니다. 스님, 내일은 아침부터 불도들이 몰려올 테지요. 근방 사찰 스님들도 오실 겁니다." 선우가 말했다.

"오늘 밤이라도 나는 차라리 서상암으로 올라가고 싶어요. 내가 무슨 한 일이 있다고……" 주율이 중얼거렸다. 그는 업장반 시절 동기인 용운(조우각)으로부터 들은 말이 있었다. "물론 너를 위한 법회긴 하겠으나 신년 봉축법회를 기화로 표충사가 호국불교의 본산임을 널리 알리고 의연 모금도 도모하자는 거겠지. 다른 큰스님들에 앞서 네가 일차로 출감했기에, 넌 운이 대통했어." 시기심이라 말하긴 무엇하나 용운의 말이 그러했다.

그날 저녁, 표충사 후원은 여러 곳에 등이 켜져 낮같이 밝았다. 간상장 지휘 아래 공양주들이 부산하게 음식 준비를 했다. 쌀 여섯 가마와 팥 한 가마를 풀어 시루떡을 쪘으니 그 일만도 여러 아낙이 동원되었다.

이튿날인 음력 정월 초닷샛날은 아침부터 표충사로 오르는 길이 하얀 무명옷으로 덮였다. 주율의 출옥에 따른 환영법회도 중요했지만, 집안의 평안과 올해 농사 잘되기를 부처님께 빌려고 새해 첫 불공을 드리러 많은 불도가 떼 지어 이른 새벽부터 길을 나섰던 것이다. 왜정시대로 접어든 지 여덟 해, 해가 갈수록 살림살이가 곤궁해지므로 그들은 지상에서의 삶이 아닌, 저세상 극락을 설파한 부처님밖에 의지할 데가 없었다. 이승의 삶이 이토록 고달프니 부처님께 하소하면 죽어서는 극락왕생하리라고 그들은 믿었다.

삼삼오오 무리를 이룬 불도들은 대부분 아녀자였다. 그들은 형편대로 공양 드릴 양식과 초와 만수향과 조화(造花)를 마련해 혹한을 무릅쓰고 수십 리 길을 마다않고 모여들었다. 밀양 읍내 쪽만이 아니라 언양 쪽에서도 간월재 길을 넘어왔다. 그들에 섞여 밀양군 단양면 주재소 이노우에 소장과 순사 셋도 끼어 있었다.

불사(佛事)는 낮 불공 시간인 사시(오전 열한시)에 시작되었다. 식순은 창패(唱稗), 권청(勸請), 발원(發願), 헌향(獻香)과 산화(散花)로 짜여 있었다. 중간에 주율의 출감인사 순서도 마련되었으나 본인이 한사코 사양했기에 취소되었다.

창패는 교무승이 범패(梵稗)를 읊는 일로 시작해, 새해맞이 송축을 겸한 부처님께 권청은 예년같이 방장승이 주무했고, 정토원

(淨土願) 설법은 주지승이, 부처님 전에 바치는 헌향과 산화는 모든 불제자가 차례로 참례하게 되었다.

"이 추위에, 대단합니다. 천 명은 넘겠지요?" "절 식구까지 합친다면 그보다 훨씬 웃돌겠습니다. 여신도가 대부분이라 별일은 없을 것 같군요." 장총 멘 일본인 순사 둘이 대웅전 계단을 지키고 서서 저희 말로 쑤군댔다. 사실이 그랬다. 큰법당은 어제 도착한 불도들로 자리가 찼고, 대웅전 앞뜰에서 의중당까지 너른 절 마당은 발 디딜 틈 없을 정도였다.

법회가 막 시작되었을 때, 외투에 방한모 쓰고 마스크한 강오무라 형사가 말을 타고 일주문으로 들어섰다. 울산군 언양면 헌병경찰인 그는 표충사가 관내는 아니었으나 주율 출감에 따른 신년법회가 열린다는 정보를 듣고 어슴새벽에 길을 나서서 간월재를 넘어왔던 것이다. 그는 단양주재소 이노우에 소장과 인사를 나누고, 식순을 예의 주시했다. 이노우에는 권청과 발원 순서에서 방장승과 주지승의 설법이 불령한 내용이 아닌가를 경청하며, 어려운 단어는 조선인 순사 통변과 강형사 도움을 받았다. 그러나 그들 역시 불교용어에 익숙지 못해 풀이가 쉽지 않았다.

방장승의 신년 송축법어(頌祝法語)는 비유로 일관하여 듣는 귀 있는 불도라도 이해가 힘들었다. 무장이 목소리도 우렁차게 마지막 '율장(律藏)'을 비유로 설할 때는 뒤켠에 지키고 선 감시자 다섯의 마음에도 찔리는 바 있었다.

"……한 무리의 중생이 수미산 위에서 실을 아래로 드리우고 또 한 무리의 중생은 아래에서 바늘로 그 실을 구멍에 꿰어 넣으려는데, 한가운데 불길이 치솟고 있음이라. 그 불이 무슨 불이뇨. 마가다국(國)에서 사화외도(事火外道, 불을 신앙으로 섬기는 수도자) 무리를 앞에 두고 부처님께서 설법하셨노니, 사화외도 무리여 들을지어다. 미친 듯 타오르는 불이 탐욕의 불, 성냄의 불, 미혹의 불이라 하셨으니, 활활 타오르는 그 불을 잠재우지 않곤 실을 바늘귀에 꿰 영생을 얻지 못함이로다. 지상에도 욕망의 불이 미친 듯 타오른다. 권청컨대 부처님이시여, 진리를 깨닫지 못하고 미망에 헤매는 무리들이 탄생과 노쇠, 죽음과 근심, 슬픔과 고통, 번뇌와 망집에 의해 제 영육이 불타고 있음을 깨우치게 하소서. 중생의 지난(至難)을 훼방하는 불길을 잡아주소서……"

"저 늙은 중놈 설법을 중단시키면 어떨까요?"

"소요가 걱정됩니다. 우리가 전면에 입석함이 좋겠군요."

그들 다섯이 앞으로 나가 관세음보살상과 대세지보살상 양쪽에 섰다.

방장승 권청이 끝나자, 주지승 발원 차례였다. 주지승 조타는, 중생이 아프기 때문에 여래도 아프다는 『유마경(維摩經)』 한 구절로 말문을 열었다.

"……재시(財施)를 하려 해도 내가 곤궁하여 불쌍한 처지니 남을 도울 수 없고, 법시(法施)를 하려 해도 무명(無明)이 이 땅을 덮어 어디에도 진리가 보이지 않으니 붙잡아 말을 건넬 자를 만날 수 없고, 무외시(無畏施)하려 해도 내 마음이 편치 않고 불안에 쫓기니 누구에게 평안과 복덕을 전하랴. 주는 자 없고, 받는 자 없고, 줄 물건도 없으니 사바세계가 바로 연옥이라……"

"도대체 무슨 연설이 저따위요? 우리가 사는 반도 땅을 지옥이라 함은 말이 되는 소리요?" 통변 순사를 통해 내용을 얼추 새긴 이노우에가 강형사에게 물었다.

"이 절은 사명이란 중의 혼을 모신 절입니다. 도요토미 히데요시 장군께서 조선 정벌에 나섰던 전쟁을 아시지요? 사명이 그때 승군(僧軍)을 일으켜 일본군과 싸웠습니다. 그 후부터 이 사찰은 누대로 반골(反骨)로, 절 이름 표충(表忠)이란 뜻도 국가와 군주에게 충성을 다한다는 말 아닙니까."

"법회가 끝나면 늙은 중과 주지와 출소한 젊은 중을 문초해봄이 어떨까요?"

"이 많은 불도들 원성을 사며 얻어낼 공과가 무엇이겠습니까? 엮을 죄목도 마땅치 않습니다."

강형사는 방장승과 주지승이 앉은 앞쪽 줄을 훑었다. 주율이 그 줄 가에 가부좌해 눈을 감고 있었다. 이태 만에 그의 살아 있는 모습을 대하는 강형사 마음은 감회가 새로웠다. 그가 가사 상태에서 기적적으로 회생했기에 망정이지 그렇지 않았다면 고문치사에 따른 벌로 자기는 퇴출되어 옷을 벗었을는지 몰랐다. 주율이 아직도 몸이 온전치 못하다니 연민의 정이 느껴짐도 어쩔 수 없었다. 그의 생각이 그런 만큼, 이번 법회를 트집 잡아 평지풍파를 일으키고 싶지 않았고, 핑곗거리가 없기도 했다.

둘이 그런 대화를 나눌 동안 주지승은, 이 사바세계에 의로운 선이 왕성하여 원력정토(願力淨土)를 이루게 해달라는 기원으로 발원을 마쳤다.

헌향과 산화는 법회에 참석한 모든 불자의 참례로 이루어졌다. 참례자가 적을 때는 헌향과 산화를 따로 했으나 인원이 많아 두 식순을 함께 치렀다. 향을 부처님 전에 바침은 차, 꽃, 등, 음식공양 중 으뜸으로 쳤다. 향은 단순한 향으로 여기지 않고 믿음의 최고 이상인 해탈의 경지를 상징했기에 향을 부처님 전에 공양할 때, "계향 정향 혜향(戒香 定香 慧香), 해탈향 해탈지견향(解脫香 解脫知見香)"하고 예불을 외게 되어 있었다. 꽃 공양은 한겨울이라 생화가 없어 모두 종이꽃(조화)을 들고 참례했다. 그런데 문제가 된 것은 주율이 본존불 아래단상에 정좌하여 헌향을 하는 참례자에게 그 모습을 보이게 된 점이었다. 물론 향과 꽃 공양은 주율이 아닌 부처님 전이었다. 왜 주율이란 불령인을 무슨 영웅처럼 단독으로 본존불 옆 앞자리에 내세우느냐가 이노우에 소장에게 가탈거리를 제공한 셈이었다.

"저자가 부산감옥에서 출옥한 놈인데, 왜 저놈에게 향을 바칩니까?" 이노우에가 강형사를 보았다.

"그렇습니다. 영남유림단 사건 연루자가 모두 부산경찰부로 송치되었을 때 나도 차출돼 저 녀석 취조를 담당했습니다. 유림단과는 별 관련이 없어 형량이 그중 낮았지요."

"끌어내야 하오. 나는 불령인이 뭇 조센징으로부터 선망받는 꼴을 보아낼 수 없소."

"제가 늦게 도착해 개별 면담 기회가 없었지만, 그러잖아도 간단한 조사를 하기로 하고 왔습니다. 충청도 아산군 도고면 면장 피살사건 보고를 받으셨는지요?"

"그저께 통신전문이 왔습니다. 광복회 지령원 소행이라던가, 그렇지요. 그런데?"

"이태 전 영남유림단 사건을 부산경찰부에서 다룰 때, 영남유림단과 광복회를 동일한 단체로 엮으려다 실패했지요. 혐의는 가는데 결정적인 단서를 잡지 못했습니다."

둘이 말을 나누는 사이 나이 든 승려부터 향과 꽃 공양이 시작되고 있었다. 한쪽에서는 한 무리 젊은 강원승이 목탁을 치며『유마경』을 읊었다. 큰법당 안은 향 내음과 경 읊는 소리로 가득 차, 분위기가 자못 엄숙하고 경건했다.

본존불 앞에 주율은 정좌하고 있었다. 공양을 마친 승려들은 주율 앞을 지나며 합장해 목례로 옥고(獄苦)를 겪은 수고로움에 예를 표했다. 주율도 따라 합장해 목례했다.

강형사가 강원 승려들 옆에 선 주지승에게 다가갔다.

"석주율을 조사할 건이 있습니다. 법회가 끝나기 전이라 뭣하지만 더 기다릴 수 없소. 본대로 돌아가 오늘 안으로 상부에 보고해야겠기에 양해해주시오."

"안 됩니다." 주지승 대답이 냉담했다.

"안 된다니, 협조 못하겠다는 거요?"

이노우에 소장과 순사 둘이 주지승을 에워쌌다.

"불사가 곧 끝날 테니 그때 만나시오."

"끌어낸다면?"

뒷전에 있던 교무승 한능이 그들 말을 듣고 자리에서 물러나 가까이에 있는 한 승려에게 지시를 내렸다. 그러자『유마경』을 읊던

건장한 승려 스물댓이 주율을 에워쌌다. 큰법당 안에 갑자기 긴장기가 감돌았다.

"즉시 끌어내!" 이노우에 명령이 떨어졌다.

두 순사가 장총을 들고 주율 쪽으로 다가가자, 젊은 승려들이 주율 앞에 장벽을 치곤 몸으로 맞섰다. 그런 중에도 한 줄로 행렬을 이룬 불도들의 향과 꽃 공양은 계속되었다.

"비켜서지 못해!" 조선인 순사가 호통쳤다.

"우리를 치시오." 한 승려가 앞으로 나섰다.

"중놈이면 다냐!" 순사가 장총 개머리판으로 승려 가슴팍을 밀어 쳤다. 승려가 휘청거리며 엉덩방아를 찧자, 다시 한 승려가 나섰다. 일본인 순사가 합세해 앞에 선 두 승려의 가슴팍을 개머리판으로 찍었다. 향과 종이꽃을 들고 줄을 섰던 아낙들이 비명을 질렀다. 금방 줄이 흐트러지고, 바깥에서 기다리던 불도들이 무슨 일이 터졌나 하고 법당 안으로 몰려들었다. 큰법당 안이 벌집 쑤셔놓은 꼴이었다.

만약 주율 몸에 손을 댄다면 장총이라도 빼앗으며 달려들 듯 늠름한 젊은 승려들이었으나 약속한 듯 순사 둘의 폭행을 고스란히 당하기만 했다. 개머리판에 맞아 쓰러지거나 물러나오면, 다른 승려가 가슴을 펴고 또 나섰다. 먼저 폭행당한 승려는 다시 그 줄 꼬리에 붙었다.

주율은 정좌한 채 젊은 승려들의 무저항 맞섬을 보고 있었다. 내 발로 순순히 순사에게 잡혀가야 하나 어쩌나 하며 그는 망연자실해 있었다. 그러자 향과 꽃을 든 불도들의 무명 치마폭이 그의 시야를 가리며 막아섰다. 순간, 주율은 동운사 조실승이 『중부경전(中部經典)』에서 인용한 인욕 말씀이 떠올랐다. 푸라냐가 수야 나라로 전도 여행을 떠날 때 석존께서 수나 사람이 너를 칼로 찔러 생명을 앗아간다면 어찌하겠느냐 마지막 물음을 던졌다. 그러자 나 스스로 원하지 않고 목숨을 끊을 수 있다고 생각할 뿐 수나 사람을 원망하지 않겠다고 푸라냐가 대답했다. 결의가 거기에 이르면 능히 인욕의 완성이라 일컬을 수 있었고, 원수를 사랑하라는 야소 말씀 또한 같은 의미였다. 내가 무엇인데 나 때문에 저렇게 매질을 당한단 말인가. 내 한 몸 상하면 그뿐 아닌가, 하며 주율은 자리에서 일어섰다.

"아니 됩니다. 주율스님이 다시 끌려가면 안 돼요!" "놈들이 총을 쏜다면 우리가 대신 맞겠어요!" 주율을 둘러싼 불도들이 소리 쳤다.

"제가 잡혀가면 될 것입니다. 아무 죄도 없는 스님들이 누를 입을 까닭이 없습니다." 주율은 여신도들의 울부짖음을 무시하고 그들 사이를 뚫고 나가려 했다.

"주율스님은 우리가 보호하겠습니다!" "우리 모두 잡혀가더라도 주율스님은 안 돼요!" 불도들이 한사코 말렸다.

어느새 불도들은 주율을 가운데 두고 이중 삼중으로 벽을 쳐, 그는 장막을 뚫을 수 없었다. 생사 결단하여 한 사람을 보호하겠다는 것은 자신이 보호받을 만큼 귀중한 존재라기보다 불심이 그들 마음을 움직였음이리라. 그럴 동안도 젊은 승려들은 무저항으로 순사 둘의 폭력과 계속 맞서고 있었다. 때린 자는 잠자리가 불편해도 맞은 자는 다리 뻗고 잔다는 속담의 이치가 그랬고, 자신의 분기를 죽여 참고 참음이 성낸 자를 이긴다는 이치가 그랬다.

한쪽에서는 향과 꽃 공양이 계속되는 중에 아우성과 울부짖음이 들끓자, 이노우에 소장도 당황했다. 신성한 법당에서 수도자를 끌어낸다 함은 그 어떤 재앙이 자기에게 옮아올까 뒤가 켕겼고, 일을 단순하게 생각한 데 따른 후회도 들었다.

"어떡하면 좋겠소?" 이노우에가 강형사에게 물었다.

"안 되겠습니다. 일단 철수해 법회가 끝나기를 기다리지요. 중놈들이 대항한다면 공포를 쏘겠지만…… 지금으로선 명분이 없습니다. 석가를 당장 연행할 이유도 없고."

이노우에가 순사들을 불렀다. 그들 다섯은 법당에서 물러나와 절 마당으로 나섰다.

큰법당 안은 소요가 가라앉고 다시 질서가 회복되었다. 눈을 감고 있는 주율에게 합장해 절하는 불도들은 마치 생불(生佛)을 접견하듯 모두 한마디씩 존숭의 뜻을 표했다. 주율은 속으로 울고 있었다. 속울음이 눈물이 되어 뺨을 타고 흘러내렸다. 본존불에게 절을 한 뒤, 주율에게 엎드려 큰절을 올리는 아녀자도 많았다.

"주율스님 만수무강하옵소서." "다시 강건하셔 중생 제도하옵소서." "부처님 공덕이 늘 함께하시기를, 나무아미타불……" 승려들은 목례만 했으나 불도들이 이렇게 한마디씩 하소하며 큰절까지 올리자, 주율은 바늘방석에라도 앉은 느낌이었다. 진정 부끄러웠고, 그런 상찬이 장군죽비 경책처럼 등이 화끈거렸다. 차라리 순사들에게 끌려나갔다면 이런 불편한 자리는 모면할 터였다.

"어진아, 속세 아비다."

주율이 눈을 떴다. 아버지였다. 찌저그레한 눈에 눈물 가득 담은 부리아범이 꾸부정히 서 있었다. 상투와 수염이 희끗한 그는 완연한 노인이었다.

"너무 여위어…… 차마 너를 볼 수 없구나."

주율이 합장해 목례했다. 그는 할 말이 없었다. 아버지 뒤에 선 낯익은 얼굴이 눈에 들어왔다. 신당댁과 정심네였다.

"불사 끝나면 잠시 널 보고 가마" 하곤 부리아범이 서 있던 자리를 비켜섰다.

"옥에 갇힌 주율스님과 백선다님의 옥체 무사함을 늘 빌었습니다." 신당댁이 말했다.

정심네 차례였다. 큰 키에 늠름한 모습은 여전한데, 그네는 말이 없었다. 주율은 긴 반달눈썹 아래 쏘는 듯한 그네 눈길을 마주볼 수 없어 고개를 숙였다.

헌향과 산화는 시간 반이 걸렸다. 법회를 마치고 불도들이 절에서 마련한 음식으로 요기할 동안 주율은 선방에서 이노우에 소장과 강형사와 마주앉았다.

"오랜만이군. 건강은 어떤가?" 강형사가 기물이나 책 한 권 없는 휑한 선방을 둘러보며 물었다.

"아직 쾌차치 못합니다."

"고생이 많군. 이제 지나간 얘기지만, 난 백상충을 지목했지, 하수인인 자넨 안중에 없었어. 그때 자네를 그 지경으로 만든 것 또한 내 고의가 아니었어. 직업이 그렇다 보니, 나 역시 며칠 밤잠을 제대로 못 자고…… 더러 그런 실수가 있을 수 있지 않은가. 내가 자네 목숨 하나를 빼앗아 이룰 공명이 뭐 그리 대단했겠는가. 그렇잖아?"

주율이 대답 없이 강형사를 바라보았다. 번듯한 이마에 반짝이는 작은 눈, 도드라진 광대뼈, 면도 자국 새파란 모난 턱이 이태 전과 변하지 않은 모습이었다. 앞에 앉은 이자가 그때 나를 백치로 만들어버렸다 해도 푸라냐처럼 원망하지 않을 수 있을까. 야소 말씀처럼 원수를 사랑하며 핍박하는 이자를 위해 기원할 수 있을까. 정말 그래야만 자비와 사랑의 온전한 실천이라 할 수 있겠으나 자신은 그럴 마음까지 들지 않았다. 증오심이 끓지는 않았으나 그와 마주앉아 있기에 마음이 편치 않았다. 울산헌병대에서 그에게 난생처음 알몸 수색을 당할 때의 수치심이 떠올랐다. 그 시절은 겁이 많았고 세상이 어떠한지 몰랐던 철부지 적이었다.

바깥에서 웅성거리는 소리가 높아갔다. 주재소장이 방문을 열자, 선방 앞뜰에는 실히 백 명은 될 듯한 불도가 제각기 염불을 읊조리며 한데 바람도 아랑곳 않고 선방을 향해 맨 땅바닥에 절을 하고 있었다. 머리를 내밀었던 이노우에가, 석상 인기가 대단하군 하곤 방문을 닫았다.

"자네한테 한 가지 물을 게 있네. 대구인으로 키가 작달막한 우용대란 자를 알지?" 강형사가 물었다.

"모릅니다."

"동운사에 유할 때 자네가 백상충과 함께 이 절로 더러 오지 않았냐. 영남유림단 각군 책임자 회합에 참석하러 말야. 우용대란 자가 대구부 책임자였잖아?"

"……" 주율은 대답 않기로 했다.

"경북 칠곡군 장사직 암살사건이 터지자 보부상 곽돌이란 자와 함께 북지로 줄행랑쳐 잡히지 않았지만 말야."

"……"

"이번 건은 충청도에서 일어난 사건 아니오?" 이노우에가 강형사에게 저희 말로 말했다. "경상도 사는 놈이 거기까지 가서 일을 저지를 리 없겠고. 배도 출출하니 절밥이나 먹고 내려갑시다." 이노우에는 주율을 두번째 대면하지만 지난번도 그랬던 것처럼 공손한 태도와 순한 말대답으로 미루어 범죄조직에 신명 바쳐 뛸 자 같지 않았다. 그는 산문에 들어앉은 수도자이기도 했다.

"그럼 잘 있게, 병 조리 잘하고. 자네야말로 나와 만나기를 원하지 않겠지. 나 역시 그러네." 강형사가 자리 차고 일어섰다.

여드레 전이니 양력 1월 24일, 충남 아산군 도고면 면장 박용하가 자택에서 피살되었다. 현장에는 대한광복회가 남긴 사형선고문이 떨어져 있었다.

朴容夏 今回指令違反故死刑處 惟吾同胞戒之 光復會指令員
(박용하 금회지령위반고사형처 유오동포계지 광복회지령원)

사형 선고문은 3년 전 경북 칠곡 부호 장사직 암살 현장에서 발견된 내용과 동일했다. 이는 광복회가 경상도뿐만 아니라 반도 전역에 걸쳐 지하 조직망을 갖추고 항일투쟁을 계속한다는 실증이었다. 그 보고를 접한 경무총감부와 헌병대사령부는 공식 발표를 유보하고 전국 말단 수사기관에 이르기까지 폭도의 일망타진 긴급 훈령을 내렸다.

피살된 박용하는 충청도 지방의 대표적 친일파며 악질 관리로 악명이 높았는데, 소작지 강제 박탈은 물론, 고율의 소작료 징수에 인두세(人頭稅)까지 거둬들였고, 각종 혈세의 횡포로 백성을 늑탈했다.

박용하 암살 계획은 대한광복회 충청도 지부장 김한종에 의해 추진되었다. 김한종이, 그의 권유로 광복회 회원으로 가입한 장두환과 함께 충청도 지방 군자금 징수를 도모하던 중, 이를 염탐해 모금에 응하지 말 것을 종용하던 조선인 악질 관리 박용하 행악을 더 묵과할 수 없다는 데 합의를 보았던 것이다. 작년 10월, 충청도 지부 동지 장두환, 김경태, 임봉주, 강순필이 모인 자리에서 김한종이 박용하 처형을 최종 확정 짓고, 일을 벌일 날은 박상진 회장이 귀국하는 대로 허락을 얻기로 했다. 그 무렵 박상진은 중국 남경, 상해, 광주를 왕래하던 중, 평소 흠모하던 혁명가 손문을 접견하는 기회를 갖기도 했다. 손문은 광동군(廣東軍) 대원사로 북경 군벌정부와 구미 제국주의를 상대로 혁명투쟁을 하고 있었다. 박상진은 손문을 만난 자리에서 제국주의의 침탈에 따른 '동양 평화론'을 두고 담소하며, 조선도 중국처럼 민족주의에 입각한 혁명 수행만이 일본 제국주의를 축출하고 독립할 길임을 역설했다. 손문은 박상진의 논리정연한 국제 정세관과 해박한 지식, 열렬한 혁명정신에 감동해, 당신이야말로 내가 만난 조선 독립운동가 중 으뜸이라고 칭찬하며 즉석에서 자기가 차고 있던 권총을 선물로 주며 격려했다. 박상진이 만주를 거쳐 국내로 들어오기는 작년 11월이었다. 그는 귀국하는 길로 각도를 순회하며 대한광복회 지부장을 만나던 중 충청도에 들러 김한종으로부터 도고면장 박용하 암살계획을 보고 받자 이에 찬동해 손문으로부터 받은 권총을 내놓으며, 이 총으로 그를 사살하라고 말했다. 행동대원은 장두환, 김경태, 임봉주 셋으로 결정되었다. 날짜는 12월 24일로 정했다. 박용하 암살에 성공하자, 일본 관헌 수사망을 피하고자 박상진은 만주로 들어갔다.

강형사와 이노우에 소장이 방에서 나가자 주율은 잠시 멍하니 앉아 있었다. 밖에서는 여전히 자기를 두고 불도들이 듣기에 거북한 흠모의 말을 염불처럼 읊조리고 있었다. 감옥에서는 자신을 비하하여 한갓 벌레나 짐승으로 치부하다, 석방과 더불어 홀연히 존경의 대상으로 회자된 데 따른 곤혹스러움을 그는 더 참을 수 없었다. 그는 불도들이 대충 떠났을 한가한 저녁 시간에 주지승을 만나기로 했다. 내일 서상암로 올라가기로 작정한 것이다. 지어온 약첩을 마저 먹기까지 암자에 칩거해 일체의 번거로움을 피하고 싶었다.

방문이 열리더니 선우가 쭈뼛거리며 들어왔다.

"고향에서 온 집안 분들이 스님을 뵙고자 합니다."

주율이 아버지를 맞으려 일어서려다 바깥에 있는 불도들 대하기가 부끄러워, 모시고 들어오라고 선우에게 일렀다.

부리아범과 옷 꾸러미를 든 신당댁 모녀가 방으로 들어왔다. 주율은 신당댁 모녀가 언제부터 독실한 불도였나 하고 따져보았으나 어쨌든 간월재를 넘어온 게 의외였다. 부자간 상봉이 백군수댁 노마님 별세 때 만나고 처음이라, 주율의 신병과 선화의 안부 말이 오고 갔다.

"나도 이제야 바깥출입을 하게 되어 너를 보러 왔다. 네 어미와 함께 오려 했는데…… 병중인 네게 이런 말 하기가 뭣하다만, 어미는 부엌일조차 힘든 형편이다."

"어디가 편찮으신데요?"

"위통에 해수병으로…… 이태 전에 네가 부산경찰부로 달려갈 때, 어미가 엄동 한데 바람을 무릅쓰고 간월재 넘어 여기로, 밀양 읍내로 도다니지 않았냐. 그 후부터 관격으로 뭘 먹지 못하는데다, 기침이 시작되면 가슴을 쥐어뜯으며 기광을 부렸다. 한번 발광하면 집안이 시끄러울 정도다. 지난 동지절에는 하도 증세가 심해 주인어르신 보기 민망스러워 선돌아비 집으로 보냈다 세밑에야 데려왔다."

주율은 엄마가 자기 때문에 병을 얻었다니 마음은 쓰렸으나 달리 할 말이 없었다.

"석방되실 때보다 기력을 많이 회복하신 듯합니다. 모쪼록 건강을 되찾는 데 힘쓰셔야죠." 정심네가 말했다.

신당댁은, 모녀가 마련한 겨울 속옷과 버선이라며 옷 꾸러미를 내놓았다. 주율이 사양했으나 그네는 한사코 꾸러미를 둔 채 자리에서 일어섰다.

"얼굴 봤으니 나도 그만 가련다. 네 어미가 죽기 전에 널 한번 봤으면 하고 타령한다만, 출가한 몸이라 절 나서기가 어디 쉽겠느냐. 몸조리 잘하거라. 아비가 뭘 알겠느냐만 앞으론 광복운동 같은 일에 나서질 말아. 무식한 내 소견으로도 도 닦는 일과 그런 일은 한길이 아니니, 네가 작은서방님 곁을 떠나 절로 들어갈 때도 나라 구하고자 나선 몸이 아니었잖아." 부리아범이 몸을 일으켰다. "네 누나와 곽서방은 만주 간도에 있다는 말을 인편으로 들었다. 네 어미 신상에 무슨 변고 있으면 그때 통기하마."

"멀리 못 나가겠습니다. 편히 돌아가십시오."

부리아범과 신당댁 모녀가 방에서 나가자 선우만 남았다.

"정말 주율스님은 대단합니다. 불도들이 스님을 진심으로 공경하는 뜻을 오늘에야 깨우쳤습니다. 제가 스님을 모신 지 일천합니다만 스님이야말로 생불이십니다."

"선우님이 감탄하는 말을 모르겠구려. 오늘로서 내 시중은 마지막이 되겠소. 그동안 고생 많았습니다."

"어디로 떠나신단 말씀입니까?"

"내일 서상암으로 올라가려 하오."

"약은 누가 달여드립니까. 저도 따라가게 해주십시오. 저는 주율스님을 평생 은사스님으로 모시고 싶습니다." 선우가 무릎을 꿇고 주율 앞에 엎드렸다.

"내가 큰스님이 못 됨은 물론, 우리 사이는 사문에서 만난 동무라 해도 무방할 것이오. 내 어떤 점에 미혹했는지 모르나 이 절은 대찰이니 앞으로 훌륭한 은사스님을 모시게 될 겁니다. 지극한 정성으로 탕약을 달여주어 효험이 나타나니, 헤어지더라도 선우님을 잊지 못할 것이오." 주율이 선우 손을 잡았다.

부리아범과 신당댁 모녀가 표충사를 떠나기는 해가 서산으로 기울었을 때였다. 낮이 노루꼬리만큼 길어졌다곤 하나 언양까지 40리 길이니 해 떨어지기 전에 닿기란 무리였다. 더욱 간월재 길이 하늘을 막듯 걸려 있었다. 어떻게 잿길이나 넘어 등억골까지 간다면 거기서부터는 길도 편하고 뜸마을이 자주 나서니 밤을 도와 면소에 들 수 있으리라 여겨졌다.

"피골이 상접한 모습을 보니 자꾸만 눈물이 쏟아집디다. 그래도 경후란 스님은 돌아가셨는데, 목숨 건져 절로 돌아온 것만도 부처님 공력이지요." 사자평 고갯길로 오르며 신당댁이 부리아범에게 말했다.

"자식 다섯 중 정이 많이 간 자식인데…… 출가외인이란 말이 사내자식에게도 통한다는 걸 알았구려. 우리 양주야 다 산 몸, 갈 길 제가 닦아 나가겠지만 그애는 천성이 순하고 성질이 물러……" 삔 다리가 겨우 회복된 터라 힘들게 걷는 부리아범이 된숨을 몰아쉬었다.

빈 가지를 흔들며 몰아치는 산내리바람이 차가웠다. 이제 한 고비 추위만 넘기면 개울물도 풀리고 양지 둔덕에는 여린 풀이 돋아날 터였다.

주율스님의 수척한 얼굴과 슬픔이 깃든 서늘한 눈을 그리며 정심네는 말없이 걸음만 옮겼다. 유독 마음 끌리는 스님을 불도가 존경하기란 당연한 이치이되, 마음에 새겨진 그분 모습이 왜 그런 존경만으로 남지 않을까. 그런 생각에 시달리며 그네는 단내 나는

인동(忍冬) 295

한숨을 쉬고 또 쉬었다. 한초시 마님으로부터 도둑 누명을 쓰고
타작매를 당했던 그날 이후, 그네는 그 얼굴이 떠오를 때마다 그
분이 봉변 장면을 본 데 따른 부끄러움이 화톳불같이 살아났고 괜
히 가슴이 뛰었다. 남자를 본 첫 마음이어서 그랬을까. 그러나 최
영감 소실로 들어앉은 뒤, 그네는 정절을 버렸기에 그분을 잊기로
했다. 남자 몸을 받았고, 숯막에서 사내 주정도 예사로 받아넘겼다.
그런데 인연이란 그런 것인가. 어느 여름날 그분은 스님이 되어
율포댁과 함께 홀연히 언양 숯막에 나타났다. 그사이 자신은 피붙
이 없는 과수댁으로 버려졌고, 그분은 범접할 수 없는 수도승이
되어 있었다…… 그런데도 다시 그분을 본 뒤 생시는 물론 꿈에도,
마치 전생에 못 이룬 염원이 이승까지 따라오듯, 무시로 떠오르는
얼굴을 왜 못 잊어할까. 그분이 속세 사람과 다른 세계 사람임을
알면서도 마음에 새기는 심사를 그네는 스스로도 이해할 수 없었다.
내 마음을 나도 알 수 없다는 말이 이를 두고 한 말이려니 싶었다.
숯막이나 지키라며 말리는 엄마 따라 부득부득 표충사로 나섰을
때는 마음에 여투어둔 할 말이 있었다. 그러나 그분 출옥 때도 그
랬던 것처럼 입을 꿰맨 채 길 떠나게 됐으니 반불출 소리를 들어
도 변구할 말이 없었다.

그때, 뒤에서 힝힝거리는 말울음 소리가 들렸다.

말을 타고 산길을 오르는 강형사였다. 가파른 길을 오르느라 말
은 연방 울음을 뱉으며 헉헉댔다. 세 사람은 좁은 길을 내어주느
라 길섶으로 비켜섰다.

"석상 부친과 숯막 모녀로군. 오늘 밤으로 언양까지 들어가기는

무리겠소." 말 등에서 강형사가 말했다.

"예, 나으리. 가는 데까지 가다 어디 추위 피할 데라도 있으면 밤을 나고 가야죠." 부리아범이 말했다.

"백상 꾐에 빠져 아들이 옥살이까지 했는데 백상이 아직 감옥에 있으니 당분간은 마음 놔도 되겠소. 아들은 불령한 일에 나설 담찬 위인은 못 되오. 종종 만나면 수행이나 열심히 하라 이르시오."

"물론입죠. 부모 소원도 그러합니다."

"신당댁." 강형사가 그네를 보았다. "숯막에 들르는 수상쩍은 놈은 주재소에 보고하시오. 만약 그런 자가 유숙할 때는 반드시 신고해야 하오."

강형사는 말고삐를 당겨 오르막 산길을 앞질러 갔다.

"저런 놈을 누가 조선 종자로 내질렀어. 아가리에서 뱉는 말이 온통 구데기를 쏟아놓는 듯해. 죽어 지옥불에 떨어져 천년을 살 놈." 강형사를 두고 신당댁이 욕설을 퍼질렀다.

강형사가 쉬지 않고 말을 달려 언양주재소에 도착하기는 해가 서산으로 떨어진 뒤였다. 주재소 정 인원은 다섯이었다. 아라하타 소장 아래 일본인 다카하시, 고무라 후임으로 전근 온 히라이, 조선인 순사보 안기창에, 군(郡) 헌병분견소 소속으로 파견된 별정직인 강오무라 상등병이었다. 사환이 둘 있었고, 야간 순찰과 숙직을 보조하는 고용인 넷을 두었다.

강형사가 마구간에 말을 몰아넣고 주재소 건물로 들어가자, 안기창과 야간 순찰 나갈 고용원 둘이 난롯가에 앉아 불을 쬐고 있었다.

"오늘 안 돌아오면 어쩌나 했습니다. 곧장 울산헌병대로 들어가야겠습니다." 안기창이 강형사를 보자 반가워했다.

"추위와 허기로 쓰러질 지경인데 또 읍내로 가야 해?" 방한모를 벗으며 강형사가 투덜거렸다.

"다카하시상과 히라이상은 전화 받자 낮참에 떠났어요."

"무슨 사건이 터졌어?"

"가보면 알겠지요. 소장님도 돌아오시는 대로 곧장 출발하라 지시하곤 퇴근했습니다."

갑자기 큰 사건이 터지면 부근 주재소 요원 차출이 더러 있어 강형사는 그러려니 해 주재소 가까이에 있는 소장 사택부터 들렀다. 아라하타 소장이 저녁 밥상을 받다 그를 맞았다. 그 역시 울산 헌병대에서 주재소 요원 셋을 차출해 급파시키라는 이유를 모르고 있었다.

"저쪽에서 또 전화가 왔는데, 자네를 꼭 끼우라더군. 자네야 소속도 그쪽이지만, 읍내 면식에 소상한 연고성을 고려한 모양 같아." 아라하타가 저희 말로 말했다.

"무슨 사건인데요?"

"공개 못할 일급 비밀이래. 미안하군. 추위도 추위지만 또 밤길을 나서야 하니."

"알았습니다. 곧 출발하지요."

강형사는 소장 사택에서 나와 집으로 돌아왔다. 처와 두 자녀가 귀가한 그를 맞았다. 그는 일본인 처에게 빨리 밥상을 보라 일렀다. 작은 키에 덧니가 뾰족한 처는 그가 주재소 용원으로 근무하며 이

쿠노구(生野)에서 자취하던 시절 이웃 고물상 주인 사다자네 씨 양녀로, 연애결혼을 했다.

"지금 곧 울산으로 들어가야 돼. 사건이 터졌나봐. 무슨 놈의 팔 잔지, 일복만 터져." 안방에서 저녁상을 받으며 강형사가 말했다.

"이 밤중에, 무슨 사건인데요?"

"가봐야 알아."

"표충사 법회는 무사히 끝났고요?"

"사람이 많이 모였더군."

안방 벽에는 족자 한 폭이 걸려 있었다. '皇恩の 忠'이었다. 그가 그 휘호를 받기는 일본 오사카에 주재소 용원으로 있을 때였다. 주재소장 오다는 취미가 서예여서 부하들이 신년 인사차 집을 방문하면 휘호를 내리곤 했다. 어느 해던가, 오다는 강오무라에게 '코온노츄우'야말로 일본 정신의 상징이라며 휘호를 신년 선물로 주었다. 조선인에게, 일본 천황이 내리신 은혜를 충성으로 갚으라 함은 가당찮은 주문이었다. 그가 그 연유를 물은즉, 자네가 천황의 은혜를 깨닫고 이를 실행하면 큰 영광을 얻을 것이라 했다. 당시 그는 그 뜻을 잘 헤아리지 못했다. 그가 순사 보조원으로 정식 임명장을 받았을 때야 그 의미를 깨달았다. 직업에 충실하는 길이 천황의 은혜에 충성으로 보답하는 방법이요, 일본인 모두가 이를 기무(義務)로 여겨 행함을 보았고, 자신도 그 길에서 한 치 어긋남이 없기를 맹세했다. 날마다 아침에 눈을 뜨면 벽에 걸린 휘호를 보며 '코온노츄우'를 세 번 복창하는 일로 하루를 맞는 게 관행이 되어온 터였다. 철저히 일본인이 되는 것, 그 길만이 자신이 살아

남는 정답이었다. 업무에 임할 때마다 '츄우노기무'를 소신 있게 실천하려 노력했다.

강형사는 밥을 먹고 나자, 처에게 문단속을 이르곤 집을 나섰다. 주재소에 들러 마구간에서 말을 다시 끌어냈다. 그는 초승달이 희미하게 비치는 밤길로 말을 달렸다. 마스크를 쓰고 귀가리개를 했지만 눈을 제대로 뜰 수 없을 정도로 태화강 강바람이 매웠다. 무슨 사건이 터졌을까. 그는 울산헌병대 차출 이유를 두고 따져보았으나 잡히는 감이 없었다. 광복회가 터뜨린 사건이 경북 칠곡과 경주에 한 차례씩 있었으니 울산에도 무슨 사건이 터졌을까. 도착해봐야 알 수 있는 일이었다.

가문 겨울철이라 태화강은 물이 말랐다. 강형사는 강폭이 좁은 곳에 걸린 징검다리를 말에서 내려 건넜다. 20리쯤 말을 달리자, 온몸이 굳어왔고 고삐 쥔 장갑 낀 손가락과 가죽구두 안 발가락이 떨어져 나갈 듯 아렸다. 그는 자기 직업에 회의를 느꼈다. 이 일도 '코온노츄우'다. 비록 일본인이 아니지만, 조선인 중 누구보다도 먼저 일본인이 된 나다. 나는 의무를 다하고 있다. 그는 스스로에게 최면을 걸었으나 육신의 고통이 살을 저몄다. 아닌 말로 헌병복을 벗더라도 일본말에 능통하니 취직 자리는 쉽게 구할 수 있었다. 일본말에 능통한 순사나 헌병 출신은 공장, 영림창, 광업소 감독직으로 특채되었고, 그렇게 되면 생활은 지금보다 유복해질 터였다. 그러나 그는 자신의 직무에 긍지를 가져왔고 이 직업이 적성에 맞다고 만족했다. 표충사 법회만 해도 관내가 아니므로 그가 구태여 가지 않았어도 되었다. 그러나 표충사가 요시찰 대상이요,

출감한 주율을 만나보겠다는 수사관으로서의 의무가 한겨울 추위를 무릅쓰고 간월재를 넘게 했던 것이다. 아니, 수사관으로서 의무만이 아니라 자신의 일차 목표가 독립단위 책임자, 즉 헌병대 분견소장이나 주재소장 승진이기에, 조선인으로서 그 직위에 오르자면 학력이 별무한 그로서는 특별한 공을 세우는 길밖에 없었다. 업적을 따내기 위해선 사건이 있을 만한 데라면 섶을 지고 불속에 뛰어들 용기로 찾아다녀야 했다.

강형사가 전 근무지 울산헌병대에 도착했을 때는 밤이 깊었다. 현관문을 열고 들어서자 그는 비상령이 내려진 긴장기를 한눈에 읽었다. 형사 셋이 그 시간까지 퇴근 않고, 두루마기 차림에 갓 쓴 중늙은이 둘과 아낙 하나를 맡아 목소리 높여 취조하고 있었다.

"어서 와. 늦었군." 형사들 취조를 감독하며 뒷짐지고 실내를 거닐던 오우라 분견소장이 강형사를 맞았다. 그는 소장실로 강형사를 불러들였다. 소장은 전임자 이와사키에 이어 작년 봄에 부임해 온 30대 중반으로, 단단한 몸집에 눈썹이 짙었고 면도 자국이 귓불과 턱을 덮어 인상이 검세었다.

"무슨 사건입니까?" 강형사가 저희 말로 물었다.

"박상진에 대해 잘 알지?"

오우라 한마디에 강형사는 눈앞에 전등불이 들어온 느낌이었다. 강형사가 박상진을 직접 만난 적은 없었다. 상부에서 조회가 있을 때마다 송정리 생가를 방문했고, 한 차례 녹동리까지 찾아간 적이 있었으나 그가 집에 있지 않아 번번이 허탕쳤다. 박상진 사진을 헌병대에 비치해두었기에 둥근 얼굴에 이마가 넓고 부리부리한 눈매는 떠올릴 수 있었다.

"박상이 본가에 나타났습니까?"

"몇 해 전부터 송정리 본댁을 비워두고 경주 쪽 녹동리 별택에 가족이 살고 있으니 그쪽에 나타날 거야. 경주와 울산 길목을 차단해서 그 일대에 헌병 소대가 잠복 중이야."

박상진은 작년, 대구 권총사건 이후 특급 사찰 대상 인물이었다. 작년 4월 박상진이 대구에 머물며 우용대와 함께 군자금 모금을 협의하던 중, 시내를 통행하다 우연찮게 경찰 불심검문에 걸렸다. 그의 속옷에서 권총이 발견되었다. 대구경찰서 특고과는 권총의 출처와 사용 목적을 두고 집중적으로 추궁했으나, 박상진은 만주에서 가져온 호신용이라는 대답만으로 일관했다. 그가 비록 불령선인 중에서도 1급으로 지목되고 있었으나 심증뿐 물증이 없어 죄목 엮기가 용이치 않았다. 결과 4월 26일 대구지방법원에서 '총포화약류 단속령과 동시행 규칙위반죄'로 징역 6월형을 선고받고 여섯 달 옥살이를 치렀다. 그동안 그에 대한 내사를 계속했으나, 만주와 중국 대륙을 주유했다는 게 고작이었고, 책잡을 만한 단서가 발견되지 않았다.

"박상진이 바로 충청도 아산군 도고면장 박용하 암살 사건 배후 인물로 떠올랐어." 오우라 입에서 떨어진 말이었다.

"저 역시 그놈이 광복회와 무슨 관련이 있을 거란 심증은 늘 가져왔습니다만……"

"그동안 미궁에 빠졌던 광복회 실체가 밝혀졌어. 이 년 전에 불령단체를 결성해 전국 각도와 만주에까지 지부를 두고 철저한 점

조직으로 운영된 모양인데, 바로 박상진이 열쇠를 쥐고 있어. 그놈이 총본부 수괴로 칠곡 장사직 암살과 경주 우편차 습격을 배후에서 지휘했어."

"울산 지방 불령선인으로 일찍부터 두 놈을 지목해왔습니다. 지금 부산감옥에 있는 백상충과 박상진이 바로 그놈들입니다. 그런데 소장님은 박상진과 광복회 연계를 어떻게?"

"오늘 아침 열시 반부터 전화통에 불이 붙은 듯 경남도경과 충남도경에서 계속 훈령이 내려와, 내가 자리를 뜰 수 없을 지경이야."

오우라 말이 그렇듯, 둘이 대화를 나눌 동안도 자정을 넘긴 시간인데 경남도경 특고과에서 한 차례 전화가 왔다.

오우라가 강형사에게 들려준 박용하 암살사건 개요가 이러했다. 광복회 지령원에 의해 도고면장 박용하가 암살되자, 칠곡 장사직 암살 경우처럼 대외 발표를 유보한 채 충남경찰부가 진두 지휘해 수사에 착수했으나 며칠이 지나도록 단서조차 잡지 못했다. 그런데 광복회 충남지부 회원으로 천안에 거주하던 이종국이란 자가 천안경찰서에 그 사건을 밀고함으로써 전모가 드러나게 되었다. 천안경찰서 수사대는 천안군 환성면 자기 집에 돌아와 있던 암살 주모자 장두환을 체포했다. 장두환을 취조하는 과정에서 광복회 충청도지부 지부장 김한종을 비롯한 회원 명단이 드러나게 된 것이다.

"……그래서 광복회 조직 전모가 파악된 셈이지. 지금 충청도 지방회원들을 일망타진 중인 모양인데, 수괴 박상진이 아직 체포되지 않았어. 그놈이 만주를 제집같이 넘나들며 동에 번쩍 서에 번쩍 설쳐댄다니, 국경수비대 검문 검색이 강화됐겠지."

"박상진이 녹동리 별택에 나타날 것임을 소장님은 어떻게 예견했습니까?"

"오늘 정오에 우리 분견소가 녹동리를 덮쳤어."

"경주헌병대와 연락이 닿았습니까?"

"무슨 소리야. 공을 뺏길 수 없지. 녹동리가 경주군이지만, 거리상으론 여기서 녹동리가 십 킬로 남짓, 경주읍에선 이십 킬로야. 그러니 박상진 체포는 우리 손으로 끝장을 봐야지." 오우라가 의자를 강형사 앞으로 당겨 앉으며 확신에 찬 목소리로 속달거렸다. "녹동리 집을 덮친 결과 박상진이 이쪽으로 잠입해 올 것임을 알아냈어. 그놈 체포에 천재일우의 기회가 온 거야!" 정오에 울산헌병대와 주재소 병력이 합세해 녹동리 별택을 덮쳤을 때, 웬걸 기제사라도 맞은 듯 문중이 죄 모여 바깥사랑과 안사랑이 찼다. 오우라는 틀림없이 박상진이 출현해 문중이 모였으리라 짚여져, 사방에 순찰을 세우고 집안을 뒤졌으나 그가 나타난 흔적이 없었다. "……알고 보니 박상진 생모가 위독해 임종을 지키려 친인척이 모였던 게야. 그렇다면 생모 위독 소식을 알리려 박상진과 접선한 자가 있을 것이란 심증이 가더군. 박상진이 백부에게 양자로 들어갔으니, 말하자면 종손 아닌가. 조선 사람은 부모 임종을 못 지키면 대불효요, 종손은 반드시 임종과 장례에 참석할 의무가 있다지 않는가. 그래서 집안에 기식하는 자를 모조리 조사하던 중 머슴한 놈이 빠진 걸 알아냈지. 머슴 처 말로는, 상전 심부름으로 경주읍내로 떠난 지 이틀째 됐다 했어. 경주가 바로 박상진 처가 있는 곳 아닌가. 그쪽으로 박상진 생모 위독 소식을 알리러 보냈다지만, 틀림없이 상진 그놈과 연락이 닿았을 게야. 두고 봐. 박상진이 머슴놈을 앞세워 제 발로 녹동리에 들어올 테니."

"소장님 판단이 정확합니다. 박상진에게 생모 위독 소식이 닿기만 한다면 그놈이 틀림없이 제 발로 나타날 겁니다."

"자세한 내막은 비밀에 부치고 경주헌병대에 협조를 부탁했으니 그쪽에서 박상진 처가를 주목할 게야. 경북 도경에서도 훈령이 갔을 게고. 듣자 하니 박상진 장인 되는 이정희란 자도 과거 의병 운동에 재산깨나 희사한 놈이더군."

오우라는 강형사에게, 울산 읍내에서 박상진과 선이 닿는 자를 열거해달라고 말했다. 강형사는 전 광명서숙 숙장 함명돈, 서숙 선생 장경부가 요주의 인물로, 신교육을 받은 자들이라 박상진과 친분이 있음을 알려주었다. 오우라가 형사 하나를 불러 두 집에도 잠복근무를 지시했다. 헌병대와 주재소 인원이 모두 녹동리에 투입되었기에 평소 밀정으로 이용하는 자를 잠복시킬 수밖에 없다고 모리 형사가 말했다.

"강형사, 날이 밝기 전에 나와 함께 녹동리로 들어가자고. 그 시간이 중요해. 놈이 집으로 찾아든다면 불효(拂曉) 시간을 택할 거야. 그동안 숙직실에서 눈이라도 붙여둬."

날이 채 밝기 전, 오우라 소장과 강형사는 말을 타고 나섰다. 녹동리는 울산 읍내에서 북으로 30리 채 못 되었고, 동천강을 따라 경주로 가는 길목에 있는 산촌이었다. 둘이 박상진 본가가 있는 송정리까지 오자 날이 희뿌옇게 트여왔다. 길가 숲에서 새 떼들이 부산스레 우짖었다. 그들은 말을 내처 달려 냉천에서 모화 마을 쪽 큰길을 버리고 천마산을 향해 샛길로 들어섰다. 녹동리 어귀의 뜸마을을 지나자, 길섶 숲에서 잠복근무 중이던 순사가 튀어나왔다.

"수고 많다. 간밤에 별 사건은 없었고?"

"이상 없었습니다."

오우라와 강형사는 말에서 내렸다. 말 두 필을 잠복조에게 넘기고 둘은 걸어서 서리 내린 자드락길로 빠졌다. 저만큼 야산 아래 녹동 마을이 어슴푸레 드러났고, 산자락을 타고 앉은 골기와 여러 채가 소나무숲에 반쯤 가려 있었다.

"박상진이 나타난다면 방향은 이쪽이 아닌 경주 쪽일 게야. 그래서 잠복조를 그쪽에 집중적으로 박아두었어. 필경 길 따라 당당하게 들어오진 않을 테니깐, 재실 쪽 둔덕길을 예의 주시하라 일렀어." 오우라가 말했다.

둘은 임시 수사본부로 쓰는 마을 입구에 있는 이장 집으로 갔다. 아래채 방 한 칸을 빌려 든 헌병분견소 부소장 이누카이가 둘을 맞았다.

"시렛골 쪽 잠복근무는 이상 없지?" 방으로 들어와 방한모를 벗으며 오우라 소장이 물었다.

"삼 개조 스물한 명이 경계하고 있습니다.

"만약 박상진 체포로 광복회 전모가 밝혀지면 영남유림단 재수사가 필요치 않을까요?" 강형사가 오우라를 보았다.

"글쎄. 일사부재리 원칙에 재판부 권위도 있잖아. 실형을 살고 있는 자들을 재수사하기란 뭣하겠지. 어쨌든 박상진을 잡고 난 후가 문제야. 만약 박을 생포한다면 우리 헌병대 전원은 일 계급 특진이 틀림없어. 내가 보장하지."

"힘껏 돕겠습니다."

그들이 말을 나눌 동안 연락병이 이장 집을 무시로 들랑거리며 근무 상황을 보고했다.

순사와 형사들은 잠복조 이외 농부나 장사치, 또는 나무꾼으로 변복해서 녹동 마을 일대의 길과 산자락에 널려 있었다. 밀양 박씨 별택이 한 차례 수색당하고 녹동리 일대가 포위되었음을 마을 사람들이 눈치채, 그들의 마을 밖 출입을 통제했다. 마을로 들어오는 사람도 발이 묶였다.

빠져나갈 수 없는 그물을 쳐놓은 가운데, 날이 밝고 낮참을 넘길 때까지 수상한 자는 나타나지 않았다. 저녁 이내가 내릴 무렵에 오우라 소장은 부산헌병본대와 전화 연락차 울산 읍내로 돌아갔다.

이누카이 부소장과 강형사는 이장 집 아래채 방에 앉아 있었다. 바깥에서 목청 높은 고함이 들려 강형사가 방문을 여니 어둑발이 내렸는데, 순사 둘이 장정 뒷덜미를 잡아채어 끌고 들어왔다. 순사는 장총 개머리판으로 장정 옆구리를 후려쳤다.

"재실로 숨어드는 놈을 잡았습니다. 엄중 문책해봄이 좋을 듯합니다." 축담으로 나선 이누카이에게 순사가 말했다.

"제가 맡지요." 강형사가 이 기회에 공을 세우려 나섰다.

강형사는 잡혀온 장정과 이장을 대질시켰다. 결과 장정이 박상진 집안 머슴임이 밝혀졌다. 강형사는 복서방이란 머슴을 집 뒤란으로 끌고 갔다. 순사에게 홰를 밝히게 한 뒤 취조가 시작되었다.

"경주 박상진 처가에 갔다 오는 길이지?" 강형사가 뒤란에 재인 장작더미에서 맞춤한 몽둥이를 집어들고 다그쳤다. 꿇어앉은 복서방이 발뺌을 해도 소용이 없음을 알았던지, 그렇다고 수월하게 대답했다. 강형사가 단도직입으로 물었다. "박상진을 만나 함께 오는 길이지?"

"천만부당한 말씀입니다. 어른은 뵙지 못했습니다. 경주 사돈어른 댁에 들러 아랫댁 정부인(貞夫人)께옵서 위독하다는 말씀을 전하고 급히 돌아오는 길입니다. 제가 잘못한 일이 있다면 용서해주십시오." 복서방이 땅바닥에 꿇어앉아 비손했다.

"네놈이 양복쟁이와 함께 모화 쪽에서 내려오다 양복쟁이를 떨어뜨리고 염탐차 먼저 숨어들었잖나! 보고 온 자가 있어!" 강형사가 장작개비로 복서방 등줄기를 내리쳤다. 매질이 복날 개 패듯 사정이 없었다. 그가 숨돌릴 틈 없게 타작매를 놓자, 복서방은 번철에 콩 튀듯 뛰며 비명을 질렀다. "네놈이 실토 안하면 오늘이 제삿날인 줄 알아. 매 앞에 장사 없다고, 헌병대가 어떤 덴 줄 알지?"

"살려만 주시면, 바른말 올리겠습니다." 20분 남짓 매질을 당하던 복서방이 피칠갑이 된 얼굴로 입을 열었다.

"박상진이 어디 숨었어?" 강형사가 다그쳤다.

"석계리 당수골 숯가마집에 거하십니다. 제가 집안 사정을 알아보러 먼저 나섰습니다."

박상진이 숨어 있다는 석계리 당수골은 녹동리에서 반 마장 거리밖에 되지 않는 동대산 서녘 석계못 위였다. 동대산 비탈에 자리잡은 당수골은 열 가구 채 못 되었고 숯 굽는 숯막은 마을 위쪽에 있었다.

이누카이 부소장은 오우라 소장에게 전말을 알리려 본서로 연락병을 보냈다. 연락병은 말을 타고 울산 읍내로 떠났다. 이누카이는 헌병 여섯을 박상진 생모가 자리보전한 아래채 주위에 잠복케 하고, 서른여 병력을 인솔해 당수골 숯막 주위를 포위케 했다. 그러나 오우라 소장이 현장에 도착하기까지 실행을 유보하기로 결정했다. 박상진이 총포를 소지하고 있음이 분명하므로 섣부른 접근은 일을 그르치기 십상이었다. 그가 손들고 제 발로 걸어 나오지 않고 방안에서 총질을 해댄다면 이쪽에서도 어차피 맞총질 해야 했고, 그러자면 쌍방이 살상의 피해를 입을 게 뻔했다. 무엇보다 그가 독 안에 든 쥐 신세임을 알고 자결한다면 큰 손실이 아닐 수 없었다. 박상진 정도 수괴는 능히 그런 짓을 할 인물이었다. 충청도지부를 제외한 광복회 전국적 조직 계보는 그의 자백이 필요했기에 생포하지 않으면 안 되었다.

오우라 소장이 당수골 숯막에 도착하기는 밤이 깊어서였다. 그동안 숯막은 집안 아낙네가 부엌으로 들랑거렸을 뿐 출입자가 없었다. 방 두 개는 호롱불을 켜 문살이 밝았다.

"박상이 건넌방에 혼자 있답니다. 먼저 머슴놈을 집으로 들여보내 박상을 마당으로 유인해내서 덮침이 좋을 듯합니다." 이누카이가 오우라 소장에게 말했다.

"그렇게 시간을 준다면 놈이 눈치챌 겁니다. 담력이 센 놈이라

담을 넘어 뒷산으로 튄다면 깜깜한 밤이라 생포가 어려울 겁니다."
강형사가 반대 의견을 냈다.

"방으로 직접 들이칩시다." 오우라가 결론을 내렸다.

먼저 머슴 복서방을 마당으로 들여보내 그를 부르게 하고, 안에서 문고리를 따면 즉각 방문 옆에 대기한 체포조 형사 셋이 방으로 들이치기로 했다. 오우라 소장은 어떠한 희생을 감수하더라도 그를 사살해선 안 된다고 체포조 형사들에게 엄명했다. 그동안 건넌방은 호롱불만 밝힌 채 아무 기척이 없었다.

숯막 초가는 수숫대 울이 허술해 아무 곳으로나 무시로 출입할 수 있어 복서방이 장독대 쪽 수숫대를 비집고 마당으로 들어갔다. 박상진 체포조 셋은 건넌방 방문 옆에 바싹 붙어 섰다.

"서방님." 복서방이 조심스럽게 박상진을 불렀다. 호롱불은 밝은데 방 안에서는 대답이 없었다. "서방님, 복서방입니다." 복서방이 군기침 끝에 목청을 조금 높였다.

방안에서 여전히 기척이 없자, 형사 하나가 발길질로 방문 간살을 걷어찼다. 다른 형사가 문고리를 잡아채자, 방문이 쉽게 열렸다. 권총 찬 형사가 공포를 쏘며, 방으로 뛰어들었다. 방 가운데 호롱 등잔만이 들이치는 바깥바람에 까무러치다 살아날 뿐, 방안은 비어 있었다.

"박상진을 어디다 숨겼어?" 강형사가 숯구이 늙은이를 마당으로 끌어내며 소리쳤다.

"여편네가 진짓상 올릴 때까지 방에 계셨습니다. 우리는 지금도 나리님이 방에 계, 계신 줄 알고 있었습니다." 강형사로부터 목을 죄인 터라 숯구이 늙은이가 숨을 몰아쉬며 대답했다.

"숯가마와 일대를 샅샅이 뒤져! 조별로 홰를 밝혀!"오우라가 앞마당과 뒤꼍에서 우왕좌왕하는 병력을 독려했다.

홰를 밝혀 당수골과 동대산 일대를 이 잡듯 뒤졌으나 박상진 자태는 묘연했다. 날선 겨울바람에 횃불이 가랑잎에 옮겨 붙어 산불만 내고 말았다.

당수골은 물론 마동, 의정 사람들까지 동원하여 동대산 정상으로 타오르는 산불을 끄느라 법석을 떨 때, 오우라와 강형사는 분대 병력을 앞세워 녹동마을로 내려갔다.

"머슴놈 실토를 받아내자마자 숯가마집을 덮치는 건데, 한발 늦었소. 머슴놈이 제시간에 돌아오지 않자 박상이 눈치채고 자리를 피한 게지."오우라가 강형사에게 말했다.

"제가 이누카이 부소장에게 속전속결로 처리하자고 말했지요. 그러나 부소장님 말씀으론 박이 원체 거물이라 신중을 기해야 한다며, 소장님 진두지휘를 기다린 겁니다. 부소장님 소견으로는 박상진 체포에 따른 영예를 소장님께 선물하고 싶었던 충정도 있었을 겝니다."

"놈이 이 일대를 떠나지 않았을 것이오. 지금도 늦지 않으니 병력 지원 요청을 서둘러야겠소."

타고 다니는 말을 녹동리 수사본부에 매어두고 와 오우라는 걸음을 빨리했다. 그는 그길로 울산 본서로 돌아가 경남경찰부에 병력 지원을 요청할 작정이었다.

그들이 동천강 지류 개울을 따라 뜸마을 앞을 지날 때였다. 저쪽에서 뛰어오는 발소리가 들렸다.

"나는 헌병소장이다. 누구냐?" 오우라가 외쳤다.

"도쿠다 상등병입니다. 소장님, 박상을 체포했습니다!"

"뭐라고?"

오우라 반문처럼, 믿어지지 않기는 강형사도 마찬가지였다.

"제 발로 기어든 놈을 생포했습니다." 도쿠다가 오우라 앞에서 차렷자세로 경례를 붙였다.

"장하다. 너야말로 제국의 일등 헌병이다." 오우라가 도쿠다 어깨를 두드렸다.

그들은 녹동 마을로 뛰듯 걸었다. 도쿠다 말에 따르면, 남은 병력이 박씨 저택 주위에 잠복하고 있을 때, 재실 쪽에 기왓장 떨어지는 소리가 들렸다 했다. 헌병 넷이 담 안팎을 포위해, 움직이면 쏜다고 수하한 결과 외투 걸친 사내가 조릿대 속에서 모습을 나타냈다는 것이다.

"그놈, 대단합디다. 순순히 수갑 받으며 병중인 마마상을 접견케 해달라고 당당하게 말합디다."

"그래서?"

"나무에 묶어두었습니다."

오우라와 강형사가 교리 박시룡 별택 바깥마당으로 들어가자 마당 가운데 화톳불이 타올랐다. 검정 외투 차림의 박상진은 울옆 대추나무에 포박당해 있었고, 횃불을 밝혀 든 헌병들이 지켰다. 열려 있는 중문을 막고 옷갓한 남정네들이 보였으나 총검한 헌병이 그들 출입을 막았다.

"네가 광복회 두목 박상진 틀림없지?" 박상진 앞에 선 오우라 소장이 저희 말로 물었다.

"그렇다. 내가 박상진이다." 박상진이 조선말로 대답했다.

"박상진이 틀림없습니다." 옆에 선 강형사가 말했다.

"소장님, 이자가 마마상 접견을 요청하는데 어떻게 할까요?" 횃불을 든 일본 헌병이 오우라에게 물었다.

"대역죄인에게 개인적인 청을 허락할 수 없다. 당장 본서로 연행할 차비를 하라. 발목에 족쇄를 채우도록."

"이놈!" 갑자기 박상진이 일본말로 불호령을 내질렀다. "너희 왜족은 일찍 한갓 축생으로 살다 조선에서 벼농사와 길쌈 방법을 전수받았음은 물론, 우리 서적을 가져가 글을 가르치자 겨우 인간의 도리를 깨우쳐 오늘에 이르렀거늘, 헌병소장 네놈은 부모도 모르는 축생인가! 생모께서 병환이 화급해 신명을 천운에 맡기고 있음은 너도 보았으렷다. 마지막 하직인사조차 거절함은 스스로 출생의 근본을 모르는 축생임을 자인하느냐?"

박상진의 위엄찬 고함에 흠칫하던 오우라가 입막음을 하겠다고 그의 뺨을 몇 차례 후려쳤다. 그러나 마땅히 대꾸할 말을 찾지 못해 분풀이를 부하들에게 퍼질렀다.

"이놈들아, 어서 서두르지 않고 뭘 꾸물거려!"

임시 수사본부인 마을 이장 집으로 달려가 족쇄를 가져온 헌병이 박상진 발목에 쇠사슬 고리를 채웠다. 그러자 중문을 막고 섰던 옷갓한 장로가 앞으로 나서서 땅바닥에 무릎을 꿇고 두 손을 짚었다.

"관헌 나으리, 청원컨대 장손 상진으로 하여금 제 젖어미를 일 견토록 허하여주시오. 젖어미 생사가 경각에 달렸고, 오래 집을 비운 혈육을 한 번만이라도 상면하고 눈감는 게 소원이라 하는즉, 천륜의 상봉조차 막는다 함은 인간사 도리가 아닐 줄 아오." 장로 가 흰 수염을 떨며 말했다.

"잠시 지체하면 될 일인즉 그렇게 하시지요." "불효의 누만은 벗겨주시오." "이대로는 데려가선 아니 됩니다." 무릎 꿇은 장로 뒷전에 섰던 옷갓한 남정네들이 오우라 소장에게 한마디씩 간청 을 넣었다.

"나도 교육받고 내지 부모 있어 그 청을 들어줄 수도 있으나, 이 놈이 대일본제국을 모독하고, 살인한 중죄수라 그럴 수 없다" 하곤, 오우라가 병졸들에게 박상진을 밖으로 끌어내라고 명령했다.

헌병이 대추나무에 결박한 박상진의 포승을 풀었다.

"이놈들아, 잠시 물러서렷다!" 박상진이 헌병을 물리치곤 족쇄 를 찬 채 안채 쪽으로 돌아서서 땅바닥에 무릎을 꿇었다. "어머니, 불효한 자식을 용서해주십시오. 급환의 소식을 듣고 불원천리 달 려왔으나 천기가 이 몸을 여기서 묶으니 뵙지 못하고 물러갑니다. 부디 쾌차하옵소서……"

박상진이 읍소할 동안 헌병은 물론 오우라도 차마 더 해코지를 못하고 그를 외면했다. 그 소리를 들었는지 중문 안쪽에서 아녀자 들 곡성이 터졌다.

박상진이 일어서자 헌병이 그의 팔과 허리를 둘러 포승으로 휘 감치곤 한 끝을 당겨 끌었다. 족쇄를 찬 박상진이 주춤주춤 끌려갔다. 박상진이 횃불을 앞세운 헌병 무리와 함께 솟을대문을 나서자, 집안 남녀노소 식구가 죄 몰려나왔다.

"상진아!" "선걸음에 그렇게 가면 이제 언제 보랴!" "서방님!" 불러대는 목소리 속에 박상진 처 최씨의 울음 섞인 절규도 섞였다. 최씨는 오열을 쏟다 주저앉았다.

"가내 어르신들, 상진이 비록 왜놈들 포승에 묶여가나 훗날 대한은 반드시 광복의 날을 맞을 것입니다. 그날을 맞기까지 인민은 한마음 한뜻으로 왜놈 무리와 싸워야 하고, 광복은 투쟁해서 쟁취해야 합니다!"

칼바람 속에 외치는 서방 목소리가 최씨 귀에 아스라이 멀어졌다. 몇 해 만에 서방을 먼발치로 상면하자마자 이별인데, 이번 이별만은 예사롭지 않다는 느낌이 현기증으로 뇌를 치자, 그네는 앉은자리에서 실신하고 말았다.

박상진은 그길로 울산헌병대로 연행당해, 이튿날 헌병 다섯의 삼엄한 경비 속에 대구헌병대 본부로 이송되었다. 그가 이송되는 날, 그의 생모 여강 이씨도 이승을 하직했다.

잠행(潛行)

　주율이 행자 선우를 떨치고 서상암으로 올라온 지 두 달이 가까
웠다. 밝고 따사로운 햇살 아래 만물이 소생하는 양력 4월 초순이
었다. 사자봉 서남 기슭 높드리 후미진 암자에도 봄소식이 완연했
다. 산 아래쪽에서부터 피어오른 진달래꽃이 서상암 주위의 산색
을 바꾸어놓았다. 선연한 분홍꽃만 아니라 민들레와 개나리도 꽃
을 피웠고 솜다리, 씀바귀, 자두나무, 살구나무도 다투어 잎을 피
워냈다. 서상암 뜰 가장자리에 선 왕벚나무 몇 그루도 꽃망울을
맺었다.

　서상암에서 스스로 달여 먹던 탕약첩이 떨어지자 주율은 아침
나절에 본사로 내려갔다. 보름 만에 내려가는 걸음이었다. 경내에
서 여러 승려로부터 인사 받으며 그는 의중당부터 들렀다. 의중
당 앞뜰은 차례를 기다리는 환자와 가족이 많았다. 주율이 의중
당 안을 들여다보니 소임승들은 병든 중생을 상대로 진찰하고, 침

을 놓고, 처방을 내렸다. 그들이 다른 데 한눈 줄 짬 없이 바빠 그는 의중당을 물러나왔다. 절사람들 내왕이 적은 옥류동천 냇가로 나와 돌팍에 주저앉았다. 기운차게 흐르는 냇물을 타고 낙화한 진달래 꽃잎이 맴을 돌며 떠내려오는 모양을 물끄러미 보았다. 그는 곧 사문을 떠나야 하냐, 머문다면 언제까지로 날짜를 잡아야 하냐는 문제에 매달렸다. 서상암으로 올라온 뒤부터 번뇌는 더욱 그의 마음을 닦달질하고 있었다. 하루에도 몇 차례 자신을 잡아매는 그 번뇌는 출가차 동운사를 떠나며 조실승을 뵈었을 때, 노스님이 던졌던 여여(如如)란 말의 화두를 잡고 의미를 풀기 위한 싸움이기도 했다. 산문에 귀의하기 여섯 해 전, 그때 마음은 출가가 기쁨 자체였다. 세상의 모든 번뇌로부터 떠나는 길이 출가였으니 표충사로 향한 걸음이 날 듯 가벼웠다. 자신을 비우고 비우는 수행을 거쳐 정각에 이르기를 바랐고, 선수행이 자신의 천성과 일치된다고 여겼다. 사실 그는 고된 행자수습을 거쳐, 북지 간도 땅 다녀온 뒤에도 일심공력 보리를 좇는 길에 몰입해, 절 안팎으로부터 대덕이 될 싹수가 보인다는 칭송을 들었다. 그런데 언제부턴가, 절을 떠나야 한다는 번뇌가 시작되었으니 따져보면 부산경찰부로 연행당한 이후부터였다. 절을 떠나야 할까란 회의가 들기는 부산경찰부 지하실에서의 전기고문 끝에 가사 상태에 들었다 깨어난 뒤는 아니었다. 깨어난 뒤 영계의 계시라도 받은 듯 하산을 꿈꾸기 시작하지는 않았다. 수형 생활에 들어가고부터 자신이 깨달은 바는, 만물의 영장이라 일컫는 인간의 존엄성이 산산이 깨어지고 한낱 육괴 덩어리요 미물과 다름없다는 참담함이었다. 고문자나 다른 죄수는 물론, 생명 부지하는 자신 역시 그 꼴이었다. 인격 자체가 해체당한 뒤 자기 몸을 더욱 학대함으로써 실성증 치매와 옥살이 고통을 이겨나가려 했다. 당시, 죽음이 늘 눈앞에 보였고 인간의 탈을 쓴 삶이 치욕이었다. 일절 면회를 거절했다. 회의가 싹트기는 여러 옥사(獄舍)로 옮기며 뭇 죄수를 만나 인간이 지닌 오욕칠정(五慾七情)을 구체적으로 겪고 봄으로써, 자신이 그때까지 행해온 참선수도를 되돌아보기 시작하고부터였다. 의식주 걱정 없이 산간 대자연 속에서 애오라지 보리만을 좇음이 무슨 뜻이 있겠느냐는 질타가 자신의 마음을 괴롭혔다. 출가한 자가 절집에 칩거해 도 닦는다 함은 당사자 한 사람 득도와 극락왕생은 이룰지 언정 영육으로 신음하며 아비지옥을 헤매는 사해 중생과는 무관한 독야청청일 수밖에 없었다. 선문에 들어앉아 중생의 극락왕생과 구제를 발원함이란, 스승이 가르친 행함 없는 언설에 불과했다. 이태 동안의 감옥 체험을 통해 각양각색한 인간 이력과 성정을 보았고, 그들이야말로 비록 이승에서 살아 숨쉬나 중유를 헤매는 가련한 존재자들이었다. 그러나 냉소적으로 가련한 존재자라 외면해버릴 수만 없었으니, 그들의 모습은 감옥 안이나 밖에서나 다반사로 만날 이승살이의 본모습이었다. 그 실체 속으로 들어가 그들과 살 비비며 앓음의 고통을 공유하지 않고서는 산문 염불이 공염불일 수밖에 없지 않느냐는 회의가 옥중 참선 중에 간단없이 떠오르던 번뇌였다. 그들이 겪는 육신의 괴로움을 씻어줄 수 없으나 마음의 청정이나마 닦아줌이 선수행 실천이리라. 아니, 진정한 구도자라면 그들이 겪는 육신고에 동참함이 마땅하리라. 절옷을 벗

든, 입은 상태로든 하산하자. 하산해 속진(俗塵) 속으로, 이승 밑
바닥으로 내려가자. 그 진흙밭 시궁창에서 신음하는 중생과 함께
울고 웃으며 내 여태 배운 바를 몸소 행하자. 그런 뜻을 분명하게
세우지 않았으나 번뇌할 때마다 작심이 잠재의식 속에서 숫돌에
칼을 갈 듯 날을 별렀다. 그는 만기 출소하면 광복운동에 헌신하
겠다고 뜻은 세우지 않았다. 부산경찰부 지하실에서 당한 고문을
떠올리기만 해도 진저리쳐졌고, 다시 그곳으로 끌려갈 바에는 자
문(自刎)을 택함이 더 쉬운 방법이라는 생각에는 변함이 없었다.

주율은 몸을 일으켰다. 중천으로 솟은 해를 가늠하니 점심공양
타종이 울릴 시간쯤이었다. 그는 다시 의중당으로 걸음을 돌렸다.
약초실에서는 예전 자신이 하던 일을 물려받은 연묵 시자승이 작
두로 익모초 마른 줄기를 썰고 있었다. 주율은 진료실 안으로 들
어섰다.

"주율이군. 오랜만이야. 혈색이 많이 좋아졌어." 방장승을 돕던
정혜가 주율을 반겼다.

방장승은 깡마른 중늙은이를 반듯이 눕혀놓고 맥을 짚고 있었
다. 각공은 따로 애젊은 처녀 손과 발에 침술을 시행하는 참이었다.
주율은 합장해 두루 인사부터 올렸다.

"이제 몸이 쾌차해 사자봉 정상도 오르니 탕약 복용을 그만 해
도 좋을 듯합니다." 주율이 방장승께 조심스레 여쭈었다. 사실이
그랬다. 출옥하고 두 달 반 사이 자신은 예전 표충사 시절과 다름
없는 건강을 회복했다고 자부했다. 새벽 세시 반 타종 소리를 듣
고 일어나 석간수로 냉수마찰하고 아침예불에 참례한 뒤, 어슴새

벽에 사자봉을 올라도 만물이 봄과 함께 소생하듯 숨가쁘지 않았고 다리 아픈 줄 몰랐다. 전기고문 탓인지 성기 발기력은 새벽에 눈을 떠도 고드러진 상태였으나 그는 이를 개의치 않았다.

"어디 한번 보자." 방장승이 눕혀둔 환자 처방을 내려 그를 물리곤 주율을 불렀다. 그는 주율의 절옷 윗도리를 벗게 하곤 고의춤을 풀게 했다. "제 몸은 제가 먼저 알 테다만, 맞는지 틀린지 어디 봐." 방장승이 반듯이 누운 주율을 진찰했다. 맥을 짚고 경락을 살피더니, 오장육부의 경혈을 찾아 오촌침을 놓아 반응을 관찰했다. 미간과 두부에 침을 찔렀다. 10여 분 진찰 뒤, 그는 주율에게 일어나 앉게 했다.

"네 말 맞다. 네 몸 여러 장기가 가뭄 끝에 단비를 만난 듯하구나. 이제 제구실을 해. 무엇보다 간과 신이 좋아졌어. 간이란 오장육부 중에도 하는 역할이 요긴해 입으로 들어가는 것 중에 독성을 풀어내고 사혈(死血)을 소생시켜 몸에 활력을 주지. 간이 제구실 못하면 폐, 위, 신이 모두 고든 풀 같아져. 의군(義軍)으로 뛰다 왜경에 잡혀 장살을 겨우 면한 자를 갑진년(1904)에 본 적 있는데, 온 장기가 사혈과 고름으로 가득 차 소생이 어려울 지경이었지. 폐는 부종이요, 위는 허갈하고, 간은 돌덩이로 굳었고, 신은 요독증으로 혈뇨조차 방울이 되어 떨어져……"

"스님께서 살려내셨습니까?" 지켜보던 정혜가 물었다.

"내 무슨 신술이 있다고 그를 구해. 열흘을 옆에 두고 씨름했으나 끝내 소생치 못했어. 주율 자네도 그 고개턱에 올랐던데, 천수를 타고났나봐. 이런 경우를 두고 부처님 영험이라 말하지만, 쓸

320

데없는 소리. 어디 부처가 사람의 생사여탈권을 쥐고 있나. 그렇다면 이승이 악머구리 떼로 연옥과 다를 바 없으렷다." 방장승이 우렁우렁하게 일갈했다.

"어찌 축생 같은 자는 이승에 살려놓고, 선한 자를 저승에 먼저 보내기도 합디다. 주율에게는 이승에 용처가 있어 저승사자가 부르기를 보류했겠지요."

"해석은 생각 나름이지. 발심(發心) 또한 그렇지 않던가" 하더니, 방장승이 방울눈으로 주율을 똑바로 보았다. "이제 약첩을 열흘 치만 쓰고 그쳐도 좋으렷다. 약에 의지해 기와 혈을 돋움이 능사가 아냐. 사람 몸은 우주와 같이 질서 있고 오묘해 조금만 기를 북돋워주면 스스로 알아 혈을 생산해나가. 그러므로 약에 의지 않는 자생력을 믿어야지. 혈기왕성한 나이에 천릿길을 나선들 지팡이가 무슨 소용에 닿으랴."

"옳은 말씀이십니다." 주율이 조그맣게 말했다.

"그런데, 자네 왜 그런가?"

"예?" 주율이 깔았던 눈길을 들었다.

"몰려오는 빚쟁이 상대하느라 마음이 무거운가?"

"그런 일은…… 없습니다." 불장난하다 들킨 아이처럼 주율이 찔끔해했다.

"얼굴에 난마(亂麻)가 뵈는데?"

"아무 한 일 없는 소승을 찾아오는 불도님들 뵙기 송구스럽기만 합니다." 주율은 빚쟁이란 말뜻을 그제야 헤아렸다.

"오는 사람 못 오게 말릴 수야 없는 법. 중이 제 싫으면 처소를 또 옮기면 되지. 하안거가 시작될 동안 서상암 위 대구인 우처사가 있었다는 석굴로 피신하든가." 신둥부러지게 말을 마친 방장승이 주율을 물리고 기다리던 다음 환자를 받았다.

주율은 열흘 치 약첩을 연묵으로부터 받아 의중당을 떠났다. 종무소에 들러 주지승과 교무승을 뵙고 갈까 하다 그는 암자로 발길을 돌렸다.

"주율 아냐. 나 좀 보고 가." 주율과 업장반에 있었던 일념(노갑술)이었다. 맨머리에 절옷이 잘 어울렸다.

"오랜만이군. 종무소서 일한다는 말은 들었어."

"자네야말로 정말 고생 많았어" 하더니, 일념이 주율을 호젓한 장소로 끌었다. "너, 그 소식 들었니?" 주율이 멀거니 바라보자, 일념이 낮은 소리로 말했다. "신문에 대서특필로 실렸어. 대한광복회 총사령 박상진 열사와 참모진인 김한종 채기중 열사, 광복회 충청도지회 단원 임봉주, 강순필이 일심 공판에서 사형 언도를 받았어. 살인 및 보안법위반 혐의로 말야. 재판정에는 대구부 백성이 구름같이 몰려 사형 언도가 알려지자, 재판소 마당에 모였던 백성이 방성통곡했대. 이틀이고 사흘이고 백성이 재판장 마당을 떠나지 않고 박열사 탄원을 호소하자, 사형 언도 받은 분 다섯만 공주감옥으로 이송해버렸대. 그렇게 통곡하며 탄원한 백성은 대구부 사람이겠으나 경산과 칠곡서 올라온 장사직 소작농도 많았나봐."

일념이 대한광복회 후일담을 장황하게 들려주었으나 주율은 대답 없이, 그의 눈길을 피한 채 듣기만 했다. 가슴에 한줄기 서늘한 바람이 스쳤다.

"영남유림단이 해체되고도 그렇게 수모를 겪더니, 끝내 대한광복회까지…… 이제 영남 지방 광복단체는 뿌리조차 다 뽑혔어. 들리는 소문으로는 체포되지 않은 광복회 주무요원은 뿔뿔이 만주로 들어가버렸대. 광복단체가 근년 들어 그쪽에 부쩍 세를 이루고 있거든. 무장단체도 숱하게 생겨난 모양이야." 일념이 통분에 찬 한숨을 흘렸다.

"나 암자로 올라갈래." 주율이 걸음을 돌렸다.

"정양 잘해. 살다 보면 좋은 날이 오겠지. 반드시 그런 때가 올 거야." 뒤쪽에서 일념이 외쳤다.

*

주율은 의중당에서 지어온 열흘 치 약첩을 마지막으로 달여먹자, 바랑에 사유물을 담았다. 저녁 무렵이었다. 목탁과 책 몇 권, 육총 짚신 한 켤레와 속옷 한 벌, 바랑에 늘 넣고 다니는 침구가 모두였다. 부산감옥에서 출옥할 때 타내어 온 80여 원은 품에 지녔다.

"소승 이제 본사로 내려갈까 합니다. 그동안 큰스님 은덕이 고마울 뿐입니다." 주율은 암자에 늙마를 의탁한 주지승 운장에게 하직인사를 했다.

운장은 주율이 옥살이할 때 노승 진묵 후임으로 서상암으로 올라왔는데, 법랍 일흔이 가까운 그는 주율을 찬찬히 바라보며 머리를 끄덕였다.

"자네 신심을 보며 나도 큰 위무를 받았는데, 이렇게 떠나는구면. 상면이란 항용 이별을 예비하지 않던가. 출생이 생자필멸(生者必滅)을 예비하듯. 잘 가게. 열심히 수행하여 덕망 높은 선사가 되게. 그래야 중생을 제도할 수 있으니."

주율은 두 달여 정이 들었던 시자승 도솔과 보살할미에게도 하직인사를 했다. 그가 본사로 내려오니 저녁 이내가 신록을 덮고 있었다. 그는 약삼 방장실을 찾았다. 시자가 눈에 띄지 않아 방장승 처소로 곧장 갔다. 작심은 끝났으니 아무런 미련이 없으렷다. 마음속에서 다짐하는 소리가 들렸다.

"큰스님 계시옵니까." 댓돌 아래에서 주율이 목청을 가다듬었다. 누군가, 하고 방장승이 방안에서 물었다. "서상암에서 내려온 주율이옵니다."

들어오라는 방장승 말에, 주율이 방문을 열었다. 목침을 베고 누웠던 무장이 몸을 일으켰다. 주율이 큰절부터 올렸다.

"탕약이 끝났기에 내려왔습니다."

"난 자네가 거기 계속 머물 줄 알았지. 그런데?"

"큰스님께 드릴 말씀…… 말씀드리고 떠나기로……"

"종무소에 들렀던가?"

"곧장 큰스님 뵈러 왔습니다."

"그렇다면, 떠나다니? 누가 또 북지로 가라더냐? 아직 그런 말을 못 들었어."

"아닙니다. 하산하겠습니다. 큰스님이 어떻게 이해하실지 모르겠사오나, 중생 속에 섞여 살고 싶습니다. 제 갈 길이 거기에 있

음을 깨달았습니다. 암자에서 결심한 바 아니요, 옥에 있을 때부
터…… 그렇다고 나라를 구하자는 뜻은 아니고, 가정을 이루겠다
는 뜻은 더더욱 아니고……" 주율이 말을 더듬다 못해 더 잇지 못
했다. 6년 전 입산을 결심했을 때는 담대했는데 막상 절을 떠나려
하자 왜 이렇게 말문이 막히는지 알 수 없었다. 방장승이 자기 속
마음을 들여다보고 있다는 데 마음 쓰인 탓도 있으리라 짚어졌다.

"속세로 내려가겠다?" 한쪽 다리를 세워 앉은 무장이 혼잣말을
중얼거리며 잠시 뜸을 들였다. "내가 자네를 처음 보았을 때, 꿈
말을 했던 걸 기억하는가?"

"아해가 피 묻은 손에 애솔을 받쳐 들고 저잣거리로 내려간다는
큰스님 꿈을 되새기며 많이 번뇌했습니다."

"업장일지고." 주율 입에 상구보리 하화중생(上求菩提 下化衆生)
이란 말이 맴도는데, 무장이 그의 마음부터 꺾었다. "말하지 않아
도 된다. 마음이 시켜서 하는 일이요, 그 마음을 부처가 보고 계셔.
처소를 어디에 두든, 그자가 무엇으로 업액(業厄)을 닦든, 공수래
공수거(空手來 空手去) 아닌가."

주율은 마음에 담긴 말을 할 수 없었다. 자신이 하산해서 할 목
적에 대해 복습해두었는데 무장은 일언지하에 그 말을 밀막았다.
"장하다, 그 길도 제도중생의 한 방편이니, 떠나거라. 네 불심이 가
상하도다." 이런 칭송까지 기대하지 않았으나 하산 명분만은 세울
수 있다고 생각했는데, 오판이었다. 불현듯, 어쩌면 방장승 혜안이
자기 앞길을 점지하고 있지 않나 느껴져 꿇어앉은 몸이 떨렸다.

"큰스님 은덕은 이승을 하직할 때까지 잊지 않겠습니다. 표충

사에서 제게 베푸신 가르침을 평생 감로로 알고 살겠습니다. 걸음 닿으면 큰스님 뵙고 가르침 받겠사옵니다."

주율은 목이 메었다. 출가를 결심해 스승께 허락받을 때처럼, '이렇게 말하는 내가 도대체 누구인가' 하는 자기 부정이 살을 저몄다. 스승께서 환속하지 않을 마음의 준비가 되었느냐 물었을 때 자기는 분명, 부처님 진리를 좇아 육도윤회(六道輪廻)의 고통으로부터 해탈할 때까지 용맹정진하겠다고 대답하지 않았던가. 그럴진대 6년 만에 하산을 결심한 이 변심이란, 과연 스승이 장자의 양생주(養生主)를 빌려 말씀한 '순리'일까. 스스로에게 던지는 질문에 주율은 자신 있는 대답을 갖고 있지 않았다. 아직 옥살이 겪고 있는 스승과 여러 큰스님 모습이 눈앞에 어렸다.

"부질없는 짓이로다. 이 절은 물론, 절집 사람들이 네게 준 것도 없고 네가 받은 것도 없다. 또한 내가 가르친 것도 없고 줄 것도 없으니, 애써 나를 찾을 필요도 없다." 무장이 엄숙하게 잘라 말했다. "떠나거라. 마음 변하기 전에 떠나. 누구에게 말하지 말고 이슬이 마르듯, 구름이 사라지듯, 그렇게 떠나. 네 착심을 부처님이 아실진대, 그분이 너를 도울 것인즉."

목소리가 높지 않은데 주율 귀에는 외침으로 들렸다. 그는 숙였던 머리를 들어 방장스님을 보았다. 짙은 눈썹 아래 퉁방울눈이 자기를 쏘아보고 있었다. 큰 귓밥이 눈에 띄었다.

"소승 물러가겠습니다." 속세에 가서라도 부처님 말씀을 늘 마음에 새기며 살겠다는 말은 목이 메어 입안에서 주저앉았다. 주율은 방장승에게 큰절을 올리고 무릎걸음으로 방에서 물러나왔다.

그는 참담한 마음으로 방문을 닫고 쪽마루에 둔 걸랑을 쥐었다. 뒤돌아보지 않고 살처럼 빨리 절을 떠나는 일밖에 남아 있지 않았다. 이런 하직의 순간을 두려워했던 만큼, 어떤 고문보다 견딜 수 없게 마음 아팠다.

전류를 통해 살을 태우다 못해 마음을 태우는 듯한 현기증으로 석주율은 어떻게 일주문을 나섰는지 알지 못했다. 온몸은 땀으로 멱 감듯 속옷을 적셨다. 후들거리는 다리로 여울 갓길을 허둥지둥 내려갔다.

서왕당 마을 불빛을 저만큼 두었을 때야 석주율은 혼미한 정신을 수습했다. 땀에 전 속옷을 통해 한기가 뻗쳤다. 소쩍새 울음이 들렸다. 그는 하산에 따른 이별이란 어차피 그렇게 결론지어질 수밖에 없다는 생각이 들었다. 사문의 애착을 떨쳐버린 이상 미련을 두어서 안 되었으나, 몸은 비록 절집을 떠났지만 중생 속에서 진리를 행함에는 변함없기를 다짐했다. 처음 절을 찾았을 때 선수행에 정진하리라는 결심이나, 이제 세속으로 들어가 불법의 교시를 중생과 함께 실천하겠다는 결심이나, 따지고 보면 손바닥 앞뒤와 다름없었다. 다름이 있다면 6년 전 결심은 산중에서 산삼을 캐려는 심마니 마음이었다면, 지금은 저잣거리 밑바닥에서 헤매는 병자를 찾아 나선 의원에 비유할 수 있었다.

석주율은 짚신을 벗어 걸랑에 담았다. 맨발로 그는 어둠 속 땅을 밟고 걸었다. 부산감옥을 나와 표충사로 찾아들 때는 한겨울이라 발가락이 쓰리게 아팠으나, 절기가 춥지도 덥지도 않은 봄철이라 발바닥에 닿는 흙의 감촉이 부드러웠다.

"주율스님, 스님!" 뒤쪽에서 누구인가 부르며 달려왔다. 석주율은 걸음을 멈추고 돌아섰다. 어둠 속에 장삼자락을 날리며 달려온 자는 방장승 시자 연묵이었다. "큰스님께서 이걸 찾아 전하라 해서 쫓아왔습니다."

연묵이 작은 보퉁이를 넘겨주었다. 주율은 보퉁이에 든 물건을 알 만했다. 표충사를 찾아와 입방식이 있던 날 행자 반장이 맡아둔 사물이었다. 속세 옷과 서책 몇 권, 둘째마님이 준 5원이 들었을 터였다. 방장승이 사물을 찾아가게 했음은, 이제 표충사와 영원히 이별하라는 뜻으로 받아들여야 했다. 큰스님의 무심함이 가슴 서늘하게 느껴졌으나 어차피 받아야 할 업과였다.

"야심한 밤에 어디로 가시는 길입니까?"

"만행이지요."

석주율은 행선지가 부산이라 말하지 않았다. 방장승이 어디로 떠남을 묻지 않았듯 주율도 어디에 정착하겠음을 절에 남길 필요가 없었다.

석주율은 보퉁이를 바랑에 담고 가던 길을 내처 걸었다. 50리 길을 맨발로 걸어 밀양 읍내까지 나오자, 밤이 깊었다. 여염집이 따개집처럼 엎드려 촘촘한데, 한길은 통행인이 없었다. 발소리를 들은 개들만이 개구멍에 머리를 내밀고 짖었다. 그는 읍내에서 10리 길인 밀양역을 향해 길을 잡았다. 밀양경찰서에 출타를 신고할 마음도 없었다.

석주율이 밀양역 대합실 의자에서 밤을 나고 대구부에서 부산부로 내려가는 3등 완행열차를 타기는 이튿날 새벽 여섯시경이었다.

그는 열차를 타러 나온 사람들의 눈이 있어 바랑에서 버선을 꺼내어 신고 짚신도 발에 꿰었다. 부산으로 통학하는 교복 교모 차림의 고등보통학교 생도도 예닐곱 눈에 띄었다. 석주율이 열차에 오르니 빈자리가 많았고, 승객은 통학생이거나 대체로 일본인이었다. 열차가 그를 부산역에 내려주기는 아침 무렵이었다. 부산역에 내렸으나 그는 부두거리 가까이에 있다는 선화를 찾을 마음은 애초부터 없었다. 그렇다고 대창정 삼정목 조익겸 댁이나 스승 면회를 위해 부산감옥을 찾으려 하지도 않았다. 마땅히 갈 곳이 없었으나 그가 지금부터 해야 할 일은 많았다. 우선 부산부를 중심지부터 샅샅이 누비고 다녀볼 작정이었다. 그리고 도회지 궁민이 살고 있는 산중턱이나 변두리까지 훑자면 내일까지 돌아다녀야 할 것 같았다. 그렇게 도시 전체를 파악하고 난 뒤에 거처할 터를 잡기로 했다. 그가 절을 떠나기로 결심을 세운 뒤부터 자신이 속세로 내려오기는, 이승에서 가장 버림받은 자들과 함께 그들을 위해 살기로 작정한 일인 터였다.

석주율은 지게꾼, 인력거꾼, 행상, 거지들이 뒤섞여 난장을 이룬 정거장 광장을 천천히 빠져나왔다. 그는 군중들 중 남루를 면치 못한 거지들 행색을 유심히 뜯어보았다. 광장을 나서자 관청과 상점이 즐비한 대창정 큰거리를 거쳐갔다. 거리에는 서양식 건물인 은행, 우체국, 법원이 장중하게 버티고 있었다. 그는 본정통, 행정, 남빈정, 소화통, 부민정을 두루 둘러보며, 매립된 해안 쪽 큰길을 걸었다. 일본 거류민 구역인 영선산과 영사관산 남쪽 서정, 부평정은 골목길이 바둑판처럼 반듯했고 자주 비질을 하는지 깨끗했다. 그렇게 부산부 중심지인 평지를 두루 돌아보니 어느덧 낮 시간을 넘겨 해가 천마산 위로 비스듬히 기울었다.

　석주율은 본정통 뒤쪽 용두산 언덕길로 올랐다. 소나무가 우거져 송현산으로 불렸던 용두산은 해안 쪽 시가지를 병풍처럼 두른 높지 않은 산이었다. 소나무숲 샛길로 한참 오른 그는 전경이 트인 중턱쯤에서 다리쉼을 했다. 눈앞에 펼쳐진 바다를 바라보니 아래쪽 절영도(영도)와 위쪽 돌출된 해안을 따라 깊숙이 들어앉은 부산만은 파도 없이 잔잔했다. 물빛이 옅은 푸른색을 띠고 있었다. 부두에는 크고 작은 많은 배가 닿아 있었고, 개미떼처럼 움직이는 사람 모습도 보였다. 용당리 쪽 돌출한 해안 끝에 섬 몇 개가 점처럼 떠 있었다. 오륙도였다. 그 너머 드넓게 수평선을 이룬 바다는 물빛도 달라 짙푸르렀고 파도가 흰 주름을 이루어 해딱거렸다. 한동안 땀을 식힌 그는 정남향으로 눈을 돌렸다. 눈길이 한곳에 붙잡혔다. 그는 산으로 더 오르기를 포기하고 남쪽으로 난 오솔길로 바삐 걸었다. 활줌통처럼 잘록한 허리를 건너 용두산보다 낮은 봉우리가 용꼬리를 닮았다 해서 용미산이라 불렀는데, 산을 헐어낸 흙으로 부청사(府廳舍)가 들어선 주위 바다를 메웠으니, 이제 용미산은 등성이만 남았을 뿐 자취조차 없어지고 말았다. 그는 군데군데 잡초가 수북한 민둥 벌거숭이 등성마루로 걸음을 서둘렀다. 외양간 같기도 하고 숯가마 같기도 한 거적집들이 여러 채 눈에 띄었다. 물동이를 이고 가는 아낙에, 놀고 있는 아이들도 보였다. 사람이 사는 집 같지 않은데, 사람이 보여 궁금했던 것이다.

　석주율이 계곡 건너 민둥한 언덕으로 오르며 가까이에서 보니 그것은 외양간이나 숯가마가 아닌, 사람이 사는 거적집이었다. 거적집은 말 그대로 3분의 1쯤은 땅 밑이고 3분의 2쯤은 지상에 솟았는데, 지붕은 가마니와 헌 짚으로 덮었고 바람에 날리지 않게 여기저기 누름돌을 얹어두었다. 두 치쯤 되는 벽은 가마니로 엮고 환기통과 조명 구실하는 작은 창문을 내었다. 그는 부산감옥에서 들은 도회지 토막민(土幕民)이 바로 그들임을 알았다. 주위를 둘러보니 나무 한 그루 없고 잡초만 터를 잡은 황토마루에 거적집이 열두어 채쯤 되었다. 뒷간 냄새와 오물 냄새가 풍겼고 파리떼가 들끓었다. 그는 한 거적집 앞에 다가가 거적문을 말아 올린 안을 들여다보았다. 노파가 입구에 앉았다 퀭한 눈으로 그를 쏘아보았다. 피골이 상접한 몸에 걸친 옷은 넝마였다.

"웬 스님이 여기까지 왔소. 우리도 적선으로 겨우 사는 처진데."
흰 머리카락이 죄 빠진 노파가 말했다.

"시주걸립을 나온 중이 아닙니다."

석주율이 거적집 안을 들여다보니 바닥은 거적을 깔았는데 때에 전 누더기를 덮고 아기가 잠들어 있었다. 안쪽에는 열서너 살 됨직한 계집아이가 누워 있었다. 말똥한 눈에 백랍 같은 얼굴이라 중병 앓는 환자로 보였다. 거적집 구조가 그렇듯, 방구들은 놓은 듯했으나 가재도구 갖추고 살 형편이 아니었다. 거적집 앞에는 귀 떨어진 항아리 몇 개와 먼지 앉은 솥이 함실(부넘기를 만들지 않은 한데 아궁이)에 얹혔다. 시골로 들어가면 빈농들이 굶고 산다 해도 처지가 토막민보다 나을 듯싶을 만큼, 구차함이 말이 아니었다. 아니, 사람의 삶이 아닌 짐승의 삶도 이보다 나을 듯싶었다.

구린내가 사방에서 풍기는데, 왕파리떼가 거적집 안을 들랑거렸다.

"할머니네 식구는 몇입니까?"

"여덟이오." 노파가 파리를 쫓으며 시퉁하게 대답했다.

"아드님과 며느님은 어디 갔나요?"

"아들은 지게꾼이고 며느리는 동냥질 나갔다오."

"가족이 언제 이곳으로 왔나요?"

"고향은 함안인데 빚더미에 가산을 정리해 작년 겨울에 대처로 나와…… 사는 게 이렇다오." 노파가 눈꼬리에 괴는 눈물을 닦으며 돌아앉았다. 잠에 든 아기가 울음을 터뜨렸던 것이다. 아기 머리통은 부스럼이 딱지로 앉았고 왕파리가 딱지 고름을 빨다 노파가 손을 젓자 정수리를 떠났다.

"여기 사는 토막민들 생활이 다 이렇군요."

"말도 마오. 우리보다 못한 처지도 있다오." 노파가 칭얼대는 손자를 안으며 주율에게, "우리 식구 죽거든 극락왕생이나 빌어줘요. 내 어서 저승에 들도록 염불도 해주시고" 하고 말했다.

"힘드실 테지만 사는 날까지 열심히 사셔야지요. 그런데 할머님 댁보다 더 못한 처지는 어느 집입니까?"

"저기, 위쪽에 살던 곽씨네라고, 굶다 못해 여섯 식구가 죽기로 작정해 복로국을 끓여 먹었다오. 그런데 곽씨 부부와 어린 남매만 토사곽란 끝에 죽고 딸과 병신 아들만 살았지요. 딸애가 이제야 기동해 걸식에 나선 모양인데 그애도 병자라…… 어젯밤도 우리 손자 녀석이 얻어온 음식 찌꺼기를 나눠 먹겠다고 가져갑디다."

석주율은 인사 차릴 겨를도 없이 거적문 앞을 떠났다. 자신이 안주할 터를 쉽게 발견한 셈이었다. 그는 우선 불쌍한 남매를 형제 자매로 삼겠다고 마음먹었다. 다져져 길이 된 황토흙을 밟고 언덕 길을 올라갔다. 거적집 서너 채를 지나자 위쪽에 따로 떨어진 거적 집이 한 채 있었다. 주율이 닫힌 거적문을 걷고 컴컴한 안을 들여 다보았다. 안쪽에 얼굴 해사한 소년이 거적에 누워 토끼눈으로 그를 보았다. 소매 없는 등거리와 잠방이를 입은 소년 오른쪽 팔다리 가 꼬챙이처럼 말라 뒤틀려 있었다. 소아마비 앓은 불구였다.

"누나는 어디 갔니?"

"저어기……" 소년은 말할 기운조차 없는지 턱을 조금 들썩해 보였다. "무, 물 좀 주, 주세요."

"내 얼른 물 얻어오마."

석주율이 아래쪽으로 내려오자 아낙이 거적집 아궁이에 작은 솥을 걸어놓고 검불로 불을 지피고 있었다. 솥에서는 죽 내음이 풍겼다.

"아주머니, 먹는 물 조금 얻을 수 있을까요. 곽씨 집 아이가 기 갈이 심해……" 석주율이 바랑에서 바리때를 꺼내며 말을 붙였다.

"병신 팔자에 살아봤자 무슨 낙을 보겠다고. 자는 잠에 죽지, 명 줄은 길어서…… 스님은 곽씨네와 어떤 사이요?"

"지나던 객승입니다." 석주율은 얼른 말을 고쳤다. "아주머니, 저도 여기에 터를 잡을까 합니다. 거적집을 한 채 만들고 싶은데 관에 허가를 받아야 합니까?"

"스님이 이 거지촌에 살겠다고요?" 아낙이 놀라 물었다.

"걸승이라 정처 없이 떠돌아다닐 게 아니라 여기에 거적집 엮고 동냥 다닐까 하고요. 곽씨 아들을 보니 딱해서 제가 동냥해 오면 남매 입은 건지겠지요."

아낙은 별난 중도 다 봤다는 듯 주율을 흘겨보곤 거적문을 들치더니 입구에 놓인 동이 물을 표주박으로 떠내 바리때에 채워주었다. 그네는 제 입살이도 힘들다 보니 중 말이 귀 밖으로 들렸는지 실소를 흘리다, 뒤늦게 생각났던지 언덕길을 오르는 그의 등에 대고 소리쳤다.

"거적집을 짓든 말든 우리네 상관할 바 아니지만, 여기 사람들도 조만간 모두 쫓겨날 테니 그리 아시오. 집을 함부로 못 짓는 터에 무작정 쳐들어와 살고 있으니깐요."

곽씨 집으로 돌아온 석주율은 소년을 일으켜 앉혀 바리때 물을 먹였다. 소년을 다시 눕히고 거적집에서 나온 그는 언덕길을 바삐 내려갔다. 해가 용미산 뒤로 빠져 토막촌 언덕에 그늘이 내렸다. 한참 내려와 여염집들을 거쳐가니 본정통 큰길 못미처 상설시장이 나섰다. 저녁 찬거리를 사러 나온 장꾼들로 시장이 붐볐다. 주율은 먹거리 파는 전을 기웃거리다 시루떡 1원 50전어치를 샀다. 해마다 물가가 오르고 있었으나 시세를 모르던 그는 떡장수가 떡 시루 떡을 네 판이나 걷어냈기에 양이 듬직함을 보고 흐뭇해했다. 좌판에 네댓 개씩 동아리 지어놓고 3전씩에 파는 삶은 감자도 1원어치 사서 바랑에 담았다. 그는 곽씨 집으로 돌아왔다.

"이름이 뭐니?" 석주율이 떡 보퉁이를 풀며 물었다.

"맹필이야요."

"동냥 나간 누나 이름은?"

"분님이."

"맹필아, 이 떡 먹어."

석주율이 바랑을 벗고 맹필이를 일으켜 앉혔다. 떡 한 쪽을 떼어 맹필이 손에 쥐여주었다. 오른팔을 쓰지 못하는 그는 왼손으로 떡을 받아 입속에 우겨 넣었다.

"스님은 누구세요?"

"주율이다. 그냥 형이라 불러. 이제부터 내가 돌아가신 부모님을 대신해줄게."

석주율은 맹필이의 걸귀 들린 듯한 먹성을 보며, 체하지 않게 바리때 남은 물을 먹게 했다. 석주율은 분님이가 돌아오면 먹을 양의 떡과 삶은 감자를 남겨두고 나머지를 보통이에 싸서 밖으로 나왔다. 민둥한 언덕에 어스름이 내렸다. 땅거미를 밟고 토막촌 주민들이 하나둘 언덕길로 오르고 있었다. 처음 만난 노파 말대로 지게꾼이 있었고, 넝마 걸친 바가지 든 쑥대머리 거지 소년도 있었다. 지팡이에 의지한 절름발이 젊은이가 있는가 하면, 대바구니에 무엇인가 잔뜩 담아 머리에 이고 오는 아낙도 있었다. 아낙이 이고 오는 물건은 썩어 내버린 물고기 내장과 시든 배춧잎이었다.

"저는 석주율이라 합니다. 우연히 이 산동네로 올라와보니 여러분 사시는 게 힘든 것 같아, 제가 떡과 감자를 사왔습니다. 변변치 못하지만 나누어 드십시오."

석주율은 거적집마다 방문해 사 온 떡과 삶은 감자를 나누어주었다. 그들은 떡과 감자를 보자 어스름 속에서도 눈빛이 밝아져 고맙게 먹겠다, 어디서 온 스님이냐, 왜 이런 선심을 쓰느냐, 잠시 앉았다 가라고 말하기도 했다. 석주율 눈에 먹을 걸 앞에 둔 그들이야말로 부산감옥에서 본 수인들과 다를 바 없었다. 그는 승적이 밀양 표충사였으나 여러분처럼 힘들게 사는 사람들과 함께 살려고 절에서 내려왔다고 사실대로 밝혔다. 그리고 자신도 거적집을 한 채 만들어 이 동네에서 살고 싶으니 앞으로 도와달라고 말했다.

"보자 하니 멀쩡한 스님인데 왜 하필 거지촌에서 살려 하오? 우리같이 죽지 못해 사는 처지를 동정해서 그러는 것 같은데 며칠 견뎌보면 알겠지만 보통 사람은 여기서 배겨낼 수 없소. 마음은 고마우나 만용 부리지 말고 떠나시오." 지게품을 판다는 중늙은이가 충고했다.

두 평 정도 지게꾼 거적집 안도 식구가 일곱이라 다리 뻗고 잠자기가 빠듯했다. 밀기울죽 한 그릇씩 받고 앉은 가족은 불 켤 기름이 없는지 물체 윤곽만 드러나는 속에서 숟가락질이 바빴다.

"제 처신은 제가 알아서 하겠습니다. 그런데 삽이나 괭이를 가진 집이 있는지요? 내일 아침에 빌려 썼으면 합니다."

"두 집 건너 방씨 집에 가보오. 그자가 축항공사에 날품 팔러 다니니 연장이 있을 거요."

석주율이 인사하고 나왔다. 그는 조금 전에 들른 방씨 집을 찾았다. 그 집에 삽과 괭이가 있었다. 남포정 쪽 축항공사에서 한동안 땅파기를 했으나 요즘은 바위를 등짐으로 져 나르는 일을 해서 연장이 놀고 있었다. 용미산 토막촌에는 남자 넷이 그 일에 날품판다 했다.

"집으로 돌아오면 녹초가 되어 이렇게 자리 찾아 눕기부터 한다

오. 온 뼈마디가 쑤셔 앉아 배길 힘도 없지 뭐요. 신새벽에 공사현
장으로 달려가면 일당 벌러 몰려드는 장정들이 칠팔십 명도 넘지요.
감독관이 그중 팔팔해 뵈는 서른 명 남짓만 뽑으면 나머지는 헛걸
음으로 돌아가야 하니, 그 일이나마 경쟁이 심해요." 누웠던 몸을
청처짐히 일으키며 방씨가 말했다.

"일당은 얼마씩 쳐줍니까?"

"사십오 전이지요. 그나마 비가 오면 공일이에요."

"그 돈으로 여섯 식구가 어떻게 먹고삽니까?"

"그러니 기동할 수 있는 식구는 죄 나서서 뭐든지 해야지요. 애
들도 동냥질해서 자기 입에 들어갈 건 얻어와야 해요."

석주율은 괭이와 삽을 빌려 방씨 집을 나왔다. 바깥은 어둠이
내렸고, 쪽빛 하늘에는 먼저 뜬 별이 드러났다. 거적집들은 어느
집도 불 밝힌 집이 없었다. 절영도 쪽에서 훈훈한 밤바람이 불어
왔다. 바람이 불자 토막촌 특유의 악취도 코끝에 스쳤다. 그가 언
덕을 오르다 돌아보니 부두 쪽은 크고 작은 배에서 밝힌 불빛이
별무리처럼 반짝였다. 죽은 자의 무덤이듯 어둠 속에 움츠린 토막
촌이 연옥이라면, 그쪽 세상은 극락이나 천당만큼 화려했다.

석주율은 곽씨네 거적문을 들쳤다. 방안이 칠흑이라 아무것도
보이지 않았다.

"맹필아, 자니?" 주율이 어둠 속에 대고 물었다.

"아니요. 누나 왔어요."

석주율이 거적문 앞 빈자리에 쪼그려 앉았다. 맹필이 누나가 어
디에 있는지 숨소리조차 나지 않았다.

"분님이라 했나? 떡과 감자는 먹었니?" 주율이 물었다.

"스, 스님 드시 거, 남기서……" 어둠 속에서 더듬는 대답이 건너왔다. 맹필이 안쪽에 누워 있다면 분님이는 앞쪽에 앉아 있는 모양이었다.

어디 갔다 이제 왔냐고 석주율이 묻자, 분님은 더듬는 말을 하기 싫은지 부끄러움 탓인지 대답이 없었다. 그는 동냥질이겠거니 여겼으나 더 물을 수 없었다. 눈앞에 열두서너 살 됨직한 창백하고 가냘픈 소녀 모습이 그려졌다. 부모와 어린 형제가 복 맹독으로 죽고 남매만 천조일우로 살아남았다니, 죽은 피붙이를 생각하는 슬픔이 오죽하랴만 당장 호구를 위해 살 일이 더 기막혔으리라. 소식 전해준 아낙 말로 남매가 성한 몸이 아니라니 더 가련한 생각이 들었다.

"고단할 테니 일찍 자거라. 나는 윗목에 앉아 밤새우마. 내일 아침 날이 밝으면 얘기해." 석주율은 가부좌해 앉았다. 그는 잠자더라도 앉아서 밤을 나기로 했다.

"누나, 남겨둔 떡을 스님께 드려." 맹필이가 말했다.

무엇인가 움직이는 소리가 났다. 석주율이 거적문을 들쳐 어둠을 조금 밝히니 자기 앞에 밀어놓는 떡과 감자가 희미하게 눈에 들어왔다. 내일 움집을 지으려 땅을 파자면 아무래도 속을 채워두는 게 나을 듯싶어 그는 감자를 집었다.

"누나는 말더듬이가 됐어요. 전에 안 그랬는데 자꾸 말을 더듬어요." 맹필이가 말했다.

"그래? 연습하면 예전처럼 말을 할 수 있을 게야. 내일부터 내가 훈련시키마."

"스님은 여기 사실 거예요?"

"내 말하지 않든. 너네 남매를 내가 돌보겠다고. 내일 아침부터 나도 집을 짓겠다."

맹필이는 말이 없었다.

석주율은 밤새 남매의 앓는 소리를 들었다. 앉은 채 졸다 깨어날 때마다 거적문을 들쳤으나 쉬 날이 새지 않았다. 부두 쪽에서 뱃고동 소리와 아슴하게 들리는 열차 기적에도 잠이 깨어 거적문을 들치곤 했다. 그러기를 몇 차례, 기온이 떨어져 한기가 느껴질 즈음, 바깥이 희뿌염하게 밝아왔다. 주율은 거적문을 들쳤다. 어슴푸레 밀려드는 빛 아래 남매의 잠자는 모습이 드러났다. 남매는 땟국 전 이불을 함께 덮고 있었다. 분님이는 예상했던 나이보다 서너 살 위로 열대여섯 살쯤 되어 보였다. 여윈 얼굴에 머리털이 죄 빠져, 기형아 몰골이었다.

석주율은 밖으로 나왔다. 그는 거적집을 지을 터부터 둘러보았다. 남매가 기거하는 거적집 뒤쪽 경사가 비교적 가파르지 않은 곳을 눈여겨보았다. 괭이를 들고 나와 땅을 팔 터에 금부터 그었다. 최소한 댓 평 정도는 파기로 했다. 앞은 출입구를 낼 만큼 직각으로 자르고 거기서부터 굴처럼 파고들어 가며, 무너질 만한 데는 통발을 바치기로 했다. 가진 돈이 있으니 장정 둘쯤 놉 사면 이틀 정도로 끝낼 일이었으나 그는 혼자 감당하기로 마음먹었다. 이곳에 터를 잡자면 모든 일은 스스로 해야 하고, 오늘부터 일과를 기록하기로 했다.

석주율은 난생처음으로 바다에서 솟는 일출을 구경했다. 오륙도 쪽 망망한 수평선 위로 해가 솟는 모양을 동산 마루에 앉아 바라보니 장관이었다. 불그스레한 둥근 해가 머리를 천천히 내밀자 죽은 색으로 검푸르던 물빛이 오색영롱하게 살아나고 솟아오르는 해 앞쪽으로 황금 기둥이 길게 누웠다. 파도가 금빛을 튀기며 부서졌다. 갈매기들이 아름다운 광경을 축하하듯 하늘과 바다 사이로 자맥질하며 날았다. 불그스레한 해는 눈에 띄게 쑥쑥 솟아올라 금방 반쯤 얼굴을 내밀었다. 주황색 둥근 해의 광채가 황홀했다. 주율은 괭이를 짚고 앉아 일출을 바라보며, 이제부터 자신이 저 해처럼 용미산 토막촌의 빛이 되리라 다짐했다.

거적집에서 사람들이 하나둘 밖으로 나왔다. 남정네들은 벌써 일터로 나가는 모양이었고, 넝마를 걸친 아이들은 동냥 그릇을 들고 나섰다. 물을 길어오려 물동이 이고 나서는 아낙네도 여럿이었다. 언덕을 내려가지 않고 위쪽이나 등성이 가 쪽으로 가는 사람은 대소변을 보기 위해서였다. 토막촌에는 뒷간이 따로 있을 리 없었다. 공동으로 쓸 뒷간을 짓는다면 악취도 가시고 그 거름으로 산자락에 남새밭을 일굴 수 있으리라 여겼다. 토막촌 사람들은 하루 입살이가 급해 한철 키워야 되는 채소 가꾸기에 기다릴 끈기가 없어 보였다.

곽씨네 거적집 안에서 야릇한 비명이 들려 석주율이 급히 거적문을 들쳤다. 분님이 네 활개를 버둥거리며 입에 거품을 물고 신음하고 있었다. 뒤틀린 손은 바닥 가마니를 움켜잡았고 눈동자가 윗눈꺼풀에 붙어 있었다.

"분님아, 왜 이러냐?" 석주율이 놀라 분님이 손을 잡았다.

"누나가 지랄병 하고 있어요. 조금 기다리면 나아요." 꿉꿉한 이불을 둘러쓰고 앉았던 맹필이 태연하게 말했다.

석주율은 그제야 분님이가 간질병 환자임을 알았다. 표충사 의 중당에서 일할 동안 방장승이 간질병 환자를 고쳐주었다는 말을 듣지 못했다. 그는 자기 손아귀에서 기를 세워 떠는 분님이 손을 모아 잡고 눈을 감았다. 부처님의 자비로움이시여, 이 불쌍한 소녀의 육신을 괴롭히는 병을 항마(降魔)시켜주소서. 몇 마디를 읊조리자, 분님이 손에 힘이 빠져나갔고 신음 소리도 잦아들었다. 긴 고통에서 깨어나듯 그녀 몸이 까부라졌다. 눈이 감기고 숨길도 차츰 고르게 안정되었다.

"맹필아, 누나 이불 덮어줘. 내가 아침거리 마련해 오마."

석주율은 바랑을 메고 밖으로 나왔다.

한 시간쯤 걸려 해가 제법 솟았을 때야 주율이 용미산 토막촌으로 돌아왔다.

"먹을 걸 가져왔다. 아침이라 장이 서지 않아 힘들게 구했어." 석주율은 양동이에서 작은 보퉁이를 꺼내어 풀었다. 보리겨(당겨)로 만든 떡이었다.

석주율은 뚜껑 덮은 사발을 꺼내놓았다. 제첩국은 사발에 반쯤 담겨 넘치지 않았다. 주율이 시장을 보아온 건 그것만이 아니었다. 사기 등잔, 등유, 갑성냥, 공책과 연필, 사기 그릇 예닐곱 개를 사 왔다.

"분님아. 떡 먹고 양동이로 먹을 물 길어다놓으렴. 오늘은 동냥 나가지 않아도 된다. 너들 형제 먹을 걸 책임지마."

석주율은 남매에게 보리겨떡을 나누어주고 자기도 한 개를 집었다. 보리겨떡은 남매가 점심으로 먹을 양이 되었다.

석주율은 절옷을 벗고 바랑에서 무명 겹바지저고리를 꺼냈다. 출가할 때가 요즘과 비슷한 절기여서 봄가을로 입기에 알맞았다. 밖으로 나온 그는 거적집을 세우려 표시해둔 언덕에 괭이질을 시작했다. 밤을 도와서라도 이틀 안으로 일을 끝내기로 했다. 괭이질을 하자 돌멩이도 나왔으나 흙이 부드러웠다. 한참 동안 괭이질하고 쌓인 흙더미를 퍼내니 땀이 쏟아졌다. 퍼낸 흙은 거적집 앞에 작은 마당을 만들려 지반으로 다졌다. 그가 쉬지 않고 일하자, 거동이 불편해 일감 없는 사람들이 나와 그의 일솜씨를 구경했다.

"스님이 왜 여기서 살려 해요?" "이 거지촌에서 뭘 해서 남매를 거두려 하오?" 하고 어른이며 아이들이 물을 때마다 석주율은 자기가 하고 싶은 일을 시작했으며, 여기 사람들에게는 조금도 피해 주지 않을 테니 걱정 말라고 했다.

석주율은 오후에 들어 상설시장으로 내려가 본정통 입구에 있는 건재상에서 각목 여러 개와 널빤지 예닐곱 장을 샀다. 못도 사며 톱과 망치를 이틀만 빌리겠다고 말하자, 건재상에서는 주율의 신분을 알 수 없기에 돈을 얼마 정도 맡기라 해서, 그는 도회지의 야박한 인심을 탓하지 않고 그렇게 했다. 곡물전에서 새끼타래와 가마니도 여러 장을 샀다. 그래서 출입문에 문짝 형태로 버팀목을 세우고 직사각형 귀퉁이와 벽 중간에 기둥을 세웠다. 양쪽으로 두 개씩 맞바람 치도록 창문을 냈다. 구들을 깔 납작한 돌은 바닥 팔

때 나온 돌과 산허리를 돌며 버려진 돌을 주워 왔다. 앞마당 평평한 흙바닥이 아래로 밀리지 않게 짧은 각목을 박고 판자를 가로질러 축대를 쌓았다. 비가 오면 물이 가장자리로 빠지게 주위로 물길을 만들었다. 어둡기 전까지 부지런을 떨면 잠잘 공간이 마련될 것 같았다.

"스님, 쉬었다 하구려. 그러다간 앓아 눕겠소." 토막촌에서 처음 말을 붙였던 병갑이할머니가 낮에 보리겨떡을 얻어먹은 값을 하느라 흙더미에서 돌멩이를 추려내며 말했다.

"병갑이할머님, 이제 저는 스님이 아닙니다. 그냥 석군이라 부르세요."

굴 밖으로 나온 석주율이 수건으로 얼굴과 목에 채인 땀을 닦곤 반 자 깊이로 파고들어간 거적집으로 들어가 한 자 반 높이로 세워놓은 기둥에 가마니를 붙여 새끼로 얽어맸다. 한 뼘 두 뼘 거적집 안 공간이 넓어지는 게 대견해 그는 열심히 일하다, 해가 지자 일손을 거두었다. 구들까지 놓지 못했으나 거적집 안 바닥을 평평하게 고르고 가마니를 깔고 보니 두 다리 뻗어 잠잘 터는 마련된 셈이었다. 점심은 먹지 않는 습관인데도 노동 탓인지 허리가 접히고 배가 고팠다. 분님이 남매를 생각해 얼른 시장으로 내려가 저녁끼니를 마련했다.

석주율은 저녁식사용으로 삶은 감자를 10전어치 사고, 내일부터는 만들어진 음식을 사다 먹지 않고 밥이든 죽이든 손수 해먹으려 양식을 사기로 했다. 보리쌀 한 말과 조 석 되, 좁쌀 두 되를 샀다. 소금과 고춧가루 양념에 배추 두 단과 땔나무도 한 단 샀다.

그는 돈의 소중함을 새삼 알았다. 감옥에 있을 때 선화와 사모님이 차입해주지 않았다면 토막촌에서나마 자리잡기 어려웠을 터였다. 쓸데없는 돈이라며 표충사에 보시하지 않고 갈무리하기를 잘했다 싶었다.

그날 밤, 석주율은 새로 마련한 거적집에서 호롱불을 밝혔다. 입구를 가마니로 가리니 사방에 벽이 있는 방이 마련된 셈이었다. 흙에서 배어 나온 습기가 느껴졌다. 거적집 안에 습기가 차다 보니 토막촌 주민의 고질적인 피부병이 낫지 않음이 자명했다. 피부병은 통풍과 햇볕이 중요하고 송진, 담배잎, 비름, 선인장을 함께 삶아 그 물을 살갗이 헌데 발라도 효험이 있었다. 주율은 그 처방법으로 우선 토막촌 피부병부터 근절해보기로 했다. 공책에 하루 일과를 간단히 적고, 앞으로 할 일을 기록했다.

거적집 완성을 모레까지 마친다. 내일부터 분님이 남매와 식사는 취사를 통해 해결한다. 토막촌 주민이 사용할 공동 뒷간을 짓기로 한다. 민둥산 여러 곳에 호박 구덩이를 파서 호박을 심는다. 토막촌에는 여러 종류의 환자가 많으므로 약제감을 구입해 그들 치료를 도모한다. 나흘째부터 지게를 마련해 일감을 찾아 나서고, 행려자나 거지 중에 자력으로 끼니 해결이 힘든 자나 병자를 토막촌으로 데려와 구휼한다.

석주율은 그중 하산한 이유 중 큰 임무로 여긴 마지막 다짐을 실천하는 데 주력하기 했다. 거적집은 짬짬이 계속 공간을 넓혀도 인원 수용은 물론, 그들을 돌보는 데 한계가 있어 열 명 안팎으로 식구를 제한할 수밖에 없었다.

이튿날, 석주율은 돌멩이로 거적집 바깥에 간단한 함실을 만들고 솥을 걸었다. 아침은 밥을 짓기로 했다. 그는 백립초당과 속복 행자 시절에 밥과 찬을 손수 지어봤기에 그 일만은 여자들 못지않게 자신이 있었다. 찬은 배추를 썰고 양념으로 버무려 겉절이를 만들었다.

그날도 주율은 움집 공간을 넓히고, 구들을 놓고, 천정 만드는 일로 하루를 보냈다. 해가 지기 전 각목으로 지게를 만들어놓고, 맹필이 남매와 저녁식사를 좁쌀죽으로 떼운 뒤, 호롱불 밝혀 밤 깊도록 바닥을 팠다. 이튿날도 계속 일에 매달린 결과 겉보기에 구색 갖춘 거적집이 섰고, 대여섯 사람이 기거할 터가 마련되었다. 여름 장마철에 물이 들지 않도록 배수로를 파고 비가 새지 않도록 지붕을 여러 겹으로 덮는 일은 따로 날잡지 않고 틈틈이 하기로 했다. 그날도 그는 하루 일과를 꼼꼼하게 공책에 적었다.

나흘째 되는 날, 석주율은 맹필이 남매와 아침밥을 지어먹곤 지게 지고 일거리를 찾아 나섰다. 맹필이 말로 분님이 간질 발작은 며칠에 한 차례씩 있다 했으나, 그녀의 동냥질을 그만두게 했다. 동생을 보살피고, 물을 길어다놓으라는 부탁만 남겼다.

머리에 수건을 싸매고 엉성하게 만든 빈 지게를 진 채 언덕길을 걷자, 토막촌 사람들이 석주율의 꼴을 보며 비웃음 반 진담 반 한 마디씩 구시렁거렸다.

"중질 그만두고 지게꾼으로 나섰다? 여기서 얼마를 견디나 두고 봐. 한 달 배겨내면 야밤에 도망칠걸." "보기 드문 기특한 젊은이야. 거적집을 평수 넓게 세웠던데, 제 식구를 끌어들이려나?" "알고도 모를 젊은이야. 거지촌에 와서 살라고 부처님한테 무슨 계시라도 받은 모양이지."

석주율은 먼저 관부연락선 발착장 부두거리 잔교 쪽으로 나갔다. 그러나 하루에 두 차례씩 닿는 고려환 도착 시간이 일러 부산역 쪽으로 갔다. 가던 길에 마침, "지게꾼" 하며 부르는 도포짜리 중늙은이가 있어 숯 세 포대를 지게에 지고 수정산 뒤쪽 범내골까지 옮겨주었다. 중늙은이가 삯전을 얼마 줄까고 묻자, 주율은 주시는 대로 받겠다고 말했다.

"주는 대로 받겠다니, 일 전을 줘도 받겠다는 건가?"

"그렇게 주셔도 받아야지요. 일 나선 지 오늘이 처음이고, 어르신이 첫 손님입니다."

"늘 삼 전씩 삯을 줬는데, 말이 기특해 사 전을 줌세."

석주율은 4전을 받고 청관거리를 거쳐 부 중심지로 돌아왔다. 큰길가에 쌓아놓은 짐이라도 있으면, 지게로 날라드릴까고 묻기도 했다. 막상 지겟일에 나서고 보니 웬 지게꾼이 그리 많이 깔렸는지 일감을 얻기가 쉽지 않았다. 하루 20전 벌이가 힘들다는 토막촌 조서방 말이 실감났다. 그래서 그는 오전을 일감 없이 빈둥거리며 돌아다닌 꼴이었다. 오후에 들어서 겨우 부평정까지 이불장을 옮겨주는 일감을 얻었다. 남빈정 가구점에서 이불장을 산 이는 일본 여인이었다. 그때도 지게꾼이 자기에게 짐을 맡기라고 둘이나 달라붙었으나 주율이 일본말을 알아 일감을 얻었다. 부평정

주택가까지 이불장을 옮겨주니 일본 여인이 삯을 후하게 주어 7전을 받았다. 그러고는 해가 용미산 너머로 기울 때까지 영 일감이 떨어지지 않았다.

석주율이 자기 또래의 젊은이를 만난 것은 해가 질 무렵이었다. 집으로 돌아가기로 해 본정통을 거쳐 상설시장 어름께까지 왔을 때였다. 씨앗전에서 호박씨와 찬감이나 살까 하고 시장으로 들어서던 그는 무릎 아래 두 다리 없는 앉은뱅이가 길거리에 앉아 동냥 그릇을 앞에 놓고 연방 머리를 조아리고 있는 걸 보았다. 봉두난발에 입성이라고는 때에 전 무명옷이 살을 가릴 형편이었다. 동냥 그릇에는 땡전 한 닢 들어 있지 않았다. 하루 두 끼니마저 거르는지 얼굴은 피골이 상접했다.

"동냥이 이렇게 힘들어 어떻게 먹고사십니까?" 주율이 그 옆에 쪼그려 앉으며 물었다.

"시장이 철시하면 쓰레기 뒤져 허기를 끄지요."

"식구는 있습니까?"

"식구가 다 뭡니까. 엄마는 일찍 죽고 아버지는 누이를 대처에 팔아버리곤 집 떠난 지 오래됐다오. 내가 부산으로 갔다는 누이를 찾아 이백 리를 앉은걸음으로 걸어 여기로 나온 지 이태째 됐다오. 아직 누이는 찾지 못했습니다."

"잠은 어디서 자나요?"

"아무데나 자는 데가 잠자립니다."

"그렇다면 잠잘 데를 안내할 테니 따라오시겠어요?"

"뉘신데, 그런 편의를 봐주시겠다는 겁니까?"

"제가 지게에 앉혀드릴 테니, 저와 함께 갑시다. 편한 잠자리는 아니지만 비와 바람막이는 됩니다."

"죽지 못해 사는 병신, 그대로 뒤둬요. 이 몸으로 남의 폐까지 지며 살고 싶진 않습니다."

젊은이 말이 주율을 감동시켰다. 그동안 사회로부터 얼마나 냉대를 받았으면 마음이 이토록 황폐해졌을까 싶었다.

"성함이 어떻게 되십니까?"

"땅개라 부르지요."

"제가 형씨를 모시겠습니다. 동냥하지 않고 함께 사는 길을 궁리해봅시다. 세상 인심이 아무리 험해도, 불편한 사람이 살아가는 길도 있어요. 서로 믿고 의지하면 필경 하늘이 도울 겁니다." 석주율이 땅개 손을 잡았다. 그를 형제로 맞아들일 마음이라 상대 온기가 주율 마음에 전해 왔다.

비로소 땅개 눈빛이 어둠 속에 빛났다. 주율은 그에게 잠시 기다리라 말하곤 시장으로 들어가 호박씨, 콩 한 되, 무말랭이, 산채 따위를 샀다. 간갈치를 떨이로 판다고 외쳐대어 열두 마리 한 상자를 샀다. 토막촌 이웃과 나누어 먹기 위해서였다.

석주율은 땅개를 지게에 앉히고 사온 물건을 그에게 안겼다. 땅개 몸에서 악취가 나, 우선 그의 몸부터 씻기고 헌옷이나마 갈아입혀야겠다 싶었다. 주율은 지게를 지고 기우뚱 일어나 언덕길을 향해 걸었다.

"어떡하다 다리를 잃었습니까?"

"어릴 적에 열병을 앓고 난 후 다리를 못 쓰게 되자, 다리가 꼬치꼬치 말라가더군요. 열 살 땐가, 그해 여름 부스럼병이 돌아 두 다리에 구더기가 생기더니 점점 곪기 시작해…… 다리를 자르고 말았지요. 이런 꼴을 보고 속골병이 들어 이듬해 엄마가 죽었어요."

석주율은 더 물을 말이 없었다. 세상에는 사지육신 멀쩡한 사람도 많지만, 뜻하지 않게 불구가 된 사람이 있고, 중병에 걸려 앓는 자도 많았다. 불구가 되거나 중병에 걸린 자들의 가세가 넉넉하다면 별 문제 없겠으나 대체로 그런 불행은 가난한 자에게 찾아옴이 통례였다. 나라나 세상 사람이 그들을 돕지 않는다면 하늘이라도 그들을 보호해야 할 터인데, 이 세상 일이 그렇지 못했다. 하늘의 뜻이 어디 있는지 모르지만 이승의 삶은 냉혹했으니, 천대받는 자들은 버려지고, 그들은 끝내 모진 인심을 원망하며 죽어갔다. 불경과 성경 말씀에 따르면 행복이란 완전한 몸과 육신의 안락에 있지 않다고 가르쳤고, 호의호식과 고대광실 높은 집에 거함이 아니라 했다. 선을 베풀고 정직, 겸손, 참음, 성실을 다할 때 이승의 삶은 의미가 있다고 가르쳤다. 그러나 세상 사람들은 먼저 육신의 편안함을 좇고 육신의 쾌락을 행복이라 여기니, 눈앞의 즐거움이 충족되지 않을 때는 마음마저 찌들어 피폐해지게 마련이었다. 세상 어느 누가 불구가 되고, 부모 형제와 헤어지고, 질병에서 헤어나지 못하며, 먹을 것 입을 것 없이 거리를 헤매게 됨을 원하겠는가. 그런 불행을 겪으면서도 마음속에 자족함과 편안함을 가꾸겠는가. 영육이 찌든 자가 어찌 더 못한 자를 연민해 선을 베풀고, 스스로를 낮추며, 자기 불행을 원망 없이 받아들여 성실하게 살겠는가. 어느 현자라도 하기 힘든 일이었다. 그럴 때, 그런 자를 위해 자신을 던져 도와줌으로써 마음의 기쁨을 얻는다면 진정한 행복이 거기에 있으리라. 석주율이 그 행복을 가슴 뿌듯이 느끼자, 등에 엎힌 땅개란 젊은이가 자신에게 행복을 안겨주는, 세상 사람이 바라는 황금 덩어리나 된 듯한 양감으로 다가왔다. 그는 고된 줄 모르고 용미산 가파른 길로 짙어오는 어둠을 밟고 올랐다.

"서, 서새임, 오입미까." 토막촌을 저만큼 두었을 때, 풀밭에 앉았던 분님이 석주율을 알아보곤 언덕 아래로 뛰어왔다. 뒤따라 맹필이가 절름걸음으로 뒤쫓았다. 남매가 그를 마중나와 기다린 참이었다.

"오늘은 늦었다. 어서 가서 밥해주마." 석주율이 얼굴의 땀을 훔치며 말했다.

"누나가 밥해놨어요. 선생님 오면 먹으려 기다렸어요."

"기특하군. 밥을 얼마나 잘했는지 봐야지."

남매가 석주율을 앞질러 언덕길로 올라갔다.

"선생님이라니, 자식은 아닌 듯한데 저애들은 어찌된 애들입니까?" 지게에 엎힌 땅개가 물었다.

"부모 없는 아이들입니다. 저와 함께 살지요."

석주율이 거적집에 도착하자, 지게를 벗어 세우고 땅개를 안아 내렸다. 새로 지은 거적집 안으로 들어가 호롱에 불을 밝혔다. 땅개가 두 팔로 몸뚱이를 옮겨 거적집 안으로 들어왔다.

"여기가 선생 거처십니까?"

"그래요. 오늘부터 여기서 저와 함께 삽시다."

분님이 잡곡밥과 겉절이한 푸성귀를 거적집으로 나르고, 맹필이가 수저를 들고 건너왔다.

"분님아, 오늘 새 식구 한 분을 모셔왔으니 밥이 한 그릇 더 있어야겠다. 밥이 모자라면 내 밥을 나누어 먹으면 돼. 그릇만 하나 더 가져오렴."

"아니에요. 누나가 낮에 나가 동냥 얻어온 밥도 있어요."

맹필이 말에 석주율이 타이르는 투로, 내가 동냥을 나가지 말랬잖아 하며 분님이를 보았다. 분님이 대답을 못한 채 고개를 떨구곤 모아 쥔 손을 떨었다.

"네 마음을 알겠다. 어서 먹도록 하자. 나도 배가 몹시 고프니깐" 하곤, 석주율이 "우리 밥 먹기 전에 잠시 기원드립시다" 하며 무릎을 꿇었다. 분님이와 맹필이도 무릎 꿇어 앉았으나 땅개만은 꿇을 다리가 없었다. "우리에게 먹을 것을 주신 하늘님, 고맙습니다. 몸은 비록 성치 못하나 오늘도 우리를 보살펴주신 은혜 고맙습니다. 모쪼록 이 세상에 거할 동안 풍파를 만나도 우리 마음 변치 말고 참되게 살도록 해주시고, 우리 어려움을 보살펴주소서. 낙담하게 하지 마옵시고, 늘 기쁜 마음으로 성실하게 살도록 도와주십시오."

석주율이 기원을 마치고 숟가락을 들자, 하늘님이 누구냐고 맹필이가 물었다. 질문을 받고 보니 석주율은 대답이 막혔다. 부처님, 야소, 단군 한배검, 아니면 옥황상제? 그 누구라 해도 좋을 듯 싶었다. 이 우주를 있게 하고, 풍우를 주관하고, 햇볕을 내려주고, 짐승에서 풋나무까지 뭇 생명과 인간을 만든 그런 분이리라. 아니, 만물의 영장으로서 인간이 인간으로서 해야 할 도리를 가르치고 이제 영으로만 살아 하늘에 계실 성현이라 해도 좋았다.

"우리를 도와주실 분. 우리를 늘 하늘에서 지켜보실 분이지. 우리가 힘껏 노력하면 그분이 반드시 우리 힘이 되어주실 거야." 석주율이 말했다.

"좋으신 말씀입니다. 선생님, 정말 고맙습니다. 저와 같은 인간 말자를 이렇게 온전한 사람으로 대접해주시니……" 땅개가 머리 조아리며 울먹였다.

그날 저녁, 네 식구는 호롱불 아래 둘러앉아 가마니 바닥을 밥상 삼아 사이좋게 저녁밥을 먹었다. 석주율은, 내일 아침 모두 목욕하고 옷을 갈아입어야겠다며 보수산 뒤쪽 개울로 함께 나가자고 했다. 땅개는 분님이 거적집 실궤에 넣어둔 그녀 아버지가 입던 옷을 입기로 했다. 그날 밤, 석주율은 땅개와 함께 새 거적집에서 잠을 잤다. 잠자리에 들어 석주율은 땅개에게, 앞으로 여러 식구가 늘어날 것임을 알리고 동냥질이 아닌, 자력으로 살 수 있는 길을 궁리해보자고 말했다. 땅개가 새끼줄을 엮을 수 있다기에 짚을 사서 그 일을 맡기기로 했다. 새끼타래가 시장에서 거래됨을 그는 보았던 것이다. 주율에게는 아직 60원 정도 돈이 있었고, 그 돈은 거적집에 두지 않고 바지 안 주머니에 넣고 다녔다. 밤사이, 땅개 몸을 터 삼던 이가 수십 마리나 석주율에게 건너와, 그는 고단한 잠에 떨어졌어도 계속 몸을 긁적거렸다.

*

어슴새벽에 석주율은 땅개를 업고 분님이 남매를 걸려 보수산

골짜기 개울로 나가 몸을 씻었다. 석주율은 본 이름이 박장쾌인 땅개 등도 밀어주고, 팔다리가 불편한 맹필이는 몸을 씻겨주었다. 분님이는 여자라 내외한다며 윗개울로 올라가서 따로 몸을 씻고 가져온 빨래를 빨았다.

석주율은 그날도 아침밥을 지어먹고 나자 지게 지고 일감 찾아 나섰다. 박장쾌는 거적집에 남겨두었다. 귀가할 때 짚단을 한 지게 사오면 이튿날부터 그에게도 집에 앉아 할 일감이 생길 터였다. 분님이에게는 벗어 내어놓은 세 사람 옷을 빨게 일렀다.

석주율은 그날부터 오후 서너시까지만 지게꾼으로 거리를 싸돌고, 나머지 시간은 용미산 토막촌 주민을 위해 할애했다. 녹슨 석유드럼통 두 개를 사와 땅에 묻어 주민 공동으로 쓸 뒷간을 남녀 구별해 만들었다. 사방을 가마니로 울을 쳐 용변 볼 때 눈가림막이를 했다. 민둥산 등성이 곳곳에 호박 구덩이를 파서 호박씨를 심었다. 때맞추어 인분만 주어도 가을철에 수확할 호박이 양식감이 되겠지만, 여름내 호박잎 또한 주민들이 식용할 수 있었다. 쌈을 싸먹거나 죽을 끓일 때 건더기로 넣을 수 있고, 호박잎은 촌충을 구제하는 약제 구실도 했다. 그는 삭도기를 사와 박장쾌와 맹필이는 물론, 토막촌 아이들과 늙은이들의 쑥대밭 같은 머리카락도 깎아주었다. 어느 날은 토막촌 아이들의 부스럼과 기계충을 자신이 제조한 물약으로 처치를 해주다 그들 몸이 때에 절어 있어 모두 데리고 보수산 개울로 가서 몸을 씻겨주었다. 팔다리를 삐었거나 신경통이 있는 주민에게는 침을 놓아주고, 속병이 있는 노인에게는 익모초, 향계, 질경이 뿌리를 달인 탕약을 복용케 했

다. 거적집 안이 늘 습기에 차 있어 낮 동안은 통풍을 위해 창을
열어두게 했으며, 이부자리는 반드시 햇볕에 말려 일광소독을 하
게 일렀다.

석주율이 토막촌 주민을 위해 몸을 아끼지 않고 일하자, 주민은
모두 하늘이 내린 선인(善人)이라고 그를 칭송하며 따랐다. 토막
촌 주민은 석주율이 지게품 팔아선 자기네 식구 입살이도 빠듯할
텐데, 돈을 제법 지녔거나 뒤를 밀어주는 후원자가 있을 거라고
수군댔다. 어디에서 돈이 생겨나냐고 묻기도 했으나, 주율은 미소
만 띨 뿐 대답하지 않았다. 관내 순사가 토막촌 동정을 살피러 시
찰 나왔을 때, 이장이 용미산에 거적집을 더 짓지 못하며 기존 거
적집도 머지않아 철거될 거라고 통보하러 왔을 때도 석주율이 나
서서 그들을 면담했다. 순사가 석주율 신분을 캐자 그는 표충사에
서 하산한 승려 출신으로 본가는 울산군 언양면 고하골이라 말했다.
구태여 옥살이 이력까지 밝힐 필요가 없었다. 철거 문제는 주민과
함께 버틸 때까지 버텨보기로 결론 보았다. 비록 거적집 생활이나
마 거적집이 철거당한다면 토막촌 주민은 거리에 나앉아야 할 형
편이었다.

한편, 석주율은 부산부 골골샅샅을 다니며 공동 생활할 동숙자
를 속속 영입했다. 종귀라는 다섯 살 된 거지 소녀와, 자기 이름도
모른 채 거리에 버려진 열 살 남짓한 백치 소년 짱구를 데려왔다.
실성증에 영양실조로 잔교 근처에 쓰러져 죽어가던 추노인을 지
게에 싣고 왔다. 토막촌에 정착한 지 보름 만에 모셔온 간난이엄
마와 간난이란 어린 딸도 행려자였다. 간난이엄마는 폐병을 앓고

있어 피를 쏟는 현장을 목격하고 데려왔다. 구걸하는 벙어리 노인 장씨는 부산역에서 만나 모셔왔다. 장씨는 위장병까지 앓고 있어 해골이 다 된 얼굴이었다. 그렇게 되자 석주율 거적집에 기거하는 군식구만도 일곱이었고, 분님 남매까지 합치면 주율이 먹여 살려야 할 호구가 아홉이었다. 그래서 거적집도 평수를 넓혔고, 곽씨네 거적집에는 간난이엄마와 그네 딸과 종귀와 짱구를 기거케 했다. 석주율이 그들을 먹여 살리려다 보니 지닌 돈을 조금씩 축내어 쓰지 않으면 안 되었다. 손을 움직일 수 있는 사람은 모두 낮 동안 새끼를 꼬게 했으나 그것 역시 제 입살이조차 힘든 벌이라 주율은 가마니틀 두 대를 들여놓기로 했다. 가마니틀이래야 받침 붙은 입구자(口)형 각목틀에 짚으로 새끼를 꼬아 날(經)을 만들어 틀에 세로로 걸치고, 꼬지 않은 짚을 씨(緯)로 하여 가로로 짜나가는 간단한 구조였다. 전래 우리 농촌에는 가마니가 없었다. 곡물을 담아 옮기는 용구로는 마대섬을 쓰고 집안에 간수할 때도 섬이나 뒤주를 이용했다. 일본의 조선 강점 이후 조선쌀 수탈에 따른 용구로는 섬이 튼실하지 못했기에 일본 관청은 가마니 보급을 권장했다. 가마니는 왜말 '가마스(カマス)'에서 온 우리말로, 곡물의 원거리 수송에 알맞은 용구였다. 그래서 관에서는 농촌에 가마니 짜기를 장려하여 경진대회까지 열었고, 가마니를 대량으로 수거하고 있었다. 상설시장에는 어디에나 가마니만을 매입하는 상회가 있었다. 가마니는 개당 6전을 호가해 가마니틀을 갖추면 제법 벌이가 될 수 있었다.

모심기 철을 넘겨 더위가 쪄오던 6월 초순 어느 날이었다. 산수정(신선동)에서 동래성 변두리 차밭골까지 석주율이 콩 한 가마니를 지게짐으로 날라주고 모너머고개 마루까지 나왔을 때였다. 오후 서너시쯤이라 더 일감을 잡지 못한다면 토막촌으로 돌아가야 해서 그는 걸음을 채근했다.

"보슈. 젊은이." 느티나무 평상에 앉았던 사내가 주율을 불렀다. "임자 이삼육 아냐?"

석주율이 평상 쪽을 보았다. 자기 수인번호를 듣기가 출옥 후 처음이었다. 작년 봄철 부산감옥 동1동에서 함께 수감 생활했던 애꾸사내 홍씨였다. 베등거리에 검정 바지를 입은 초라한 모색의 그는 장두칼로 햇무를 깎아 먹고 있었다.

"홍형 아니십니까. 반갑습니다."

"나야 뭐 일자무식에 허렁뱅이라 그렇다 치고, 석형은 웬일이오? 지게 지고 날품 팔다니. 난 석형이 절에 있거나, 일본 유학을 떠났거나, 아니면 양코쟁이 선교사 따라다니는 도조사(전도사)쯤 될 줄 알았지요." 홍씨가 일어서더니 장두칼을 허리에 꽂고 짚신발로 누른 노끈을 집었다. 염소 두 마리가 노끈에 매여 있었다. 한 놈은 암놈이요 한 놈은 뿔이 엄지만큼 돋은 숫놈이었다. 두 마리가 한창 자랄 중치로 약용에 쓸 만했다. 이일일 최학규로부터 염소 상판이라 놀림을 받더니 사회에 나와 그는 체신에 걸맞게 염소장수를 하고 있었다.

"지게질로 호구하고 있습죠. 홍형은 언제 출감했습니까?"

"서너 달쯤 되나. 삼 년 만에 나오니 입살이가 더 힘들어요. 그래서 이 장사를 한답니다." 홍씨가 염소에게 눈을 주자 때맞추어 숫놈이 잔망스레 울었다. "보자 하니 절에서 아주 나온 모양이구려. 그런데, 석형은 어디 가는 길이오?"

"본정통입니다."

"나도 성내 가는 길이니 함께 갑시다." 홍씨는 염소 목줄을 당겼다. 수놈이 앙버팀해 끌려오지 않았다. "염소 고집이라더니, 이놈들이 혼쭐나야 알겠어!" 홍씨가 수놈 엉덩이를 차자 염소가 마지못해 따라왔다.

"홍형은 어디 사십니까?"

"출감하고 보니 식구가 간데온데없어졌습디다. 대치골 사람들 말로는 형네가 탄광 일 하러 강원도 태백산으로 들어가며 솔가했다 하고, 아우놈은 노동하겠다며 일본으로 들어가고. 내 신세야말로 동가식서가숙이지요."

"염소장사는 잘됩니까?"

"부잣집 마님들이 몸보신용으로 사줘야 되는데 근자에는 보릿고개 턱이라 쉽지 않네요" 하더니, 홍씨가 문득 생각난 듯 물었다. "불통 최가 있잖습니까. 그치가 감옥에 있을 때 석형을 잘 본 모양인데 한번 찾아가구려. 어디 한자리 앉혀줄 텐데. 부두거리에선 세력을 이룬 야쿠자 무슨 파 오야카타(대장)라는구려. 이오이 업동이를 길거리에서 만나 그 얘길 들었어요. 그놈은 용케 최가 아래 붙어, 국일화물 있잖소, 최가 아비 회사 말이요. 거기서 심부름하며 지냅디다."

"저는 제힘으로 살지요 뭘."

"그렇겠군. 석형은 도통한 양반이니 야쿠자 세계완 어울리지 않지. 남 신세 질 성질도 아니고."

본정통 일정목까지 나오자 홍씨가 걸음을 멈추고, 어디로 방향을 잡을까 생각하는 듯 사방을 두리번거렸다.

"저는 집으로 가야겠습니다."

"석형 집은 어디요?"

"이 뒤쪽 용미산 언덕에 삽니다."

"토막촌 말이오?"

"예."

"절에서 중질하면 편할 텐데, 무슨 고생을 사서 하오? 부산 변두리에 널린 거적집살이 하는 사람들, 비참해서 못 봐주겠어요. 차라리 감방 생활이 낫지, 거기가 어디 사람 살 데요?"

석주율이 대답을 못하곤 홍씨와 헤어졌다. 어디로 가서 이놈을 팔아치울까, 하더니 그는 부촌인 대창정 쪽으로 길을 잡았다. 염소가 그를 졸졸 따랐다.

석주율이 토막촌으로 오니 실성증 있는 추노인은 거적집 앞 그늘에 멍하니 앉아 있었고, 밖에 세워놓은 가마니를 앞에 앉은뱅이 박장쾌와 벙어리 장씨가 앉아 부지런히 짚 씨날을 엮어 가마니를 짜고 있었다. 간난이엄마와 분님이는 새끼를 꼬고 있었다. 그들은 짚단을 지게 높이 두 배가 넘게 쌓아 지고 허리 굽혀 돌아오는 석주율을 맞았다.

"모두 열심이군요. 쉬어 가며 천천히 하십시오."

석주율은 지게를 벗었다. 오늘은 용미산 중턱에 개간한 콩밭으로 나가 물길을 파기로 했기에 그는 삽을 들고 나섰다. 콩은 싹을 틔웠고, 인분을 빨아들인 호박 줄기는 사방으로 덩굴을 힘차게 뻗고 있었다.

열 식구가 푸석한 잡곡밥으로 저녁끼니를 때웠다. 석주율은 식구에게 늘 양만큼은 제대로 먹였다. 어른 남정네들은 석주율 거적집에 둘러앉아 호롱불 밝혀놓고 새끼를 꼬았다. 간난이엄마는 김치를 담근 뒤 분님이와 함께 옆 거적집에서 빨래해 말린 남정네 옷을 들고 앉아 호롱불 아래에서 터진 데를 깁고 구멍난 데를 다른 천 대어 기웠다.

남정네들은 새끼를 꼬며, 박장쾌에게 심심풀이로 노래를 청했다. 장쾌가 한동안 고달 빼더니 청승맞게 '풍각쟁이 타령'을 읊었다. 소리가 눈물 쏟을 만큼 애절해야만 남들이 적선하므로 그 목소리가 자못 구성졌다.

벙어리, 소경, 손 병신, 다리 병신 / 서로가 서로에 의지한 병신 넷이 / 풍각패를 지어 동네방네 떠도네 / 허리에 찬 피리 주머니에 해금을 넣고 / 먹을 것을 찾아 천릿길도 마다않네 / 구름이라도 뚫을 듯 해금 곡조 한마당 / 듣기만 하면 인정이 움직여 / 동정을 아니하고 못 배기네……

노래가 끝나자 벙어리 장씨가 손뼉 치고, 실성증 있는 추노인이 잘도 한다며 치켜세울 때, 바깥에서 염소 울음소리가 들렸다. 출입구 쪽에 있던 박장쾌가 거적문을 들췄다.

"여기가 석씨 거적집 맞소?" 석주율이 모너머고개에서 만났던 홍씨였다.

"어떻게 여기로 찾아왔나요?" 석주율이 그를 맞았다.

"낮에 석형과 헤어지니 얼마나 섭섭했던지. 밀린 얘기나 나눌까 하고 왔어요. 들어가도 되겠습니까?"

홍씨 말에 석주율은, 누추하지만 들어오라 했다. 염소를 어디 매어둘까 궁리하던 그는 앞마당 지대를 받친 말뚝에 염소줄을 짜 매곤 거적문을 들치고 들어왔다.

"식구가 많군요. 이분들이 다 뉘십니까?" 홍씨가 앉은뱅이 박장 쾌와 두 늙은이를 보며 물었다.

"함께 사는 식구랍니다."

"그렇다면, 석형이 이 사람들을 거둔단 말이오?" 홍씨가 묻더니 눈치 빠르게 금방 토를 달았다. "석형이 지게질해 행려자를 돌본 다? 지게질 수입으로 감당되나요?"

"그냥저냥 지내지요. 염소는 팔지 못한 모양입니다?"

"겨우 한 마리를 처분했지요. 이러다간 염소 살이라도 베어먹어 야 굶지 않겠어요. 염소 똥은 환약으로 속여 팔면 모를까, 그게 어 디 배에 찹니까."

"그렇다면 저녁밥도 못 드셨겠군요?"

"염소 판 돈이 있으니, 못 들었다기보다…… 먹다 남은 게 있으 면 조금 주구려. 우린 그래도 감방 동기 아니요."

그 말에 식구는 석주율이 감방살이했음을 처음 알았다. 구석자 리에 짱구는 잠이 들어 있었다. 실성증이 있는 추노인이, 이제 자 야겠다며 짱구 옆자리 차지해 누웠다.

석주율이 분님이를 불러 남은 밥이 있으면 가져오라고 일렀다. 분님이 찬밥 한 그릇과 열무김치 한 사발을 가져오자, 홍씨가 한쪽 쥐눈을 빛내며 마파람에 게눈 감추듯 먹어치웠다. 배를 채우고도 그는 자리 뜰 내색을 보이지 않고 감옥 생활 경험담을 입심 있게 지껄였다. 그렇다고 새끼 꼬기를 거들지도 않았다.

"석형, 오늘은 여기서 신세져야겠어요. 역이나 잔교 쪽으로 가면 이슬 피할 데도 있지만 밤도 깊으니……"

"잠자리가 비좁지만 함께 잘 수 있을 겁니다."

감방보다 못한 토막촌에 어찌 사냐며 비웃던 낮의 말과 달리 그는 자리에 눕자마자 코를 골며 단잠에 빠졌다. 석주율은 일기를 쓴 뒤 호롱불 끄고 발치에서 잠에 들었다. 천장에 고였던 물방울이 이마에 떨어졌다.

거적집 안에 잠든 사람들이 한기를 느껴 이불을 당겨 덮고 짱구가 앓는 소리를 흘렸으니, 새벽이 가까울 때였다. 바깥에서 염소울음이 자지러져 석주율이 눈을 떴다.

"선생님, 애꾸 그 사람이 가는 모양입니다. 왜 저렇게 꼭두새벽에 도망가듯 갈까요?" 잠이 깨어 있던 박장쾌가 말하며 일어나 앉았다.

석주율이 거적문을 들쳤으나 바깥이 깜깜해 마당귀에 웅크려 앉은 사람 모습만 어렴풋이 보였다. 염소가 연방 잔망스럽게 울었다.

"홍형, 아직 날도 밝지 않았는데…… 아침이나 드시고 가시지요." 석주율이 어둠에 대고 말했다.

"소피보러 나왔다, 급히 갈 데가 있어서. 그럼……" 바깥에서 홍씨가 어물쩍 대답을 흘리더니 말뚝에 매어둔 염소 끈 풀기를 포기했는지, 어둠 속으로 바삐 사라졌다. 그의 뛰는 발소리가 언덕 아래로 멀어졌다.

"이상한 사람이군. 갑자기 찬바람이 들이쳐 잠에서 깨어나 보니 누군가 밖으로 나갑디다. 난 배앓이 심한 장씨가 뒷간 가는 줄 알았지요."

박장쾌 말에 석주율이 얼른 짚이는 생각이 있어 바지 안주머니에 손을 넣었다. 돈이 만져지지 않았다. 그제야 홍씨가 40여 원 남았던 돈을 빼내 도망쳤음을 알았다.

"잃어버린 거라도 있습니까?"

"아니, 아닙니다."

석주율은 바깥으로 나왔다. 바다 쪽 하늘의 수평선께가 희미하게 트여왔다. 염소 한 마리는 말뚝에 매여 있었다. 도둑이 제 발 저려 염소 끌고 갈 틈을 놓쳤음을 알았다. "염소를 두고 간 걸 보니 아침이면 돌아오겠군요. 역에 새벽 차 도착할 때 맞춰 마중나갈 일이라도 있나……" 엉덩이를 밀어 밖으로 나온 박장쾌가 구시렁거렸다.

석주율도 그 말을 믿고 싶었으나 홍형이 다시 돌아올 것 같지 않았다. 곧 장마철이 닥치므로 토막촌 거적집 지붕마다 짚을 덧씌워주려 했는데 돈이 바닥났으니 염소라도 팔아야 할 처지였다. 그러잖아도 아홉 식구 양식 조달이 난감하던 참이라, 조만간 두 발 성한 자는 모두 나서서 구걸하지 않으면 안 될 처지였다.

석주율이 식구와 함께 아침밥 먹을 때까지 홍씨는 나타나지 않았다. 주율은 지게 지고 나서며 맹필이에게, 염소 주인이 오지 않으면 낮쯤 염소에게 풀을 먹이라고 일렀다.

석주율은 지게 지고 본정통으로 내려오자, 홍씨가 했던 말이 떠올라 대창정 쪽으로 걸음을 돌렸다. 최학규 부친이 경영한다는 국일화물은 큰길가에 있어 쉽게 찾을 수 있었다. 그 길로 여러 차례 지나다녔건만 유리문짝 옆에 내건 먼지 앉은 나무 간판을 그는 무심히 보았던 것이다. 단층 기와집 사무소 옆 깊숙이 들어앉은 넓은 마당에는 화물차 두 대가 시동을 건 채 멈춰 있었고, 일꾼들이 쌀가마 하역에 분주했다. 석주율이 안으로 들어가 사람을 찾았다.

"어, 이게 누굽니까. 이삼육 아니십니까."

빗자루 든 업동이 석주율에게 인사했다. 감방에서는 늘 배가 고프다며 울음 짜던 그의 얼굴이 몰라볼 만큼 살이 붙었고 키도 성큼 자라 건강했다.

"여기 있다는 말은 들었지. 일하기가 어떠냐?"

"그냥저냥 지내지요. 그런데 아저씨는 지게질합니까?"

"절에서 내려왔지."

"그러잖아도 오야카타께서 더러 아저씨 말을 합디다. 참, 감방에서 함께 지낸 황씨 아시지요? 일본에 몰래 들어가려다 잡혀온 벽창코 말입니다."

"황봉학 형을 말하는구먼. 출감하면 최학규 씨를 찾아가보라고 우리가 일러주었잖나."

"그래요. 오야카타께서 황형을 일본으로 보내줬어요."

"우리와 함께 있었던 홍씨라고, 한쪽 눈을 못 쓰는 분, 자네 만나러 더러 온다며?"

"애꾸씨 말씀이죠. 더러 오지요. 오야카타께서 냉대하자 말도 못 붙이고, 올 때마다 나한테 밥값 좀 달라며 떼를 써서, 몇 차례 대접해줬죠. 요즘은 염소장수 한답디다."

"그런데 홍씨가 어젯밤에 내 거처에서 자고 염소를 그냥 두고 갔거든. 여기 들르면 염소 잘 먹이고 있으니 가져가라 일러줘. 아무 말 묻잖겠으니 염소만 가져가라고."

석주율이 걸음을 돌리자, 업동이가 지게작대기를 잡았다. "모처럼 뵈었는데 이렇게 떠나면 어쩝니까. 오야카타나 만나보시고 가시지요. 제가 오야 있는 데 안내해드릴게요. 애꾸 아저씨와 달리 석씨 만나면 반가워하실 겝니다."

"다음에 찾아뵙기로 하지."

"오야카타께서 드디어 미나미우라(南浦)파 두목에 오르셨어요. 본정통, 남포정 일대 부두거리를 잡고 있습죠. 세력이 대단하답니다."

"그런데, 모심기 철에 웬 쌀가마들인가. 어디에서 이 쌀을 다 거둬들여?"

석주율이 화물차에서 부려지는 가마쌀을 보았다. 절기가 벌써 첫여름이라 지주라 해도 햅쌀 날 때까지 자기네 양식감이나 여축해둘까 곳간에 가마째 쌓아두는 집이 흔치 않을 터였다.

"그 말씀 못 들었습니까. 일본에는 지금 쌀이 동이 났대요. 작년에 일본이 태풍으로 대흉년이 들어 올해 들자 쌀이 귀해 쩔쩔맸는데, 드디어 대도시는 싸전들이 문을 달았다지 뭡니까. 그러자 사람들이 떼거리로 몰려 쌀을 구하러 싸전 문을 부수고, 관에 몰려가 항의하고, 야단이 났다지 뭐예요. 나라 안이 벌집 쑤셔놓은 꼴이래요. 그래서 조선쌀을 한 톨도 남김없이 빼앗아오라는 지령이 내려, 지금 조선 입쌀을 무작정 거둬들이지요. 시골에는 순사가 부잣집 곳간을 열게 하고 쌀이 있으면 무조건 내다 팔라며 협박한답니다. 그래서 쌀값이 천정 높은 줄 모르고 뛰지요. 일본 사람은 왜 꼭 입쌀만 찾는지 모르겠어요. 그 사람들은 보리밥 안 먹나 봐요. 보부상들이 다른 물목은 다 팽개치고 쌀만 모으니 우리 사장님도 이번에 한몫 볼 겁니다."

사람은 몇 차례 태어난다는 말처럼, 업동이가 그랬다. 홍씨와 비역질하며 훌쩍거리던 병약한 소년이 성격도 밝게 바뀌었고, 무엇보다 다변이라 말솜씨 하나만으로도 앞으로 입살이 걱정은 없을 터였다.

"잘 지낸다니 다행이다. 열심히 일하거라." 석주율은 걸음을 돌렸다. 업동이 말을 듣고 보니 잔교에서 주워 읽었던 헌 신문의 기사가 떠올랐다. 올해 들어 일본 큰 도시 여러 곳에 쌀 폭동이 일어났고, 만주 지방에서 생산되는 좁쌀과 콩, 수수 따위의 잡곡을 조선 땅에 반입하는 데 따른 세금을 철폐한다는 내용이었다. 언제인가 스승께서도 말했지만, 총독부는 조선쌀을 강탈해 가는 대신 만주에서 생산되는 잡곡으로 조선 백성을 먹이려는 속셈이 분명했다.

"아저씨, 아저씨 집은 어디예요? 제가 틈나면 한번 놀러갈게요." 뒤쪽에서 업동이가 외쳤다.

"헐어낸 용미산 있지, 거기 토막촌이다. 홍씨가 찾아오면 내 말

꼭 전해줘."

"애꾸 아저씨가 맡겨놓은 염소는 아저씨 몸보신이나 하세요. 그 염소는 아무래도 애꾸 아저씨가 시골을 돌며 훔쳐온 걸 거예요. 마을 뒤 언덕에 매어둔 소도 한 마리 그냥 끌고 왔다는 얘기를 들었거든요."

업동이 말에 석주율은 홍씨 생활이 어떠함을 짐작할 수 있었다. 홍씨로부터 돈을 돌려받기는 진작 포기했지만, 만약 그가 토막촌으로 찾아온다면 염소는 돌려주고 세상 인심이 험하더라도 착한 마음을 가지라고 타이를 작정이었으나, 그는 영 나타나지 않을 터였다.

석주율은 그날부터 지겟일감을 찾는 데 보다 적극적으로 뛰어다녔다. 삯전의 많고 적음을 가리지 않고 짐만 보면, 목적지가 어디까지든 주는 대로 받겠다며 지게에 실었다. 경성에서 출발한 열차가 부산역에 닿는 새벽 첫차를 놓치지 않고 역으로 나가 일감을 날랐다. 비가 오는 날은 지겟일감도 벌이가 시원찮기에 축항 공사 현장으로 나가 일당 품을 팔았다. 그의 계산으로는, 정말 식구가 굶게 되었을 때 최학규 씨나 대창정 스승님 처가나 선화를 찾기로 한다고 해도, 그때까지 혼자 힘으로 버티어나가려 애면글면했다.

본격적인 장마가 시작되기는 6월 하순이었다. 아무리 물꼬를 잘 텄다지만 짚지붕 얹은 토막촌 거적집은 스며드는 빗물로 안이 늘 축축할 수밖에 없었다. 주위온 나무로 움집 안에 모닥불을 피워도 습기가 가시지 않았고 거적 벽에서도 물이 배어 들어왔다. 토막촌에 전염병 장질부사(장티푸스)가 돌기 시작한 게 그즈음이었다. 장질부사는 방씨네 집에서 시작되어 곧 토막촌 전체로 번졌다. 석주율 거적집은 종귀로부터 전염되어 발열과 설사가 계속되더니 추노인으로 옮아갔다. 옆 거적집 간난이와 맹필이도 고열로 눕고 말았다. 주율은 토막촌 주민들에게 식수를 반드시 끓여 먹도록 주의를 주고, 열 내리는 데 좋다고 알려진 석류 껍질과 인동덩굴 삶은 물을 복용시켰다. 열흘 동안 햇볕 드는 날 없이 장마가 계속되어, 토막촌에는 거적집이 꺼져 내려 누름돌에 찧인 어린아이가 압사했고, 장질부사로 사망자 일곱을 내었다. 장질부사에는 특별한 약이 없고 대증요법뿐이었으므로 간난이와 실성증 있던 추노인도 속수무책 끝에 끝내 회복을 보지 못한 채 장출혈로 묽은 피똥을 싸다 숨을 거두었다. 볕이 들자 모든 거적집의 침구와 옷가지를 햇볕에 말리게 하고 석주율이 신약방에서 사온 소독약 석탄산수(石炭酸水)를 물에 타서 거적집 안에 골고루 뿌렸다. 여러 집에는 그때까지 고열과 두통으로 신음하는 환자가 있었다. 명이 긴 맹필이는 열흘 넘게 앓다 겨우 깨어났다.

석주율이 장마로 유실된 남빈정 제방 쌓기로 하루 내 일품을 팔고 일당으로 받은 돈으로 좁쌀 한 되를 사서 돌아온 저녁 무렵이었다. 토막촌 언덕길로 오르자, 저녁 때거리를 기다리며 마중나왔던 분님이가 석주율이 내민 봉지를 받으며 더듬더듬 말했다.

"서, 선새임 마나려 사라이 와…… 기다리입미다."

"누구시든?"

"모, 모르 사라이라요."

석주율은 정청(丁廳) 사무원이 나왔으리라 짐작했다. 토막촌에 장질부사가 만연하자 정청 관리가 나와 토막촌을 법정 전염병지대로 선포해 환자가 토막촌을 떠나 부내로 들어오는 것을 금지시켰고, 의사와 간호원 한 명을 파견한 바 있었다. 의사는 환자들에게 해열제 몇 알씩을 먹이고 돌아갔다. 그리고 이틀 뒤, 한 가구마다 좁쌀 두 되와 수수 한 되씩이 배급되었다. 의사가 병고와 굶주림으로 생지옥과 다를 바 없는 토막촌 주민 실태를 돌아보곤 부청에 건의한 결과였다.

거적집 앞에 벙거지를 쓴 떡대 같은 사내가 버티고 서 있다 석주율을 맞았다.

"이삼육 되십니까?" 사내가 물었다.

"그렇습니다만……"

"나 작두라 하오. 큰형님이 보내서 왔습니다."

"큰형님이라니요?"

"성함이 최학규 씹니다. 다들 불통 큰형님이라 부르지요."

"그렇습니까. 보다시피 말이 아닙니다. 환자들도 많고요."

"어떻게 사나 보고 오랬는데, 여기 실정을 대충 파악했습니다. 돌아가는 대로 보고하지요." 작두라는 사내가 벙거지를 들썩해 보이곤 언덕길을 내려갔다.

이튿날, 석주율이 축항공사 일터에서 돌아오니, 식구가 모두 싱글벙글했다. 양식이 푸짐하게 생겼던 것이다. 어제 왔던 작두란 사내가 지게꾼 둘 지게에 양식을 지고 와 부려놓고 갔다 했다. 좁쌀 한 가마에 햇감자 두 가마였다. 그러잖아도 하루 두 끼를 죽으로 버티던 참이라, 석주율은 최학규 씨 선심이 하늘의 도움이라 여겼다. 그는 감자 한 가마니를 헐어 토막촌 가구마다 식구 수에 맞춰 나누어주곤, 그길로 최학규 씨에게 고맙다는 인사를 하러 언덕을 내려갔다.

석주율은 대창정 국일화물을 찾았다. 컴컴한 마당 안쪽 쌀창고 옆에 방이 한 칸 있었고, 창문이 밝았다. 숙식하는 창고지기와 자두를 먹던 업동이가 주율을 맞았다.

"최학규 형이 어디 계시냐. 네가 안내 좀 해줘."

"제가 오야카타한테 아저씨가 지게질한다고 말씀드렸죠. 어디에 산다더냐고 물으시길래 용미산 토막촌이라 일러주었습니다." 짚신을 신고 나서며 업동이가 말했다.

업동이는 멸치점포 뒤를 돌아 매립공사가 한창인 어두운 해안 길을 따라 걸었다. 가까이에서 들리는 파도 소리가 우렁찼다. 불빛이 멀리로 보이는 남빈정 쪽은 주율이 날마다 축항공사 일당 노동하는 현장이었다. 업동이는, 며칠 전 미도리마치(綠丁)파와 관할 문제로 한판 붙었는데 오야카타가 앞장섰다 칼침을 맞아 손을 다쳤다고 말했다.

"참, 애꾸 아저씨가 한번 왔다 갔죠. 염소장수도 걷어치웠대요. 그래서 제가 아저씨 얘기를 그대로 해줬지요. 그러자 애꾸 아저씨가 염소는 벌써 찾아왔다고 하대요."

"아니, 그대로 있는데. 암놈이라 새끼를 뱄어."

"애꾸 아저씨는 거짓말을 밥먹듯 하니 신용이 없어요."

둘은 여러 동으로 늘어선 창고 건물을 지나 비린내가 진동하는 어시장의 질펀한 골목길을 빠져나갔다. 선술집과 여인숙이 늘어

앉은 시장거리를 거쳐가며 업동이가 이 집 저 집 선술집 안을 기웃거렸다. 업동이 말로는 오야카타가 이 일대 술집에 있을 텐데 어느 집인지 알 수 없다고 했다. 불퉁 큰형님 안 계시냐며 업동이가 선술집마다 삐꿈거리며 물은 끝에 석주율에게, 계신 데를 찾았다고 말했다. 횟집이었다. 주모가 일러주는 대로 구석방으로 갔다.

"큰형님, 저예요. 업동입니다." 여러 켤레 고무신이 놓인 술방 문 앞에서 업동이가 말했다. 방문이 열리고 빡빡머리 사내가 얼굴을 내밀었다. "이삼육 있잖아요. 스님 하신 분 모셔왔어요."

"어서 들어와. 자네 얘길 들었어." 술상 건넌 자리에 앉아 있던 최학규가 주율을 맞았다. 부두거리 미나미우라파 두목답게 가죽조끼 차림의 그는 건장한 부하 셋과 술을 마시던 참이었다. 창대수염을 길러 최학규 모습이 험상궂었다.

"도와주셔서 고맙습니다. 진작 한번 인사드리러 온다는 게 늦었습니다." 석주율이 문 앞에 꿇어앉아 인사를 올렸다.

"작두한테 자네 형편을 들었지. 좋은 일 하더구먼. 그런 일은 자네나 해낼 수 있지. 암, 자네 말고 누가 행려자 병신과 걸식 고아를 돌보겠어" 하더니 최학규가 빈 사발을 석주율 앞으로 넘겼다. 오른손은 붕대를 감고 있었다. "한잔 받아. 중질 관뒀다니 술 마셔도 되겠지."

"술은 못 마십니다." 석주율이 잔을 받았으나 사양했다.

"구면이구먼. 큰형님이 내린 술이니 받구려." 석주율 옆에 앉은 작두가 주전자를 들더니 잔에 술을 쳤다.

석주율은 더 사양하기도 무엇해 받은 술잔에 입을 댔다. "말씀

중이신데 그만 물러가겠습니다. 양식을 보내주셔서 인사차 들렀습니다."

"어려운 일 있으면 부탁해. 좋은 일 하는데 내가 그 정도야 못 도와주려고." 석주율이 자리에서 일어서자 최학규가, 김기조라고, 동향 출신을 아느냐고 물었다.

"알지요. 그 사람이 여기 있습니까?"

"우리 파에 들랑거리지. 학식이 있어 쓰려 했는데 계집을 너무 밝혀…… 두고 봐야지."

*

불볕 더위가 마른 땅을 달구는 8월에 들자, 토막촌은 호된 식수난을 겪게 되었다. 예부터 물이 귀하기로 소문난 부산포였는데, 일제시대로 접어들어 급격히 인구가 불어나자 그나마 있는 식수원은 평지에 사는 먹고살 만한 자들이 차지했다. 높은 지대에 사는 하층민은 물을 사다 먹는 형편이라 물 한 지게에 2전 하던 게 4전을 주고도 사기 힘들었다. 토막촌 아이들은 10리 넘는 길을 걸어 시약산 계곡물을 퍼다 날랐다.

석주율이 거느리는 아홉 식구 중 장질부사로 둘이 희생되었으나 달포 사이에 다섯 식구가 더 불어나 열두 식구가 되었다. 장님 노인, 중풍에 걸린 노파, 거리에 버려진 소년 고아 셋이었다. 고아도 정상아가 아니어서 티눈박이 애꾸, 다리 저는 불구에, 십이지장충으로 배만 볼록한 영양 결핍증 아이였다. 주율이 부산 거리에 거지로 떠도는 사람들을 모으자면 하루에도 기백 명은 될 터였다. 그러나 거적집 실정과 생활 형편이 그러했기에, 제힘으로 구걸조차 힘든 자만을 선택해 데려올 수밖에 없었다.

여름을 날 동안 석주율은 식수 문제는 뒷전이고 그들을 먹여 살리느라 동분서주했다. 자신이 일의 귀천을 가리지 않고 열심히 뛰기도 했지만 남정네가 짠 가마니를 내다 팔아도 열두 식구 세 끼니 대기가 힘들 수밖에 없었다. 그래서 어떤 날은 저녁 죽조차 굶은 식구를 보다 못해 주율이 대창정 부촌으로 걸식을 나가기도 했다. 대창정 삼정목 스승님 처가에 들르면 사모님으로부터 어떻게 양식을 얻을 수 있었으나 그는 그런 구걸을 자청하지 않았다. 부산에 살며 코앞에 둔 부산감옥으로 스승 면회조차 가지 않는 마당에 사모님에게 손을 내밀고 싶지 않았다. 자신의 출가를 달갑지 않게 여긴 스승에게 환속한 모습을 보이고 싶지 않다는 점이 무엇보다 그의 발길을 감옥과 멀게 했다. 환속 이유가 스승이 원하던 대로 조국 광복에 뛰어들기 위해서였다면 또 모를 일이었다. 그러나 그는 스승이 바라든 바라지 않든 한갓 빈민 구휼자로 나섰으니 스승이, 환속해 뭘 하냐고 묻는다면 대답이 궁할 수밖에 없었다.

여름을 힘들게 넘길 때, 최학규가 작두를 시켜 보내준 햇보리쌀 두 가마는 석주율에게 큰 힘이 되었다. 8월 10일, 나고야, 교토에서 비롯된 쌀 파동에 서민들이 폭도화되자 13일과 14일에는 폭동이 전국 중소도시로 확산되어 쌀 확보를 위한 서민들의 집단 파괴 행위가 절정에 달했다. 그래서 조선쌀은 씨가 마를 정도라 그 파급이 조선 땅 백성에게까지 미쳐 전국적으로 굶어 죽는 자가 속출하는 마당에 보리쌀 두 가마란 금싸라기와 다를 바 없었다.

불볕더위도 9월에 들자 노염을 풀었다. 일본 본토를 휩쓴 쌀 파동이 어느 정도 진정되었다곤 하나, 대한해협을 사이에 둔 관문인 부산부는 전반적인 경기가 시들했다. 석주율이 동분서주 뛰어도 대가족 양식 대기가 힘이 들었다. 기동할 수 있는 자들은 주림을 참다 못해 주율이 집을 비운 사이 다시 걸식에 나섰다. 주율 역시 집으로 돌아오는 저녁 무렵에는 지게를 진 채 동냥 그릇을 들고 이 집 저 집 대문 안을 기웃거렸다. 지겟일도 없는데다 식구가 굶어 죽게 되었으니 식은 밥이나마 보태달라고 통사정했다.

최학규 씨를 한번 더 찾아갈까 어쩔까 망설이던 때, 주율이 생각해낸 사람이 엘릭 목사였다. 서양 선교사들은 배편으로 실어오는 자기 나라 식료품과 생필품을 사용한다 했기에 밀가루를 얼마 정도 얻을 수 있으리라 여겼다. 출감하면 자기를 찾아오라고 일러준 데가 서대신정에 있는 원랑보통학교 옆 예배당이라 했다. 해거름 무렵 그는 변청정(광복동) 삼정목을 거쳐 언덕길을 올랐다. 벽돌 2층 건물에 뾰족한 십자가 첨탑을 세운 예배당은 여염집들 사이에 솟아 있어 쉽게 찾을 수 있었다.

"아니, 석선생 아닙니까." 예배당 뒤 선교사 사택에 들른 석주율을 보고 엘릭 목사가 그의 어깨를 껴안았다.

대청에는 응접의자가 갖춰져 있었다. 엘릭 목사는, 우리 잠시 기도합시다며 그를 맞은편에 앉혀놓고 눈을 감았다.

"믿음의 양식 부족한 조선 백성 불쌍히 여기소서. 선한 백성 야소님 모르고 암흑에서 헤매니 광명한 말씀으로 건져주소서……"

엘릭은 기도를 마치자 석주율의 더벅머리와 넝마가 된 차림을 보곤, 언제 절에서 나왔느냐고 물었다.

"양력 사월에 부산으로 왔습니다." 석주율은 용미산 토막촌에 정착한 뒤 자신이 하는 일을 그에게 대충 설명했다. "……식구가 열둘이나 되어 하루 두 끼니 죽으로 연명하기도 벅찬 실정입니다. 목사님 도움을 받을까 해서 찾아왔습니다. 야소님이 그렇게 하셨듯, 목사님께서 굶어 죽어가는 빈자를 위해……"

"성경책 이 구절 보셨습니까?" 엘릭이『사복음서』책장을 들 쳤다.

"목사님이 찾는 야소님 말씀을 제가 웁니다." 엘릭이「마태복음」에서 인용할 구절을 찾자 주율이 말했다. "내가 주릴 때에 너가 먹을 것을 주고, 목마를 때에 마실 것을 주고, 나그네 되었을 때에 대접하고, 벗었을 때에 옷을 입히고, 병들었을 때에 돌보고, 옥에 갇혔을 때에 와서 보았느니라. 그 의인들이 대답하되, 주여 우리가 어느 때에 주께서 주리시매 공궤하였으며, 목마르시매 마실 것을 드렸으며, 어느 때에 나그네 되시매 대접하였으며, 벗었을 때 옷 입혔으며, 병들었을 때와 옥에 갇혔을 때에 가서 뵈었나이까 하니, 또 임금이 대답하여 말하시되, 내가 진실로 너희들에게 이르노니 너희가 내 동생 중에 지극히 적은 이 하나에게 하는 것이 곧 내게 행함이라……"

"정말로 대단하십니다! 그걸 암기했군요. 맞습니다. 석선생 하는 일 야소님께 하는 일, 바로 그 일입니다. 야소님 말씀 실천하는 사람 석상입니다!"

"야소님 그 말씀이 감명 깊어 암기했습니다. 그러나 부처님께서도 자비행(慈悲行)을 가르치셨고 자리이타(自利利他)의 당위성을 설하셨습니다."

"주님 위해 하는 일, 도와주어야지요. 미국 교단 본부와 내 고향에도 편지 내어 모금운동 벌이겠습니다. 그런데……" 엘릭은 석존의 자비 설법에는 관심을 보이지 않고, 그가 성경 구절을 외운다는 사실에 감동받은 눈치였다. "석선생이 먼저 야소 믿으십시오. 세례 받고 나와 같이 일합시다. 그러면 어떤 도움 줄 수 있습니다."

"야소교를 안 믿으면 도와줄 수 없다는 말씀입니까?"

"그런 건 아니지만…… 야소교 신자 되면 제가 석선생 미국에 보낼 수 있습니다. 공부해서 돌아오면 저와 부흥회 연사로 나서서 조선 백성 많이 주님께 인도합시다."

"목사님, 조선인이 식민지 치하에서 노예 생활을 하는 마당에 야소님만 믿으면 절대 빈곤에서 해방될 수 있습니까? 마음의 화평만으로, 죽은 후 천당에 갈 수 있다는 보장만으로 이 세상에서 천대받으며 살아야 합니까?" 석주율 목소리가 어느덧 높아졌다. 자신이 식민지 치하에서의 광복운동과 등을 돌리고 있음에도 그는 그 말을 서슴없이 지껄였다. 목사의 기도말에도 그랬지만, 조선 백성이 야소를 믿지 않음으로써 암흑에서 헤맨다는 투로 그가 전도에 열을 올리자 서러움이 복받쳤던 것이다.

"조선 광복 하느님이 역사해주실 것입니다. 간절히 기도하면 하느님이 기도 받아주십니다. 무엇보다 야소님 믿어야 기도 하늘에 닿습니다. 조선 백성 모두 야소님 제자가 될 때 조선 광명 찾습니다.

그날까지 석선생, 저와 야소님 도조사 됩시다."

엘릭 목사 말을 듣자, 석주율은 의자에서 일어났다. 자신이 야소교를 믿어야만 동정해줄 수 있다는 그의 말을 수락할 수 없었다.

"좋은 말씀 감사합니다."

"제가 어떻게 도와야 할까요? 어디 삽니까?"

"용미산 토막촌에 살고 있습니다."

석주율은 지게를 졌다. 엘릭 목사는 대문까지 따라나오며, 석상이 꼭 야소를 믿게 되기를 바란다면서, 조만간 거처하는 곳을 찾아가겠다고 약속했다.

사흘 뒤 엘릭 목사는 용미산 토막촌을 방문했고, 그곳 사람들의 비참한 삶을 동정해, 이튿날 인편으로 좁쌀 한 가마와 밀가루 세 포대를 보내주었다.

석주율이 본정통 한길에서 김기조를 만나기는 10월로 접어들어서였다. 관부연락선 편으로 도착한 일본인 이삿짐을 보수정 이정목까지 옮겨주고 오는 길이었다.

"이게 누구요. 백군수 댁 석형 맞지요?" 맞은편에서 오던 김기조가 지게 진 석주율을 알아보았다. 그는 전문학교 생도처럼 검정색 교복에 하이칼라 머리를 했고 윤이 나는 구두를 신고 있었다. "모색이 험해 거진 줄 알고 지나치려 했지."

"오랜만이군요. 그동안 별고 없었습니까."

"환속했다면 집에 통기하고 떠나야지, 임자 찾느라 언양에서 석형 부친이 여길 다녀갔다오. 언제부터 지게질하오?"

"몇 달 됐지요."

"우선 집으로 갑시다. 선화가 임자를 애타게 기다려요."

"집 위치는 알고 있습니다. 다음에 들르지요."

"성깔은 여전하군." 김기조가 혀를 찼다. "배운 사람이 지게질이 뭐요. 관청 앞에 대서방 차려도 입은 살 텐데……"

"어르신 댁 둘째마님 뵈오면 안부나 전해주십시오. 여태 스승님 면회도 못 가뵙고……"

석주율은 총총히 자리를 떴다. 뒤쪽에서, 어디서 먹고 자느냐는 기조 외침이 들렸으나 그는 대답하지 않았다.

그날 저녁, 석주율이 죽으로 끓일 좁쌀 한 되와 재강(술지게미) 두 뭉치, 가마니를 팔아 갚기로 하고 짚단 한 지게를 외상으로 얻어 용미산 언덕길을 올랐다. 토막촌 입구에는 아침에 보지 못한 낯선 팻말이 세워져 있었다.

龍尾山 一帶 土幕家屋 撤去協助의 件.

府廳은 都市計劃違反, 衛生水害問題, 都市美觀上 無斷建築物 不良 土幕家屋을 下記 期限附로 撤去할 豫定이니 居住民은 이에 協助할 事. 陽歷 十二月 三十一日付로 居住民 全員 撤收하지 않을 時 不法家 屋 團束令에 依據 强制撤去 執行할 것임을 警告함.

大正 七年 十月 釜山府廳長 長崎祐郎 白.

그 아래는 작은 글씨로 "上記 設置物을 被壞毁損時는 警察犯處罰 規則法에 抵觸되므로 刑事處罰에 處함"이란 단서가 첨가되어 있었다.

석주율이 자기 거적집 앞으로 가니 저물한 가운데 좁은 앞마당에는 토막촌 주민 여럿이 모여 웅성거리고 있었다. 그들은 주율이 돌아오기를 기다리고 있은 듯, 그를 보자 담당 관리를 만난 것처럼 목소리를 높였다.

"선생님, 엄동 한철에 우리 같은 궁민을 내쫓다니, 그게 말이나 되는 소립니까." "작년에도 여기 토막촌에서 둘이나 얼어죽었는데 어디로 내쫓는다는 말이오. 바다 밑에서 살라는 거요, 하늘에 집을 짓고 살라는 거요." "범일정 조선방직 뒷산 있잖아요. 거기 토막촌과 감천고개에 있는 토막촌에도 방이 붙었답디다. 설도 못 넘기고 엄동 한철에 쫓겨나면 여섯 식구 이끌고 어디서 겨울을 나라는 거요." 분노와 낙담이 저무는 어둠만큼 그들 얼굴에 앙금을 드리웠다.

"부청에 경위부터 알아봐야겠습니다. 부영주택(府營住宅)을 지어 영세민에게 임대해준다는 말도 있던데, 어떤 가구가 입주하는지도 알아보겠습니다. 또 토막민을 도시 바깥으로 격리 이주시킨다는 계획이 있다면, 소재지도 확인해야 되겠고요. 무단철거에 따른 대책을 부청이 세워놓았을 테니, 너무 흥분하지 마세요. 언젠가 철거되리란 걸 여러분도 알고 있잖았습니까." 석주율이 말했다.

"해동될 때까지라도 연기해달라고 말해야 합니다. 겨울이나 나고 떠나야지, 당장 나갈 수 없어요." "부청 앞에서 집단 시위를 합시다. 영창살이 하더라도 그냥 당할 수 없어요. 이래 당하나 저래 당하나 마찬가지 아니오." "철거반원이 닥치면 죽기로 각오하고 싸웁시다!" 주민들 의견이 차츰 강경론으로 옮아갔다.

석주율은 부청과 타협점을 찾아야지 폭력을 행사해서는 안 된다고 그들을 설득했다. 폭력으로 맞선다면 약자가 당하게 마련이었다. 처음은 부청이 고용한 철거반원들이 들이닥치겠지만, 토막민이 집단으로 폭력화할 때면 경찰 병력을 투입할 것이다. 아직 두 달 반 여유가 있으니 여러 점으로 대책을 강구하고 다른 지역 토막민과 유대를 강화하자는 쪽으로 주율이 의견을 수습했다.

석주율이 지겟일은 뒷전으로 밀쳐두고 부청과 정청을 들랑거리며 토막촌 철거에 따른 관의 강경조치를 항의하고, 한편으로 토막민의 딱한 실정에 이해를 구하는 사이 열흘이 후딱 지나갔다. 그동안 그는 범일정 성내(城內), 감천고개, 염주정 산복(山腹), 아미산 대리골, 이렇게 토막촌이 형성된 언덕배기 마을을 찾아다니며 그곳 철거주민들과 대책을 숙의했다. 부청을 상대로 투쟁하자는 쪽과 체념 쪽으로 의견이 나누어졌으나, 해동 때까지는 어떤 난관이 있더라도 버텨야 한다는 데 의견일치를 보았다. 관청 조치나 명령이 떨어지면 사사로운 정에 냉혹했기에 철거가 사필귀정이었으나, 두세 달 연기는 가능하리라 여겼다.

단풍이 지기 시작하는 절기가 되고, 겨울날 양식은 여축분이 없는 가운데, 석주율이 시름겹게 용미산 토막촌으로 돌아온 저녁 무렵이었다. 짧은 해가 지고 사위가 깜깜해졌다. 밤바람이 언덕배기 시든 들풀을 감아쳤다.

"선생님 찾는 분이 와서 두어 점째 기다립니다." 간난이엄마가 분님이와 철거 팻말이 선 동구까지 마중나왔다, 깊은 기침을 콜록이며 말했다. 그네는 여름 한철 동안 맹필이가 잡아온 뱀을 고아 먹고, 석주율이 두부공장에서 콩찌끼를 구해다 먹였으나 폐병에는 별 차도가 없었다. 폐병은 안정과 맑은 공기와 영양 섭취 이외 특별한 치료방법이 없었다. 지난여름 장질부사로 딸을 잃고 슬픔이 얼마나 컸던지 여윈 얼굴이 더 수척해졌다.

"김형, 나요. 기조요." 가을용 외투를 걸친 김기조가 거적문을 들치고 밖으로 나왔다.

"어떻게 알고 오셨어요?" 석주율이 지게를 벗으며 물었다.

"석형이 부산 바닥에 있다면 독 안에 든 쥐지요. 내가 어디 못 찾아낼 것 같소. 속세로 나왔다면 석형이야말로 이런 엉뚱한 짓을 할 임자라 짐작했지요. 내 방금 호박죽 한 그릇 얻어먹고 식대값으로 오십 전 내놓았소."

석주율은 김기조가 최학규로부터 자기 거주지를 알아냈으리라 짐작했다. 그러나 그에게 달리 할 말이 없었고 그가 찾아온 용무도 알 수 없었다.

"석형이 대식구를 지겟일로 먹여 살린다? 그 강단 한번 대단하오. 형편이 이렇게 어렵다면 진작 나를 찾아올 것이지. 소싯적 백립초당 시절을 생각해서라도 내가 어디 가만있겠소. 양식 값이야 보태줄 수 있을 텐데 말이오." 석주율이 말이 없자, 김기조가 너스레를 떨었다.

"무슨 일로 이렇게?"

"내가 여관에 석형이 지게꾼이라고 전하자, 선화가 식음을 놓다시피 해서…… 점쟁이 거사양반, 임자 매제란 작자가 석형 찾아 부산부를 온통 뒤지고 있다오. 형편이 그러니 더 고집 부리지 말고 집으로 가요. 지배인마님이 석형 딱한 처지를 안다면 쌀말값에라도 보태라며 선심 써줄 거요."

"알겠어요. 지금 김형을 따라나서기엔 무엇하고…… 일간 한번 들르겠습니다."

"일간 들르다니? 오늘도 선화가 나서려는 걸 내가 대신 왔다오. 소경이 지팡이 짚고 오르막까지 거동해야 심기가 편하겠소?"

"알겠습니다. 내일 틈을 내겠습니다. 길안여관이란 간판을 지나다니다 봤습니다."

"고집 한번 알아줘야겠소." 김기조는 하는 수 없다는 듯 외투 자락을 펄럭이며 땅거미 내린 언덕길을 내려갔다.

봄철부터 똥오줌을 퇴비 삼아 가꾸어와 머리통 두 배는 되게 익은 호박을 수확하기가 며칠 전이었다. 모두 서른두 덩이여서 토막촌 가구마다 두 덩이씩 나누어주고 나머지는 겨울용 양식감으로 여투어두려 했다. 그러나 당장 때거리가 없으니 간난이엄마가 저녁끼니로 호박죽을 끓인 모양이었다. 석주율은 등잔불 아래 호박죽을 먹으며 김기조가 했던 말을 되새겨보았다. 기조는 백운을 매제라고 호칭했으니 선화가 그의 처가 되었음이 분명했다. 백운은, 선화가 비록 머리는 없었지만 혼례할 마음이 없는 모양이라고 말했으나, 몇 달 사이 선화가 그의 처로 앉은 모양이니 사제지간이 부부 관계로 발전된 셈이리라. 한편, 기조가 말한 지배인마님은 삼월이를 지칭함이 틀림없었다. 선화를 만나러 간다면 필경 삼월이를 다시 만날 터였다. 지난날 태화강변에서의 오해를 떠올리자 그네를 만날 일에 부끄러운 마음이 앞섰다. 그러나 자신이 그네에게 죄지은 적이 없고, 오해에 따른 용서는 그 자리에서 구했기에 그네를 피할 이유가 없었다. 아직도 오해가 풀리지 않았다면 지금이라도 용서를 빌어야 마땅했다. 사람과 사람이 만나는 일을 애써 피함은 그 사이에 원한이나 미움의 장벽이 가로놓여 있기 때문이었다. 그런 장벽을 무너뜨림이 곧 자비요 사랑이리라. 표충사에서 강형사를 만났을 때 그에 대한 미움을 씻어냈듯, 만약 삼월이가 그런 감정을 가졌다면 자신이 맺힌 매듭을 풀어주어야 함이 배운 자의 도리리라 여겼다. 서책 읽고 참선했다면 그런 도량쯤 가져야 하고, 이 바닥에 발을 들여놓았다 함은 인욕의 닦음이 중요하듯, 호오를 구별짓는 감정을 순치시켜 더 높은 너그러움 또한 사람이 갖추어야 할 인격이었다.

석주율이 길안여관에 들르기는 이튿날 아침 열시쯤이었다.

"여기 선화라고 있지요?" 석주율은 물지게로 양동이 물을 져다 나르는 봉술이를 길안여관 문 앞에서 만났다.

"선화는 왜 찾소?" 석주율의 빈 지게 진 추레한 차림을 훑어보며 봉술이 물었다.

"선화 오라비 되는 사람입니다."

"안으로 들어와요."

석주율이 여관 옆으로 트인 일각대문으로 들어서며 지게를 대문 안쪽에 벗어놓았다. 안채 마당에서 잠방이 바람으로 역기운동을 하던 김기조가 주율을 보았다.

"선화야, 오매불망 그리던 네 오라버니 오셨다!"

김기조가 외치자, 안방 문부터 열렸다.

"어진이로구나. 오랜만이다." 비단 치마저고리를 차려입고 구슬로 짠 손가방을 든 홍이엄마가 마루로 나서며 말했다. 그네는 갓저고리에 긴치마를 입었는데 노리개에 금지환을 꼈고, 반듯하게 빗은 머리에 용잠을 꽂고 있었다. 칠보단장해 외출에 나선 그네 매무새가 눈부셨다.

"오, 오랜만이군요." 석주율이 말을 더듬었다. 길안여관으로 오며 삼월이를 담담하게 대하리라 마음먹었건만 막상 그네를 보자 당황해하고 말았다.

"너 얘기를 기조 편에 들었다" 하더니, 홍이엄마가 미소를 머금고 말했다. "내가 너보다 나이가 한 살 위니 말을 낮추어도 무방하겠구나. 거지촌에서 어렵게 산다니 그동안 대창정 둘째마님이며 누이 찾을 면목도 없었겠지. 옛적 울산 시절 삼월이야 만나고 싶지도 않았겠고."

석주율은 마당으로 나선 선화를 보았다. 그네는 장독대 앞에 오도카니 선 채 두 사람 말을 듣고 있었다.

"마님, 오늘도 본정통으로 납십니까?" 김기조가 알밴 가슴팍과 굵은 팔뚝을 자랑하느라 두 팔을 힘차게 벌리며 홍이엄마에게 물었다.

조익겸이 본정통 일정목 큰길에 신축 중인 요릿집이 완공 단계에 이르러 그네는 날마다 그쪽으로 출타하고 있었다.

"너는 힘이 남아돌면 날씨 더 춥기 전에 뒤란에 쌓인 장작이나 패려무나. 장작 패는 일도 운동 아닌가."

"마님, 모르시는 말씀입니다. 장작 패는 삯꾼이 어디 제 상체처럼 근육 균형이 잡혔습디까. 체력 가꾸기에는 체계적인 운동이 필

요해요. 장작패기는 몸을 망치는 노동이지만, 역기와 아령운동은
그게 아닙니다. 체조책에 다 있어요."

"너는 말끝마다 책타령이로구나."

"제가 어제 말씀드렸잖습니까. 석형이 떼거지와 함께 살며 지
게질하니 장작 패는 일은 석형한테 맡기십시오. 삯전 후하게 주
면 누이 좋고 매부 좋다고, 석형과는 옛적에 동기간처럼 지냈다니,
그게 바로 상부상조 아닙니까."

"점심 먹고 들어올 테니 그리 알거라. 기조는 홍이 학교 갔다 오
면 숙제 봐주고 예습도 시켜."

홍이엄마는 치마귀를 모아 쥔 채 대문께로 걸었다. 그네는 장작
패는 일감을 주율에게 맡기자는 기조 말을 듣자 귀가 즐거웠으나
그로부터 거절당하는 망신을 살까봐 언질 주지 않았다. 어진이에
게 만약 장작 패는 일감을 맡긴다면 자신은 그를 부리는 입장에서
유유자적 그를 대할 수 있었다. 자신의 구애를 거절한 데 따른 앙
갚음으로 그가 어디까지 참아내나 능멸도 줄 수 있으리라. 어진이
가 중이 되었다는 말을 듣고부터 그에게 품었던 처녀 적 그리움도
시들어지고 말았으나 자신을 버린 데 따른 복수심만은 아직 그네
마음 한 귀퉁이에 불씨로 살아 있었다.

"오빠, 제 방으로 들어가요."

석주율이 선화를 따라 방으로 들어갔다. 물금댁과 복례는 아침
일찍 빨랫감 챙겨 물값을 셈쳐 받는 공동우물터로 나가고 없었다.

"오빠가 절에서 나왔다는 말은 언양 고하골 한식 성묘 다녀온
둘째마님 편에 들었습니다. 표충사에서 스님 두 분이 고하골 집으

로 찾아와 주율스님 거처를 모르냐고 물어, 집에서도 그제야 오빠가 절에서 나온 줄 알았답니다."

"아버지가 여기까지 다녀가셨다며?"

"그런 일은 없었습니다. 열흘 전인가, 기조 씨가 오빠를 길에서 우연히 만났다는 말을 듣고, 제가 사람을 풀어 찾았지요. 그래서 오빠 거처를 알게 되었습니다."

선화는 백운역술소로 가는 길에 신시장에서 늘 만나는 떡장수 아주머니께 오빠를 수소문해달라고 부탁했던 것이다. 오빠가 지게품 파니 산동네 사람들에게 물으면 찾을 수 있을 거라고 말했다. 떡장수가 장바닥 행려자와 부랑아들에게 수소문해, 전직이 스님으로 스물네댓 살 된 지게꾼이 용미산 토막촌에서 행려병자들과 함께 생활함을 알아냈다. 선화가 복례에게 그 말을 전하고 그네를 앞세워 오빠 처소로 나서던 참에, 복례가 제 오빠에게 선화 말을 귀띔했던 것이다.

스승으로부터 기공법을 배운 뒤부터 앉음새가 더 꼿꼿해진 선화가 오빠를 앞에 두고 입 다물고 있자, 석주율이 말을 꺼내었다. 그는 자신이 토막촌에서 여러 식구와 함께 살기로 마음먹었던 경위부터 털어놓았다.

"……앞으로 내 운명이 어찌될는지 모르나 나는 절에서 나오며, 이 세상에서 버림받은 사람들과 함께 살기로 결심했다. 내가 작은 서방님 아래 학문을 배우고, 출가해 부처님 경전을 읽고, 어쩌다 이태 동안 옥살이를 겪은 끝에 얻은 결론이 그러했다. 내가 갈 길은 학문 길도, 득도 길도, 광복운동에 나설 혁명가 길도 아니다.

그 도정에서 일가를 이루기에 나는 부족함이 많은 인간이다. 나는 그저 이 세상 가장 낮은 곳으로 내려가 그곳에서 육신고로 신음하는 사람들과 함께 내 능력이 닿는 한 그들을 도우며 살기로 결심한 것이다. 어려움도 많고 지금도 어려움을 겪고 있다. 낙담할 때도, 서러울 때도, 너무 힘이 들어 혼자 운 적도 있다. 그러나 어떤 난관도 참고 나아가야 한다고 다짐하지. 하늘님은 나의 그런 싸움을 도와주실 거라고 나 스스로에게 최면을 걸기도 한다……" 석주율이 말할 동안 선화 얼굴은 아무런 변화가 없었다. "그럼 가겠다. 오빠는 그렇게 살아갈 테니 내 걱정 말고 네 앞길 잘 닦아라." 석주율이 자리에서 일어섰다.

"오빠가 하는 일, 제가 무어라 말할 수 있겠어요. 명예의 길도, 치부의 길도 아닌 길로 나선 뜻만 깨달았어요. 건강에 유념하시고…… 편히 가십시오." 선화 마지막 말은 목소리가 젖었고, 그네는 꼿꼿이 앉은 자세로 오빠를 보냈다.

석주율이 마당으로 나서자, 김기조는 외투 걸치고 안채 마루에 다리 포개고 앉아 담배를 피우고 있었다. 그가, 석형 나 좀 봅시다 하며 주율 쪽으로 걸어왔다. "석형, 내가 지배인마님께 잘 말씀 드릴 테니 뒤란에 쌓인 장작을 몽땅 패주구려. 여관방이 아홉 개에 안채까지 합치면 아궁이가 모두 열두 개라, 겨울이면 방방마다 군불 지피는 일도 여간 고역이 아니라오. 그러다 보니 장작이 엄청 들지요. 아직 서너 바리를 더 들어와야 할 텐데, 석형이 수고해준다면 내가 다른 품꾼을 쓰지 않겠어요. 보름 정도 장작 패면 아마 석형이 거느린 토막촌 식구들 겨울날 죽값은 될 거요. 지배인마님께서 옛 정리를 생각해서 삯전도 후하게 셈쳐주실 테고. 그 점 하나는 내가 보장하겠소."

"말만 들어도 고맙습니다……"

석주율이 말을 망설이는 사이 선화 방에서, 오빠 그 일을 맡지 마세요 하는 그녀의 낭랑한 목소리가 떨어졌다.

"허허, 그 무슨 망발인가. 오라비 손재수에 장작 패지 말라는 점괘라도 나왔단 말인가. 모처럼 내가 선심 쓰려는 판에 계집이 나서서 다 된 밥에 코를 풀어." 김기조가 선화 방을 흘겨보았다.

"일을 맡겨주면 열심히 하겠습니다."

석주율은 누이 말을 꺾고 싶은 반감에서가 아니라, 김기조 말에 쉬 결정 내렸다. 부정직한 짓이라면 몰라도 열심히 일해서 버는 돈에 청탁을 가릴 필요는 없었다. 이제 달포만 지나면 용미산 토막촌에서도 쫓겨날 처지인데, 월동할 입살이 걱정에 새 거처를 마련하자면 돈 되는 일은 무엇이든 발벗고 나서야 할 처지였다. 그일이 비록 삼월이가 시키는 일이라고 못할 게 없었다. 남정네 몸통 주무르는 마사로 여관살이 하는 자기 꼴을 보이고 싶지 않아서인지, 아니면 자기 앞에서 품꾼으로 일하는 오빠를 보아내기 곤욕스러워 선화가 그런 말을 했다면, 자신이 선화의 용렬한 마음을 타이를 말도 있었다. 그러나 주율 말에 선화는 토를 달지 않았다.

"그럼 내가 지배인마님 승낙을 얻어놓지요. 내일부터라도 일을 시작해주시오. 한때는 여관 안내원으로 지냈지만 이제 내가 이 집 서생 노릇을 겸하니 내 말이라면 지배인마님이 들어주게 되어 있소. 그럼 나가지요."

김기조와 석주율은 대문 쪽으로 걸었다. 주율이 지게를 지고 한길로 나서자, 기조가 말했다.

"난 약속이 있어서 가겠소. 오전에 미나미우라 동패들을 만나야하고, 청춘사업도 바쁘고, 오후 되면 또 지배인 애들 가르쳐야 하니…… 하루를 서른 시간으로 쪼개어 쓴다 해도 모자랄 지경이오. 그럼 내일 아침에 봅시다."

김기조가 손을 흔들며 부두거리 쪽으로 내려갔다. 석주율은 그와 반대편 길을 걸었다.

그날 저녁 해거름 무렵, 길안여관 봉술이가 고구마 한 가마와 좁쌀 한 가마를 지게꾼에 짐 지워 토막촌으로 올라왔다. 석주율은 그때까지 돌아오지 않았다. 석씨 누이 되는 분이 보냈다고 전하면 된다며 가마를 거적집 앞에 부려놓고 떠나며 봉술이가 간난이엄마에게 말했다.

이튿날, 아침 일찍 석주율은 길안여관으로 갔다. 거적집 식구는 해 떠오르면 아침밥을 먹건만, 길안여관은 주율이 도착한 그때서야 밥상이 방으로 들어가고 있었다. 주율은 지배인 우억갑에게 인사부터 차렸다.

"안사람이 나한테 시집오고부터 석씨 말을 누차 들어왔으나 이제야 상면하게 되었군. 집안일을 도와주겠다니 힘써 해봐. 품삯은 안사람이 후하게 쳐줄 거야." 우억갑이 복례가 들고 오는 밥상을 받으며 마당에 선 석주율에게 말했다.

방안에는 홍이엄마가 화장대 쪽에 돌아앉아 있었고, 그네 두 자식은 바깥을 내다보기만 했다.

"날 따라오슈."

김기조가 석주율을 뒤란으로 데리고 갔다. 담장을 따라 아름드리 통나무가 집채만큼 켜켜로 쟁여 있었다. 어느 깊은 산에서 베어내었는지 사오십 년은 실히 자랐을 적송이 소달구지로 대여섯 바리는 되었다.

"품삯은 한 바리에 사 원씩 쳐주기로 일차 약속했어요. 품꾼을 댄다면 삼 원만 줘도 서로 맡겠다고 나서겠지만, 지배인마님이 석형을 특별히 봐준 거니 그리 아시오. 글피쯤 서너 바리 더 들여놓을 테니 보름 일감은 충분할 것이오."

"고맙습니다."

"석형, 한마디 물어봅시다. 도대체 왜 병신과 거지를 모아서 사오? 중질 그만둔 것이야 적성에 맞지 않아 그렇다 치고, 석형이 지금 하는 일이 너무 엉뚱해서 묻는 소리요."

"그런 일 하라는…… 하늘의 뜻이겠지요."

"고문으로 정신이 나갔다 돌아왔다더니, 그 탓인가?" 김기조가 머리를 갸우뚱하더니, 사무적으로 지시했다. "도끼와 징은 저기 광에 있소. 그리 알고, 중참과 점심밥은 물금댁이 차려줄 것이오. 그럼 일을 시작하시오."

석주율은 광에서 녹슨 도끼와 징을 꺼내왔다. 그는 굵기가 머리통만한 통나무를 받침나무 삼아 나무를 패기 시작했다. 백군수 댁 시절 월동용 땔나무는 주로 중형이 팼다. 나무 패는 차봉이형을 더러 거들기는 했으나 솜씨가 형만큼 시원치는 않았으니, 도끼로 한 번 내리쳐 쪼갤 나무를 그는 서너 차례 내리쳐야 갈라놓곤 했다.

힘도 모자랐고 요령도 부족했다. 결을 알아 나무 이마를 정통으로 맞추어야 하고, 도끼날이 곧게 박혀야 통나무가 결 따라 한 번에 벌어졌다.

석주율은 징을 박지 않아도 팰 수 있는 중치 통나무부터 패어나갔다. 근간에 비가 없었고 나무가 잘 말라 패기가 수월했다. 한참을 패자 얼굴에서 쏟아지는 땀으로 연방 찝찔한 눈을 훔쳤다. 수건을 차고 나오기를 잊어, 수건을 빌렸으면 좋으련만 누구도 뒤란을 들여다보지 않았다. 선화는 오빠가 온 줄을 알 텐데 무슨 심사인지 얼굴을 내밀지 않았다. 양식을 보내줘 고맙다는 말을 하려 해도, 하지 말라던 일감을 맡아 부득부득 나섰다 보니 토라졌는지 알 수 없었다.

"어진이오빠 안녕하세요."

석주율이 일손을 멈추고 돌아보니 복례였다. 뒤쪽에는 홍이엄마가 서 있었다. 스무 살 넘겨 성숙한 처녀가 된 복례는 미색 겹저고리에 물색 긴치마를 입고 있었다. 아직 머리는 땋았는데, 옛적 시골 땟물을 벗어 얼굴이 훤했다.

"저 땀 좀 봐. 수건하고 장갑 한 켤레 있어야겠어요. 장작 패자면 금세 손바닥에 물집이 잡힐 텐데." 복례가 말했다.

"괜찮습니다. 내일 준비해 오지요."

"어진아." 외출복으로 차려입은 홍이엄마가 나섰다. "기조가 보름간 말미를 줬으나 열흘 안으로 일을 끝내. 새로 들여다놓을 세 바리 통나무까지 몽땅. 바리로 셈쳐주려 했으나, 내가 일당으로 셈을 쳐주겠다. 지게질한다니 자네 하루벌이가 얼만 줄 대충 짐작

간다만, 하루 얼마를 쳐주랴?"

"주시는 대로 받지요."

"너도 보다시피 여기는 내지인 신사 숙녀분들 출입이 잦고 하니 내일 올 때는 절어빠진 옷으로 오지 마. 거지떼하고 같이 살며 동냥질에 제격인 누더기 입고 감히 어디를 출입하겠다고." 홍이엄마가 맵게 말하곤 석주율이 대답할 짬도 없이, 어서 가자며 복례를 채근했다. 요릿집을 개업하면 복례를 기생으로 앉힐 속셈에 그녀를 금반학교에 보내어 범절이며 가창을 연습시키고 있었던 것이다.

석주율은 홍이엄마 말대로 누덕누덕 기워 입은 겹저고리까지 벗고 소매 없는 무명 잠방이 차림으로 쉴 짬 없게 부지런히 장작을 팼다. 고문 후유증 탓인지 옆구리와 어깨가 결리고 바늘로 가슴을 찌르는 듯한 통증이 왔으나 그는 멈춤 없이 도끼를 휘둘렀다. 일의 능률과 양을 가늠해보더라도 열흘 말미라면 쉴 짬이 없었다. 손바닥에는 낮을 못 넘겨 물집이 잡히고 잡힌 물집이 터졌으나 개의치 않았다.

열한시쯤, 물금댁이 국수를 삶아 내어왔다.

"저는 점심 먹지 않은 지 오래됐습니다. 점심참은 일 끝낼 때쯤 주십시오." 석주율이 중참을 거절했다. 수건이 있으면 빌려달라해서 땀을 닦았다.

선화가 뒤란으로 들어오기는 오후 서너시쯤, 해가 설핏 기울고 바닷바람이 차가워졌을 무렵이었다.

"장작 패는 소리가 쉴 틈 없던데 너무 무리하지 않습니까. 오빠 몸이 정상적인 사람과 다르다는 걸 알잖아요."

"그렇잖아도 막상 일을 해보니 몸이 예전 같지 않구나. 그러나 우리 식구가 겨울을 나자면 내가 잠시라도 쉬어선 안 돼. 차츰 몸이 풀리면 익숙해질 테지."

석주율이 목에 걸친 수건으로 땀범벅이 된 얼굴을 훔쳤다. 나무의 향긋한 내음이 콧속에 스며들었다.

"오빠가 앞으로 불쌍한 분들을 구휼하자면 자그마한 기반이 있어야 할 겁니다. 그들을 굶기지 않으려 오빠가 끼니거리 찾아 동분서주하는 데도 한계가 있겠지요. 품삯 일이 고정적 수입이 안 되고, 동절기에는 일감 찾기도 쉽지 않겠죠."

"나도 알고 있다. 그래서 여러 궁리를 하는 중이다. 가마니짜기를 시켜보아도 그 일 할 수 있는 이는 세 분이고, 나머지는 병자에 불구자라 동냥 얻어오기도 힘든 처지야."

"당분간 제가 양식을 보조해드릴게요."

"말만 들어도 고맙다. 네가 어제 보내준 양식이야말로 백만원군이라, 네게 무어라 인사 차려야 할지 모르겠구나."

"저 역시 소경이라 빈자나 육신고 겪는 자의 구휼에는 관심이 많습니다. 오빠를 위해서 한 일이 아니니 부담 가지지 마세요."

선화가 말을 마치곤 몸을 돌렸다. 통나무에 앉아 잠시 쉬었던 석주율은 다시 일에 매달렸다.

석주율이 장작패기를 시작하고 일주일 사이, 백운과 대창정 작은마님 조씨가 길안여관에 한 차례 다녀갔다. 백운은 석주율이 빈민 구휼사업을 벌였음에 대해, 역시 석형은 남다른 데가 있다며 결단을 내리기까지의 고충을 이해한다고 말했다. 그러나 자기 판단으로는 석형이 보다 큰일을 도모할 수 있는데 어려운 짐을 져 성과는 적고 영육은 고달파, 가는 길이 가시밭길이라고 거사답게 충고했다. 조씨는 석주율이 거지와 병신들과 함께 산다는 말을 듣고, 부처님 자비 실천을 행하는 고행이 어떠하겠냐며, 이튿날 반빗아치를 시켜 겨울 솜옷 한 벌과 돈 10원을 보내주었다. 복례는 금반학교에서 돌아오는 길에 떡이며 순대 따위를 사와 주율에게 주었다. 그녀는 주율이 하는 일에 방해가 될 정도로 현장을 떠나지 않고 군사설을 재재거렸다.

"기조오빠가 좋은 취직 자리도 구해줄 수 있다던데 왜 구질구질한 일을 하세요?" "나도 일류 기생이 되기 전에 기둥서방을 봐둬야 하는데, 세상 남정네는 모두 도둑놈 같아 믿을 자가 있어야지요." "어진이오빠, 밤에 시간 낼 수 있어요? 저랑 역전거리 곡마단패 구경 가요." 복례가 분내를 풍기며 이런 말을 할 때, 석주율은 할 말이 없었다. 그네는 선화에 관한 다른 소식도 전해주었다.

"선화언니가 역술을 배워 조만간 점바치로 나앉으면 마사 일도 걷어치울 작정인가 봐요. 그렇게 되면 선화언니가 거사 양반 소실로 들어앉게 되겠죠. 소실한테 돈벌이시키고 자기는 팔도 유람이나 다니려고, 선화언니한테 수업비도 안 받고 몇 년째 역술을 배워주고 있지요."

그들에 비해 흥이엄마는 석주율을 볼 때마다 한마디씩 심통스런 주문을 하곤 했다. "나무를 허실 없이 패야지. 불쏘시개는 갈비가 따로 있는데 왜 조각을 만드냐." "나무 다 패곤 저기 김장독 묻을 구덩이 세 개만 파놓고 가라고." "봉술이 놈이 또 꾀를 부리는구나.

물 세 지게만 길어다 놓아." 이런 과외 부탁은 얼마든지 들어줄 수 있었으나 무슨 원한이 깊은지 그의 비위를 틀어놓겠다고 종 부리 듯 훈계하는 소리만은 그를 당황케 했다. "편한 중질 걷어치우고 대처로 나왔다면 세상 사는 눈썰미쯤 있어얄 게 아냐. 지배인나리님 거동하시는 기척이 있으면 앞마당으로 나와 인사 차릴 줄도 모르냐!" "일솜씨가 그래서야 평생 빌어먹기 알맞을 팔자야." "이런저런 내 잔소리 듣기 싫으면 오늘이라도 일 걷어치워. 그동안 일한 삯전은 기조한테 쳐보낼 테니." 석주율은 그럴 때마다 인욕이란 말을 떠올렸다. "시키는 대로 하겠습니다." "조심하겠습니다." "원래 비위성이 없어 결례했나 봅니다." 석주율은 직수긋하게 대답하며 머리를 조아렸다. 그러면 홍이엄마 쪽에서도 주율 말에 더 닦달질할 건수를 찾을 수 없었다.

석주율은 홍이엄마의, 싸우려고 덤비는 듯한 뽐냄을 볼 때마다 백립초당 시절에 읽었던 『장자』의 「달생(達生)편」 중의 한 일화를 떠올렸다. 기성자(紀成子)라는 신하가 제왕(齊王)을 위해 싸움닭을 기르는데 열흘 만에 왕이 "싸울 만한 닭이 되었는가" 하고 묻자, "아직 멀었습니다. 지금 건성으로 사나운 척하며 제 기운만 믿고 있습니다" 하고 기성자가 대답했다. 열흘이 지나 또 왕이 물으니, "아직 안 됩니다. 다른 닭 소리만 듣거나 모양만 보아도 덤빕니다" 했다. 또 열흘 만에 왕이 물으니, "아직 안 됩니다. 다른 닭을 보면 눈을 흘기고 기운을 뽑냅니다" 했다. 다시 열흘이 지나 왕이 물으니, "이제 거의 되었습니다. 다른 닭이 소리치며 덤벼도 태도를 조금도 변치 않아 나무로 깎은 닭과 같습니다. 그래서 닭의 덕(德)이

온전해져 다른 닭이 감히 덤비지 못하고 달아납니다" 했다. 참음
에는 사람 역시 그 경지에 이르러야 함을 석주율은 깨달았고, 성
경에서도 상대가 오른쪽 뺨을 치면 왼쪽 뺨마저 대어주라는 참음
에 이르러야 참사랑의 실천임을 강조했던 것이다.

어느 날, 지배인마님의 수모를 견디는 오빠가 딱했던지 그네가
외출하자, 선화가 뒤란으로 건너와 주율에게 말했다.

"오빠야말로 기자(箕子)가 폭정으로 백성을 다스리자 유리유수
(唯里幽囚)의 어려운 난국을 이겨내는 문왕(文王)과 같구려. 그러
나 문왕은 뒷날 명덕한 군주에 올랐지만 오빠는 몇 톨 양식을 구
하려 굴욕을 참고 참으니 참으로 대단한 겸손입니다. 저야 눈뜬
소경이라 그러하다지만 오빠를 늘 선망해온 저로서는 마님 꾸중
듣는 오빠를 느낄 때마다 제 마음이 찢어질 듯 아픕니다." 선화가
주율에게 한 고사는, 백운이 그녀를 제자로 받아 풀이해준 주역
괘의 운세로 '명리(明夷)'였다. 선화 말을 듣자 석주율은 그제야
자신의 장래 포부를 밝혔다.

"네 마음을 나도 안다. 토막촌은 어차피 철거를 면치 못할 터라
나도 식구 끌고 어디로든 거처를 옮겨야 한다. 부청으로 들랑거리
기 여러 차례, 겨우 높은 관리로부터 얻어낸 답이, 내년 양력 이월
말까지 철거를 연기하는 허락을 받아냈으니 엄동 한철은 버틸 수
있게 되었다. 그러나 나는 우리 열세 식구를 이끌고 동절이 오기
전에 용미산 토막촌을 떠나기로 했다. 일이 잘 풀릴는지 속단할
수 없으나 장작 패는 일이 끝나면 울산 범서면 갓골 함명돈 숙장
님을 찾아가려 한다. 내가 작은서방님 모시고 동운사 옆 초당에서

지낼 때 그분을 자주 뵈었지. 그분은 향리에서 예배당과 야학서당을 열고 계셨다. 울산 광명서숙이 일 년 동안 폐교 처분을 받았지만 이제 서숙 문도 열었을 테다. 내가 스승님 서찰 심부름으로 갓골 함숙장님 댁을 나다닐 때, 숙장어르신 댁 뒷산 중턱에 넓은 잡목지가 버려져 있음을 보았다. 그 더기는 개간이 가능한 땅이므로 숙장어르신을 뵙고 그 땅을 차용해볼까 한다. 누대로 놀려둔 잡초 무성한 땅이라 특별히 반대할 이유가 없으실 듯하니, 그 땅을 빌리면 식구를 데리고 더 춥기 전에 솔가할까 한다. 땅이 얼기 전에 농막 몇 채라도 지어야 할 테니깐. 개간을 하자면 고생이야 되겠지. 그러나 겨울절기가 다섯 달에 이르는 저 북지 북간도로 들어갔을 때, 조선 이농민이 그 허허벌판 황무지를 개간해 옥답으로 만든 것을 보았다. 정착 초기에는 엄청 노력이 필요하겠으나 나는 그 일을 해낼 수 있다. 한편, 함숙장께서 야학당을 아직 열고 계신지 어떤지 모르지만 문맹자들에게 글도 가르치고 싶다. 내가 체계적인 신학문을 익히지 못했지만 한글과 한문, 사서삼경쯤은 가르칠 수 있다. 만국 지리와 역사도 웬만큼 익혔으니 얘기 삼아 들려줄 수 있고. 그렇게 되면 네가 말한, 참으로 딱한 이런 처지를 면할 수 있을 게 아닌가. 아니, 나는 지배인마님의 하는 말씀에 불만이 없고, 응당 들어야 할 말씀을 들으니 그저 내가 못나 그러려니 반성할 따름이다. 이 일을 하는 덕분에 대창정 사모님으로부터 십원을 얻는 은전을 입었고, 열흘 품삯을 받으면 식구와 함께 죽 끼니로 어떻게 해동을 맞을 것 같다."

석주율의 말에 선화 얼굴이 상기되더니, 몸을 돌렸다.

석주율이 장작패기를 열흘 만에 끝내는 날 저녁 나절, 그는 안방으로 불려갔다. 우억갑은 흥복상사에서 돌아오지 않았고 홍이와 필이는 한길로 마을 나가고 없었다. 석주율은 홍이엄마로부터 20원을 받았다. 주율은 그동안 스스로 얼마나 일을 독려했던지 온몸이 돌덩이처럼 굳었고 오금이 당겨 걷기가 불편했고 어깨와 허리가 결려 잠자리조차 모로 누워 잘 수 없을 정도였다.

"그동안 수고가 많았다. 열심히 일하는 네 모습이 예전 백군수 댁 시절 행랑머슴 시절을 보는 듯했다." 석주율을 만난 이후 처음으로 홍이엄마 목소리가 다정했고 입가에 미소를 머금었다.

"고맙습니다. 모두 지배인마님 베푸심 덕분입니다."

"넌 언제까지 고아들과 병자와 함께 지내려는가?"

"어느 고마운 분이 맡아주지 않으면, 제가 그들을 버리는 일 또한 없을 겁니다."

"내가 좋은 일자리도 마련해줄 수 있는데, 어떠냐?" 석주율이 대답하지 않았다. "해동이 되면 부산서 가장 큰 요릿집이 개업하게 되지. 네가 원한다면 어르신 나리님께 말씀드려 서무 일을 보게 해줄 수 있다. 깨끗한 서양 복장으로 책상에 앉아 사무 본다면 훨씬 어울릴 텐데?"

"말씀은 고마우나 저는 제 길로 가겠습니다."

홍이엄마는 그를 더 붙잡을 수 없다고 생각했다. 능멸을 주어도 반발하지 않고 좋은 일자리를 준다 해도 마다하는 그를 더 어찌할 수 없었다. 마음속에는 아직도 그에 대한 미련이 남은 탓일까. 그네 입에서 나직한 한숨이 새어나왔다. 이제 그의 몸을 탐할 마음까지 생기지 않는데, 그를 옆에 두고 볼 수 없음이 안타까웠다.

"내가 네게 너무 박정하게 대하지 않았나 모르겠다. 용서해다오. 태화강변에서 너와 마지막 만남이 내게는 너무 서러웠고 아직도 그 한이 풀리지 않았던 모양이다. 이제는 정말 없던 일로…… 잊고 살아야겠구나."

"죄송합니다. 그때는 제가 사리분별력이 없었던가 봅니다. 이제 한을 푸십시오. 그리고……" 석주율은 말문을 닫았다. 그네를 환상으로 그리며 정욕을 불태운 지난날이 소롯이 살아나, 그는 그 죄까지 사죄할 뻔했다. 다시 그런 망상에 젖지 않을 테니, 그네가 성의 대상으로 머릿속에 지워진 지도 오래였다. 경찰서에서 여러 차례 전류를 성기에 직류 시킨 탓인지 자지는 늘 옴츠러졌고 새벽에 잠자리에서 눈을 뜨면 오줌이 찼는데도 성기는 풀죽어 있었다.

"우리는…… 전생에 인연이 없는가 보구나. 그만 물러가거라." 홍이엄마는 돌아앉고 말았다. 어깻죽지 잡고 그의 앙가슴을 속 시원히 때려주고 싶었으나, 그는 자신과 다른 세계에서 살고 있었다. 쳐다보아야 할 해탈의 자리에서, 한참 내려다보아야 할 시궁창으로 떨어졌음에도 그는 아직 범접 못할 상태로 홀로 있었다.

"우리 선화 잘 거둬주시고, 대창정 마님도 서방님 석방되실 때까지 안녕하십사고 안부 전해주십시오." 석주율이 안방에서 나왔다.

이튿날, 석주율은 동살이 부옇게 터오자 울산으로 나섰다. 서리 내린다는 상강 절기 지나 입동 절기를 앞두고 있어 벼 베기 철도 끝이나, 들녘은 그루터기만이 휑덩그레 남아 있었다. 길가에는 들국화와 쑥부쟁이가 소담하게 피었고 가없이 높은 하늘에는 따뜻한 지방으로 내려가는 나그네새 떼의 우짖음이 시끄러웠다.

"추수해도 남는 게 있어야지. 올해 겨울을 어이 날꼬.""천지개벽되어 다른 세상이 와야지. 짐승만도 못한 명줄 잇기, 이렇게 살 바에야 차라리 죽는 게 낫지.""조선이 광복되지 않는 한 백의민족은 왜놈 종 팔자를 영원히 못 면해.""우리도 북지로 떠나야 할까봐. 빚더미에 앉다 보니 야반도주하는 궁민이 고을마다 속출한대." 석주율이 마을 고샅길을 지날 때, 타작마당을 거쳐갈 때, 야산을 넘을 때, 만나는 농민마다 푸념이 늘어졌다. 고추를 말리거나 밀을 말리며, 땔나무를 해오거나 도토리를 주어 오며, 짚뭇으로 둥우리를 만들며, 그들은 끼리끼리 장탄식을 늘어놓았다.

석주율이 울산 읍내에 도착했을 때는 짧은 해가 지고 어둠이 내린 뒤였다. 광명서숙을 찾아보아야 함명돈 숙장은 퇴근했을 테니 있을 리 없었다. 그는 읍내에서 시오리 길인 범서면 갓골 함숙장 자택까지 선걸음에 들어가기로 했다.

함명돈 숙장 자택은 스물네 칸 골기와 집으로, 구영리 일대에서는 세가를 형성하고 있었다. 양근 함씨 윗대에 과거 급제자가 많이 났고, 그 역시 일찍 한양으로 올라가 신학문을 깨쳐 『한성순보』 기자에 수민원 역관까지 지낸 신분이었다.

솟을대문이 열려 있어 석주율이 집안으로 들어섰다.

"숙장어르신 계십니까?"

"이게 뉘십니까. 어진이 형님이 웬일이세요. 어디서 이렇게 납시는 길입니까?" 석주율을 맞은 이는 김수만이었다. 스승님과 도정 박생원이 비밀히 주고받던 서찰을 함숙장 댁에 맡겨놓거나 받아올 때, 주로 중간 역할을 했던 그도 꼴머슴 티를 벗어 어깨 벌어진 젊은이로 자라 있었다.

"부산에서 오는 길이네. 숙장어르신 계신가?"

"사랑으로 드시지요." 수만이 후원 쪽에 있는 사랑으로 석주율을 안내하며 물었다. "출옥한 후 형님이 절에서 나왔다는 소식은 들었습니다. 춘부장께서 울산장 가시는 길에 바깥어르신 뵈러 들렀더군요. 바깥어르신도 형님을 찾던 눈치던데, 부산서 오는 길이면 거기서 뭘 하고 지냅니까?"

"여러 사람과 공동 생활을 하고 있네."

큰 잎을 지우는 후박나무 뒤쪽 사랑 창호지가 밝았다.

"어르신마님, 수만입니다. 백군수 댁 어진이형이 어르신 뵙자고 오셨는뎁죠."

붓장문이 열리고 함명돈이 얼굴을 내밀었다.

"주율이로군. 어서 오게. 그러잖아도 자네를 한번 봤으면 했어." 함명돈이 마루로 나와 석주율을 맞았다.

"가내 두루 평강하시온지요?" 석주율이 큰절을 올렸다.

"나야 늘 그렇잖는가. 그동안 고생 많았지? 자네가 겪은 신고는 들었어. 정말 장하네. 자네야말로 대한의 남아야. 절에서 나왔다는 말은 들었는데, 어디서 뭘 하는가?" 함명돈은 몇 년 전보다 얼굴이 수척했고, 나이 마흔에 접어들었는데 벌써 앞머리카락이 희끗했다.

석주율은 절에서 나온 뒤 부산으로 내려가 구걸조차 힘든 행려자와 고아를 모아 토막촌에서 생활하는 형편을 말했다. 그 말에 달아 토막촌 철거 문제를 언급하며, 무학산 동녘 함숙장 소유의 잡종지를 빌렸으면 한다는 뜻을 밝혔다.

"……그들을 거기에 정착시키고 제가 잡목지를 개간하겠습니다. 오 년이든 십 년이든, 그 땅을 차용해주시면 숙장님 은공을 잊지 않겠습니다."

"쓸모없다고 묵히는 땅을 개간하겠다는데 내가 반대할 이유가 뭐 있겠는가. 그러나 말이 개간이지 보통 힘들지 않을 텐데……"

"맡겨만 주시면 해낼 수 있습니다. 우선 몇백 평 개간을 시작하겠습니다. 무리하지 않고 연차적으로 조금씩 경지를 넓혀나가야지요."

"그러잖아도 자네가 절에서 나왔다는 소문을 듣고 내가 자네 거처를 수소문하던 참이야. 다름 아니라, 산문을 떠났다니 내가 전에 열었던 야학당을 자네가 새로 시작해주었으면 하는 생각이 들어서……"

"그 문제도 여쭙고 싶었습니다. 야학당엔 지금도 생도가 모입니까?"

"문 닫은 지 이태째 넘었어. 영남유림단 사건으로 나도 울산경찰서에서 달포 동안 고초를 겪었지. 석방되자, 내 몸꼴이 말이 아니라 정양하느라 석 달을 누워 지냈어. 광명서숙도 폐교조치가 내려졌고, 나한테도 코앞에 있는 주재소 순사가 집에 붙어 있다시피 했으니 어디 야학당인들 열 수 있었겠는가. 나 역시 가르칠 기력이 없어서 문을 닫았지. 그러나 예배당에 모이는 교인들이야 쫓을 수 없으니 대구에서 젊은 도조사 양반을 데려와 일 년 남짓 주일

날 예배 인도를 했어. 지금은 광명서숙 운영에, 예배당까지 내가 맡고 있지만."

"야학당을 다시 시작해보겠습니다. 야학당이 높은 학문을 가르치지 않으니 저도 공부해가며 수업을 해나갈 수 있겠습니다."

석주율은 부산감옥에서 만났던 황봉학을 떠올렸다. 그는 밀항해서 도일해 공부를 마치면 향리로 들어가 훈도가 되겠다고 말했다. 조선 민족 갱생은 교육에 있다고 설파하던 그의 목소리가 귀에 쟁쟁했다. 그때 그는 황봉학의 사명감이 부러웠고 자기가 남을 가르칠 수 있을까 하는 수긋한 마음이었는데, 함숙장 앞에서 소신을 피력하게 된 점은 아무래도 용미산 토막촌에서 체득한 경험으로 돌려야 할 것 같았다. 걸식까지 할 수 있다면, 못할 일이 없었다.

"자네는 훌륭한 훈도가 될걸세. 자네가 글을 깨친 정도를 상충으로부터 들었고, 명민한 머리와 성실한 품성을 익히 알고 있으니깐. 예전에 내게 책도 빌려가 읽지 않았던가."

"과분한 칭찬이십니다."

"광명서숙이 철퇴를 맞았지만 다시 학교 문을 열어 이제는 안정을 되찾았고, 나에 대한 주재소 감시도 숙지막해져 야학당을 다시 시작해볼까 하고 선생을 찾던 중이야. 구영리 일대 소작인들도 야학당을 다시 열어 자제를 가르쳐달라는 부탁도 있고. 농민들 가세형편이 해마다 못해지지만 의식은 많이 깨어 이제 교육의 중요성을 자각하는 단계에 이르렀어. 개화 물결이 바야흐로 시골구석까지 미쳤다고 봐야겠지. 자네가 야학당을 맡아주면 섭섭잖게 급료를 주겠네."

"고맙습니다."

"양력 사월에 들면 나는 대구로 나가 신학교에 입학할 작정이네. 집 애들이 대구에서 공부하고 있으니 나도 늦긴 했으나 목사 자격증을 따는 공부를 해볼 참이야. 그렇게 마음을 정하자 더욱 신실한 자가 내 대신 집 안팎을 도와줬으면 하고 바랐던 게야. 예배당은 도조사를 한 사람 데려다 놓으면 될 테고."

"그러면 광명서숙 숙장은 어느 분이 맡습니까?"

"장경부 선생이 맡겠지. 내외가 열성 있는 교육자니간."

"부족한 저를 불러주시니 힘써 일하겠습니다."

"고맙네. 무학산 잡목지 일만여 평은 자네에게 맡기니 활용하게. 그러나 개간 일을 너무 쉽게 생각지는 말아."

석주율은 그날 밤을 함명돈 숙장 사랑에서 묵었다. 이튿날, 25 리 길인 언양 고하골로 들어가 부모님을 뵙고 부산으로 내려가려 했으나 그 걸음은 뒤로 미루었다. 토막촌 식구를 갓골로 이동시키면 고하골은 언제라도 갈 수 있는 한 고장이었다.

부산 토막촌으로 돌아온 석주율은 이주 준비에 착수했다.

열네 식구가 용미산 토막촌을 떠나기는 11월에 들어서였다. 늦가을이었다. 구름이 더껑이로 끼이고 바닷바람이 심하게 몰아치는 날, 가재도구를 이고 진 남루한 일행이 거적집을 뒤로하고 걸음을 옮겼다. 앉은뱅이 박장쾌는 석주율이 지게에 졌고, 늙은이와 아이들도 제가끔 보퉁이를 걸빵해 메었다. 어미염소와 새끼염소는 이불 보퉁이를 진 맹필이가 끌었다. 토막촌 거적집 사람들이, 선생님께서 자기네를 버려두고 떠난다며 서러워했으나, 인생살이에 만나고 헤어짐이란 어쩔 수 없었다.

"석선생을 언제 다시 만날까요. 그동안 우리 위해 힘써주셨는데……" "시골로 들어가면 동냥도 못할 텐데, 병신들 데리고 어찌 살라 하요." 모두 이별을 진정으로 서러워했고, 방씨, 병갑이할머니, 조서방은 눈물을 글썽거렸다.

그들이 떠나는 날, 백운이 토막촌으로 와서 일행을 배웅했다. 그는 선화가 주는 돈이라며 30원, 자신이 10원을 석주율에게 내놓으며, 정착 기금에 보태라고 말했다.

"해동이 되면 갓골 무학산턱으로 찾아가리다. 성공하라고 말하기엔 그 일이 엄청 어려워, 내 뭐라고 당부할 말이 없구려. 어쨌든 북으로 가면 우인을 만나리란 괘가 있으니 장도를 축하하오." 백운이 석주율을 격려했다.

앉은뱅이, 벙어리, 중풍 환자, 폐병쟁이, 백치, 절름발이, 당달봉사, 어른, 아이들이 모두 한두 개 짐을 지거나 이어, 떼 지어 용미산 자락을 떠났다. 그들이 대체로 병자에 불구자라 울산 범서면 갓골까지는 사흘에 당도하기 무리였기에 도착할 때까지 어디서든 서리 피할 데 찾아 노숙할 수밖에 없는 먼길이었다. 그러나 새 땅을 찾아 그들과 함께 떠나는 석주율 발걸음이 힘찼다. 그의 눈앞에 무학산 중턱의 잘생긴 소나무숲과 나뭇가지에 깃을 치고 살던 학이며 왜가리 떼가 눈에 선히 잡혔다.

활착(活着)

1919년, 신정을 넘겨 음력 섣달그믐날이었다. 언양 반곡리 고하골 백군수 댁은 세찬 준비로 아침부터 바빴다. 백군수 댁은 식구라야 당주 백상헌 내외와, 대구 고등여학교에 다니다 방학 맞아 시골집에 온 열네 살 한주로부터 그 아래로 고만고만한 딸애 셋뿐이었다. 부엌일과 서답일을 맡던 방씨도 1년 전 제 살길 찾아 떠났다. 아래채에는 묘지기 겸 마름인 김첨지 내외가 남았으니, 김첨지 노모는 지난여름에 타계했다. 백상충 가족이 썼던 빈 별채 뒤, 두 칸 움집에는 부리아범 내외와 열여섯 살로 머슴 구실을 톡톡히 하는 장손 선돌이가 기거했다. 울산 학산리에서 대가를 이루었던 시절에 비해 철저히 영락해 집안 분위기가 고즈넉했다. 점심참이 되어서야 떠밭띠로 살림 났던 석서방 식구가 콩 한 말에 명태 한 쾌를 들고 설쇠러 고하골로 들어와 집안이 그런대로 술렁거렸다. 석서방네 아이 둘이 진솔은 아니지만 잘 빨아 다림질한 설빔 차림으로 집에 들어오자 한주를 뺀 허씨 딸 셋도 질세라 제 엄마를 졸라 색동저고리에 물색 치마를 떨쳐입고 호들갑을 떨었다.

"김첨지는 자기네 떡칠 테고, 요즘 허리가 시원찮아 어르신네 떡을 어찌 칠꼬 했는데, 마침 잘 왔다." 부리아범이 맏아들에게 말했다. 그는 근력이 달려 농사일이 예전 같지 못했고, 기동 못하는 너르네는 낮에도 누워 있는 시간이 더 많았다.

"어진이는 안 왔나요?"

"글쎄 말이다. 설달그믐날도 야학당이 문을 여냐?"

지난 양력 11월에 갓골 뒤 무학산 아래턱에 행려자 식구를 데려와 정착한 석주율은 더러 고하골로 들렀다.

"올해 설엔 반쪽 식구가 모이겠군. 차봉이, 선화만 빠지고……" 부리아범이 구시렁거렸다.

석서방 내외는 자리보전한 너르네를 뵙곤, 콩 한 말과 명태 한 쾌를 들고 위채로 문안인사 드리러 갔다. 분가했지만 주인댁은 엄연히 옛 상전이요 자신이 부치는 전답 임자였다. 백상헌은 버썩 마른 몸에 병색 완연한 깜조록한 얼굴로 아랫목 보료에 누워 있다 석서방 내외의 문안인사를 받았다.

새터댁이 부엌으로 가니 허씨, 갈밭댁, 한주 셋이 부침개 만들랴, 산적 뜨랴, 나물 삶아내랴, 설 준비가 바빴다.

"그러잖아도 선돌어미 오기만 기다렸다. 네 어미가 누워 지내니 너라도 일손 도와야지." 허씨가 새터댁을 반겼다.

새터댁이 후뚜루마뚜루 음식 만들기를 돕기 시작했다.

"부산마님이 와 계실 줄 알았는데 무슨 일 있습니까?" 새터댁이 허씨에게 물었다.

"등짐장수 편에 설쇠는 데 보태라며 돈 몇 푼 보내온 게 고작이었다. 서방이 아직 옥살이한다지만 출가했으면 어느 가문으로 했고, 조상 모시자면 어느 집에 거해야 함을 어련히 알련만 병 핑계대고 설에도 올 수 없다지 뭐냐. 어머님이 살아 계셔도 제가 처신을 그렇게 할 수 있겠어? 친상 중에 딸 낳은 행실머리만 봐도 근본 없는 집안임은 알조 아닌가." 말문 튼 김에 허씨의 아랫동서 험담이 구구했다.

"전에도 몸이 허하셨는데 많이 편찮으신가 봐요. 정조차례(正朝茶禮)는 빠지지 않으실 텐데……" 번철에 두부부침개를 만들며 새터댁이 말했다. 성깔이 겨자 맛인 큰마님보다 심성 착한 작은마님이 좋아 해본 소리였다.

"대궐 같은 집에서 포시랍게 지낼 텐데, 친정 부모가 꾀병을 핑계로 붙잡은 게지. 형세어미 속셈도 그렇겠고. 여기 오면 찬모가있나 침모가 있나, 고생할 게 뻔하잖아. 친정에 있으면 물에 손 안담그고 밥상 받는 팔잔데, 오고 싶은 마음이 생기겠어. 일찍 아버님께서 가렴주구로 재물 모은 부산 사돈의 집안 출입을 막으신 연유도 다 뜻이 계셔 그랬음을 너도 들었잖냐. 형세어미 이 집 걸음할 때는 나도, 백씨 집안 귀신 되더라도 아예 선산에 묻힐 생각 말라고 딱 잘라 말하련다. 친정살이로 세월아 네월아 팔자 좋게 지내니 그쪽 돈더미에 묻혀 죽으면 오죽 좋아."

서방과 나란히 묘를 못 쓴다는 극단적인 말은 허씨 막말이 아니라, 아랫동서에 대해 그네의 맺힌 한 탓이었다. 가세가 불난 집 서

까래 내려앉듯 날로 기우는데다 서방까지 병타령으로 누워 지내니 그네로서는 한숨 잘 날 없었고, 짜증이 자연 동서 원망으로 옮아갔다. 동서 친정이 끼니 잇기 힘든 집이라면 원망도 쉬 삭겠으나 김첨지네 기조가 더러 보내온 편지를 보면, 대궐 같은 집에 노복을 열도 더 두고 호강한다니 투기가 끓을 수밖에 없었다.

해가 서산으로 설핏 기울 무렵이었다. 허씨 딸애들과 석서방 아이들이 대문 밖 타작마당에서 줄넘기를 하고 있었다.

마을 쪽에서 개털모자 쓰고 외투 입은 장정이 예닐곱 살 난 사내아이와 함께 오고 있었다. 장정은 봉물 담긴 함 같은 걸 등짐 메고 사내아이는 정종병을 들고 있었다.

"우리 집으로 오는데, 저 사람이 누군고?"

백군수 댁이 외딴집이어서 허씨 둘째딸이 고개를 갸우뚱했다. 아무도 장정이나 사내아이를 알아보지 못했다. 집 앞에서 걸음을 멈춘 장정이 놀고 있는 아이들을 살폈다.

"보자 하니 여자애들은 큰서방님 자제고, 사내애들은 누구 손인지 모르겠군."

"아저씨는 누구세요?" 허씨 둘째딸이 물었다. 험상궂은 생김새라 웬 불한당이냐 싶었다.

"나? 너들이 못 알아봄이 당연하지." 장정이 감회 서린 눈으로 백군수 댁 큰 대문을 보았다. "대문을 새로 세웠군."

"아버지, 들어가요." 조선옷에 조끼 걸친 사내아이가 입김으로 언 손을 녹이며 말했다.

"아니, 저게 누군가?" 마당에서 떡메를 치던 석서방이 장정을 보고 놀랐다.

"형님, 차봉입니다." 석차봉이 개털모자를 벗었다.

깨분이 데리고 야반도주했던 석차봉이 여덟 해 만에 설을 맞아 아들 데리고 돌아온 것이다. 집안사람이 모두 아래채 마당으로 모였다. 너르네도 바깥 소란에, 어진이냐 하며 엎드려 방문을 열다 놀란 입을 다물지 못했다.

개털모자를 벗어 든 차봉이는 맨숭머리였다. 병정이나 순사가 입는 누런 외투는 불구멍이 숭숭했고 버선발에 검정 고무신을 꿴 외양만으로는 그의 귀향을 금의환향으로 볼 사람이 아무도 없었다. 목에 무명 목도리를 두른 충선이도 눈망울은 또록했으나 뺨에는 마른버짐이 부스스했다.

"차봉아, 네가, 네가 왔구나!" 부리아범이 소리쳤다.

"아버지, 방으로 들어가십시다. 절부터 받으셔야죠."

석차봉이 아버지 등을 밀었다. 그는 쪽마루에 등짐을 내려놓고 컴컴한 방으로 들어갔다. 너르네는 그때까지 생시인지 꿈인지 구별이 안 가 어마지두한 표정에 해소 끓는 가쁜 숨만 헐떡였다. 차봉이 부모에게 큰절을 올리자, 충선이도 따라 절을 했다.

"너, 차봉이 맞지? 네놈이 멀쩡히 살아 돌아오다니. 이렇게 큰 자식까지 됐고. 눈감기 전에 널 만날 줄이야!" 너르네가 누운 채 아들 손을 잡고 눈물을 쏟았다. 그네의 헐떡거림이 차츰 가빠지더니 폐를 뜯어내듯 기침을 쏟았다. 옆에 앉은 새터댁이 시어머니 등을 쓸어내렸다.

"펄펄 날던 엄마가 편찮으실 줄 몰랐습니다."

"고질병이라 약도 안 들어. 예전에 장인어른이 저랬지. 술이 들어가야 겨우 기침을 삭이니 나중에는 아침부터 주기에 젖어 살다……" 부리아범이 말머리를 돌렸다. "허허, 팔 년 세월이라. 이태만 지나면 강산도 변한다는 십 년인데, 소식 한 자 없다, 이게 웬일인고. 어디서 오는 길인가?"

"경기도 땅에서 열차 세 번 갈아타고 왔지요. 성공해서 남보란 듯 오려 했으나 만사가 여의치 못합디다. 벼르기만 하다 생전에 부모님도 못 뵐 것 같고…… 큰놈도 제법 식견이 들어 제 할아버지 할머니를 찾는데, 한 해 두 해 미룰 수만도 없습디다. 울산 읍내에 들르니 백군수 댁이 선산 쪽으로 들어앉았다 해서, 여기로 왔지요."

"충선이랬나? 할아비가 구차하게 사니 어린 네 볼 면목도 없구나." 부리아범이 손자 등을 다독거렸다.

"차봉아, 위채로 올라가 큰서방님께 인사부터 드려. 너 온 줄 알고 계실 텐데 역정 나셨겠다. 지난 일을 사죄하면 이제 와서야 허물 따지시겠냐." 잠자코 있던 석서방이 말했다.

"그렇구나. 어서 사랑으로 올라가. 편찮으시니 언행을 조심하고." 부리아범이 말했다.

허씨가 사랑에서 제 서방에게 차봉이가 추레한 행색으로 자식을 달고 나타났다는 소식을 알리다, 바깥 인기척에 방문을 열었다. 보료 위 장침에 비스듬히 기대어 앉았던 백상헌이 찌뿌드드한 얼굴로 석차봉을 맞았다.

"서방님, 백군수 댁 기체 안존하오신지요." 석차봉이 큰절을 올렸다.

"너도 설이라고 왔는가? 그것도 몇 해 만에. 어디서 오는 걸음인가?" 백상헌이 냉소를 머금고 물었다. 그는 주색잡기로 몸을 홀대하기 오래여서 가을이 깊을 즈음 자리에 눕고 말았다. 죽사발을 안고 사는 위궤양에 장까지 탈이 나 탕약도 병을 다스리는 데 효험이 없었다.

"경성 서쪽에 인천이란 큰 항구도시가 있습죠. 거기 부두에서 하역일 하고 있습니다. 쉽게 말씀드리자면 부두 노동자지요." 석차봉 말이 스스럼없었다.

"멀리도 도망질 갔구먼. 왜 진작 못 오고 이제야 걸음해? 네가 소 훔쳐 야반도주한 게 칠팔 년은 좋이 됐지? 죄밑이라 못 왔나, 길이 멀어 못 왔냐?" 백상헌 말투가 시비조였으나 기가 빠져 힘이 없었다. 예전 같으면 체통 세워 불호령부터 내렸으련만 병이 그렇듯 무력증에, 체신 또한 날개 꺾인 수리였다.

"이태 동안 충청도 땅에서 철길 까는 데 잡역부로 돌았습죠. 그러다 산판이며 광산에도 들어가보고…… 인천으로 옮긴 지 네 해쯤 되나 봅니다. 진작 고향 걸음한다는 마음이야 굴뚝같았지만 그럴 형편이 되어야지요. 하루하루 입 살기 바빠 세월이 어떻게 가는지도 몰랐습니다. 사실은 그때 몰고 간 소값이라도 마련해서 다녀가려 했으나 여의치 못해 어르신께 면목이 없군요."

"어진이 놈이 중 되겠다고 절에 올라갈 때, 네놈이 몇 년 절밥 먹나 보자 했더니, 아니나 다를까 하산해 거지 병신 떼와 함께 산다더군. 네 또한 모색을 보자 하니, 형편이 편한 것 같지 않아. 사람이란 제 노는 터가 따로 있어."

"어진이 말은 왜 꺼내요." 눈에 열기 띠어 쏘아보는 차봉이가
행패를 부릴까 두려웠던지 허씨가 말을 달았다. "이제야 지난 일
따져 뭣하겠냐만, 네 떠나고 난리 치렀지 뭐냐. 백군수 댁 노마님
도 별세하시고 작은서방님은 세 해째 부산감옥에 갇혀 있고⋯⋯
우리 집안이 많이 기울었어. 깨분이는 왜 함께 오지 않았어?"

"충선이 아래로 딸린 애가 셋입니다. 거기에 안사람이 고무공
장에 나가고 있지요. 울산까지 오자면 차삯도 많이 들어 다음으로
미뤘습니다."

"딸린 애가 넷이라면 깨분이는 안살림도 바쁠 텐데 남정네처럼
바깥 일터로 돌아? 세월이 변했기로서니 여자가 바깥으로 나돈다
니, 망측도 하다. 고무공장은 뭣 하는 덴가?"

"고무신 만드는 공장입죠. 대처에는 공장이 자꾸 들어서는데,
여자가 할 일도 많답니다. 안사람이 나가는 고무신공장만도 여직
공이 쉰 명이 넘어요. 그래서 어르신과 마님께 새 고무신을 가져
왔습니다."

"고무신? 아무리 가세가 기울었기로서니 아직 백씨 집안이 고
무신 사서 신을 형편은 돼. 가져가든 다른 사람에게 주든 마음대
로 해." 백상헌이 트집을 잡으며 석차봉을 더 대면하지 않겠다는
듯 장침에 머리를 뉘었다.

"알았습니다." 석차봉이 인사도 없이 사랑에서 물러났다.

저녁밥 먹고 났을 때까지 석주율은 고하골에 나타나지 않았다.
이튿날 차례 지낼 음식 준비도 대충 마치자, 부리아범네 좁은 방

412

에는 석씨 집안식구가 들어찼다. 그들은 차봉이를 싸고 앉아 삶은 밤으로 군것질하며 말꽃을 피웠다. 먼저, 집에 없는 어진이와 선화가 화제에 올랐다.

"……선화는 그렇게라도 제 살길 뚫어 마사하고 점술도 배운다니 걱정은 놓았군요. 그런데 어진이가 그렇게 변할 줄 몰랐습니다. 형님은 일찍 장가들어 사이가 서먹했지만 어진이와 저는 가깝게 지냈거든요. 객지로 떠돌며 누구보다도 개가 늘 보고 싶었어요. 실은 제가 깨분이와 대처로 떠난다는 말도 어진이한테만은 귀띔했더랬지요."

"그랬었나. 원체 입이 무거운 애라 발설을 안했군. 그건 그렇고, 클 때부터 늦어빠진 녀석이긴 하지만 또 읍내로 나갔나, 웬 걸음이 이렇게 더뎌." 어금니가 죄 물러앉아 송곳니로 배추꼬랑이를 씹던 부리아범이 바깥에 귀기울였다. 섣달그믐 강추위라 바람이 세찼고 문풍지가 연방 떨었다.

"어진이가 야학당 선생이 됐다니, 세상은 오래 살고 볼 일이로군요." 석차봉이 알밤을 터뜨리며 말했다.

새터댁은 떡국에 쓸 흰떡을 썰고 있었다. 충선이는 벽에 기대 졸았다. 어제 아침 전차 편으로 인천에서 경성으로, 경성에서 열차 타고 대구까지, 대구역 대합실에서 새우잠 자고 경주까지 새벽 첫 열차 타고 올 동안, 충선이는 차멀미를 된통 했다. 경주에서 울산 읍내를 거쳐 언양까지 한뎃바람 맞으며 걸어왔으니 어린 나이에 녹초가 되었다.

"머나먼 북지 간도로 떠났지만 인실이는 자식 둘 거느리고 산다니 걱정 없고, 차봉이까지 돌아왔으니 나는 내일 떡국 못 먹고 눈 감아도 원 없다. 면천 못했어도 내 한평생이 이 정도면 족해." 너르네가 고갯방아 찧는 충선이를 불러 자기 팔베개를 내주며 품에 뉘었다.

석차봉이 도회지 풍물에 곁달아 부두 잔교 하역일이며, 고무신 공장 생산 공정 따위를 늘어놓을 때, 밖에서 기침 소리가 났다. 석서방이 방문을 열었다. 몰아치는 바람 건너 축담 어둠 가운데 종다래끼 멘 석주율이 서 있었다. 두루마기는 걸쳤으나 맨숭머리에 긴 목이 썰렁하도록 여윈 모습이었다.

"어진이구나!" 석차봉이 바깥으로 뛰쳐나갔다.

"형, 도대체 몇 년 만입니까?" 석주율이 올림말을 썼다.

형제는 축담에서 껴안고 기쁨을 나누었다. 석주율이 종다래끼를 벗어 내렸는데 달걀이 소복이 담겨 있었다.

섣달그믐밤에 잠자면 눈썹 센다는 우스갯말 그대로, 행랑아범 방에는 자정을 넘겼어도 담소가 그치지 않았다. 석서방네 아이들과 충선이만 잠에 들었고, 선돌이까지 눈을 말똥거리며 객지에서 온 삼촌 이야기에 넋이 빠졌다. 차봉이는 도회지 생활담을 늘어놓았는데, 그의 말은 문명화된 도회지의 자랑 섞인 견문이 아니라 노동자들 생활담이었다.

"……인천 부두를 통해 조선으로 들어오는 것이야 왜놈들이 조선을 착취하는 데 쓰일 물건밖에 더 있나요. 화약이며, 무기며, 미곡 증산을 위한 금비(화학비료), 가공품 만드는 데 쓸 원자재지요. 그리고 조선 땅에 나온 제 놈들이 쓸 생필품입니다. 그러니 실어내는 물건은 철강석, 목재도 많지만 하물은 대체로 쌀입니다. 경기도와 황해도 쌀이 모두 인천항에 모아져 정미되어선 배에 실려 나가요. 인천항만도 큰 정미소가 열 곳이 넘는데 가토정미소는 돌이나 뉘를 가리는 조선인 선미(選米) 여공만도 이백오십 명이나 돼요. 충선어미가 처음에는 정미소에서 선미 일 하다 임금이 너무 박해 고무공장으로 옮겼죠. 잔교 하역작업도 그렇습니다. 한 달이래야 일거리가 보름 남짓밖에 되지 않지요. 그러니 하루 삯전을 이십오 전씩 받는다 해도 한 달이면 십 원이 못 됩니다. 그 임금으론 가족을 먹여 살릴 수 없어요. 그래서 집안 아이들은 열 살만 먹어도 일자리를 구하지 않을 수 없어요. 애들 일거리가 어디 쉽나요. 토공장이나 벽돌공장 심부름꾼으로, 개펄에서 조개줍기로, 마지막 거지짓 하기 전까지 하루 두 끼 입살이만 하면 무슨 일이든 가리지 않습니다. 그런 실정이니 각 상선회사에 줄을 댄 부두 운반 노동자 팔백여 명이 지난 장마철에 일감이 보름 넘게 끊기자, 부두노동조합을 결성했지요. 제 살 깎으며 목숨 연명하느니 단체행동으로 임금투쟁을 하자고 말입니다. 계속적인 임금 동결로 생계가 더 이상 참을 수 없이 위협받을 때는 노동자 모두가 하역작업을 거부하기로요. 나도 조합의 북구 연락담당책이 됐죠."

"네 사설을 듣자니 차라리 농사짓기가 마음 편하다. 식구가 굶어죽지는 않잖아." 부리아범이 말했다.

"굶어 죽잖는다니요? 저도 작인 되고 보니 웬놈의 부역이며 세금이 그리도 많습니까. 열 가지도 넘는 세금을 조목조목 주인어르신께 고해 바칠 수도 없고…… 장리빚까지 내다 보니 굶어 죽는다는 게 남의 일이 아니라요."

석주율이 맏형 말에 달아 입을 떼었다.

"지난 양력 십일월로 칠 년간 정밀조사 끝에 총독부 전국 토지
조사사업이 완료되지 않았습니까. 신문을 보니 경술국치(1910)
가 있던 해 전국 총 경지 면적이 이백삼십구만 정보였던 게 이번
에 사백삼십사만 정보로, 팔 할이나 늘어났더군요. 이는 칠 년 동
안 경지가 그만큼 불어난 게 아니라 토지대장에 빠졌던 경지를 토
지조사국에서 찾아낸 겁니다. 그만큼 조선조에는 대동법(大同法)
이 유명무실해져 권력 있는 자들이 토지대장을 마음대로 변조해
누락시켰고, 조정은 재정의 가장 큰 수입원을 놓치고 있었던 셈이
지요. 이제 새로 작성된 토지대장을 근거로 총독부 농지수탈과 조
세정책이 더 가혹해지리라는 건 사필귀정입니다. 세금과 고리채
에 매여 토지를 방매하는 영세 자작농이 속출하게 되고 그들이 소
작농으로 전락하거나, 이농자가 급격히 늘어날 게 뻔합니다. 이농
자 대다수는 유랑민으로 북지행이 아니면 도회지로 나가 삯전 받
는 품팔이꾼이 될 수밖에 없지요."

"네 말솜씨가 예전 작은서방님 뺨치겠군." 석차봉은 자기가 떠
날 때 낫 놓고 기역자도 몰랐던 아우가 언제 이렇게 유식해졌나
싶어 놀란 눈으로 주율을 보았다.

"그렇다면 장차 농투성이는 살길이 없단 말인가? 어쨌든 이 나
라 백성 대다수가 농사꾼 아닌가." 석서방이 두 아우에게 물었다.

"일본 사람도 인간인데, 그렇다고 조선 농민을 굶겨 죽일 수야
없겠지. 마소가 제힘으로 농사 못 짓는 다음에야 누구든 농사짓는

416

자가 있을 게 아닌가. 농사꾼 굶겨 죽이면 누가 농사지어?" 부리
아범 말이었다.

"지금으로선 마땅한 대안이 없어요. 함숙장께서는, 이럴 때일수
록 백성이 깨우쳐야 하고 협동 단결해, 일본인들의 도덕심에 호소
하는 정당한 방법으로 자기 몫을 빼앗기지 않아야 한다고만 말씀
하셨습니다."

"네 말도 일리 있다. 품팔이 노동자도 제 몫 찾겠다고 조합으로
뭉치는 게지." 석차봉이 끄덕였다.

"형, 혹시 아라사 볼세비기(볼셰비키) 혁명 소식 들었나요?" 석
주율이 중형에게 물었다.

"변란이 있었다는 말은 들었지. 그런데 볼세비기라니?"

"아라사 말로 혁명적 노동자당을 뜻한답니다. 함숙장님이 『매일
신문』을 구독해 저도 읽었습니다. 정미년 양력 십일월, 아라사 노
동자들이 단합해, 재물을 독점한 귀족을 폭력혁명으로 쳐부수고
가난한 자 천국으로 새 정부를 세웠답니다. 혁명 물결이 구라파를
넘어 북지 시베리아까지 파급되어 볼세비기 인민정부 적군(赤軍)
과 옛 귀족 정부측 백군(白軍)이 치열한 전투를 벌이고 있대요. 그
쪽 사람들이 쓰는 말로 푸로래타리아(프롤레타리아)란 무산자 노
동자나 소작 농민을 뜻합니다. 그들이 아라사 대제국을 무너뜨리
기까지는 위에서 조종하는 식자들이 있었지만, 중형이 관여하는
그런 노동조합에서 고용주를 상대로 임금투쟁을 계속했지요. 조
합원들이 혁명을 성공시킨 허리 구실을 한 셈입니다."

"네가 하고자 하는 말뜻은? 그러나 우리는 한 번도 임금 인상해

달라고 동맹파업은 하지 못했어."

석차봉은 아우 말이 얼른 이해되지 않았다. 부두 노동자나 기타 노동자가 일본인 고용주를 상대로 파업투쟁을 해야 한다는 뜻인지, 파업이 곧 폭력혁명이란 뜻인지, 그런 파업을 계속하면 일본도 아라사처럼 무너진다는 뜻인지, 그는 종잡을 수 없었다.

"형님이 관여하는 부두노동조합이 혹 볼세비기 혁명 논리에 입각해서 투쟁하느냐, 그렇다면 그런 주장자가 벌써 국내에도 잠입했느냐가 궁금해서 물었던 겁니다."

"간부 모임에 여러 번 나가봤지만 아라사 변란이며 볼세비기란 말은 아직 못 들었어. 조선이야 인구 팔 할이 농업에 종사하는 농본국 아닌가. 공장이 제대로 있어야 노동자가 있지. 내가 듣기로 조선 땅 광산 노동자에서부터 공원 댓 사람 거느린 군소 공장은 물론이고 짐꾼, 막벌이꾼, 벽돌공, 땜장이, 대장장이, 목수까지 통틀어야 이삼십만 명 될까. 그렇다 보니 일용노동자 또한 조직을 이룰 단계도 아니고."

"그렇다면 인천 부두노동조합은 자생적 조합이군요. 앞으로 국내에도 아라사 혁명 물결이 들어올 겝니다. 조선인 노동자 수가 늘어날수록 그런 조합이 계속 생겨나고 조합을 통한 운동도 드세어지겠지요."

"그렇게 말하는 너는 어느 쪽이냐? 조합을 통해 투쟁하면 끝내 일본마저 뒤엎을 수 있다는 말인가?" 석차봉은 불가능을 예상한 듯 빙긋 웃으며 물었다.

"저는 조합 결성을 통한 정당한 권리 주장은 찬성하지만, 폭력으로 승리한다 해도 그건 일시적이라고 봅니다. 일본 전체가 무너지지 않는 한 가혹한 보복이 따를 테니깐요."

"네가 절에 있었고 감옥 생활도 겪었다더니 도인 같은 말만 하는구나. 왜놈들 도덕심에 호소해 자기 권리를 찾자는 말부터 어린애 잠꼬대 같은 소리야. 그놈들에게 도덕심이 있다면 남의 나라를 왜 강탈해? 강도가 총을 쥐었는데 맨주먹으로 어떻게 싸워? 늑대에게 『도덕경』을 가르치면 양이 될 수 있다는 말인가?" 석차봉이 언성을 높였다.

"그만 하려무나. 무슨 말인지 나는 알아들을 수 없고, 그러다 싸움 나겠다. 이 방은 여자들과 애들이 잘 방이니, 우리는 작은서방님네 쓰던 별채로 건너가자. 군불 넣어뒀으니 따뜻할 게다." 부리아범이 몸을 일으켰다.

이튿날 아침, 설날을 맞아 부리아범 내외는 오랜만에 아들 셋으로부터 세배를 받았다. 너르네는 어질머리로 앉지도 못한 채 누워 절을 받았다. 세뱃돈은 못 주었으나 손자 손녀들로부터도 세배를 받았다. 그리고 모두 위채로 세배하러 올라갔으나 석차봉과 그의 아들은 빠졌다. 아비 낯짝 봐서라도 그럴 수 있냐며 부리아범이 꾸짖었으나 차봉은 주인에게 세배할 마음이 없다고 했다. 그는 그렇게까지 백상헌과 맞서고 싶지는 않았으나 어제 문안인사에서 주인이 보였던 사람을 능멸하는 태도에 화가 났던 것이다. 세배 마치고 성묘차 백군수 댁 선산으로 올라갈 때도 그는 움집에 남았다.

석주율은 돌아가신 은곡어르신과 노마님 안씨 묘에 절을 했다. 감방에 계신 스승이 떠올랐다. 출감일이 얼마 남지 않았으나 그는 아직 스승 면회를 가지 못하고 있었다. 부산감옥에서 목욕탕에 가다 복도에서 우연히 스승을 만났을 때, 반드시 살아 세상에 나가야 한다던 말이 귀에 울려왔다. 주율은 스승 당부가 환청으로 들릴 때마다 자신의 옹졸함을 탓했다. 간수가 지켜 차마 그 말씀까지 못했겠지만 스승 말뜻은, 출소해서 조선 광복운동에 매진해야 한다는 다짐이었을 터였다. 그러나 그는 스승 먼저 바깥세상으로 나왔어도 스승이 원하는 길로 걷지 않았다.

반나절로 울산 읍내까지 왕복길은 무리라 부리아범은 이튿날 새벽같이 간소하게 제물을 싸서 장성한 세 자식과 손자들만 거느리고 성묘길에 나섰다. 너르네만 집에 남았다. 묘지는 울산 읍내에서 갯가로 시오리, 신두골 뒷산 천민들이 묻히는 공동묘지였다. 부리아범의 합장한 부모 묘가 비신도 없이 한쪽에 자리해 있었다. 부리아범이 부모 묘를 쓸 때는 남들처럼 '私婢今伊(사비금이)'란 나무푯말을 없애버렸다. 장사로 돈푼이나 모은 자는 노비 출신을 숨기려 이름자에 생원(生員)을 붙인 비석을 세워 때늦은 효도를 하기도 했다.

"조상 없는 자손이 없다. 만민이 평등한 우리 대부터는 선조 억눌림을 떨치고 당당해야 한다. 충선아, 여기가 네 증조부님 묘이니라." 묘지에 도착한 석차봉이 아들에게 일렀다.

"그래, 이제 내 대를 끝으로 너희들은 인간해방이 되었다. 양주 눈감고 나면 누구도 너들을 종 자식으로 여기지 않을 게다. 나는 너들 어미 말처럼 여한 없는 평생을 살았다. 어진 주인 만나 한량없는 은혜를 입지 않았느냐. 아버지 대까지만도 자자손손 종으로 살 줄 알았으나 내 대에 종 세상이 끝장 보는 개화시대를 맞기도 했고……" 부리아범이 괸 눈물을 닦더니 분봉 벌초를 했다.

석서방 세 형제가 낫으로 벌초를 마치자, 초석 펴고 분봉 앞에 제물을 진설한 뒤 모두 절을 했다.

"어머님 신상에 변고가 생기면 제가 드린 인천 주소로 연락해 주세요." 석차봉이 그 말에 달아, 울산을 거쳐오면서도 아직 처가에 들르지 못했다며 아들과 함께 거기서 하룻밤 묵고 고하골로 들어가겠다고 했다. 그는 음력 초나흘에 인천으로 올라가려 했던 것이다.

"저는 갓골로 곧장 들어가겠습니다." 석주율이 아버지와 두 형에게 말했다.

"거느린다는 사람들 때문에 그러나? 아니면 글방은 정초부터 문을 여나?" 석차봉이 물었다.

"저야 부모님 모시고 제사 드렸지만, 갈 데 올 데 없는 어른과 아이들은 설이래도 무슨 낙이 있겠습니까. 제가 가서 위로해드려야지요. 야학당도 농한기인 요즘이 가르치기 좋지요. 내일부터 글방 문을 열기로 했으니깐요."

"절을 아주 떠났다면 너도 장가가야지. 아버지와 형님이 어진이 색시감 물색해봐야겠어요." 산에서 내려오며 석차봉이 말했다.

"그러잖아도 내가 갓골로 가서 재를 만났을 때 그런 말을 꺼냈더랬지. 그런데 저애가 통 그럴 마음이 없나봐. 농한기라고 농민이 손 재어놓고 논다면 영원히 가난을 못 면한다며 구영리, 입암리, 사영리 일대에 새끼꼬기며 가마니짜기 운동을 벌인다더군. 저애야말로 거느린 가솔이 열셋에, 야학당 하랴, 농민들 지도하랴, 눈코 뜰 새 없이 바빠."

부리아범이 그 말을 할 때도 석주율은 휘적휘적 길만 걸었다. 함명돈 숙장으로부터 물림받은 당목 두루마기는 품이 커서 허수아비에 장옷을 입혀놓은 꼴이었다.

울산 읍내로 들어오자 석차봉 처가로 가려 가족과 헤어지게 되었다. 석차봉과 충선이를 읍내에 떨어뜨리고, 일행은 언양으로 내처 걸어, 떠밭띠에서 석서방 가족이 떨어져나갔다. 구영리 갓골에 들자 석주율도 아버지와 헤어지게 되었다.

"조만간 작은서방님 출감하실 테니, 그때 인사드리러 고하골로 가겠습니다." 석주율이 아버지께 작별의 말을 하고 돌아섰다.

햇살은 맑았으나 태화강에서 불어오는 시린 바람이 차가웠다. 울산군 범서면 구영리는 태화강이 북으로 구비를 이룬 동쪽으로 강변, 들이 넓었다. 구영, 대리, 점촌, 갓골을 합치면 4백 호에 이르는 촌락으로 평화스러운 마을이었다. 마을마다 나지막한 뒷산으로는 대숲과 허리 휜 노송이 울을 쳤고 집집마다 감나무가 두서너 그루씩 흙담 위로 가지를 늘이고 있었다. 그러나 국운이 기운 한말 전후 관과 지주의 가렴주구와 경술국치 이후 왜정시대를 맞아 몰락을 거듭해온 전 조선 농촌 실정은 구영리도 예외가 아니었다. 1908년 동양척식회사가 조선 땅에 상륙해 농지수탈이 시작된 뒤, 그들이 먼저 눈독을 들인 땅이 역둔토였지만 미곡 생산의 곡창인 삼남 지방 농지를 무한대로 매입하여, 이듬해 일본인 소유 토지가 5만2천 정보를 넘어섰다. 그로부터 10년이 흐른 뒤, 어느

새 범서면 일대의 수답도 절반이 동척이나 도요오카 농장 소유로 바뀌어버렸고, 나머지를 조선인 지주가 쪼개어 소유하고 있었다. 그나마 대체로 영세 자작농이었다. 그러므로 근동 농민들은 8할이 소작농으로 일본인 농토나 조선인 지주 농토에 목줄 붙여 연명하는 실정이었다.

*

  석주율이 용미산 토막촌 열세 식구를 이끌고 엿새 만에 울산군 범서면 갓골에 도착하기까지는 어려움을 겪었다. 그들이 대체로 노인들과 어린아이들이었고, 앉은뱅이, 장님에서부터 중풍 걸린 노파에 백치까지 섞여 행려가 수월할 리 없었다. 하루 걷는 잇수가 40리 채 못 되었고 밤이 되어도 그들을 재울 집이 있을 리 없었다. 야산 자락에 모닥불을 피워 밤을 나고 냇가에 솥을 걸어 밥을 지어 먹었다. 장이 서는 큰 마을을 만나면 장옥 아래에서 이슬을 피하기도 했다. 11월 초순이라지만 한밤의 야기는 솜옷을 파고들어 모두 추위로 떨며 앓았다.
  "우리 목숨 선생님께 맡겼고 선생님만 믿고 따라나섰으니 모두 참읍시다. 낙원이 우리를 기다리고 있으니 갓골에 도착할 때까지 이겨야 해요." 앉은뱅이 박장쾌가 식구를 격려했다. 석주율 지겟짐으로 얹혀갈 때도 그는, 이렇게 선생님 신세를 져서야 죽어서도 은공을 못 잊겠다며, 절뚝거리고 지친거리는 식구를 잘 구슬렀다. 벙어리 장씨가 장님 구노인 지팡이를 잡고 길 인도를 했고, 간난이엄마는 다섯 살배기 종귀를 업고, 절름발이 맹필이와 모슬이, 중풍 걸려 몸을 비틀며 쪼작쪼작 내딛는 초전댁 할머니는 십이지장충으로 얼굴이 노랗게 뜬 뱁새 소년이 팔을 부축해 걸었다. 애꾸 소년과 백치 소년은 이불 보퉁이를 지고 앞장섰다. 가마니틀에 염소 세 마리까지 거느린 일행의 모색이 하도 기이하고 초라해 길가 사람들이 혀를 차며 한마디씩 입을 다셨다.

"자, 힘들 내요. 내가 노래를 부를 테니 힘을 내라고. 오늘은 적게 잡아도 사십 리는 강행군해야 해요." 박장쾌가 석주율 지게에 앉아 손뼉치며 노래를 불렀다.

아리랑 아리랑 아라리요 아리랑 고개를 넘어간다 / 나를 버리고 가시는 님은 십리도 못 가서 발병이 나네 / 아리랑 아리랑 아라리요 아리랑 고개를 넘어간다 / 청천 하늘엔 별도 많고 우리네 살림살이 설움도 많다……

서늘한 바람에 떨기나무 가랑잎이 날리는 산길을 넘으며 박장쾌가 부르는 아리랑 가락이 구성졌다. 재인 낙엽을 땔감으로 쓰려 갈퀴로 긁던 나무꾼들이 기이한 행렬을 보며 웃음을 터뜨렸고, 더러는 안타까워 옷고름으로 눈물을 찍었다.

석주율은 갓골에 도착하자 우선 그들을 예전 야학당 방에 부려놓고 곧 무학산 아래턱의 개간이 용이한 개울가에 농막 짓기에 착수했다. 하루 두 끼를 제공하는 조건으로 함숙장 댁 행랑에 사는 김수만이 마을 젊은이 넷을 모아 기둥을 세우고, 흙벽을 치고, 지봉을 올렸다. 젊은이들은 모두 야학당을 다시 열면 글을 배울 자들이어서 선생을 새로 맞는 기쁨으로 자기 집안 일만큼 열성을 보였다. 농막은 남녀 구분해 큰방 두 개를 내고 가운데는 헛간과 부엌으로 삼았으니, 세 칸 집이었다. 방에는 아궁이를 만들고, 구들을 깔았다. 토막촌 거적집과 달리 벽이며 지붕을 제대로 올리다보니 날림집이긴 했으나 완성하기까지 보름이 걸렸다. 석주율은 야학당을 임시 숙소로 쓰던 열세 식구를 그쪽으로 옮겨놓고, 일을 할 수 있는 사람들에게 새끼꼬기와 가마니짜기를 시켰다. 밭 개간은 어차피 해동이 되면 본격적으로 시작되겠으나, 우선 잡목을 뽑아내고 돌덩이 옮기는 일은 틈이 나는 대로 식구가 동원되어 해나갔다. 그들은 다시 쫓겨나지 않을 새 생활 터전이었기에 불편한 몸으로도 열성을 다했다. 주율이 밤잠을 네댓 시간으로 줄여가며 열성껏 일에 매달리니, 박장쾌는 앉은걸음으로 바둑판만한 돌덩이를 냇가로 옮기려 모질음을 썼다. 농한기로 접어들었기에 갓골 젊은이들도 일을 도왔다. 주율은 부산을 떠나며 백 원 정도를 마련해 왔기에 잡곡밥과 죽, 고구마나 감자로 끼니 해결은 지장이 없었다. 함숙장도 보리쌀 한 가마를 양식에 쓰라며 보태주었다.

석주율이 한 떼의 병신 행려자들을 이끌고 갓골로 들어왔다는 소문이 범서면은 물론 울산 읍내와 언양면에까지 알려졌다. 사람들은 모두 그런 주율을 두고, 제 입살이도 힘든 마당에 불쌍한 병신 거지 떼를 구휼하는 정성이야말로 이 세상 사람이 감히 엄두낼 수 없는 일이라 칭찬했고, 어떤 이는 고문 끝에 머리가 돌아 중질조차 못하게 되자 이상한 짓을 벌인다며 비웃었다. 할 일 없는 사람들은 병신 행려자들을 구경하러 농막을 찾아오기도 했다.

석주율이 갓골로 왔다는 소식을 듣고 정심네와 신당댁이 무학산 농막으로 찾아오기도 그즈음이었다. 그 뒤부터 정심네는 언양 면소에서 20리가 넘는 갓골까지 마치 친정집 드나들 듯 자주 와서 아녀자가 할 수 있는 일을 거들었다. 올 때도 김치를 담아 오거나 젓갈 따위를 가져왔고, 어느 때는 산나물을 한 광주리를 이고 왔다.

*

석주율이 함명돈 숙장의 내락 아래 야학당 글방 문을 다시 열기로 한 것은 그가 갓골에 정착하고 보름 뒤였다. 주율은 농막을 완성해 한숨 돌리자, 창고로 쓰던 옛 글방을 수리했다. 그는 구영리, 입암리, 상전리 일대를 한바퀴 돌며 이태 반 만에 다시 야학당 문을 열게 되었다며 생도를 모집했다. 마침 농한기요, 독립운동원으로 감옥살이까지 했던 주율스님이 선생으로 왔다 하자 생도들이 쉽게 모여 예배당에 나오는 신도 자녀를 합쳐, 금방 스물일곱 명이나 되었다. 그는 생도들 나이를 잘라 소년반과 청년반으로 나누었다. 소년반은 대체로 열 살 안팎의 아이들이었고, 청년반은 머리 굵은 젊은이들이거나 나이가 든 청년층이었다. 소년반 수업은 월, 수, 금요일로 잡고, 청년반 수업은 화, 목, 토요일로 삼아 각 반을 사흘 동안씩 가르치고, 수업 시간은 저녁 일곱시부터 아홉시까지 두 시간으로 잡았다.

어른 아이들을 모아놓고 글을 가르치기 시작하자 석주율은 난생처음으로 보람을 느꼈고, 환한 빛줄기가 그 어떤 확신으로 마음을 가득 채웠다. 버림받은 행려자 가족을 위해 몸 바칠 수 있음이 새벽에 눈을 뜨면 그날이 첫날같이 새로웠고, 농막에서 오륙백 미터 떨어진 글방으로 어둠을 밟고 내려가는 저녁 나절이면, 마음이 가벼웠다.

간판도 달지 않은 야학당 글방을 교육기관이라고 범서면 주재소에서 현장 확인차 순사가 나오기는, 석주율이 야학당 문을 연 지 이틀 뒤였다. 범서면 면사무소와 주재소는 갓골에서 5리 거리인 구영못 아래쪽 구영리에 있어 소문이 금세 알려졌던 것이다.

경술국치 이후 '조선교육령' 공포에 따라 조선인이 세운 사립학교를 총독부는 무차별 폐쇄했다. 그 결과 학교 수가 대폭 감소되었으나 그와 비례하여 마른논에 물 잦듯 서당, 서숙, 의숙이란 이름을 단 사설 교육기관이 야금야금 늘어나게 되었다. 그곳이 불령선인 양성 교육에 한몫을 하자, 눈에 불을 켠 총독부는 작년(1918) 2월 '서당 규칙'을 공포하여 단속을 강화하던 중이었다.

면소에서 모리 순사가 자전거 타고 갓골로 온 날 저녁, 석주율은 마침 머리 땋은 아이들 열둘을 앉혀놓고 산술을 가르치고 있었다. 모리가 글방 문을 열고 보자 하니 이건 말이 야학당이지 집안 장로가 권솔 아이를 사랑에 불러들여 훈육하는 경우와 다를 바 없었다. 그러나 모리는 주재소에 야학당 허가를 받았느냐, 가르치는 교재가 무엇이냐고 으르딱딱거리던 끝에, 석주율을 주재소로 연행했다. 그는 전과가 있는 만큼 이틀 동안 주재소에서 구류 살며 조사를 받았다.

"저는 판결에서 보다시피 북지 간도에 다녀온 일뿐이라 형량이 낮았고, 절에서 나온 이후 부산에서 행려자와 고아들을 모아 그들과 함께 생활했습니다. 토막촌이 철거당하자 함숙장님 배려로 이곳에 옮겨온 뒤, 주위 권유가 있어 제가 익힌 만큼 문맹자에게 글과 수리를 가르치는 겁니다. 앞으로 제가 일언일구라도 나라에 불경한 말을 했을 때는 어떠한 처벌도 감수하겠습니다……"

석주율은 주재소장 사토에게 불려갈 때마다 애원하고, 간청하고, 각서를 썼다. 함명돈 숙장도 주재소로 와서 신분보증을 섰다. 예배당 안에서 아이들에게 글과 노래를 가르침은 괜찮고, 글방으로 옮겨 아이들에게 수리를 가르쳤다고 주재소에서 주율을 계속 묶어둘 명분은 없었다.

"글방이 아주 없었던 것도 아니요, 함숙장님께서 울산 광명서숙을 맡으셔서 바쁘니 한동안 문을 닫지 않았습니까. 꼭 재허가를 받아야 한다면 그렇게 하겠습니다. 제가 누누이 말씀드렸지만 주재소 분들의 눈에 어긋나는 말이나 행동은 일절 하지 않겠습니다……" 석주율은 이렇게 간청할 때마다 몸에 밴 다소곳한 자세와 겸손부터 앞세웠다. 사토 소장 눈에 자신의 자세가 지나치게 비굴하다고 느껴질 만큼, 그는 스스로를 낮추었다. 사실 석주율은 일본인 순사들이라 하여 적대감을 가지지 않기로 작심했다. 그렇게 억지 결심을 하지 않더라도 그의 마음은 이미 그렇게 돌아서 있었다. 자비와 사랑이란 종교적 말씀을 염두에 두지 않더라도, 그들을 증오하여 자신이 얻을 소득은 아무것도 없었다. 그들과 대결할 마음이 없음은 물론, 박토에 씨앗을 발아시키려면 우선 그들의 미움을 사선 안 되고 협조부터 구해야 했기 때문이었다. 야학당 문제만 아니라 그에게는 열세 명의 달린 식구가 있었고, 그 식구는 앞으로도 불어날 터였다.

사토 소장은, 이런 조선 젊은이도 충분한 이용 가치가 있다는 판단 아래 석주율에게 글방 재허가를 반승낙해주었다.

석주율은 구류에서 풀려나자, 사흘 동안 야학당 재허가에 따른 구비서류를 만들어 면소와 주재소로 들랑거린 끝에 겨우 재인가를 받아낼 수 있었다. 사실 소규모의 그런 글방은 마을마다 있었고, 연로한 당주가 집안 아이들을 모아『천자문』이며『동몽선습』을 가르치기도 했기에 주재소 쪽에서 보자면 재인가를 상부에 보고할 성질이 못 되었다. 다만, 석주율을 요주의 관찰대상 명단에 올려놓았다.

야학당 생도는 날이 갈수록 불어났다. 소년반은 그가 글방 문을 연 지 보름 만에 스무 명이 넘어버렸다.

새 생도들이 스스로 찾아왔기에 이제 석주율이 권학(勸學)을 위해 뛰어다닐 필요가 없었다. 그는 그렇게 소년반, 청년반을 격일제로 두 시간씩 따로 가르치게 되자, 새로운 계획에 착수했다. 마을 남정네들이 밤이면 끼리끼리 모여 화투나 골패나 한담으로 소일하는 타성화된 게으름을 그가 비집고 들었던 것이다. 소년반을 저녁밥 먹기 전 오후 다섯시로 옮기고, 장년층을 위한 시간을 종전 소년반 시간에 갖기로 했다. 저녁죽을 먹은 뒤 장년층을 교화하는 글방 모임이 바로 그가 새로이 벌인 일이었다. 석주율은 농군들이 비록 까막눈이라도 글을 가르치는 학습을 첫째 목표로 삼지 않았다. 함숙장이 후견하고 있다지만 아직 마을 사람들과 마음을 터놓고 지내지 못하는 그로서는 딱딱한 배움만으로 어른들을 모으기가 힘들었다. 처음은 고사(故事), 불경과 성경 이야기, 문명화된 나라의 풍물 따위를 들려주는 것으로 모임을 이끌어가기로 했다. 그러나 글방에 올 때는 빈손으로 오지 말고 반드시 짚뭇 몇 단은 가져오게 하는 다짐만은 받았다.

"이야기 들려준다니, 무슨 얘길까? 왜놈들 조선인 때려잡는 얘긴가, 아니면 우리한테 왜글 가르치겠다는 건가?" "석선생이 구영리 일대를 아주 개화시키기로 단단히 결심한 모양이야. 신들린 사람 같아." "젊은 선생의 침술 솜씨 봤는가? 복통으로 방 네 귀를 떼굴떼굴 구르던 진돌이아비가 침 한 방 맞아 복통이 깨끗이 주저 앉았대. 절에서 의방에 있었다나봐." "석선생 말야. 뼈가 녹았는지, 사람이 너무 좋은 건지 구별이 안 돼. 골목길에서 만나면 어른 아이 가리지 않고 이마가 배꼽에 닿게 절을 해대니. 사람이 그렇게 좋으니, 언변은 어떠하며 무슨 얘긴가 한번 들어봐야지."

갓골, 점촌, 대리골 어른들이 입방아 찧던 끝에 첫날밤 장년반 글방 모임은 열두 명으로 시작되었다. 그러나 인원이 하루 다르게 불어나, 열흘을 넘기자 글방 안이 차버렸다.

담배연기 자욱한 중에 석주율도 그들과 함께 새끼를 꼬며 그가 배우고 들은, 또한 함숙장 서가에서 빌려 읽어 익혀둔 여러 이야기를 들려주었다. 말주변이 없는데다 그의 이야기에 『고금소총(古今笑叢)』과 같은 우스갯감이 빠졌다 보니 재미가 있을 리 없었다. 그러나 그가 들려주는 이야기는 농투성이들이 여지껏 들은 적 없는 새로운 내용이라 새끼꼬기로 손을 놀리며 귀동냥하기에 맞춤했다. 농을 잘하지 못하는 석주율이 한두 가지 이야기를 마치면, 그럼 내가 한차례 하지, 하고 나서는 이야기꾼도 있었다. 그렇게 풀어놓는 이야기는 대체로 글방을 웃음으로 채우는 만담류여서 딱딱한 분위기를 풀어주었다. 주율은 눈물까지 찔끔거리며 폭소를 터뜨리는 그들 모습에서, 주려 찌들었을망정 순진무구하고 넉넉한 농민의 심성을 읽을 수 있었다.

석주율이 1914년 봄 경후와 함께 경성으로 올라가 고등불교강숙에서 교육을 받을 때, 동숙자로부터 들은 만담을 들려주었을 때도 마찬가지였다.

"조선에 나온 일본 관리 비위를 잘 맞추어 벼락 출세를 한 어느 개화신사가 처음 경성 구경을 가게 되었답니다. 멋진 개화모자를 쓰고 개화복으로 차려입고 경성에 도착하여 번화한 종로통 구경에 나섰지요. 이층 건물이 즐비한 큰길에 제힘으로 굴러가는 전차를 구경하다, 갑자기 뒤가 마려웠다지 뭡니까. 그런데 아무리 둘러보아도 뒷간이 없더랍니다. 급한 김에 한길에 쭈그리고 앉아 변을 보자, 저쪽에서 칼 찬 일본 순사가 걸어오는 게 아니겠습니까. 그래서 벌떡 일어나 고의춤을 여미곤 쓰고 있던 개화모자를 벗어 뒤본 데를 얼른 덮고 시침을 뗐답니다. "여기서 뭘 하고 있소?" 순사가 물었지요. 마침 참새 여러 마리가 눈앞에 날아가기에 개화신사가 반짝 꾀를 내어, 나리님, 이 모자 속에 참새 한 마리를 잡아놓았습니다. 나리님이 잠시만 모자를 지켜주면 제가 금방 볼 일을 보고 오겠습니다 하고 둘러대곤, 걸음아 날 살려라 도망갔다지 뭡니까. 순사가 아무리 기다려도 곧 온다는 개화신사가 안 오자, 모자 속의 참새를 꺼내려고 모자를 살짝 들치곤 손을 덥석 집어넣어 잡고 보니……"

금방 방안에 왁자한 웃음이 터져, 이야기를 마친 석주율이 머쓱해졌다. 석주율이 그 만담을 처음 들었을 때 그는 미소만 짓고 말았는데, 그들은 박장대소해 웃음이나 표정이 천진난만한 아이들 모습과 다를 바 없었다.

"일본 순사놈 물컹한 새 한 마리 잡았겠네.""개화신사 놈은 꾀가 그렇게 많으니 출세했겠지." 누군가 이렇게 말하자 다시 웃음보가 글방 안을 채웠다.

석주율이 여태껏 개체로만 보아온 이웃을 어우러지는 웃음을 통해 한꺼번에 묶어 볼 수 있게 된 것도 그 순간이었다. 한 그루 풀이 무리 이루어 들을 덮으면 초원이 됨을, 한 그루 나무가 모여 숲을 이룸과 같이, 대수롭지 않은 만담에도 모두 같은 표정으로 즐거워할 때, 그는 그들이 힘을 합치면 무슨 일이든 해낼 수 있다는 용기를 갖게 되었다.

만세(萬歲)

　음력 정월대보름을 넘겨 햇살 따뜻한 날이 많아 언 땅이 풀리자, 긴 겨울도 천천히 물러났다. 아직 농촌은 일손이 한가했고 들녘은 봄보리가 파랗게 살아나 봄소식을 알렸다.

　그날 저녁도 석주율은 야학당 글방에서 마을 어른들과 함께 새끼꼬기를 하며 구구셈을 외웠고, 유길준의 『서유견문록』에서 읽었던 서양 음식, 농작 따위를 이야기해주었다.

　밤이 깊자 글방을 채웠던 마을 어른들이 자기가 꼰 새끼 타래와 짚뭇을 들고 돌아갔다. 석주율이 지푸라기로 어지러운 방바닥을 비질할 때, 김수만이 글방 안을 들여다보며, 농막으로 올라가기 전에 숙장님이 뵙자 한다고 전했다. 학기가 바뀌는 절기라 학교가 개학을 앞두어 함숙장은 자전거를 타고 날마다 울산 광명서숙으로 출퇴근하고 있었다.

　석주율이 안채 사랑으로 건너갔다. 함명돈은 책을 읽다 돋보기를 벗었다.

"내일 자네 스승이 울산으로 온다는구나. 출소는 그저께 했다
더라."

스승이 드디어 형 만기로 부산감옥에서 석방되었음을 알자, 석
주율은 면회를 못 간 죄가 큰 만큼 무릎 꿇은 채 숙인 머리를 들지
못했다.

"내일 낮참에 도착하면 읍내 유림들이 주선해 석방 환영회라긴
뭣하지만 위로 모임을 갖기로 했어."

"인사드려야지요. 서숙에 가면 스승님을 뵙겠군요?"

"상충이 워낙 거물이라 학교에서 축하연을 열면 생도들 동요를
헌병주재소가 주시할 거야. 장소를 향교로 정했어. 향교로 오면
될 게다."

군 단위에 상주하는 헌병분견소는 작년 3월 말로 명칭이 헌병주
재소로 바뀌었다.

"저는 정오에 맞춰 읍내로 들어가겠습니다."

석주율이 사랑에서 물러나왔다. 그는 어둠을 밟고 총총히 농막
으로 올라왔다. 그동안 그는 자신이 거처할 방을 따로 지어 혼자
쓰고 있었다. 호롱불 아래에서 생도들 가르칠 교재 준비를 한 뒤,
하루 일과를 기록했다.

이튿날 아침, 석주율은 식구와 함께 농막 앞 터밭 고르기에 한
동안 땀을 빼곤, 두루마기 걸치고 읍내로 나섰다. 햇살은 포근했
으나 꽃샘바람이 사나웠다. 들녘에는 겨울을 이겨낸 보리가 센바
람에 떨었다. 태화강 모래톱에는 월동하고 북상할 고니 떼와 쑥새

434

떼의 날개 손질이 바빴다.

석주율은 읍내에 들자 교동에 있는 향교로 찾아갔다. 바람이 세차 모임을 누각이나 마당에선 가지지 못할 테고 사훈각 글방이려니 하고 그가 향교 마당으로 들어섰다.

"석상 아닌가. 나를 알아보겠지?" 석주율이 백군수 댁 초동 시절 헌병대 급사였던 점박이가 앞길을 막았다. 그는 칼 차고 총 멘 순사로 승진했다. "범서면에서 야학 한다며?"

"서당 규모지요."

"막진 않겠다만 출입자는 주재소가 찍는다는 걸 알아" 하곤, 점박이가 길을 열어주었다.

향교 마당에는 바람막이 휘장이 여러 채 쳐졌고, 흰옷 입은 무리로 시전같이 붐볐다. 석주율은 옷갓하거나 머릿수건 맨 많은 사람을 보자 울산 근동 백성이 스승을 얼마나 존경하는지 짐작할 수 있었다.

"상충은 은곡을 빼닮은, 참 의인이야. 봉황이 시절을 잘못 만났어." "울산 땅에 상충이 없다면 적막강산이지. 그가 있으니 자식 훈육에 말발이 서잖아." "울산 바닥에 한 마리 용이 천추의 한을 남기고 승천한다면, 용 하나만 남는 셈이군." 옷갓한 노인 셋이 휘장 속 멍석에 앉아 막걸리를 마시며 나누는 말이었다. 마지막 말 중 또 한 마리 용은 재판에 회부된 박상진을 두고 하는 말 같았다.

향교 마당은 대가 잔칫집처럼 손들로 가득했다. 옷갓한 선비는 그들끼리, 아래 민초는 저희들끼리, 나이에 맞추어 둘러앉아 술을 마시거나 음식을 먹고 있었다. 심부름하는 일꾼과 아낙들이 술되와 떡과 김치를 날랐다. 세찬 바람에 휘장이 풍구 소리를 냈다.

"지금부터라도 우리는 백선생 아래 뭉쳐야 한다고. 선생 집안이 언양으로 낙향했지만 울산과 언양은 원래 한 지방 아닌가. 선생을 명예 군수로라도 모셔야 돼." "새 지세령(地稅令)이 우리 군에만 하달된 게 아닐 테고 조선 농지 사정이 다 그렇다 해도, 지주가 지세며 공과금을 모두 작인에게 떼어넘긴다는 건 말도 안 돼. 이 문제를 백선생과 상의해서 대책을 세워야지. 참는 데도 한계가 있잖아."

혈기 올리는 젊은이들 말을 곁귀로 들으며 석주율은 스승을 찾았다. 그들이 하는 말로 보아 스승이 도착한 듯했으나 눈에 띄지 않았다. 사훈각에 계시려니 하고 그쪽으로 가다 그는 도정 박생원과 마주쳤다.

"어진이 아닌가. 이게 몇 년 만인가. 자네가 갓골에서 야학당 한다는 소문은 들었어. 감옥에 있을 때 면회도 못 가고…… 그동안 숱한 고비를 넘겼다지?" 박생원이 석주율 어깨를 흔들며 반가워했다.

"그동안 기체 안존하시고, 교당 운영도 잘되시죠?"

"암흑 세월에 떼밀려 살고 있지. 세상이 그렇지 않은가. 우리가 어디 산목숨이라 말할 수 있겠느냐."

몇 년 사이 박생원도 나이를 먹어 턱수염이 희끗했고 눈 가장자리며 뺨에 겹주름이 잡혔다. 눈매만은 여전히 날카로워 강파른 성격이 약여함을 짐작할 수 있었다.

"스승님은 어디 계십니까?"

"사훈각에 계셔. 어서 들어가보게. 서숙 숙장님이 백선생께 자네 얘기를 하더군. 훈장 노릇에, 불쌍한 사람들 모아 구휼까지 한다니, 자네야말로 그 스승에 그 제자다."

석주율은 짚신을 벗어 들고 사훈각 안으로 들어갔다. 글방 안은 사람들로 찼고, 안쪽에 맨숭머리로 서 있는 스승 모습이 보였다. 스승은 농사꾼으로부터 인사를 받고 있었다. 그 뒤로 백상충 손잡고 인사 나누려는 사람이 줄지어 대기했다. 주율이 줄 꼬리에 서자, 1년 전 표충사에서 있었던 자신의 석방 환영 불사가 떠올랐다. 가부좌한 자기 앞을 불도들이 줄지어 스쳐가며 축원하던 말이 생각났다. 스승이 큰 나무라면 자신이야말로 잡초에 불과할진대, 불도들로부터 그런 흠모를 받았으나, 끝내 절을 등졌다. 스승이 석방되었으니 함께 3년 형을 받은 영남유림단 각 지부 책임자와 표충사 주지승 일각, 교무승 자명도 석방되었을 터였다. 유림단 실무요원은 관두고라도 두 큰스님에게는 인사 차려야 도리련만 결례하고 있다는 죄스러움이 그의 머리를 숙여지게 했다.

"스승님…… 그동안 신고 많으셨지요?" 석주율이 목례하곤 어눌한 목소리로 말했다.

"주율이구나. 정신이 온전해져 빈민 구휼과 글방을 맡았다며?" 깎아 빗은 듯 마른 안면에 백상충이 미소 띠며 말했다.

"옥에 계실 동안 찾아뵙지도 못하고…… 죄송합니다."

백상충은 대답하지 않았다. 뒷사람 때문에 석주율은 자리를 내줘야 했기에 비켜섰다.

"어진아. 아니, 주율이랬지. 이리 오게." 저쪽 자리에서 함명돈

숙장과 앉아 있던 장경부가 그를 불렀다. 백상충이 동운사에 칩거할 때 걸음하기도 했던 경부의 사촌 장욱도 자리하고 있었다. 석주율은 음식상 모퉁이에 끼어 앉았다.

"석군, 자네를 도울 일꾼을 구했어. 글피쯤 갓골로 내려갈 테니 우선 만나보게." 장경부가 석주율에게 말했다. 그는 폐병을 얼추 꼈으나 얼굴색은 여전히 해사했다.

갓골 야학당 글방 학생 수가 하루가 다르게 늘어나자 석주율은 혼자서 감당하기가 힘에 겨웠다. 그래서 함숙장을 통해 함께 일할 광명서숙 졸업반 생도의 천거를 부탁했다. 농촌운동에 소명의식이 있으며 끼니와 잠자리를 해결해주는 외 대가 없이 봉사할 자라야 했다. 야학당 교사 일에, 해동이 되면 축산과 야산 개간 일도 함께해나갈 동지가 필요했다. 석주율은 봄과 더불어 양계와 양잠을 시작하기로 계획하고 있었다. 함숙장이 주율의 부탁을 받자, 학생을 직접 지도하는 장경부에게 추천을 맡겼던 것이다.

"천거해주셔서 고맙습니다."

"상안골 출신인데, 자네 한 팔은 충분히 해낼걸세."

인사를 대충 끝낸 백상충이 함숙장 옆자리에 앉았다. 시국담 끝에 장경부가, 구주대전 종결이 동북아에 미칠 영향을 두고 백상충에게 말했다. 상충은 감옥에서 막 나온 길이라 바깥소식에 어두웠기에 듣고만 있었다. 그동안도 사훈각으로 들어온 손이 연방 백상충에게 인사를 청해 그는 앉았을 짬이 없었고, 주율에게 별다른 관심을 보이지 않았다.

"사모님과 자녀분은 오시지 않으셨는지요?" 틈을 내어 석주율이 스승에게 물었다.

"먼저 고하골로 들어갔어" 하곤, 백상충이 함숙장에게 들은 말인지 석주율 신상을 두고 말했다. "듣자 하니 네가 이제야 갈 길을 잡았더군. 절은 진작 잘 떠났어. 농민운동도 보국(輔國)의 밑거름이니 좋은 인재를 길러내야지."

백상충 석방 환영연은 땅거미가 내릴 때쯤 끝났다. 사람들은 어둠에 잠겨가는 향교를 떠났다. 석주율도 함숙장과 함께 집으로 돌아가기에 앞서 스승께 인사를 드렸다.

"야학당이 쉬는 날 고하골로 찾아뵙겠습니다."

"글쎄, 내가 집에 있을는지 모르겠어."

"출타하실 데가 있사온지요?"

"일이 있으면 너를 부르마. 그때 오도록 하거라."

석주율은 스승의 퀭한 눈길을 마주보지 못해 목례하곤 돌아섰다. 회오리바람이 향교 마당의 흙먼지를 말아 올렸다.

장경부가 집 사랑에 잠자리를 마련해놓아 백상충은 그를 따라나섰다. 박생원, 장경부 사촌아우 장욱도 일행을 따랐다. 장욱은 경성고등보통학교를 졸업한 뒤 진학해 경성전수학교에 재학 중이었는데, 며칠 전 고향에 다니러 와 머물던 참이었다. 그때까지 대기했던 점박이가 일행을 뒤따랐다.

일행이 장판관 집 솟을대문 안으로 들어서자, 앞치마를 두른 장경부 처가 백상충을 맞았다. 그동안 경부는 슬하에 남매를 두었고, 그의 처도 일주일에 사흘을 광명서숙에서 여생도들에게 가사와 수예를 시간제로 가르치고 있었다.

백상충은 안채로 들어가 주인장 장순후에게 출감 인사부터 했다. 그동안 보신(保身)에만 골똘하여 많은 재물을 허실 없이 건사해온 장순후는 마뜩잖은 얼굴로 그를 맞은 뒤, 구주대전에서 일본이 승전국이 되었다는 장황한 말로 백상충의 기부터 꺾었다.

"아버지, 일본이야 어디 참전했습니까. 눈치보며 이길 쪽 편만 들었지요." 장경부가 핀잔을 놓았다.

"어쨌든 패전국이 아니고 승전국이잖아" 하더니, 장순후가 백상충 쪽으로 눈길을 돌렸다. "박상진이 체포되고 대한광복회가 일망타진됐다는 소식은 옥중에서도 들었겠지? 몇 년 사이에 이 땅에선 가장 큰 사건이었으니깐."

"알고 있습니다."

"상진 군은 경성재판소 일차 예심에서 사형 언도를 받았다네. 그 외 광복회 주모자 댓도 모두 사형이 확정됐고."

"그만 물러가 쉬어야겠습니다." 백상충이 안방을 나섰다.

장판관 집 안마당까지 들어온 점박이가 돌아갈 기색을 보이지 않자, 박생원과 장욱이, 내일 언양으로 떠날 때 뵙겠다며 백상충에게 인사하고 돌아갔다.

밤이 깊어 집안이 조용해진 뒤였다. 백상충도 촛불을 끄고 잠자리에 들었다. 바깥세상 잠자리에 익숙하지 못해 그가 잠을 못 이루자 밖에서, 형님 주무시냐는 장경부의 낮은 목소리가 들렸다. 백상충이 들어오라고 말했다. 경부가 방으로 들어오며, 염탐할지 모르니 불을 켜지 말라고 말했다. 그는 상충에게 낮부터 긴히 할 말이 있다고 귀띔했던 것이다.

"당분간 정양이 필요한데 형님이 당장 경성으로 나서긴 무립니다." 어둠 속에서 장경부가 말했다.

"인산(因山)이 삼월 삼일로 정해졌다니 시간이 없지 않은가. 낮에도 말했지만 내일 일찍 녹동리로 사람을 보내주게. 상진이 두 부친이 황실의 녹을 입으셨으니 자식 면회를 겸해 곧 한양으로 떠나실 테니 나도 합류할 작정이네."

백상충이 박상진 체포 소식을 감옥에서 접했을 때, 그는 이제 살아선 바깥세상으로 나갈 수 없다고 통탄했다. 상진의 자백을 통해 대한광복회 전모가 밝혀지면 자신은 물론 다른 자 여죄가 속속 드러날 테고, 다시 심문을 거쳐 재판에 회부되면 사형이나 무기징역의 중형을 받게 될 것임이 분명했다. 그러나 날수가 흘러도 행형당국은 별다른 조치를 내리지 않았다. 면회 온 처를 통해 진주 감옥 쪽을 알아본 결과 그쪽 사정도 마찬가지였다. 그제야 그는 박상진이 대한광복회를 충청도지부에 한정시켜 자백했음을 짐작할 수 있었다. 다른 지부 동지를 살리고 그는 스스로 죽음의 길을 택했던 것이다. 막상 상진이 모든 죄를 자신이 덮어쓰고 순국을 각오했다고 생각하자, 상충은 하늘 한 귀퉁이가 무너지는 절망감으로 며칠 식음을 전폐했다. 한때 상진을 시기하는 마음도 있었으나 따지고 보면 그의 명민한 머리와 호방한 기질과 우국충정을 누구보다 부러워한 데 따른 열등의식의 소치였고, 자신의 그런 좁은 마음을 탓해왔음도 사실이었다. 그러나 이제 엎질러진 물이었다. 갇혀 있지 않다면 당장 그가 갇힌 감옥으로 달려가, 대한 남아로서 그의 장함을 위로하고 싶었다. 내가 출옥할 때까지만 형살당하지 말고 살아 있거라. 그는 그렇게 기원하며 출감을 고대했다. 그래서 석방되는 날로 먼저 달려갈 곳을 상진이 수감된 감옥으로 잡았다.

"정 그러시다면 저도 형님 모시고 동행하겠습니다."

"학교 일이 바쁘잖은가. 도정어른이 함께 가기로 했으니 자네는 남도록 하게."

"월말인데 학교야 며칠 비우지요. 그런데 형님, 아무래도 고종 황제 인산 전후로 경성에서 무슨 일이 터질 것 같아요." 장경부가 방문에 귀를 모은 뒤 목소리를 낮추었다.

"지난 정월 하순에 고종 황제 승하 소식을 접했고, 이어 그 갑작스런 승하가 일본놈들 독살에 의한 죽음이란 소문이 항간에 유포된다는 말을 옥에 들어온 신참으로부터 들었을 때, 아무리 억눌려 사는 백성이지만 분함을 어찌 참겠는가 하고 짐작은 했지. 그런데 다른 소식이라도 있단 말인가?"

"일본 동경 조선인 유학생 사백여 명이 지난 이월 팔일 그곳 와이엠시에이(YMCA) 강당에서 독립선언서를 낭독한 사건이 있었습니다. 십일일에는 수십 명이 히비야 공원에서 시위했고요. 그래서 지금 경성에서도 천도교, 야소교, 불교, 학생층이 합동해 대규모 독립 시위를 계획 중에 있답니다. 전국 유림이 경성에 집결할 인산날을 전후해서 말입니다. 욱이 그 소식을 알고 왔어요."

"그게 사실인가?"

"그래서 저도 이번에 경성에 갔으면 합니다. 상진 형님은 공주 감옥에 있을 때 면회 갔다 온 후 벌써 반년 세월이 흘렀습니다. 상진 형님도 뵙고요."

"자네 뜻이 그렇다면 그렇게 하게."

"구주대전에서 일본이 승전국이 됐으나 국제 정세가 꼭 우리에게 불리하다고 볼 수는 없습니다. 지난 연말로 구주의 여러 피압박 민족이 독립을 선포했습니다. 그리고 올 사월에 법국 파리에서 종전 마무리에 따른 열강 강화회의가 열리는데, 여기에서 민족 자결주의 원칙으로 피압박 민족의 의사가 존중되어 처리될 전망이 있답니다. 그러나 피압박 민족의 독립이라도 식민지 종주국이 패전한 경우이지, 승전국이야 해당되겠습니까. 요컨대 오지리와 흉아리(헝가리) 제국, 토이기(터키)와 덕국 제국에 지배당하던 약소민족은 어떻게 독립 기회를 맞겠지요. 그러나 어쨌든, 약소민족에게는 이번이 좋은 기회라, 이 기회를 놓쳐선 안 된다는 여론이 나라 안팎으로 화제가 되는 모양입니다. 그래서 대륙 상해에서 작년 여름에 조선인 젊은 독립투사들로 조직된 '신한청년당'이 강화회의에 보낼 대표를 인선하고 만국에 호소할 독립청원서를 준비 중이라고 들었습니다……"

둘은 그 문제를 두고 밀담을 나눈 뒤, 장경부가 물러갔다.

이튿날 아침, 박생원과 장욱이 장판관 집으로 백상충을 찾아왔다. 장경부가 사랑으로 건너오자, 넷은 상경 날짜를 2월 26일로 예정해, 박교리 형제분이 먼저 상경했든 아직 머물러 있든, 녹동리 별택에서 합류하기로 합의했다.

장경부가 마부와 말을 내어주어 백상충은 홀로 언양 반곡리 고하골 본가로 떠났다.

　백상충 가족이 언양 반곡리 고하골로 돌아오자, 백군수 집은 한
꺼번에 식구가 불어나 고즈넉하던 집안이 다소 활기를 찾았다. 일
행은 모두 여섯이었다. 백상충 내외, 그의 아들과 딸, 조씨가 몸종
삼아 옆에 두는 처녀 티가 나는 분이, 우억갑이었다. 형세는 고등
보통학교 2학년으로 열다섯 살이라 키가 제 엄마보다 컸고, 윤세
는 보통학교 입학을 앞두고 있었다. 우억갑은 백상충 자녀를 다시
부산으로 데려가려 함께 온 참이었다. 조익겸은 외손을 부산에 잡
아두려 했으나 출옥한 사위가 며칠이라도 자식과 함께 있고 싶다
해서 우억갑을 딸려 보냈던 것이다.

　"……어르신께서 길안여관을 팔아치우자 물금댁은 후지노란 새
일본인 주인 아래 주저앉아 마사 일을 계속하게 됐으나 선화는 여
관을 떠났지요. 거기에는 그럴 만한 사연이 있습니다." 할 일이 없
다 보니 집안에서 빈둥거리던 우억갑이 부리아범의 외양간 두엄
쳐내는 일을 지켜보며 한 말이었다. 그는 명주 바지저고리에 비단
마고자를 걸쳐 부티가 났다. 마음 같아서는 부리아범 일을 거들
고 싶었지만 옷에 두엄 냄새가 묻을까 구경만 하던 참이었다. 그
는 조익겸이 여관업을 청산하자 요릿집 '아타미(熱海)'에서 처와
함께 일을 보고 있었다. 어판장으로 나가 횟감에 쓰일 물 좋은 활
어를 삽입하는 일이 그의 몫이었다. "선화가 보수산 검정골에 다
니며 역술을 배운다는 건 아범도 알고 있잖아요. 백운이란 거사가
선화한테 역술을 가르쳤는데, 그 작자가 선화를 꿰차고 간 셈이지

요. 거사가 검정골에 역술소를 차렸으나 파리만 날렸다지 뭡니까. 내외가 죽사발 안고 사는 처지라 자기 역술소에 선화를 대신 앉힌 거지요. 뒷조종을 거사가 하니 이문을 선화가 사, 거사가 육으로 나눈다든가 어쩐다든가……"

"백운 안사람은 나이가 얼마쯤 되나요?" 부리아범이 쇠스랑으로 두엄을 찍어내며 물었다. 그는 아무래도 선화가 백운이란 역술가 소실로 들어갔겠거니 여겨졌다. 소경 주제에 소실이면 어떠랴마는 본처와 한솥밥 먹는다니 구박이나 받지 않는지 걱정이었다.

"잘은 모르지만 백운 거사와 나이 차이가 꽤 지나 봅디다. 백운 거사 그 양반도 설핏 한번 봤을 뿐, 안사람이 누군지 모릅니다. 여관 중노미 봉술이한테 들은 말을 그대로 옮기는 것뿐이지요. 그래서 선화가 검정골에 들어앉자 점을 보러 찾는 사람이 제법 늘었다는 소문이 있습디다. 말이야 바른 말이지, 선화가 앞을 못 보지만 눈뜬 자 뺨칠 만큼 똑똑한데다 인물 또한 꽃 중의 꽃 아닙니까."

"입에 풀칠한다면 아무럼 남의 팔다리 주무르기보다 판수가 낫겠지요. 지난 설에는 차봉이까지 다녀갔는데 선화만 얼굴조차 못 봐 섭섭합디다. 소경이니 누가 길안내 안해주면 여기까지 먼길을 어찌 혼자 나서겠습니까. 이제 한 지붕 밑에 살지 않더라도 우서방님이나 삼월마님이 예전같이 우리 딸애 잘 보살펴주십시요."

부리아범이 일손을 멈추고 허리를 폈다. 외양간 옆 오얏나무 가지에 참새들이 촘촘히 앉아 따뜻한 볕살을 희롱하는데, 포근한 날씨라 봄이 오는 소리라도 들릴 듯했다.

"무슨 말씀입니까. 떨어져 살아도 선화야말로 한식구지 어디 남

이랄 수 있습니까. 또한 주인어르신께서 선화를 얼마나 어여삐
여기시는지, 요즘도 종종 안택으로 불러 마사를 받으시지요. 아
범은 이제 선화 걱정은 안해도 될 겁니다. 그애가 제 앞길 잘 닦
아갈 테니깐요. 한번 정해진 팔자는 고칠 수 없다지만 선화만은
제 팔자를 고쳐나갈 애라고 울산마님(조씨)께서도 하신 말씀이
있으십니다."

　사람 좋은 우억갑이 부리아범을 상대하고 있을 때, 별채 사랑에
서는 백상충이 두 자식을 앉혀두고 훈계를 하고 있었다. 윤세는
나이가 어려 상대는 형세였다.

　"……자상한 아비가 되지 못한데다 집을 늘 비웠으니, 너희들
교육에 소홀함이 많았다. 그러나 형세 너는 이제 청년 나이에 든
만큼 이 집안 종손으로 져야 할 책무도 가늠해야 할 게다. 또한 할
아버지께서 어떻게 별세하셨으며, 이 아비가 어떤 길을 걸어왔고
앞으로 어떻게 나아갈 것임도 대충 알고 있을 게다. 나는 일찍 조
선이 국권을 되찾는 소임에 죽기를 각오하고 나선 몸, 감옥 안이
나 이렇게 밖으로 나와 있으나 별 다른 뜻이 없다. 조선이 주권을
회복해 일본과 동등한 위치에 서는 세상이 오지 않는다면 나는 물
론, 자라나는 너희들 역시 사람 대접 못 받으며 살 게다. 외가가
재물이 많아 너희들이 남 못 받는 교육에 호의호식하고 있다 하
여, 이 나라 백성이 당하는 고통을 한시라도 잊어서는 아니 된다.
형세 네가 당장 마을로 나가 그들이 무엇을 먹고 어떻게 사는가를
보아라. 점심은 굶고 시래기죽이라도 식구가 저녁끼니를 배불리
먹는 집이 흔치 않다. 내가 쌀밥 먹고 신학문 교육을 받음이 장차

내 백성과 조국을 위해 어떻게 쓰일꼬, 그 생각을 잊어서는 아니 된다……"

형세는 고개 빠뜨린 채 아버지 말을 듣고 있었다. 어릴 적부터 그에게 아버지는 천둥 번개처럼 늘 두려운 존재였다. 그는 자라며 여태 아버지로부터 정이 담긴 부드러운 말을 들어본 적 없었다. 아니, 아버지와 함께 지낸 세월보다 헤어져 지낸 세월이 길었다. 이제 철들어 아버지가 하는 일이며 왜 감옥에 갇혔는지 알고 있었으나 주위를 둘러보아도 백에 하나 아버지 같은 어른을 만나기 힘든데, 왜 자기 몸을 상해가며 허구한 날 험한 길만 골라 걸을까를 생각하면 의문점도 있었다. 그러나 그런 말을 여쭐 수 없었다. 아버지 뜻을 좇아 언양까지 따라올 때도, 이번만은 자애로운 아버지를 마음 깊이 느껴보려 했으나 당신의 깡마른 표정은 여전히 근엄했고 목소리는 위엄에 차 있었다. 형세는 아버지가 출옥하기 전날 외할아버지가 훈계하던 말이 생각났다. "형세 너는 조씨 가문이 아니라 백씨 가문 대를 이을 종손이다. 네 큰아버지가 딸만 서넛 두었으니 네가 앞으로 집안 제사를 모시고 선산을 돌보아야 되리라. 예부터 종손은 사람이 조금 모자람이 넘침보다 낫다는 말이 있다. 모난 돌이 정 맞고 예쁜 꽃이 잘 꺾이듯, 종손이 너무 똑똑하면 집안이 큰물 지듯 싹 쓸려나가는 수가 종종 있지. 그렇게 되면 자식은 누가 건사하고 일가붙이는 누가 두량하며 선영은 누가 돌보겠는가. 종손은 선대로부터 물려받은 재산을 잘 간수하고 가문의 전통을 어떻게 이어가느냐에만 생각을 모아야 한다. 네 할아버지는 대과에 급제한 훌륭한 어른인바, 네가 백씨 가문 명예를 잘 이어가자면…… 내 하는 말이, 아버지 길을 좇아서는 결단코 아니 된다는 말이다. 아니, 외할아버지가 명령을 내린다. 내일 네 아버지가 감옥에서 나오지만, 그 사람은 시속의 이치를 모르는 고집불통의 옛사람이다. 생각하는 바가 이 할아비보다 더 늙었다는 뜻이다. 아비가 네게 무슨 훈계를 하든 너는 한 귀로 듣고 한 귀로는 흘려버려야 해. 내 말이 무슨 말인고 하니, 네 아버지 흠을 잡자고 하는 말이 아니라, 그 생각과 하는 일이 지금 세상 형편과는 도무지 이치에 맞지 않다 이 말이야. 물론 네 아버지의 그런 충성된 뜻도 귀한 바는 있지. 그러나 너마저 생각이 아비를 닮아 천방지축 모르고 날뛴다면 백씨 집안은 너로서 대가 끊어지게 돼. 종손은 늘 세상 순리와 법도에 좇아 남의 말을 듣고도 짐작만 할 뿐, 매사에 신중하고 참을 줄 알아야 한다. 행동과 말이 남 앞에 드러나지 않아야 하고, 조용한 못물같이 순탄해야 네 대에서 다시 가문이 일어나고 영화를 볼 날이 올 것이다. 그렇게 되기까지 내가 뒤에서 힘자라는 대로 도와주마. 외할아비 말뜻을 잘 알겠느냐?"

형세는 외할아버지 말과 아버지 말 중 어느 쪽이 좇아야 할 길인지 얼른 판별이 서지 않았다. 그러나 마음이 외할아버지 쪽으로 기울어짐을 어쩔 수 없었다.

"아버지, 엄마가 감옥은 춥다던데 다시 안 가실 거지요?" 윤세가 아버지 말을 자르고 물었다. 반달 같은 동그란 이마에 콧날이 오똑했고 동그란 눈이 유독 반짝여, 출생의 신고와는 달리 총명함이 넘치는 용모였다.

"감옥에 가고 안 가고가 중요하지 않다. 또한 어른은 추위를 잘

448

참아내니 네가 걱정할 일도 아니고. 윤세는 이제 달포만 지나면 학교에 입학하니 공부 열심히 해야 해. 네가 마음에 둘 일은 아버지 걱정이 아니라 지금부터 해야 할 공부이니라." 백상충이 잘 빗어 땋은 딸애 머리를 쓰다듬었다. 모처럼 그의 여윈 뺨에 미소가 번졌다.

"윤세는 공부 잘할 거예요. 벌써 조선글을 붙여 읽고 쓰는데요." 모처럼 아버지의 미소 띤 얼굴을 본 형세가 말했다.

백상충은 출옥한 뒤 처가에 이틀을 머물 동안 처에게, 두 애를 외가에 계속 맡겨두고 학교에 보낼 수 없다고 말했다. 그가 보기에 처가는 교육 환경이 좋지 않았다. 족쇄를 찬 꼴로 아사지경에서 헤매는 백성의 참담함에 비추어 세 끼니를 상다리 휘어지게 쌀밥과 고기 반찬으로 포식함도 문제였지만, 처가가 왜식 요릿집을 경영하고, 집안에서는 유성기를 통해 왜노래가 쏟아짐을 보아낼 수 없었다. 그는 하룻밤을 묵고 나자 걸어서라도 두 자식 달고 언양으로 떠나겠다고 장인에게 우기기도 했다. 공부를 핑계로 자식을 외가에 계속 맡겨둔다면 그들이 성장한 뒤 어떤 삶을 택할 것인지 한눈에 내다보였다.

백상충은 박상진 체포 소식을 접한 뒤부터, 형기를 끝내고 석방되면 가족 이끌고 간도로 이주하리라 결심했다. 영남유림단, 대한광복회가 풍비박산된 마당에 국내에서는 수족조차 운신하기 힘듦을 그는 자각했던 터였다. 간도로 들어가더라도 자식은 그곳 학교에 편입시킬 수 있고, 북경에 유학 보낼 수도 있었다. 부산 처가보다 그쪽이 자식에게 민족교육을 시킬 수 있는 터전이라 그는 믿었다. 언양 고하골로 돌아오면 가형에게 그 의견을 내고 아내와 자식에게도 간도 솔가 문제를 꺼낼 요량이었다. 그러나 울산에서 장경부를 통해 경성에서 광복 궐기가 있을 예정이란 소식을 듣자, 간도행 발설은 경성을 다녀온 뒤로 미루었다.

"너희들은 외갓집에 가더라도 앞으로 집안에서 왜놈 말을 쓰지 말 것이며, 왜노래를 부르지 말 것이며, 왜복식을 해서는 절대 안 돼. 외할아버지가 무슨 말을 하더라도 내 당부가 그러하니 아비 말은 꼭 지켜야 한다. 알겠느냐!" 백상충이 눈 부릅뜨고 아들과 딸에게 엄숙하게 다짐렀다.

백상충이 자식을 내보내고 아랫목에 목침을 베고 누웠다. 감옥에서 앓아온 고질병으로 허리에 신경통이 있었던 것이다. 아랫목이 따뜻해 그가 설핏 잠에 들었을 때였다. 바깥에서 언성 높인 말소리가 들렸다.

"몸져누웠다니. 송장이 아닌 다음에야 사람은 알아보고 귀는 뚫렸을 게 아닌가. 내 말이 틀렸는가?"

백상충이 눈을 떴다. 듣던 목소리였다. 조씨가 약사발을 소반에 받쳐들고 방으로 들어와 방문을 닫았다. 해사한 안색에 입술마저 푸른 기가 도는 조씨가 겁에 질려, 주재소에서 강형사가 왔다고 말했다. 백상충이 일어나 앉자, 조씨가 방문을 열었다. 부리아범과 장순후 댁 마부 염서방에게 삿대질하던 강형사가 백상충을 보았다.

"백상, 이거 얼마 만이오? 눈에 선한 얼굴을 또 만나니 반갑구려." 강형사가 마루로 올라섰다. 그는 검정 외투에 납작모를 쓰고 있었다. "아무렴, 그래야 되겠소. 백상이 출옥 허가수칙에 손도장 찍었다면 거주지 관할 주재소 헌병경관에게 신고를 필해야 되는 줄 알 텐데, 코빼기도 안 비추다니. 글줄 배웠다면 자신이 요사찰 대상인 줄 알 게 아니오?"

"몸이 좋잖아서…… 내일쯤 면소로 나가려던 참이오."

"그저께 울산 향교에 사람이 꽤 모였다던데?"

강형사가 궐련을 화롯불에 당겼다. 백상충이 대답 않자, 조씨가 식기 전에 약 드시라 이르곤 밖으로 나갔다.

"백상이 없던 삼 년 동안 울산과 언양은 사실 무풍지대였다오. 다시 큰짐을 맡았으니 내 어깨가 무거울 수밖에 없소. 우린 참말 전생에 무슨 악연인지 모르겠구려. 백상도 나를 보니 심기 불편하겠지만, 내 언젠가 말했듯 서로 직업이 직업이니만큼…… 당신은 또 독립투쟁을 획책할 테고, 나는 그런 자를 쫓으며 숨통 죌 테고…… 그렇지 않소?"

나는 권솔 이끌고 만주로 들어갈 참이오. 당신과의 긴 악연도 끝이오. 백상충이 한마디 뱉고 싶었으나 참았다. 입안이 바싹 마르고 갑자기 온몸에 힘이 빠져 그는 쓰러지듯 등을 벽에 붙였다. 솜바지 위에 놓인 심줄 불거진 마른손이 경련으로 떨었다. 이 땅에서 이런 자를 상대로 싸우기에는 나도 지쳤다. 그는 눈을 감고 속말로 탄식했다.

"감옥 안에서나 바깥세상에 나와보나, 심신이 괴롭기는 마찬가지요. 박상진이 죽기 전 면회라도 다녀왔으면 싶으나 이렇게 몸이 허하니 마음만 앞서는구려. 기운 차리는 대로 주재소에 들르겠소.

그럼 실례하오."

백상충이 눕고 말았다. 밖에서 방안 말을 엿듣던 조씨가 황급히 방문을 열고 들어와 서방 몸에 이불을 덮어주었다.

"서방님이 몹시 편찮으시니 강형사님이 양해해주십시오. 먼길에 왕림하시느라 수고 많으시겠으나……"

조씨 말에 강형사가 마지못한 듯 엉덩이를 일으켰다. 그는 백상충의 주재소 출두를 강조하곤 마당으로 나섰다. 대문간에 세워둔 자전거를 타고 방앗간에 들러 딱부리를 만나, 백상충 동태를 감시하고 그 집에 들랑거리는 외부인 신상을 파악하라고 일렀다.

이튿날 아침, 우억갑은 형세와 윤세를 데리고 부산으로 떠났다. 그들 배웅을 겸해 면소 주재소에 석방 신고차 백상충도 마부 염서방을 앞세워 말을 타고 나섰다.

*

백상충은 처가 꺼내놓은 솜바지저고리를 입고 무명 두루마기를 걸쳤다. 고종 황제 인산에 참여하러 상경하는 길이라 백립을 썼다.

"예전과 달리 이젠 경주까지만 나가면 열차를 탄다니 한양길도 멀지 않다오. 애들도 떠나고 나까지 집을 비워 임자가 허전하겠소." 백상충이 처에게 말했다.

"무리하시다 신환이라도 얻을까 걱정입니다."

챙겨 싸놓은 보퉁이를 들고 조씨가 서방을 뒤따라 마루로 나섰다. 마당에는 염서방이 말을 대기시켜놓고 있었다. 백상충은 위채에 올라가 형과 형수에게 출타인사를 했다.

"늘 하는 말이지만 제발 행동거지 조심해. 네가 또 무슨 일을 저지르면 이제야말로 우리 형제는 다시 상면할 수 없을 것이다." 방문을 열고 백상헌이 얼굴만 내밀고 말했다.

염서방을 견마잡이로 세워 백상충이 말에 타고, 둘은 고하골을 떠났다. 녹동리로 가자면 연화산 허리를 돌아 동운사를 거쳐가야 했다. 고하골에서 녹동리까지 40리 채 못 되었으나 경상남북도를 가르는 험준한 치술령을 넘어야 했다. 울산군 두동면 만화리에서 시작되는 치술령은 해발 760미터 넘는 잿길로, 산마루에 오르면 멀리로 하늘이듯 바다이듯 동해가 잡혔다.

"절에 잠시 들러 인사를 차려야겠네."

동운사 일주문을 저만큼 두자, 언덕길을 오르느라 헉헉대는 말에서 백상충이 내렸다. 상충이 절마당으로 들어가니, 법당에서 나오던 법해가 합장하며 그를 맞았다.

"석방되셨군요. 일간 고하골에 들르려 했습니다."

"조실스님, 주지스님도 안녕하시지요?"

"조실스님은 지난해 입동 절기에 열반하셨고, 주지스님은 해인사로 옮겨갔습니다. 대신 제가 말사를 맡고 있지요."

"노스님이 열반하셨다니…… 그러고 보니 팔순이 넘으셨군요. 지난여름 주지스님이 부산감옥으로 면회 오셨을 때 별 말씀이 없었는데……"

백상충이 먼 하늘에 눈을 주었다. 선정(禪定)만을 고집하며 언중유골의 법어를 곧잘 읊조리던 파파승 조실승과, 좋은 벗으로 물

심양면 도움을 베풀던 주지승 자운 모습이 뿌연 하늘에 구름처럼 흘러갔다. 동운사도 나와 인연이 끝났구나. 그런 생각이 회한으로 그의 마음을 적셨다.

차라도 공양하겠다는 법해 말을 물리치고 백상충은 석간수로 목을 축인 뒤, 한때 은둔했던 백립초당으로 넘어갔다. 3년 동안 비워둔 초당은 이엉이 썩어 내려앉았고 싸리문은 닫혀 있었다. 먼눈에 보아도 안채 마루 처마에는 거미줄이 무성했다. 백립초당 편액만이 옛 주인을 반겼다. 그는 다시 이곳에 은둔해 침잠할 수 없다고 생각했다. 내 나이 서른여덟, 반평생을 넘긴 마당에 남은 세월을 서책이나 들추고 은거할 수 없다. 그렇다, 간도로 들어가야 한다. 거기서 옛 동지와 함께 왜적과 싸워야 한다. 그렇게 재기함만이 선열과 조상에 보은하는 길이리라. 백상충이 중얼거렸다.

백상충과 염서방이 치술령 넘어 경주군 외동면 녹동리에 닿기는 점심참을 넘겨서였다. 박상진 별택은 동서로 치술령과 천마산을 울 삼고 남북으로 두산못과 석계천을 끼고 있어 경관이 좋았다. 한 울타리 안에 중문을 사이에 두고 덩실한 골기와집이 위채와 아래채로 나뉘었는데, 위채는 박상진 양부 박시룡이, 아래채는 박상진 생부 박시규가 썼다. 선대 본가는 울산군 울산면 송정리였으나 수양하기에 바다 쪽보다 산이 좋다 하여 녹동리에 스물두 칸 저택을 지어 거처를 옮기기가 상진이 서당 공부를 시작할 무렵이었다.

백상충이 집안으로 들어가니 박생원과 장경부, 장욱이 앞서 도착해 있었다.

"형님, 우리가 한발 늦었습니다. 상진 형님 막내 제씨가 두 어른 모시고 그저께 경주읍으로 떠나셨답니다. 양력 말일이 감옥 면회 날이라니 이틀 훕니다. 우리도 서둘러야 글피에 경성에 도착하겠습니다." 장경부가 말했다.

"경주에서 첫 열차 타자면 지금 나서야 합니다. 경주까지 육십 리니 무리해서 밤길을 걸어야지요." 박생원이 말했다.

"잠시 인사드리고 떠납시다."

백상충이 위채 안방마님을 찾았다. 박시룡 처요 박상진 양모 되는 숙인(淑人) 조씨는 상진이 왜경에 체포되어 간 뒤 병을 얻어 자리보전한다 해, 상충은 댓돌 아래서 문안인사만 올리고 아래채로 내려왔다. 그를 뒤따르며 안내하던 부엌아이는 박상진 처가 거처하는 방으로 가서, 울산 읍내 백군수 댁 자제분이 오셨다고 알렸다. 박상진이 녹동리에서 체포되고 곧이어 세상을 떠난 서방 생모 삼년상이 끝나지 않아 무명상복 차림으로 마루에 나선 최씨가 상충을 맞았다. 최씨는 시집온 뒤부터 백상충을 알고 있었지만 외간 남자라 사대부 집안 법도대로 몸을 반쯤 돌리고 섰다.

"심려 많으시겠습니다. 제가 옥살이하느라 그동안 찾아뵙지 못하다 이제야 석방되어 한양으로 올라가 상진을 만날까 합니다. 천추만대에 이름이 빛날 장한 가군을 두셨으니 부인께서 너무 상심 마시고 마음을 굳게 가지십시오."

"무어라 말씀 올려야 할지…… 고마울 따름입니다. 저도 어르신들 쫓아가 바깥어른을 뵙고 싶은 마음은 간절하나 면회한다고 환고향하시지도 못하실 테고 상심만 더 드릴 테니…… 여기 또한 아직 상중이요 어머님께서 병환에 드셔서……" 옷고름으로 오열을 막던 최씨가 더 말을 잇지 못하고 애써 설움을 참았다.

"사람의 생사는 하늘에 달렸다 했습니다. 하늘이 상진의 어깨에 의로운 짐을 지게 해 그로 하여금 범인으로 감히 못할 큰 뜻을 이루게 하지 않았습니까. 부인께서는 모쪼록 건강을 돌보시어 윗분을 모시는 일이나 자녀 양육에 정성을 다함이 가문의 명예를 지키는 길일 것입니다. 부디 자중자애하십시오. 갈 길이 바빠 그만 물러가겠습니다."

백상충이 절름걸음으로 바깥마당으로 나왔다. 뒤쪽에 섰던 박생원과 장경부 형제가 뒤따르고 집안 노복도 발소리 죽여 솟을대문까지 그들을 배웅했다.

"상진이 타던 백마는 아직 건재한가?" 백상충이 노복에게 물었다.

"서방님 모시듯 잘 돌보고 있습니다. 위채 어르신께서 그저께 경주로 타고 나가셨습니다."

백상충은 솟을대문을 나서기 전 걸음 멈추고 너른 집안을 둘러보았다. 아직 행랑식구가 많이 기거했으나 집안 분위기가 적적했다. 백상충은 네 해 전 대한광복회 발기 회합 때 와보곤 첫걸음이었으나 어디 한군데 낯선 구석이 없었다. 소싯적, 그는 여기 글방에서 한학 익히기 햇수로 다섯 해였다. 초하룻날과 보름날만 울산 본가로 갈 수 있었으니 열두어 살 전후 소년기 한 시절을 그는 녹동리 이 집에 살다시피 했다. 훈장을 맡은 이는 상진 삼종숙 박시주로 호를 묵언이라 했고 울산, 경주 지방에서는 문명이 높아 글을 배우러 오는 학동이 많았다. 상진과 함께 진서를 익히던 옛 시절이 암암하게 떠올랐다. 그때만 해도 반도가 내 나라 내 땅이었고 청운의 큰 뜻에 가슴 부풀었던 행복한 시절이었다.

"상진이 없다면 내 언제 여기에 다시 올꼬." 백상충이 간도 이주를 염두에 두고 탄식한 말이었다. 그는 말 등에 올랐다. 그가 옥에서 갓 나와 몸이 쇠약한데다 걸음조차 시원치가 못해 먼 행보가 무리임을 알고 장경부가 경주까지 말을 주선했기에 염서방이 다시 견마잡이로 따랐다.

일행이 죽동리 주막에서 저녁 요기를 하고 불국사 어름까지 오자 날이 어두워졌다. 음력으로 보름이 가까워 만월을 이루어가는 달이 하늘 가운데 떴다. 소나무 높은 가지 사이로 환한 모습을 드러낸 달이 끊길 듯 이어지는 달구지길을 밝혔다. 스산하게 이는 바람결에 말 요령 소리와 편자 울림이 적막을 깨뜨렸다. 기온이 떨어지자 2월 하순의 냉기가 옷 속으로 스며들었다.

길을 걸으며 장욱이 경성에서 암암리에 벌어지고 있는 조선독립 시위 계획을 들은 대로 털어놓아, 그들의 추위에 찌든 마음에 훈훈한 화톳불을 지폈다.

"……더 깊은 내막은 모르지만 천도교계는 손병희 도사교, 권동진, 오세창 선생이 나서고, 기독교계는 평안도에서 이승훈, 양전백 목사가 경성에 와서 천도교측과 연합하기로 합의했답니다. 불교계는 고승들이 지방 사찰에 산재해 연락이 힘들다 보니 주로 경성에 거주하는 한용운, 백용성 선사가 가담키로 내약 받았다고 들었습니다. 상호 연락 주무는 천도교 쪽인 보성학교 최린 교장이 주선하고 있습니다."

"그렇다면 유림측이 빠졌잖는가?" 백상충이 물었다.

"그쪽 소식은 듣지 못했습니다. 한말 고관직에 있었던 윤용구, 한규설, 박영효, 윤치호 등, 구 대신들 교섭은 실패했다는 풍문도 있습니다. 그러나 학생들이 적극 호응해 동지 규합에 열성을 쏟고 있습니다. 기독교청년회가 앞장서서 간사 박희도가 교계와 접촉하며, 전문학교마다 대표자를 선임했습니다. 제가 다니는 경성전수학교는 물론, 경성의학전문학교, 세브란스의학전문학교, 경성공업전문학교, 보성법률상업전문학교, 연희전문학교가 망라되었지요. 저는 우리 학교 재학생인 전성득과 윤자영한테 그 정보를 접했습니다."

"그렇다면 거사일은 양력 삼월 삼일이 되겠군. 그날이 인산날 아닌가." 장경부가 말했다.

"경성으로 올라가 동지들을 만나봐야 알겠죠. 지금으로선 인산 전후라고만 알고 있어요. 인산 맞아 전국 유림처사들이 그 전후에 경성으로 집결할 테니깐요."

대화가 끊겼다. 민족해방운동 시위가 국내외에 어떤 파급 효과를 일으킬지 알 수 없었으나, 대명천지에 독립만세를 목청껏 외친다는 감격만으로도 그들은 부푼 생각에 잠겼다.

밤을 도와 부지런히 걸은 그들이 경주 읍내에 들기는 자정을 넘겨서였다. 백상충은 경주 읍내 알 만한 친지 집을 찾을 수도 있었으나 오밤중에 사람을 깨우기도 무엇해, 곧장 역으로 가자고 제의했다. 천장 높은 썰렁한 역 대합실에 도착하자 열차시간표를 확인하니, 종착점 포항발 대구행 열차 경주 도착 시간이 아침 일곱시

삼십오분이었다. 대구에서는 열시 오분에 경부선 상행열차와 연결되었다. 그 차편을 이용한다면 경성 도착이 밤 열한시경이었다.

대구에서 포항까지 경동선(慶東線)은 사설 조선중앙철도주식회사에 의해 1916년 11월 대구에서 하양까지 1차 개통을 보고, 작년 10월 말에 포항까지 전구간 개통을 보았다.

천장의 알전구가 대합실을 밝히는 아래, 일행은 의자에 앉아 추위에 떨며 날이 밝기를 기다렸다. 바깥이 훤하게 트여오자 열차 탈 손이 하나둘 대합실로 들어왔다. 등짐 진 장사치, 북지로 떠나는지 가재도구를 덩이덩이 이고 진 남부여대한 식구도 있었다. 일본인 관리와 교복 입은 학생들 사이, 백립 쓰고 두루마기 걸친 나이 지긋한 선비도 보였다. 백립 쓴 그는 고종 황제 인산 참례차 상경함이 틀림없어 백상충이 인사를 청하고, 서로 본향과 본관을 밝혔다. 인산이 3일이라 아직 닷새가 남아 있었으나 경성의전에 다니는 자식을 만날 겸 일찍 상경한다고 선비가 말했다.

염서방은 백상충이 타고 온 말과 함께 울산으로 돌아가야 했기에 개찰이 시작되자 작별인사하고 헤어졌다. 차표를 검사하는 역원 옆에 정복에 칼 찬 순사와 헌병이 길손을 예의 주시했고, 더러 수상쩍은 자의 짐과 주머니를 조사했다. 백상충 일행은 별 탈없이 승강장으로 나섰다. 열차는 정시에 도착했다. 경동선이 개통된 지 불과 몇 달밖에 되지 않아 열차 안은 빈자리가 많았다.

열차는 서리가 하얗게 내린 들을 기운차게 달렸다. 들에는 봄보리가 파랗게 자라고 있었다. 들일에 나선 어른과 아이들이 열차를 보고 손을 흔들었다. 밤새 잠을 못 잔데다 노독에 시달린 장경부와 장욱은 옅은 잠에 빠졌으나 백상충과 박생원은 창밖을 내다보며 생각에 잠겨 있었다. 평소에도 과묵한 박생원은 길을 나선 뒤 말수가 더 줄어 입을 다물고 있었다. 그는 난생처음 타보는 열차여서 문명의 위대함에 감탄하고 있었다. 일본 힘으로 이런 문명시설이 조선 땅에 설치되었음에 분개하기도 잠시, 그는 상경길에 천도교 머리 손병희 도사교와 중앙총부 지도급 인사들을 만날 희망으로 마음 부풀어 있었다. 대구에서 경성으로 가는 열차 승객 중 백립 쓴 도포나 두루마기 차림이 눈에 띄어 전국 여러 지방에서 인산에 참례하려는 상객(喪客)이 많음을 알 수 있었다. 내일과 모레는 수가 더 늘어날 테고, 열차 이용객이 아닌 도보 참례자까지 합친다면 인산 당일은 장안 거리가 인산인해를 이룰 듯했다.

일행은 서울역에 도착하자 가회동 장욱 집에 들었다. 장욱 부친이요 장경부 삼촌 되는 장순전은 철도국 참사직에 있었다. 박시교 형제분이 머무는 수표동 주소도 지녔으나 내일 아침 공주감옥에서 서대문감옥으로 이송되어 수감 중인 박상진을 면회 가면 자연 만날 터였다.

아래채 방 한 칸에 들어 넷이 동숙하고 이른 아침밥을 먹기가 바쁘게 일행은 가회동 집을 나섰다. 장욱은 경성전수학교 시위책인 전성득을 만난다며 권농동으로, 박생원은 동대문 밖 상춘원(常春園)에 거처하는 손병희 도사교를 만나러 나섰다. 백상충과 장경부는 서대문감옥으로 가며, 오후 네시에 종로 종각 앞에서 만나기로 헤어지는 둘과 약속했다.

백상충과 장경부는 사직골 언덕길을 넘어 독립문을 비껴 돌았

460

다. 독립협회가 대한제국을 영구 독립국가로 선언하려 1897년에 완공한 독립문을 바라보는 백상충의 감회가 새로웠다. 당시 독립협회 회장이었던 이완용은 3년 뒤 매국노로 변신했으니, 독립문은 영욕의 역사를 지켜본 셈이었다. 민중계몽운동을 주도하며 대의민주정치를 표방했던 독립협회는 개화 지식인 애국지사가 주축이되었으나 회원 중에는 기회주의자도 적지 않았다. 그러나 독립문을 세울 당시 들끓던 민족자존의 드높은 외침은 1899년 초 독립협회가 해산됨으로써 지하로 잠적하고 말았다. 백상충은 십수 년 전 정미년(1907) 초봄이던가, 이태 만에 마포감옥에서 석방되어 이강년 의병장 휘하로 종군하기에 앞서 한양을 떠나며 보았던 독립문을 떠올렸다. 왜 왜놈들은 아직도 저 문을 그대로 두는지 그 점이 의아했다. 조선인의 알량한 독립정신을 비웃는 흉물로서 보존하고 있는 것일까. 해석은 어떠하든, 독립문은 그때 보았던 위용대로 그 자리에 있었다.

독립문에서 얼마 떨어지지 않은 언덕길에 서대문감옥의 높다란 담이 보였다. 회백색 칙칙한 담벽과 뾰족한 망루가 을씨년스러웠다. 많은 우국지사가 그 안에 갇혀 영어의 생활을 하고 있었다. 마포감옥이 주로 일반죄수를 취급한다면 서대문감옥은 국사범을 많이 수용했다. 서대문감옥은 기결수와 미결수를 나누어, 면회대기실이 따로 있었다. 양쪽 방은 면회 온 가족과 친지로 붐볐고, 여기저기 백립 쓴 노인과 간수도 섞여 있었다.

백상충과 장경부는 미결수 면회대기실에서 박시룡 형제분과 상진의 막내아우 호진을 만났다. 육순을 바라보는 교리어른이나 아우 되는 승지어른은 도포에 백립을 썼고, 스물 중반인 박호진은 두루마기 차림에 납작모를 쓰고 있었다.

"교리어르신, 승지어르신, 안녕하시온지요." 백상충이 두 어른께 인사를 했다.

"백군 아닌가. 자네를 여기서 만나다니. 그동안 얼마나 고초가 많았는가. 얼굴이 말이 아니네. 자네가 설쇠고 출옥한다는 말은 들었으나 여기서 만날 줄 몰랐네." 박시룡이 상충의 손을 잡고 흰 수염을 떨며 말했다.

"석방된 지 여드레 되나 봅니다. 경주 녹동리 집에 들르니 먼저 떠나셨더군요."

"아직 몸도 허할 텐데 먼길을 와주어 고맙네." 아우 되는 박시규 말이었다.

장형 면회를 한 달에 한 번씩 도맡아 다니는 호진이 솜옷 따위의 사물과 영치금을 입금하고 면회를 신청하니, 아니나 다를까 면회자는 셋으로 제한되어 있었다. 면회자를 다섯으로 늘려달라고 간수를 잡고 통사정하고 어떻게 뒷돈을 써보려 했으나 그게 통하지 않았다. 박상진 양부와 생부, 그리고 백상충을 면회자로 신청했다.

"장유유서를 따지더라도 어르신네와 형님이 순서입지요. 젊은 우리야 다음에 기회가 있겠지요." 장경부는 서운한 마음이었으나 그렇게 말할 수밖에 없었다.

수인번호 97 박상진 면회는 열한시에 이루어졌다. 박상진 수인번호가 호명되자 간수 둘이 면회자를 안내했다.

"낙루해선 안 된다고 다짐했건만 흐르는 눈물을 어찌 감당해."
박시룡이 복도를 걸으며 수건으로 눈자위를 닦았다.

셋이 쇠창살 앞에 대기하기 한참, 간수와 함께 박상진이 나타났
다. 체포되기 전보다 여위기는 했으나, 그래서 더 청정해 보이는
얼굴이었다.

"상진아, 건강은 어떤가?" 아들 목에 인두로 지진 듯 붉은 상처
자국을 보고 박시룡이 물었다.

"마음 편하게 지냅니다. 저로 하여 부모님 건강이 어찌될까가
걱정입니다."

"집안은 무고하니 걱정 말거라. 응수도 잘 있다." 박시규가 말
했다. 응수는 박상진의 아들이었다. 상진이 양부와 생부 뒤쪽에
선 백상충을 보았다.

"상충 형님 오셨군요. 부산감옥에 계실 때 뵙지 못해 결례가 많
았습니다."

백상충은 무슨 말부터 꺼내야 할지 말길을 잃고 박상진을 바라
보기만 했다. 예전의 둥근 얼굴이 말랐으나 큰 눈의 안광만은 여
전히 빛났다. 감옥에 갇힌 자답지 않게 그는 늠름했고 표정은 온
화했다.

"어제 변호사를 만났는데, 김변호사도 검사국이 이심(二審)을
오래 끄는 이유가 석연치 않다더군. 김한종과 세 분은 공주감옥으
로 보냈는데 너만 경성에 잡아두는 이유도 그렇고." 박시규가 말
했다.

"여죄를 더 캐겠다지만, 놈들과 더불어 삶을 구한다면 죽는 것

만 못합니다. 아버지는 소자 마음을 아시잖습니까."

미결수와 면회자 담화 내용을 기록하던 간수가 필을 멈추곤 박상진을 쏘아보았다.

"……지원(至願)을 이루지 못한 게 통분스러울 뿐, 내일 사형당한다 해도 여한이 없습니다. 남아가 한길로 뜻을 세웠다 끝을 못봄 또한 천기가 그러한즉, 소자는 순리로 받아들입니다. 안중근의사가 그랬듯, 죽는 날까지 몸을 버리지 않고 깨끗이 가지겠다는 다짐만 할 뿐입니다. 그러하오니 부모님은 소자에 대한 걱정은 마십시오. 놈들 앞에서 말할 때나 독방에 있을 때나 마음만은 편안합니다." 박상진이 미소 띠는 여유를 보였고 목소리는 부드러웠다.

"상진아, 그런 말을 왜 해. 넌 죽지 않는다. 서른다섯 창창한 나이에 네가 죽다니. 아비 먼저 죽어선 아니 돼……" 쇠창살을 쥔 박시룡이 울음을 삼키곤 더 말을 잇지 못했다.

"장하다. 자네만한 위인이 조선에 몇이나 되랴. 자네야말로 강명(剛明)한 의인이다." 참고 있다 뱉은 백상충의 첫말이었다.

"형님, 제가 못 이룬 뜻은 다른 동지가, 그 동지가 원을 못 풀면 다음 세대가 승계하겠지요. 형님은……"

붙어 섰던 간수가 박상진 말을 막고, 이틀 금식 처벌을 당하겠다면 계속 지껄이라고 일본말로 호통쳤다.

"자네가 말하지 않아도 그 마음을 안다. 한때 네게 분기를 앞세운 내 허물을 용서해다오. 감옥에 있을 때 수양이 부족한 내 소양을 두고 깨친 바 많았다." 백상충이 창살 사이로 손을 넣어 박상진손을 잡았다.

"형님, 제가 놈들 손에 죽게 되더라도 이 땅에는 제이 제삼의 박상진이 있고, 복국토적(復國討賊)에 나보다 더 충용한 의혈동지가 많습니다. 또한……"

박상진이 간수 협박에 동요치 않고 말을 잇자 박시규가 얼른 막았다.

"상진아, 알았다. 네 마음을 알고 있다. 내가 녹동리를 떠나기 전날 밤, 꿈을 꾸었다. 우리 부모님, 제부(諸父), 숙인(淑人), 정부인(貞夫人)이 모두 한 마루에 좌정해 계셨는데, 네가 청포(靑袍)와 조관(鳥冠) 차림으로 우리 모두에게 큰절을 하더구나. 좋은 날 맞아 환고향했으니 독서나 하겠다며…… 기쁜 얼굴로 네가 말하니 우리 부모님이……"

박시규의 목소리가 울음에 잦아지자 면회자를 인솔한 간수가, 면회시간이 끝났다며 셋을 밀쳤다. 쇠창살 안쪽에서도 간수가 박상진 팔을 채어 자리를 떴다.

백상충은 이 상면을 끝으로 생전에 박상진을 다시 보지 못할 것 같은 예감에, 무슨 말인가 한마디 더 하려 했으나 명치가 막혔다. 내가 네 몫까지 광복운동에 몸바치마, 하고 싶은 말이 진정 이런 뜻은 아니었다. 상진과 같은 반열에 설 수 있을 만큼 자신이 여러 층의 신망을 얻은 큰 그릇이 아니요, 천재일우 그의 형량이 사형만은 모면해 살아서 바깥세상으로 나와 다시 구국에 앞장설 수도 있었다.

백상충은 두 어른을 모시고 밖에서 기다리던 장경부, 박호진과 함께 서대문감옥을 나섰다. 일행은 박상진 가족이 숙식했던 수표동에 들기로 했다. 그곳이 종각과 가까웠다. 수표동 여섯 칸 한옥은 박시규가 사간원 정언 벼슬에 있을 때 장만한 집이었다. 문과 급제가 아우보다 다섯 해 늦은 박시룡이 홍문관 시독에 제수되자, 형제는 수표동 집에 함께 살며 등청했다. 을사국치(1905)가 있던 해까지만도 수표동 집에는 경상도 본가에서 형제 부인이 번갈아 올라와 살림을 돌보았고, 상진과 아우 현진이 아래채를 쓰며 학문에 전념했다. 그들을 수발하는 행랑식구도 있었으나 국운이 급락하자, 박씨 형제가 벼슬을 내놓음으로써 한양 살림을 청산하고 낙향했다. 그러나 수표동 집은 방매하지 않고 먼 일족에게 기거와 관리를 맡겨두었다. 그래서 박상진이 중국 땅은 물론 대한광복회 지부 방문차 조선 팔도로 동분서주할 때, 중간목인 경성에 들르면 자주 묵기도 했다.

위채 안방에서 주인 아주머니가 차려준 점심밥을 먹을 때야 장경부가 녹동리 두 어른과 박호진에게, 인산 전후에 경성에서 조선 독립을 만방에 고하는 큰 시위가 있을 것임을 털어놓았다. 그들 여섯은 독립 선포를 두고 여러 말을 나누었다. 지금 이 시점에 조선이 만방에 '조선도 자주국임을 선언한다'는 당위성이 있느냐. 일제 무단통치 정책을 조선민이 더 참아낼 수 없다는 생존권의 마지막 절규냐, 아니면 구주전쟁이 끝난 마당에 서방 열국 개편 시류에 편승해 약소국가로서 독립을 호소하자는 의도인가. 경성의 시위 참가 규모가 얼마나 될까. 경무총감부나 헌병대사령부가 눈치채지 못하게 시위 날짜와 시간을 잡자면 비밀조직을 이용할 수밖에 없고 참가 규모도 한정될 텐데, 군중 호응도가 어떠할까. 총포가 없는 조선민이 무장한 왜경과 대처해도 시위는 가능할까. 고종 황제 인산에 참례하러 전국에서 모여든 유생들이 고종 황제 의문사로 분기충천해 있기에 시위에 가담할 자가 많을 텐데, 만약 비폭력시위 군중에게 왜경이 발포한다면 그 참극이 어떠할까. 경성에서 대규모 독립운동 시위가 있었다면 전 강토로 확대됨이 사필귀정인데, 어떤 결과를 가져올까. 시위에 따른 희생을 치르고도 일본을 반도 땅에서 내몰 수 없을 때, 과연 서방 열국이 일본에 압력을 가해 조선의 주권회복을 보장해줄까…… 확실한 결과를 누구도 예측할 수 없는, 목소리 낮춘 토론이 한동안 오고갔다.

"종각 앞에서 네시에 도정어른과 욱이를 만나기로 했으니 그들이 시위 날짜와 시간과 장소를 가져올는지 모릅니다." 장경부가 말했다. "제가 생각하기에 첫 봉화를 어떻게 올리느냐가 문젭니다. 첫 봉화만 무사히 올리면 경성부민이 호응해서 거리로 뛰쳐나올 테지요. 군중을 향해 왜경이 설마 발포야 하겠어요? 동양 문명국이요 선진국이라 자부하는 일본이 그런 야만적인 행위를 저질렀다간 만국 정치무대에서 낯짝 들지 못할 겝니다."

"그렇게 낙관할 수 없어. 시위가 벌어지면 사상자가 다수 날 게야. 왜놈들이 시위를 방치할 성싶은가. 왜놈 병대나 경찰서를 습격해 무기를 탈취해 목숨 내놓고 맞불로 싸우는 길을 뚫는다면 모를까." 백상충이 말했다.

"상진이 옥에 있고 숙인(淑人)도 편찮은 마당에 만약 우리 형제에게 무슨 변고라도 생긴다면 이제 밀양 박씨 대헌공파는 가문이 쑥대밭이 돼. 우리의 시위 참가 문제는 숙고가 필요합니다." 박시규 표정이 침통했다.

그들은 박상진 예심 과정에서 보인 재판부 능장 이유와 결과에 대한 예측을 두고도 토론했다. 경성부 고등경찰국이 특별심문반을 동원해 박상진의 자백을 받아내려 온갖 악형을 동원했으나 그가, 대한광복회가 조직 초기 단계라 충청도 일원에만 결성되었을 뿐이라 단언하고 묵비권으로 일관하자, 다른 도(道)의 물적 인적 증거를 확보하려 시간을 벌고 있음이 명확했던 것이다. 여죄 추궁을 위해서라도 재판은 올해를 넘길 것이라는 데 여럿이 동의했다. 어쨌든 재판이 지연되고 있음이 예심에서 사형선고를 받은 상진의 목숨을 연장시키기에 굳이 나쁜 징조는 아니었다. 불령단체 결성, 살인 강도 교사, 집회법 위반, 불법 무기 소지 등, 열한 가지에 달하는 박상진 죄목은 복심에서도 극형 선고가 분명했다.

"시간 됐습니다. 나서봐야지요." 장경부가 회중시계를 꺼내보니 오후 세시 반이 넘어서고 있었다.

백상충과 장경부는 수표동 집을 나서기 전, 박상진 가족과 연락 방법을 의논했다. 백상충과 장경부는 오늘밤 가회동 집에 묵기로 하고, 박생원을 수표동 집에 머물게 한 뒤 내일 합류할 장소를 정하기로 했다.

둘이 종각 앞으로 나가니 박생원이 먼저 도착해 있었다. 박생원은 동대문 밖 상춘원으로 손병희 도사교를 찾아갔으나 며칠째 출입이 없다 해서, 다시 가회동에 있는 손병희 본가를 물어서 찾았으나 역시 출타 중이라 헛걸음쳤다는 것이다. 그래서 안국동 천도교 중앙총부에 들른 결과 중요한 정보를 알아냈다는 것이다.

"내일 오후 두시 요릿집 명월관 지점 태화관에서 민족대표가 모인 가운데 조선 독립 선언식을 갖기로 했답니다. 그 시간 탑골공원에서는 별도로 학생과 민중이 회집해 선언식을 준비하기로 했고요. 태화관에서 대표들이 선언식을 가지고 곧 탑골공원에 합류할는지 어떨지는 알 수 없습니다."

"왜 두 군데서 따로 갖기로 했지요?" 장경부가 물었다.

"처음은 탑골공원으로 정했으나 흥분한 학생과 민중 사이에 폭력사태라도 일어난다면 일제 군경이 폭동을 구실로 강압 수단을 취할는지 모른다는 염려 때문이랍니다."

주위의 듣는 귀도 있어 그들은 대화를 멈추었다. 장욱만 오면 가회동 집으로 가서 말을 더 나누기로 했다.

종각 앞은 도심부라 통행인이 많았다. 남녀노소에 복식도 조선옷, 학생복, 양복이 뒤섞여 있었다. 전차가 전동선에 번개를 일으키며 굴러갔고, 인력거와 우마차도 사람 물결을 가르고 한길을 빠져나갔다. 나무장수, 독장수에 떡장수, 엿장수도 사려를 외치며 지나다녔다.

셋이 30분 넘게 기다려도 장욱은 나타나지 않았다.

"무슨 일이 생긴 걸까요?" 장경부가 백상충을 보았다.

"내일 소집 할당을 맡았을는지도 모르지. 우리 먼저 가회동으로 들어가서 기다리는 게 옳을 것 같군."

백상충은 예전 양정의숙에서 함께 수학했던 교우 두엇을 찾겠다는 계획도 있었으나 지금은 그럴 마음이 아니었다. 머릿속은 내일 벌어질 중차대한 사건으로 꽉 차 있었다. 백상충, 장경부, 박생원은 가회동 집으로 갔다. 저녁밥을 먹고 난 뒤까지 장욱은 돌아오지 않았다. 수표동 집으로 가겠다던 박생원 발이 묶인 가운데, 장욱이 돌아오기는 밤 열시가 넘어서였다. 그는 정동예배당에서 오는 길이라 했다.

수송동에 있는 천도교 직영 인쇄소 '보성사'는 어젯밤 독립선언서 2만천 매를 비밀리 인쇄해 천도교, 기독교, 불교 등 배포 책임자에게 넘겨주었는데, 학생측에게는 이갑성과 김문진이 보성사 사장 이종일로부터 1천5백 매를 받아 김성국에게, 김성국은 보성법률상업전문학교 학생 강기덕에게, 강기덕이 이를 정동예배당으로 옮겨놓았다 했다. 장욱 말로는, 그 선언서가 오늘밤 정동예배당에 모인 각 고등보통학교 생도 대표 십수 명에게 나누어졌으므로 내일 아침 등교와 더불어 학교마다 살포될 것이라 했다.

"사대문 안에 있는 각 고등보통학교 생도도 내일 오전 수업을 마치면 탑골공원으로 집결할 겁니다. 오후 두시에 독립선언서를 낭독하곤 곧 시위에 돌입할 예정입니다. 군경이 총검을 사용하더라도 시위는 비폭력 평화적 시위로 일관할 것을 민족대표측과 학생측이 합의했답니다." 장욱 목소리가 들떠 있었다. 그는 한지 한 묶음을 들고 왔는데, 윗도리 안주머니에서 인쇄된 종이를 꺼냈다.

"선생님, 이게 바로 독립선언섭니다." 장욱이 인쇄물을 백상충에게 넘겨주었다.

장경부와 박생원이 긴장된 얼굴로 백상충 옆으로 다가앉았다. 인쇄된 독립선언서는 국한문 혼용이었다. 선언서를 받아 쥔 백상충의 손이 떨렸다.

"오등은 자에 아 조선의 독립국임과 조선인의 자주민임을 선언하노라 이로써 세계 만방에 고하야 인류 평등의 대의를 극명하며 이로써 자손 만대에 고하야 민족 자존의 정권을 영유케 하노라……" 복받치는 감격 때문인지 백상충은 끝내 발음을 제대로 뱉지 못하고 소리가 목이 잠겼다. 조선인이 자주민임을 만국 만방에 알리고 자손만대 민족 자존의 정권(正權)을 영유(永有)케 한다는 말은 조선민 마음에 품어왔던 한 맺힌 절규였다. 그에게는 그 말을 활자로 확인함만도 광명천지가 도래하는 느낌이었다.

"육당 최남선 선생이 기초한 선언섭니다. 일본 정부, 귀족원, 중의원, 조선통감부에 발송함은 물론이고, 미국 대통령 윌슨 앞으로, 법국 파리에서 열릴 평화회의에도 보낸답니다." 장욱이 말했다.

백상충이 독립선언서 마지막 부분인 공약 3장을 마저 읽자, 박생원이 자리에서 일어섰다.

"저는 그만 돌아가겠습니다. 내일 오후 두시까지 교리어르신 형제분을 모시고 탑골공원으로 나가지요."

"두 어르신이 상진의 신변을 염려해 거사에 참석치 않으시겠다면 굳이 모시고 나오지 마십시오." 백상충이 박생원에게 말하곤 독립선언서를 방바닥에 놓았다.

장욱이 박생원을 대문간까지 배웅하고 오자, 싸서 들고 왔던 한지 묶음을 펼쳤다.

"학생 대표단에서는 태극기를 만들어 내일 탑골공원에 모인 사람들에게 나누어주기로 했습니다."

장욱의 말을 좇아 셋은 사랑방 문을 잠가놓고 한지를 적당한 크기로 잘라 태극기를 만들기 시작했다. 태극 표시는 위채 장욱 아우의 도화물감을 빌려와서 그리고, 사괘(四卦)는 먹물을 사용했다. 깃봉은 장욱이 갈대 줄기로 엮은 헌 발을 가져와 그것을 토막내어 썼다. 셋은 일을 분담해서 작업을 진행했는데 장욱이 태극 표시를, 백상충이 사괘를, 장경부가 밥풀로 봉에 기 한 면을 붙였다. 태극기가 한 장 한 장 만들어질 때마다 감회가 새로웠다. 태극기는 얼어붙은 땅에 홀연히 피어난 꽃처럼 생명이 깃들어 살아 숨쉬듯 했다. 내일 탑골공원에 모일 각 전문학교 학생들 역시 군중에게 나누어줄 태극기를 만들어 오기로 했다니, 내일 오후 두시면 탑골공원이 태극깃발로 덮일 터였다.

먼 데서 새벽닭이 울 때까지 작업은 계속되었다. 그동안 누구도 눈을 붙이지 않았고, 말이 필요 없었다.

"그만 만들어도 되겠습니다. 백팔십한 갭니다." 봉창이 훤하게 밝아오자, 만들어진 태극기 개수를 세어본 장욱이 말했다. 집안 사람들 눈도 있어 작업은 그치기로 했다.

"저는 바로 학교에 가야 합니다. 태극기 운반에 따른 검색을 피하려면 두 분이 인력거를 타고 나가십시오."

아침밥을 먹고 나자 장욱이 먼저 떠났다. 3월 1일, 날씨는 화창했다. 백상충과 장경부는 몇 시간 눈을 붙이려 했으나 잠이 올 리 없었다. 정오에 국수로 점심 요기를 하자, 장경부가 한길로 나가 인력거꾼을 데리고 왔다. 둘은 인력거에 앉아 광화문 앞을 거쳐가며 좌우를 살펴도 거리는 여느 날과 다름없이 평온했다.

탑골공원 앞 종로통은 많은 사람으로 붐볐다. 교복 입은 학생,

옷갖한 선비, 양복쟁이가 뒤섞여 탑골공원 안으로 몰려들고 있었다. 바지저고리 차림의 상민에, 남바위 쓴 아녀자도 보였다. 큼직한 대문이 비좁도록 몰려드는데도 목청 높이는 자가 없는 만큼, 마치 큰물이 소리 없이 웅덩이 안으로 넘쳐들 듯 질서가 있었다. 정문 앞이 붐비자, 말 탄 기마순사 둘이 군중을 정리했다. 기마순사 역시 오늘따라 왜 이렇게 사람이 끓는지 이유를 모르겠다는 표정이었다.

백상충과 장경부는 인력거에서 내려 탑골공원 안으로 들어섰다. 태극기를 싼 보퉁이는 장경부가 들었다. 둘은 사람들에 떼밀려 안 깊숙이 들어가, 박생원과 박시룡 형제를 찾았으나 눈에 띄지 않았다.

"수천 명은 되겠는걸요." 담 가생이 단풍나무 옆으로 비껴서며 장경부가 군중을 둘러보며 말했다.

오후 한시를 넘기자, 토요일이라 오전수업을 마친 부내 고등보통학교 생도들이 책보자기를 든 채 삼삼오오 무리를 지어 탑골공원 안으로 밀려들었다. 배재, 보성, 경신, 양정, 중앙, 휘문학교 생도들이었다. 어젯밤 정동예배당에 모인 고등보통학교 대표들을 통해 탑골공원에서의 거사 시간이 오후 두시임을 알고 있었던 것이다.

"여기 계셨군요." 박생원이 백상충 쪽으로 왔다. 그 뒤로 박시룡, 박시규 형제가 백립에 당목 두루마기 차림으로 따랐다. 인산이 가까워 백립 쓴 이는 둘 외에도 많았다.

"나올까, 어쩔까 망설였어. 그러나 우리 형제가 국록을 입은 몸이요 상진이 또한 왜를 불구대천 원수로 여기는 마당에 방에 앉았을 수 있어야지. 거사를 미리 알고도 모른 체했다면 아비가 자식 볼 면목이 서겠는가." 박시룡이 말했다.

"시위대 전면에는 나서지 마십시오." 장경부가 말했다.

어느덧 공원 안이 군중으로 들어차 어림짐작으로도 5천 명에 이르렀다. 그들은 공원 중앙에 있는 육각정을 보며 두시가 되기를 기다렸다. 누대 위 육각정에는 아무런 장치도, 사람 모습도 보이지 않았다.

"민족대표란 사람들은 코빼기도 안 보이는데." "명월관에서 합류해 여기에 오기로 했다더군." 백상충 일행 옆에 섰던 중늙은이들이 주고받는 말이었다. 정문 쪽에서는 호루라기 소리가 요란했다.

장경부가 박생원에게, 보퉁이 속에 태극기 백팔십 개가 들어 있다고 속달거리곤, "이걸 좀 지켜주십시오. 제가 욱이를 찾아보겠습니다" 한 뒤, 육각정 쪽으로 사람을 헤집고 갔다. 그쪽에는 전문학교 학생들이 울을 치듯 몰려 있었다.

"무언가 일이 틀어진 게 아닐까?" "두 점이 넘었을 텐데." "민족대표란 분들은 뭘 하고 있어?" "호각 소리가 들리던데 헌병경찰이 정문을 봉쇄한다면 우리는 독 안에 갇힌 쥐 꼴 아닌가." 여기저기서 불평 섞인 말이 터져 나왔다.

한참 만에 장경부가 상기된 얼굴로 돌아왔다.

"욱이를 만났어요. 명월관에서 아무 소식이 없어 학생 서너 명을 보냈답니다. 그쪽에 변고가 있나 봅니다."

"명월관이 여기서 먼가요?" 박생원이 물었다.

"뒤쪽 어디라는데, 가까운가 봅니다."

"명월관이라면 술 마시는 집 아닌가. 각자 직접 여기로 오면 될 텐데 대명천지에 왜 거기서 따로 모여. 두 곳에서 동시다발로 선언서를 낭독하자는 겐가." 박생원이 불평했다.

탑골공원 안에 모인 군중의 웅성거림이 차츰 높아갔다. 시간은 오후 두시 반에 가까워오고 있었다.

"주최측이 뉘시오? 사람만 모아놓고 뭘 하는 거요?" "어서 시작합시다!" "대표 되는 분들이 안 오셔도 좋으니 여기 모인 조선인들로 독립만세를 외칩시다! 일사막여득자유(一死莫如得自由)는 대표나 인민이나 한마음이오!" 드디어 군중 사이에서 외침이 터졌다. 감추어 온 태극기를 품에서 꺼내 흔드는 사람도 있었다. 군중 눈빛에 열망이 숨가쁘게 타올랐다. 화산이라도 폭발할 듯 긴장기가 탑골공원 안을 채웠다.

학생모 쓴 전문학교 생도 하나가 육각정 위로 올라갔다.

"잠시만 기다려주십시오. 삼십삼 인 민족대표 분들의 참석 여부가 곧 결정날 겁니다. 간소하게 행사를 진행하고 비폭력으로 시위할 예정이므로 모두 행동을 자제하시고 질서정연하게 움직입시다!" 생도의 외침은 군중의 술렁거림으로 멀리까지 들리지 않았다.

"태극기를 나누어줘야겠습니다." 더 미룰 수 없다는 듯 박생원이 말했다. 그는 다른 이 의견을 구하지 않고 보퉁이를 풀더니 백상충과 박시룡 형제에게 태극기를 돌렸다. "태극기를 준비해 오지 않은 사람은 나누어 가지세요. 곧 식이 시작되면 모두 조선독립만세를 목청껏 외칩시다. 목에 칼이 들어오더라도 목청껏 외칩시다!"

박생원 말에 너도나도 몰려와 태극기를 가져갔다. 장경부는 성미가 급하기도 하다는 듯 박생원 행동을 지켜보기만 했다.

그때였다. 한 생도가 육각정 위로 뛰어올라갔다. 다른 생도가 광목천에 그려진 이불보만한 대형 태극기를 펼쳤다.

"독립선언서를 낭독하겠습니다!"

종이를 펼쳐 든 학생복 차림의 상고머리 청년은 경신학교 졸업생이었다. 그가 독립선언서를 낭독하자, 술렁거리던 소요가 차츰 가라앉았다. 군중의 얼굴이 하나같이 육각정 계단 위를 주시했다.

"……아아 신천지가 안전에 전개되도다, 위력의 시대가 거하고 도의의 시대가 내하도다, 과거 전 세기에 연마 장성된 인도적 정신이 바야흐로 신문명의 서광을 인류의 역사에 투사하기 시하도다, 신춘이 세계에 내하야 만물이 회소를 촉진하도다……"

그의 독립선언서 낭독은 참아왔던 군중의 마음에 불을 질렀다. 그가 마지막 공약 삼장을 읽을 때, 공원 안은 머리 위로 태극기가 물결쳤다.

"힘차게 조선독립만세를 외칩시다!" 공약 3장을 읽고 나자 경신학교 졸업생이 힘차게 팔을 쳐들었다. "조선독립만세!"

그의 선창에 탑골공원 안에 모인 육칠천 명 군중이 목이 터져라 독립만세를 외쳤다.

"조선독립만세!" "대한독립만세!" "광복만만세!"

갖가지 독립만세 함성이 탑골공원 일대를 뒤흔들었다. 오후 두 시 삼십분이 조금 지나서였다. 그 시간에 앞서 인사동, 청진동과 탑골공원 뒤쪽에서 보성고등보통학교 생도 대표들이 독립선언서를 뿌리며 통행인들에게 탑골공원 참집을 독려했으므로, 독립만세 함성은 탑골공원 바깥에서도 터져 나왔다. 백상충과 박시룡 형제, 박생원과 장경부도 목청이 터져라 독립만세를 부르며 손에 든 태극기를 흔들었다.

탑골공원 정문은 들어오는 사람, 나가는 사람들로 북새통을 이루었고, 호루라기 소리도 들리지 않았다. 육각정에서 대형 태극기를 흔들던 젊은이가 앞장서고 교복 입은 전문학교 생도들이 군중을 헤치고 정문으로 밀려 나갔다. 그 뒤로 사람들이 떼 지어 공원을 빠져나가기 시작했다.

대형 태극기를 앞세운 도도한 시위 대열이 서쪽으로 머리를 잡아 종로 1가로 나아갔다. 누구도 대열과 독립만세 함성을 꺾지 못했다. 시위 계획을 미처 알지 못했던 행인들이 대열에 합류했다. 만세꾼 물결이 종각으로 움직였다.

선두가 전차 교차점인 종로 1가 네거리에 이르자, 대열은 자연스럽게 두 갈래로 나뉘었다. 앞장선 전문학교 생도 대표단이 사전에 세워둔 시위 계획에 따라 군중을 두 갈래로 유도했던 것이다. 한 대열은 서울역을 향해 의주통을 거쳐 정동 미국영사관으로, 다른 대열은 무교동을 거쳐 대한문(덕수궁)으로 향했다.

"조선은 오늘을 기해 독립국임을 만방에 선포합니다. 조선인은 누구나 독립만세를 불러야 합니다!" "모두 참집해 조선인이 독립국 백성임을 만방에 선언합시다!" "조선 인민은 모두 이 대열에 동참하십시오!" 선두에 선 학생들이 마분지 깔때기를 통해 외쳤다. 길갓집 아낙들도 쏟아져 나와 대열에 합류했다. 늙은이와 아녀자

는 물론, 어린애들까지 어른들을 따라 대한독립만세와 조선광복
만세를 외쳤다. 그중에는 이틀 뒤에 있을 고종 황제 인산에 참례
하러 지방에서 올라온 백립 쓴 사람들도 섞여 있었다. 그들은 국
권 상실에 한이 맺힌 복벽주의자로 광복만이 조선조 왕권 복귀임
을 인지하고 있었다.

종로 1가 네거리에 몰려 있던 일본 관헌들은 처음 기마대 몇 기
를 앞세워 대열을 막아보려 시도했다. 총구를 겨누고 칼을 뽑아
휘두르며 위협했으나 터진 봇물을 막기에는 중과부적이었다. 관
헌들은 엄청난 인파와 함성에 어쩔 줄 몰라하다 뒤로 물러나고
말았다. 상부로부터 시위대에 대한 어떤 조치도 하달되지 않아
그들 역시 속수무책이었다. 한 시위대는 이화학당과 광화문 앞을
거쳐 나아갔고, 한 시위대는 조선보병대 앞을 지나 서소문정으로
뻗었다.

"일본인들에게 돌을 던지지 마십시오!" "기물을 파괴하면 안 됩
니다!" 좌우에서 대열을 정돈하는 학생들이 외쳤다.

두 갈래로 나뉘어 행진하는 대열만이 독립만세를 외쳐 부르짖
지 않았다. 만세시위는 순식간에 퍼져나가 사대문 안 경성부민이
한길로 쏟아져 나와 너도나도 독립만세를 외쳐, 분기충천한 외침
은 차라리 울부짖음이었고, 눈물을 쏟으며 두 팔 쳐들어 독립만세
를 부르는 사람도 많았다.

백상충 일행은 무교동을 거쳐 대한문으로 나아가는 대열에 섞
여들었다. 대한문 앞에 이르러 선두가 잠시 주춤하는 사이 일행
중 박생원이 군중에 떼밀려 떨어져 나갔다. 조금 전까지 민족대표

478

서른세 명이 탑골공원 집회에 끝내 참석하지 않았다고 분기하던 그인지라 백상충은 걱정이 앞섰다.

"도정어른이 안 보여." 백상충이 장경부를 보았다.

"앞쪽에서 만세를 부르던데……" 얼굴이 상기된 장경부가 대한문 쪽을 살폈다. 어느새 그들은 대열 선두에 나서서 전문학교 생도들 사이에 섞여 있었다.

한 무리의 생도가 대한문 안으로 밀려들어 독립만세를 외쳐 불렀다. 한 무리는 정동 미국영사관을 거쳐 대한문 쪽 골목길로 내려갔다. 잠시 대열 선두가 우왕좌왕하다 한 대열은 광화문 쪽으로, 한 대열은 장곡천정(소공동)을 거쳐 본정통으로 나누어졌다. 백상충과 장경부는 광화문 쪽으로 돌아서는 대열에 앞장섰다. 그동안 줄곧 뒤따르던 박시룡 형제는 그 목에서 둘을 놓쳐 장곡천으로 빠지는 대열에 섞였다.

태극기 흔들며 독립만세를 고창하던 대열이 광화문 어름께까지 오자, 돌연 총성 몇 발이 울렸다. 열려진 광화문 안쪽에 기마대와 무장한 군인들이 얼쩡거렸다. 어디선가 사이렌 소리가 들렸다.

"평화적 시위대에 총질은 하지 않을 겁니다. 대오가 흐트러지면 안 됩니다. 계속 진군합시다!" 한 생도가 외쳤다.

그가 말하지 않더라도 총소리에 물러설 군중이 아니었다. 어느새 군중은 한마음으로 뭉쳐 대열에서 이탈하는 자가 없었다. 독립만세 외침이 더 우렁찼다. 전차와 우마차가 자취를 감춘 광화문 광장에서 시위대열은 법국 영사관으로 나아갔다. 한 전문학교 생도가 법국 영사관 안으로 뛰어들었다.

"조선은 오늘 독립을 선언하고, 백성 모두가 독립국이 되기를 열망하고 있소. 취지를 본국 정부에 통고하시오. 당신 나라 수도에서 만국평화회의가 열리지 않소!" 법국 백인 관원을 보고 생도가 외쳤다. 경성전수학교 3학년생이었다. 관원은 놀란 눈만 껌벅일 뿐 조선말을 알아듣지 못했다.

탑골공원에서부터 시발된 독립만세시위는 그날 밤 열한시를 넘겨 자정까지 사대문 안을 휩쓸며 이어졌다. 상점은 철시되었고 경성 조선인은 누구나 자발적으로 시위에 참가했다. 그날, 독립만세시위는 경성에만 있지 않았고 북쪽 평양, 진남포, 안주, 의주, 신천, 원산 등 여러 곳에서 거의 동시에 일어났다. 기독교, 천도교, 학생 대표를 통해 2월 28일 여러 지방에 독립선언서가 전달되었고, 거사 일시가 비밀리에 알려졌던 것이다.

한편, 오후 두시를 앞두고 독립선언서에 서명한 33인은 명월관 지점인 태화관에 속속 모였다. 그 시간까지 태화관에 도착하지 않은 이는 지방에서 늦게 도착한 길선주, 유여태, 정춘수와, 중국 상해로 탈출한 김병조였다. 두시가 되자 참석자 29인은 독립선언서 낭독을 생략한 채, 최린 의견에 따라 승려 한용운에게 식사를 부탁했다. 한용운은, 오늘 우리가 집합한 것은 조선의 독립을 선언하기 위해서이며, 우리는 민족대표로서 이 같은 선언을 하게 되어 책임이 중하니 금후 공동 협심하여 조선 독립을 기도하지 않으면 안 된다는 요지의 연설을 했다. 이로써 독립선언이 끝난 것으로 간주해, 한용운 선창으로 참석자들이 만세를 삼창했다. 그리고 명월관 주인을 시켜 총독부 경무총감부에 전화를 걸게 했고, 출동한 경찰에 의해 자진 체포당했다. 경찰이 출동할 동안 자리를 뜬 이는 아무도 없었다. 2월 28일 가회동 손병희 자택에서 열한 명이 모여 최종 집회를 할 때, 군중과 일본 경찰의 무력 충돌을 염려하여 33인은 탑골공원이 아닌 다른 장소에서 별도 독립선언식을 가지며 전원 함께 행동하기로 약속했던 것이다. 그 자리에는 33인에서 빠진 함태영도 참석했으나, 그들이 체포 압송된 뒤 바깥에서 후사를 돌보기로 했기에 서명자 명단에서 제외되었다. 3월 1일에 시작된 만세시위는 지도부 모두 자진 포박당해 유치장에 가기로 자원했으므로 학생, 천도교인, 기독교인들에 의해 지방으로 확산될 수밖에 없었다. 한번 당겨진 불길이 쉬 꺼지지 않듯, 지도부 없이 시작된 3월의 민족해방 만세시위는 지방마다 새 지도자가 나타나, 요원의 들불처럼 번져나갔다. 도시는 일용노동자가 선두에 섰고, 농촌은 무자리 농민들이었다.

장안을 뒤흔든 독립만세시위도 자정이 가깝자 사그라졌다. 밤 열한시를 고비로 시위 인원이 줄더니 어느새 어두운 한길이 텅 비고 말았다. 멀리서는 아직 함성이 메아리로 들렸고, 동대문 쪽에서 총소리가 들리긴 했으나 넓은 길에는 사람 모습이 보이지 않았다.

"우리도 돌아감세." 백상충이 장경부에게 말했다.

"십 년 묵은 체증이 가라앉은 듯합니다."

장경부가 사람이 뜸한 어두운 한길을 둘러보았다. 둘은 장곡천정 한길에 서 있었다. 밤이 깊을 동안 둘은 어느 길을 거쳐 다시 여기까지 왔는지 알 수 없었다. 사람 물결에 떠밀리며, 목청껏 독립만세를 부르며, 행인들의 참례를 독려하며, 사대문 안을 하루종일 맴돌았음이 분명했다.

"도정어른이 걱정일세. 가회동이든 수표동이든 무사히 돌아와 있으면 다행이련만……" 백상충이 말했다.

"그런데 형님, 우리가 경성 시위에만 껴붙어 있을 게 아니라 어서 고향으로 내려가 울산서도 봉홧불을 올려야지요. 독립선언서를 복사해서 돌리고 광명서숙 생도와 종교계 조직을 활용한다면 울산 군민 전체가 뒤따라 들고일어날 겁니다. 오늘 경성부민 시위만 보더라도 누가 시켜서가 아니라 자발적 참여 아닙니까. 일제 압제 서슬에 참을 만큼 참아온 조선인이 어디 경성에만 국한되겠습니까."

"나도 그런 생각을 했어. 내일 시위를 목격하고 모레 열차편으로 환고향하세."

"욱이 말로는 독립선언서가 지방 큰 도회지에는 송부되었답니다. 천도교, 기독교, 불교 지방담당책이 어제 아침 열차편에 경성을 떠났대요. 오늘쯤 도청 소재지는 별도의 만세시위가 있었을 겝니다."

"알았네. 그럼 자네는 가회동 집으로 가게. 나는 수표동으로 갈 테니깐. 도정어른이 들어와 기다릴지 모르니깐. 내일 아홉시에 보신각 앞에서 만나."

둘은 헤어졌다. 백상충은 절름걸음으로 청계천 쪽 길을 잡았다. 손에 든 태극기는 얼마나 흔들었는지 창호지가 찢어져 막대기만 쥐고 있는 꼴이었다. 그는 여러 가지 상념에 잠겼다. 감옥에서 나온 지 일천해 국내외 정세를 소상히 알지 못했으나 오늘 경성 독립만세시위는 분명 조선 민중이 자발적으로 참여함으로써 거대한 파도를 일으켰음이 분명했다. 구주대전이 끝난 뒤 국제 정세가 피압박 약소민족에게 유리하게 전개되고 있음을 해외에서 귀국하는 지사를 통해 간파한 민족대표와 우국심 뜨거운 전문학교 생도들이 독립만세시위 도화선에 불을 댕긴 점은 분명했으나, 경성부민이 적극 참가했음은 오로지 순수한 애국심의 발로였다. 총독부 기관지인 『매일신보』의 관제 언론은 철저한 통제를 통해 일본 국익에 위배되는 기사는 일절 싣지 않으므로 경성부민이 국제 정세에 밝을 리 없었다. 그런데도 너도나도 시위에 뛰어들었음은, 조선이 일제의 속박에서 벗어나 자주국이 되어야 한다는 당위성에 목숨 내놓은 행동이었다는 해석이 가능했다. 그런데, 그의 마음은 왠지 사방에서 조여오는 어둠만 들어찰 뿐 어디에도 밝음이 깃들이지 않았다. 조선인이 순국을 각오하고 비폭력 시위에 나섰는데, 그렇다면 과연 누가 조선의 독립을 보장해줄까? 서방 열강이 시위 사실의 진정성을 어느 정도 확인할 수 있으며, 그들이 어떤 방법으로 조선 독립의 길을 추진해줄까? 승전국 일본을 상대로 어떻게 압력을 넣어 조선을 압제에서 풀어놓으라고, 어느 나라가 감히 나선단 말인가? 아니면, 손끝 하나 다치지 않은 일본이 평화적 시위에 굴복해 조선에서 모든 이권을 포기하고 군관민(軍官民)을 선선히 섬으로 철수시킬까? 그는 질문 중 어느 하나에도 긍정적 답을 얻을 수 없었다. 조선에 들어와 있는 외국 선교사나 외국 신문기자가 만세시위를 직접 목격하고 편지, 기사, 사진을 해외로 보낸다면 작은 효과는 있겠으나 독립국 보장이란 최종 목표와는 거리가 멀 수밖에 없었다. 동양 제패의 야망을 품은 일본 또한 조선 점유권을 어떤 구실로도 포기하지 않을 것임이 자명한 이치였다. 그렇다면 반드시 조선인의 힘으로 자주 독립을 쟁취하지 않으면 안 된다. 그 길밖에 길이 없는데, 수단은 평화적 만세시위, 오직 그 한길뿐인가? 현금 이 만세시위조차 일사불란하게 지도하는 지휘부가 없지 않은가? 하루 종일 목청껏 독립만세를 외쳤으나 그의 마음에는 고름 한 덩이가 스멀거리고 있었다.

찬바람이 두루마기 깃 사이로 스며들었다. 절름거리는 한쪽 다리 탓인지, 하루 종일 싸댄 피곤 탓인지, 그의 걸음이 비틀거렸다. 앞쪽에서 흰옷이 어른거렸다.

"어서 집으로 가십시오. 내일 날이 밝으면 다시 시위에 나섭시다. 오늘은 다들 돌아가십시오. 통감부가 용산에 주둔한 병력을 풀어 검문 검색이 심합니다. 골목길로 피해 가십시오!" 어둠 속 길 앞쪽에서 외치는 소리가 들렸다. 그 말을 듣고도 백상충은 한길 가운데를 걸었다. 청계천 물 흐르는 소리가 들렸다.

백상충이 수표동 집으로 들어가니 안방에서 주인 내외와 박시룡 형제가 호롱불 밝혀놓고 담소 중이었다. 그들은 여태 걱정하며 기다렸다고 상충을 반갑게 맞았으나, 박생원은 보이지 않았다. 박생원 뒷소식은 그들도 알고 있지 않았다. 가회동 집으로 갔는지도 알 수 없었다.

"이화학당 여생도들도 대단하던데요. 언제 깃발을 만들었는지 손에 손에 태극기를 들고 앞장서는데, 남자들보다 더 열성적입디다." 만세시위에 자신도 껴붙었다며 주인 아낙이 자랑스럽게 말했다.

"보통학교 여생도들까지 나서고, 조선인 순사까지 길갓집에 뛰어들어 순사복 벗고 바지저고리를 빌려 입고선 만세판에 뛰어들었다는데, 말하면 뭘 해." 주인장 박갑태가 처 말에 맞장구쳤다.

"형님과 나는 어찌어찌 흘러 동대문 목까지 가지 않았겠어. 그런데 성루 위가 하얗더군. 부민이 성루 위까지 올라가서 독립만세를 외치니, 학수고대하는 백성의 소망이 하늘에 닿았을 게야." 박시규가 말했다.

"영락정(저동) 큰길에서 왜놈 소방관이 긴 갈고리로 찍어 시위하던 청년이 피 흘리는 걸 봤어. 성난 시위 군중이 왜놈에게 달려들자, 한 청년이 나서서, 절대 저들 가옥을 부수거나 폭행해선 안 된다고 군중을 타이르더군. 저들 한둘을 죽이고 방화한다고 조선이 독립되지 않을 바에야 보복 빌미를 줘선 안 된다며 말야. 그러자 성난 군중도 잠잠해져. 그 청년 장한 모습이 눈에 선해." 박시룡이 말했다.

백상충만이 침울한 표정에 말이 없었다. 조선이 독립국으로 보장받기라도 한 듯 만세시위 뒷이야기가 한동안 이어지다, 모두 잠자리에 들었다. 그날 밤, 박생원은 돌아오지 않았다.

이튿날, 아침밥도 먹기 전에 주인집 큰아들이 보통학교가 문을 여는지 알아보려 학교로 갔다 헐레벌떡 돌아오더니, 학교 정문을 상급반 생도들이 지키며, 오늘 전교생이 등교 말고 식구와 함께 만세시위에 나가라는 전갈을 받았다 했다.

"한길에는 벌써 많은 사람이 나왔어요. 일본 병정들이 쫙 깔려 있어 만세를 부르진 못하지만, 여기저기 모여 웅성거립디다. 우리도 빨리 나가요."

건넌방에서 이불 호청을 토막내어 태극기를 그리던 백상충이 보통학교 생도의 그 말을 들었다. 그는 색물감이 없어 태극조차 먹물로 그렸다.

이른 아침밥을 먹듯 말듯, 백상충은 박시룡 형제와 함께 집을 나섰다. 태극기를 감출 필요가 없어 셋이 펼쳐 들고 나갔다. 수표교를 지나자, "조선독립만세!" "조선은 독립국이다!" "일본인은 조선 땅에서 물러가라!" "대한은 자주국임을 선언한다!"는 함성이 귓전을 스쳤다.

종로통으로 나서자 한길은 군중들로 메워져 있었다. 밤사이에 만들어 나온 태극기가 군중들 머리 위에 나부꼈다. 관헌이나 병정은 보이지 않았고, 상점은 철시된 상태였다.

백상충이 회중시계를 보니 여덟시라 장경부와 약속시간이 남았으나 그를 기다릴 마음의 여유가 없어 통운교 쪽으로 바삐 걸음을 옮겼다. 그는 종로 1가 네거리에서 걸음이 묶이고 말았다. 네거리 가운데 일본군 1개 소대 병력이 완전무장해 총검한 총을 겨눈 채 통행인 내왕을 막고 있었다. 사람들 사이를 뚫고 앞쪽으로 나선 백상충이 외쳤다.

"길을 건널 사람은 나를 따르시오. 총 앞에 두려워 맙시다. 죽기로 각오하고 나서야 조선이 독립될 것이오!" 백상충이 외치곤 절름걸음으로 총구 앞에서 당당하게 한길을 건넜다. 여러 사람이 그 뒤를 따랐다. 병정들은 발포하지 않았다.

"조선독립만세!"

백상충이 목청껏 외치며 대형 태극기를 흔들자, 군중이 일제히 한목소리로 독립만세를 외쳤다.

"저 절름발이를 체포해!"

지휘관 말에 병정 셋이 앞장선 백상충을 향해 돌진했다. 한 병정이 착검한 총구를 겨누고, 두 병정이 상충을 무작하게 패기 시작했다. 쓰러진 그의 몸에 총대 개머리판과 발길질이 쏟아졌다. 상충의 갓이 찌그러지고 코에서 피가 터졌다.

"죽인다. 생사람 잡는다!" "누가 말려. 선비를 구해내!"

길을 건너던 군중이 백상충과 병정 셋을 겹으로 에워쌌다. 병정 매질 사이로 뛰어든 자가 박시룡 형제였다. 군중에 병정 셋이 갇힌 꼴이 되고 말았다. 소대 병력 쪽에서 네댓 발 총성이 터지고, 그들이 포위된 동료 셋을 구하려 몰려왔다. 네거리 주위에 몰려 있던 군중의 만세 함성이 한층 높아지더니, 소대 병력의 병정을 포위하여 옥죄어들었다.

"철수한다. 본대로 철수!" 지휘관 외침에 병력이 통운교 쪽으로 돌아서자, 군중이 마지못해 길을 열어주었다. 그사이 두 장정으로부터 백상충을 인계받은 박시룡 형제가 그의 양 겨드랑이를 끼고 청계천으로 트인 골목길로 꺾어들었다. 두 사람은 늘어진 상충을 끌고 수표동 집으로 향했다.

수표동 집에서 간단한 치료를 하자 백상충은 박시룡 형제의 만류를 뿌리치고 집을 나섰다. 한길로 나선 그는 만세시위에 다시 뛰어들었다.

그날, 백상충은 시위 대열에 앞장서서 군중을 독려하며, 병정과 헌병 무리 총검에 쫓기며, 해질 때까지 만세를 불렀다. 어제보다 만세시위에 참가한 인원수가 불어났으나 용산 주둔군 보병과 기병을 총동원한 무력 진압도 완강했다. 체포된 자, 부상당한 자가 전날보다 늘었다. 경성부 각 관할 경찰서도 부내에 거주하는 일본 민간인들에게 자위대를 결성토록 했으니, 시위대가 덮치면 방어를 위한 공격은 무방하다고 허가했다. 그래서 일본 민간인들은 일본도와 몽둥이로 무장해 조선인 근접을 막았다. 시위대가 일본인들에게 폭력을 가하거나 그들 상점과 집에 피해를 입히지 않아 무력 충돌은 없었으나 사소한 언쟁은 곳곳에서 벌어졌다.

3월 2일 독립만세시위는 해가 지자 숙어들었다. 그러나 시위가 전국적으로 확대된다는 소문이 경성부 내에 널리 퍼졌다. 특히 기독교도가 많은 관서 지방 평양, 안주, 선천에서도 전날 오후 만세시위가 있었고, 희생자가 많이 났다 했다. 열차로 그쪽에서 상경한 사람들 입을 통해 퍼진 말이었다.

백상충은 지친 몸을 이끌고 어둠이 내린 뒤에야 혼자 수표동 집으로 돌아왔다. 박시룡 형제와 장경부가 그를 맞았다.

"도정어른은 어젯밤에도 가회동 집에 들어오지 않았습니다. 아무래도 경찰서에 끌려간 것 같아요." 장경부가 말했다.

"경성에 연고자가 없지 않는가?" 박시규가 물었다.

"천도교도 집강소에서 기숙할지 몰라." 박시룡이 말했다.

"이틀째 무소식이라……" 백상충이 말을 흘렸다.

그날 밤, 넷은 귀향 문제를 두고 의논했다. 박시룡 형제는 내일 인산에 참례하고 이틀 뒤 귀향한다 했다. 박상진 변론을 맡은 변호사를 만나고, 미쓰이(三井) 회사 조선총지사에 볼일이 있었다. 1904년 상진이 집안 전 재산을 저당 잡히고 미쓰이 회사로부터 10년 상환으로 3만 원을 빌렸기에 이자 셈을 따져봐야 했고, 귀향길에는 상진 사촌처남이요 대한광복회 자금책으로 미쓰이 회사 저당 과정에 관여했던 최준이 사는 대구에서 하차해야 했다.

"백군은 경부 군과 함께 내일이라도 귀향하게. 박생원 소식은 우리가 손닿는 대로 알아볼 테니깐." 박시규 제안이었다. 그는 백상충의 성격을 아는지라 내일 인산 행렬 때 무슨 사단을 벌일지 몰라 하는 말이었다. 운이 좋아 구출되었기 망정이지 오늘 아침만 해도 병정들에게 잡혀갈 뻔했고, 만약 그렇게 되었다면 또 옥살이를 치를 게 분명했다.

"형님, 도정어른이 잡혀갔나 어쨌나 내일 일찍 각 경찰서 유치장을 돌아보고 저녁 열차편에 귀향했으면 합니다." 장경부가 말했다. 그는 빨리 귀향해 울산 지방 독립만세시위를 획책할 작정이라 안달을 내던 참이었다.

그날 밤도 박생원은 종내 무소식이었다.

이튿날, 아침밥 먹고 나자 객식구 넷은 수표동 집을 나섰다. 종로통으로 빠져나오자, 부민들이 모두 거리로 몰려나온 듯 한길이 북적거렸으나 만세시위는 시작되지 않았다. 고종 황제 인산날이라 갓 쓴 남정네들은 백립이었고 너나없이 무명 상복 차림이었다. 헌병경찰과 병정이 삼엄한 경계망을 편 가운데, 흰옷 무리가 대한문 쪽으로 밀려갔다. 군중은 고종이 화란 헤이그 만국평화회의 밀사파견 사건으로 퇴위를 강요당한 1907년 이후 유폐 생활을 했던 덕수궁으로 향했다.

"승하하신 덕수궁에서 발인이 있겠죠?" "어느 길을 거쳐 장지로 가는지 아는 사람 없어?" "폭동을 염려해 총독부가 관을 빼돌린 게 아닐까?" "장지가 금곡 홍릉이란 말은 들었어." 삼삼오오 무리를 이룬 사람들이 쑤군거리는 말이었다.

백상충과 장경부는 박시룡 형제와 헤어져 종로경찰서부터 들르기로 했다. 경찰서 앞은 사람들로 장사진이었고, 일본군이 정문과 담장 주위를 지켰다. 이틀 동안 만세시위로 행방불명된 가족을 수소문하러 몰려온 가족은 정문 접근조차 허용되지 않아 유치장에 수감된 이를 확인하기란 가망이 없었다. 부내 경찰서 유치장이 초만원이라 마포감옥과 서대문감옥, 용산 병대막사까지 잡아들인 시위 주동자를 유치하고 있다는 말이 돌았다.

백상충과 장경부는 서대문경찰서로 갔다. 사정은 그쪽도 다를 바 없었다. 이틀 사이에 사라진 이를 수소문하러 몰려온 가족은 경찰서 앞에서 독립만세를 외치지 못했으나, 잡아들인 사람 이름이라도 공개하라고 소리쳤다. "누구야? 어느 놈이야!" 소리친 자를 끌어내려 서슬 퍼런 관헌이 군중 사이를 헤집고 다녔다. 이틀 동안 만세시위를 분석한 결과 조선 군중이 일절 폭력을 쓰지 않음을 안 일본 관헌은 잔뜩 기를 펴서, 부릅뜬 눈만 마주쳐도 뭇매를 놓기 예사였다. 둘은 경찰서 순례를 단념하고 수송동 천도교 본당에 들렀으나 그곳마저 일본 병대가 점유했고, 박생원은 오리무중이었다.

거리의 관청과 상점이 철시하고 각급 학교도 학생이 출석을 하지 않아 수업이 중단되었으나, 한길이 군중으로 넘치기는 어제와 마찬가지였다. 그러나 군중은 일본 관헌이나 병정 눈을 피한 곳에서만 만세를 외쳤다. 그래서 저들이 총을 앞세워 그쪽으로 쫓아오면, 병법의 성동격서(聲東擊西)를 원용하듯, 다른 곳에서 만세 함성이 터졌다.

민심이 흉흉했다. 동대문 밖에서는 만세 부르는 처녀를 일본 관헌이 잡아채 군중이 보는 앞에서 윗몸을 벗기고 젖통에 총검을 박았다느니, 일본 민간인이 일본도로 만세 부르는 소년 팔을 쳐서 잘랐다느니…… 그런 말이 오고갔다. 이틀 뒤 5일은 천도교, 기독교, 불교계와 전문학교 학생이 주도하여 대규모 독립만세시위가 사대문 안에서 다시 전개될 거라는 말도 유포되었다.

"죽기를 각오하고 나서야 돼.""노예로 사느니 항쟁하다 죽는 길을 택해야 해." 의분에 찬 그런 말이 군중 사이에 오고갔으나 어느 입에도, 무장투쟁으로 맞서자는 말은 없었다. 몽둥이, 죽창, 쇠스랑 따위가 고작일 무기로 일본 관헌과 병대의 신식 병기에 대적함은 승산이 없음을 알고 있었다.

추락(墜落)

　도정 박생원 뒷소식을 알지 못한 채 백상충과 장경부는 3일 밤
에 서울역을 떠나는 경부선 야간열차에 몸을 실었다. 열차를 탈
때나 열차 안에서, 왜경 관헌의 검문 검색이 심할 줄 알았으나 별
다른 조치는 없었다. 전국적으로 확산되는 조선인 독립만세시위
에 관헌이 모두 차출되었는지 검문은 느슨했다. 열차 안에서 조선
인들은 귀엣말로 경성에서 대단했던 사흘 동안의 시위를 소곤거
렸다. 시위하다 헌병경찰 폭행으로 세브란스병원에 입원한 중상
자를 치료했던 조선인 의사 말을 들었다는 승객이 백상충과 장경
부 맞은편에 앉아 있었다. 그가 전한 말로, 팔이 잘려 나간 사람,
골이 터진 사람, 뼈가 분질러진 중상자도 숱하다 했다. 일본 관헌
은 병원 안까지 들이닥쳐 중상자를 넘겨달라고 병원 당국에 요구
했다는 것이다. 국제법 따진 미국인 의사의 완강한 거절에도 많은
중상자가 그들 손에 끌려 나갔으며, 그중 머리끄덩이를 채여간 여

492

생도도 있다 했다.

"이틀 후 경성부민이 다시 총궐기한다면 총독부도 가만두고 보겠습니까. 무력 진압을 강행할 테고, 장안이 온통 피바다를 이룰 겁니다. 한쪽이 총칼로 다스릴 때 한쪽은 대항 않고 당한다면, 낫날에 베어지는 풀이 따로 있겠어요." 장경부가 백상충에게 소곤거렸다.

"의병 선혈로 산야를 그토록 적셨건만 끝내 국권을 상실하지 않았던가. 조선이 독립하자면 백성이 피를 더 흘려야 할걸세." 백상충은 말끝을 흐렸다. 무저항 시위만으로 과연 조선이 국권을 회복할 수 있을까란 의구심으로 그의 마음이 괴로웠다. 그러나 이틀 시위 참가 결과, 사흘째 이르러서야 희망이 아주 없지 않다는 쪽으로 마음이 움직인 것도 사실이었다. 무저항 비폭력 시위도 장쾌한 일이요, 목숨 내건 시위에 합당한 의미를 부여해야만 자신도 내일의 독립운동에 매진할 용기를 얻을 수 있기 때문이었다.

"상진 형님은 조선 독립이 무력을 수반하지 않곤 다른 길이 없다고 간파하지 않았습니까." 장경부가 백상충 마음보다 한술 더 떴다.

"그렇다면 울산 시위를 무장폭동으로 이끌자는 건가?"

"그렇다는 건 아니지만 분통이 터져 그래요."

"만국평화회의니 뭐니 하지만 서방 열강이 조선을 독립시켜 줄 것도 아니요, 왜놈이 조선을 포기하지 않는다면 결국 조선민이 자력으로 독립을 쟁취해야 하는데, 이번 시위 의의를 과소평가해선 안 된다고 봐. 쇠뿔은 단김에 뽑으라지만 우선 이렇게라도 시작하는 게야. 그래서 백성 마음속에 열등의식과 비굴함을 씻어내고 움츠려 있던 애국심을 끌어내야지. 동포가 옆에서 왜놈 총칼에 쓰러지는 걸 보고 도망가는 자도 있겠으나, 더 용감하게 싸울 용기를 갖는 자도 늘어날 테지. 간도 쪽으로 들어가 무장해서 싸울 열혈동지도 늘어날 테고. 울산 시위도 독립선언서 뜻을 존중하여 비폭력 무저항으로 나가야 돼. 질서를 준수하며 말야." 백상충의 말에 장경부가 입을 다물었다.

열차가 이튿날 오전 대구에 도착하자, 둘은 역 대합실에서 두 시간 기다렸다 포항행 경동선 열차를 탔다. 대구부에서도 각 학교 생도와 부민이 합세해 3월 2일과 3일에 달성공원과 중앙통에서 독립만세시위가 있었다는 말을 대구역 대합실에서 듣기도 했다. 만세시위는 이제 경상도 여러 군과 면까지 확산되어, 사람이 모이는 장날을 기해 만세를 부른다는 것이다.

백상충과 장경부가 울산 읍내에 도착하기는 하루를 넘겨 5일 새벽이었다. 3월 초순 이른봄이지만 냉기가 뼛속에 스미는 밤길을 백상충은 절름걸음으로 걸었다. 종로 바닥에서 몰매를 당할 때 총대와 발길에 챈 옆구리와 어깻죽지가 결렸으나 그는 통증을 참았다. 밤길을 걸으며 울산 만세시위에 군중을 동원하는 방법을 두고 장경부와 의논했기에 백 리 가까운 길이 지루하지 않았다.

둘이 도착한 그날까지 울산은 만세시위가 벌어지지 않고 있었다. 경성과 부산 시위 소문이 전해졌으나 군중을 조직적으로 동원할 능력을 가진 자가 없었다. 읍내 유지들은 그 일을 두고 백상충 귀향만을 기다린 형편이었다.

장판관 댁 별채에서 몇 시간 눈을 붙이고, 장경부와 겸상해 아침 겸 점심밥을 먹고 둘은 광명서숙으로 나섰다.

숙장실에서 함명돈을 만나자 둘은 경성에서 있었던 독립만세시위 경과를 전하고, 백상충은 버선목에 숨겨온 독립선언서를 그에게 보였다.

"경성에서 독립만세운동이 시작된 지 닷새나 지났는데, 울산이 이렇게 손놓고 있어서야 되겠습니까. 울산 장날이 십일이니 그날 궐기합니다." 장경부가 함숙장에게 말했다.

"장선생, 그렇게 서두를 일이 아냐. 나도 경성 소문을 들었고 그동안 심사숙고했어. 조선인이 폭력으로 일본과 대적을 하겠다면 모를까, 평화적 호소에는 야소교도 교리에 위반되지 않으니 목사 신분으로 민족대표에 참여하지 않았던가. 그래서 여기 목사님과 상의하고 지역 청년회 회원들과 만세시위를 의논하고 있는 중일세." 함명돈이 말했다.

"의논만 하면 뭘 합니까. 다른 지방에서 시위 끝난 후 뒷북만 치자는 겝니까?" 장경부의 볼멘소리였다. 고향에서 만세운동을 전개하겠다고 불원천리 달려온 자신에 비해 행동이 굼뜬 함숙장을 상대로 금세 의기투합될 리 없었다. 서숙 운영 문제도 둘은 자주 마찰을 빚어왔다.

"제 말 들으시오." 백상충이 나섰다. "울산과 언양도 만세운동에 나서야 함은 기정사실이나, 택일이 문젭니다. 숙장님 말대로 신중을 기함이 좋겠어요. 이 지방이 수운 도사교 처가이므로 천도교도가 많습니다. 마을 도정을 통해 세력을 규합하고, 각 지방 청년회, 불교계, 야소교계, 광명서숙 생도를 망라하자면 계획을 치밀하게 세워야지요. 한편, 울산 장날 면민까지 총동원해 만세시위를 하느냐, 아니면 면소 별로 장날을 골라 여기저기서 시위하느냐도 숙고해야 해요. 모르긴 해도 이번 만세운동이 전국적으로 두서너 달 끌 겝니다. 섶에 불씨를 묻기는 민족대표들이지만 그들이 조선 전 민중을 일선에서 지도하지 않고 제 발로 감옥소를 택한 게 서운해요. 그러나 분노한 민초가 타오르는 불을 계속 다른 섶으로 옮겨 붙인 겝니다. 나는 의병을 통해 조선인의 결사진충보국(決死盡忠報國)의 마음을 읽은 바 있어요."

"상충 말이 맞아. 각계 연락 맡을 집행부부터 구성해야지." 함명돈이 말했다.

그날, 함명돈은 여러 동지와 울산 독립만세시위 문제를 토의하느라 밤이 깊어서야 갓골로 돌아왔다. 자전거를 대문 안으로 들이고 선걸음에 서숙부터 찾았다. 봉창에 불이 비쳤으나 야학당 글방 모임이 끝났는지 안이 조용했다. 함명돈이 방문을 열자 석주율과 이희덕이 마주앉아 무슨 문제인가 토론 중이었다. 이희덕은 장경부가 소개한 광명서숙 졸업생으로 야학당 수업을 돕고 있었다.

"말 끝나면 석군 나 좀 봐. 상의할 일이 있으니."

함명돈이 말하곤 안채로 건너와 옷을 갈아입고 사랑에 들었다. 석주율이 곧 방으로 들어왔다.

"해동기라 바쁜 모양이군. 과수 묘목은 입하되었는가?"

"급전을 변통해주셔서 고맙습니다. 뽕나무, 능금나무 묘목을 이백 그루씩 들여놓았습니다. 잔대금은 가을 추수 후로 미뤘고요.

양계와 양돈 축사도 마무리지었습니다. 오늘은 희덕 군과 과수원 개간 일에 매달렸지요. 야학당 생도들까지 일을 도와 진척이 빨랐습니다."

"얼굴이 헬쑥한데, 그러다 병나면 어쩌려고. 희덕 군 같은 청년이 몇은 더 필요하겠어. 장선생과 의논해볼게."

석주율이 토막촌 식구와 정착한 무학산턱 잡목지는 개간이 힘들고 시일이 걸리기에 함명돈이 태화강변 선암사 오르는 길목에 있는 과수원을 그에게 맡겼던 것이다. 과수원이래야 배나무와 복숭아나무 2백여 그루가 있었으나 소출이 시원찮았다. 주율은 함 숙장 말을 듣곤 늙은 과수를 능금과 뽕으로 작물을 대치하려 계획 세웠다. 잡목지 개간은 1년차 목표로 천 평을 잡고 해동과 더불어 야학당 장년반 젊은이를 동원해 본격적으로 착수할 작정이었다.

함명돈은 본론을 꺼내기가 망설여져 잠시 생각에 잠겼다. 비폭력 만세시위라지만 울산에도 시위가 있게 되면 주동자는 다치게 마련이었고, 자신 역시 이를 각오하고 시위 참가를 굳히고 있었다. 그러므로 석주율 또한 시위에 참가해 일본 관헌에 체포된다면 과거 옥살이했던 그로서는 다시 형을 살게 될 게 분명해, 가능한 그를 시위에 끌어넣고 싶지 않았다. 대신 누가 감옥에 가더라도 석 군만은 빠져 계속 농촌운동에 진력함이 시위 참가만큼 값있는 일이었다. 그가 벌이는 야학당 교육사업과 농촌계몽운동은 온건한 개량주의요 먼 안목으로 보자면 조선이 독립할 그날을 위해 길을 닦는 귀중한 일이기 때문이었다.

"스승님이 여태 돌아오지 않았습니까? 경성에선 연일 만세시위가 벌어진다던데……" 석주율이 물었다.

"오늘 새벽에 장선생과 함께 무사히 도착했어."

"언양 반곡리로 드셨습니까?"

"당분간 울산에 유할 거야." 석주율이 잠자코 있자 함명돈이 말을 이었다. "만세시위 말일세, 울산 지방도 곧 시작할 게야. 백상충이 앞장서겠지. 전국적으로 시위가 확산되는 마당에 먼산 불 보듯 앉았을 고을이 어디 있겠냐."

"숙장님도 이번 시위에 참가하실 작정입니까?"

"자네 생각부터 듣고 싶구나." 석주율이 대답을 망설이자 함명돈이 말했다. "경성 소식 듣고 하루 금식하며 복음서 읽고 기도와 묵상으로 보냈어. 내 몸에도 조선인 피가 흐르는데, 설령 일본 관헌이 무력으로 평화적 만세시위를 다스린다 해서 이를 두려워 침묵함이 과연 옳은가 반성하며 말일세. 그러자 묵상 중 야소님께서 내게 응답하셨네. 너의 나라와 그 의를 구하라고 말야. 물론 복음서에 기록된 말씀이지. 「베드로전서」 삼장에 이런 말씀이 있어. 만일 너희가 열심으로 선을 행하면 누가 너희를 해하리오. 그러나 의를 위하야 고생을 받으면 복이 있나니, 사람이 두렵게 하는 것을 두려워 말라고 말일세. 그래서 오늘 자네 스승과 장선생을 만나기 전 나는 이미 울산 지방 독립만세시위에 적극 나서기로 하느님께 맹세했어. 사월에 신학교 입학에 차질이 있더라도 말일세. 울산예배당 목사님도 뜻을 같이했고."

"숙장님 뜻을 알겠습니다……"

석주율이 말을 이으려 하자 함명돈이 받았다.

"자네로선 갈등도 있겠지. 만세시위가 조선 해방을 곧 가져다 준다면 모를까, 그렇지 않은 다음에야 또 옥살이 겪을 염려도 들 테고. 그러나 걱정 말게. 자네가 지금 벌이는 사업이 시위만큼 값 진 일이니깐. 선불에 뛰어들어 투옥당하면 시작한 농민운동은 누가 맡아? 자네를 하늘처럼 믿고 의지하는 식구가 딸렸잖나. 누가 뭐래도 자넨 빠지게."

"나라 잃은 백성이 죽기를 각오하고 만세 부르는데, 자기 일 중 요성만 내세워 못 본 체한다면 누가 그를 한 겨레로 여겨 따르겠 습니까."

"이제 야학당 생도 수가 육십 명 넘어섰다며? 자네 말대로라면 소년반은 야학이 아니라 아침반 수업도 가능한데, 그렇게 된다면 자네를 따르는 생도를 누가 가르쳐? 그러니 자네만은 의분심이 끓 더라도 참게. 이 나라 백성이라면 누군들 독립과 자유를 원치 않 겠는가. 그러나 자네는 백성 중 극소수인 글 읽은 자에 독립운동 일환으로 옥고까지 치르지 않았는가. 그러니 후일의 더 좋은 결과 를 도모해야지. 면내 부락마다 돌릴 사발통문은 집안 머슴과 범서 청년회 회원을 시킬 테니 자네와 희덕 군은 지금 하는 일에만 몰 두해."

석주율이 머뭇거리며 말을 꺼내려 하자, 함명돈이 그만 물러가 라고 잘라 말했다. 주율이 야학당 교실로 돌아오자, 이희덕은 베 개를 가슴에 고이고 책을 읽고 있었다. 그는 희덕에게 함숙장으로 부터 들은 말을 전했다.

"형님, 우리도 만세시위에 나서야 합니다." 희덕이 일어나 앉으며 말했다. "생각해보십시오. 무지랭이 농투성이조차 다 나서는데, 그래도 글줄 배워 남을 가르친다는 우리가 가만있으면 말이 되겠습니까. 글 배우러 오는 생도들조차 발길 끊을 겝니다. 몇십 리 길도 마다않고 밤 도와 오는 생도도 형님 이력을 듣고 찾아오는 게 아닙니까. 그러니 소를 취하지 말고 대를 우선해야 합니다."

"시위가 폭력을 쓰지 않는 평화적 운동이라 내 생각도 그래요. 시일이 있으니 더 생각해보기로 합시다."

석주율은 산길을 타고 농막으로 돌아왔다.

"선생님, 오십니까." 박장쾌가 농막 앞에서 그를 맞았다.

"밤 기온이 찬데 주무시지 않고 왜 나와 있습니까?"

"동면하던 개구리도 깨어난다는 경칩인데, 춥긴요. 잘 데 없이 떠돌던 지난 시절 생각하면 이런 호강이 어딥니까. 용미산 토막촌 사람들은 어디에 살 거처를 꾸렸는지…… 그런저런 생각 하고 있었지요. 참, 저녁밥 어찌했습니까?"

"희덕 군과 함께 숙장님 댁에서 먹었습니다."

"모슬이하고 종귀가 쑥을 두 소쿠리 뜯어와, 저녁은 쑥국을 맛있게 먹었습니다." 석주율이 자기 처소로 몸을 돌리자 어둠 속에서 박장쾌가 말했다. "그런데 선생님, 간난이엄마가 아랫마을에서 듣고 왔다던데 도회지에선 큰 만세시위가 있다면서요? 조선이 조만간 독립될 거라던데, 그게 사실입니까? 독립되면 동척이며 도요오카 농장 작인들은 자기 부치는 땅 주인이 된다고 좋아한다던데요."

"독립시켜달라고 조선인들이 큰 시위를 벌인 모양입니다. 일본의 무단통치가 날로 가혹해지니 이제 더 참을 수 없다며 경성에서 부터 만세시위가 시작됐나 봐요. 그러나 여기 식구는 무슨 일이 있더라도 동요해선 안 됩니다. 여기 계신 분들은 몸이 불편하고 아이들이니 잠자코 있어야 합니다."

"우리야 선생님 말씀대로 따라야지요. 누구보다 선생님이 조심 하셔야지요."

"내일 개울가 쪽 돌무더기를 치우려면 고된 일을 해야 할 텐데 그만 주무십시오."

석주율이 자기 거처로 들어왔다. 부산에서 데려온 열세 식구 끼 니는 용미산 토막촌 시절보다 쉽게 해결되고 있었다. 그저께도 대 리 마을에 사는 둔기댁이 수수 한 말을 농막으로 보내왔다. 두 자 식을 야학당에 보내고 있어 공부삯 삼아 가져다 놓았다. 농촌은 춘궁기를 앞두고 있었지만 시골 인심이 각박하지만은 않았다. 생 도들이 집안 잡곡을 한두 되씩 가져왔고, 땔나무도 몇 단씩 지고 와서 부려놓곤 했다.

잠자리에 들어서도 석주율은 잠을 이루지 못했다. 함숙장까지 만세시위에 나서겠다는 마당에 자신은 어찌해야 할까를 생각하니 답이 쉽지 않았다. 많은 식구를 거느렸는데 나까지 나섰다 만약 잡혀간다면? 경찰서 고문과 재판을 거쳐 또 옥살이를 해야 될 터 였다. 그렇다면 농막 식구는 굶다 못해 뿔뿔이 흩어져 다시 걸식 에 나서야 하리라. 그러나 3년 동안 옥살이하고 바깥세상으로 나 온 지 얼마 되지 않는 스승님이 다시 그 일을 진두지휘한다지 않 는가. 스승을 떠올리자 동운사로 당신을 따라 올라갔던 해로부터 오늘에 이르기까지 자신이 겪었던 사건들이 먼 불빛같이 떠올랐다. 여태껏 자기 삶이 어느 한 가지 스승과 연관되지 않는 일이 없었고, 피하려 했으나 겪어온 모든 사건은 결과적으로 조선 독립 문제와 결부되어 있음이 새삼 되짚어졌다. 지금 전 강토에 불길처럼 타오르는 만세시위만 해도 그랬다. 그 일과 담쌓고 외면하려 해도 등 돌릴 수 없었다. 희덕 말처럼 농민들까지 나선다면, 자기가 빠질 어떤 명분도 없었다. 더욱 폭력투쟁이 아닌 평화적 시위라면 마땅히 자신이 앞장서야 했다.

*

백상충, 장경부, 함명돈과 도정 박생원을 대신해 유곡리 천도교 구를 맡고 있는 이규진이 앞장서고, 각 마을 청년회원들이 동원되어 비밀리에 울산 지방 독립만세시위 계획을 모의하느라 며칠이 흐른 뒤였다. 만세시위가 전국적으로 확대되고 있어 울산 헌병주재소와 경찰주재소도 어느 때보다 조선인 동태를 주목했고, 더욱 백상충은 운신이 자유롭지 못했다. 그래서 그는 숫제 언양 고하골로 들어갈 생각도 않고 읍내 중심부에서 떨어진 차운리 천도교도 집을 숙소로 쓰며, 광명서숙에서 옮겨온 등사기로 독립선언서를 등사하며 집행부와 연락을 취하고 있었다.

함명돈은 그날도 밤늦게까지 차운리 백상충 숙소에서 동지들과 회합을 한 뒤, 자전거 편에 갓골로 돌아왔다. 집으로 들어가니 상북면 최해규와 언양 교동골 이재락이 사랑에서 기다리고 있었다.

이재락은 면사무소가 있는 언양리에서 태화강을 건너 도요오카 농장사무소가 있는 교동골에 사는 쉰 중반의 유생이었다. 그는 고종 황제 인산 참배차 경성으로 올라갔다 3월 2일의 시위를 목격하곤 독립선언서 한 장을 휴대하여 귀향했던 것이다. 상북면 천도교구를 맡고 있던 최해규는 평소 이재락과 교분이 있던 터라 장날에 언양으로 나온 길에 경성의 인산 소식을 귀동냥하러 교동골에 들렀다 뜻밖에 독립만세시위 소식을 듣게 되었다. 그는 곧 교우 이규장 삼형제와 중남교구 책임자 곽해진과 숙의 끝에 언양에서도 독립만세시위를 벌이자는 데 합의를 보았다. 젊은이들도 그 계획에 찬동했다. 그러던 중 천도교구 연락망을 통해 울산 읍내에서 시위계획이 있음을 전해 듣고 함숙장을 찾아온 참이었다.

"언양이라면 아무래도 갓 출옥한 백상충 형이 나서야겠다는 판단 아래 그를 찾아 반곡리로 갔더니 경성에서 아직 돌아오지 않았다더군요. 주재소 순사가 자주 출입한다는 행랑아범 말만 듣고 왔습니다. 함숙장, 읍내 시위 계획은 어떻게 진척되는지요?" 최해규가 콧수염을 쓸며 물었다.

"상충 군은 지금 읍내에 머물며 군내 시위 계획을 총지휘하고 있습니다. 그러잖아도 읍내에서는, 먼저 각 면소 장날부터 시위를 하기로 했어요. 읍내가 먼저 봉화를 올려 관헌이 즉각 출동해 집행부를 잡아들이면 차후 활동을 기약할 수 없기에 헌병대와 주재소 힘이 미약한 면소 장날부터 선택하기로 했습니다. 병영장, 남창장, 호계장 순으로 만세시위를 계속하는데, 물론 언양장도 빠질 수 없지요. 그러잖아도 언양 쪽은 천도교와 기독교 쪽을 통해 조만간 통기하려 했습니다. 오늘 상충 군을 만났는데 집에 들를 겸 그쪽으로 거동하겠답디다."

"우리는 삼월 이십팔일 언양 장날 거사가 어떨까 하는데요. 언양면은 물론 상북면, 삼남면은 대충 연락망이 짜여 있습니다. 각면에서 백여 명 이상 동원되고 장날 장꾼들이 합세하면 규모가 상당할 겁니다." 최해규가 말했다.

"그렇다면 여기 범서면은 어느 쪽 만세시위에 가담할 작정입니까? 읍내장을 보아 먹는다지만 읍내가 최종으로 만세시위를 한다면 병영장에까지 나가기는 무리 아닙니까?" 이재락이 함숙장에게 물었다.

"범서에는 닷새장이 없으니 언양장을 선택해야겠지요."

"옳으신 말씀입니다. 범서면까지 언양장 시위에 참가하면 규모가 대단할 겁니다. 언양주재소래야 인원이 불과 예닐곱 명 아닙니까." 최해규가 말했다.

나흘 뒤, 함숙장 사랑에는 백상충, 함명돈, 이재락, 최해규, 곽해진과 범서면청년회 대표 셋이 모여 언양장 시위 계획을 구체적으로 논의했다.

언양은 백상충 향리이기에 면소재지 장날 중 가장 먼저, 3월 28일 정오에 시위를 벌이기로 결정한다. 인근 각 면 연락책은 인원 동원을 책임진다. 장꾼에게 나누어줄 태극기는 각 부락 청년회에서 만들어오고, 독립선언서는 읍내 집행부에 등사해 놓은 수백 장을 가져와 뿌린다. 독립선언서 낭독자와 만세 삼창을 선창할 자는 추후 결정한다. 시위는 장터를 중심으로 면청 일대에 한정하고,

해가 질 때까지 계속한다. 각 부락 청년회 간부가 선도해 일절 폭력 행위를 금한다. 주재소는 물론 농민들 원성이 자자한 도요오카 농장 사무소를 파괴하거나 방화하는 짓을 단속한다. 읍내에서 연락받고 헌병경찰이 출동해도 동요함이 없이 의연하게 대처한다. 단, 집행부 요원은 병영장 만세시위 주도를 위해 현장에서 체포되지 않도록 미리 피한다.

모인 사람이 일차 결정을 그렇게 보고, 엿새 뒤 오후 다섯시 언양리에 있는 천도교 집강소에서 다시 만나 최종 점검키로 했다. 그때 각 마을 동원책임자를 부르기로 했다.

모두 밤길을 도와 돌아가자, 함명돈이 야학공부 가르치기를 마친 석주율과 이희덕을 사랑으로 불렀다.

"자네들이 여러 조건을 들어 시위에 꼭 참가하겠다는 걸 내가 끝까지 막을 순 없으나, 당부하건대 선두에 나서서 왜경에 붙잡히는 수모는 피해주게. 자네들이 아니라도 선두에 나설 동지가 많으니깐."

함명돈은 말머리를 뗀 뒤, 조금 전 언양 장날 만세시위 계획에 합의한 내용을 들려주었다. 그러나 이틀 뒤, 언양 시위 계획 주무를 맡았던 최해규, 이규장, 곽해진이 언양주재소에 예비검속 당한 변고가 생겼다. 헌병순사 강오무라는 전국적으로 번지는 만세시위를 주시하며 관할 안 동태를 점검하던 중 천도교구 움직임이 예사롭지 않음을 포착했던 것이다. 백상충은 줄곧 집을 비웠으나 천도교 교구장들 출타가 부쩍 늘어나 그들을 잡아들여 취조했으나 확정적인 단서가 없는데다 관내가 조용하자 닷새 만에 방면했다.

풀려 나온 셋은 다시 울산 읍내 집행부와 연락을 취한 끝에 만세 봉기일자를 4월 12일 언양 장날로 확정했다. 집행부는 언양장에 이어 병영장, 계속해 호계장과 남창장으로 시위 계획을 세웠다.

언양장 독립만세시위 날을 사흘 앞둔, 봄볕 따사로운 날이었다. 석주율은 이희덕, 김수만, 그리고 야학당 젊은 생도 셋과 함께 농막 앞 밭 개간으로 하루 종일 땀을 쏟았다. 바위를 옮기고 각석을 골라내고, 높은 데 흙을 낮은 데로 메웠다. 하루 다르게 밭 면적이 늘어나는 게 즐거워 가마니짜기를 하지 않는 농막 식구도 나서서 밭 고르는 일을 도왔다. 묘상 관리를 하는 고추는 모종이 한 뼘으로 자랐고 콩, 수수, 들깨씨도 개간한 밭에 뿌릴 참이었다.

해가 무학산 너머로 기울어 넓게 그늘이 내렸다.

"선생님, 저기 백로 떼 보십시오. 지난주부터 모여들더니 이제 터를 잡았습니다." 농막 앞에서 가마니틀을 놓고 가마니를 짜던 박장쾌가 무학산 중턱을 보며 말했다.

무학산 청청한 소나무숲에 왜가리와 백로 떼가 하얗게 앉아 있었다. 소나무에 앉은 왜가리의 긴 목이며, 나는 백로의 선연한 비상이 한 폭 그림이었다. 노송 사이에는 진달래꽃이 피어 분홍색 화사함이 소나무 푸른 잎과 어울려 아름다운 배경을 이루었다.

"여기가 진정 낙원이오. 우리가 저 소나무와 학을 이웃 삼아 살게 됐으니." 석주율도 일손 놓고 무학산 중턱을 보았다. 낮 동안 태화강변에서 먹이를 줍다 쉬는 학 무리를 보자 자신도 허리가 접히고 배가 고팠다. 아침을 수수 섞은 보리밥 먹고 종일 곡괭이를 휘둘렀던 것이다.

"형님, 농장에 이름을 붙입시다. 근동 사람들이 거지농막이라 부르니 듣기 거북해요. 새 이름을 붙이면 앞으로 그렇게 통용되겠지요." 이희덕이 수건으로 땀을 훔치며 말했다.

"이형이 좋은 이름을 지어보구려. 손 씻고 저녁밥 먹읍시다. 어서 야학당으로 내려가야지요."

석주율은 곡괭이를 들고 농막 쪽으로 걸었다. 갓골 쪽에서 아낙 하나가 함지를 이고 산길을 올라왔다. 정심네였다. 그네는 네댓새에 한 번꼴로 무학산 농막으로 찾아왔다. 올 때는 빈손으로 오지 않고 먹거리를 해다 날랐다. 그럴 적마다 주율은 그네의 선심이 부담스러웠으나 받지 않겠다고 내칠 수도 없었다. 앞으로 이러시지 말라는 말은 올 때마다 했으나, 그네는 그 말을 들은 척 않고, 나도 가난한 이웃 적선 좀 하겠다며 우겼다.

"선생님, 안녕하세요. 무학산 식구도 잘 계셨고요." 정심네가 인사하며 함지를 내려놓았다. 큰 호박이 두 덩이였고 쑥떡도 한 보시기 들어 있었다.

"이십 리 길 오시느라 머리통이 내려앉았겠네요." 이희덕이 농말을 했다.

"아주머니도 안녕하시지요." 석주율이 신당댁을 두고 말했다.

정심네는 농막 식구와 어울려 저녁밥 먹고 나자 언양으로 들어가자면 밤이 이슥하겠다며 길 떠날 차비를 하다, 야학당으로 내려가려 교재를 들고 나서는 석주율을 보았다. 저 좀 보자며 정심네가 말하곤 주율 쪽으로 갔다.

"선생님도 언양 만세시위에 참가하신다면서요?"

"누구한테 들었습니까?"

"주막에 오는 손마다 사흘 후 장날에 있을 독립만세시위 얘기가 분분하답니다." 정심네가 잠시 말을 끊더니 큰 눈으로 주율을 쏘아보았다. "선생님은 제발 시위에 나서지 마세요. 계집이 남정네 하시는 일을 주제넘게 간섭해 무람하오나, 선생님은 반드시 빠지셔야 합니다."

석주율은 정심네 눈길을 피해 개울로 고개를 돌렸다. 물을 먹은 장끼 한 마리가 잡목지 쪽으로 날아갔다.

"저도 심사숙고했습니다만…… 그럴 수 없습니다."

"강형사가 겁나지도 않으세요? 그자가 언양 시위 계획을 대충 눈치채고 있어요. 어제 저녁에도 저희 집에 들러 언양 장날에 시위가 있을 모양인데, 어느 장날을 잡았는지 모르겠다며 제게 묻습디다. 백선생님 행방도 쫓고 있고요. 만약에 석선생님이 이번 시위에 참가해 주재소로 잡혀가, 다시 옥살이하게 된다면……"

"말씀 뜻은 알겠습니다만, 만세 날 여기에서 죽치고 있을 수는 없습니다. 그 소식 접한 조선인이라면, 누구나 나서야 합니다. 그 점은 내 고집이 아닌, 하늘의 명령입니다."

*

4월 12일, 별빛이 바래지자 홰대를 차며 울던 닭 울음도 잦아들었다. 동녘 하늘이 희뿌옇게 트여왔다. 갓골 뒷산 발치를 에두른 대숲은 아침밥 짓는 연기에 가려 자욱했다.

함명돈 집 앞 고샅길에는 집안 식구와 행랑붙이들이 늘어서서 길 떠나는 함명돈과 백상충을 배웅했다. 둘은 흰 두루마기에 행전 쳤고 검정 고무신을 신고 있었다. 함명돈은 중절모를 썼으나 백상충은 흰 갓을 쓰고 있었다.

"다들 들어가게. 야소님께서 보호해주실 테니깐 괜한 걱정 말고. 아녀자들은 그 시간에 예배당에서 조선 독립을 기원하는 기도를 드리라고." 자전거 손잡이를 잡은 함명돈이 집안 사람을 둘러보며 말했다.

함명돈 처는 눈물만 훔칠 뿐 말이 없었다. 그의 자녀 셋은 대구에서 학교에 다녔기에 고향집에 없었고, 노모는 아들이 오늘 무슨 일에 나서는지 몰라 집안에 남아 있었다.

"스승님, 모쪼록 몸조심하십시오. 생도들 만나고 저도 곧 뒤따르겠습니다." 석주율이 백상충에게 말했다.

백상충은 머리만 끄덕였을 뿐 말이 없었다. 마른 얼굴에 퀭한 눈동자가 무엇에 홀려 있듯 덤덤한 표정이었다. 그는 어젯밤에 함명돈과 함께 갓골로 들어왔다. 석주율이 스승을 맞은 안마당에서, 내일 언양장 시위에 이희덕과 함께 참가하겠다고 조심스럽게 말했다. 그의 속마음으로는 출가로 실망이 큰 뒤 스승 마음을 처음으로 기쁘게 해드렸다고 자부했음도 사실이었다. 백상충은, 자네는 전과가 있고 지금 하는 일도 중요하니 조심하라고 당부했을 뿐, 시위 참가를 두고 구체적인 말 없이 함명돈과 함께 안채로 갔다.

함명돈과 백상충은 고샅길을 빠져나갔다. 한길로 나서자 함명돈이 자전거에 올랐다. 그가 자전거 뒷자리를 권하니 절름걸음으로 따르던 백상충이 두루마기 자락을 걷고 올라앉았다. 둘을 태운 자전거가 태화강을 끼고 달렸다.

봄갈이가 시작된 절기라 겨우내 여투어두었던 좁쌀로 이른 아침밥을 먹고 난 머리 굵은 생도들이 하나둘 글방으로 모여들었다. 그들은 오늘 낮에 언양장에서 만세시위가 있음을 통고받고 모여들었던 것이다. 아침 여덟시 반을 넘기자 글방은 스물네댓 명 생도로 자리가 거의 찼다. 열다섯 살 아래 어린 생도는 빠지라 했기에 스물 전후 젊은이들이었다. 석주율이 그들에게 말했다.

"여러분도 알다시피 오늘 언양장에서 만세시위가 있을 예정입니다. 생도 여러분, 지난 양력 삼월 일일에 경성에서 큰 시위가 있었고, 지금 조선 팔도 백성이 들고일어나, 조선이 자주 독립국임을 만방에 선언하며 태극기 흔들고 독립만세를 외칩니다. 지난 십일일에 부산에서는 야소교 교인들과 일신여학교 생도가 주동되어 시위를 일으켰고, 십삼일에는 동래장에서 장꾼들이 조선독립만세를 외쳤습니다. 제가 생도들에게 그 점을 분명하게 가르치지 않았어도, 조선이 언제, 어떤 사정으로 나라를 일본에 빼앗겼냐를 알 겁니다. 지금부터 아홉 해 전 일본은 순종 임금을 총칼로 위협해 조선의 주권을 강제로 빼앗았습니다. 그로부터 조선 백성은 일본인 종살이를 하게 된 거지요. 일본인 관리, 일본 군대, 일본 관헌에 억눌려 살아온 백성이 이제 더 참을 수 없다며 나라를 되찾겠다고 일어난 운동이 바로 이번 독립만세시윕니다……"

"정말 조선은 독립해야 합니다. 영영세세 그들에게 억눌려 살수 없습니다.""우리가 왜 도요오카 농장 작인이 되어야 합니까.

그들이 섬나라로 물러가면 그 토지를 조선인이 경작할 수 있지 않습니까." "왜놈들이 총칼로 우리를 위협하더라도 굴복해선 아니됩니다." "모두 용기 있게 만세를 부릅시다." 혈기 찬 젊은 생도들이 한마디씩 했다.

"그럼 나가도록 합시다. 예배당 신도와 천도교 교도들이 기다립니다." 이희덕이 자리 차고 일어섰다.

아홉시 반에 이르자 석주율과 이희덕은 20여 명 야학 생도와 구영예배당 마당에서 기다리던 야소교인 열둘과 천도교 신도 열하나와 함께 길을 나섰다. 여자도 넷 있었다.

그들이 마을 앞 정자터까지 가자, 홰나무 아래 어린 생도 열댓이 무리 지어 있었다. 석주율이 그들에게 언양 장날 만세시위를 말하지 않았으나, 선생과 형들이 참가함을 알고 함께 떠나려 장맞이 하고 있었다.

"선생님, 우리도 함께 가겠습니다. 선생님이 말씀하시기 전에 형들로부터 듣고 우리들끼리 의논해 언양장에 가기로 약속했어요." 점촌에 사는 윤종규가 어린 생도를 대표해 말했다. 편발머리 생도는 대체로 열서넛 또래 아이들이었다.

"선생님, 나오지 않았다면 모를까, 이렇게 열성으로 참가하겠다는 걸 어떻게 돌려보냅니까. 돌려보내도 저들끼리 모여 나올 겁니다." 젊은 생도 홍석구가 의견을 냈다. 그는 여덟 해 전 아버지가 울산 장터에서 교수형으로 처형되는 현장을 목격한 뒤 안으로 응어리졌던 적개심이 한꺼번에 폭발하듯 눈에는 핏발이 섰다. 석구만이 괴나리봇짐을 메고 있었는데, 비밀리에 만든 태극기가 들어 있었다.

홍석구 말에 어린 생도들이 여러 목소리로 떠들었다. "조선독립 만세를 목이 터져라 외치겠어요." "원수 일본은 조선 땅에서 물러 가야 합니다." "입안리, 사연리, 새터말 쪽 생도는 언양장에서 만 나기로 했어요." 생도들이 주먹을 쳐들며 흔들었다. 여생도도 네 댓 섞여 있었다.

"장하다. 너희들이야말로 배달겨레 자손이다." 김수만이 어린 생도의 땋은 머리를 쓰다듬었다.

"부모님 허락을 필했나요?" 이희덕이 물었다.

"승낙 맡은 생도도 있고 왜놈 순사한테 채여 갈까봐 승낙 안해 그냥 나온 생도도 있습니다." 윤종규가 대답했다.

"함께 가기로 합시다. 그러나 이번 시위는 질서를 지키기로 했 기에 절대 기물이나 가옥에 돌팔매질해선 안 됩니다. 만세만 부른 다면 일본 순사도 잡아가지 않을 겁니다."

석주율 말에 모두 그렇게 하겠노라고 약속했다. 그들은 무리 지 어 태화강 줄기를 거슬러 언양으로 떠났다. 강바람은 차가웠으나 구름 없는 맑은 날씨였다. 봄볕 다사로운 들녘에는 온갖 풋나무가 새잎을 피웠다. 들판과 야산에는 흰옷이 점점이 흩어져, 모심기에 앞서 논에 물을 대어 논갈이하거나 밭은 밭작물을 파종하려 밭갈 이가 한창이었다.

언양 면소까지는 20리 남짓했다. 일행이 태화강변 늪네 마을을 거쳐 부역으로 닦아놓은 널찍한 신작로로 나서자, 언양장으로 장 보러가는 장꾼들을 만났다. 내다 팔 물건을 이고 지고 장으로 나선 사람들은 언양장에서 벌어질 독립만세시위를 모르는지, 웬 애젊은이들과 어른이 빈손으로 떼지어 몰려가나 하고 의아한 눈길을 보냈다.

"연장도 없이 어디로 부역 일 가나?" 겨우내 묵혔던 머리통만 한 호박을 지겟짐 진 노인이 물었다.

"어르신은 모르시군요. 언양장에서 오늘 만세를 부른답니다. 어르신도 장에 가시면 조선독립만세를 부르세요."

"독립이라니? 조선이 독립된다는 말인가?"

"독립되어야 한다고 부르는 만세랍니다."

"주재소에 잡혀갈 소리로군. 뭐가 뭔지 알 수 없어."

정오까지 도착하자면 갈 길이 바쁘다고 이희덕이 생도들을 채근했다. 걸음나비가 좁은 어린 생도들은 땀을 흘리며 잰걸음을 놓았다.

석주율은 앞장서서 걸으며, 차츰 마음을 데워오는 흥분을 애써 삭였다. 흥분에는 희열과 두려움이 섞갈렸다. 영남유림단 사건으로 목숨 바친 경후와 김조경, 큰스님 선덕, 광우를 생각할 적이면 마음을 찢는 괴로움에 잠 못 이룬 밤도 많았다. 내 마음속에도 자나깨나 조선 독립의 소망이 숨쉬고 있는데 나는 왜 당당할 수 없을까, 하는 부끄럼에서 얼마간 놓여난다는 점은 분명 희열이었다. 그러나 두려움 또한 희열만큼 반작용으로 마음을 어둡게 했다. 부산헌병대에서 고문을 당할 때, 공포에 짓눌려 앞으로는 그런 일에 절대 나서지 않겠다고 맹세한 바 있었다. 부산에서 행려자와 고아를 구휼하고, 범서면 갓골로 들어와 야학운동에 투신할 적도 가능한 신변의 위험을 피하는 길이 그런 쪽 헌신이라며 몸을 사려왔던 게 사실이었다.

일행이 언양 면소 장거리에 도착하기는 정오가 못 되어서였다. 구름같이 몰려왔다는 말이 있듯, 장터마당은 인근 마을에서 나온 장꾼과 만세꾼들로 붐볐다. 바람결에 포장막이 춤을 추는 아래 포목전, 어물전, 곡식전, 잡화전, 씨앗전, 나무전이 물목끼리 동패 지어 호객 소리로 요란했다.

함숙장 말로는 독립선언서 낭독 장소가 장터 입구 면 창고 앞이라 했기에 석주율은 생도들과 그쪽으로 갔다. 면 창고 앞은 미리 연락받고 만세시위에 참가하러 모여든 사람들로 웅성거렸다. 실히 3백 명은 넘을 듯했다. 주율이 창고 앞쪽을 살펴도 스승과 함숙장 모습은 보이지 않았다. 군중들은 곧 벌어질 행사에 주최측이 나타나기를 기다리며 끼리끼리 모여 대처의 시위 소식을 낮은 목소리로 주고받았다.

한참을 기다리자 천도교 언양지부 집강소 쪽으로 옷갓한 한 사람들이 면 창고로 걸어왔다. 앞장선 자가 최해규, 이규진, 곽해진 등 천도교 인사였고, 뒤로 제일예배당 목사 서상우, 함명돈, 백상충, 이재락이 따랐다. 그들과 거리를 두어 천도교, 야소교 신도들이 몰려왔다. 장경부는 보이지 않았다.

주최측이 창고 앞에 늘어서자, 등겨 가마 위에 도포 차림에 갓 쓴 이규장이 올라섰다.

"오늘 이 시각부터 조선은 영영세세 독립국이요 조선 이천만이 자주민임을 한울님과 만방에 엄숙히 선포합니다!"

514

이규진이 쉰 목소리로 외치고 등겨 가마에서 내려서자, 서상우 목사가 앞으로 나서더니 성경책을 든 손을 치켜들며 뒤따라 외쳤다.

"복음서에 구세주께서 이르시기를, 나라와 의를 구하라 하셨고 의로운 일로 고생당함이 복이 있다고 말씀하셨습니다. 십자가 형틀을 지고 골고다 언덕을 오르신 구세주를 따르듯, 우리 조선 동포는 모두 독립운동에 나섭시다!"

이어, 곽해진이 등겨 가마에 올라서서 독립선언서를 일사천리로 읽어 내려갔다.

어느새 장터마당에는 각 마을 청년회 회원들에 의해 독립선언서와 태극기가 장꾼들에게 나누어졌다. 장터마당 장꾼과 언양리 주민은 물이 외길로 쏠리듯 면 창고 앞으로 몰려들었다. 만세 함성이 여기저기서 터져 나왔다.

"조선독립만세를 외칠 테니, 동포들도 목청껏 복창하십시오!" 품에서 태극기를 꺼내어 들고 백상충이 소리쳤다.

백상충이 독립만세를 선창할 때, 석주율은 저고리 안쪽 허리에 감아 왔던 이불보만한 대형 태극기를 꺼내 이희덕과 함께 펼쳐 들었다. 이틀 밤에 걸쳐 만든 태극기였다.

"선생님이 앞장서면 안 됩니다. 이러시면 안 돼요!" 어디에 숨었다 나타났는지 머릿수건 쓴 정심네였다.

"조선 동포는 오늘을 기다려왔습니다. 독립의 소원을 함께 외쳐야 합니다."

그들은 뒤에서 밀려오는 군중에게 밀치었다.

"주재소 뒷마당에 헌병경찰들이 대기하고 있어요. 오늘 시위를 이미 탐지했나 봐요. 새벽에 읍내에서 들어와 기다리고 있었답니다." 정심네가 숨가쁘게 말했다.

"조선독립만세!" 석주율이 정심네 말을 무시하고 외치며, 이희덕과 함께 태극기를 높이 쳐들었다.

이를 신호로 순식간에 장터마당은 만세 함성으로 진동했다. 지축이 흔들리듯, 막아선 화장산을 치고 하늘에까지 울렸다. 난전 장사치들은 군중 발길에 이겨질까 재빨리 전자리를 거두었고, 더러는 물목을 늘어둔 채 만세판에 뛰어드는 장사치도 있었다. 꽹과리, 징, 장구, 날라리 소리가 만세 함성에 섞여들었다.

장터마당 군중은 한동안 만세를 연호하다, 자리 뜨는 농악패를 뒤따랐다. 농악패를 앞세운 시위 행렬이 장터마당을 떠나 면사무소와 주재소 쪽으로 길을 잡았다. 석주율과 이희덕이 맞잡은 대형 태극기가 시위 군중 앞장에 나섰다. 정심네가 석주율을 쫓아 따랐다. 장터 아이들도 몰려나와 대형 태극기를 에워싸고 고사리손을 치켜들며 만세를 불렀다.

"조선독립만세!" "조선은 일본 속국이 아니다!" "왈 아동포 유진무퇴(曰我同胞 有進無退)!" 목이 터져라 외치는 석주율 눈이 괸 눈물로 번들거렸다.

석주율은 마음속에 응어리졌던 두려움이 씻어낸 듯 가시고 기쁨이 복받쳐올랐다. 뜨거운 감동을 체험하기가 난생처음이었다. 그 점은 살생이나 폭력투쟁이 아닌 평화적 시위로, 나라 잃은 민족의 구성원으로 나라를 되찾겠다는 선한 실천운동에 동참한다는 떳떳함이었다. 자비, 또는 사랑의 헌신적인 실천만이 민족을 구원할 수 있다는 종교적인 믿음과도 합일되었다.

"주율 군." 백상충이 절름거리며 달려와 석주율 손을 잡았다. "장하다. 한동안 자네한테 무심했던 허물을 용서하게. 자네야말로 외유내강한 조선 남아야!"

"스승님, 이 함성을 들어보십시오!"

"열아흐렛날은 병영장이야. 그날은 울산 읍민과 광명서숙 생도가 다 참가할 거야. 이런 비폭력 만세시위가 놈들에게도 심적 타격은 클걸세. 그보다 조선 독립의 당위성을 국내외에 떨치고, 우리 민족에게 광복 의지 자긍심을 심어주는 효과가 수백 배 더 클 테지."

그때, 앞쪽에서 총소리가 연달아 터졌다. 주재소 초소 앞에 순사 다섯이 일렬로 늘어서서 총을 쏘아댔다.

"해산하라! 해산하지 않으면 직접 총을 쏘겠다!" 총소리에 놀라 만세 함성이 숨죽인 사이, 주재소장 사토가 외쳤다.

"해산 못해!" 옆에 선 강형사가 권총을 휘둘렀다.

"겁내지 마시오! 그대로 진군하시오!" 백상충이 맞받아 소리치며 절름걸음으로 대형 태극기 앞에 혼자 나섰다. 그는 손에 든 태극기로 진군을 지시하며 앞서 걸었다.

백상충 뒤로 읍내 지휘부와 언양 시위를 주도한 집행부 인사가 몰려나왔다.

"조선독립만세!" 석주율이 소리치며 백상충을 뒤따랐다. 그는 거리낌이 없었다. 순사들이 사람을 정면으로 겨누어 총질한다 해도, 총알이 자기 심장을 뚫는다 해도 미련 없이 죽을 수 있었다. 어떠한 힘으로도 꺾을 수 없다는, 옳은 일에 몸 바친다는 신념이 온몸을 달구었다.

공포를 쏘아댄 순사들이 무릎 꿇은 자세로 장총 총구를 시위대에게 겨누었다. 그러나 군중의 더 거센 만세 함성과 다시 울리기 시작한 농악패 소리가 앞장선 자들의 발걸음에 힘을 보탰다. 그때였다. 완전무장한 헌병경찰들이 주재소에서 열 맞추어 뛰어나왔다. 앞에총한 무리가 열 명 정도였다. 그들이 지휘자 명령에 좇아 두 줄로 무릎꿇어 앉더니 거총 자세에 들어갔다.

"쏠 테면 쏴라! 네놈들 압제 아래 사느니, 차라리 죽음을 택하겠다!" 한 젊은 농군이 앞으로 나섰다.

시위대 군중이 지휘부와 대형 태극기 앞으로 몰려나가자 헌병경찰도 차마 방총질은 못했다. 기가 산 만세 소리가 더 높아지고, 시위는 이제 집행부가 아닌 군중들에 의해 주도되었다. 시위대와 도열한 순사의 간격이 좁아졌으나 어느 쪽도 물러설 기세가 아니었다.

"체포하라. 주동자를 모조리 잡아들여. 김순사, 하라순사 앞으로!" 사토가 칼을 뽑으며 저희 말로 명령했다.

두 순사가 앞에총 자세로 달려나오자, 젊은 농군들이 두 순사를 체포할 듯 함성을 지르며 몰려갔다.

"폭력을 쓰면 안 됩니다. 시위는 평화적으로 해야 합니다!" 젊은이들이 두 순사를 포위하자 석주율이 그들 사이로 뛰어들었다.

젊은이들이 순사 장총을 빼앗았다. 누구인가 몽둥이로 순사를

내려치려 하자, 석주율이 앞을 막으며 폭력을 사용해선 안 된다고
다시 외쳤다.

시위대 선두는 순사 둘을 군중 속에 가두어둔 채 앞으로 나아갔
다. 장총을 뺏은 두 젊은이가 총대를 들고 흔들며 앞장섰다. 도도
한 행진이었다. "총을 강탈한 자를 사살하라!"는 지휘자의 명령
이 있자, 거총 자세로 무릎 꿇어 도열해 있던 헌병경찰들이 일제
히 방아쇠를 당겼다. 요란한 총소리에 이어, 장총을 치켜든 젊은
이 둘이 쓰러졌다. 농군 몇도 총알에 맞았다. 만세 함성이 잦아들
고 군중이 우왕좌왕하기 시작했다. 만세시위꾼을 향한 사격은 일
회로 끝나고, 헌병경찰대와 사토 주재소장은 상대 쪽 반응을 주시
했다.

"어린이와 노약자는 피하세요! 여자들도 피하세요!" 서상우 목
사 외침에 군중이 흩어졌다. 앞장섰던 젊은이들이 총탄을 맞고 쓰
러진 예닐곱 동료를 업거나 부축해 자리를 떴다. 장꾼과 장사치들
은 쇠장터 쪽으로 쓸려 내려갔다. 쇠장터 뒤쪽 개울을 건너려는
흰옷 무리가 자갈바닥에 깔렸다.

"도망가지 마십시오. 아무 죄 없는데 왜 도망갑니까." 백상충이
흩어지는 사람들 앞길을 막았다.

"스승님부터 피하셔야 합니다. 병영장과 남창장이 남았잖습니
까." 석주율이 말했다. 옆에 섰던 이희덕과 함숙장도 같은 말을
했다.

"선생님부터 몸을 피해야 해요. 이럴 때가 아닙니다!" 정심네가
발을 구르며 석주율 소매를 끌었다.

어느새 그들은 선두에 나섰고, 뒤쪽으로 아직 자리 뜨지 않은 많은 사람이 몰려 있었다. 군중이 흩어지지 않자, 칼을 치켜들던 헌병경찰 지휘자가 칼을 내리며 다시 사격 명령을 내렸다. 총소리가 연달아 터졌다. 순간, 석주율이 그 자리에 꼬꾸라졌다. 옆에 섰던 서너 젊은이도 비명을 지르며 쓰러졌다.

"주율 군!" "선생님!" 백상충과 정심네 입에서 비명이 터졌다. 쓰러진 주율 위로 정심네가 엎어졌다.

"주동자를 체포하라!" 수비대 지휘자 명령이 떨어졌다.

"남은 자를 잡아들여!" 강형사가 외쳤다.

병사와 순사들이 군중 쪽으로 몰려왔다.

"모두 피하십시오. 어서 자리를 뜨시오." 최해규가 외쳤다.

"범서면 사람들은 개암산 쪽으로 빠져요. 한 사람도 붙잡히지 말고 어서 떠나요!" 함명돈이 다그쳤다.

그 말에 사람들이 윗길로 몰려갔다. 정심네는 주위 눈도 아랑곳 않고 쓰러진 석주율을 들쳐업더니, 몰려가는 무리를 피해 자기네 숫막으로 빠지는 골목길을 잡아 내달았다. 주율을 업은 그네는 남자만큼 힘이 좋아 걸음이 빨랐다.

"우리도 어서 떠납시다." 곽해진 말에 백상충도 장터 아랫거리로 절름걸음을 떼었다. 이희덕도 무리에 쓸려 장터마당을 떠났다.

사전에 모의가 있었던지 순사와 헌병경찰들은 닭을 몰듯 시위꾼을 쫓아 흩어지게 할 뿐 애써 체포하려 들지 않았고, 걸음이 느린 아낙과 어린이가 잡히면 총대로 타작매만 놓았다. 체포자는 몇에 불과했다.

520

"백가는 반드시 잡아야 해! 저기, 저 절름발이를 놓치면 안 돼!"
강형사가 소리쳤으나, 백상충은 범서면 사람들에 싸여 골목길로
들어선 뒤였다.

"됐네. 추적하지 않으니 숨을 돌려도 되겠군."

소먹이못으로 잰걸음 놓던 함명돈이 숨차하며 장터 쪽을 돌아보
았다. 범서면 어른들과 야학당 생도들은 곰재 언덕을 넘어 동으로
걸으며, 뜸마을을 거쳐갈 때마다 주재소가 없음을 빌미로, 백상충
선창에 따라 독립만세를 외쳤다. 어느덧 기운 해가 서산을 넘었다.

"주율 군이 총에 맞았는데 어찌되었소?" 백상충이 주위를 둘러
보며 물었다.

"면소 숫막 아낙이 업고 갔는데……" 이희덕이 말했다.

우리 선생님이 총에 맞으셨다며 야학당 생도들이 웅성거렸고
훌쩍이는 생도도 있었다.

*

이튿날, 여느 날과 다름없는 일상이 시작되었다. 함명돈은 자전
거를 타고 읍내 광명서숙으로 떠났다. 이희덕은 초등반 생도를 받
아 학업에 열중했다. 생도들은 어제 언양장 만세시위로 조선이 곧
독립될 거라며 떠들었으나, 희덕은 그 말을 잠재우고 고려 개국
과정을 설명했다.

언양주재소나 코앞에 있는 범서주재소에서 순사가 닥칠까봐 속
을 태우며 일손 놓고 있던 함명돈 처가 김수만을 범서주재소에 염

탐차 내보내기가 서방 출근 뒤였다. 그런데 수만이 10분이 못 되어 집으로 뛰어들며, 순사와 헌병 둘이 온다고 알렸다.

"이군, 어서 몸을 피하게. 순사와 헌병이 마을로 들어온대. 아무래도 어제 언양장 만세사건 때문일 게야." 함명돈 처가 글방으로 달려와 이희덕에게 말했다.

"만세 부른 게 무슨 큰 죄가 됩니까. 놈들이 벌을 준다면 받아야지요. 숙장선생님도 그런 말씀을 하셨습니다."

"자네 지금 무슨 말을 하나. 만세 부를 때 앞장서지 않았는가. 난리 났군. 바깥양반도 경치게 생겼어."

글방 문 열고 밖을 내다보던 맹필이 얼른 축담으로 내려서더니 짚신을 꿰자 예배당 쪽 뒷문으로 내달았다.

잠시 뒤, 바깥에서 구둣발 소리가 들렸다. 이희덕이 칠판에 쓰던 글씨를 멈추었다.

"석가놈, 이가놈, 나와!" 서숙 문이 열리더니 순사가 얼굴을 들이밀었다.

헌병 둘이 신을 신은 채 들어와 이희덕 허리춤을 잡고 바깥으로 끌어냈다. 헌병 하나가 포승줄로 그의 손을 뒤로 젖혀 결박지었다. 안채로 통하는 쪽문과 낮은 담장 위로 마을 사람들이 그 광경을 지켜보았다. 생도들이 밖으로 몰려나와 순사와 헌병을 에워쌌다. 순사가 네놈들도 유치장에 잡아넣겠다고 둘러싼 생도들에게 윽박질렀다. 우리 선생님을 잡아가면 안 된다고 생도들 중 윤종규가 외쳤다. 순사가 종규 멱살을 틀어쥐곤 땅바닥에 패대기쳤다.

"집으로 가요. 오늘은 공부가 끝났어요." 이희덕이 말했다.

"오늘로 글방은 폐쇄다!" 순사가 주위를 둘러보았다. "석가는 어딨어?"

"어제 시위 때 총을 맞더니 돌아오지 않았어요."

순사가 헌병에게 일본말로 무학산 중턱 농막 위치를 손짓하며 설명하자, 헌병 하나가 마을 뒷산으로 떠났다. 그 시간, 울산읍 광명서숙에도 순사와 수비대 병사가 들이닥쳐 함명돈 숙장을 체포했다.

농막으로 숨이 턱에 닿게 뛰어온 맹필이 석주율이 쓰는 방문을 열었다. 방안에는 누운 석주율 주위로 정심네, 분님이, 간난이엄마, 박장쾌가 둘러앉아 있었다.

"순사와 헌병이 글방에 쳐들어와 이선생님을 끌어냈어요. 선생님도 어서 몸 피하세요!" 맹필이가 헐떡이며 말했다.

"이 몸으론 도망갈 수 없고, 도망가고 싶지 않아요." 석주율이 허우룩이 말했다. 순간, 그는 부산경찰부 지하 취조실의 악몽을 떠올렸다. 다시 그런 견욕을 치르지 않으려면 지금이라도 도망가야 했다. 그러나 달아나면 당분간, 아니 몇 년 동안 갓골에 걸음할 수 없을 것이다. 그는 호국불교 성전『인왕호국반야바라밀다경(仁王護國般若波羅蜜多經)』가르침을 생각했고, 의를 위해 고생하면 복이 있다는 복음서 말을 떠올렸다. 육신이 고통당할지라도 그 일이 정도(正道)라면 담대하게 나아가야 한다. 나만의 당함이 아니고 조선인 모두가 당하는 고통이 아닌가. 조선이 독립되지 않는 한, 도망간다고 영원히 도망 다닐 수는 없다. 그는 그렇게 다짐했건만 마음의 떨림은 어쩔 수 없었다.

"안 됩니다. 잡혀가선 안 돼요! 이 몸으로 다시 잡혀간다면 선생님은 이제 살아 나올 수 없어요!" 정심네가 말하더니 주위를 둘러보았다. 석주율을 부축할 남자라곤 앉은뱅이 박장쾌뿐이었다. "간난이엄마, 선생님 제 등에 업혀줘요. 어서 빨리!"

"선생님, 불쌍한 우리 식구를 봐서라도 잠시 몸을 피하십시오. 선생님이 달려가면 아니 됩니다……" 박장쾌가 울먹이며 말했다.

"세상이 조용해질 때까지만 잠시만 숨어 지내십시오. 우선 건강을 회복하신 후 주재소에 나가더라도 늦지 않을 겁니다." 간난이엄마가 석주율을 일으키며 울먹였다.

석주율은 대답할 말이 없었다. 간난이엄마와 분님이 주율을 양쪽에서 잡아 일으켜선 등을 내민 정심네에게 업혀주었다.

석주율을 업은 정심네가 마당으로 나섰다. 맹필이 말을 들은 농막 식구가 모두 나와 일행을 지켜보았다. 벙어리요 귀머거리인 장씨, 백치 짱구는 영문도 모른 채 정심네 등에 청처짐하게 업혀 나오는 주율을 바라보기만 했다. 장님 구노인, 중풍 걸린 초전댁, 애꾸 소년 근출이, 다리 저는 모슬이 모습이 주율 눈에 들어왔다. 그들을 두고 몸을 피해야 한다고 생각하자 이별이 길어선 안 되고, 어서 돌아와야 한다고 그는 속다짐을 했다.

"정심네, 어디로 가요? 가는 데라도 알려줘야지." 무학산 정상으로 바삐 걸음 내딛는 정심네에게 박장쾌가 물었다.

"모셔다놓고 연락드릴게요."

무학산 소나무숲에서 한 떼의 백로가 날개를 펼친 채 태화강으로 날고 있었다. 정심네가 무학산 허리를 돌아 사연못 쪽으로 자취를 감추자, 헌병과 순사가 농막으로 들이닥쳤다.

*

백상충은 언양 장날 독립만세시위를 끝내고 사연 마을 일가붙이 집에서 하룻밤을 잤다. 이튿날은 떠밭띠 석서방 집에서 하루를 보냈다. 그는 석서방을 통해 읍내 소식을 귀동냥해 함숙장이 헌병주재소로 연행당했음을 알았다. 그는 읍내에 나간 석서방 편에, 이튿날 밤 자신이 차운리로 들어갈 거라는 연락을 강봉수 집에 전하게 일렀다.

백상충이 울산 읍내 들머리 마을 차운리 천도교 교인 강봉수 집에 도착하기는 밤이 이슥해서였다. 혹시나 하여 울타리를 멀리 두고 한참 동안 주위 동정을 살핀 뒤에야 닫힌 바자삽짝을 밀고 마당으로 들어섰다. 요령 소리를 들었던지 안방문과 골방문이 함께 열렸다. 세 칸 방 중 그는 그동안 읍내 만세시위를 주동하느라 골방을 빌려 쓰고 있었다.

"서방님 오셨군요." 안방에서 나온 아녀자가 조씨였다.

"어서 오시오. 기다렸소." 천도교 도정 우진동이 골방에서 얼굴을 내밀었다.

"잠시 후에 만나리다. 안방에 계시오."

백상충이 처에게 이르곤 골방으로 들어갔다. 방안에는 울산예배당 한태준 목사를 비롯하여 읍내 청년회 간부 조문근, 엄준과 병영청년회 간부 양승종, 이현우가 있었다.

"함숙장이 잡혀간 소식을 들었나요?" 한목사가 물었다.

"들었습니다."

"언양주재소에서 언양장 만세시위 주동자 열넷을 잡아들였지요. 야학당 두 선생도 달려간 것 같아요."

"석군은 총상을 입었는데?"

"자세히 모르나 갓골에 순사와 헌병이 들어간 모양입니다. 언양 이규진 형제분, 곽해진 교구장, 앞장섰던 청년들이 잡혀갔대요. 첫 발포로 총격에 맞은 자 중에 사망자가 둘 생겼습니다." 한목사는, 백형도 수배가 내려져 놈들이 체포하려 다닌다는 말은 입속에 삼켰다. 백상충이 찌무룩한 표정으로 생각에 잠겼다.

"도정어른이 경성에서 돌아왔습니다. 집에서 쉬고 계신데, 장경부 선생이 그쪽에 있어요." 우진동이 말했다.

"도정어른이 돌아왔다고요? 근력은 어떠하고?" 백만 원군이라도 얻은 듯 백상충 얼굴이 펴졌다.

"명치정에서 시위에 앞장섰다 왜경에 체포돼 모진 고문을 당하시고, 즉결재판에 회부되어 태형 육십 도에 처해져서…… 운신이 힘들어 누워 계십니다."

"병영장 시위는 변동 없지요?" 백상충이 좌중을 둘러보며 물었다. 그는 당장 박생원 집으로 달려가고 싶었으나 기쁜 마음을 눌러 참았다.

"연락은 끝났습니다. 그런데 워낙 경비가 삼엄해서…… 부산에서 온 수비대 이 개 중대 병력이 읍내에 주둔해 있지 않습니까. 오늘이 호계장인데, 새벽에 일 개 중대가 호계로 떠납디다." 읍내 청년회 조문근이 말했다.

"병영장 시위에는 사상자가 많이 생길 겁니다. 병영이 읍내와 오 리밖에 되지 않으니 수비대 이 개 중대가 즉각 투입될 테고, 헌병주재소 병력까지 합치면 백 명에 달하는 인원이 시위 군중을……"

"무슨 말인지 알겠소." 병영청년회 양승종 말을 백상충이 꺾었다. 좌중을 둘러보는 그의 퀭한 눈이 번들거렸다. "언필칭 왜놈들은 미개한 조선을 통치함으로써 산업을 진흥시켜 물산을 장려하고 새 문명을 전수해 국리민복에 이바지한다고 서방 열국에 선전하지 않았소. 그러나 여기 모이신 분들이 보아왔듯, 왜놈 무단통치 구 년에 조선은 뼛가죽밖에 남지 않았소. 백성이 숨쉬고 있으나 사람 도리 하고 살지 못하며, 국토가 있으나 왜놈이 지상의 생장물과 지맥을 파헤쳐 빼앗아가니 빈사의 땅이 되지 않았소. 참혹한 꼴을 더 당할 수 없어 생사결단하고 이천만 민족이 분기했으니, 내 몸 상하고 남의 몸 상함을 어찌 두려워하리오. 안중근 의사가 여순감옥에서 순국하며 말씀했듯, 한 사람 의거가 후대 조선민에게 독립운동의 귀감이 될까 한다 했으니, 죽기로 각오하고 백성이 독립을 주장한다면 반드시 죽은 자 무덤을 딛고 산 자가 뒤를 이을 것이오. 어떤 일이 있더라도 병영장 만세운동은 강행해야 하오!"

백상충의 열띤 호소에 방안 분위기가 숙연했다.

"그래서 제가 드리는 말입니다. 여기 도정어르신과 백선생님은 언양 시위 주동자로 울산헌병대가 쫓고 있습니다. 그곳 토박이 장사꾼들이 겁을 먹고 시위 선두에 선 사람을 이실직고했지요.

그래서 두 분만은 병영장 시위에 직접 참가를 보류시켜야 한다고 의논하고 있던 중입니다." 말을 중단했던 양승종의 다소곳한 설명이었다.

"누가 뭐래도 나는 병영장 시위에 나서겠소. 내 염려는 마시고 일을 추진하시오." 백상충이 말을 마치자 자리를 박차고 일어섰다.

어디로 가느냐고 한목사가 물었다. 백상충이 도정어른을 뵈러 간다고 말했다. 방문 앞에 앉았던 청년회 회원 여럿이 읍내에 기찰이 깔렸다며 백상충을 말렸다. 백상충은 들은 척 않고 방을 나섰다. 축담 아래 장옷 쓴 조씨가 분이 부축을 받고 서 있었다.

"앞뒤를 살펴 안내하게. 붙잡는다고 앉았을 분이 아니잖는가." 백상충 결기를 아는지라 우진동이 침통하게 말했다.

"서방님, 고정하십시오. 고하골 집에도 강형사가 두 차례나 다녀갔어요. 몸을 피하셔야 합니다. 이렇게 나서시다 기찰에 걸리면 누구나 금세 서방님을 알아볼 겁니다." 누가 염탐하지 않나 주위를 살피며 골방 말을 엿들었던 조씨가 서방 앞길을 막았다. 그네는 언양주재소 강형사와 순사 감시를 따돌리고 서방 입성을 싸서 울산 읍내로 들어오기가 어제 해질 무렵이었다. 수소문 끝에 강봉수 집을 알아내어 여태껏 초조하게 서방을 기다렸던 것이다.

"한길을 피해 간다면 걱정할 게 없소. 따라나서지 말고 여기 계시구려. 내 얼른 도정어른을 뵙고 오리다. 내가 당해도 시원찮을 신고를 그분이 당한 게 아니오. 어찌 일신의 안위를 염려해 모른 체하겠소." 백상충이 처를 밀쳐냈다.

읍내 청년회 엄준이 앞장서서 삽짝문을 열고 고샅길을 살폈다.

봄밤의 다사로운 어둠뿐, 인적이 없었다. 백상충이 절름걸음으로 삽짝을 나서자, 조씨는 그 자리에 쓰러지듯 주저앉았다. 그네가 손으로 가슴을 누르며 고르지 못한 숨길을 헐떡였다. 백상충은 처의 병기(病氣)를 모른 채 고샅길로 나섰다. 청년회 회원을 앞뒤에 세우고 백상충이 서너 집 담을 거쳐갔을 때였다. 앞쪽에서 발자국 소리가 나더니 흰옷이 희끄무레 나타났다. 백상충이 흙벽에 몸을 붙였다.

"뉘십니까?" 엄준이 물었다.

"나 귀돌이아비 강서방이오." 강봉수였다. 그는 박생원 집에 문안 다녀오는 길이었다.

"백선생님 모시고 도정어른 집에 나선 길입니다."

"잘 만났네요. 도정어른 거처를 옮기셨습니다. 며칠 전에도 어른 댁에 순사가 다녀갔는데 오늘 또 들이닥쳤지 뭡니까. 도정어른이 경성에서 돌아왔나 염탐차 말입니다. 문간에서 따돌리긴 했으나…… 그래서 초저녁에 우차에 모셔 북정골 포교당 뒤로 옮겼지요. 백선생님께서 도정어른 댁으로 가면 위험천만입니다. 수비대 병정이 학산리 일대에 깔렸어요. 낮에는 왕래하는 행인들까지 몸수색했지 뭡니까. 태극기나 독립선언서를 찾아낸다고 말입니다."

"잘됐네. 북정골만 해도 뜸마을이니 거기까지 기찰 나오랴. 강서방, 도정어른 몸은 어떠한고?"

"말도 마십시오. 그 몸으로 어떻게 울산까지 오셨는지 신통할 지경입니다. 교도들이 한울님 보살핌이라고……" 강봉수가 울먹이다 말끝을 맺지 못했다.

"앞장서게. 그분을 꼭 뵈야겠어. 우리는 살아도 한몸이요 죽어도 한몸이라고 맹세한 사이네."

일행 셋은 길을 돌아 북정골로 떠났다. 방죽 아랫길로 질러가자 개 짖는 소리가 들리는 쪽, 북정골 먼 불빛이 보였다.

주인 아낙의 안내를 받아 일행은 봉당을 질러 뒷방으로 갔다. 장경부와 천도교 교도 둘이 환자를 지키다 그들을 맞았다.

"내내 앓으시다 잠시 잠에 든 듯합니다." 장경부가 말했다.

사람들 기척과, 여닫는 방문으로 밀려든 바람결에 선잠에서 깨어난 박생원이 대추씨만큼 눈을 떴다.

"선생님 오셨군요." 갈라터진 입술에 웃음을 물고 박생원이 기진한 목소리로 말했다.

박생원이 일어나 앉겠다며 몸을 움직이자, 장경부가 그대로 계시라며 말렸다. 백상충이 박생원 손을 잡았다.

"애썼소. 도정어른을 찾아다니다 우리만 먼저 하향한 불찰을 용서해주구려."

"아닙니다. 여기 와서 언양 만세시위며, 여러 말을 들었습니다. 선생님께서 수고 많으시더군요. 글피에 있을 병영장 만세에는 저도 꼭 참가하겠습니다."

"병영장 시위는 여기 장경부 군이며, 집행부 모두가 힘쓰고 있어요. 도정어른은 건강부터 회복하셔야 합니다."

방문이 열리고 주인 아낙이 소반에 받쳐 대추 넣어 인삼 달인 사발을 날라왔다. 장경부가 박생원 윗몸을 반쯤 일으켜 인삼물을 마시게 했다. 사발을 받쳐든 박생원 두 손 손톱이 먹물을 넣은 듯 꺼멓게 죽어 있었다.

"제가 빨리 원기를 회복해야 선생님을 도울 텐데…… 한양에서 보았던 만세시위야말로 조선인 기백이 아직 살아 있다는 증거였습니다. 동학운동이 실패로 그치지 않고 조선민 흉중에 한으로 남아 지하수같이 이어짐을 보았습니다."

장경부가 백상충에게 박생원의 그동안 일정을 전했다.

박생원이 명치정에서 만세시위 군중의 선두에 나섰다 왜경에 잡혀 끌려간 곳이 종로경찰서라 했다. 그곳 유치장에 갇혀 있는 동안 온갖 고문을 당했는데, 닷새째부터 고문하지 않을 때는 일반 유치장이 아니라 널(棺)을 세워놓은 듯한 궤에 가둬놓으니, 차라리 매를 맞는 게 나을 정도로 협소한 공간에 서서 배겨내기가 힘들었다는 것이다. 재판에 넘겨지기가 3월 13일, 지방에서 인산 참례차 상경했다 만세시위에 끼이게 되었다는 정상이 참작되어 실형언도가 아닌 태형 60도 판결을 받았다 했다.

"태형 사십 도를 못 넘겨 실신해버렸는데, 들것에 실려 경찰서 뒷문 앞 골목길에 내팽개쳐졌다지 뭡니까. 골목길에서 수감자 면회를 고대하던 사람들 중 천도교 교우가 교당에 왔던 도정어른을 알아보고 구세병원으로 옮겼는데, 밤중에야 깨어났답니다. 거기서 열흘여 입원해 있다 천도교 본당 주선으로 열차에 태워져 환고향하게 된 거지요. 경성에서 조리를 더 해야 하는데 어르신께서 울산 만세시위를 주선해야 한다며 지팡이 짚고 부득부득 차에 오르셨다니…… 경주에서 여기까지는 달구지에 실려왔대요." 장경부의 설명이었다.

"의원은 다녀갔나?" 백상충이 물었다.

"본가에서 쑥찜했고, 부인께서 의원을 청하러 갔으니 곧 올 겝니다."

박생원이, 쉬 회복될 거라며 이틀 뒤쯤은 걸을 수 있다고 장담했다. 백상충이 고개를 저었으니, 옷을 열어보지 않아도 태형 당한 볼기짝이 아물지 않았을 터였다.

"형님, 숙장님과 희덕이 달려 들어간 소식 들으셨죠?"

"총상 입은 석군은?"

"어디론가 몸을 피했는데, 잡히지는 않은 모양입니다."

장경부는 병영장 시위 계획 연락 일과 광명서숙 생도 동원 계획을 짜느라 언양장 시위에는 참가하지 않고 울산에 잔류했던 것이다. 만약 언양장에서 집행부가 연행당했을 때 그가 병영장 시위를 주동하려면 잔류가 불가피했다.

"우리도 그쯤은 각오해야지. 다들 스스로 옥살이를 자청하는데, 바깥세상에 앉아 있기가 더 괴롭잖은가."

"겁보들은 투옥이 무슨 경쟁이냐며 비웃겠지만…… 그래야겠지요" 하곤, 장경부가 입을 다물었다. 무슨 말이냔 듯 백상충이 그를 보자, 경부가 양복 주머니에서 접은 신문을 꺼냈다. 『매일신보』 3월 8일자였다.

장경부가 손가락질한 기사는 백작 이완용이 쓴 '황당한 流言에 迷惑지 말라'란 논설이었다.

이번에 朝鮮獨立運動이라 稱하여 京城 기타에서 行한 運動이라

는 것은 事理를 不辨하고 國情을 알지 못하는 者의 輕擧妄動으로
內鮮同和의 實을 傷害하는 것이라 말하지 아니치 못할지라……

"매국노 글은 읽어 뭘 해. 이재명 의사 자격(刺擊)에도 천한 목
숨을 건진 게 하늘의 무슨 조화인지……" 백상충이 신문을 구겨
던졌다.

*

4월 19일, 아침부터 병영장으로 통하는 길목은 헌병경찰과 부
산부에서 파견된 수비대 병정이 조를 짜서 지켰다. 그들은 장터로
들어오는 장사꾼은 물론 장꾼의 물건과 몸을 수색했고, 달구지 편
에 운반되는 곡물 부대, 나뭇짐, 숯부대까지 점검했다. 그들이 시
위 계획을 눈치챈 것이 아니라, 최근에 들어 장날마다 있는 관행
이었다.

아침 시간, 차운리 강봉수 집에는 백상충과 영남유림단 단원이
되기를 혈서로 맹세했던 울산 지방 청장년 일곱 명이 모였다. 교
동리 향교에는 옷갖한 유생들이 모여들었다. 학성보통학교 숙직
실에서는 읍내 청년회 간부들이 병영장으로 떠날 준비를 했다. 북
정골 천도교 포교당에는 우진동 도정을 비롯한 천도교 교도들이
모였다. 함월산 아래 환생사에는 여러 승려와 불도들이 집결했다.
그런데 복산리 광명서숙은 생도를 인솔하기로 했던 장경부가 출
근하지 않아 생도 대표들이 술렁대며, 선생 댁에 연락원을 보내놓

고 초조히 기다리고 있었다.

　병영청년회 간부들은 이틀 전 울산 읍내에서 장터 대장간 뒤 옛 무기창 창고에 옮겨놓은 태극기와 독립선언서를 지키고 있었다. 회원들은 장터 주요한 목에 장사꾼이나 장꾼으로 행세하며 때를 기다렸다. 그들은 세 명씩 조를 짜서 장터를 순시하는 무장한 수비대 병정을 보며, 오늘 시위가 아무래도 유혈극을 빚겠다고 불안한 추측을 했다.

　열한시가 되자 백상충은 동지들에 둘러싸여 강봉수 집을 나섰다. 그 시간, 그의 처 조씨는 허의원 보제실(補劑室) 뒷방에 누워 분이 간병을 받고 있었다. 조씨는 숨소리도 없이 죽은 듯 바랜 안색으로, 이따금 발작적으로 눈을 떠 서방과 두 자식 이름을 부르곤 했다.

　백상충 일행은 읍내로 곧장 들어가지 않고 들길로 둘러 북정골 천도교 포교당에서 기다리던 교도들과 합류했다. 거기서 함월산 아랫녘 복산골 뒤를 거쳐 병영 북서쪽으로 나아갔다. 병영장과 가까워질수록 수가 불어나 백상충은 그들에 둘러싸였다.

　"백선생은 검거 수배령이 내린 몸이니 이쯤에서 상황을 지켜보는 게 좋겠어요. 만약 백선생이 체포된다면 성난 군중이 들고일어날 테고, 그러면 유혈 참극이 벌어지잖겠습니까. 앞으로 남창장 만세시위도 주도하셔야 할 텐데요." 평산 마을을 거쳐 병영장을 아래쪽에 두고 바라보게 되었을 때, 우도정이 간곡히 권했다.

　백상충은 둘러선 스무예닐곱 명을 흡뜬 눈 속에 집어넣듯 위엄을 세워 말했다.

　"듣기로는 전국 곳곳에서 왜놈 관헌들이 만세시위 군중을 향해 총질을 서슴지 않아 다수 희생자가 발생하고, 함부로 칼을 휘둘러 현장에서 몸을 베이고 생목숨 잃는 사건이 비일비재하다고 들었습니다. 그러나 우리가 나라를 왜놈에게 빼앗겼을 때, 언젠가 국권을 회복할 때는 그만한 피의 대가를 지불해야 한다는 걸 알지 않았습니까. 나는 목숨 내놓은 몸, 여기서 독립만세 함성을 듣고만 있느니 차라리 자결로써 광복 의지의 한줌 밑거름이 되겠소. 남창장 시위는 이제 지도부가 필요 없어요. 장꾼이 모두 지도부요. 삼월 일일 한양 탑골공원에서도 그러했듯, 만세운동은 지도부 없이도 백성들에 의해 계속 번져나갈 것이오." 말을 마친 백상충이, 자청하여 교수대로 걷듯 보리가 파랗게 허리 세운 밭둑길로 절름거리며 앞장섰다.

한 사람도 남은 자가 없이 모두 빠른 걸음으로 병영장터를 향해 내리닫이 둑길을 걸을 때였다. 읍내로 통하는 주교 마을 쪽 신작로에 백 명에 가까운 생도가 태극기를 흔들고 함성을 지르며 병영장으로 뛰어가고 있었다. 그 뒤로 울산 읍내 사람들인 듯 흰옷 무리가 따랐다.

"저렇게 계획된 게 아닌데……" "장경부 선생이 어찌된 거야." 백상충과 우진동 입에서 떨어진 말이었다. 둘은 망연자실하여 걸음을 멈추었다.

생도들은 마을별로 조를 이루어 열두시 정각에 동서남북 사방에서 병영장터에 만세를 부르며 뛰어들기로 장경부와 약속이 되었던 터였다.

총소리가 간헐적으로 터지기 시작했다. 이어, 한 무리의 수비대 병력이 병영 마을에서 튀어나와 한길에 늘어서더니, 마주 오는 생도들을 향해 총을 쏘아댔다. 앞장선 생도 둘이 고꾸라지자, 뭉친 대열이 좌우 묵정논으로 흩어졌다. 생도들은 그렇게 흩어져서도 태극기를 흔들고 만세를 연호하며 병영장터를 향해 내달았다.

때맞추어 병영장터에서도 만세 함성이 터졌다. 수비대 병정과 헌병경찰이 광명서숙 생도들 쪽으로 몰려간 틈을 빌미로 병영청년회와 읍내 청년회 회원들이 독립만세시위에 불을 질렀다. 장꾼들이 호응하여 만세 함성이 천지를 진동했다.

백상충 일행이 장터로 들어섰을 때는 만세 함성 열기가 더 고조되었다. 그렇게 되자 애초의 계획대로 독립선언서 낭독, 만세 삼창의 간단한 식순이나마 치를 수 없었다. 청년회 회원들에 의해 장꾼들에게 태극기와 독립선언서가 한창 나누어지고 있었다.

길길이 뛰며 목이 터져라 독립만세를 외치는 자, 서로 껴안고 감격의 눈물을 흘리는 자, 남녀노소가 한마음 한뜻이었다. 지휘자가 필요 없는 마당이라 백상충 일행도 그 속에 섞여들어 만세를 불렀다. 갑자기 가까이에서 총소리가 들렸다. 수비대 병력과 헌병경찰이 발길을 장터로 돌려 진격해 왔다.

"공포탄이 아니다. 사람을 겨냥해 총을 쏜다!" "생도 몇이 총에 맞아 죽었다!" "모두 피하라. 집으로 숨어!" 여기저기서 고함이 터지자 만세 함성도 자지러지고 장터 군중이 뒤엉키어 제 갈 길을 잡지 못하고 갈팡질팡했다. 총소리가 한층 가깝게 들리자, 장터에는 어느새 많은 사람이 빠져나갔다. 남은 자들은 집행부와 천도교도들, 청년회 회원들이었다. 그들은 장터마당 가운데 뭉쳐 있었다.

어서 몸을 피하시라며 읍내 청년회원이 백상충에게 말했다. 앞에 나선 백상충은 꿈쩍 않고 총소리가 나는 장터 입구를 지켜보고 있었다. 총소리가 멎자, 무장한 수비대 병력을 거느린 지휘 장교와 병영 헌병주재소장과 울산경찰서장, 언양주재소장이 장터 입구로 들어섰다. 만세를 멈춘 시위대와 병대가 50미터 거리를 둔 채 침묵 속에 눈겨룸했다.

"발포하지 말고 저놈들을 남김없이 체포하라!" 소위 견장을 단 무라오카가 수비대 병정들에게 저희 말로 명령했다.

그때였다. 옹기전 쪽에서 홀로 누군가 태극기를 쳐들며 장터마당으로 들어섰다. 두루마기 차림의 중늙은이가 지팡이에 의지한 힘든 걸음을 옮기며 소리쳤다.

"조선은 이제 독립했으니 일본인은 이 땅에서 물러가라! 조선독립만세!" 도정 박생원이었다.

장터를 둘러싼 집집마다 담장 위나 가게 안쪽에 숨어 바깥 상황을 지켜보는 무수한 눈동자가 박생원을 주시했다. 아니나 다를까, 수비대 병정이 앞에총 자세로 달려오더니 총대로 박생원 턱을 쳐 쓰러뜨렸다. 다른 병정이 포승줄로 박생원을 결박지었다.

병정들과 헌병경찰이 장터 가운데에 동아리진 만세꾼을 포위하곤 총대와 몽둥이로 마구잡이 패기 시작했다. "무릎을 꿇어!" "꿇어 앉아!" 병정들이 소리치며 뭇매질을 하자 모두 매질을 피하며 무릎을 꿇었다.

백상충만이 흰 갓도 날아간 채 얼굴을 피로 물들여, 무릎을 꿇지 않고 서서 계속 만세를 불렀다.

"저놈이 주동자야. 저놈만은 단단히 포박해." 언양주재소장이 백상충을 지목했다.

백상충은 무리에서 끌려 나와 결박당했다. 헌병 둘이 묶인 그를 끌고 가 쓰러져 헉헉대는 박생원 옆에 팽개쳤다.

"수돌아비 죽는다!" "우리 새끼 살려라!" 무릎 꿇어 웅크린 만세꾼을 병정들이 난장질하자, 이를 보다 못한 아낙 여럿이 장터마당으로 달려나갔다. 뒤따라 사방에서 남자들이 나섰다. 수비대 병정들이 잡아놓은 만세꾼을 포위해 사방으로 총구를 겨누자, 뛰던 사람들이 발을 묶고 멈칫했다.

"이놈들을 읍내로 연행해야지요?" 병영주재소장이 박생원과 백상충을 가리키며 무라오카 소위에게 저희 말로 물었다.

"연행하기 전 조센징에게 본때를 보입시다. 두 놈을 이 자리에서 즉결 참수하기요. 언양장 시위에서 느슨하게 대했더니 이놈들기가 살았소."

결박당한 둘 중 박생원은 모로 쓰러져 신음을 흘렸고 백상충은 허리 세워 앉아 있었다.

"누구 조센징 집에 가서 오시키리(작두)를 가져와. 놈들이 주시하는 앞에 두 놈 목을 자를 테다. 대일본 제국과 천황 폐하를 모독한 죄가 어떠한지, 시범을 보이겠다!" 백상충과 박생원에게 겨누던 권총을 총집에 꽂으며 무라오카가 가까이에 있는 병졸을 보며 말했다.

병정 둘이 앞에총 자세로 방향을 달리 잡아 뛰어갔다.

"왜놈은 조선 땅을 떠나라. 조선독립만세!" 얼굴이 온통 피로

뒤발된 백상충의 절규였다.

장터가 정적일순이 되었다. 여염집으로 쫓겨 들어갔던 만세꾼들이 하나둘 발소리 죽여 장터 가장자리로 나서고 있었다. 주먹을 쥔 자, 눈물을 흘리는 자, 겁에 질려 입만 크게 벌린 자, 모두의 표정이 굳어 있었다.

"저 미친놈은 누구요?" 무라오카 소위가 백상충을 가리키며 울산주재소장에게 저희 말로 물었다.

"끈질긴 독종이오. 불령단체 결성과 치안유지법 위반으로 옥살이를 숱해 겪었어요. 울산 지방 일급 사찰대상이며, 지난번 언양장 만세사건 주동자로 수배가 내려 있소."

"또 한 놈은?"

"잘 모르겠소."

작두를 가지러 간 병졸 하나는 감초 따위나 쓸기에 알맞은 작은 작두를 들고 왔고, 다른 병졸이 여물을 썰 만큼 큰 작두를 두 농군에게 들게 하여 가져왔다.

백상충이 결박당한 채 비틀거리며 일어섰다. 그가 무라오카 소위 쪽을 쏘아보며 일본말로 외쳤다.

"내 비록 여기서 죽으나 광복의 그날을 못 봄이 통분할 뿐이다. 내 죽어 원귀가 되어 왜적 도배가 망하는 꼴을 보고야 말 것이다. 조선은 기필코 독립을 쟁취할 것이니, 그때 너희 섬나라 왜인들은 혈루를 감수치 못하리라!"

장터마당을 울리는 백상충의 고함에 양손을 허리에 걸친 무라오카가, 그놈 우리말도 썩 잘한다며 홍소를 터뜨렸다.

"무라오카 소위, 저놈은 유학자로 신교육까지 받았소. 저자를 여기서 참수함은 조선민에게 악감정만 야기시킬 뿐이오. 부산경찰부로 압송함이 좋을 듯하오." 울산경찰서장이 말했다.

"한 놈은 참수를 면제시켜준다?"

"검거 수배가 관할에 통보된바, 저자는 상부에 이첩해야 하오. 우리 주재소 실적보고 건수에 해당되니깐요." 언양주재소장이 말했다. 군대 지휘관이 지역 경찰 책임자 통제권 밖에 있으나 그 점만은 양보할 수 없다는 태도였다.

"그렇다면 모국어를 취득한 유식자니 참수를 면제시키겠소." 무라오카 소위가 양보했다.

큰 작두가 박생원 앞에 놓였다. 끝이 양쪽으로 벌어진 나무토막 위에 짤막한 쇠기둥 두 개를 세우고 그 틈에 칼날 끝을 끼워, 날 끝에 박힌 나무판을 발로 디디면 짚이나 콩깍지나 어떠한 사료도 써는 농구가 작두였다. 칼날 아래 사람 모가지를 우겨 넣어도 나무판을 밟으면 목이 잘렸다.

읍내로 통하는 장터 입구에서 웅성거리는 소리가 나더니 병정 넷이 가마니로 만든 들것 세 개를 앞뒤에 맞잡아 옮겨왔다. 들것 안에는 시신 두 구가 담겨 있었다. 학생복으로 보아 광명서숙 생도였다. 시신을 지켜보는 사람들 얼굴이 공포에 질려, 감히 대적하겠다고 나서는 이가 없었다. 수비대 병정들은 여전히 사방에 총구를 겨누고 있었다.

시신은 장터마당 가운데로 옮겨져 작두 옆에 놓였다.

"아랫놈을 끌어내!" 무라오카 소위가 병졸에게 명령하곤 울산경찰서 사찰주임에게, 조선인들이 이자 죽음을 보고 만세시위에 휩쓸리지 말 것을 주의시켜달라고 부탁했다. 그는 조선말에 능통하지 않았다.

"총을 쏘지 않을 테니 십 보씩 앞으로 모여!" 사찰주임이 집과 가게 앞에 나선 군중에게 소리쳤다.

마을 사람과 장꾼들이 사찰주임 말에 주춤주춤 앞으로 걸어 나갔다. 울산경찰서장이 군중을 둘러보곤 연설을 시작했다.

"대일본 제국 천황 폐하께서 미개한 반도인을 불쌍케 여겨 보호한 지 아홉 해가 지났다. 너희도 알지 않느냐. 일본은 반도에 철도 놓고, 신작로 닦고, 학교를 세워주었다. 그럼에도 너희들이 새삼 조선을 독립시켜달라 청함은, 천황 폐하 은덕을 배반한, 주인을 물겠다는 개와 같다. 그러므로 일본은 이번 만행을 묵인할 수 없어, 병대를 동원해 너희들 정신을 차리게 하려 함이다······"

"더러운 주둥이 더 놀리지 마. 한울님 천벌이 네놈들을 징계할 날이 올 것이다. 어서 나를 죽여라!" 그때까지 흙바닥 머리를 누인 채 앓던 박생원이 입에 거품을 물고 외쳤다.

"조선 병합은 조선인 자유 의사가 아닌, 강제 국권 점탈이다. 영영세세 독립국, 조선독립만세!" 백상충 또한 그 말을 더 들을 수 없다는 듯 외쳤다.

"저자는 죽도록 매질하고, 누워 있는 놈은 작두에 올려!"

무라오카의 성난 외침에, 병정 둘이 달려들어 박생원 목을 무쇠 작두 칼날 아래 걸쳤다. 셋은 총대와 구둣발로 백상충을 짓이겼다. 백상충은 정신을 잃고 넉장거리로 쓰러졌다.

"보아라. 이제 이 불령선인놈이 어떻게 죽는가를! 앞으로 만세 부르는 놈은 즉형을 면치 못할 것이다!" 병영주재소장이 말을 마치곤 작두 앞에 선 병정에게 턱짓했다.

한 병정이 땅바닥을 향해 엎어져 있는 박생원 허리를 구둣발로 밟고, 한 병정이 작두 칼날 끝에 달린 나무판을 힘껏 밟았다. 무쇠날이 박생원 목살을 파고들었다. 병정이 나무판을 몇 차례 다져 밟자, 박생원 머리통이 땅바닥에 떨어졌다. 잘린 모가지에서 핏물이 쏟아져 흙바닥을 적셨다. 군중 입에서 비명이 터지고, 탄식과 곡성이 어우러졌다.

무라오카 소위 명령에 따라 도정 박생원은 처형당한 그 자리에 효수경중(梟首警衆)되었다.

장터마당 가운데 무릎 꿇여놓았던 서른여 명 만세꾼들은 오라에 묶여 울산헌병대로 끌려갔다. 실신한 백상충은 시체를 담아왔던 들것에 실려 떠났다. 광명서숙 생도 둘 시신은 가족이 서둘러 수습했고, 머리 없는 박생원 몸뚱이는 천도교도들이 읍내로 운구했다.

병영장터에서 독립만세를 불렀건 구경했건, 장날이라 장터에 모였던 많은 군중은 도정 박호문의 효수된 장대 아래에서 통곡했다. 천도교도들 곡성이 애절했다. 천도교 포덕문(布德文)에, 한번 성하고 한번 쇠하는 것은 모두 천명(天命)에 부쳤으니 이것은 천명을 공경하고 천리(天理)에 따른다는 이치와 같이, 박호문은 그 명이 쇠하여 순국했던 것이다.

장대 아래 무릎 꿇어 땅을 치며 애절해하는 교도들은, 도정어른이 비록 장도 만드는 천직을 생업 삼았으나 그 의로운 죽음이 수운 교조에 버금갈 만하다 말했으니, 그가 몸은 비록 죽었으나 입은 법신(法身)은 영원히 죽지 않아 상제(上帝)의 회신으로 교조와 함께 창생(蒼生, 백성)을 구제하러 인간 세상으로 출현할 것임을 믿었다. 그래서 박생원 목을 자른 작두를 치우지 않았고 땅바닥에 흘린 피를 그대로 남겨, 주위에 말뚝 박고 새끼로 울을 쳤다. 밤새 그 주위에는 곡성이 그치지 않았고, 이튿날에도 인근 천도교도들과 망국의 통분을 주체 못한 백성의 참례가 줄을 이었다. 박생원 효수를 날짐승이 쫄까봐 그물을 쳤다.

나흘째 되는 날, 이를 보다 못해 병영주재소는 작두를 치우게 했고 박생원의 효수도 천도교도에게 넘겼다.

읍내 주재소로 끌려간 서른네 명 병영장 만세시위자들은 헌병대 감방에 수감되어, 그날 밤부터 문초를 당하게 되었다. 열 평 남짓한 감방에 다른 죄수와 함께 수용되었다 보니 밤에는 누울 자리가 없었다. 갇힌 자 가족이 헌병주재소 앞 한길에 장사진을 쳤고, 가족이 아닌 사람들도 음식을 싸와 옥바라지를 자청했다. 그중 하곡루 기녀도 있었다.

광명서숙은 휴교령이 내려 문을 닫았다. 그런데 병영장 독립만세시위에 장경부가 참가하지 않은 데 따른 뒷말이 읍내에 파다했고, 그의 모습을 볼 수 없었다.

*

　4월 19일, 병영장날 독립만세 사건으로 울산 헌병주재소에 연행
된 자들은 임시 구치소에 수감되어 악형을 당한 끝에, 순회 판사
의 약식재판으로 형량을 선고 받기가 스무 날 뒤였다. 온 산과 들
의 초목이 푸르게 피어난 만춘지절이었다.

　총상 악화로 구치소에서 사망한 자가 셋 생겨 형을 받은 자는
모두 스물아홉이었다. 가중처벌법이 적용되어 백상충이 3년 6개
월, 천도교 도정 우진동, 울산예배당 한태준 목사, 병영청년회 간부
2명, 울산청년회 간부 2명, 울산유림회 간부 1명이 2년형을 받았다.
나머지 미결수들은 1년 6개월형에서부터 태형 60도에 이르기까지
실형 선고를 받았다. 몇 사람은 대구 고등법원으로 사건이 이송되
자 대구감옥으로 이감되었다.

　5월 17일, 형량이 많은 백상충을 비롯한 아홉 명 수인이 부산감
옥으로 이감되는 날이었다. 울산에서 장생포까지는 걸어서, 장생
포에서 배편에 부산으로 압송되게 되었다.

　구치소 앞에는 아침부터 수인 가족과 많은 읍내 사람이 한길에
늘어서 있었다. 그들 속에 장옷 쓴 조씨가 분이 부축을 받고 섞여
있었고, 빈 자루같이 홀쭉 마른 백상헌의 꺼꾸정한 모습도 보였다.

　형무 간수 둘이 오라에 줄줄이 묶인 수인을 끌어냈다. 수인 모
두 용수를 씌워 누가 누구인지 구별할 수 없었으나 다리를 저는
자가 백상충임은 쉽게 판별되었다.

　간수 둘과 순사 셋의 인솔 아래 수인 일행이 한 줄로 늘어서서

한길로 나서자, 수인 가족이, 누구 아버지 또는 이름을 부르며 울부짖었다. 먹거리나 입성을 전해주려 뛰쳐나오다 순사 제지를 당하기도 했다. 보리타작이 이른 절기라 피죽조차 제때 먹지 못한 구경꾼들도 연도에 늘어서서 눈시울을 적셨다.

조씨는 아홉 명 죄수 중 중간에서 절름걸음을 걷는 서방을 보다 눈을 감고 말았다. 사흘 전에 면회를 가서 차입해준 바지저고리를 입어 입성은 깨끗했으나 눈물이 앞을 가려 차라리 보지 않음만 못했다. 그네는 심장이 멎어버릴 듯해, 형세아버지를 불러볼 수도 없었다.

"저 몸으로 삼 년 넘이 어찌 견딜꼬……" 당목두루마기에 중절모 쓴 백상헌이 혀를 차며 중얼거렸다. 마른 어깨는 각이 졌고 얼굴마저 검누른데다 깡말라 속병이 깊었다.

수인 일행이 천천히 걸음을 떼어 옥교 마을 앞을 거쳐 태화강 나루로 향했다. 수인 가족과 구경꾼도 좌우로 늘어서서 섧게 흐느끼며 그들을 따랐다. 그들이 태화강 방죽을 넘어 모래톱으로 들어섰을 때였다. 부드러운 강바람이 물결을 뒤집는데, 강을 건널 사람들이 몰려 있는 뱃전 앞에 초석이 깔아 주안상이 놓여 있었다. 발인 뒤 노제라도 지낼 듯했다.

차일 아래에서 물색 고운 치마저고리를 차려입은 기녀 둘이 달려 나와 수인 일행 앞에 무릎을 끓었다. 하곡루 기생 향심과 부용이었다.

"순사 나리님, 간수 나리님, 먼길 떠나니 얼마나 노고가 많으십니까. 고향 흙 고향 바람 등지고 길나선 영어의 몸 또한 얼마나 허

무하겠습니까. 떠나는 발길 앞에 간단한 주안상을 마련해 석별의
정이라도 나눌까 하오니 부디 해량해주옵소서." 향심이 절하며 예
의 바르게 말했다.

일본인 순사 둘이 선뜻 대답을 못하고 어떻게 할까 눈을 맞추었
다. 기녀 둘은 병영장 만세시위 소식을 전해 듣고 크게 감동해 자
주 구치소에 음식을 넣어주며 옥바라지해 왔음을 그들도 알고 있
었다.

"말 못하는 어미소가 새끼소와 헤어질 때도 울음이 슬픈 법이거
늘, 아무리 오라에 매였기로서니 고향 산천을 떠나니 어찌 정한이
없을쏘냐. 시간 지체 말고 좋은 대로 하려무나." 압송을 책임진 늙
수그레한 형무간수 김영하가 말했다.

"고맙습니다. 배가 당도할 동안 술 자시는 이에겐 술을 권하고,
못 잡수시는 이에겐 떡과 감주를 권하겠습니다. 차려 온 것은 변
변찮지만 나리님도 목이나 축이시지요."

부용의 말에 순사가 오라를 풀 수 없고, 용수를 벗길 수 없고,
말 또한 해서는 안 된다고 주의를 일렀다. 부용이 사발에 막걸리
를 넘치게 따라 수인 한 사람마다 입에 대어 먹여주었고, 안주도
먹였다. 술 안 먹는 이는 감주와 떡으로 대신했다. 부용이 술시중
을 들 동안 향심은 초석에 장구를 내놓고 앉아 장구 장단에 맞추
어 '권주가'를 불렀다.

불로초 술을 빚어 / 만년배에 가득 부어 / 잡수신 잔마다 비나
이다 / 이 잔 곧 잡수시면 / 만수무강하오리라 / 잡으시오 잡으

시오 / 이 술을 한 잔 잡으시오…… / 이 술은 술이 아니라 / 한 무제 숭로반에 / 이 술 받은 술이오니 / 천년만년 사오리다……

강바람 싱그러운 초여름 단 볕 아래 모래톱에서 장구 장단에 맞춘 '권주가'가 구성지고 술판 또한 벌어졌으나, 노래하는 목청이며, 술 마시는 수인이며, 그 마음이 즐거운 행락일 수 없었다. 떼를 지어 구경하는 사람들 훌쩍이는 자, 눈물을 찍는 자가 많았다.

백상헌은 힘없는 눈자위를 굴리며 기녀 둘을 보았다. 한 시절 그 역시 하곡루를 안방 삼아 화류동풍 호시절을 보냈건만 이제 몸은 병이 깊었고, 춤지 사정 또한 외상 달고 먹더라도 흰소리 치던 예전만 더 못했다. 울산 읍내 도화골 논은 자기 약값과 아우가 부산형무소에 있을 때 옥바라지로 날렸고, 전답이라야 언양 반곡리 고하골 일대에 남은 종답에, 자작 소작 합쳐 마흔 마지기 남짓했다. 토지조사가 끝나자 세금이 얼마나 가혹한지 거기에 뜯기고, 딸 둘을 대구 작은아버지 집에 맡겨놓고 여학교에 보내니 그쪽으로 나가는 돈도 적지 않았다. 그러나 아우의 부산형무소 이감 마중을 핑계대어 울산 읍내까지 나왔으니, 몸이 무너지는 한이 있더라도 오늘은 하곡루 방 한 칸을 빌리리라 속요량했다.

태화강을 앞에 두고 목을 축이는 석별의 시간이 있고 나자, 수인들과 간수 둘, 조선인 순사 하나가 먼저 나룻배에 올랐다. 일본인 순사 둘은 거기까지 호송을 마치자 경찰서로 돌아갔다.

"제수씨는 그 몸으로 장생포까지 나서려오?" 백상헌이 수건으로 얼굴을 가리고 흐느끼는 조씨에게 물었다.

"가다 쓰러지더라도 큰배 타시는 것까지 보고 돌아오겠습니다. 아주버님은 옥체도 편치 않으신데 여기서 돌아가시지요." 붉게 충혈된 눈만 빼끔히 내어놓고 조씨가 말했다.

"나도 장생포까지 마중하고 싶지만 봤다시피 고하골에서 읍내까지 나오는 데도 기진하지 않았소. 난 모처럼 나온 걸음이니 읍내 동무 집에서 이틀 쉬고 고하골로 가리다."

"그렇게 하십시오."

"분이야, 제수씨 잘 모시고 갔다 오너라. 장생포 객주에 들러 부산 사장어른 존함을 아뢰면 마필쯤은 주선해주실 것이니, 모시고 오너라." 백상헌이 분이에게 일렀다.

수인들과 정리가 도타웠던 친지들, 수인들 가족은 장생포까지 따라가기로 작정했기에 뒤따라 나룻배를 타고 강을 건넜다.

태화강까지 수인들을 배웅한 읍내 사람들은 걸음을 묶었다. 그들은 수인을 보내는 게 아쉬운지 방죽에 올라서서 강 건너를 보았다. 용수 쓴 수인들은 한 줄로 늘어서서 삼산 들녘으로 사라지고 있었다.

향심이와 부용은 자리를 걷고 상을 치워 그릇과 주전자를 함지에 담았다. 둘이 물건을 나누어 머리에 이고 나루를 떠났을 때는 방죽에 섰던 사람들도 걸음을 돌린 뒤였다.

백상헌이 뒷짐지고 걷자, 저쪽 방죽 아랫길에서 누구인가 부지런히 따라왔다. 양복 차림에 알머리로, 백상헌 눈에 낯이 익은 자였다.

"자네 장군 아닌가. 다들 떠난 마당에 웬 걸음인가?" 백상헌이 장경부를 보고 눈살을 찌푸렸다.

"형님이 떠나시는데 차마…… 아버님 몰래 부랴부랴 집을 나왔지요." 장경부가 백상헌을 마주보지 못해 쩔쩔맸다.

"읍내 나와서 듣자 하니, 자네는 세상 사람 이목이 두려워 경성으로 올라갔다더만, 언제 내려왔는가?"

"학교도 문을 닫아 바람 쐬고 왔지요. 내려온 지 사흘쨉니다. 여전히 금족령이 내려 집밖 출입을 못하는 신셉니다."

"언제부터 자네가 부친 말을 고분고분 들었던가. 내 아우와 어울릴 땐 언제고. 읍내 사람들이 자네를 두고 변절자라 손가락질하니 얼굴 들고 나다닐 수 없어 그럴 테지."

"읍내 사람들 오해야 시간이 가면 풀릴 테지만 차마 어르신까지…… 제가 어디 병영장에 나가기 두려워 집에 숨어 있었겠습니까. 아버지가 광에 가둬놓자 저도 나흘 단식하며 아버지와 맞섰다고요." 장경부가 발끈해했다.

"어쨌든 세상 사람이 그 아비에 그 아들이라 비웃으니, 지금에 와서 무슨 변구가 필요해. 모르긴 해도 앞으로 내 아우가 자네를 보려 들지 않을 게야." 백상헌이 헛기침하곤 장경부를 비껴 방죽으로 올라섰다.

장경부는 나루터로 내려가 건너간 배가 돌아오기를 기다렸다. 뱃전에 서 있던 사람들이 맞대놓고 비웃지 않았지만 장경부를 흘끗거리며 저희들끼리 귀엣말을 나누었다.

태화강 나루를 건너 헐레벌떡 쫓아간 장경부는 야음 마을을 저만큼 둔 들길을 걸을 때야 수인들을 뒤따르는 친지와 가족과 합류했다.

"형수님, 안녕하십니까." 장경부가 조씨를 보곤 인사했다.

"장도령이구려······" 조씨는 목이 메어 말을 잇지 못했다. 사대 육신 멀쩡하게 나다니는 장경부를 보자 서러움이 더 북받쳤던 것이다. 몇 달 전만 해도 서방 오른팔이 도정 박생원이었다면 왼팔 격이 장도령이었다. 그런데 하나는 참형을 당했으나, 하나는 손끝 하나 다침 없이 나다닐 수 있다는 게 무슨 조화냐 싶었다. 병영장 만세시위 때 자신이 몸져누웠지만 않았더라도 서방을 현장에 가지 못하게 죽기로 앞길을 막았을 터였다. 그렇게라도 되었다면 서방은 세 해 반이나 영어의 몸이 되지 않았을 것이고 장도령처럼 들길을 활보할 수 있으리라. 돌이킬 수 없는 과거사를 되짚자 그네의 애운한 마음이 새삼스럽게 설움을 자아냈다.

수인 가족 중 장경부를 알아본 여러 사람이 그의 주위에 모였다. 그중 상투머리에 수염 거칫한 중년 농사꾼이 적삼 소매를 걷어붙이며 나섰다.

"여보게 판관 자제. 자네도 생도 가르친 선생이었나? 자네가 만세운동에 나서라고 생도들 선동해놓고, 병영장엔 코빼기도 안 비쳐. 옥살이가 그렇게 무서워? 언양장 시위에도 빠졌다며? 이 친일반역자 같으니라구!" 그가 장경부 양복깃을 쥐자마자 박치기로 면상을 받았다. 경부 코에서 피가 흘렀다.

"실컷 타작매를 놓아!" "생도 넷이 죽은 것도 네놈 탓이다!" "함숙장님, 백선다님은 관두고라도, 하늘 보기 부끄럽잖냐!" "무슨 낯짝으로 여기에 나타나!" 수인 가족이 나서서 한마디씩 했고, 남

550

자들이 장경부에게 주먹다짐을 놓았다.

뒤쪽 소란에 수인을 압송하던 순사와 간수가 뛰어와, 폭행죄로 모두 영창에 넣겠다며 차고 있던 몽둥이를 휘둘러 수인 가족을 장경부로부터 떼어놓았다. 그 소동에 모심기하러 물댄 논의 질흙을 써레질로 고르던 농군들이 몰려들었다.

"여태 참아왔지만 저도 할 말이 있습니다." 얼굴에 피칠갑한 장경부가 사람들을 둘러보며 말문을 떼었다. "지난 양력 삼월 초하룻날 경성에서 시작된 탑골공원 독립선언문 낭독 식장에 저 역시 참석했고, 이틀에 걸쳐 장안을 뒤흔든 만세시위에 상충 형님과 함께 앞장서서 만세를 불렀습니다. 상충 형님께, 우리도 어서 고향으로 내려가 만세시위를 벌이자고 주장한 게 저였습니다. 또한, 고향으로 내려와 그 일에 누구보다 앞장서서 동분서주했습니다. 그런데 제가 왜 병영장 만세시위 때 못 나갔겠습니까. 진정 감옥이 두려워 그랬다면, 이 자리에서 할복이라도 하겠습니다!"

"이 자리에서 자문하게. 그렇다면 자네를 용서하겠어. 죽은 생도에게 참회하는 뜻도 될 테고." 장경부에게 박치기했던 농군이 코방귀를 뀌며 빈정거렸다.

"아버지가 저를 광에 가두지 않았더라면 서숙으로 나갔을 겝니다. 그때 총 맞아 죽어도 원한이 없었겠고, 감옥에 보낸다면 기꺼이 감옥으로 갔을 겝니다."

"그렇다면 왜 여태껏 코빼기도 안 비쳐. 읍내 사람들 앞에 통성사죄해야 도리 아냐. 죄를 지었으니 한양으로 줄행랑쳤겠지." 사람들에게 등 떼밀려가며 농군이 말했다.

장경부는 아버지 탓으로 병영장 만세시위에 참가 못했지만, 이유야 어쨌든 읍내 사람들 보기 부끄러워 차마 낯 들고 나설 수 없었다. 더욱 가르치던 제자 둘이 비명횡사한 데 따른 죄책감이 그를 괴롭혔다. 광에 갇혀 있는 나흘 동안 아버지 처사에 항의하느라 금식했던 게 아니라 만세시위에 나서지 못한 죄책감에 따른 속죄의 뜻으로 음식을 물리쳤다. 광에서 풀려 나오기는 단식에 따른 실신에서 깨어난 뒤였고, 그제야 병영장 시위 후일담을 듣곤 제자 둘과 박생원 빈소에 조의를 표하기엔 너무 늦었다는 후회가 따랐다. 그런 경황이다 보니 구치소에 갇힌 분들 면회 갈 염치도 없었다. 처 권유로 대구 처가에서 며칠 쉬다 경성으로 올라가 한 달 가까이 허송세월을 보낸 것도 저주스러운 자신을 주체 못한 결과였다.

수인 일행과 가족이 다시 길을 떠나자, 혼자 남았던 장경부는 논두렁으로 내려서서 수로에 얼굴을 대충 씻곤 다시 그들을 뒤쫓았다. 그는 백상충을 만나 사죄해야겠다고 다짐했기에 장생포까지 동행할 작정이었다.

"마님, 장도령님이 계속 뒤따라오는뎁죠." 여천리를 지나자 뒤돌아보던 분이가 조씨에게 말했다.

조씨가 돌아보니 저만큼 뒤쪽에서 장경부가 따라오고 있었다. 조씨는 걸음을 멈추었다.

"형수님, 아까 제가 했던 말은 진심입니다. 제가 옹졸해 여러분 앞에 나서서 사죄 못한 점은 부끄럽습니다만……"

"그래서 사람은 제 갈 길이 있고 타고난 운명대로 사는 모양입니다. 장도령님도 너무 마음 근심 마시고 바깥세상에 남았으니 서방님 못다 한 몫이며 도정어른이 못다 이루고 별세한 억울한 죽음까지 맡으셔야지요." 조씨가 나지막이 위로의 말을 했다.

장순후는 아들 체신 따위는 고려하지 않고 물리적 방법으로 자식을 광에 가둠으로써 옥살이를 면케 해주었고, 읍내 사람들 욕을 먹든 말든 서양 지팡이 내저으며 읍내 거리를 활보하고 다녔다. 그러나 감히 누구 한 사람 그 앞에 나서서 침 뱉거나 뒤에서 돌팔매질하는 자가 없었다. 4월 25일 남창장 만세시위도 수비대와 헌병경찰의 무자비한 진압으로 끝났고, 그로써 울산과 언양 일대의 독립만세운동은 어느 장터에서도 더 이어지지 않았다.

낮참이 가까워서야 일행은 장생포에 도착했다. 부산까지 압송을 책임진 김영하는 성품이 너그러워, 선창거리 주막에 수인을 부려놓고 모두 포승을 풀어주어 장국밥 요기를 시켰다. 식사시간에는 따라온 가족과 접견 기회도 주었다.

조씨와 장경부는 주막 식탁에 백상충과 앉았다. 용수를 벗은 상충의 얼굴은 껑더리되어 있었다. 파리한 안색에 살점이라곤 없는데, 자란 수염이 코밑과 뾰족한 턱을 가렸다.

"몸도 좋지 않으면서 왜 여기까지 따라왔소. 일찍 말했듯, 차라리 감옥에 앉아 있는 게 나로선 마음 편하오. 북지로 솔가한다는 계획도 틀어졌으니, 내가 한 말 없던 것으로 해주오." 백상충이 장경부는 보지 않고 처에게 말했다.

조씨는 싸가지고 온 떡이며 약과 담은 소반을 펼쳐놓기만 했을 뿐 말문을 틔우지 못했다. 서방 모습을 가까이에서 보자 눈물이 앞을 가렸고 가슴이 찢어지듯 아파 무슨 말을 꺼내야 할는지 몰랐다. 3년 옥살이를 하고 나오니 때맞추어 기미년 3월 만세사건을 만나 두 달을 못 넘겨 다시 감옥으로 들어간 서방에게 할 말이 없었다. 장국밥이 나오자, 서방에게, 어서 드시라는 말도 입 밖에 내지 못했다.

"형님, 뭐라고 말씀 드려야 할지…… 면목 없습니다. 저를 여태 거두시며 보아온 형님만은 제 마음을 알 것입니다." 장경부가 얼굴을 들지 못하고 읊조렸다.

"광에 갇혔다니, 이는 하늘의 뜻이지 어찌 인력으로 풀 수 있겠는가. 다만 자네가 그 일로 의기소침해 본심이 변할까 걱정이야. 서숙이 다시 문을 열게 되면, 그때 새로운 마음으로 생도를 지도하게. 그동안 근신하며 근동 백성의 맺힌 어혈을 풀어주도록 노력해야 할 걸세. 그런 뜻에서 하늘이 모두를 옥에 넣지 않고 자네를 남겨두었는지 모르지 않는가." 백상충의 고언이었다.

"형님 말씀 명심하겠습니다. 앞으로 만세사건에 희생된 자나 옥에 갇힌 분들 가족 생계는 힘닿는 대로 돕겠습니다."

"고맙네. 어서 들지."

백상충이 숟가락을 들어 장국밥을 먹었다. 그러나 조씨는 서방의 느린 숟가락질만 볼 뿐 장국밥을 먹지 못했다. 서방이 옥고를 겪을 동안 죽과 미음으로 위를 다스려온 그네는 식욕이 동하지 않았다.

수인들과 가족이 식사를 마칠 즈음 김영하가, 떠날 배가 기다린다며 채근했다. 순사가 죄수들을 다시 포승으로 엮고 용수를 씌웠다.

"서방님, 저도 곧 뒤따라 부산으로 내려가겠습니다." 조씨가 선창으로 나서는 서방에게 말했다.

*

부산감옥으로 들어가는 백상충은 다른 수인들과 달리 감회가 새로웠다. 입춘 절기에 이 감옥서를 나서며, 내 다시 이곳 출입을 안하리라 맹세한 바 없으나 불과 넉 달 사이에 나왔던 문을 들어가게 되었으니 마음이 허허로웠다. 지난번은 3년형을 살고 나왔으나 이번은 그 형량에서 6개월이 더 불어난 데 따른, 배겨낼 세월의 막막함 탓은 아니었다. 3·1만세운동이 중앙지도부가 태화관에서 자청해 묶여 들어간 뒤, 전국적으로 번진 만세 열기는 백성의 자발적 의분에 의해서였다. 각 지방마다 만세운동을 선도한 자가 있었지만 중앙 어느 단체나 개인으로부터 지휘는 물론, 물적 인적 도움을 받지 않았다. 이심전심이란 말대로 한마음 한뜻으로 뭉쳤고, 동시다발로 폭발되었다. 정미년(1906) 전국적으로 일어난 창의 의병과 다른 점이 있다면, 당시는 혈기방장한 젊은이가 주축이 되어 죽창 들고 궐기했다면 이번은 남녀노소가 다 나섰고, 독립선언서에 명시된 대로 민족 자결권의 원칙에 따른 비폭력 평화적인 운동이었다는 점이다. 그렇게 생사결단하여 조선 독립을 외쳤건만, 하늘도 무심하게 많은 동포의 피뿌림이 허사가 되고 말았다. 부산감옥으로 들어서는 백상충의 허허로움은 그 점에 있었다. 울산유치장에 있을 때 새로 입감하는 자에게 바깥소식을 물으면, 만세운동은 4월 중순을 고비로 급격히 쇠퇴했으며 왜경의 대량 학살과 검거 선풍만이 전국적으로 자행된다는 비통한 소식뿐이었다. 동서고금 많은 서책 중 어느 서책을 펼쳐도 인의(仁義)를 예찬하며 배덕(背德)을 경계케 했고, 선을 행하는 자는 천운이 저의 편이요 행악을 탐하는 자는 필멸이라 가르쳤건만, 실의에 찬 그는 그 훈화에 의구를 느끼지 않을 수 없었다.

"선생님, 또 언제 뵈올는지요." "부디 몸 성히 옥고를 잘 견디시오." "두루 편강하십시오." 울산유치장에서 부산감옥서로 넘어온 수인 아홉은 각각 다른 감방으로 헤어지며 석별의 정을 나누었다. 바깥세상에서 참개(慙慨)하고 사느니 차라리 영어에서 의연함이 조선인답다며 서로를 위로해왔으나, 막상 옥살이마저 나누어지게 되니 팔 하나를 다른 데로 보내는 듯한 섭섭함이 눈물을 자아냈다. 간수에게 걷어차이고 따귀를 맞으며 그들은 뿔뿔이 헤어졌다.

백상충에게 부산감옥이라면 어느 동이든 눈에 익었다. 그는 1132 수인번호를 받고, 남4 동7호 감방에 입방되었다.

백상충이 간수에게 끌려 감방으로 들어가니 대여섯 평 됨직한 방 속에 서른 명을 헤아릴 죄수가 빼곡히 들어앉아 발디딜 틈이 없었다. 오물 썩는 내음과 쉰내가 코에 묻었다. 감옥에 죄수복이 달리는지 수인 복장이 각양각색이었다. 앉을 터가 없어 상충이 멀쑥이 서 있자, 앞에 앉은 이가 자리를 내주라는 걸쭉한 목소리가 뒤쪽에서 들렸다. 그 말에 오줌과 버캐로 넘치는 변기통 옆에 앉았던 서너 사람이 콩기름 짜듯 죄어 앉아 도래방석만한 터를 마련해주었다. 백상충이 엉덩이를 붙였다.

"만세꾼이십니까?" 옆에 앉은 학생복 젊은이가 물었다.

"그러하오."

"바깥세상이 어찌 돌아갑니까?"

"두 달을 유치장에 살다 여기로 와서 나도 잘 모르오."

"이 방 사람들 중 몇을 빼곤 모두 만세시위하다 들어왔지요. 그런데 형량은 어찌되십니까?"

"삼 년 반입니다."

백상충 말에 주위 사람이 놀란 눈으로 보았다. 감방 안에 만세운동으로 형을 받은 자들은 6월부터, 많아야 1년 6월이었고, 2년형을 받은 자도 드물었다. 독립선언서에 서명한 민족대표 손병희 선생과 몇 사람이 3년 선고를 받고 나머지 32인이 1년 6월부터 2년 6월 실형을 선고받았음에 비추어 볼 때 백상충 형량은 그보다 높아 놀랄 만도 했다.

"대단하십니다. 어디서 만세운동을 지도하셨는지요?" 상투 좋은 다른 젊은이가 존경 어린 눈빛으로 상충을 보았다.

"울산 지방입니다. 무엇한 말이지만, 여기서 삼 년 복역하고 나온 지 달포 만에 다시 나섰다 보니 형량이 높습니다."

백상충 말에 목소리 걸쭉한 자가, "선생님, 냄새나는 데 피해 이쪽으로 오십시오" 하곤, "앞으로 이 방에서는 신참 분을 좌상으로 모셔야 하오" 하며 다른 수인들에게 말했다.

백상충이 앉은자리에 있겠다고 사양했으나, 뒤쪽에서 할 말이 있으니 건너오라고 졸라, 그는 자리를 옮겼다.

"저는 창원군 진동면 사람이외다. 본은 김해고 김효범입니다."

목소리 걸쭉한 자가 자기소개를 했다. 범상에 코밑 수염을 기른 마흔 중반 사내였다.

김효범은 3월 24일부터 4월 29일까지 진동 읍내와 마천 일대에서 연속적으로 벌어진 만세시위를 자상하게 소개했다. 특히 4월 2일 읍내 만세시위는 5백여 명이 참집해 그 기세가 대단했다는 것이다. 진동면 만세시위를 진두 지휘하다 5월 초 밀정 고자질로 체포되어 실형 1년 8월에 처해져 부산감옥으로 넘어왔다 했다. 백상충도 자기소개와 언양, 병영 독립만세시위 경과를 설명했다.

"내 북삼동에 있다 이쪽으로 이감해 온 지 열흘째 되는데, 그쪽에 있을 때 국내외 정세에 소상한 동지를 만났어요. 혹 중화대륙 상해 쪽 소식을 들은 바 있는지요?"

"무슨 좋은 소식이 있는지요?"

"삼월 만세운동에 힘을 얻어 삼월 하순, 경성에 한성임시정부가, 노령 연해주에 대한국민회의가, 만주 간도에 군정부(軍政府)가 수립되었답니다. 말은 정부 대행이지만 그렇게까지 볼 건 없고 서로 연락이 힘드니 따로 독립협의회랄까 그렇게 단체를 만든 게지요. 그런데 그중 지난 양력 사월 십일에 중국대륙 상해에 세워진 대한민국 임시정부는 규모가 크고 조직도 막강하다고 들었습니다."

"어느 분들이 주동된 단쳅니까?"

"이승만, 안창호, 김규식, 이동휘, 이시영 등이라 들었지요. 법국이 빌려 쓰는 구역 안이지만 간판 걸고 태극기를 달았다니, 듣기만 해도 감개무량합니다."

백상충 역시 김효범과 같은 마음이었다. 만세운동으로 수많은 사상자가 생겼음의 대가겠지만 그런 조직이 국외에 만들어졌다 함이 대견했다. 조국 광복에 얼마만큼 끈기 있게 헌신할지 모르나 독립운동 조직체는 자꾸 생겨야 하고, 큰 인물이 조직체를 통합해 일사불란 투쟁에 임해야 할 터였다. 그러나 자신은 3년 넘게 옥에 갇혀 있어야 하니 수족이 묶인 신세를 통탄하지 않을 수 없었다.

*

조익겸이 딸을 데리고 백상충 특별면회를 오기는 6월 중순으로, 감방 안도 더위가 쪄올 무렵이었다. 조씨는 제 발로 면회장에 들어온 게 아니라 분이 등에 업혀왔다.

"지내기 어떠한가?" 흰 양복에 넥타이 맨 조익겸이 철책 건너에 서 있는 사위를 보고 물었다.

"지낼 만합니다. 그런데……" 백상충 눈길이 분이 등에 업힌 처 얼굴에 머물렀다. 여름용 모시 장옷을 둘러쓴 처가 눈물 젖은 얼굴로 말없이 자기를 건너다보고 있었다.

"자네를 뒤따라 부산으로 내려온 형세어미가 이제 다 죽게 됐어. 눈감기 전에 자네 얼굴이나 한번 보겠다고 통사정하기에 데려왔네. 내 딸이 무슨 못할 짓을 했기에 저런 형벌을 받아야 해? 세상 돌아가는 이치는 알겠건만 그 연유인즉 알 수 없어." 조익겸 목소리가 허탈했다.

"면목 없습니다만, 어찌 갑자기 병이 깊었는지요?" 백상충이 처에게 물었다. "여보. 많이 편찮소?"

"서방님, 모쪼록 형세와 윤세를……"

말을 잇지 못하고 분이 등에 얼굴을 묻고 흐느끼는 딸의 애처로운 모습을 보다 못해 조익겸이 거들었다.

"백약이 무효라네. 하는 수 없이 양의병원에 입원시켜놓았지. 저 애 얼굴 보게. 자네도 수척하기는 하나, 저 애야말로 백납 아닌가. 양의 말로는 심장병이래. 누구 탓이라 따질 수 없으나, 제 팔자가 그것밖에 못 되나 싶어 하늘이 원망스러울 뿐이야." 서방이 감옥을 제집 드나들 듯하니 심약한 딸애가 심장병을 얻지 않았냐는 말을 조익겸은 완곡하게 표현했다.

"병원에서도 마님께서는 서방님 옥바라지를 못해드림만 죄송하게 여기실 뿐 당신 몸을 돌보지 않으신답니다. 윤세 아가씨가 기특하게도 방과 후면 늘 병원에 들러 마님을 위로하고 책도 읽어드리지요." 분이 조심스럽게 말했다.

"저렇게 놀라다 또 숨길이 덜컥 멎을라. 서방 얼굴 봤으면 원은 풀었을 테고, 달리 할 말도 없는 모양이니 어서 나가." 조익겸이 분이에게 퇴박을 놓았다.

백상충은 떨구었던 얼굴을 들었다. 조금 전 처로 하여 근심된 모습은 간데없고 그의 표정에 서릿발이 섰다.

"가솔을 제대로 거두지 못한 제가 무슨 할 말이 있겠습니까. 그러나 이 또한 제가 나아갈 길이 그러하니 천운에 맡겨야지 인력으로는 저 또한 저를 돌려세울 수 없습니다."

"그놈의 고집하고는…… 백서방, 이제 나도 자네를 타이를 말이 없어. 또한 내 말을 자네가 귀담아들은 적도 없었지만. 그러나 보게. 자네 생각으로는 만세운동으로 세상이 곧 뒤집힐 줄 알았지?
천만의 말씀이야. 자네가 바깥으로 나오면 똑똑히 볼 테지만, 예
전과 달라진 건 하나도 없어."

"보시오." 백상충이 장인 말을 묵살하곤 처를 보았다. "나라는
사람을 겪어오기 십여 성상 아니었소. 내 무어라 할 말이 없소. 두
아이를 보더라도, 부디 심신을 강건하게 가지시오. 그럼 몸 조섭
잘하구려." 백상충이 돌아섰다.

"서방님!"

조씨가 오열을 쏟으며 서방을 불렀으나, 백상충은 뒤돌아보지
않고 간수와 함께 절름걸음을 걸었다.

그로부터 보름 뒤, 정기 면회날에 백상헌이 장경부와 함께 아우
를 보러 부산감옥으로 왔다. 백상헌은 병기 있는 검누레한 얼굴
에 별 말이 없더니, 가세가 기울어 차입금도 얼마 넣지 못했다고
기운 없이 말했다. 백상충은 형에게, 옷가지며 차입금은 처가에
서 마련해주기에 그런 걱정은 말라고 했다. 장경부는 얼굴에 혈색
이 돌고 표정이 밝았다. 그동안 바깥세상도 많이 바뀌어 총독부가
총칼로는 조선 백성을 다스리는 데 한계를 깨달았음인지 무단통
치에서 문화적 통치로 정책을 바꿔, 여러 점에서 좋은 징조가 나
타난다고 그가 설명했다. 총독도 조만간 경질되리란 소문이 파다
하다 했다. 일본의 조선 정책 수정의 한 예로, 광명서숙이 가을 학
기부터 다시 문을 열게 되었다는 것이다. 사립학교령도 법령이 고
쳐져 인가가 쉬워졌다 했다. 그래서 광명서숙도 정식 고등보통학
교로 인가받으려 부산에 온 길에 서류를 도 학무국에 제출하고 갈

예정이라고 말했다.

*

　복더위가 찔 무렵, 간수가 백상충에게 특별면회가 있음을 알렸다. 그는 면회 온 사람이 장인임을 알곤, 면회장에 나가지 않겠다고 간수에게 말했다. 처 병이 더 나빠졌다는 소식일지라도 직접 듣는다고 자신이 어찌할 수 없었던 것이다.

　"전할 말이 있으면 서신으로 연락하시라고 말해주시오."

　백상충 말에 간수가 돌아갔다 오더니, 장인이 자식 둘을 데리고 왔는데 꼭 면회하고 가겠다며 기다린다고 했다. 백상충은 두 자식이 왔다는 말에 면회장으로 나갔다. 외손 둘을 거느린 조익겸이 찌무룩한 얼굴로 사위를 맞았다.

　"아버지, 얼마나 고생 많으십니까." 단발머리 윤세가 준비해두기라도 한 듯 제 아버지를 쳐다보며 먼저 입을 떼었다.

　"그동안 자주 뵙지 못해 죄송합니다." 변성기에 들어선 걸걸한 목소리로 형세가 말했다.

　여섯 달 만에 대하는 두 자식 표정이 시무룩해 백상충은 집안에 무슨 일이 생겼다는 불길한 예감이 들었다.

　"뒤늦은 소식이지만 애들 어미가 저세상으로 갔어." 조익겸의 침통한 말이 떨어졌다.

　"뭐라고요?"

　"아버지, 어머니가 별세하셨어요. 열흘 전에……" 형세가 손등으로 눈물을 훔치며 말했다.

　백상충은 가슴이 내려앉았다. 결국 그렇게 되고 말았구나. 그는 속으로 읊조렸다. 백씨 문중에 출가한 날부터 오늘에 이르기까지 애간장 태우며 살아온 처의 불행한 삶이 주마등처럼 스쳐갔다. 못난 지아비로서 안사람을 기쁘게 해준 적이 떠오르지 않았다. 그런 만큼 처의 웃음 띤 모습도 회상되지 않았고, 근심에 젖은 눈물 괸 모습만이 살아났다. 부모님도 타계하시고, 그래도 의지기둥이 되었던 처마저 저세상으로 보내고 나니, 이제 자신이야말로 가을밤 만리장천에 홀로 나는 외기러기였다.

　"언양 고하골 선산에 장사 지냈네. 내 마음도 어느 정도 정리되고, 윤세가 아비를 하도 찾기에 데리고 왔어" 하곤, 조익겸이 외손 둘에게 말했다. "그럼 너희들 먼저 나가 인력거에 타고 있거라. 내 뒤따라 나가마."

　안녕히 계시라며 형세가 서먹한 표정으로 말했고, 하늘나라에서 엄마가 아버지를 지켜주실 거라고 윤세가 또랑한 목소리로 말했다. 형세가 누이 손을 잡고 면회실을 떠났다. 조익겸이 그들 뒷모습을 보며, 윤세 저 애는 누구를 닮아 저렇게 총기 있고 명민한지 모르겠다며 혼잣말을 했다.

　"백서방 보게나. 딸애를 묻으러 언양 사돈네 선산으로 가보았고, 자네 가형도 만났어. 한 시절 울산 바닥에서는 문벌로 알아주던 사돈댁도 한빈한 처지가 되어, 영락한 모습이란 두 눈 뜨고 볼 수 없더군. 그래서 위토를 보존하는 데 쓰라며 얼마 돈을 내놓고 왔어. 딸애 혼백을 위해서라도 그 정도는 해야 되겠지." 백상충이 무슨 말인가 하려고 눈물 괸 눈을 부릅뜨자, 조익겸이 그 낌새를 밀막았다. "내 말 마저 듣게. 그러기에 자네가 삼 년 뒤에 출옥하더라도 형세와 윤세를 언양 바닥에 넘겨줄 수 없다는 게야. 자네야 앞으로 또 무슨 일에 나서든 내 상관할 바 아니나, 외손은 외가에서 맡을 테니 그리 알게. 형세가 고등보통학교 삼학년이니 이태 후면 졸업할 게야. 내 생각으로는 형세를 동경으로 유학 보내 상업 쪽 학문을 계속 시킬 예정이고, 윤세는 보통학교 일학년이라 더 지켜보아야겠지만, 비범한 머리로 보아 집안에 들어앉히기 아까우니 제 하고 싶다면 전문학교까지 공부시킬 작정이야. 하여, 앞으로 두 아이는 내가 맡을 것이니 자네가 관여치 말라는 게야. 내 할 말 다 했으니 가겠어. 자네가 면회를 거절했듯, 나도 이제 자네가 석방될 때까지 면회오지 않을 걸세." 조익겸이 장인과 사위 인연을 단절하겠다는 투로 말하곤, 지난번 면회 때 상충이 그랬듯이 뒤돌아보지 않고 먼저 면회실을 떠났다.

백두(白頭)

　김기조가 우억갑 아들 서생 노릇을 걷어치우고 현해탄을 건너
일본으로 들어가기는 2월, 겨울 끝 무렵이었다. 그는 홍복상사 주
인어른과 간통 사실을 이용해서 홍이엄마를 협박해 5백 원을 우려
낼 수 있었다. "일천 원을 요구하려 했으나 절반으로 깎아드린 겁
니다. 물론 마님께서는 그 돈 내놓으시니 분통이 터질 겝니다. 그
러나 그 사실을 서방님과 대창정 어르신이 아신다면, 어디 그까짓
돈이 대숩니까. 이제 요릿집 아타미 지배인이 되셨으니 마님은 앞
으로도 돈은 멸치 떼 몰듯 계속 벌 것 아닙니까." 김기조의 빠른
머리 회전에 불안을 느끼던 홍이엄마는 끝내 그에게 꼬리가 잡혔고,
그가 이기죽거리는 말조차 정나미 떨어졌다. 그네는 모아둔 돈과
폐물까지 팔아야 해서 가슴이 쓰리기는 했지만, 기조가 부산 바닥
멀리 떠나기만 바랐다. 입 봉하고 그가 현해탄을 건너가면 복례도
당장 내쫓을 작정이었다. 김기조 협박이 있고부터 홍이엄마는 복

례를 홀대하기가 빌어먹는 개 취급하듯 했다. 눈썰미 밝은 김기조가 그 점을 눈치채지 못할 리 없었다. 그는 관부연락선 배표를 손에 쥐자, 누이 문제를 두고 다시 그네를 협박했다. "내가 떠난 후 마님께서 만약 누이를 내쫓거나 지금처럼 업신여긴다면 내 가만 있지 않을 것이오. 동경에 방을 얻는 대로 누이와 은밀히 소식 왕래가 있을 것인즉, 내가 없더라도 누이 신변에 불행한 일이 생긴다면 내가 즉시 달려나와 마님 문제를 새삼 거론할 것이오. 나는 목에 칼이 들어오더라도 한다면 하는 놈이오." 김기조는 이런 말을 남기고 트렁크 하나 들고 관부연락선을 탔다. 혼자 떠난 게 아니라 남빈정 유곽에 몸을 의탁하고 있던 덕이를 달고 현해탄을 건넜다. 기조가 떠나자 홍이엄마는 명치에 걸린 복숭아씨를 뱉어낸 듯 시원했다. 조익겸이 자주 청했으나, 핑계를 대어 몸 사리던 그네도 그제야 홀가분한 마음으로 늙은 정부를 다시 만났다. 둘은 한 주일 거르는 법 없이 성내온천장을 밀회 장소로 정해 농탕질을 일삼았다. 그네는 애첩이 그러하듯 갖은 교태로 석양에 당도한 조익겸 정력에 회춘제 구실을 해냈다.

독립만세 사건이 있은 봄철에 접어들자, 화기에 민감한 양은냄비가 식을 때처럼 조익겸도 홍이엄마 찾기가 시들해졌다. 그는 부산 중심부 본정통에 덩실한 일본식 2층 요릿집을 개업해 부산에 내로라하는 관리와 장사치를 초대하느라 날마다 술에 젖어 살아 양물이 기력을 잃기도 했다. 요릿집 아타미는 아래층 객석이 60평, 2층은 방이 일곱 개에, 별채에 연회석이 따로 있었다. 이즈반도에서도 풍광 좋기로 이름난 사가기만(相模灣) 휴양지 아타미 본바닥에서 초빙해 온 일류 요리사가 주방장을 맡았다.

홍이엄마는 은근짜로 조익겸을 조른 끝에 요릿집 집사가 되었다. 게이샤(藝妓)가 다섯 명, 조선 기생 열둘을 관장하는 역할이었다. 아직 경험이 없어 손님방을 들랑거리며 기생을 들여보내는 역할은 나이 든 노련한 게이샤가 맡았고 그네는 기생들 월급, 복장, 출퇴근 따위의 뒷살림을 맡았다. 그렇게 되자 복례도 그네를 따라와 술상 차리고 치우는 하코비(나름이) 일을 보게 되었다. 그러던 복례가 조선옷을 떨쳐입은 기생이 되기는 4월에 들어서였다. 홍이엄마 입덧이 시작되기가 그즈음이었다. 그네 입덧은 앞선 두 아이 때보다 심했다. 서방 우억갑은 그 낌새를 알아차려 흡족해하며 처가 또 떡두꺼비 같은 사내아이 낳아주기를 바랐다. 그러나 홍이엄마는 뱃속 씨가 누구 자식인지 알고 있었다. 임신 사실을 서방이 알고 즐거워했으나, 그네는 괘념치 않았다. 다만 조익겸에게만은 그 사실을 털어놓지 않았다. 배가 불러오면 자연 알게 될 테고, 그쪽에서 물어온다면 그때서야 씨앗 임자를 밝힐 속셈이었다.

조익겸이 홍이엄마의 임신 사실을 알기는 사위 첫 면회를 다녀왔을 즈음이었다. 홍이엄마가 뱃속 아이 임자를 실토했으나 그로서는 그 말이 긴가민가했다. 그런데 그네가 기특하게 누구에게도 발설치 않고 우서방 자식으로 키우겠다는 말에, 조익겸은 그러려니 태무심하게 받아들였다. 대 물려 나누어줄 재산이 넉넉한 그로서는 어느 배를 빌렸든 자식 또한 다다익선이 아닐 수 없었다. 오직 다른 배에서 생겨난 자식으로 인해 골머리 썩게 된다거나 집안 분란만은 피함이 좋다는 게 그의 생각이었다. 그런데 홍이엄마가 씨앗을 미끼로 콧대를 세우기는커녕, 나리님이 몰라하셔도 제가 남 보란듯 자식을 훌륭히 키우겠다는 말이 예뻤다. 제 서방 씨손이냐 샛서방 씨손이냐는 아이가 자라면 자연 밝혀질 일이었다. 콩 심은 데 팥 나는 법 없는 이치대로 아이가 성장하면 이목구비나 성품 어디쯤에 아비 물림이 나타나는 법이었다. 더러 그렇게 판별치 못할 경우도 있겠으나 세월의 흐름에 따라 제 어미 태도로서도 짐작할 수 있었다.

복례는 길안여관에서 일하며 저잣거리 속내를 어지간히 익혔지만 나이 스물한 살이니 한창 바람 낀 시절을 맞고 있었다. 앞치마 두른 나름이 옷을 벗고 화사한 비단 옷을 걸치게 되자, 피어나는 꽃봉오리이듯 모색이 요염한 티를 갖춰 손님방에서도 인기가 있었다. 그러나 아직 경험이 일천하다 보니 연회장이나 귀한 손님 자리에는 나가지 못했고 밤에도 식사 손님 옆에서 시중을 들었다. 화대값이라 부를 수 없으나 손님이 쥐여주는 푼돈이 쏠쏠해 군것질이며 옷이며 화장품은 그 돈으로 쓸 만했다.

갈밭댁이 딸을 만나러 부산으로 나오기가 5월 들어서니, 복례는 성장한 차림으로 제 엄마를 만났다. 촌구석 무지랭이로 깜조록한 얼굴에 마른버짐이 피었던 복례가 네 해 만에 부잣집 무남독녀 뺨치게 의젓한 요조숙녀가 되었으니 갈밭댁이 놀랄 만도 했다. 그네는 엿새 동안 동관정에 문간방 한 칸을 세 들어 사는 딸애 방에 머물며 쌀밥에 고기반찬으로 푸짐한 대접을 받았다. 복례가 고급 음식점에서 일한다고만 했지, 손님 옆자리에 앉는다는 말은 하지 않아 갈밭댁은 음식 나르는 일쯤으로 여겼다. 설령 딸이 기생이 되었다 해도 제 입 건사 잘하면 그만이려니 여겼을 터였다. 복례는 제 엄마와 함께 사진관으로 가서 사진을 박았다. 갈밭댁이 언양으로 떠나는 날, 복례는 엄마에게 선물을 두툼하게 안겼다. 고하골로 돌아온 갈밭댁은 동네 사람들이 보는 앞에 가지고 온 선물과 사진을 내놓고 딸애 자랑이 늘어졌다. 갈밭댁이 딸로부터 선물 받은 물건은 명주 한 필에 그동안 복례가 언양 집으로 갈 때 가져가려 모아두었던 고무신, 궐련갑, 빗, 구슬목걸이, 손거울, 일본인형, 양과자 따위의 잡동사니였다. 그런 물건이 시골 생활에 소용에 닿든 어쨌든, 촌사람들에게는 신기한 구경거리였다. 고하골에서는 제 얼굴이 종이에 박히는 사진이란 걸 찍어보기가 갈밭댁이 처음이어서 사진만 보고도 모두 부러워했고, 화사한 차림에 활짝 핀 복례 모습에 감탄을 금치 못했다.

*

"우리 선화는 남자 주무르는 마사 일 치우고 판수가 됐다니, 제 살길 제대로 뚫었는지 어쩐지 모르겠구려. 복례와 한집에 있을 때는 인편에 소식이 왔는데……" 부리아범이 논을 매며 김첨지에게 말했다.

"안사람 말로는 선화가 크게 성공해 찾아오는 손이 많다잖아요. 개야말로 눈뜬 사람보다 똑똑하니 명판수가 될 거요" 하더니, 김첨지가 목소리를 낮추어 물었다. "막내아들 소식은 아직 없지요?"

"무학산 농막 사람들 말로는 면소 숫막 정심네가 부상당한 애를 업고 갔다던데…… 정심네조차 사라졌다지 않아요. 언양장 만세 시위 있은 지 두 달쨀데, 둘이 어디로 숨었는지 모르겠구려."

"다리에 총을 맞았다던데, 어디든 숨어서 치료받고 있겠지요. 주재소에 달려가지 않은 것만도 다행으로 여겨야지. 작은서방님 봐요. 이번에 또 삼 년 반을 감옥살이하게 되지 않았소." 김첨지가 동구 쪽에 눈을 주었다. 젊은이 둘이 고하골 앞을 거쳐 이쪽으로 오고 있었다.

"선돌할아범, 청년 둘이 우리 집으로 가네."

김첨지 말에 부리아범이 허리 곧추세워 솟을대문 쪽을 보았다. 순사나 헌병이 아니라 안심했으나 혹 아들 소식을 가져왔나 싶어 그는 논물에 손을 대충 씻고 집으로 걸음을 놓았다. 그동안 아들 행방을 대라며 주재소 순사와 강형사에게 적잖이 시달려온 그였다. 부리아범이 집으로 들어가니, 마당에 선 젊은이 둘이 마루에 나앉아 맷돌에 콩을 갈던 처와 무슨 이야기인가 나누고 있었다.

"보구려. 갓골 야학당 청년들이 우리 아들을 찾아왔다오. 우리도 어진이 소식을 몰라 애간장 태우는데……" 너르네가 해소기 있는 쉰 목소리로 서방에게 말했다. 그네는 봄이 되자 몸을 조금 추스르게 되어 운신을 했다.

"석선생님 아버님, 선생님이 어디 유하시는지 짐작되는 데가 없으십니까?" 야학당 홍석구가 물었다.

"죽었는지 살았는지 우리도 알 수 없어요."

"혹 정심네 소식도 모르십니까? 숫막 신당댁 말로는 야밤에 서너 차례 집을 다녀갔다던데, 딸이 입을 다물어 어디에 있는지 알지 못한데요." 김수만이 말했다.

"짐작키론 멀지 않은 곳에 몸을 피해 있을 성싶은데, 그새 어진이가 어찌됐는지…… 우리 내외야말로 언양장 시위 이후 아들은 물론이고 정심네마저 본 적 없다오."

부리아범 말에 젊은이 둘은, 동운사로 가보자며 떠났다.

*

오른쪽 허벅지에 총상을 입어 운신 못하는 석주율을 업고 정심네가 20리 넘는 산길을 타서 도착한 곳이 동운사였다. 주율 총상은 탄환이 대퇴골을 치고 관통해 뼈에 금이 났고 출혈이 심했다. 정심네는 동운사 요사에 주율을 누여놓고, 함께 하룻밤을 나며 밤새 부기 심한 그의 허벅지를 찜질했다. 동운사도 안심할 처소가 못 되었기에 그네는 이튿날 주지승 자운에게 부탁해 주율을 암자 백련정으로 옮겼다. 동운사에서 5리 길인 백련정은 백하명이 별세할 무렵 그의 차자 상충이 기거했던 폐사였다. 주율을 거기 골방에 숨겨놓고 그네는 동운사에서 공양밥을 날라 주율을 간병했다. 야밤에 하산해 어디서 구해 왔는지 우족과 사골을 삶아 곰국까지 상에 올렸다. 전천리 마을 의원에게 여쭌 결과, 탈골을 용케 면했다면 달리 처방이 없고 부동(不動)하며 우골탕(牛骨湯)이 좋다는 말을 들었다 했다. 그네의 간병 정성이 지극했으나 주율은 여러 차례, 언제까지 숨어 지낼 수 없으니 언양주재소에 자수하겠다는 뜻을 비쳤다. 대명천지에 독립만세 불렀음이 후회 없는 만큼 저들이 주는 벌을 받음이 대의라, 한 점 뉘우칠 바 없었다. "그 몸으로 자수하시면 안 됩니다. 지금 검거 선풍이 불어 언양 장날 만세시위에 나섰던 주동자가 모두 잡혀갔습니다. 야학당 생도, 구영예배당 교인, 천도교 교인도 잡혀가 태형 몇십 대를 맞고 나왔답디다. 전력이 있는 선생께서 자수하면 중벌을 받게 될 거라고 모두 한목소리였습니다." 정심네 말이 그러했으므로 주율은 뼈가 아물 때까지 달포를 기다리기로 했다. 심심산골 외딴 폐사의 문살 떨어져나가고 거미줄 엉킨 뒷 골방에서 그네와 한방을 씀이 곤혹스러울 따름이었다.

"선생님, 제가 여태껏 단심으로 선생님을 사모해오다 이렇게 선생님을 옆에서 모시게 된 것만도 하늘이 내린 천조일우 기회일 테지요. 선생님 몸이 자유스럽지도 못하거니와, 그런 뜻이 진작 없으셨겠지만…… 오래 득도하신 선생님께 더럽혀진 제 몸 바치겠다는 소원 또한 없사오니 염려 아니해도 됩니다. 따로 거처할 방이 없어 동기간이 한방 쓰거니, 부담 없이 생각하십시오." 정심네가 이렇게 말하곤, 동운사에서 얻어온 이불 한 채를 덮고 석주율과 떨어진 구석에서 숨소리조차 내지 않고 잠을 잤다.

조팝나무, 산능금나무, 철쭉나무, 산벗나무가 꽃을 피우는 절기라 향기 은은한 폐사 골방에서 잠 못 이루는 밤, 석주율은 뭇 짐승 울음소리를 들으며 만사무심(萬事無心)의 감회에 잠기기도 했다. 무엇보다 괴로운 점은 무학산턱 농막에 사는 열세 식구 생계 문제였다. 노인과 어린이들이 태반이요 그나마 일할 수 있는 사람은 몇 되지 않았다. 이희덕이라도 남았다면 그들을 돌보련만 그 역시 주재소로 달려가 태형 처분을 받지 않고 순회재판에 넘겨졌다니 옥살이해야 함이 분명했다. "내가 이렇게 누웠으니 농막촌 식구를 어찌해야 할지 모르겠어요. 개간 일이 산적하고, 축사도 지어야 하고…… 올해는 물가 쪽으로 다랑이논 두 마지기를 풀려 했는데, 누가 그 일을 하겠습니까. 정심네, 부탁이니 누구에게 지겟짐 지워 박장쾌 씨를 내게 데려다 주구려. 내 그분과 농막촌 장래 문제를 상의해보리다." 석주율이 정심네에게 부탁했으나, 그네는 끝내 박장쾌를 데려오지 않았다. 주로 해가 진 뒤에 백련정에서 내려가는 정심네가 어느 날 갓골에 다녀왔다며 석주율에게 이런 말만 전했다. "함숙장님 부인을 만나뵙고 농막촌 식구 문제를 의논한 결과, 당분간 그들이 먹을 양식은 보조해주겠다는 허락을 얻었습니다. 범서면 청년회와 야학당 생도들도 그 식구를 돕기로 했고요. 개간 일은 함숙장 댁 행랑 젊은이 수만이 앞장서서 야학당 생도들과 조금씩 밭뙈기를 넓혀나간다 했습니다. 저도 그들을 도울 것이니 과히 염려 마십시오." 정심네는 그 말에 달아 덧붙였다. "선생님이 여기에 유하는 걸 어느 누구에게도 발설치 않았으며, 어느 누구도 이곳으로 와서는 안 됩니다. 네 해 전 영남유림단 사건 보십시오. 심지 굳은 경후스님도 모진 고문을 이기지 못해 비밀 조직을 흘렸듯, 누군가 여기를 출입하거나 장소를 안다면 발 없는 말이 천리 가듯, 반드시 꼬리가 잡힙니다. 주재소와 헌병대가 고을고을 밀정을 풀어놓고 있으며, 선생님 행방을 수소문하고 있습니다. 그래서 저는 고하골에 한 차례도 들르지 않았고 야밤에 제 어머니를 만나보았으나 그저 선생님이 목숨 보전했다고만 말했을 뿐 장소를 발설치 않았습니다." 석주율은 정심네가 입이 무겁고 생각이 깊음을 알았으나 그 냉철함에 섬뜩한 느낌이 들었다. 맹수가 활보하는 산길을 젊은 과수댁이 야밤에만 나다님도 보통 강심장이 아니었다.

총상 상처가 어느 정도 아물고 부기가 빠져 석주율이 지팡이에 의지해 방안을 걷게 되자, 그는 자기 앞날을 두고 번뇌에 빠졌다. 자수해서 형을 살고 나와 다시 농막 식구와 함께 농촌운동을 해야 하느냐의 결정을 선뜻 내리지 못할 즈음, 정심네는 울산 읍내에서 있었던 만세시위 관련자의 약식재판 결과를 알아왔다.

"고하골 백선생님께서 삼 년 육개월 중형을 선고받았답니다. 지난번에 말씀드렸듯 도정 박생원 어른은 작두에 참수되셨고, 언양장과 병영장 시위를 주동하셨던 분들은 다 여섯 달에서 이 년 사이 선고를 받았대요. 함숙장님은 영남유림단 사건과도 관련이 있어 일 년 육개월을 받고, 이희덕 선생도 일 년형을 선고 받았답니다. 만약 석선생님이 지금 자수하면 이 년에서 삼 년 사이 징역을 살게 될 겝니다. 저놈들이 영남유림단 사건을 덤터기 씌울 게 분명하니깐요. 일이 그러니 선생께서는 세상이 잠잠할 때까지 피신하셔야 합니다."

석주율은 정심네 그 말을 듣고도 몇날 며칠 동안 주재소 자수문제를 두고 적잖은 갈등을 겪었다. 자수함으로써 도망자 신분에서 벗어나겠다는 초조함보다, 만세시위에 참가했던 사람이 다 고통당하는데 자기만 몸을 피했다는 자괴감 때문이었다. 특히 스승은 옥에서 나오자마자 두 달 만에 다시 옥으로 갔고, 이희덕 역시 1년을 선고받은 처지에, 자신이 총상을 이유로 숨어 있음이 부끄러웠다.

"아무래도 자수해서 형을 살아야 마음 편할 것 같습니다. 이렇게 지냄이 감옥 안보다 더 괴롭고 일일여삼추 같습니다." 석주율이 정심네에게 하소할 수밖에 없었다.

"마음을 고정하십시오. 만세 부른 일이 선생님 본심에서 우러나온 진정일진대, 왜 벌받아야 마땅할 왜인에게 포박을 자청해 영어의 생활을 하시렵니까. 백선생님을 생각하시는 선생님 마음은 아오나 생각을 더 크게 가져 앞날을 내다보십시오. 시정 계집이 하는 말이 아니라, 제가 밤중에 내려가 여쭙는 분마다 모두, 석선생은 몸을 피해야 한다고 말씀하십니다. 지금 만약 스스로 포박을 받으면 모든 사람이 그 어리석음을 비웃을 겁니다."

석주율 생각으로도 세상이 조용할 즈음 자수하면 실형을 살더라도 형기가 짧게, 아니면 태형으로 방면될 수도 있었다. 박생원 참수 소식이 그를 자수 쪽과 멀어지게 붙잡아맸다.

석주율이 북지 간도 여행을 결심하기가 5월 초순을 넘겨 중순으로 접어들 때였다. 오른쪽 허벅지 총상도 엔간히 회복되어 새벽이면 지팡이에 의지해 연화산으로 오르내릴 즈음, 그는 이렇게 은둔할 게 아니라 여섯 달 예정으로 자형과 경후와 함께 갔던 북지를 한 차례 더 다녀오기로 했다. 만세운동이 있지 않았다면 스승께서도 가족 이끌고 그곳으로 들어가 독립운동에 매진하리라 말했다. 또한 그곳이야말로 일본에 속박된 땅이 아닌 자유천지였다. 그는 이번 걸음이야말로, 어릴 적부터 소망하던 백두산에도 올라보려 다짐했다. 북간도 화룡현 청포촌 대종교 본부를 찾으면 자형과 누님을 만날 수 있고 당분간 몸을 의탁할 데가 있으리라 여겨졌다.

석주율이 정심네에게 그 뜻을 전하자, 그네가 동의했다. 보릿고개가 닥쳐 그러잖아도 궁민이 남부여대해 만주 신천지로 떠난다 했다. 만세시위가 전국을 누벼도 조선이 독립될 가망이 없고, 그나마 시위가 차츰 시들어가니 젊은이들이 간도의 독립군 기지를 찾아 많이 떠난다는 것이다. 언양리에도 세 가구가 지난달 말에 간도로 떠났고, 갓골 야학당에 나오던 젊은이 둘도 언양장 시위 참가로 범서주재소에 달려가 태형 40대를 맞고 나오자 야학당이 폐쇄된 것을 기화로 만주 조선인 독립군부대에 입대할 계획 아래 북지로 떠났다는 말을 함숙장 부인한테 들었다 했다.

"선생님, 저도 따라나설게요. 선생님 신변도 그러하고, 몸도 성치 못하니 갓골로 돌아올 때까지 선생님을 보필하겠어요." 정심네가 간청했다. 정심네 간청에 주율은 난처해졌다. 그네와 함께 수천 리 북쪽 만주로 들어간다 함은 여간 성가신 일이 아니었다. 그네가 여자였으나 혈육도, 그렇다고 처도 아니었다. 여태 그네와 한방을 썼어도 손 한번 따뜻하게 잡아보지 않았으니, 앞으로 먼길 나서면 어떤 사단이 생길는지 알 수 없었다. 금욕 생활에 단련돼 있다고 하나 젊음이란 예외가 있기에, 어느 순간 충동적인 욕망을 억제할 수 없는 기회가 생길 수 있었다. 어느 여자와도 혼례 올릴 마음이 없는 마당에 그런 충동을 억제치 못한다면, 필경 큰 후회가 따를 터였다. 그는 자신의 육체적 욕망을 끝까지 제어할 수 있다고 장담할 수 없었다. 정심네가 그것을 적극적으로 원할 때, 과연 막아낼 수 있을까 하는 점에서도 마찬가지였다. 그렇다면 불안의 싹은 미리 잘라버림이 상책이었다. 아난다가 금욕을 두고 석존에게 "여인을 어떻게 대해야 합니까?" 하고 물었을 때, 석존께서는 "보지도 말아라"고 대답했다. 아난다가 "부득이 보아야 할 경우에는 어떻게 할까요?" 하고 다시 물었을 때, "말을 걸지 말아라" 했다. "말을 꼭 해야 할 때가 있지 않겠습니까?" 하고 아난다가 마지막 물었을 때, 석존께서는 "정히 그렇다면 마음을 꼭 다잡아 흔들리지 않게 하여라"고 대답했다. 석존의 그런 말씀보다 표랑(漂浪)이란 자유스러움 그 자체일진대 동행자가 이성일 경우 그가 도움을 준다 해도 제약과 구속이 따르게 마련이었다.

"만주길은 제가 다섯 해 전에 다녀왔잖습니까. 기찰과 검색을 피해 총포까지 숨겨온 이력이 있어, 북지에 도착할 때까지 무사할 수 있습니다. 일정 맞출 목적이 없기에 쉬엄쉬엄 가면 됩니다. 정심네는 연로한 모친이 계시니 여기 남으시고, 정 저를 돕고 싶다면 우리 농막 식구나 종종 보살펴주십시오." 석주율이 그네 동행을 완곡하게 사양했다.

"선생님이 제가 아녀자라 그러시는 모양인데, 제가 머리 자르고 남장(男裝)한다면 남의 이목을 피할 수 있습니다."

정심네가 양보할 기색이 없어, 석주율은 좀더 두고 생각해보자며 여운을 두었다. 그네와 동행하느냐, 혼자 떠나느냐란 문제를 두고 티격태격하기 몇 차례, 며칠이 지났다. 그 결과 어렵사리 타협을 본 게, 석주율은 경상도 땅을 벗어나는 죽령재까지 정심네와 동행하기로 했다. 엿새 걸음이면 충분한 잇수였고, 그동안 주율 보행에 별 탈 없고 검색도 잘 피한다면 그네도 홀가분히 돌아

설 수 있겠거니 싶었다. 정심네도 주율의 타협안에 따라붙을 명분
이 더 없어 동의했다.

석주율은 자신이 농막에 숨겨둔 바랑에 얼마간 돈이 여축되어
있음을 정심네에게 알렸다. 그 돈을 박장쾌에게 맡기고 30원 정도
를 북지행 비상금에 쓰게 가져오라고 그네에게 부탁했다.

5월 중순을 넘길 무렵, 새벽에 석주율은 정심네와 함께 백련정
을 떠났다. 정심네는 주율에게 승복 차림이 어떠냐고 권했으나 그
는 절을 떠났기에 가승(假僧) 노릇을 할 수 없다고 거절했다. 그가
삿갓 쓰고 절름걸음을 지팡이에 의지해 걸낭에 좁쌀 한 말을, 정
심네가 좁쌀 두 말을 머리에 이었다.

누가 보아도 한 쌍 젊은 부부로 여길 남녀는 치술령을 넘어 백
운산으로, 백운산 기슭에서 구미산으로, 그렇게 태백정맥 줄기를
따라 보현산으로 들어갔다. 둘은 검색을 피해 두메와 화전촌을 따
라 북행했다. 춥지도 덥지도 않은 좋은 절기라 산에는 꽃이 무더
기로 피었고 온갖 새가 우짖었다. 모닥불을 피우고 야숙하니 떨지
않고 견딜 만했다.

석주율은 행보에 별 지장이 없어, 닷새 만에 풍기 땅으로 들어
섰다. 다섯 해 전 간도로 들어가던 때만 해도 그는 조심스러움이
지나친 겁보였다. 그러나 이번 걸음은 정심네가 딸렸다 해도 두려
움이 없었다. 산중에 모닥불 피워놓고 밤을 새울 때, 주위로 곰과
늑대가 어슬렁거려도 겁이 나지 않았다. 큰 마을을 피해 산길만
타다 보니 풍기에 도착할 때까지 한 차례도 검색당하지 않고 넘길
수 있었다.

"정심네, 이제 약속대로 언양으로 돌아가주오. 그래야만 제 발길이 가볍겠습니다. 간도서도 나라 안 소식은 들을 테니, 국내 사정이 좋아지면 예닐곱 달 후엔 필히 갓골로 돌아가겠습니다." 하늘을 찌를 듯한 죽령재를 등뒤에 두고 석주율이 허우룩이 정심네에게 말했다.

정심네가 큰 눈에 눈물을 담고 석주율을 보았다. 닷새를 올 동안 좁쌀 두 말을 이고 늘 앞장서서 길을 열던 그네였다. 석주율은 남정네 같은 그네의 튼실한 뒷몸을 보며, 마치 다섯 해 전 자형 곽돌이 여자로 환생해 걷고 있지 않나 하는 착각이 들 정도였다. 그만큼 그네는 힘이 좋아 잘 걸었고, 큰 개울을 건널 때나 너설 심한 언덕길을 오를 때 주율의 손을 잡아 당겨주었다. 스승 곁을 맴돌다 나도 스승님처럼 절름걸음을 걸으며 아녀자 도움까지 받는가 싶어 그는 좁쌀부대를 자신이 지겠다고 여러 차례 말했건만, 그네는 성치 못한 다리에 무리라며 한사코 자기 머리에 이고 갔다.

"별 탈없이 들어가셨다, 약속대로 돌아올 거지요?"

"염려 마십시오. 약속 지켜 돌아오겠습니다. 이제 돌아가시는 길은 골짜기를 타지 말고 대처 큰길로 내려가십시오. 농막 식구들에게도 안부 전해주시고……"

석주율은 정심네가 안겨올 것 같은 두려움으로, 아니 안겨온다면 그네를 받지 않을 수 없다는 가슴 울렁거림을 가까스로 자제하며, 몸을 돌렸다. 내가 왜 이렇게 그네를 매몰차게 대하느냐란 스스로도 알 수 없는 숙제를 혼자 풀 수밖에 없다는 듯, 그는 걸음을 빨리했다. 그네로부터 넘겨받은 좁쌀부대를 바랑에 넣고 걷자니 어깨가 듬직하게 당겨왔다.

"선생님!" 등뒤에서 정심네의 목메인 외침이 들렸다.

석주율은 뒤돌아보지 않고 산길로 빠져들었다. 기쁨인지 슬픔
인지 격한 감정이 목구멍을 찔렀으나 그는, 돌아보아서는 안 된다
고 스스로를 채찍질했다. 아직 산문에서 금욕 참선 수행 관행이
남았음인지, 고문에 따른 치매증세 후유증 탓인지, 이런 사정(私
情)이야말로 단칼에 끊어야 한다고, 가빠지는 숨길을 애써 가누며
속으로 되뇌었다. 정심네를 싫어해서가 아니라, 그네가 아무 대가
없이 보여준 성의가 너무 고마워 사랑하고 말 것 같기에, 그네에
게 정을 보여선 안 된다는 마음이 그의 걸음을 채근했다.

*

석주율이 춘천, 화천, 금화를 거쳐 추가령 잿길을 넘자, 다섯 해
전 기억이 새로웠다. 줄기차게 퍼붓는 장맛비를 맞으며 북행을 재
촉할 때, 온몸에 발진까지 돋는 심한 열병을 앓았다. 그런데 지금
은 다리를 조금 절기는 했으나 약초나 산채를 뜯어 바랑에 담으며
험한 산길을 수월하게 걸었다.

석주율이 신고산을 지나 안변으로 오르는 경원선 철도 따라 걸
을 때, 열차를 만나기도 여러 차례였다. 다섯 해 전 그 길을 걸을
때만도 철도공사가 한창이었는데, 1914년 9월에 경원선 개통을
보았던 것이다. 그는 차삯은 있어 경주에서 대구 가는 열차를 타고,
대구에서 경부선 철도로 경성까지, 경성에서 원산행 열차를 탔다

면, 나흘이면 원산까지 도착할 수 있는 편리한 세상이었다. 그러나 쫓기는 몸인 그로서는 그런 문명화된 기계를 이용할 형편이 아니었다. 석주율 일행이 다섯 해 전 간도로 들어갈 때는 함경북도 성진까지 해안 따라 오르다 바다를 버리고 내지 길주로 들어가 남설령 잿마루를 넘었다. 그러나 석주율의 이번 길은 성진까지 올라가지 않았다. 함흥을 거쳐 북청에 이르자, 남대천을 타고 갑산으로 길을 잡았다. 원래 간도로 들어가는 통상적 노정은 성진과 청진을 거쳐 내륙을 관통해 무산이나 회령 어름에서 두만강을 건넜다. 그런데 그는 민족 영산(靈山) 백두산에 오르려 행로를 바꾸었던 것이다.

석주율은 함경남도 증평에서부터, 경상북도 오지 영양에서 솔가해 간도로 들어가는 한 가족과 동행하게 되었다. 일곱 명 가족 길잡이로 나선 젊은이가 갑산 쪽 노정을 택했으므로 주율은 그 일행을 따랐다. 그 길이 백두산 기슭을 지난다 했기에 그가 동행하게 되었다. 초행길이 아니고 백두산 정상에도 올라가보았다는 길잡이 젊은이는 석주율보다 두 살 수하로 이름이 장불이었다. 석주율에게, 앞으로 형님이라 부르겠다고 한 장불이는 헌걸찬 젊은이로 사내다운 생김새만큼 마음 또한 트인 장부였다. 북지로 솔가하는 일행의 목적지는 백두산 넘어 북간도 땅 안도현이었고, 그곳에서 고향으로 내려가 일행을 데리고 나선 길잡이 장불이는 간도로 여섯 해 전에 들어가 정착한 외사촌 집안 장자였다.

농작은 지주의 고율 소작료로 빼앗기고 고리채 등살에 들볶이다 못해 폐농한 궁민의 유이민(流移民)을 석주율은 이 일가족 외에도 길 나선 뒤 숱해 보아왔다. 강원도 홍천 땅을 거쳐올 때는 남 부여대한 여러 가구 유민을 만났는데, 보릿고개 문턱에서 길을 나 서 늙은이와 어린이가 허기와 노독으로 숨을 거두는 광경을 목격 하기도 했다. 그래서 주율은 행려자의 참상을 보다 못해 가진 좁 쌀을 덜어 죽으로 허기를 면하게 도와주기를 여러 차례였다. 물론 일본 관헌의 연행과 감시 등쌀을 피해 자유천지 만주로 이주하는 살림 반반한 집안도 있어, 그들이 동반자격인 유민을 구휼해주기 도 했다.

여섯 해 전, 간도 용정으로, 용정에서 안도현 얼두정이란 곳까 지 들어가 황무지를 개간해 정착했다는 장불이를 따라나선 오씨 네 일가족은 그쯤부터 기진맥진이었다. 노친네 둘은 걷기 힘들 만 큼 지쳤고, 뼛가죽만 붙은 아이들도 등짐까지 져서 걷는 꼴이 마 찬가지였다. 그러나 산야가 더없이 싱그러운 풋곡 나는 양력 6월 절기라 인심이 흉흉하지 않아, 걸식하고 열매도 따먹으며 북청까 지 올라갈 수 있었다.

장불이 말로 하루 120리 걷는 장정 걸음으로 북청에서 갑산까지 는 사흘이면 당도할 수 있다 했다. 풍산까지 이틀이요, 거기서 갑 산까지 하루 걸음이었다. 그러나 늙은이와 아이들이 딸린데다 등 짐까지 졌다 보니 아흔아홉 고개를 넘어야 하는 후치령을 빠져나 가는 데 꼬박 이틀이 걸렸다.

"석씨 고맙구려. 우리가 석씨를 만나지 않았다면 식솔이 북청을 못 넘겨 반타작됐을 것이오. 석씨가 우리 목숨을 살렸소." 일행 중 연장자인 오영감이 자주 그런 말을 했다.

그즈음 석주율은 남의 식구 구휼하느라 좁쌀도 떨어져 춤지 돈을 쪼개어 감자나 조 따위의 밭곡식을 사서 죽 쑤어 먹이기도 했고, 부산 토막촌 때에도 그랬듯 식량 대용으로 쓸 만한 둥글레, 진황정도 흔해 이를 달여 먹었다. 일행이 지쳤을 때는 강장 약재인 엄나무 순(筍)이며 속을 덥게 해주는 약재인 차조기 잎을 달여 원기를 찾게 해주었다. 그러나 산야에 나는 풀이라고 다 식용에 쓸 수 없었다. 독초 분별법은 잎을 씹어 아리고 쏘는 맛, 너무 쓴 것, 냄새가 고약한 것을 피해야 하지만 조선 땅에 독초가 수백 종 있다곤 하나 산야에서 독초 만나기가 그리 쉽지 않았다. 그는 몇 년 표충사 의중당에서 일한 덕분으로 그 방면에는 벽촌 의원 노릇은 할 만한 식견이 있었다. 그는 또한 일행이 다리쉼을 할 때마다 주위 능선과 골짜기를 헤매며 약초를 채집했다. 강원도 산골과 추가령 지구대를 거쳐 올 때도 부지런히 약초를 채집해 그걸 원산 시내 한약방에 넘겨 좁쌀 한 말과 수수 세 되를 받기도 했던 것이다.

함경정맥을 넘어 개마고원으로 들어가는 심산유곡은 석주율 눈에 약초 집산지로 보였다. 모든 풋나무의 잎과 줄기와 뿌리가 다 약초로 보일 만큼 갖가지 풀과 나무가 자생하고 있었다. 그래서 그는 약재 중에도 알뿌리(球根) 종류만 골라서 캤다. 삽주 뿌리 창출이며, 토당귀 뿌리, 마 뿌리, 작약 뿌리, 바꽃 뿌리를 캐내 바랑에 담으니 차고 넘쳐, 넝쿨로 망태기를 엮어 따로 담기도 했다. 산삼 한 뿌리라도 캔다면 벼 서너 가마 값쯤 받아내려니 하고 눈을 홉떠 살폈으나 쉬 찾아지지 않았다. 심마니들은 입추 지나 처서 절기에 맞추어 산삼을 캐므로 6월은 때가 맞지 않았고, 영약 산삼이 길 가까이 쉬 발견된다면 횡재할 사람이 한둘이 아닐 터였다. 심마니들이 산삼을 캐러 나설 때면 며칠 전부터 살생을 금하고 비린 음식을 먹지 않으며 처조차 멀리해 산신령에게 치성을 드린다니, 석주율이 그런 정성을 갖추었다 해도 산삼은 오랜 경험이 찾기에 그에게 요행수가 통할 리 없었다.

일행은 풍산에서 하루를 쉬고 새벽길을 나섰다. 2천 미터로 치달은 백모봉과 개마고원 한 자락인 희색봉 사이의 배덕령 널마루를 허위넘었을 때는 초여름 긴 낮도 저물어 서녘놀이 붉게 타올랐다. 이제야 갑산 땅이겠거니 하자, 홀연히 한양 남대문을 옮겨놓은 듯한 높다란 성문이 나섰다. 갑산 남문이었다. 조선조 초기 세종 임금 때 북방 오랑캐를 막으려 쌓은 성적(城跡)이 능선 따라 날개를 펴고 있었다.

조선조에 들어서서 북관(北關) '삼수(三水) 갑산(甲山)'이라면 국사범 유배지로 하늘 아래 첫 땅이라 일컬어왔다. 삼수 갑산 내어이 왔던고, 하는 유배 온 선비의 장탄식 그대로, 한번 들어가면 나올 수 없다는 나라 땅 북단 첩첩산골로 알려져 있었다. 4월에도 눈가루가 뿌리고 9월에 들면 서리가 내리니, 엄동 1월 평균 기온이 영하 20도였다.

일행이 남문을 통과해 눈 아래를 굽어보니, 갑산 읍내가 선경(仙境)이듯 나타났다. 사람 살 곳 못 된다는 소문과 달리 갑산은 사방이 병풍처럼 높은 산으로 감싸인 고원분지로 버치 안처럼 아늑한 느낌을 주었다. 외천강 유역으로 들판이 널쭝했다. 어림짐작으로 읍내 가구수가 천 호를 넘을 듯했다. 마침 저녁 무렵이라 집집마다 밥 짓는 연기가 통나무 굴뚝을 통해 지붕 위를 낮게 흘렀다.

"밥 짓는 연기만 보아도 살 것 같구나." 오영감 처가 한마디 하자, 손자애들이 배고프다고 칭얼거렸다. 사나흘분 양식감은 될 만큼 감자와 수수가 있었다. "그래. 어서 가서 죽 쑤어 먹자."

일행은 마을로 내려갔다. 강폭이 넓은 회천강 들녘에는 북지로든 뒤 오랜만에 보는 벼가 푸르게 자랐다. 오씨네는 장터거리 장옥에 짐을 풀었다. 석주율은 지고 온 약재를 한약방에 넘기려 거리로 나섰다. 마을 중심부는 가로가 반듯했고, 일장기를 건 군청과 지서가 있었다. 초가는 눈에 띄지 않았고 기와집 아니면 강원도 산촌에서 보았던 너와집들이었다.

석주율은 한약방을 물어, 갑주약국(甲州藥局)이란 간판을 건 기와집을 찾아들었다. 다른 집도 그렇듯 그 집 역시 대문이 열려 있어 주율은 문간에 짐을 부리고 안마당으로 들어갔다. 대청에 가족이 둘러앉아 저녁밥을 먹고 있었다.

"북지로 나선 나그네구먼. 따뜻한 밥 한 그릇 드려라."

별상으로 밥을 먹던 주인장 말에 과년한 딸이 부엌으로 들어갔다. 석주율이 삿갓을 벗곤, 밥은 관둬도 좋다며 의원님을 뵈러 왔다고 말했다.

"내가 의원이오. 무슨 일입니까?"

"바쁜 용건이 아니니 어르신 진짓상 물리실 때까지 기다리겠습니다." 주인장이 식사를 마칠 동안 석주율은 약재 더미를 평상으로 옮겼다. "북청에서 들어올 동안 눈에 띄는 대로 약재 뿌리를 캐어 왔습니다. 값나가는 품목이 아니라 양식비에나 보탤까 해서요."

"젊은이도 다리 저는 걸 보니 만세운동에 다쳐 북관으로 몸을 피하는 모양이구려. 말씨가 남도 같은데 어디서 나서서 어디로 가는 길이오?" 탕건 쓴 쉰 줄 나이의 주인장이 여러 종류의 알뿌리를 대충 살피곤 약재에는 별 관심을 보이지 않고 물었다.

"경상도 울산에서 왔습니다."

"이런 구근이 약재가 된다는 건 어찌 아셨나요?"

"절에 몇 해 몸을 의탁했을 때 의승(醫僧)으로 이름난 큰스님이 계셨는데, 그 아래서 익혔습니다."

"그렇다면 동업자를 만난 셈이구려. 산 좋고 물 맑은 우리나라 산천에서 나는 풀과 나무는 모두 향약(鄕藥)감이지요. 우리 조상은 초목에서 생명을 소생시키는 약재가 있음을 알아냈지요. 젊은이가 그런 약재감을 알아보다니…… 유숙할 곳을 정하지 않았다면 우리 집 사랑을 내드리리다. 약재는 집에 재고가 많으나 받도록 하지요."

주인장이 진객을 맞듯 석주율을 사랑으로 안내했다. 주율이 동행이 있다고 말하자, 주인장은 그 사람들은 따로 유숙할 집을 주선해주겠다며, 아들을 부르더니 무엇인가 지시를 내렸다. 동행과 함께 막 갑산으로 들어온 길임을 알아차린 주인장은 안사람에게 밥상을 보게 했다.

석주율이 저녁밥을 대접받고 나자, 주인장이 사랑으로 건너왔다. 서로 통성명하니, 주인장 이름은 노운영이었다.

"석씨가 몸을 피하려 길 나섰다니, 사찰 말로 운수행각(雲水行脚)이구려."

"두고 온 식구가 마음에 걸립니다."

석주율은 열세 식구 이야기와 야학당 생도 걱정을 노의원에게 말했다. 주율은 갑산까지 올라올 동안 한시도 그 식구와 생도들을 잊어본 적 없었다.

"좋은 일 하시는군요. 제중(濟衆)은 내가 하는 게 아니라 석씨가 하는군요. 그렇다면 간도에서 언제까지 유할 작정인가요?"

"조선 사정이 어떨는지 모르나 반년 정도로 잡고 있습니다. 그런데 갑산 지방은 만세운동이 없었나요?"

"왜요. 지난달 초순에 함흥, 경성 지방 유학생들이 학업도 제쳐놓고 향리로 들어와 대대적인 만세시위를 벌였지요. 그러나 여기는 일본군 국경수비대가 지켜 군대 방총질로 쉬 그치고, 주동한 생도들은 월경해 간도로 들어갔지요."

"아래쪽에서 듣기론 갑산이 척박한 오지로 알려졌는데, 들어와 보니 평화로운 마을입니다." 석주율이 화제를 바꾸었다.

"첩첩산중이라도 길은 사통팔달하지요. 남으로는 북청과 단천, 서로는 삼수, 동으로는 백암, 북으로는 혜산으로 잇는 길이 열려 있습니다. 그러다 보니 여기 사람은 견문 밝고, 농지가 넉넉해 살림이 포실하여 타지 유학생이 많답니다."

"선대께서 갑산에 터를 잡은 지 오래되셨군요?" 석주율이 사랑 안을 둘러보았다. 벽에 걸린 서화 액자를 비롯해 문갑이며, 서책이 재인 사방탁자는 연조가 오래되어 보였다.

"사백 년 넘습니다. 저희 노씨 문중만 아니고 갑산에서 세족을 이룬 경주 최씨, 남양 홍씨, 밀양 박씨, 또 진동면에 많이 사는 전주 이씨도 연조가 삼사백 년 됩니다. 모두 한양에서 귀양 온 선비들 후손이지요. 광주(光州)가 본인 저희 입향시조(入鄕始祖)이신 중자 보자 어르신은 조선조 성종 임금 동서 되는 집안이었지요. 벼슬은 능참봉에 그쳤으나 당시 재산이 과다하게 많다는 반대파 시기로 갑산에 귀향 왔다 후일에 사면되었으나 그대로 여기 주저앉아 사셨지요. 타관도 오래 살면 정이 든다지만 갑산이야말로 산천경개 좋고 땅도 넉넉해 권력욕에 이해가 얽힌 중앙관서를 등지고 살기는 맞춤한 고장입니다. 저는 입향시조 어르신 십일대 후손 되지요. 갑산이 그러하니 북청으로 귀향 왔다 여기로 들어와 눌러앉은 집안도 있답니다."

노운영은 말꼬를 튼 김이란 듯 갑산 자랑이 늘어졌다. 갑산은 모두 귀향 온 선비 집안 후손이라 예부터 주자가례(朱子家禮)를 숭상하며 살아와 주민이 예에 밝고 정직하며 부지런하다 했다. 몇십 년 전 만주벌에 마적 떼가 극성을 부릴 때 혜산을 넘어 갑산까지 잔당이 들어온 적 있으나, 도적이 없어 밤에도 대문을 걸지 않는다는 것이다. 읍내만도 인구가 칠천을 헤아리는데, 대체로 자작농이라 재산을 크게 이룬 집안은 없지만 끼니 걱정 없이 산다 했다.

"……내일 여기 향교를 둘러보면 대충 짐작 갈 겁니다. 학동들이 보통학교에 들어가기 전에 향교에서 진서부터 익히지요. 그렇다 보니 읍내에는 문맹자가 없답니다."

"개마고원 지대에 이런 고장이 있다는 건 놀랍습니다. 거쳐오며 보니 북청도 자녀 교육 열기가 대단합디다. 거기는 고등보통학교 과정의 사설 학교까지 있더군요."

"집안 장자도 공부한다고 간도로 갔습니다. 여기 보통학교를 나왔으니 집에서 진서나 읽으며 가업을 이었으면 했는데……"

"왜 하필 간도로 갔나요?"

"일본 사람 으스대는 꼴이 보기 싫다며 두만강 넘어 들어갔어요. 화룡현 명동촌 명동학교 고등보통학교 과정에 다니고 있어요. 이런 세상에는 은인자중하며 생업에 종사함이 별 탈없이 사는 처세이련만 녀석도 광복운동에 뜻을 두고 있는지……" 노운영이 말을 끊곤 석주율을 찬찬히 살폈다. 머리가 밤송이만큼 자랐고 깎지 못한 수염이 턱주가리를 덮은데다 가시나무에 긁힌 생채기로 주율 몰골이 거칫했는데, 태도는 범절이 배었고 표정은 화기로웠다. 그가 향리에서 선생 했다는 말을 듣자 노운영은 더욱 신뢰가 갔다.

"간도 지방에 아는 분이 계십니까?"

"누님과 자형이 네 해 전에 간도로 들어갔습니다. 자형이 대종교 신도라 화룡현 청포촌에 있는 총본사에 들르면 거처를 알 수 있겠지요. 저는 다섯 해 전 그쪽에 걸음했던 적이 있습니다.

"국내에서는 조직적인 활동이 힘들자 우국지사들이 모두 간도와 노령으로 넘어와 그쪽에는 삼십여 개 조선인 광복 단체가 나름대로 활동하는 줄 압니다. 국내 만세운동에 자극받아 요즘 부쩍 기세가 살아났을 겝니다. 물론 대종교 쪽에서도 독립군 조직과 단체를 가졌다고 들었습니다."

석주율은 노운영이 대화를 그쪽으로 이끌자 곤혹스러웠다. 그는 조선 민족이 일본 압제에서 벗어나 광복을 되찾아야 한다는 당위성에는 동의하지만 자신이 직접 무장투쟁에 앞장선다거나 그런 단체 단원으로 활동할 마음은 없었다.

"우리 노씨 집안 가훈 중 한 가지로, 벼슬로 영달함을 경계하라는 말이 있습니다. 그래서 저는 생업에 열중해 가통을 잇는 데 자족하고 살지요. 그런데 지난겨울 집에 들른 장자가 조선 광복의 뜻을 역설하는데 아비로서 간이 졸여 할 말을 잃었습니다."

"뜻을 세우면 나갈 길이 보이지요. 아드님은 나름대로 길이 있고, 의원님도 한길을 세워 오늘에 이르지 않았습니까. 자업자득이라지만 손익도 보는 이에 따라 다를 것입니다."

"겸양의 말씀. 장자가 갈 길이 남아 장부로서 마땅한 대도임을 알지만 소심한 아비로서는 걱정이 태산 같습니다. 아들놈은 저를 구세대라며 충고 말을 듣질 않습니다. 석씨가 그쪽으로 들어간다니 대립자에 걸음 한번 해주십시오. 회령 땅 건너가 명동촌인데, 용정에서 불과 삼십여 리밖에 되지 않습니다. 명동학교 노현탁을 찾으면 됩지요. 녀석을 만나면 좋은 말로 너무 경거망동하지 말라고 충고해주십시오. 국권회복운동도 좋지만 과격한 쪽으로 나서서 부모 눈에 피 흘리는 짓일랑 말아달라고…… 그쪽에서도 독립만세시위가 있었다는 말은 풍문으로 들었는데, 소식이 없으니 무사한지 어쩐지 모르겠습니다. 저 역시 노부모님 모신 마당에 녀석의 신상에 변고라도 생기면 눈감을 날까지 그 고통이 어떠하겠습니까." 노운영이 간절하게 말했다.

"제게 그런 능력이 없거니와, 마땅한 일이 있어 나선 길은 아니지만 그곳에 들른다는 장담까진 못하겠습니다."

석주율은 노운영 마음이 조선 동포 대부분이 품은 마음과 다를 바 없다고 생각했다. 조선 민중은 누구나 광복운동의 큰 뜻은 이해하지만 스스로 나서기에는 그 길이 갖은 고초를 감수해야 하고 생명까지 바칠 각오가 돼 있어야 한다는 데 두려움이 앞섰다. 딸린 식구 안위가 염려되고, 그렇게 하더라도 조선 독립이 쉬 달성되지 않으리란 비관론에 몸과 마음이 움츠러들 터였다. 주율은 자기 마음 역시 노운영 마음과 거리가 멀지 않음을 느꼈다.

"이거 뭐 심부름 같습니다만, 아들놈에게 학자비도 전해주시고…… 약재 값은 따로 쳐드리고, 전해주는 삯은 후히 드리겠습니다."

석주율이 대답을 못했다.

"갑산에서는 언제 떠나렵니까?"

"동행이 있으니 내일 일찍 출발할 겁니다. 그분들이 어느 집에 묵고 계신지 알려주십시오. 잠시 다녀오겠습니다."

그렇게 하라며, 두 사람은 자리에서 일어났다.

이튿날 동이 틀 무렵, 석주율은 노운영 부인이 마련해준 새벽동자를 마쳤다. 그는 노운영 간청에 못 이겨 명동촌 명동학교에 다니는 그의 장자에게 전해줄 학자비 심부름을 맡기로 했다. 노운영은 주율이 가져온 약재를 값으로 쳐 쌀 다섯 되, 조 한 말, 감자 한 부대를 내놓았다. 양식을 보자 주율은 무학산 농막 식구부터 떠올랐고, 값을 후하게 쳐주었기에 심부름 삯은 한사코 거절했다.

석주율이 장터거리 숫막으로 가니 오씨네 가족도 아침식사를 막 마친 참이었다. 그들은 주율이 지고 온 양식을 보자 입이 함박 같이 벌어졌다.

일행은 허천강 물길을 거슬러 길을 서둘렀다. 갑산이 오목한 분지였으나 허천강 물길이 압록강을 향해 북으로 트여 그쪽만이 발줌하게 벌을 열고 있었다. 갑산에서 혜산까지는 빠듯한 하루 걸음이었다. 아침밥을 든든하게 먹었음인지, 주율이 약국에서 얻어온 양식을 보았음인지 어린이와 노인 걸음조차 기운찼다. 마을과 가까운 길 주위의 반반한 터는 밀, 조, 귀리, 메밀 따위의 밭곡식이 자랐고 산지에는 가문비나무, 자작나무, 전나무가 울창했다.

일행이 교항 마을 삼거리목을 거쳐가자, 혜산으로 원목을 운반하는 한 떼의 노역자가 줄지어 오고 있었다. 개마고원에서 벌채한 원목을 달구지로 실어나르는가 하면, 소에 동아줄 달아 통나무를 끌었고, 말 등에 발채 얹어 통나무를 싣고 가기도 했다. 일본은 러일전쟁 때 전비(戰費)를 개마고원 일대에서 벌채한 임목만으로 충당했다니, 그렇게 베어내고도 삼수갑산은 아직 밀림이 무진장 남아 있었다.

석주율은 노역자들 행색이 떼꾼해 차마 눈을 맞출 수 없었다. 남루한 입성은 살을 가렸고, 몰골은 눈이 움푹 꺼지고 광대뼈가 불거졌다. 짚신조차 신지 않은 맨발도 많아 영락없는 떼거지였다. 떼꾼떼꾼하기는 임목을 나르는 마소도 마찬가지였다. 그 행렬 군데군데에 당꼬바지 입은 십장이 회초리 들고 노역자들 걸음을 재촉했다. 사람 사는 모양새가 저러하거늘, 내 이런 한가한 표랑이 부끄러울 뿐이다. 주율이 그렇게 한탄하며 습습해지는 눈을 그들로부터 애써 피했다.

임산물, 농산물, 광산물이 집산하는 압록강 강안 혜산은 일본의

592

조선 점탈 전후 빠르게 발달된 국경마을로, 일본군 국경수비대 중대 병력이 주둔해 있었다. 일행은 혜산을 한 마장 앞둔 안계란 마을 어느 집 마구간을 빌려 새우잠 자곤 백두산으로 길을 꺾었다. 일행은 위연리를 거쳐 낮참에는 해발 천백 미터 백덕령 잿길을 넘었다. 그러나 고원분지를 관통해 잿길이래야 동산을 넘는 데 불과했다. 그 지점에서 그들은 혜산 쪽으로 내려오는 한 떼의 막일꾼을 만났다. 말과 소 발채에 배부른 자루가 덩이덩이 실렸고 자루를 지겟짐 진 일꾼도 많았다. 그 짐이 모두 고령토라 했다. 백덕령에는 도자기나 시멘트 원료로, 또한 제지와 고무공업에 쓰이는 고령토 대규모 산지가 있었다. 석주율은 바위 속에 있던 장석(長石)이 억겁의 세월이 흐를 동안 풍화작용으로 진흙이 되어 약재로도 쓰임을 표충사 의중당에서 보았다.

"저, 저 사람 보게, 기어코 쓰러지네!" 지겟짐 진 사내가 힘이 달려 길섶에 나동그라지는 꼴을 보며 오영감 처가 내지른 고함이었다.

마꾼이 달려가 쓰러진 일꾼을 일으켜 앉히려 했으나 실신한 뒤였다. 바가지로 개울물을 떠와 먹이고 얼굴에 끼얹자 사내가 겨우 눈을 떴다. 가슴을 열어놓은 홑등거리 안은 갈비뼈가 숭숭했고 장작개비 같은 종아리 아래 짚신도 꿰지 못해 갈라터진 발바닥이 피멍으로 얼룩져 있었다. 사내는 허기와 과로로 쓰러졌는데, 허든거리는 다리로 겨우 쪼작걸음을 떼는 지게꾼들이 다 그 몰골이었다.

"품삯 얼마 받기에 저런 일을 감당할꼬." 오씨 처가 한숨 끝에 혀를 찼다.

"죄수가 많지요. 잡범도 있지만 국사범이나 일본 황실 불경죄로 끌려온 자도 있답니다. 고향을 떠나 타향 몇천 리, 처자식과 헤어져, 저 고생이 오죽하겠어요." 장불이 말했다.

"나라 잃은 백성 처지를 어찌 남의 일이라 하겠어요." 석주율은 흐르는 눈물을 훔쳤다. 그가 보기에 고령토를 나르는 막일꾼들이 원목을 나르던 일꾼들보다 행색이 더 처참해, 그는 자신이 그 꼴을 당하듯 마음이 쓰렸다. 혜산의 압록강 떼에 고령토를 옮겨 실기까지 이삼십 리는 좋게 걸어야 할 막일꾼 신세보다는 차라리 감옥이 낫겠거니 여겨졌다. 옥살이를 할 때는 바깥세상에만 내주면 무슨 일이든지 하리라 소망했으나, 저런 종살이를 허구한 날 어찌 견뎌낸단 말인가. 석주율 마음이 나락으로 떨어지듯 참담했다. 이승에서의 삶을 고(苦)의 연옥으로 보았기에 석가와 야소가 내세에는 극락과 천당이 있다는 희망을 인간들에게 전했으리라. 부와 환락을 누리던 자는 죽어 반대쪽 다른 처소로, 영육이 학대받던 자는 죽어 그가 흘린 눈물만큼 보상을 받는다고 예언했으리라. 그러나 내세에는 복락을 누릴 그런 처소가 있을까. 이승에서 당한 육신의 고통을 위로받을 수 있는 행복의 이상향이 존재한단 말인가. 그곳을 구경하고 다시 살아난 자가 없는데, 그 사실을 어찌 증명할 수 있단 말인가. 아니, 석가와 야소야말로 신의 대리격인 존귀한 분들이므로 내세를 알고 있을는지 몰랐다. 그러므로 그들은 확신에 찬 목소리로 인간들에게 그런 처소가 내세에 준비되어 있음을 설파하지 않았던가…… 그는 막일꾼들과 마소 행렬이 지나간 뒤에도 그런 상념의 갈피에서 헤매었다. 눈물이 쉼 없이 흘러내려

눈앞이 흐렸다.

"저렇게 험한 일하다 병에 걸리면 그길로 황천행 아닌가. 사는 게 무언지……" 오영감이 행렬 꼬리를 돌아보았다.

석주율은 오영감 말을 들으며, 이승을 사는 이유보다 이승으로 태어남의 이유를 누구에겐가 묻고 싶은 심정이었다. 생로병사(生老病死)의 고해(苦海)에 신은 왜 생명의 탄생을 베푸셨을까. 그러나 그 질문이야말로 우매한 자의 넋두리였고, 삼라만상을 창조한 신의 뜻은 따로 있을 터였다. 장불이 목소리가 설핏 귀에 스쳤다.

"농사꾼이야 겨울 한철 다리 뻗고 쉴 짬이나 있다지만 저들은 사철이 지옥살이겠지요. 종노릇이야말로 형님 말씀처럼 나라 없는 백성이 당하는 설움 아니고 뭐겠습니까."

장불이 소리에, 석주율은 문득 자신이 누구 자손이며 어느 땅에서 생명 부지하나를 돌아보았다. 백의민족, 단군 자손, 망국 백성, 일본의 노예…… 여러 말이 한꺼번에 떠올랐다. 그러나 한편으로, 인간이 이승에서 당하는 보편적인 고통을 두고 마치 존귀한 자가 고뇌하듯 망상에 사로잡힌 자신이 부끄러웠다. 스승이 현장에 있다면 장불이보다 더 비분강개하며, 조선 광복만이 노예 생활을 마감하는 해방을 뜻한다고 명쾌한 결론을 내렸을 터였다. 이 민족을 종살이에서 해방시키는 길로 스승님은 초지일관 나아가지 않는가. 끓는 솥에 자신을 던져넣듯, 온몸으로 맞싸우며 지금도 고욕을 달게 받지 않는가. 고통에 굴복당하지 않음으로써 고욕 중에 승리의 길을 내다보지 않는가. 스승님에게는 영육이 당하는 고욕이 설움과 눈물의 낙담이 되지 않으므로, 지순한 고절(苦節)이야말로 석가나 야소 말씀처럼 내세에서는 크나큰 은총을 입지 않을까. 나도 그 가시밭길로 힘차게 나아간다면 속세로 내려온 뜻에 합당할까…… 주율이 그렇게 속뜻을 다독거리자, 또 다른 힐책이 자기 마음을 비웃었다. "네가 내세 처소를 걱정하며 이승에서의 봉욕을 감수하겠다는 뜻을 세웠다면, 남에게 칭송받으려 보란듯 뽐내며 선행을 베푸는 위선자같이, 이는 이미 이승에서 상을 받았음이다. 세운 뜻이 고난받는 이웃과 나라를 위한 장한 일이라면 살과 뼈가 타더라도 그 길로 나가다 절망이 극해 죽게 되었을 때나 하늘에 명을 맡겨야 하느니라. 그전에 내세에서 받을 상찬을 두고 미리 저울질함은 뜻을 세움에 아무런 값어치가 없을지니……" 표충사 방장승 무장 목소리 같기도 했고, 엘릭 목사 얼굴도 떠올랐다. 그 빈정거림에 망설임의 속뜻이 모래탑이듯 무너져내렸다. 이어, 그의 진솔한 본성이라 해야 할 강한 반발이 분연히 떨치고 일어났다. 나는 원수를 향해 총과 폭약을 들고 뛰어들지 않겠다. 원수가 내리는 고욕을 감수할지언정 원수를 복수하려 살생하지 않겠다. 증오는 다시 상대에게 증오심을 일으켜, 복수의 쟁투는 그치지 않을 것이다. 성냄과 투기와 미워함을 잠재움이 자기 수양의 길이라 하지 않았던가. 인욕바라밀이 그 뜻이고 원수를 사랑하라는 말씀이, 분기를 참으며 오히려 상대에게 선을 베풀라는 인의의 실천이 아니던가. 그러므로 나는 스승의 길을 따를 수 없기에 그 길이 내 갈 길이 아님을 일찍 스승님께 말씀드리지 않았는가. 나는 이 세상에 버림받은 자들을 위해 살기로, 그들에게 먹는 자유부터 베풀고 인간으로서의 권리를 찾게 해주겠다고, 밑바닥으로 내려가려 절옷을 벗지 않았던가…… 주율은 하룻밤에 성을 쌓고 성을 다시 허물듯, 상념의 미궁으로 끝없이 침잠했다. 걷고 있었으나 땅을 밟는 느낌이 없었고, 동행자들이 줄곧 그들이 당도할 새 땅을 두고 말을 나누었으나 귀에 들어오지 않았다.

보천보에서 점심끼니로 감자 두 개씩을 먹고 청림리를 거쳐 통남을 지나니 날이 어둑해 왔다. 거기서부터 길은 민틋한 오르막이라 잠자리를 찾아야 했다. 높드리 길이라 일행은 보태 마을까지 올라가지 못하고 밤을 맞았다. 7월에 들어 더위가 닥칠 철인데도 어둠이 숲 울창한 산을 덮자, 남도에서 맞는 시월 밤이듯 기온이 뚝 떨어졌다.

뒤는 돌비알을 이루고 앞은 서너 길 밭 아래 보태천이 흐르는 널짱한 바윗등에 일행은 짐을 풀었다. 여럿이 지천으로 널린 삭정이를 주워와 모닥불을 피웠다. 가까이와 멀리에서 짐승 울음이 섞갈려 아이들이 겁에 질렸다.

오씨 처가 받침돌 여러 개를 놓고 솥을 걸어 잡곡밥을 지었다. 찬이 따로 있을 리 없어 길을 오며 따온 콩잎을 소금물에 쪘다. 석주율이 약국에서 양식을 얻어왔기에 모두 기갈 들린 듯 배를 한껏 채웠다.

"얘들아, 오늘 길 오며 짐 나르던 일꾼들 보았지? 피죽조차 못 먹은 그 사람들에 비한다면 우리는 호강하는 셈이다. 이 모두 석씨 덕분 아니냐. 이 은공을 어이 갚을꼬." 오씨 처가 아이들을 구스르며 한 말이었다.

"부지런히 간다면 이틀하고 반나절이면 백두산 넘어 안도현으로 들어갈 겁니다. 하늘도 보이지 않는 숲길을 하루 반나절 정도 가면 얼두정 농장에 도착할 것인즉, 이제 다 온 거나 마찬가지라요." 장불이 말했다.

"내일 저녁까지 허항령에 도착할 수 있겠어요?" 석주율이 춤지에서 지도를 꺼내어 모닥불에 비춰보며 물었다.

"보태리에서 허항령까지, 백리 절반 오십 리라 통상 말하지요. 평지 같으면 넉넉한 하루 걸음이지만 비탈길이니 어둡기 전에야 떨어질 겁니다. 잠자리는 허항령을 올라가는 데까지 가다 풀어야지요."

아이들과 노인들은 피곤과 식곤증으로 하나둘 갈잎 잠자리에 들었다. 반석에 두툼하게 깐 갈잎이 돌바닥의 찬 기운을 엔간히 막아주었다. 아이들은 곧 얕게 코를 골기 시작했다. 산짐승 울음이 길고 짧게 밤의 적막을 갈랐다. 음력 열이레라면 달이 좋을 텐데 숲이 짙어 사방이 깜깜했다. 석주율은 양식부대를 베고 갈잎에 누웠다. 야기가 무명옷을 거쳐 살갗에 서늘하게 닿았다. 삿갓으로 얼굴을 가렸다. 그날 밤, 석주율은 잠결에 백두산과 천지를 보았다.

이튿날 아침, 일행은 보태리를 향해 길을 나섰다. 가까이로 곽사봉을, 멀리로 장군봉을 바라보며 완만한 언덕길을 쉬엄쉬엄 올랐다. 산으로 오르는 것 같지 않은데 함참 걷다 보면 어느새 서 있는 자리가 높아졌고, 거쳐온 뒤쪽이 발 아래로 질펀히 누워 있었다. 뒤쪽은 거대한 임해(林海)였다. 길 주위는 전나무며 자작나무, 잎갈나무가 임립했고 꽃들이 지천으로 피어 아름다운 자태를 자랑했다. 분홍색 좀참꽃나무, 구름송이, 진달래를 닮은 노란 두메양

귀비, 흰분홍 투구꽃, 흰노랑 단자리꽃들이 군락을 이루고 있었다. 그들은 가끔 약초를 채집하는 사람과 통행인도 만났는데, 보태리에서 내려오는 우편배달부를 보기도 했다.

일행이 큰키나무 그늘 아래로 한참 오르자 보태천 물소리가 낮아지더니 갑자기 눈앞이 훤하게 트였다. 넓은 평원이 푸른 이불보를 편 듯 나타났다. 보태리였다. 보태천을 끼고 옹기종기 모인 너와집과 기와집이 여든 채는 웃돌아 깊은 산골에 이런 대촌이 어떻게 만들어졌는지 이상할 정도였으나, 너른 분지에 밭작물이 한창 자라 사철 양식감은 될 만하니 사람이 터를 잡게 마련이었다.

일행은 마을로 들어갔다. 석주율은 여기까지 와서야 주재소로 달려가는 일은 없겠거니 여겼다. 어슬렁거리던 동네 개가 낯선 일행을 보고도 짖을 줄 몰랐다. 한길가 나무 그늘에 내놓은 평상이 있어 일행은 잠시 다리쉼을 했다.

"백두천산 너머 이도백하 땅으로 들어가시는구먼요?" 평상에 앉았던 상투잡이 중늙은이가 곰방대를 빨며 물었다.

"경상도 땅에서 나섰습지요." 오서방이 말했다.

"그쪽으로 많이 들어가누만. 거기 간대도 오 년 십 년 고생은 각오해얄 겁니다." 중늙은이가 석주율과 장불이를 보고 물었다. "젊은이들은 광복군이 되려 간도로 가오?"

"떠돌이지요." 장불이가 쉽게 대답했다.

일행이 마을 큰길을 거쳐가자 돌담을 성축같이 쌓고 망루를 세운 주재소가 나섰다. 입초 순사가 일행을 세웠다. 조선인 순사는 짐 검사를 하며 목적지와 간도에 가는 이유를 물었다. 오씨네 가

족은 한눈에 간도 이주자로 드러나 순사는 장불이와 석주율에게
만 여행 목적을 캐어물었다. 석주율은 화룡현 청포촌에 사는 자형
과 누님을 팔았다. 그곳에 개간할 땅이 많아 향리에서 머슴질 그
만두고 간다고 했다. 장불이는 사실대로 이실직고했다. 순사는 일
행의 이름과 나이, 원적지와 목적지를 장부에 기록하곤 통행을 허
락했다. 가진 물건을 조사했으나, 석주율은 노운영 의원이 자식에
게 전하라고 준 학자금을 겹바지 발목에 감추어 들키지 않았다.

보태리를 벗어나자, 곧 오르막길이 시작되었다. 그들은 한 줄로
늘어서서 숨이 턱에 닿게 보태천 여울을 따라 올랐다. 5리를 채 못
오르자 여울 물줄기가 차츰 가늘어지더니 산등성이가 나섰다. 거
기서부터 하늘을 가린 산림대(山林帶)가 형성되어 수림이 들어찼
고 바람기도 없었다. 숲이 하늘을 가려 빛 기운이 없다 보니 모두
의 얼굴이 풀물이라도 든 듯 푸르스름했다. 숲을 뚫어 완만하게
오르는 실배암길은 끝없이 이어졌다. 10리를 걷고 20리를 걸어도
한곳에서 맴을 돌 듯 거기가 거기라, 길이 없다면 동서남북을 구
별하기 어려웠다. 그동안 그들은 숲을 지르며 달아나는 잘(검은담
비), 사슴 무리, 흰족제비, 토끼도 여러 차례 보았고, 셋이 짝을 이
룬 포수패도 만났다. 그들이 끌고 가는 말등에는 피가 묻은 멧돼
지 한 마리와 사슴 여러 마리가 실려 있었다.

"고갯길이 어찌 이렇게 길기도 하오? 포태산골은 어디쯤 숨어
있습니까?" 오영감이 포수에게 물었다.

"아직 십 리는 더 가야 합니다. 이 길을, 삼십 리 곤장덕 고갯길
이라 부르지요." 수염 거뭇한 포수가 일러주었다.

600

물밑 같은 숲속 길을 걸으며 일행은 삶아온 감자로 점심 요기를 했다. 벌써 꽤나 높은 고지대로 올라왔는지 더위를 느낄 수 없었다. 청량한 개울물로 목을 축이려 손을 적시면 손끝이 아리고 이가 시릴 정도로 물이 찼다. 잎갈나무 숲길로 그렇게 10리를 더 내려가자 키를 세운 나무가 듬성해지더니 비로소 하늘이 보였다. 곧장덕 고갯길이 끝난 것이다. 아침에는 맑던 날씨가 어느덧 구름이 덮여 있었다. 북청에서부터 줄곧 쾌청한 날씨만 계속되었는데 어찌 비라도 한줄기 퍼부을 것 같았다. 쇠채꽃이며 가솔송이 무리 지어 핀 골짜기 길을 한참 내려가자, 마을이 보였다. 포태산골이었다. 이르기를 백두산 아래 첫 동네라는 곳이었다. 호숫가에 30여 호 되는 무릉도원 같은 마을이었다.

"지금부터 허항령 고개가 시작되니 길이 가파릅니다. 비라도 만난다면 낭패니 곧장 가야 합니다."

장불이 말을 좇아 그들은 포태산골을 등뒤로 두고 곧장 너슬 심한 산길을 탔다. 한 마장을 허기지게 올라가자 평지가 나섰고, 길이 두 갈래로 갈렸다. 이미 허항령 마루에 올랐던 것이다. 동북으로 빠지는 한쪽 길은 관모산 남쪽 허리를 돌아 두만강변 무포리로 가는 길이었다. 그 길로 강 따라 내처 나가면 무산에 닿았다. 그리고 서북으로 빠지는 길이 백두산 오르는 길이이라 일행은 그 길을 잡았다.

허항령 마루에서부터 시작되는 평지길은 끝이 없게 이어졌다. 수령 백 년은 넘을 듯한 아름드리 큰키나무숲이 하늘을 가려, 장불이 말처럼 도끼날 한번 들어오지 않은 처녀림이었다. 숲이 얼마나 짙었던지 주위가 어스름녘 같았다. 소나무겨우살이 줄기까지 타래와 매듭을 이루며 나무를 타고 오르다 옆 나무 가지로 건너 드리워진 줄기가 오묘한 천정을 이루었다. 무른 땅바닥은 여기저기 물웅덩이였고, 늪지까지 나타났다. 웅덩이에는 포수들이 만들어놓았을 잎갈나무 떼가 걸쳐져 나무다리를 건너야 할 곳도 많았다.

숲속 길이 아니더라도 구름 낀 하늘이라 별빛을 볼 수 없겠지만, 고개턱에서부터 숲길을 따라 30리는 좋게 나아갔을 때, 한순간에 어둠이 내렸다. 일행은 걸음을 묶고 마른 땅을 골라 불을 피웠다. 감자를 삶아 허겁지겁 배를 채우자, 낙엽송 나무숲에 빗발 듣는 소리가 났다. 오씨네 가족은 가져온 지우산 두 개를 펴서 그 아래 모여 앉았다. 말뚝잠을 잘 수밖에 없는 처지였다. 기온까지 뚝 떨어져 한기를 느낀 그들은 솜옷을 꺼내어 껴입었다. 감방 생활을 겪은 석주율만이 홑장삼과 삿갓으로 추위와 빗발을 버텨냈다. 강한 바람을 동반한 비가 세차게 퍼붓다 뚝 멎더니, 한참 뒤 다시 비가 쏟아지곤 했다. 모닥불을 살려야 했기에 어른들은 숙면에 들지 못한 채 밤을 났다. 날이 밝아오자 거짓말같이 비가 멎고 숲속은 짙은 안개로 몇 발 앞을 볼 수 없었다.

"여기서 삼십 리를 빠져나가면 삼지(三池)가 나오고, 거기서 한참 오르면 백두산에 도착할 겁니다. 여기는 날이 맑아도 백두산은 날씨 변화가 심해 천지를 볼 수 있을는지 모르겠군요." 길을 나서며 장불이가 석주율에게 말했다.

일행은 질퍽거리는 땅을 밟고 어제처럼 잎갈나무 숲길을 빠져나갔다. 사나운 짐승이라도 튀어나올 듯 사방은 고즈넉했고 어둑신

한 평지길이었다. 바닥은 돌멩이조차 찾을 수 없는 무른 땅이었다. 높은 지대는 가도가도 평지였는데 온통 삼림으로 채웠다는 사실이 석주율에게 믿어지지 않았다. 갑산에서 노의원한테 들은 말로, 백두산 중턱에 오르면 인적조차 끊긴 '천리 천평(千里 千坪)' 큰 들판이 있다고 했다. 그 말을 들었을 때, '하늘의 땅'이라 일컫는 들판 넓이가 짐작되지 않았고, 막상 그 땅을 밟는 지금도 넓이를 가늠할 수 없었다. 입신양명한 어느 개화신사가 만국을 유람하고 와서 쓴 글에, 지구란 땅덩어리에 견주어 조선 반도는 악산(惡山)에 돌멩이로 들어찬 손바닥 넓이라 했다. 그렇게 홀대한 이 땅 한 모서리 산마루에 이렇게 광활한 들이 있으니, 조선 여섯 배 된다는 만주 땅과 만주 땅 열 배 넘는다는 아라사 서백리아(西伯利亞, 시베리아)는 또 얼마나 넓으랴. 주율이 그런 생각을 하며 걷자, 어느덧 지루하던 숲이 그치는지 멀리로 빛살이 부챗살처럼 밀려들었다. 날이 갰음을 그는 그제야 알았다. 빛살이 밀려든 곳은 호수였다. 파란 하늘 한 조각이 호수에 내려앉아 일행은 굴속을 빠져나온 듯 크게 숨을 쉬었고, 낯색도 환하게 밝아졌다. 얼마를 더 가자 여러 개의 작은 늪이 나섰는데 그중 셋이 가장 뚜렷하게 아름다운 호수를 이루었으니, 바로 삼지(三池)였다. 호수 주위로는 속돌(浮石)이 잘게 깔린 백사장이 있었고, 잎갈나무숲이 병풍처럼 호수를 에둘러 해신(海神)의 탄생을 기다리는 듯했다.

"아버지, 물이 따뜻합니다!" 오서방 막내아들 환이 먼저 호수에 손을 담그더니 눈을 동그랗게 떴다.

"찬물과 온천물이 섞여 그렇지. 들은 말로는 숙종 임금 때 백두산 마지막 화산이 터졌대. 그전까지는 이 삼지 쪽으로 강물이 흘렀는데 화산 폭발로 용암이며 돌멩이가 쏟아져 강을 메운 게지. 그래서 못이 생긴 거야." 장불이 설명했다.

"산이 저절로 어떻게 터져요?"

"나도 폭발하는 그런 산을 보지 못했지만 일본 섬에는 아직도 연기를 내는 화산이 많다더구나. 화산이 터질 때는 어마어마한 불기둥이 솟고 집채만한 바위가 몇십 리 밖까지 날아가 떨어진다 더구나."

석주율이 삼지 중 한 호수에 손을 담그니 물이 따뜻해 여태 목이 마를 때마다 마셨던 손끝 시린 개울물과 판이했다. 한 땅에서 솟는 물이 어느 물은 얼음장같이 차고 어느 물은 따뜻하니 그 이치가 신령스러웠다. 그러자 그는 여기가 신국(神國) 옛터임을, 노의원이 말한 '천평' 뜻을 깨우쳤다.

다섯 해 전, 간도 화룡현 청포촌에서 대종교 신도였던 엄생원으로부터 들은 조선 건국신화가 생각났다. 천제 환인 아들 환웅이 무리 삼천을 거느리고 인간 세상으로 내려와 백두 천산에서 신시(神市)를 열었고, 비로소 온전한 인간으로 태어난 국조 단군께서 나라를 세워 홍익인간의 도리를 백성에게 가르쳤다니, 이를 신화로 돌리더라도 백두산 중턱의 광활한 땅이야말로 한 나라가 흥기할 만한 터전이라 아니할 수 없었다. 조선 1만 년 역사가 딛고 있는 이 땅에서 비롯되었다는 경이로움이 석주율의 마음을 엄숙하게 했다. 그는 삼지 물을 손으로 떠서 먹었다. 보혈 약제처럼 따스한 물이 목구멍을 적시며 내려갔다.

"빨리 서두르셔야 합니다. 백두산 마루에서는 추위로 밤을 날 수 없으니 삼십 리쯤 하산해 잠자리를 마련하려면 빠듯한 잇습니다." 장불이 말에, 일행은 다시 길을 나섰다.

잎갈나무, 가문비나무, 전나무숲은 삼지를 지나고도 이어졌다. 그러다 어느 지점에선가, 큰키나무 행렬이 멎고 둥그스름한 동산이 풀밭으로 덮인 중에 들쭉나무와 눈산버들이 군데군데 군락을 이루었다. 동산을 돌아나가자 기후 조건으로 가지가 키를 세우지 못한 채 옆으로 퍼진 산철쭉 밭이 나섰다. 산철쭉 흐드러진 꽃향기에 취하는 듯싶더니, 노랑만병초며, 백합이며, 자주색 산오이 풀꽃이 또 군락을 이루었다. 석주율이 자세히 살펴보니 황산참꽃, 두메취, 들쭉나물도 자랐다. 모두 줄기와 잎, 뿌리도 식용할 수 있는 향약이었다. 백두산은 백약 본향이라는 노의원 말이 생각났다.

그때부터 길은 굽이도는 오르막이었고 화산석 회색 돌무더기가 여기저기 박혀 경관에 운치를 더했다. 사방이 훤하게 트인 중에 햇살이 가까이로 내려와 하늘로 오르는 듯한데, 산 정상은 보이지 않았다. 뒤로 거쳐온 허항령 고원분지가 초록 융단을 펼친 듯 자욱하게 깔려 있었다. 왜소성 관목대가 차츰 사라지자 산은 초록 풀밭으로 변했고, 두메양귀비꽃이 소담스럽게 피어 연노랑 꽃잎이 바람에 나부꼈다. 정상이 가까워졌는지 바람이 세찼다.

"다 온 듯한데 하늘만 보이고, 봉우리는 어디멘고?" 밋밋한 고갯길을 숨차하며 오르던 오영감 처가 물었다.

"지금 밟는 여기가 봉우립니다." 장불이 돌아보며 웃었다.

"뒷동산 같은데 산이 어딨어? 꼭지가 보여야지."

"백두산이 그런 산입니다. 덩어리가 워낙 커 어디서 보아도 산 꼭대기가 보이지 않지요. 그러나 마지막 발을 밟으면, 이게 바로 영산이구나 하시게 될 겁니다."

"평지로 그냥 빠졌다면 반나절은 벌 수 있었을 텐데 저 때문에 고생 많으십니다." 석주율이 말했다. 백두산 정상에 오르기로 한 것은 북청에 도착되기 전부터 그가 입버릇처럼 했던 말이었다. 갈 길이 바쁜 오씨네였지만 석주율이 식구 양식을 대어왔기에 누구도 그 청을 반대하지는 못했다.

"무슨 말씀을. 우리 모두 단군 할아버지 자손이니 백두산 영봉은 이번 기회에 꼭 보아야지요." 오서방이 말했다.

"암, 여기로 오며 모른 체 지나친다면 산신령님도 노하실 게야. 백두천신께 식복 빌고 간도에서 자손 잘살도록 기원해야지." 오영 감이 아들 말을 거들었다.

그런 이야기를 나누며 허겁지겁 오르자, "저깁니다!" 하고 장불이 손가락질했다. "저기가 망천후 기슭입니다. 저기 올라서면 백두산 천지가 한눈에 들어옵니다."

석주율이 앞쪽 언덕을 쳐다보았다. 산이 없었다. 밋밋한 능선만 하늘을 경계로 그어졌고, 망천후는 돌봉우리만 삿갓꼴을 이루고 있었다. 저기가 백두산 정상이라니. 도무지 실감나지 않는데, 위쪽은 오르려야 더 오를 땅이 없었다. 하늘이었고 구름만 한가롭게 떠 있었다.

백두산 특징이 그랬다. 묘향산이며, 금강산이며, 설악산, 지리산, 한라산에 이르기까지 백두대간(白頭大幹)에서 흘러내린 반도의 모든 정맥과 산이 험한 바위로 얼기설기 얽여 깎아지른 절벽과 조청을 뽑아들듯 맥의 허리에서 홀연히 불끈 솟은 뫼인 데 비해, 백두산은 어머니 젖무덤처럼 둥글고 넓게 퍼져 각진 데 없는 넉넉함이 있었다. 그래서 산으로 오를 때나, 정상에 가까이 들었을 때까지 이곳이 해발 2천7백 미터나 되는, 조선 땅과 만주 땅과 중화 대륙 중동부를 통틀어 가장 높은 산이란 데 쉬 믿는 자가 없었다.

석주율은 두근거리는 마음으로 장불이를 앞질러 언덕 위로 뛰었다. 그의 걸음이 얼마나 황망했기에 그는 절름거리지 않았다. 화산석이 흘러내린 길도 없는 돌밭이었다. 백 미터는 좋게 허기지게 올라 능선에 서자, 풀밭이 넓게 펼쳐졌다. 산봉우리가 없어도 하늘 밑에 섰다는, 여기가 바로 백두 정상임을 깨닫는 순간이었다. 다시 단숨에 풀밭을 질러 절벽 앞에 서는 순간, 숨길을 막는 세찬 바람 탓만 아닌데 그는 심장이 멎는 듯했다. 눈 아래 천지와 천지를 에두른 톱니 같은 정맥이 장엄하게 어깨걸이 하고 있었다. 단군 후손으로 그 탄강지(誕降地)에 올라섬이었을까. 그는 자연이 이루어놓은 신령스러움의 경외감으로 자신도 모르는 사이 천지를 향해 넙죽 엎드려 큰절을 했다.

열여섯 개의 깎아지른 장엄한 봉우리를 거느린 천지 수면은 푸르다 못해 쪽빛이었다. 수면이 너무 잔잔해 저게 과연 물일까 하는 느낌마저 들었다. 이름 그대로 하늘의 바다일까, 태고의 신비가 담긴 거대한 호수였다. 만약 백두에 천지가 없다면 높은 산으로 끝나고 말았을 것인즉, 호수를 가슴에 품음으로써 성스러운 기품을 얻었다. 주율은 탄성조차 잊은 채 황홀감에 사로잡혀 망연자실 천지를 내려다보았다.

"정말 장관이로군!" "내 생전에 천지를 보게 될 줄이야!" "천지 신령님, 부디 어진 백성인 함양 조씨 집안을 도우소서!" 모두 한 마디씩 탄성을 지를 때, 석주율은 풀숲 사이 있듯 말듯 비탈을 이룬, 천지로 내려가는 오솔길을 보았다. 그는 등에 멘 바랑을 벗고 급경사 비탈길을 내려갔다.

"어딜 가십니까. 위험합니다!" 장불이 외쳤다.

"내 얼른 천지를 보고 돌아오겠습니다. 그동안 땀 식히며 쉬십시오." 천지까지가 4백 미터 정도였으나 석주율은 단숨에 다녀올 듯 풀더미와 들쭉나무 줄기를 잡으며 내려갔다.

바다 한쪽을 옮겨놓은 듯한 천지 앞에 닿자 석주율은 대종교 신도이듯, 다시 엎드려 절하곤 하얀 부석 조각이 비쳐 보이는 물에 손을 담갔다. 손끝이 아릴 정도로 물이 찼다. 두 손으로 표주박을 만들어 물을 떠서 마셨다. 물은 이가 시리게 찼으나 느낌이 달았다. 이 물이야말로 만주벌과 조선 반도 모든 강의 모태라 생각하고, 그는 배가 차도록 물을 마셨다. 생명수가 온몸으로 퍼지며 새로운 기운을 얻는 듯했다. 새 울음소리 한 가락 들리지 않는 태고의 침묵에 위압당한 채 그는 주위를 둘러보았다. 산봉우리가 호수에 물 그림자를 드리우고 있었다. 톱니로 솟은 봉우리를 아버지라 부른다면 산에 둘러싸여 내려앉은 수면 잔잔한 호수는 어머니라 일컬을 수 있었다. 사태진 돌밭 비탈을 이루다 서서히 현무암의 거대한 바위를 각지게 뽑아 올린 병사봉이며, 호수 건너 쭈뼛쭈뼛 솟은 마천루 위용이 가위 비바람을 이겨온 남성적인 기상에 넘친다면,

쪽빛 호수의 부드러움은 여성의 자애스러움을 말해주는 듯했다.

석주율은 넋 놓고 천지를 구경하다 땀에 젖은 옷이 얼마르는 한기를 느끼자 자기를 기다리는 오씨 가족을 생각하고 정상으로 올라갔다. 그는 백두산에서 하산하려니 차마 발길이 돌려지지 않았다. 해는 벌써 서편 층암봉 쪽으로 한참 기울어 있었다. 그는 다시한번 백두산 여러 봉우리와 천지를 돌아보며, 아쉽게 정상을 떠났다. 바람에 날릴 듯한 몸을 옴츠리며 걷다 흙덩이보다 가벼운 작은 돌멩이 하나를 주웠다. 진회색으로 구멍이 숭숭한 부석이었다.

"형님, 제가 백두산 이야기 한차례 들려드릴까요?" 장불이 부석이 흩어진 사이 들국화 닮은 바위구절초가 군락을 이루며 떨고 있는 내리막길을 걸으며 주율을 돌아보았다.

"백두산 이야기라니요?"

"백두산에 얽힌 전설이나 설화를 얘기하자면 수백 가지도 넘어요. 제가 구변은 없지만 그중 제가 들었던 옛날 옛적 백두산이 생긴 이야기를 들려드릴게요."

장불이 들려준 백두산 신화는 민족서사시였다.

*

까마득한 먼 옛날, 세상이 처음 생겨날 때 일입니다. 그때는 하늘과 땅이 맞붙어 있었고, 어두운 기운의 소용돌이만이 우주 공간에 가득 차 있었습니다.

그러던 어느 날, 우주 공간에 커다란 틈이 벌어지면서 맑고 가벼운 기운은 위로 올라가 하늘이 되고, 탁하고 무거운 기운은 아래로 내려가 땅이 되었습니다.

하늘나라 천황닭이 날개를 치며 목청껏 우니 동쪽으로부터 먼동이 트기 시작했습니다. 이때, 하늘에는 해가 둘이 생기고 달도 둘이 생겼습니다. 세상이 밝아지게 되었지요. 별들은 달 두 개가 뜬 밤하늘에 박혀 초롱초롱 빛났습니다.

하늘에서 내리는 청이슬과 땅 밑에서 솟는 흑이슬이 한덩어리가 되자, 온갖 동물과 생물도 생겨나기 시작했습니다.

긴 세월이 흐르면서 사람들도 차츰 많아지고, 그들은 땅 위 여기저기에 마을을 이루어 살게 되었습니다. 조선이라 부르는 끝없이 넓은 들에도 여러 마을이 모여 살았습니다.

드넓은 만주벌을 무대로 조선 땅에 사는 사람은 활을 잘 쏘고 말을 잘 탔습니다. 이웃나라 사람들은 조선 땅에 사는 사람을 동이족이라 불렀습니다. 조선 민족은 씩씩했고, 착하고 부지런했습니다.

조선 백성은 열심히 일했으나 살기가 어려웠습니다. 왜냐하면 해와 달이 두 개씩 되어 낮에는 곡식이 말라 죽도록 뜨거웠고, 밤에는 땅이 꽁꽁 얼어붙도록 추웠기 때문입니다. 조선 백성은 하늘에 제사를 올렸습니다. 정성스러운 제사를 하늘나라가 알게 되었습니다. 하늘을 다스리는 한울왕이 신하들에게 물었습니다.

"여봐라, 저 조선 땅의 착하고 부지런한 백성을 도울 자가 없느냐?"

흑룡거인이 한울왕 앞으로 나섰습니다.

"제가 해 하나와 달 하나를 없애버리겠습니다. 그러면 조선 땅은 살기 좋은 땅이 될 것입니다."

한울왕 명을 받은 흑룡거인은 해에게 다가갔으나 너무 뜨거워 해를 잡을 수 없었습니다. 달 또한 너무 차가워 잡았다 놓치고 말았습니다. 흑룡거인은 실패하고 말았습니다. 평소에 으스대기를 좋아하던 흑룡거인은 한울왕께 야단을 맞자 풀이 죽었습니다.

조선 백성이 이번에는 땅을 다스리는 따님왕에게 제사를 지냈습니다. 조선 백성의 청을 들은 따님왕은 백두거인에게 그 일을 맡겼습니다. 왕의 명을 받은 백두거인은 천근 활에 천근 화살을 꽂아 해 하나와 달 하나를 쏘아 맞혔습니다. 해 하나와 달 하나는 바다 속으로 떨어졌습니다.

이렇게 해서 낮과 밤은 오늘의 세상처럼 살기 좋게 되었습니다. 한울왕은 조선이 살기 좋은 낙원으로 변하자, 아들인 환웅왕자를 조선 땅으로 내려보내어 착하고 예쁜 조선 처녀와 짝을 짓고, 조선 땅의 임금이 되도록 했습니다. 하늘과 땅의 좋은 기운을 이어받은 조선 백성은 날로 번성하여, 더욱 크고 부강한 나라를 이루었습니다.

그런데 뜻하지 않게 큰일이 일어났습니다. 평소 백두거인을 시기하던 흑룡거인이 한울왕 몰래 땅으로 내려와 이웃 나라를 충동질하여 조선 땅을 침략해 온 것입니다. 이웃 나라 군사를 앞세운 흑룡거인은 닥치는 대로 곡식과 집을 짓밟아 뭉개고, 사람과 가축을 죽였습니다. 조선 백성이 말을 타고 활을 쏘며 맞서 싸웠으나, 산보다 더 큰 흑룡거인을 당할 수 없었습니다. 여러 마을은 한순간에 폐허가 되었고, 백성은 공포에 떨며 사방으로 흩어져 숨었습니다.

깊은 숲으로 피난 온 조선 백성은 다시 따님왕에게 빌었습니다. 조선 백성의 눈물로 하소하는 청을 들은 따님왕은 크게 화를 내곤, 백두거인을 다시 불렀습니다.

"그대는 땅으로 나가 흑룡거인을 물리치고 착한 조선 백성을 구하라. 그리고 영원히 그들과 함께 살며 그들을 보살펴라."

따님왕 영을 받은 백두거인이 땅으로 나와보니 조선 나라는 폐허가 되어버렸고, 조선 백성은 이웃 나라 노예로 처참한 생활을 하며 살고 있었습니다.

심술 많고 포악한 흑룡거인은 백두거인을 보자 도술을 부려 큰 용으로 변했습니다. 용은 백두거인을 향해 달려들었습니다. 순간, 백두거인은 흰 호랑이로 변해 용과 맞섰습니다.

두 마리 거대한 짐승이 싸우자, 하늘에는 천둥이 치고 땅은 갈라지며 흔들렸습니다. 두 마리 짐승이 목숨을 걸고 싸우는 싸움은 백 일이나 계속되었습니다.

이윽고 힘이 달린 흑룡거인은 다시 독수리로 변해 달아나기 시작했습니다. 백두거인도 학이 되어 뒤쫓아갔습니다. 드디어 학이 날카로운 부리로 독수리 가슴을 꿰뚫자, 독수리로 변했던 흑룡거인은 땅에 떨어졌습니다. 흑룡거인이 죽어 모래더미로 변하니, 그곳이 바로 넓은 사막이 되었습니다.

흑룡거인이 죽자, 조선 백성은 용기를 얻어 이웃 나라 군사를 단숨에 물리쳤습니다. 백성은 환호성을 올렸습니다.

"백두장군 만세!"

자신을 둘러싸고 환호성을 지르며 만세를 부르는 백성을 보자, 백두거인이 힘없이 말했습니다.

"길고긴 싸움에서 나도 힘이 다 쇠진되었다. 나도 이제 죽게 되었으나, 나는 따님왕 말씀대로 영원히 조선 땅과 그 백성을 지킬 것이다. 언젠가 다시 조선 땅에 큰 재앙이 올 때, 나는 다시 깨어날 것이다."

말을 마지막 마친 백두거인은 벌판에 누워 깊은 잠에 들었습니다.

백두거인은 거대한 산으로 변했습니다. 조선 백성은 그 산을 백두산(白頭山)이라 불렀습니다. 그 산을 중심으로 나라는 사방으로 넓어지고 세력은 날로 커졌습니다. 그리고 조선에는 '백두산 노래'가 백성 입을 통해 후대로 전해 내려 왔습니다.

나는 일어나리라 / 그대가 북을 치고 노래하면 / 그때 우리는 / 조선의 먼동을 다시 보리라. / 나는 깨어나리라 / 그대가 억눌려 신음하면 / 그때 우리는 / 조선의 먼동을 다시 보리라.

그런데 평화롭던 조선 땅에 큰 재앙이 일어났습니다. 몇 년째 비가 오지 않아 대흉년이 든 것입니다. 땅이 갈라지고 백성은 굶어 쓰러졌으며, 초목은 물론 새와 짐승들도 죽어갔습니다. 왕은 근심에 잠겨 신하들에게 물었습니다.

"하늘은 우리 민족에게 왜 이런 시련을 주는가. 그대들은 무슨 대책이 없는가?"

이때, 슬기로운 한 늙은 신하가 웅장한 백두산을 가리키며 말했습니다.

"예부터 전해오는 '백두산 노래'는 참말일 것입니다. 임금님으로부터 어린아이들까지, 모든 백성이 백두산을 향해 기우제를 지냄이 좋을 것 같습니다."

왕은 늙은 신하의 말을 받아들여 기우제를 지내기로 했습니다. 온 나라 백성이 물길을 찾는 일손을 멈추고 제사를 지내기 시작했습니다. 오랜만에 북 치고 노래 부르니 점점 흥이 났습니다. 어느새 굶주려 쓰러질 지경의 허기도 잊어버리고 백성 모두 북과 노래에 맞추어 춤을 추었습니다.

그렇게 며칠을 계속하니, 맑던 하늘에서 세상을 뒤흔드는 듯한 천둥소리와 함께 번개가 백두산 꼭대기를 내리쳤습니다. 번쩍, 백두산이 꿈틀거리더니 꼭대기에서 시뻘건 불기둥이 솟아오르고 검은 연기가 하늘을 뒤덮었습니다. 솟아오른 불기둥에 섞여 튀어나온 돌무더기가 주위에 떨어지니 열여섯 개 봉우리를 이루었습니다. 이내 먹구름이 몰리더니 세찬 비가 퍼부어 내렸습니다. 백성은 단비를 맞으며 얼싸안고 기쁨의 춤을 추었습니다.

"백두산이 노래처럼 다시 살아났다! 백두산 만세!"

백성은 춤을 추며 '백두산 노래'를 불렀습니다.

······ 그대가 억눌려 신음하면 / 그때 우리는 / 조선의 먼동을 다시 보리라······

며칠을 두고 쏟아지던 비가 그치자, 백두산 주위는 깊은 적막이 감돌았습니다. 꼭대기에는 거대한 물웅덩이가 생겨났습니다. 백성은 백두산 위에 생긴 바다를 천지라 불렀습니다. 그리고 이 천지로부터 사방으로 강물이 흘러 넘쳤습니다. 따님왕이 땅 밑에서 계속 물을 솟아나게 해주었으니, 이제 가뭄의 걱정은 영원히 사라졌습니다.

　그 뒤부터 조선 백성은 잠을 잘 때나 일을 할 때나 늘 백두산을 생각했습니다. 어느새 백성 마음에는 백두산과 천지의 웅대하고 늠름한 기운이 깃들이기 시작했습니다. 그리고 다시 나라에 큰 재앙이 닥쳤을 때, 저 백두산이 깨어나리라고 굳게 믿었습니다. 그러나 백두산이 다시 깨어날 그날이 언제인지는 아무도 알 수 없습니다.

고토(故土)

오씨네 가족과 석주율은 초원대(草原帶)를 거쳐 다시 삼림대(森林帶)로 접어들었다. 이제부터 길림성 간도 땅으로 들어선 것이다. 허항령 일대의 분지보다 더 넓다는 고원지대는 큰키나무가 하늘을 가렸다. 개울이 아래로 흘러 내리막길이 분명한데, 걷는 쪽에서 보면 끝이 없는 평지길이었다. 소나무 군락지도 만났다. 장백송(長白松)이었다. 적송처럼 붉은색을 띤 가지에 푸른 침잎이 달려 있다 해서 중국인들이 미인송(美人松)이라 부르는 소나무였다.

삼사십 리를 좋게 가자, 한때 어느 가구가 화전을 일구었는지, 반쯤 허물어진 통나무집이 있었다. 날이 저물었기에 그들은 빈집에서 이슬을 피하기로 했다. 내일이면 한 달 넘는 여행 끝에 목적지 얼두정에 도착한다 해서 오씨 가족은 가슴 부푼 채 잠자리에 들었다.

이튿날, 일행이 말을 탄 일단의 패거리를 만나기는 낮참이었다.

오솔길을 헤쳐가고 있을 때, 뒤쪽 멀리에서 말발굽 소리가 요란했다.

"어서 숨어요. 저놈들이 지나갈 때까지 꼼짝 말아요."

앞장섰던 장불이 말에 일행은 허리를 낮추어 머루 덩굴 뒤로 몸을 숨겼다.

"마적 떼란 말이오?"석주율이 장불이에게 물었다.

"그럴 겁니다."

석주율은 덩굴 뒤에서 길을 살폈다. 그는 갑산 노의원으로부터 명동촌에 있는 아들에게 전해달라는 돈을 지녔기에 마음을 졸였다. 말발굽 소리가 가까워왔다. 말 탄 자들은 짐승털 조끼를 입고 군총 멘 장정들이었다. 털모자를 쓰지 않은 자들은 정수리까지 알머리였고 뒷머리만 길게 땋은 변발이었는데, 허리에 청룡도를 찬 자도 있었다. 남만주 일대를 누비며 약탈과 방화를 일삼는 토비 패거리였다. 무리가 서른여였는데, 그들은 중국말로 떠들며 숲길로 사라졌다.

"우리야 빈털터린데 왜 숨어?" 오영감 처가 말했다.

"감자 한 톨이라도 빼앗기거나 손찌검당하면 우리만 손해 아닙니까. 얘들을 약탈해 중국 대갓집에 종으로 팔고 반반한 처녀를 빼앗아 도회지 유곽에 넘기구요."

"여기야말로 무법천지로군." 오영감이 말했다.

"중국 군대와 관리들도 치안유지한답시고 순라 돌지만 그놈들도 마찬가집니다. 군기 빠진 오합지졸이라 추수한 양곡을 이유도 없이 강탈해 가지요."

"그렇다면 농사지어도 헛농사 아닌가?"

"숨겨두는 방편밖에 없지요."

해질 무렵에야 그들은 안도현 삼도구 얼두정에 도착했다. 20여 호 마을에서 따로 떨어진 뜸마을로 개활지 숲속에 움집 몇 채가 있었다. 개울에서 빨래하던 조선옷 입은 아낙이 일행을 먼저 보았다. 그네가 맨발로 한달음에 달려왔다. 장불이 모친이었다.

여섯 해 전 간도로 들어온 외사촌네와 오달평 씨 가족은 부둥켜안고 회포를 풀었다. 고향 이야기며 친척 안부를 물어가며, 기쁨과 서러운 감정이 섞갈려 훌쩍이는 정경에, 석주율도 고향 부모님 생각이 났다. 무학산 식구는 잘 있는지, 정심네는 무사히 언양에 도착했는지 뒷소식도 궁금했다.

이웃집 고씨와 탁씨네 가족도 장계등 씨 집당으로 몰려와 그 광경을 지켜보았다. 그들 역시 봉두난발에 입성이란 누더기로 몸통만 가렸을 뿐 몰골이 가축과 다를 바 없었다. 남자 여자 가릴 것 없이 마대처럼 찢긴 종아리 아래는 맨발이었다. 석주율은 그들의 움집만 보아도 생활형편을 알 것 같았다.

오달평 씨 가족은 거처할 데가 마련되지 않아 당분간 헛간에 거적 깔고 생활해야 할 형편이었다. 지천으로 널린 게 나무라 움집 엮는 데는 열흘이면 족할 터였다.

장계등 씨는 처가 쪽 식구를 맞아 저녁밥을 지어, 석주율은 모처럼 더운 조밥에 김치와 갖가지 나물 반찬이 푸짐한 저녁밥을 먹었다. 식후에 아녀자들은 방에서, 남정네들은 마당에 모닥불 피워놓고 이야기꽃을 피웠다. 이웃집 고씨와 탁씨네도 새 이웃을 맞아 감자와 부침개를 만들어왔다.

마당에는 남정네들 열두엇이 둘러앉았다. 여섯 해 전 여덟 명 가솔을 거느리고 고향 떠나 간도로 들어온 장계등이 그동안 회고담을 들려주었다. 고향 떠나기 전 추수를 해보니 그해따라 흉년이 든데다 7할을 지주에게 바치고 나자 남는 곡식은 봄에 꾸어 먹은 장리 양곡조차 탕감하기 모자랐다. 채귀(債鬼)들은 몰려드는데 당장 초겨울 넘길 양식마저 없었다. 장계등은 아귀가 되느니 땅 넓다는 북지로 들어가자며 가산을 정리했다.

"……가래골 떠나 낯설고 물선 간도로 들어올 때가 늦가을이 아니었던가요. 종성에서 두만강을 건넜는데 강은 벌써 얼음이 얼었고 설한풍이 몰아치더군. 강을 건너자 감기 열병을 앓던 막내딸이 숨을 거두고, 그동안 내 등짝에 업히다시피 따라오던 어머님이 허핍으로 그만 세상을 떠나셨지요. 언 땅이라 무덤인들 만들어줄 수 없어 까마귀나 범접 못하게 돌로 얼기설기 덮어주고, 다시 눈보라를 뚫고 걸어 처음 주저앉은 데가 용정서 멀지 않은 세린하였지요. 소가(蘇哥)란 중국인 지주가 농사지을 농군을 모집하더군요. 산동성에서 들어온 중국 꾸리들까지 끓어 그 일자리마저 경쟁이 심합디다. 그런데 조선인은 벼농사를 잘 짓다 보니 용케 채용됐지요. 거기서 만난 조선인이 탁씨 가족입니다. 저들도 강원도에서 그해 간도로 들어왔더군요. 중국인 지주 아래, 이를테면 새경도 못 받는 종살이를 시작한 셈입니다. 움집 거처와 양식은 지주가 대어주고, 늪지대에 물고랑 내는 일부터 시작했지요. 춥다춥다 해도 만주 추위가 그렇게 무서운 줄 몰랐어요. 땅이 꽝꽝 얼었으니 불을 피워 땅을 녹여가며 한 발 두 발 파나갔지 뭡니까. 어린 것만 빼고, 그해 열세 살이던 을갑이까지 곡괭이를 쥐었으니깐요. 손발이 얼어 퉁퉁 붓고 귀에 얼음이 박히고……" 장계등이 곰방대에 엽초를 비벼 넣었다. 모닥불에 비친 그의 얼굴이 서러움으로 홍건했다.

"형님, 그때 이야기는 왜 꺼냅니까. 천신만고 끝에 여기까지 오신 손님도 그런 말씀 들으면 어디 살맛이 나겠어요." 탁씨가 웃으며 핀잔을 놓았다.

"탁서방, 그때 소가 아래 조선인 고용 가구가 몇이었나?"

"아홉 가구였지요."

"그래서 말이요, 땅이 녹는 해동 절기에 논을 풀게 되었을 때, 조선인들이 들고일어났지요. 고용살이는 못하겠으니 논을 풀게 되면 소작제로 하자고 말이요. 소작제를 안하겠다면 다른 지주를 찾아 떠나겠다고 대들었습니다. 천보산이며 명월구에 점산호들이 벼농사 지으려 조선인 작인을 모집하고 있었거든요."

"점산호가 중국 지주인가?" 오달평이 물었다.

"그래요. 중국 지방관청이 토호들에게 땅을 분배해주어, 조선 일개 면보다 넓은 땅을 가진 점산호도 수두룩해요."

"들어보십시오." 탁씨가 나섰다. 얼굴이 둥글넓적한 그는 순박하고 태평스러운 사람이 그렇듯 입가에 줄곧 미소를 머금고 있었다. "세력깨나 누리는 향약(鄕藥)이나 패두(牌頭)들은 썩은 지방관리에게 뇌물만 쓰면 제 마음대로 땅을 차지할 수 있지요. 관리가 측량도 않고 땅을 대충 정해주면 점산호들이 산과 강을 경계

삼아 하루 종일 말을 타고 달린 후에 그 땅을 자기 땅이라 선포하니, 관리가 정해준 땅의 열 배 스무 배가 넘지요. 무인지경인 그 땅을 조선인이 개간하면, 분익(分益)이라 해서 지조대(榜靑)를 내야 합니다. 거기에 반항하면 군벌군대는 물론 토비까지 동원해 지위리꾼 초가를 불사르고 내쫓지 뭡니까.”

“이야기를 듣자 하니 여기 사정도 신통치가 못해. 동척회사며, 그 무리에 빌붙은 악질 지주 등쌀에 호구가 막막해 빈농이 북관 너머로 몰려들지만, 되놈이 또 그렇게 착취한다면 땅이 넓은들 무슨 소용 있겠는가. 조선인은 어디로 가나 피눈물 흘리고 살 팔잔가.” 오서방이 말했다.

석주율은 장불이가 들려준 백두산 설화 노래가 생각났다. ……나는 깨어나리라. 그대가 억눌려 신음하면 그때 우리는 조선의 먼동을 보리라. 그 노래처럼 지금이 백두거인이 깨어날 때 아닌가 여겨졌다. 그러나 나라와 백성을 구해줄 그가 언제 깨어날지는 아무도 모른다고 했다.

“제가 말하다 말았는데, 점산호 소가를 상대로 우리 조선인 아홉 가구가 그렇게 대들다, 나와 젊은이 몇이 중국 관헌 손에 보초소까지 끌려가 흠씬 두들겨 맞았지요.” 장계등이 한숨을 쉬며 말했다. “그러나 끝장에는 삼칠제(3:7) 소작 계약서를 받아냈습니다. 논을 푼 첫해는 지주측이 가을 입쌀 날 때까지 양식을 대어준다는 조건으로 말입니다. 점산호야 황무지를 갈아엎어 농지로 만들어주고 소작료까지 바친다니 땅 짚고 헤엄치기 아닙니까. 온 식구가 좁쌀과 수수쌀로 끼니 이으며 역축(力畜)도 없이 억척스레 개간에 매달렸지요. 그래서 첫해는 벼 열다섯 섬을 추수했어요. 밭작물은 수수와 콩을 심어 겨울날 양식을 비축하고요. 그렇게 이태가 지나 내가 푼 논만도 여덟 마지가 넘는데, 별안간 소가놈이 조선인 집 사를 보내 소작료를 삼점오(3.5) 대 육점오(6.5)로 고치겠다더니, 중국 관리가 수리세, 호구세, 입적료를 내라며 행악을 부리지 뭡 니까. 비적 떼까지 들이닥쳐 양식을 강탈해 가더군요. 하는 수 없 이 관청에 억울함을 신소(청원)하니, 소가가 관리와 결탁해 결국 소작지를 빼앗고, 우리들 초가를 불질러버리더군요……"

그로부터 오계등네와 탁서방네 가족은 두도구로 식솔을 끌고 들 어가 다른 점산호 아래 소작살이를 3년 했다 한다. 거기서 만난 사 람이 경상도 김해에서 올라와 지금 같이 논을 풀게 된 고씨라 했다. 그러나 사정은 전보다 나아지지 않았으니, 폐농한 조선인들이 간 도 지방으로 밀려들어 당장 호구가 급하니 소작지라도 얻겠다며 소작제를 오오제(5:5)도 좋다고 매달리는데다, 물욕에 눈이 어두 운 점산호의 착취가 더 가혹해졌다는 것이다. 거기에 봉건 군벌군 대와 토비, 향약과 패두까지 무법 활개치며 조선인을 학대하니 소 작지나마 제대로 건사하기 힘들 지경이라 했다.

"그렇다면 이 버려진 땅도 임자가 있겠군. 임야만도 수십 정보 는 되겠던데?" 오서방이 물었다.

"이 일대 일 정보는 조선인 지주 땅입죠."

"여기도 조선인 지주가 있어?"

"이삼십 년 전에 들어와 토대를 닦은 사람들이지요."

한동안 여럿의 대화를 듣고만 있던 고씨가 장계등 말을 받았다.

깡마른 얼굴에 뼈대가 억센 그는 퀭한 눈으로 석주율을 자주 흘낏
거렸다.

"조선인 중 중국에 귀화 입적해 숫제 되놈 옷 걸치고 변발까지
한 매국노도 많습니다. 그 작자들이 중국말에 달통해 처음에는 점
산호 아래 집사를 하며 조선 작인을 부리다, 향약이 보증 서주어
제 놈들도 땅을 갖게 된 거지요. 그러니 되놈 토호를 등에 업은 그
작자들이 얼마나 기고만장하겠습니까. 조선 작인 깔보기가 동네
강아지 다루듯 합지요. 그러나 해가 갈수록 여기 사정도 변했습니
다. 광복운동에 뜻을 둔 지사들이 간도로 많이 들어와, 핏줄을 헌
짚신짝처럼 버린 그놈들을 멸시하니 예전보다 기가 많이 죽었지요.
또 뜻있는 조선인 토호가 조선 농지 처분한 돈을 지참하고 간도로
들어와 여기 땅을 매입하고요. 조선 농지 한 마지기가 여기 서른
마지기와 맞먹지요."

"고서방 저 사람, 심지가 굳어요. 동학의병 출신입니다. 그 아비
에 그 자식이라고, 큰아들은 지난가을 우리가 여기 들어올 때 조
선 광복군사가 되었지요. 홍범도란 걸출한 장수가 이끄는 포수단
(砲手團)에 들어갔습니다. 포수가 주축이 된 무장 광복단첸데, 인
원이 기백 명이라, 장백현을 무대로 두만강도 더러 월경해 왜놈
수비대와 싸운다더군요."

장계등이 말하자 곁길로 흐르는 화제를 오서방이 돌려세웠다.
그로서는 내일부터 발벗고 나서서 해야 할 일과 그 일감을 준 조
선인 지주가 궁금했다.

"이 땅 임자도 되놈 옷 입은 조선인 지주란 말이지?"

"그렇지요. 성씨가 손간데, 소작 계약조건이 괜찮아 이번에 형님네를 불러들인 겁니다. 요즘 북간도 소작 조건이 황무지를 개간할 때는 일 년간 무료고, 일 년 후부터 지주 삼 할, 작인 칠 할로 나누지요. 경작지 소작은 반반으로 나눕니다. 우리가 간도로 들어온 다섯 해 전보다 계약 조건이 지주측에 유리하게 오른 셈이지요. 그런데 손씨는 인심이 후해 이 년 동안 무료 경작에, 이 년 후부터 사육제(4:6) 분익하기로 했거든요. 형님도 보다시피 여기는 땅이 지천이라 버려진 땅에 콩, 호박, 옥수수, 해바라기를 심어 따로 양식에 보탤 수도 있습니다."

장계등 말로는 올 가을에 경남 김해에서 고서방 일가붙이 한 가구가 더 온다 했다. 그래서 다섯 가구가 허리띠 졸라매고 다섯 해 정도 버텨낸다면 작게나마 제 땅을 경작할 수 있다는 것이다. 다섯 가구 자금을 합쳐 황무지 개간 면허증을 현청에 신청하겠다는 계획이었다. 한편, 점산호로부터 땅을 살 수 있었다.

"형님, 세 가구가 작년 가을 여기로 들어와 올해 일곱 마지기 논을 풀었습니다. 저쪽 해란강 가로 땅이 비옥해요. 열심히 한다면 조선서 살 때보다 형편이 나을 겁니다."

"국내는 지난봄 전국적으로 만세시위가 거셌다는데, 형씨는 뭘 했소?" 고씨가 석주율에게 빈정거리는 투로 물었다.

"그냥……" 갑작스런 시비조라 석주율이 어물거렸다.

"석씨는 스님 출신에, 학식도 있어요." 오서방이 말했다.

"예전에는 재민구제와 호국불교에 앞장선 선승도 많은데 요즘 중은 제 극락왕생할 속셈만 차리니 알고도 모르겠구려. 나라가 있어야 백성이 있고, 백성이 있어야 신도도 있는 게 아니오? 백성 구휼은 뒷전이고 도 닦는다고 저들 들어갈 극락문이 따로 열리겠소? 내가 젊은 스님 두고 하는 말 아니지만, 중이나 야소쟁이가 극락 천당만 설파하는 걸 보면 울화가 치밀어 하는 소리요."

석주율이 대답을 못하고 부지깽이로 모닥불만 뒤적였다. 불길이 살아나며 불티를 날렸다.

"고서방이랬소? 석씨를 낮춰보지 말아요. 함경도 땅 증평서부터 천조 도움인지 석씨를 만나 여기 올 동안 저분 아니었담 우리 식구 중 한둘은 굶어죽거나 병들어 먼가래 쳤을 게야. 석씨는 의술에 밝고 심성이 너그러워, 앞으로 큰일할 사람이요." 보기 딱했던지 오영감이 석주율 편익을 들었다.

"아무렴. 대단한 젊은이요. 향리에서 농민운동하며 만세시위를 주도했다 총상을 입었다지 않아요." 오서방이 그제야 석주율 이력을 밝혔다.

"그렇다면 내가 사람 잘못 본 게로군." 고씨의 찌뿌둥한 얼굴이 펴졌다. "사람이란 모름지기 제 입살이 하게 되면 다음은 남을 위해 일해야 합지요. 여기까지 들어온 우리는 조선인이란 핏줄을 한시라도 잊어선 안 되고, 조선이 광복하는 그날까지 우리 대신 왜놈과 싸우는 동포를 도와야 해요."

"옳은 말씀이십니다." 석주율이 조그맣게 대답했다. 넝마옷에 조밥 먹으며 황무지 땅을 개간하는 보잘것없는 농부지만 그의 말에는 울림이 있었다. 석주율이 고개를 들자 넓은 밤하늘에 가득 박힌 별들이 초롱했다. 하늘을 가린 숲속에서만 밤을 맞다 오랜만

에 보는 별무리였다. 어제 보았던 백두산 천지에도 별무리가 내려
앉아 있을 것이다. 북지 먼 타관에서 보는 별이라 그는 감회에 젖
었다.

이슬이 내리기 시작하자, 그들은 제 처소로 흩어져 잠자리에 들
었다. 헛간 한 귀에 몸을 눕힌 석주율은 오랫동안 잠을 이루지 못
한 채 자신이 밟아온 길과 앞으로 나아갈 길을 두고 여러 잡념에
시달렸다.

석주율이 한기를 느껴 잠에서 깨어나자, 아직 날이 밝지 않았는
데 마당에서 여럿 말소리가 들렸다.

"우리는 늘 별 스러지기 전에 일 나선답니다. 그래서 별이 뜰 때
야 돌아오지요." 장계등 목소리였다.

옆자리를 보니 오서방과 오영감은 바깥으로 나갔는지 보이지
않았다. 석주율은 이불 걷고 일어났다. 마당에는 고씨, 탁씨 장정
들이 삽과 곡괭이를 들고 모여 있었다. 빈둥거리다 아침밥 얻어먹
기 쑥스러울 것 같아 그도 가래 들고 나섰다.

"잘 주무셨습니까. 사는 게 말이 아니라 잠자리도 편케 못 해드
리고……" "석씨는 다리가 불편하니 쉬세요. 논 푸는 일은 우리
몫이니깐요." 인사 겸해 장씨, 탁씨가 말했다.

석주율은 그날 아침 그들을 따라나선 걸음이, 얼두정에 엿새를
머물게 했다. 장정은 논 푸는 일에 동원되었는데, 하루만 더 손을
보태자는 게 이틀이 되고 사흘이 되었던 것이다. 순전히 인력만으
로 높은 데 흙을 까내려 움파리 바닥을 평평하게 고르는 작업이었
다. 석주율은 개간 일에 이력이 난 터여서 일 솜씨가 난든집이라,

보통 농사꾼이 아니라고 모두 칭찬했다. 석주율은 엿새 동안 뼈가 삭아지라 열심을 다했다.

아침과 점심은 아녀자들이 날라온 들밥을 먹었는데, 아침은 수수와 조를 섞은 밥이었으나 점심은 옥수수죽과 감자로 때웠다. 주율만이 점심은 먹지 않았다. 콩, 수수, 귀리, 잎담배를 심은 밭일은 아녀자들 차지였다. 오영감은 논 푸는 일은 하지 않고 거처할 초가 엮을 기둥을 베어 날랐다.

석주율이 이도구 얼두정에 도착한 지 이레째 되는 날 새벽, 그곳 여러 식구와 하직인사를 했다.

"형님, 일러준 대로 동쪽으로 하루 내 걸으면 현청이 있는 화룡에 밤들어 도착할 겁니다. 그곳에서 대교 본사가 있는 청포촌이 삼십 리 길입니다. 그러나 밤길은 위험하니 화룡에서 꼭 일박하세요." 장불이 떠나는 석주율에게 일렀다.

오서방네 가족, 장씨네, 고씨네, 탁씨네 가족이 모두 섭섭해했다. 석씨가 간도에서 여섯 달 정도 보낼 예정이라니 언제라도 찾아오면 식구로 환대하겠다고 장계등이 말했다. 오씨 가족은 그동안 은혜를 고마워하며 눈물을 글썽였다.

삿갓 쓴 석주율은 먼동이 터오는 쪽으로 걸었다. 곧게 뻗은 자작나무숲이 짙었다. 낮쯤이면 완루구에 도착하며 거기서부터 조선인 정착촌이 연이어 나선다 했으나 그는 몇 시간을 인가 한 채 없는 첩첩한 숲길을 혼자 걸었다. 그는 청포촌에 들러 누님과 자형 소재부터 수소문하기로 했다. 누님 댁에 며칠 머물다 갑산 노의원 아들이 있는 명동촌으로 떠날 작정이었다. 화룡에서 명동촌은 속보로 하루하고 반나절은 잡아야 한다고 장불이 말했다.

석주율은 낮참에 1천7백 미터에 이르는 베개봉 북쪽 허리 오질령을 넘어 덕미촌에 이르렀다. 그런데 거기서 그는 동남쪽으로 난 길을 잡지 않고 동북쪽으로 난 길을 잡고 가다 이도구 신시장 조선인 정착촌에 와서야 길을 잘못 잡았음을 알았다. 해가 서쪽 숲 위로 기울었는데, 신시장에서 만난 동포 아낙 말이 길을 잘못 들었기에 어둡기 전 화룡에 닿기 어렵다 했다. 이 길로 내처 가면 백리는 인가 없는 밀림지대요, 화룡이 아닌 와룡이 나오기 전 갑산촌이란 조선인 정착촌이 있다 했다. 그러므로 덕미촌에서 동남쪽으로 나가야 수남골이 나오고, 거기서 인가 없는 110리를 걸으면 청산리 싸리밭골이 나온다 했다. 주율은 남쪽으로 내려가 수남골로 빠지는 수밖에 없었고, 거기서 일박하기로 했다. 여럿이면 몰라도 혼자 밀림에서 야숙하면 위험하다고 아낙이 말렸다. 모닥불을 피워도 맹수가 덮칠 수 있고, 비적 떼를 만나면 봉변당한다는 것이다. 그는 걸음을 서둘러 남향길로 걸었다. 자작나무, 분비나무, 가문비나무, 소나무, 종비나무 따위의 침엽수림이 하늘을 가렸는데 끝이 없는 침침한 오솔길이 이어졌다. 숲을 치고 달아나는 짐승을 보자 무섭기가 들기도 했으나, 만행이 이런 행려라 여겨 쉼없이 걸었다. 누구 말처럼 삶과 죽음이 여반장이었다. 다행히 오른쪽 대퇴골이 아물어 절름거리지 않게 된 것만도 다행이었다.

그날, 석주율은 수남골 조선인 농가 객방을 빌려 일박했다. 만주로 들어온 조선인이 모두 그러하듯 주인 내외와 자식은 빈객을 맞듯 그를 친절히 대했고, 조밥이나마 더운 저녁밥을 대접해주었다. 그는 거기서 지난 3월 13일 용정에서 대규모 독립만세시위가 있었고, 중국 관헌 방총질로 조선인 십수 명이 사망했다는 소식을 들었다. 이튿날, 그는 내친걸음에 명동촌으로 곧장 가기로 작정했다. 맡은 짐을 덜고 청포촌으로 가서 누님 댁을 찾겠다고 계획을 바꾸었다.

*

명동촌은 1899년 회령과 종성 유학자 집안 다섯 가구 140여 명이 집단 이주해, 황무지를 개척한 조선인 마을이었다. 그러므로 기아에 헤매던 궁민이 살길 찾아 남부여대해 두만강을 건너온 경우와 달리, 중국 점산호로부터 땅을 매입해 정착했다. 이주해 온 다섯 가구 중 한 가구인 김씨 집안 장주 김약연이 인근 서당 규모의 여러 서재를 통합해 신교육을 목표로 1908년에 문을 연 것이 명동서숙이요, 이태 뒤 고등보통학교 과정을 설립했다.

명동촌은 사방이 산으로 둘러싸인 아늑한 마을이었다. 동북서로 완만한 구릉이 병풍처럼 마을을 싸고 있었다. 서북쪽은 바위 세 개가 우뚝 서서 한겨울 서북풍을 막아줄 만했는데, 동쪽에서 뻗어온 장백정맥이 서남으로 지맥을 이루며 고산준령으로 뻗어 있었다.

명동촌은 동네 안쪽 길은 널찍하게 닦았고 초가보다 기와집이 많아 살림살이가 유족해 보였다. 열어놓은 방문을 통해 재봉틀 소리까지 들렸다. 명동학교는 마을에서 조금 떨어져 보통학교, 고등보통학교가 있어 학교촌을 이루었는데, 입구에는 흙벽에 지붕을 기와로 올린 예배당이 우뚝했다. 고등보통학교 교사는 서양식 벽돌 건물로 규모가 장려해 주율이 간도로 들어온 뒤 처음 만난 훌륭한 건물이었다. 7월의 단 볕 아래 학교 운동장이 한산했다. 방학이라 수업이 없어 교실이 비어 그는 교무실을 찾았다. 교무실 문은 잠겨 있었다. 창문으로 교무실을 살피니 정면 벽에 걸린 태극기와 단군 영정 액자가 인상적이었다.

석주율은 학교 우물터에서 밀집모자 쓴 청년을 만나 그와 인사를 나누었다. 명동고등보통학교 선생인 그에게 주율이 갑산 출신 노현탁 생도를 찾는다고 말했다.

"지난 삼월 용정 독립만세시위에 여기 생도도 대거 참여했지요. 그 결과 학교가 폐교령을 당했습니다. 노군은 고향에 가지 않고 학교 농장에서 농사일을 돕지요. 농장이 뒤쪽에 있으니, 제가 불러오겠습니다." 선생이 말했다.

갈모를 벗어들고 등거리에 반바지 입은 노현탁이 선생을 따라왔다. 스물 안쪽으로 키가 큰 강골형이었다. 석주율은 노현탁을 따라 그가 하숙하는 집으로 갔다. 학교 주위는 북간도 여러 지방과 국내에서 유학 온 학생들 하숙을 치는 집이 많았다. 석주율이 노현탁에게 전해준 돈이 중국 화폐로 10원이었다. 한 달 월사금이 25전, 한 달 하숙비가 좁쌀 여섯 말인 1원이니, 10원이면 큰돈이었다.

석주율은 노현탁과 겸상해 저녁밥을 먹으며 여러 말을 나누었다.

"학교 입구에 예배당이 있던데 교무실에는 단군 영정을 모셨으니, 설립한 분은 어느 교 신돕니까?" 석주율이 물었다.

"설립자 김약연 교장님은 야소교 신자요, 새로 부임한 교장님도 야소교 장로님이구요. 그러나 조선인은 모두 단군님 후손 아닙니까. 음력 시월 삼일은 상산(上山)이라 해서 단군님 탄신일이지요. 조선인이면 누구나 그날을 기립니다. 야소교인, 불교인, 공교인(孔敎人) 모두요."

"제가 몰랐습니다."

야소교가 재래 종교와 비타협적이란 말을 들었으나, 단군만은 민족 시조로 존경한다니 명동학교 역시 민족교육에 중점을 두었음을 짐작할 수 있었다.

"김약연 교장님은 노령 쌍성자(雙城子, 니콜스크)에서 있었던 조선 독립운동 방향 설정에 관한 회의에 참석하셨다 돌아온 직후 중국 관헌에 체포되어 지금 옥에 있습니다. 김교장님을 두고 간도 지방 조선인은 물론 중국인들까지 '동만(東滿) 조선인 대통령'으로 칭송한답니다. 간도 지방 조선인을 대표하는 간민회 첫 회장을 맡았다 해서 그러는 게 아니라, 교장선생님이야말로 민족운동가지요. 선생님은 만주 지방 조선인 문맹퇴치와 자력갱생에 역점을 두어, 그동안 간민교육회를 통해 학교와 예배당을 여러 지역에 세우고, 농가 부업 장려에도 심혈을 쏟았습니다."

"그분 말씀을 더 들려주십시오." 석주율은 국내에서나 간도로 나온 뒤로 조선 독립은 무력투쟁이 유일한 길이란 주장을 귀따갑게 들어오다, 노현탁 말에 귀가 솔깃했다. 그분 하는 일이 바로 자신이 해야 할 일과 맥이 같았다.

노현탁 말로는 김약연 교장이 설립에 관여한 학교가 청동, 정동,

길동, 광성, 북일, 영신학교 등 70여에 이르며 모두 민족교육의 온 상이나, 특히 처음 설립한 명동학교가 구심점이라 했다. 명동학교 는 재작년에 새 교사를 완공했는데, 건축기금이 간도, 노령, 국내 는 물론 미주(美洲) 야소교 단체에서도 헌금이 왔다는 것이다.

"새로 부임한 교장선생님도 독실한 야소교인이라, 명동촌 사람 들은 모두 새 교장선생님을 사랑의 도조사라 칭송하지요. 실습장 에서 생도들과 함께 거름도 지고 쟁기질하십니다. 박애가 곧 평등, 호혜정신이라 말씀하시며 계급평등, 남녀평등을 강조하지요."

"초저녁인데 교장선생님을 뵐 수 있을는지요?" 석주율이 물었 다. 내일은 화룡현 청포촌으로 떠나야 하니 기회가 오늘밖에 없어 그분을 뵙고 한 말씀 가르침을 받고 싶었다.

"교장선생님도 반가워하실 겝니다. 그러나 학생 신분으로서 교 장선생님 댁을 방문하기가……"

"집만 가르쳐주십시오." 석주율이 자리에서 일어났다.

둘이 교장 집을 향해 골목길을 걷자 노현탁이, 대장이 교장 집 을 자주 출입하니 함께 가자고 했다.

"대장이라니요?"

"작년부터 명동학교에 학생 조직이 여럿 생겼습니다. 구주대전 이 끝나고 제정 아라사가 무너지는 데 자극받은 것 같아요. 광복회, 결사대, 단지동맹회가 있는데, 저는 충열대 회원입니다. 국권회복 대열 선봉에 서자는 단체들이지요. 그중 충열대만 온건한 단체고, 나머지는 졸업과 더불어 일제와 정면 투쟁에 나서겠다는 무력투 쟁론 단쳅니다. 지난 삼월 십삼일 용정에서 열린 독립축하회 만세

632

시위 때 김약연 교장님은 노령에 계셨지만 우리 명동학교는 브라스 밴드까지 앞세워 전교생이 참가했지요. 저도 나섰는데, 기세가 대단했습니다. 일본 총영사관까지 쳐들어갔구요."

"여기서 용정까지 얼마 거립니까?"

"삼십 리밖에 안 되지요."

"듣자니 용정은 조선인이 세운 간도의 대촌이라던데?"

"그렇습니다. 일본 총영사관이 있어 거기를 독립축하회 장소로 택한 거지요. 그날, 조선인이 물경 삼만여 명이나 참석해 모두 태극기 흔들며 만세를 불렀습니다. 백 리 밖에 살던 조선인들까지 남녀노소 용정으로 나왔으니깐요."

"그런데 중국 관헌이 왜 조선인 시위에 발포했습니까?"

"그대로 방치했다간 일본과 외교 문제로 시끄러울까봐 사전 엄포조로 총질했지요. 일본이 트집거리만 있으며 만주 땅을 삼키려 호시탐탐 노리는 줄 중국측도 눈치채고 있으니깐요. 그날 열일곱 명이 총에 맞아 죽고 수십 명이 부상당했습니다. 그 일로 지금도 간도 땅은 민심이 뒤숭숭해요. 무력 투쟁론을 주장하던 단체회원들은 시위에 실패하자, 독립군부대에 입대한 생도들도 많아요."

"노형은 그럴 마음이 없습니까?"

"저는 평양으로 가서 야소교 신학교를 졸업하면 목사가 되어 야소교 교육에 헌신하고 싶습니다."

갑산 노의원이 아들을 두고 염려가 많았는데, 주율 판단으로 이 정도라면 걱정을 놓아도 되겠거니 싶었다.

노현탁은 충열대 대장 문신환 집으로 가서 그를 불러냈다. 셋은 김정규 교장 댁으로 갔다. 신임 교장은 아직 집을 구하지 못해 학부모집 아래채를 빌려쓰고 있었다.

셋이 집안으로 들어가, 문신환이 젊은 아낙에게 교장선생님을 뵈러 왔다고 말했다. 손님 내방이 있어 축담에서 기다릴 동안 석주율은 두 생도에게 자신의 이력을 간단히 밝혔다.

개화머리 중년남자 둘이 돌아가고, 셋은 그들이 나온 사랑으로 들어갔다. 탁자에 돋보기와 성경책이 얹혔고 벽에는 야소와 단군 초상이 걸려 있었다. 나이 마흔 줄에 접어든 김정규 교장은 마른 얼굴에 머리를 짧게 깎았고 용모가 단아했다.

"소인은 경상도 울산 태생으로 석주율이라 합니다. 향리에서 진서를 조금 읽었고 야학당도 열어보았습니다만 당분간 몸을 피해야겠기에 간도까지 들어오게 되었습니다. 노현탁 생도를 만날 일이 있어 명동촌에 들렀다 교장선생님 소문을 듣고 뵙고 싶어 찾아왔습니다." 석주율이 무릎 꿇어 절했다.

김정규라며 자기소개를 하고 그도 맞절을 했다. 노현탁이 석주율로부터 들은 이력을 교장께 되풀이했다.

"영남유림단 사건, 국내 광복회 사건은 평양에서 그 전모를 들었습니다. 옥중에서 고생이 많았겠습니다."

"저는 다른 분들께 누만 끼쳤습니다."

"야학운동과 농민운동에 전력하겠다니, 훌륭한 생각입니다. 조선은 상공업이 발달하지 못해 동포 태반이 농민 아닙니까. 그들 대다수가 문맹자라 농민운동이 무엇보다 급선뭅니다. 조선의 당면목표는 동포들에게 희망을 심어주는 일입니다. 가망 없다, 안 된다, 일어설 기력조차 없다고 낙담하는 그들 마음에, 글줄 읽었다는 우리가 등불 역할을 해야지요. 저는 조선민에게 자력갱생의 의지를 심어주기 위해 교육을 통한 각성에 사명을 걸고 있습니다……" 이어, 김정규는 현재 조선은 로마제국 지배를 받던 야소 수난 시대와 다를 바 없다 했다. 메시아 출현을 고대하던 이스라엘 백성보다 더 절망적 상황에 처해 있다는 것이다. 그러나 뜻이 있는 곳에 길이 있다고, 이 수난의 시대야말로 구세주 가르침대로 박애정신의 선양만이 조선 민중을 살릴 길이라 말했다. 애국, 애족운동도 박애를 바탕으로 출발해야 한다는 것이다.

"하느님 아래 모두 평등하니 빈부귀천이 없지요. 명동촌은 문맹자가 없습니다." 문신환이 석주율에게 자랑스럽게 말했다. "명동촌이 세워지기 전에 여자는 이름조차 없었지요. 조선 천지가 붙들이, 고만이, 오월이, 이렇게 아명을 부르다 혼례 올리면 무산댁, 계림댁, 누구 애엄마라며, 택호나 아이 이름에 붙여 썼지요. 그런데 명동촌이 모두 야소교인이 된 후 여자 이름 중간자에 믿을 신(信)자를 넣어 신영, 신애, 신환, 이렇게 남자와 같은 이름을 지었습니다. 교장 선생님 말씀대로, 믿음 안에서는 모두가 한 형제이지요."

"김약연 선생님이 출옥하실 때까지 학교를 잠시 맡게 되었지만, 제가 생도를 훈육하며 강조하는 점도, 이웃을 네 몸같이 사랑하라는 야소님 말씀입니다. 그 사랑을 통해 뭉쳐야 합니다. 믿음이 반석같이 강할 때 안 되는 일이 없습니다. 내가 마음속으로 옳은 일을 간절히 원할 때, 지성이면 감천이란 우리나라 속담대로, 누군가 큰 힘이 되어줍니다. 저는 그 힘을 야소님 능력이라 믿지요. 남을 돕고 싶은 박애정신은 정직과 근면과 겸손 없이 이룰 수 없습니다. 그런 마음이 샘물처럼 솟구치면 원수가 따로 없습니다. 사랑의 힘은 원수 마음도 녹입니다." 힘이 서린 김교장 말이었다.

"저도 그렇게 생각합니다. 불교에서는 자비의 마음이요 야소교에서는 원수까지 사랑하라는 포용력이지요. 그런 사랑의 실행이 모두의 마음에 넘칠 때 조선 백성이 구원받으리라 믿습니다만……" 석주율이 말꼬리를 사리다 김교장에게 질문했다. "교장 선생님, 우리 민족의 원수라면 일본인데, 그 원수마저 사랑의 힘으로 눈 녹이듯 할 수 있겠습니까?"

"저는 할 수 있다고 믿습니다. 박애정신의 실천이란 적을 염두에 두어선 안 됩니다. 사랑 앞에는 적이 없다는 말이 되겠지요. 독립운동도 일본이란 나라를 송두리째 부정하고, 우리가 당한 만큼 고통을 되돌려주자는 복수심이 아니라고 봅니다. 지난 삼월 용정에서 낭독된 대한독립선언서에서도 밝혀져 있듯, 첫째가 대한 동족 남매의 자립 선포요, 둘째가 대한 영토를 이국에게 양도하거나 간섭받을 수 없다는 주권 선포요, 셋째가 일본이 왜 천의인도(天意人道)에서 어긋난 작죄(作罪)를 했냐를 따지고 있지 않습니까. 그러므로 독립운동 취지도 일본이 정의법리(定義法理)에 어긋나게 남의 나라 주권과 강토를 강제로 빼앗았으니 빼앗기 전 상태로 돌려달라는 거지요. 그래서 예전처럼 동양 삼국이 사이 좋은 이웃으로 살자는 것 아닙니까. 조선 백성이 각성하여 그 점을 국내외 널리, 꾸준히 주장해나가야 하리라 봅니다. 그들에게 대의명분의 깨우침을 주자는 거지요. 그러기 위해서는 우리가 힘을 길러야 합니다. 또한 기른 힘을 뭉쳐야 합니다. 그런데 작금 간도 지방만 보더라도 조선민의 단합이 잘 이루어지지 않는 실정입니다. 간도와 연해주 지방에는 각양각색의 종교가 들어와 있지요. 야소교, 천주교, 대종교, 불교, 공교, 시천교, 거기에 무종교까지, 제가끔 따로따로 독립투쟁 노선을 설정하고 있습니다. 한 개 막대보다 여러 개 막대가 부러지지 않는 이치처럼 힘을 모아야 하는데도 말입니다. 지난번 독립선언서 발기에는 다행히 간도, 노령은 물론 미주와 야소교, 대종교 등 각계각층이 총망라되었지만 말입니다." 김교장 목소리가 신중했다. 나이 든 생도뻘인 석주율을 앞에 두고 이를 쾌념치 않고 자상하게 설명함은 물론, 겸손한 태도가 몸에 배어 있었다.

"간도 지방만도 독립운동에 무력투쟁 노선을 따르는 단체와 독립군부대도 많은 줄 아는데, 교장선생님께서는 그 점을 어떻게 보시는지요?"

"독립투쟁 방법론에는 여러 길이 있습니다. 제가 야소교를 알기 전에는 실학(實學)에서 익힌 실사구시(實事求是) 정신에 입각한 민족계몽운동을 했고, 지금도 그 연장선상에서 야소교 정신에 따른 사회개혁운동을 하고 있지요. 말씀대로 어떤 이는 군대를 조직해 일본과 싸울 준비를 합니다. 다 제가끔 보국의 길이 있으며 그 길로 매진하면 된다고 봅니다. 자기 주장만 옳다고 남을 설득시킬 수는 없지요. 단, 그 목적하는 길이 하나일 때 서로 상호부조하는 협동성이 필요하겠지만 말입니다. 종교도 마찬가집니다. 제가 김약연 선생님을 존경하며 그분이 조직하신 일도 돕고 선교 활동도

하고 있으나, 다른 종교도 그 설자리를 인정해야겠지요."

김교장은 원수까지 사랑하라는 야소교 정신과 무력투쟁과의 모순성에 대해선 부러진 답을 않고 보국을 위해 각자가 할 일이 있다는 투로 둘러 말했다.

그날 저녁, 석주율은 김교장으로부터 야소교적 실천운동을 한동안 더 듣고, 안내했던 생도 둘과 함께 사랑에서 물러나왔다. 주율은 김교장을 통해 감화를 받았다. 그렇다고 야소교 신자가 될 마음은 없었으나 자신이 앞으로 나갈 길도 김교장 생활 신조인 '박애의 실행'과 거리가 멀지 않음을 깨달았다. 셋이 노현탁 하숙방으로 걸으며, 문신환은 간도로 이주해 정착한 조선인 마을 중 성공 사례로 꼽히는 오늘의 명동촌이 만들어지기까지의 과정을 설명했다. 자기 부친이 명동촌 첫 이주자 가문 넷 중 하나라 했다.

1899년 2월, 종성의 문명규 집안 40명, 김약연 집안 31명, 남도천 집안 7명, 그리고 회령의 김하규 집안 63명 등 유학자 집안 대소가가 집단으로 이주해 왔다 했다. 명동촌 일대는 원래 동한(董閑)이란 중국인 대지주 땅이었는데 선발대가 먼저 땅을 사놓은 뒤, 봄갈이에 앞서 이주해 왔던 것이다. 문신환은 이주한 이태 뒤 명동촌에서 태어났으니 이주 2세대에 해당되는 셈이었다. 그가 성장하며 들은 바로, 집단이주 동기를 세 가지로 밝힐 수 있으니 첫째, 산이 많아 척박하지만 값이 비싼 조선 땅을 팔아 간도 옥토를 넓게 사서 잘살아보자 함이요, 둘째, 집단이주로 간도 지방을 우리 땅으로 만들자 함이요, 셋째, 기울어가는 나라를 일으켜 세울 인재를 기르자 함이었다. 그래서 네 가구가 돈을 낸 비율에 따라 땅을 분배할 때 학전(學田)이라 해서 2만 평을 따로 떼어놓았다 했다. 그 땅에서 나오는 수익은 교육기금에 쓰기 위한 조치였다. 이 듬해, 먼저 간도로 들어와 자동골에서 부농을 이룬 윤재욱 집안이 명동으로 이사해 왔다. 그래서 명동촌은 다섯 가문 힘으로 개척되어 발전을 시작했으니, 학교촌, 용암촌, 장내촌, 사동, 수남촌, 세호 동네, 중영촌의 작은 마을이 곳곳에 생겨 이를 통틀어 명동촌으로 부르게 되었다는 것이다.

"처음 개척 당시는 모두 한마음으로 빈들을 개간하느라 억척스레 일했답니다. 부지런하기야 어디 내놓아도 조선 사람들만 하겠습니까. 동만(東滿)으로 나온 조선인 근면성은 중국인도 놀라니깐요. 그러나 명동촌이 기반을 닦은 이유로는 자가 농지를 가졌다는 데 있겠으나, 우리 윗대 개척민들은 밭작물에만 매달리지 않았습니다. 양잠, 양돈, 양계를 집집마다 장려했지요. 천구백구년 평양에서 신간회 회원으로 활동하던 정재면 선생이 학교 교장으로 부임한 후 그분 선교로 명동촌에 교회가 서고 동포가 모두 야소교 신자가 됨으로써 신앙으로 뭉쳐진 협동심은 가히 하늘에 닿을 만큼 뜨거웠습니다."

문신환 말을 노현탁이 이었다.

"주일날이면 이백 명 이상 신도로 명동예배당이 꽉 찬답니다. 조선인 교육열을 두고 중국인들이, 저들은 굶으면서도 자식을 학교에 보낸다는 말처럼, 명동촌은 자녀교육에도 열성이라 타지 상급학교 유학생도 많습니다. 명동촌 가구수 절반이 재봉틀을 가지고 있지요."

노현탁 마지막 말에 석주율이 놀랐다. 집에 재봉틀을 들여놓을 만한 형편이 된다니 살림 규모를 알 것 같았다. 다 같이 이역 땅으로 나왔으나 얼두정에서 본 개척 유민의 삶과는 판이했다.

그날 밤, 석주율은 노현탁 하숙방에서 잠들기 전 그와 여러 말을 나누었다. 현탁은 간도 지방이 원래 조선 땅임을 여러 예증을 들어 강조했다.

"간도 지방은 우리나라 땅이지요. 백두산 계비(界碑)에 '동위토문 서위압록(東爲土門 西爲鴨綠)'이란 문구 중 '토문'을 두만강이라고 청(淸)측이 억지 주장을 내세우고, 일본이 만주 이권을 차지할 욕심으로 그 해석에 동조한 셈이지요. 제가 학교에서 배우기로 토문은 명나라 '정통(正統)' 연간에 찬수되고 '가청(嘉晴)' 연간에 중수된 『전요지(全腰誌)』에 분명 '장백산 북쪽 송산(松山)에서 발하여 송화강으로 들어가는 토문강과 부합되는 곳'이라 기록되어 있다 합니다. 일본이 우리나라를 강점하기 전에 만든 『대제국한만지방명감(大帝國韓滿地方名鑑)』에도 간도를 함경북도 관내 군 단위로 분명하게 구분해놓았고, 육도구, 신흥평, 유적동이란 행정구역까지 명기해놓았지요. 육도구란 바로 명동촌, 용정 일대를 지칭하는 한자식 지명표깁니다."

"간도 지방 조선인들 생각도 노형과 같습니까?"

"물론이지요. 그러나 국력이 약해 반도 땅마저 일본 속국이 된 마당에 조선조에 간도는 분명 우리 땅이었고, 고구려, 발해 시절은 만주 전체가 우리 땅이라고 강변한다는 자체가 잠꼬대 아니겠습니까. 지금은 체념 상태지요."

노현탁의 푸념에 달아 석주율도 한숨이 나왔다. 이역만리 객청에 몸을 누이고 있자니, 나라 없는 설움이 가슴에 메였다.

수탉 한 마리가 길게 목청을 뽑자, 마을 여러 닭이 여기저기서 새벽을 알리며 기운차게 울었다. 석주율이 닭 울음소리를 듣고 자리에서 일어나 어둠 속에서 겉옷 입고 밖으로 나오니 새벽별이 빛을 잃어가고 있었다. 동녘 하늘이 푸른 기운을 비추며 트여왔다. 골목길을 걷자 여름 새벽 공기가 서늘했다. 예배당에서 종소리가 울렸다. 종소리와 함께 낮은 토담 넘어 집집마다 창문이 밝아졌다. 이 집 저 집에서 남정네와 아녀자들이 삽짝을 나섰다. 희뿌옇게 골목길이 밝아오는 중에 그들은 예배당으로 걸음을 옮겼다. 산문의 새벽 예불처럼 예배당 역시 날마다 새벽 예배가 있음을 주율은 처음 알았다.

석주율은 신자들을 따라갔다. 예배당 마당으로 들어서자 그는 예배 장소로 들어갈까 어쩔까 잠시 망설였다. 안에서는 찬송가 합창 소리가 풍금 반주에 맞추어 흘러나왔다.

주 야소 우리 구하려 큰 싸움 하시니 / 주 십자가를 따라서 나갈 자 누구랴 / 큰 환난 핍박당하고 또 고통 많으나 / 제 십자가를 지고서 늘 참는 이로다……

"새벽 기도에 나가려 일어나니 석선생이 벌써 나가셨더군요." 석주율을 뒤따라온 노현탁이 말했다. "들어가십시다. 예배당은 모든 분에게 개방되어 있으니깐요."

석주율은 예배당 안으로 들어갔다. 환속했으니 예배당이 아니라 그 어디엔들 못 들어갈 이유가 없었다. 벽을 따라 석유 등잔불을 켜놓았고, 마룻바닥에는 서른 명 정도의 신도가 앞자리를 채우고 있었다. 신환과 주율은 중간쯤에 앉았다.

찬송가 합창이 끝나자 강대상 앞으로 흰 두루마기 입은 목사가 나섰다. 짧은 머리카락은 은발이었고 수염을 기른 쉰 중반 나이였다. 그가 기도를 시작했다.

"하느님의 독생자 주 야소님이시여. 오늘 새벽에도 주님의 거룩하신 죽음의 뜻을 되새기며 골고다 길 십자가 지고 주님과 함께 나서려 주님 종들이 한자리에 모였습니다. 핍박과 환난 중에도 이역 멀리 명동촌 믿음의 형제자매를 보살펴주시는 주님의 한량없는 은혜에 감사하옵니다……"

신도들이 머리 숙여 기도할 동안 석주율은 얼굴을 반쯤 들어 정면을 보았다. 강대상 양쪽으로 촛불이 켜진 뒤쪽, 횟가루 벽에 큰 나무십자가가 걸려 있었다. 창문으로 희미하게 밀려드는 빛살에 십자가 형틀이 뚜렷이 드러났다. 야소교 상징물인 저 십자가 의미가 무엇일까. 석주율이 자신에게 질문했다. 속죄와 고난, 희생 끝에 도달하는 천국…… 아마 그런 뜻이리라. 그러나 무엇보다 십자가 의미는 야소의 자기희생을 통한 사랑의 실천이리라.

목사는, 고향을 떠나 이주해 온 만주 지방 동포에게 사랑의 보금자리가 마련되도록 허락해주시고, 구국운동에 헌신하다 옥에 갇히거나 풍찬노숙하며 수고 겪는 동포를 강건하게 붙잡아주시고, 병든 자와 가난한 자가 영육으로 일어설 수 있는 힘을 달라고 기도했다. 그런데, 석주율은 기도 중 목사의 마지막 말이 감명 깊었다.

"……저들의 강함이 하늘의 정의와 맞서겠다는 무례를 범치 않게 하시고, 타민족을 압박함에 권세의 검을 거두게 하시고, 저들이 진실로 회개의 눈물을 통해 의로움을 입게 하소서. 우리 마음 속에 원수를 증오하지 않게 하소서. 구세주 야소님 말씀대로, 우리가 원수를 사랑하며 우리를 핍박하는 자를 위해 진심으로 기도하는 마음이 되게 하소서……"

목사가 원수를 위해 기도하라고 말했으나 과연 신도 중에 원수를 사랑하는 마음으로 기도할 자가 몇이나 될까, 석주율은 의심하지 않을 수 없었다. 원수가 스스로의 죄를 뉘우치도록 하느님이 역사해달라는 기도는 할 수 있으리라. 석주율은 부산경찰부 특고과에서 만난 살기등등했던 일본 형사들과 강오무라 형사, 그들을 사랑한다며 기도할 수는 없었으나 그들 마음을 하느님이 사랑으로 돌려 세워주기를 원하는 기도는 드릴 수 있었다. 엘릭 목사도 그렇게 말했다. 진심으로 기도하면 그 기도하는 마음에 하느님이 역사하신다 했다. 하느님이 그 마음을 움직여 기도에 능력을 줌으로써 소망을 들어준다는 것이다. 그래서 병든 자도 신령한 능력으로 낫게 된다고 말했다. 원수를 사랑하라는 야소 말은, 수나 사람이 칼로 자기를 찔러도 푸랴냐는 그들을 원망하지 않겠다던 인욕과 다름 아니었다.

목사는 『구약』 중 「미가」 제2장 첫 대목을 읽었다. 『사복음서』가 야소 시대 야소 말씀을 기록한 책이라면, 야소 이전 파례기탄(巴禮欺坦, 팔레스타인) 역사기록으로 『구약』이 있음은 석주율도 엘

릭 목사로부터 들었다. 『구약』 기록책은 『사복음서』 열 배가 넘는
다 했다. 그런데 북지 변방에 그 책이 조선말로 번역되어 목사가
설교자료로 활용함이 놀라웠다. 한편, 『구약』 성경은 그가 처음 들
어보는 셈이었다.

"……미가는 서력 기원전 칠백년대와 육백년대에 걸쳐서 살았
던 예언자로, 그러니 지금으로부터 이천오백 년 전 사람입니다.
미가는 특히 성안에 사는 사람들, 즉 높은 자와 가진 자와 힘센 자
들의 부패와 탐욕에 깊은 분노를 느끼시고, 하느님의 심판이 있을
것이라 경고했습니다. 그러면 미가 두번째 장 몇 구절을 읽어보
겠습니다." 목사가 잔기침 끝에 성경을 읽어 내려갔다. "침상에서
악을 꾀하고 간사한 것을 도모하는 쟈가 화 잇슬진뎌 날이 밝으면
그 악을 행하나니 그 손에 권셰가 잇슴이라. 뎌희가 밭을 탐하야
억지로 빼앗고 집도 또한 그리하야 취하고 사람과 그 집을 학대하
니 곧 사람과 그 기업이라. 이럼으로 여호와의 말씀이 볼지어다.
내가 이 족속에게 재앙이 나리기를 도모하매 너희가 목을 도리켜
피하지 못하며 또한 교만을 행하지 못하리라. 대개 이는 악한 때
니라."

목사는 미가 성경 구절을 비유로, 북간도 땅에도 동족이 동족을
학대하는 사례를 지적했다. 북간도로 일찍 이주하여 만족 머리 모
양과 복장을 한 '치발역복'의 조선인들이 청국 관리와 토호 앞잡
이로 나서서 호통사(胡通事, 중국어 통변) 노릇을 하며, 늦게 이주
한 조선인 소작농과 머슴을 가렴주구하는 작태야말로 하느님의
심판을 받아 마땅하다 했다. 그는 미가 성경 구절을 광의로 해석

해 일본이 조선 땅을 점령한 뒤 토지와 집을 강제로 빼앗고, 결국 실농한 조선인이 살길을 찾아 유랑 걸식하며 북지로 몰려들고 있으니, 지난 삼월과 사월에 걸친 독립만세 사건 이후 두만강을 넘어 이주해 오는 조선인이 월 평균 만 명에 이른다 했다. 목사는 그 유이민 동포가 정착할 수 있도록 우리가 도와야 함이 미가 예언자 말씀을 실천하는 길이라는 말로 설교를 마쳤다. 설교 시간은 20분 정도였다. 이어, 신도들은 목소리 맞추어 찬송가를 불렀다.

피난처 있으니 환난을 당한 자 이리 오라 / 땅들이 변하고 물결이 일어나 산 위에 넘치되 두렵잖네. / 이방이 떠들고 나라들 모여서 진동하나 / 우리 주 목소리 한번 발하시면 / 천하의 모든 것 다 망하겠네……

4절까지 부른 찬송가를 끝으로, 신도들은 주기도문을 암송하고 자리에서 일어났다.

석주율은 문신환에게 부탁해 『사복음서』 한 권을 교회로부터 얻었다. 그는 노현탁 하숙집으로 돌아와 그와 겸상으로 아침밥을 먹고 나자, 간도에서는 조선인이 가장 많이 산다는 용정에 들렀다 누님이 있는 화룡현 청포촌으로 들어가겠다고 말했다.

석주율은 학교 농장으로 간다는 노현탁과 헤어져 학교촌 골목길을 빠져나갔다. 하늘은 맑았고, 아침부터 길가 버드나무에서 매미가 귀 따갑게 울었다. 보통학교 운동장에는 방학인데도 한 무리 조선옷 입은 아이들이 뛰놀고 있었다. 어디를 가나 아이들은 병정

놀이를 했는데, 막대기 메고 열지어 가는 소년들이 학교 교가를 합창했다.

　한뫼(백두산)가 우뚝코 은택이 호대한 / 한배검이 깃치신 이 터에 / 그 씨와 크신 뜻 / 넓히며 기르는 나의 명동……

　북으로 난 용정 가는 한길이 훤하게 트였다. 명동촌에서 30리라 했다. 통행인이 심심찮았으니, 남부여대하여 간도로 들어오는 조선인도 섞여 있었다. 동그만 야산과 어우러진 한여름 넓은 들이 아름다운 농촌 풍경을 이루고 있었다. 들녘에 초가들이 동아리 틀고 모여 있었다. 당장 씨 뿌리면 옥수는 수확할 수 있는 들풀만 무성한 빈 땅도 흔했다.

　"이런 옥토를 왜 놀릴꼬. 내게 맡겨주면 올해 당장 감자라도 심을 텐데." 석주율 옆에서 걷던, 강원도 진부에서 솔가했다는 곽씨가 혀를 차며 말했다.

　"중국인 지주 땅이니, 그 사람들이야 버려둔 땅이 여기뿐이겠습니까. 수십 정보나 되게 땅을 가진 지주도 많다 하던데요." 석주율 마음 역시 곽씨와 다를 바 없었다.

　"허기사 배부른 자들이 자기 배 터질까 걱정하지 굶는 사람 속사정을 알아주나요."

　곽씨는 가재도구를 자기 키의 한 배 넘게 지겟짐을 지고 있었는데, 용정에 우선 짐을 풀겠다는 속셈이었다. 그의 가족은 여섯이었다. 용정에는 연고 없이 몰려드는 국내 유민을 받아주는 구휼기관이 있다는 소문을 들었다 했다. 수용소에서 열흘 정도 배겨내면 중국인 농장이나 광산에 일자리를 알선해준다는 것이다. 가나다(佳那多, 캐나다) 야소교 선교회가 운영하는 기관과 조선인 용정자치회가 운영하는 기관이 있다는 말은 석주율도 김교장으로부터 들은 바 있었다.

명동촌에서 시오리쯤 걸었을 때였다.

"아저씨, 넘어지겠어요." 곽씨 셋째아들이 석주율을 보고 말했다. 열네댓 살 된 그는 큰 보퉁이를 등짐 지고 있었다.

"내가 깜박 졸았나 보구나."

밀봉구에서 명동촌까지 긴 노정을 거쳐, 어젯밤은 숙면을 못했기에 석주율이 졸며 걸었던 것이다. 개울물에 낯을 씻어도 다리에 맥이 풀렸다. 용정에 볼일이 있지 않아 주율은 다리쉼을 하기로 했다. 그는 길가 소나무 그늘에 앉았다.

가위질 소리가 들려 석주율이 눈을 떴다.

"팔자 좋군. 어젯밤 뭘 했기에 노상에서 낮잠이오?"

석주율이 삿갓챙을 올려 상대를 보았다. 낡은 군모 쓴 사내가 걸빵으로 상자를 메고 있었다. 딸기코에 얼굴이 붉었고, 턱주가리에 수염을 길렀다.

"엿 파시는군요."

"보자 하니 새파란 젊은이네. 마누라와 어젯밤 떡을 꽤 친 모양이군." 엿장수가 농을 했다. 무명저고리 소매를 걷어붙였는데 나이가 서른 중반 넘어선 듯 보였다.

"깨워줘 고맙습니다." 석주율이 엉덩이 털고 일어났다. 잠을 제법 잤는지 해가 중천에 올라와 있었다.

"말소리가 남도 지방인데, 어디로 가?" 동행하게 되자 엿장수가 물었다.

"당분간 바람 부는 대로 떠돌까 합니다."

"나도 한 시절 몇 년을 떠돌았지. 아라사 서백리아까지 가봤구. 지난가을 서간도에서 방랑 과객을 만났지. 경상도 의령 출신으로 이극로라든가, 서백리아 치타까지 갔다더군. 차비가 없으니 그 먼 거리를 걸어간 게지. 거기까지 나라 잃은 조선인 유민이 사는데 조선인 농막에서 서너 달 고용살이를 했다더군. 감자 농장을 크게 하더라나."

"치타요? 거기가 어딥니까?"

"저 만주 북쪽 끝 대흥안령정맥을 넘어 아라사 땅이야. 여기서 사천 리쯤 될까. 거기서 서쪽으로 삼천 리쯤 가면 배갈(排葛, 바이칼) 호수라고, 바다만한 호수가 있지. 난 거기 일구주구(이르쿠츠크)까지 가봤어."

통성명하니 엿장수 이름이 도기선이었다. 고향은 한양 성안이라 했다. 석주율은 그에게 아라사 쪽 사정을 이것저것 물으며 걸었다. 성미 걸걸한 그는 구변 좋게 그쪽 사정을 들려주었다. 자기가 아라사 서백리아로 방랑한 해가 경술국치(庚戌國恥)가 있던 1910년이니, 아홉 해 전이라 했다. 지금은 서백리아 전구간에 철도가 놓였지만 그때만도 마차와 썰매가 탈것이요, 걸어서 여행하던 시대였다.

"만주 땅이 넓다 해도 서백리아 땅에 비하면 멍석과 방석 차이

라. 동절기가 일 년 절반 넘는 동토 땅에 끝도 없는 침엽수가 펼쳐져 있지……"

석주율이 도기선을 다시 보았다. 비록 이역에서 엿장수를 하고 있을망정 그가 쓴 낡은 군모가 예사롭지가 않았다. 허리가 잘록하고 둥근 테두리가 넓고 납작한 일본 군모가 아니었다. 챙에서부터 길쯤하게 위로 뽑아 올려 윗면이 둥근 모자는 색이 바래긴 했으나 주율이 어릴 적에 보았던 대한제국 진위대(鎭衛隊) 군모였다.

"어르신, 그 모자가 우리 병대 군모 같습니다. 우리 병대에 근무한 적이 있으시군요."

"자네가 드디어 날 알아보는군. 그래, 맞아. 이 모자가 대한제국 군모야. 난 지금도 이 모자를 소중히 쓰고 다니니깐 아직도 대한제국 병정인 셈이지. 암, 병정이고말고. 벌써 십삼 년 세월이 흘렀군. 대한제국 군대가 해산된 해가 정미년(1907) 아니던가. 양력 칠월 그믐날에 군대해산 조칙이 통감부에서 왜놈군 수비대에 비밀리 하달돼, 이튿날 팔월 초하룻날 훈련원에서 해산식이 있지 않았던가. 그날 장대비가 쏟아졌는데 오후 두시에야 우리는 무장해제된 채 해산식을 치렀지. 모인 병사가 육백이 채 안 되었어. 그 낌새를 미리 안 일연대 일대대와 이연대 일대대 병사들이 해산반대항쟁을 벌이고 다른 부대의 많은 병사가 탈영했거든. 난 하사관이었기에 그날 은사금으로 팔십 원을 받았지. 병사들이 억수로 비를 맞으며 대성통곡했는데, 누구 입에선가 일연대 일대대장 박승환 참령께서 자결하셨고 일대대가 봉기했다는 소식이 전해졌어……" 도기선 목소리가 차츰 높아갔다.

황실 호위를 맡은 시위대 병대와 일본군은 남대문 목에서 치열한 전투를 벌인 끝에 수적 열세에 밀린 시위대군이 패퇴했고, 2연대 1대대 병영도 일본군에게 빼앗겼다는 것이다. 그러나 군대해산 소식이 지방에 전해지자 지방 진위대군이 격분해 곳곳에서 무장항쟁을 일으켰으니, 8월 5일에 원주 진위대 궐기에 이어 9일에는 수원 진위대와 강화도 분견소 병대가 궐기했다는 것이다.

"……나는 용약 수원으로 내려가 그곳 진위대 항쟁에 가담했지. 그때부터 전국적으로 의병이 불티처럼 일어나 구국항쟁이 삼천리 강산을 뒤덮었어. 자네, 십삼도창의군 한양 진격 이야기는 들은 적 있지?" 도기선이 말을 멈추고 주율을 보았다. 그의 눈이 핏기를 띠어 흰자위가 붉었고, 의분을 참지 못한 눈물이 흥건하게 괴어 있었다.

"군사장이 허위 대장님 아니었습니까. 제 스승께서도 호서창의 대장 이강년 의병장님 휘하에서 종군하셨지요. 지난봄 독립만세 사건으로 옥중에 계십니다만……"

"자네는 훌륭한 스승을 두었구먼."

"저도 이태 옥살이하고 지난 초봄에 출감했습니다."

"동지를 잘 만났군!" 도기선이 석주율 손을 잡고 흔들며 반가워했다.

도기선이 하던 말을 이었다. 그로부터 3년 동안 그는 화승총 한자루 들고 충청도와 경상도 접경 두솔봉과 국망봉에서, 황해도 구월산에서, 평안도 묘향산으로 의병부대를 옮겨다니며 일본군과 싸웠다 했다. 처자식도 없던 몸이라 죽기를 각오하고 싸웠으나 끝내 의병군은 좌초당했고, 경술국치를 맞았다는 것이다.

"……내가 대한제국 하사관 출신으로 의병군이란 소문이 알려져 낙산 아래 살던 부모님도 놈들 헌병대로 끌려가 치도곤 당한 끝에 어머니가 후유증으로 돌아가시기가 경술년 아니던가. 그래서 피신차 만주로 들어와 유랑한 게 서백리아까지 떠돌게 된 게지." 도기선이 웃으며 석주율을 보았다. "자네 의병 군가를 들어본 적 있는가?"

"몇 곡 들었습니다."

"한 곡조 뽑지. 엿장수하며 난 그때 군가를 부르곤 해." 도기선이 가위로 찰칵찰칵 박자를 맞추며 군가를 불렀다.

오라오라 돌아오라 창의소로 돌아오라 / 만일만일 오지 않고 왜적에 종사하여 / 불행히도 죽게 되면 황천에 돌아가서 / 무슨 면목 가지고서 선황선조 뵈올쏘냐 / 세상이 이러하니 팔도에 의병났네 / 무슨 일 먼저 할까 난신적자 목을 잘라 / 왜적 퇴송 연후에 보국안민 하여보세……

"자네, 오늘 용정에서 일박할 작정이지? 그럼 내가 잘 만한 집을 소개해주고." 노래를 마친 도기선이 말했다.

"조선인 집이겠죠?"

"그렇구말구. 용정은 조선인이 개척한 마을 아닌가. 용정에 들면 해란강에 나무다리 용문교가 걸렸어. 그 다리목에서 술기걸이 집을 찾으면 돼."

"술기걸이라니요?"

"우차(牛車) 바퀴를 만드는 집을 여기 말로 술기걸이라 해. 연목수네 집인데, 내 얘기하면 반겨줄 거야. 나도 용정에 들면 연목수 집에서 끼어 자. 연목수가 우리 계원이거든."

"고맙습니다. 용정에 들면 그분을 찾겠습니다."

"그럼 우린 여기서 헤어지기로 해. 난 장사해야 하니깐. 저녁때 연목수 집에서 만나. 근동 마을을 한바퀴 돌고 저녁참에 용정으로 들어갈 테니깐. 내일이 용정 장날이야."

도기선이 곁가지 샛길로 빠졌다. 멀지 않은 동산 아래 초가들이 모여 있었다. 그는 가위를 짤랑거리며 듣는 이도 없는데 의병가를 불렀다.

석주율이 용정에 도착하기는 점심참을 넘겼을 무렵이었다. 용정은 버드나무가 늘어선 해란강변을 끼고 넓은 들 가운데 자리했는데, 마을이라기보다 도시에 가까웠다. 불과 40년 전만 해도 청나라가 개국한 땅이라 하여 만주 전역이 청의 봉금정책(封禁政策)에 묶여, 용정촌 역시 황량한 원시림으로 버려져 있었다. 해란강변에는 갈대밭과 가시덤불이 넓게 펼쳐졌고 길짐승, 날짐승이 제 터로 알았던 무인지경이었다. 조선인이 청조 쇄국정책을 무릅쓰고 떼지어 도문강을 건너 북간도로 들어오기 시작한 게 1869년부터였다. 그 전후 조선 북부 지방이 해마다 한재와 수재로 절량농가가 많이 생겨나자 그곳 주민이 조상 고토인 신천지로 밀려들었다.

1883년 봄, 박윤언과 장인석 두 조선인 가구가 북간도 육도구로 들어왔다. 해란강 양쪽 기슭이 가시덤불로 덮였으나 벌이 넓고 땅이 비옥함을 보고 이곳을 개척해 한 뙈기씩 밭을 넓혀나갔다. 옛 우물터를 발견해 우물에 용두레를 만들자 몇 가구가 더 정착하니 그때부터 길손들이 용두레촌이라 불러, 오늘의 용정촌으로 자리잡게 되었다. 1889년 청의 양해 아래 도강령이 내려졌고, 1907년에는 용정촌이 조선인들로 백여 호 큰 마을을 이루었다. 주막이 서고 잡화점과 음식점까지 생기게 되었다. 그 뒤부터 조선인 정착이 곱셈 급수로 늘어나 용정촌이 날로 발전했다. 1909년 겨울, 일제가 용정에 총영사관을 설치해 세력을 급속히 확장하자 만청 정부는 일본 세력과 대처하려 한족(漢族) 이주를 장려했으나 여전히 조선인이 인구 대부분을 점유했다. 1911년 5월, 용정에 큰 화재가 있어 거리 태반이 소실되었으나 조선인이 앞장서서 복구 또한 빨랐고, 새로 정착하는 조선인 집들이 변두리로 뻗어나갔다.

석주율은 용정에 들자마자 연목수 술기걸이부터 찾았다. 용문교를 건너 용두레 우물로 가는 길목에 연목수 점방이 있었다. 누구에게 묻기 전 점방 앞에 수리하려 맡겨놓은 우차 바퀴가 여러 개 나동그라져 있었다.

석주율이 삿갓을 벗고 점방 안으로 들어가니 잠방이 입은 서른 중반 사내는 대패질에 열중했고 웃통 벗은 젊은이는 우차 바퀴에 붙일 철판을 쇠톱으로 잘라내고 있었다.

연목수님 아니시냐고 석주율이 대패질하는 사내에게 묻자, 사내가 그렇다고 대답했다. 석주율은 도기선 이름을 대며, 하룻밤 신세지겠다고 말했다.

"뒤채에 방이 있으니 그렇게 해요." 연씨 대답이 수월했다.

뒤채에는 방이 여러 개였다. 석주율은 거리로 나왔다. 모처럼 사람 끓는 대처로 나왔기에 거리를 둘러볼 참이었다. 남북으로 트인 중심거리는 2층집이 즐비했고 잡화점, 여관, 국수집, 싸전 따위가 가게문을 열고 있었다.

용정은 한길에서 골목길로 들어서면 골목이 다시 샛가지를 쳐 거미줄같이 사방으로 이어져 있었다. 돌각담이나 싸리울 친 마당 좁은 세 칸 초가가 변두리로 뻗었는데, 좁은 골목길에는 반바지만 걸친 아이들이 구슬치기하거나 술래잡기를 하며 뛰놀았다. 그는 버드나무 아래 평상에서 더위를 식히는 노인들과 말을 나누었다. 그들은 물설고 낯선 땅으로 들어와 좁쌀과 감자로 연명하며 황무지를 개간한 고생담을 들려주었다.

"중국인과 마찰은 심하지 않습니까?"

"한족 빼고 만주에 살던 선비, 거란, 여진은 부여족으로, 조상을 거슬러 올라가면 우리와 한 핏줄 아닙니까. 우리가 상산날을 단군 임금 탄신일로 기리며 동네잔치를 벌이는데, 더러 그들도 단군 후 손이라며 그날은 일 않고 쉰답니다." 평상에 앉은 노인이 말했다.

"저기 동쪽 언덕 위 벽돌집에는 누가 삽니까?"

동산마루 숲에 싸인 벽돌집이 띄엄띄엄 있었는데 그림으로 본 서양 별장 같았다.

"저 동산을 영국덕이라고 부르지요. 코가 높고 눈이 파란 서양 야소교인들이 살고 있답니다. 가나다 땅에서 나와 야소교를 퍼뜨리는 서양 사람들이지요. 숲속엔 학교와 예배당이 있고 병원도 있답니다."

"저 영국덕은 별천지라요. 일본 헌병은 물론 청국 관리도 허가 없이 들어갈 수 없답니다. 그래서 우리 독립운동 패들이 영국덕에서 자주 구수회의를 열지요." 탕건 쓴 노인이 덧붙였다.

도기선이 남은 엿을 떨이로 팔아치우고 연씨네 집으로 찾아들기는 팔월 중순의 긴 해가 기운 뒤였다.

그날 밤, 마루기둥에 불 밝힌 등피를 걸고 점방 뒤채 마루에서 술판이 벌어졌다. 연씨, 도기선, 석주율에, 잡살뱅이 물건을 지고 마을을 돌며 파는 황아장수도 껴붙었다. 내일이 한 달에 여섯 번씩 서는 용정 장날이라, 장사패가 모두 용정으로 모여드는 날이기도 했다.

연씨 처가 푸줏간에서 사온 돼지고기를 술안주로 덖어 내어왔다. 고기보다 비계가 많은 것을 미나리, 곰취와 함께 고추장으로 버무린 먹거리였다. 술은 중국인들이 상용하는 배갈이었다.

화제는 자연스럽게 조국 광복 이야기로 시작되었다. 잠잘 때만 빼고 입만 벙긋했다면 독립운동 얘기라고, 황아장수 최씨가 한마디했다. 그럴 수밖에 없었으니 지난 3월 13일의 용정 조선인 독립만세시위 무용담이 아직 생생한데, 후유증 또한 그만큼 컸던 것이다.

석주율과 황아장수 최씨가 듣는 가운데, 대한제국 군대 친위대 소속 공병 병졸 출신의 연씨와 시위대 하사 출신의 도기선이 주거니받거니 말을 이었다.

이제 조선도 서광이 비쳐 국권회복 기운이 그 어느 때보다 무르익고 있다는 데 두 사람은 의견을 맞추었다. 일제의 극악한 무단통치 아홉 해째를 맞아 드디어 독립만세시위가 전국을 진동했고, 국외 여건도 많이 좋아졌다는 것이다. 연해주에 국민협회, 홍사단이 조직되어 활동이 활발하고, 그중 간도 지방 독립 열기가 가장 왕성하다고 도기선이 말했다. 또한 간도는 국내와 국경선을 이룬 지리적 이점이 있어 독립투쟁 횃불을 다른 어디보다 먼저 올려야 된다고 말했다. 야소교, 대종교, 공교회, 불교, 시천교 등, 간도 지방 조선인 신도만도 수만 명이요, 여러 독립군부대 병력도 수천 명에 달하고, 사립학교 또한 2백여 개에 학생수 5천여에 달하니 우선 간도에 대한제국 임시정부를 세워야 한다고 연씨가 역설했다.

두 퇴역병사 말을 듣자 석주율은 백립초당 시절 몇 차례 만난 적 있던 언양 도요오카 농장 농감 신만준이 떠올랐다. 그 역시 대한제국 진위대 출신이었으나 그는 재빨리 변신해 일본인 앞잡이가 되었고, 앞에 앉은 둘은 조국을 등지고 간도로 들어왔어도 국권회복 열망을 버리지 않고 있었다.

"그런데 단체가 뿔뿔이 제 잘났다고 설쳐대는 게 꼴불견이란 말야. 하나로 뭉쳐도 왜놈과 대적할까 말까 한데."

"신분 다르고 믿는 교 다르니 제 고집만 피우는 게지."

연씨와 도기선이 말을 주고받을 때, 호리한 몸매에 밀짚모자 쓴 청년이 마당으로 들어섰다. 삼베 반소매 윗도리에 검정 바지를 입었고, 가죽가방을 들고 있었다.

"진선생, 배갈 한잔 합시다." 연씨가 청년을 불렀다.

진선생이란 청년이 동석하자, 도기선이 석주율과 인사를 나누게 했다. 도기선은 진선생에게 석주율을 국내에서 온 독립투사라

소개했다. 진선생은 명신여자학교 역사선생으로, 연씨 집에 하숙하고 있었다. 얼굴이 작고 깡말랐으나 콧대와 눈매가 날카로운 청년이었다. 3년제 북경 아라사학관을 졸업하자, 재작년 명신여자학교 설립과 함께 초빙되어 왔다고 연씨가 말했다.

"이 청년으로 말하면, 무산자주의자(無産者主義者)지." 연씨가 진성식을 두고 말했다.

석주율은 무산자주의란 말이 금시초문이었다. 그는 술을 마시지 못한다고 했기에 자기 앞에 빈 잔으로 있던 종지를 진선생에게 넘겨 술을 쳤다.

"이 사람아, 뭘 좀 알고 말해." 진선생 출현으로 끊겼던 화제를 연씨가 이었는데, 그가 도기선에게 삿대질했다. "그 말을 윌슨이란 미국 대통령이 처음 한 말이 아니더구먼. 오늘 윤정위(正尉)께서 다녀갔는데, 내가 그 말을 물으니 법국 교육자요 사상가인 나색(羅索, 루소)이란 사람이 한 말을 윌슨 양반이 써먹었다더라."

"무슨 얘긴데요?" 진선생이 물었다.

"민족자결론(民族自決論) 말일세."

둘은 지난번 용정 장날에 만나, 미국 윌슨 대통령이 연두교서를 발표할 때 14개조 세계평화안강령 중에 '민족자결론'을 두고 말을 나눈 바 있었다. 윌슨은 연두교서에서 '식민지, 또는 피압박 민족은 타국 지배로부터 이탈하여 자기 국가를 수립할 권리가 있다'고 말했던 것이다. 작년 양력 1월 8일에 그 강령 발표가 있었고, 4월 8일 이태리 수도 로마에서 오지리 압제를 받던 서비아(西比亞, 슬로바키아) 등 중부 구라파 여러 민족대표가 모여 민족자주권을 선언한 바 있었다.

"연가 넌 딱하기도 하다. 민족자결론을 누가 먼저 말했든 그게 무슨 상관이야. 요컨대 윌슨 그 사람 말이 대한독립에 서광을 비춰줬다는 게 중요하지. 구주대전이 종국된 마당에 전쟁이 끝나면 식민지 나라는 무조건 독립이 된다잖아. 그렇다면 아시아 땅에서는 반만년 역사를 가진 대한이 가장 먼저 독립이 돼야지. 진선생, 안 그런가. 내 말 어때?"

"그렇게 낙관적으로 볼 수 없다고 생각합니다. 동맹국측이 승리했다면 한 가닥 희망이 있을까, '협상국(연합국)'이 승리했고 일본이 협상국에 끼었으니, 동맹국측에 지배받던 파란(波蘭, 폴란드), 유고, 서비아 민족은 자치적 독립의 길이 열리겠으나 협상국측은 기존 식민지 기득권을 포기할 리 없습니다. 어디 영란이 동서양에 깔린 그 많은 식민지를 내놓겠습니까. 그러므로 일본 또한 조선 통치권을 절대 포기하지 않을뿐더러, 협상국측은 일본의 조선 지배를 지금도 인정하니깐요. 경술국치 때 일본의 조선 지배를 합법적이라고 동의한 나라가 바로 영란과 미국 아닙니까. 그러므로 윌슨 말은 감언이설로 봐야지요." 진성식이 말하자, 도기선과 연씨는 허탈한 표정으로 술잔을 비웠다.

"윌슨 말을 믿는 게 허망하다 얘긴가?" 도기선이 물었다.

"조선 독립을 협상국측에 기대한다는 건, 김칫국부터 마시는 격이지요. 조선 독립은 조선 인민이 쟁취해야 합니다. 나라를 빼앗긴 것도 우리가 못나 그렇지, 어디 서방 강대국 입김 탓이었나요. 마찬가지로 나라를 되찾는 일도 조선 인민 힘으로 해결해야 합니다.

조선이 자주국임을 만방에 선포하고 일본과 싸울 때, 우방 동지도 생기겠지요."

"진선생 말이 맞아. 싸워야 해. 우리 힘으로 투쟁해야 한다고. 이 나이라도 아직은 군총 들고 싸울 수 있다고!" 연씨가 혈기 있게 소리치곤 술잔을 비워냈다.

황아장수 최씨가 하품을 꺼더니, 장날 목청깨나 돋우자면 일찍 쉬어야겠다며 자리에서 일어났다.

둘이서 술잔을 주거니받거니 했던 터라 연씨와 도기선은 취기가 엔간히 올라 있었다. 혀 꼬부라진 소리로 의병시절 회고담을 나누던 연씨가, 신태식 대장님 「창의가(倡義歌)」나 한 곡조 뽑겠다며 시조 읊듯 노래를 왜자겼다.

충의열사 멎멎치며 난신적자 멎멎친고 / 총명이 과인키로 역역히나 말하손가 / 만고충신 최면암은 대마도서 아사허고 / 사군충절 이준 씨 만리타국 외국 가서 / 만국공회 열좌 중의 간을 내어 피를 뿜고 / 민충정 누현각에 사절죽이 자성일네 / 마디마디 충절일 뿐 영영히 잇중되고 / 생계대장 원용팔은 원주옥의 아사허고 / 백두서생 안중근은 수만여리 합이빈에 / 이등박문 살해허고 여순구에 처형당코……

계속 이어지는 「창의가」에 도기선이 계원답게 젓가락으로 장단을 맞추었다.

"우리도 그만 방으로 듭시다. 두 분은 아직 한참 더 노셔야 주연을 거둘 겁니다." 진선생이 말했다.

자리에서 빠질 틈을 보던 석주율은 엉덩이를 들었다.

"석씨는 술 안 마시고, 고기도 입에 안 대고 일어서? 너무 점잔 빼지 말아." 도기선이 이죽거렸으나 애써 붙잡지 않았다.

석주율은 진선생 구석방으로 따라 들어갔다. 진선생이 앉은뱅이 책상에 놓인 호롱불에 불을 댕겼다. 책꽂이에는 조선, 중국 서책이 꽂혔고 아라사 책도 보였다. 대체로 역사, 정치 서적이었다. 연씨 처가 날라준 밥상을 받아 진선생이 늦은 저녁밥 먹을 동안, 석주율이 우두커니 앉았다 말을 꺼냈다.

"두 분이 저렇게 의기투합해 대한 광복을 외치시니 조만간 독립군부대에라도 입대할 것 같습니다."

"그러잖아도 그런 궁리를 하나 봐요. 그런데 연씨는 부인께서 말리니 고민이 많겠지요. 두 분은 세끼 입살이 하는 것 외 버는 족족 독립군부대에 의연을 바칩니다. 독립군부대 우차 바퀴는 무료로 수선해주고요."

"대단한 정성이십니다."

"연씨 방벽에는 피 묻은 대한제국 병대 옷이 걸려 있지요. 새벽에 눈뜨면 그 앞에 꿇어앉아 묵념을 올린답니다. 국권회복을 위해 싸우겠다는 맹세를 하는 게지요."

진선생이 식사를 마치자 밥상을 마루에 내놓았다. 이제 연씨와 도기선은 혀 꼬부라진 소리로 의병가를 합창했는데, 그 목소리가 울음에 잠겨 절절했다.

"아까 연씨께서 진선생을 두고 무산자주의자라고 말씀하시던데,

그게 무슨 말입니까?" 석주율이 물었다. 그가 말할 때 백성이나 민중이 아닌, 인민이란 용어를 써서 그 말에서 문득 동운사를 찾았던 박상진 선생이 연상되어, 무산자주의자와 인민이 어떤 관계가 있냐도 궁금했다.

"형씨, 아라사의 재작년 시월혁명에 대해 들은 적 있나요?" 진선생이 되물었다.

"부산감옥에 있을 때, 아라사에 정변이 있다고 들었습니다. 중국처럼 왕권 타도를 목표로 진보주의자 혁명이 일어났다고요. 감옥에서 나온 후 신문에서도 읽었습니다."

"아라사혁명은 보통 혁명이 아닙니다. 재작년 이월혁명으로 니골라이(니콜라이) 이세가 퇴위함으로써 삼백여 년 전통을 이어온 봉건군주제 로마노푸(로마노프) 왕조가 무너지고, 이어 들어선 임시정부마저 시월혁명으로 무너졌습니다. 이제 아라사는 인류 역사상 최초로 노동자, 농민이 진정한 주인이 되어 볼세비기가 전 국토를 차지했습니다." 진선생이 작은 눈을 빛내며 힘 있는 목소리로 말했다. "볼세비기당(黨)은 아라사 혁명을 주도하는 래닌(레닌)과 그 추종세력을 가리키는 말입니다. 볼세비기당은 사회주의 국가건설, 무산계급 독재, 모든 산업 국유화를 주요 골격으로 공산세계 건설을 최종 목표로 삼지요. 아라사는 지금 래닌이란 혁명가가 전권을 장악해 만국 최초로 혁명에 의한 사회주의 국가를 창설했습니다. 니골라이 이세 가족이 지난 칠월 십육일 처형됐다는 소식을 들었습니다."

석주율은 함숙장이 우편으로 구독하는 『매일신문』을 통해 아라사혁명정부 태동을 어렴풋이 알고 있었으나 그가 쓰는 용어가 생소할 수밖에 없었다. 주율이 떨떠름한 얼굴로 입을 다물고 있자, 진선생이 보충설명했다.

"사회주의란 노임 받는 노동자와 소작 농민이 진정한 주인으로 대접받는 이상적인 국가 건설을 지칭합니다. 이를 처음 주창한 사람은 덕국 경제학자 막스(마르크스)지요. 그가 앵개라서(엥겔스)란 동지와 함께 만든 『공산당선언』이며 『자본론』 책자는 중국어로도 초역되었습니다."

"노동자와 농민이 주인이 된다니요? 그렇다면 공장을 세운 원주인과 땅을 가진 지주는 어떻게 되나요?" 석주율은 우선 이렇게 물을 수밖에 없었다.

"권력자, 자본가, 지주가 추방되어, 그런 말이 사라져버리는 세상이 도래한다는 말입니다. 무산자 인민이 사회 전반의 모든 기능을 담당하게 되지요. 이런 국가 형태란 인류가 원해왔던 이상적인 세계 아니었겠습니까. 봉건왕조 체제에서 발전한 자본주의 국가란 소수 권력자와 자본가만 잘살고 임금노동자와 영세소작농은 점점 못살게 되는 나쁜 제도지요. 이런 제도를 개혁한 것이 아니라, 철저하게 뒤엎은 논리가 바로 막스, 래닌의 이론이라 할 수 있습니다."

"자세히 설명해주십시오. 지금 아라사 신정부가 어떤 정책으로 인민을 이끌어가는지에 대해서 말입니다."

"형씨, 쉽게 풀이해드리지요. 만약 넓은 농토가 있다고 칩시다. 그 농토 주인은 국가가 되는 겁니다. 국가는 농토를 농민에게 균등하게 나누어주지요. 그러면 농민은 농토에서 생산한 곡식 일부를 국가 재산으로 내놓고 나머지를 자기 소유로 하는 제돕니다."

석주율은 그 제도 뜻을 어렴풋이 이해할 수 있었다. 그러자 떠오르는 생각이, 협동농장, 즉 농민 여러 가구가 땅을 공동 소유해 공동 개간한 뒤, 그 땅 생산물을 공동 관리하는 제도와 사회주의가 별 차이 없겠다 싶었다. 자신이 앞으로 하고 싶은 일이 바로 그러했다. 주율은 자신의 그런 심정을 진선생에게 밝히고 사회주의 이론과 자신의 뜻과 차이를 물었다.

"그런 생각을 가지셨다니 선견지명 있는 훌륭한 계획입니다. 그러나 사실 서방에서는 법국의 시민혁명 이후 그런 주장이 나왔습니다. 법국 사람인 생시몽, 푸리애(푸리에), 오원 등이 주창했지요. 그러나 그 이론은 소박한 측면이 없지 않습니다. 자본제주의를 반대해 사랑과 협동으로 생산과 소비의 균등한 분배를 이루는 사회란 야소교 교리에도 보이지요. 막스, 래닌주의자들은 그런 주장을 현실성 없는 공상적 사회주의라 부른답니다. 그러나 평등정신에 따른 공동체사회 실현만으로는 정치적 해방은 물론, 인간해방이란 궁극적인 목표를 달성할 수 없지요. 볼세비기당은 공상적 사회주의를 체계화시켜 완벽한 과학적 사회주의 이론을 수립했으니, 이것이 바로 자본가를 타도하는 무산자혁명 독재이론입니다."

"무산자혁명 독재이론? 말뜻을 모르겠으나, 그렇다면 야소교적 사랑과 협동을 사회주의자는 부정합니까?"

"그렇습니다. 개인재산 소유를 반대함은 물론이고 종교, 사상과도 일정한 거리를 둡니다. 종교는 궁극적으로 우리가 살고 있는 지금 세상보다 내세 이상향을 더 내세우지 않습니까? 천당이니 열반이니 지옥이니 하며, 빈자에게 나누어주지 못할 떡으로 유혹하는 셈이지요. 그 점에서 종교는 현실 대응 논리에 미신적이요, 비과학적입니다."

진선생 말에 석주율은 도리질했다. 개인의 재산 증식을 인정하지 않고 만민 평등사회를 실현한다는 점에서 사회주의에 호기심이 동했으나, 사회주의가 종교를 부정한다는 결연성에는 동의할 수 없었다. 종교가 내세를 인정해 그 처소의 높낮이를 구별짓고 있으나 그 점은 어디까지나 이승의 참다운 삶에 많은 교훈적 경고를 기반해 설정되었으며, 자신이야말로 앞으로의 계획에 그 말씀을 근간으로 한 실천적 삶을 목표로 하고 있었다.

"종교를 부정하는 새로운 제도라…… 그 제도를 창안했다는 막스란 사람과 그 제도로 아라사 통치권을 장악했다는 래닌이란 사람이야말로 살아 있는 하느님인 셈이구려." 석주율은 반대의견을 이런 말로밖에 표현할 수 없었다.

"자본이 인간을 노예로 만드는 세상에 하느님을 믿어 무엇 합니까. 하느님은 허수아비요, 인류사회는 착취하는 자와 착취당하는 두 계급만 존재할 뿐이지요. 무산자가 착취자를 타도해 모든 인간이 진정한 자유를 쟁취하는 세상이 도래해야 합니다. 그래서 아라사가 최초로 볼세비기 정권을 세웠습니다."

"진선생도 신이나 내세를 부정합니까?"

"저는 무신론자입니다."

"그렇다면 지금 아라사에는 대대적인 숙청작업이 벌어지겠군요.

사제와 열렬한 종교인은 물론, 귀족과 지주는 모두 감옥에 갇히거나 추방당하는…… 이를테면 조선시대 당파 싸움에 졌을 때처럼 말입니다."

"그렇다고 봐야지요. 이제 그들 시대는 끝났어요. 그게 혁명 과정의 필연적 현상 아닙니까. 듣기로는 쫓겨난 아라사 많은 귀족 피난민이 합이얼빈 쪽으로 몰려든다더군요."

석주율은 사회주의란 정체가 아라사 땅에 대단한 변혁을 몰아온다고 생각할 수밖에 없었다. 아라사에서 벌어지는 현상은 권력을 쥔 자인 상부층 물갈이로 끝나는 게 아니라, 위에서부터 아래까지 송두리째 질서를 뒤바꿔버리는 천지개벽과 다를 바 없었다. 기존 모든 사상과 종교가 사회주의 출현으로 두엄덩이보다 못하게 버려진다면 그런 세상이 어떤 세상인지, 그 세상에서의 삶이 어떠한지 지금은 짐작조차 할 수 없었다. 새로운 정권이 기존 정권을 무너뜨릴 때 예외 없는 피의 숙청이 따르는데, 지금 아라사는 그보다 더한 살육, 감금, 추방이 벌어질 터였다. 그동안 노예와 다를 바 없이 살던 소작농이 지주를 죽인다? 부자 재물을 빼앗아 빈자들이 나누어 갖는다? 통쾌한 복수극을 즐기는 자에게, 원수를 사랑하라는 야소 말이나 불타가 베풀라는 자비심은 설자리가 없을 것이다. 아니, 어쩌면 여태껏 기득권 누려온 그들이야말로 하늘의 재앙을 받았다는 해석도 가능했다. 그런 생각을 하자 석주율은 오리무중에 빠져들었다.

"진선생은 언제부터 사회주의에 눈뜨게 되었습니까?"

"제가 사회주의를 알게 된 게 북경 아라사학관에 입학한 이듬해

였습니다. 아라사학관은 합격자에게 학비를 받지 않아 소수민족 고학생이 더러 입학하지요. 제가 이학년에 올라가서 막스독서회 회원이 되어 처음 사회주의 사상을 접했습니다. 그러나 아직 공부가 많이 부족한 형편이지요."

"고향은 어디시고요?"

"평양입니다. 아버지는 제재소에서 노동자로 일하지요. 어머니는 양말공장 직공입니다. 저 역시 제재소 심부름 아이로 자라다 열다섯 살에 평양을 떠나 대륙으로 들어왔지요. 갖은 고생 끝에 북경에 정착해 낮에는 기와공장에서 일하고 밤에는 야학을 다니다 아라사학관에 입학했지요."

"장하십니다. 그러나 저로서는 사회주의의 주장에 선뜻 동조할 수 없군요. 가난한 자를 잘살게 하고, 백성의 생활을 고르게 한다는 평등정신은 좋지만 왠지 흥분한 사람에게 칼을 맡긴 듯, 두렵다는 생각이 듭니다." 석주율이 말했다.

진성식은, 사회주의 이론을 처음 접하면 사상이 너무 급진적이라 그렇게 우려하나 공부해나가면 과학적인 이론이 하나하나 이치에 맞아 탄복하게 된다고 말했다. 그는 책상 서랍에서 끈으로 꿴 종이철을 꺼냈다.

"형씨, 이걸 읽어보면 대충 이해가 될 겁니다. 막스 유물론적 역사관이며, 계급투쟁론, 무산자 독재론, 막스 경제이론을 제가 요약해 정리했으니깐요. 그리고 끝에 래닌의 제국주의론 개요도 달아놓았습니다."

앞뒤로 빽빽하게 등사로 밀어 복제한 종이철은 스무 장이 넘어,

책자로 불러도 될 분량이었다.

"이걸 제가 가져도 되겠습니까?"

"가지십시오. 내용을 충분히 검토하고 막스, 래닌이론에 동조하면 국내에서 사회주의운동의 필요성을 선전하십시오. 아라사 볼세비기 신정부는 국내 혁명이 완수되는 대로 자본제 제국주의 국가에 침탈당한 약소민족 민족해방을 지원할 겁니다. 윌슨이란 작자의 민족자결론은 공염불이 될지언정, 볼세비기당의 약소국 지원론은 믿어도 됩니다. 그러면 조선 인민도 독립운동과 계급투쟁운동을 동시에 전개할 수 있겠지요. 지난 오월 국내 경성 만선철도(滿鮮鐵道) 용산공장에서 노동자 파업이 있었다고 들었습니다. 앞으로 무산자 인민의 그런 폭력투쟁은 더 거세질 겁니다."

"저는 폭력투쟁을 지지하지 않습니다." 진선생의 열띤 말에 찬물을 끼얹듯 석주율이 말했다.

"독립투쟁 길로 나섰다면서, 폭력투쟁이 아닌 다른 방법이 무엇입니까?"

"설령 상대가 원수라도 폭력으로 굴복시키는 방법은 정의롭지 못하다고 봅니다. 폭력이 상대방을 육체적으로 굴복시킬 수 있으나 그의 정신까지 굴복시킬 수 없지요. 일본이 조선을 총검으로 굴복시켰으나 조선인 정신까지 노예로 만들지는 못했습니다. 진선생이나 저도 조선을 일본 속국이요 일본 노예라 생각지 않잖습니까? 또한, 일본이 조선을 총검으로 위협해 폭력으로 빼앗았다고 우리도 반드시 그렇게 응수해야 한다는 주장은 옳지 못합니다."

석주율이 말을 할 동안 진성식은 실소를 깨물고 있었다. 그의 얼굴은 실망의 기색이 역력했다. 이렇게 앞뒤가 막힌 사람을 두고 독립투사라는 소개에 반해 열띠게 사회주의를 선전한 자신이 측은하다는 듯, 그의 눈길도 순하게 풀어졌다.

"일제의 막강한 군사력과 맨주먹 상태의 지금 조선 현실을 견줄 때, 폭력투쟁에서 조선이 승리한다는 장담이 시기 상조란 말은 맞습니다. 그러나, 폭력투쟁 자체를 부인하고 조선이 독립할 수 있는 길은 없다고 봅니다. 북간도만 해도 지난 삼월 만세시위 이후 그 어느 때보다 조국 독립 열기가 고조돼 있고, 독립군부대도 여럿 생겨났습니다. 연해주 쪽에서 무기도 속속 들어오구요."

"저는 다시 국내로 들어가면 협동농장과 농민교육을 통한 계몽운동을 계속할 작정입니다. 진선생이 생도들에게 우리 역사와 만국 역사를 가르침도 넓게 보자면 독립운동 일환이듯, 제가 갈 길도 독립운동의 한 길이라 생각합니다."

"그건 독립운동이 아니지요. 민족계몽운동을 독립투쟁운동으로 볼 수 없습니다." 진선생은 벽창호와 더 말해본들 그의 뜻을 돌릴 수 없다는 듯 화제를 바꾸었다. "저는 조만간 명신여학교 교사직을 그만둘까 합니다."

"아니, 왜요?"

"야소교 쪽에서 세운 학교라 강요는 않지만 예배 보는 게 싫습니다. 성경 공부 시간도 마음에 들지 않구요. 진작 그만두려 했으나 일 년도 못 채우고 퇴직한다는 게 생도들 보기에 죄스러워서요. 학구열이 강한 순진한 여생도를 보면, 자꾸 결심이 약해져요."

"그럼 무얼 하실 작정입니까?"

"아라사 볼세비기혁명의 심장부로 들어가 본격적인 공부를 하고 싶습니다. 무장투쟁 끝에 해방된 아라사 진면목을 몸소 체험하고 싶어요. 모스고바(모스크바)가 그곳입니다."

진선생이 말했을 때 밖에서, 선생님 계세요 하는 소리가 들렸다. 성식이 방문을 열자 까까머리 청년 생도 셋이 책보를 끼고 쭈뼛거렸다. 마루 술판은 끝나버렸다.

들어오라는 진선생 말에 생도들이 방으로 들어왔다. 책보 푸는 생도들을 보며 석주율은 이들이 진선생으로부터 사회주의 혁명을 공부함을 직감했다. 셋은 진선생이 석주율에게 준 것과 똑같은 등사된 종이철을 가지고 있었다.

"우리는 한 시간 정도 학습할 텐데, 곤하시면 주무십시오." 진선생은 석주율에게 실망한 탓인지 함께 공부하자는 말을 하지 않았다.

"괜찮습니다. 방해가 된다면 바람 쐬고 오겠습니다만 그렇지 않다면……"

방구석에는 홑이불과 목침이 있었다. 그쪽의 열어놓은 들창으로 서늘한 바람이 밀려들어 방안 더위를 식혀주었다.

"방에 계셔도 무방합니다."

진선생 말에 석주율은 들창 쪽으로 물러앉았다. 길을 오며 소나무 등걸에 기대어 말뚝잠을 잤으나 눈꺼풀이 무거웠다. 그러나 그는 뒷전에서나마 진선생의 가르침을 듣고자 했으니, 스승으로부터 『논어』를 배울 때, 공자께서 이렇게 말했다. "吾當終日不食 終夜不寢 以思無益 不如學也(내가 일찍이 종일 먹지 아니하며 밤 내 잠자지 않고 생각해도 유익함이 없는지라 배움만 같지 못하였다)."

스승 또한 앞으로 그 말을 깊이 명심하라 일렀다. 그러한즉 진 선생 몇 마디 말로 사회주의 전모를 파악할 수 없었고, 그 호오를 판단할 자격도 없었다. 설령 사회주의 논리가 자기 뜻과 다르더라도 익혀둠이 유익하거늘, 하물며 알지도 못하며 이를 비판함은, 숙손무숙이 공자를 허물할 때 자공의 꾸짖음과 다를 바 없었다.

"그럼 어제 배웠던 막스의 사적유물론(史的唯物論)을 복습하고, 제국주의야말로 자본제주의 최종 발전단계라 파악한 래닌이, 왜 푸로래타리아 혁명 시대가 이제야 도래했다고 했는지 공부하도록 합시다……" 말문을 뗀 진선생 학습이 시작되었다.

인류의 역사는 생산수단의 개인소유를 통해 계급사회가 생기게 되었고, 착취자와 피착취자의 분열이 오늘에까지 이르고 있다. 노예를 소유했던 사회에서 봉건사회로, 산업화 발전으로 자본제사회가 된 인류 역사는 조선 역사와도 궤를 같이한다. 이는 우리 역사가 경험했듯, 다수 인민의 착취로 일관된 역사다…… 진선생은 여기서부터 래닌이 말한 푸로래타리아 혁명투쟁의 골격을 설명해 나가기 시작했다. 잠정적인 사회주의 체제를 거쳐 종국적으로 공산주의 완성이, 어떠한 혁명투쟁을 통해 이루어져야 하느냐? 그는 해답으로 자본제사회의 여러 모순과 갈등을 깨부술 무산자 인민의 단결과 혁명 역량 따위를 말했다. 압박받는 노동자와 농민이 혁명 주체가 되어야 한다는 것이다.

생도들 질문이 있는 가운데, 학습은 한 시간 넘게 걸려 끝났다. 생도들이 돌아가자, 진선생이 이부자리를 펴며 석주율에게 물었다.

"형씨, 지난 오월 사일 북경대학 생도들이 벌인 애국대중운동을 압니까?"

"모릅니다. 그게 무슨 운동인데요?"

"발단은 승전국인 일본이 그동안 패전국 덕국이 가졌던 중국 산동성 권익을 양도받게 되자, 북경대학 생도들이 이를 반대하는 시위를 크게 벌였지요. 조선 인민의 지난 삼월 만세운동에 크게 고무되어, 그 영향 때문이란 견해가 지배적입니다."

"그렇다면 북경대학생들도 비폭력 시위를 벌였겠군요?"

"물론입니다. 학생들이 총을 가지지는 않으니깐요. 북경 군벌정부가 서른여 명 학생을 체포하자, 학생들 시위가 천진, 상해, 남경으로 번지고, 여기에 인민이 적극 호응하고 나선 겁니다. 일본 상품 불매운동에 국산품 애용, 봉건주의를 반대하는 민주주의 운동이 주요 구호지요. 도시에는 노동자들이 파업하고 상점이 문을 닫았으며 각 단체들이 통일전선을 조직해 군벌 타도를 외치고 나섰습니다. 지금 중국 대륙은 온통 벌집 쑤셔놓은 꼴로 시끄럽지요."

"조선민의 만세운동 영향이 대단했군요."

"그렇다고 봐야지요. 그러나 그 뒷면을 들여다보면 아라사의 볼세비기혁명 성공 영향에서도 크게 고무되었다는 견해가 많습니다. 이제 인민은 썩은 봉건군주 아래 희생당하지 않겠다는 자각이 싹튼 결과지요. 대다수를 점유하는 푸로래타리아가 새 민주주의 정부를 창출해야 된다며 혁명 열기가 대륙 땅에 확산되고 있고, 그 선두에 막스주의 신봉자들이 앞장서고 있습니다."

"그렇다면 비폭력으로 시작되어, 결과적으로는 폭력으로 밀고 나가는 결과를 빚지 않겠습니까?"

"폭력이 수단이지 결과는 아닙니다. 병아리가 달걀 껍질을 깨고 나오는 고통 없이 만족한 결과를 보상받겠다는 생각이야말로, 주는 떡을 그저 먹겠다는 염치없는 짓이지요."

석주율은 진선생에게 더 질문하지 않았다. 어떤 수단이든 폭력이 개입된다면, 그 결과에 대해 그는 신뢰할 수 없었다. 십 리 길을 백 리로 우회해도 다른 길을 모색해야 할 터였다.

석주율은 용정에서 이틀을 더 머물고 아침에 연목수 집을 떠나며, 사흘 동안 숙식비를 내놓았다.

"이 사람 보게. 돈은 무슨 돈이야. 동포 나그네 며칠 재워주고 좁쌀밥 먹였기로서니 돈을 받다니. 나는 그런 사람이 아니네. 어서 거둬 넣고 요긴한 데 쓰게." 연목수가 한사코 거절했다.

"석씨, 국내로 들어가면 어쨌든 광복운동에 매진해. 우리가 안팎으로 구국대열 선봉에 선다면 왜놈이 아무리 강하기로서니 쳐부술 날이 올 거야." 새벽같이 엿도가를 다녀온 도기선이 말했다. 그는 여전히 낡은 군모를 쓰고 있었다.

"진선생, 그동안 좋은 말씀 잘 들었어요. 주신 책자를 열심히 읽어 그쪽 공부도 해보겠습니다." 출근하러 가죽가방을 들고 나선 진선생에게 석주율이 인사했다.

석주율은 바랑을 메고 연목수 집을 나섰다. 아침부터 용정 큰길은 흰옷 입은 조선인들로 북적대었다. 해란강에 걸린 용문교를 지나 팔가자를 거쳐 화룡으로 가는 길을 잡았다. 다리 아래 물가에 빨래하는 수건 쓴 아낙들이 점점이 늘어앉아 있었다.

대첩(大捷)

석주율이 화룡현 청포촌에 도착하기는 용정을 떠나 이틀째, 정오를 넘긴 시간이었다. 마을 주위로는 통나무를 성벽처럼 쌓아 담을 치고 길 입구에 초소가 있었다. 여섯 해 전에는 무시로 출입했는데 이제 초소의 통제를 받았다.

"무슨 일로 오셨습니까?" 초소를 지키는 청년이 석주율을 맞았다. 팔에는 태극 무늬 완장을 차고 있었다.

"여섯 해 전 이 마을을 다녀간 적 있습니다. 엄생원 댁에 들르면 누님과 자형 소식을 알 수 있을까 해서요."

"자형 성함이 어떻게 됩니까?"

"곽돌이라고, 경상도 분으로 대종교 교돕니다."

"곽돌이라?" 젊은이가 고개를 저었다. "엄선생은 잘 압니다. 어쨌든 배달민족이니 들어가십시오."

청년이 석주율의 이름, 출신지, 직업을 물어 대장에 올리곤 통행을 허락했다. 그는 청년에게 울을 친 이유를 물었다.

"토비며 마적패가 자주 출몰해 울을 쳤지요. 더러 동포 첩자도 염탐차 들러요."

석주율은 마을 고샅길로 들어섰다. 가구수는 예전보다 늘어나 백여 호 되었다. 어른들은 통나무 울 밖으로 들일을 나갔는지 마을길이 조용했다. 회당 마당에서 조선옷 입은 아이들이 전쟁놀이를 하다 말고 낯선 객을 힐끔거렸다.

엄생원 집은 예전 그대로였다. 삽짝이 열려 있어 석주율이, 주인 계십니까 하고 사람을 찾았다. 왠지 가슴이 두근거렸다. 예복이가 홍조 띤 모습으로 나와 자기를 맞을 것 같았다. 헛된 바람인 줄 알면서 누님이나 자형 모습보다 예복이의 맑은 눈매와 붉은 입술이 눈앞에 어른거림을 어쩔 수 없었다. 여섯 해 전 대종교 종무원 남상경과 혼인을 언약한 사이였으니 혼례 올려 자식을 두었다면 두셋은 될 터였다.

"아무도 계시지 않습니까?" 석주율이 마당으로 들어섰다. 놀던 닭들이 홰를 칠 뿐 빈집이었다. 한동안 대문 앞을 서성거리자, 지게에 꼴을 한 짐 진 아낙이 다가왔다. 엄생원 처였다. 석주율이 삿갓을 벗고 인사했다.

"뉘시더라?"

"육 년 전 경상도 표충사에서 왔던……"

"아이구 반가워라. 석스님이구려. 바지저고리를 입은데다 머리까지 밤송이라, 내가 사람을 잘못 봤나 했지요."

"그동안 별고 없으셨죠?"

"이태 전 어머님이 별세하셨죠." 아낙이 허리 휘어지게 진 지겟 짐을 부렸다. "젊은이는 병정 나갔고 남정네는 들일 나가니 여기 아녀자들도 모두 지겟짐을 진다오." 석주율이 말문 떼기 전 그네 가 방문 사정을 먼저 알았다. "누님 만나러 왔구먼요. 그러잖아도 한얼이엄마가 고향 그리울 적마다 석스님 말을 꺼낸다오. 그런데 얼이엄마 말로는 동생이 옥살이한다던데, 언제 나왔나요?"

"음력으로 재작년 섣달입니다." 마루 끝에 앉으며 석주율이 말 머리를 바꾸었다. "자형도 여기 계십니까?"

"젊은 남정네들은 여기 있지 않아요. 왕청현 춘면향 서대파란 데 있지요. 거기 대한정의단(大韓正義團)에서 일을 봐요. 우리 집 사위 남서방도 거기 있고요."

"얼마 거립니까?"

"두만강 꼭지 온성 위쪽이니 사백 리 길은 될 겁니다."

"대한정의단은 뭘 하는 단쳅니까?"

"독립군 부대원을 모집해 글과 총포 다루는 법을 배워주나 봐요. 얼이아버지도 거기 일을 봐요. 얼이엄마는 총본사에 있으니 내가 길잡이 하리다."

"괜찮습니다. 제가 찾아 나서지요."

석주율은 인사하고 삿갓을 썼다. 대종교 총본사는 마을 언덕 위 에 있으니 잠시 걸음이었다.

"저녁진지를 준비할 테니 저녁밥은 오뉘가 여기 와서 들어요. 바깥어른과 예복이가 스님 만나면 반가워할 겝니다."

석주율이 대종교 총본사 교육생 숙소 뒤 부엌으로 가자, 율포댁은 우물가에서 열무김치에 쓸 무를 다듬고 있었다. 그곳 부엌이 표충사 후원에 못지않았으니, 총본사에 숙식하는 교도가 일흔 명이 넘었다. 서른여 명은 종단 각 소임을 맡은 상주자였으나 마흔 명 정도는 총본사 교리강습을 받으러 온 교육생들이었다.

"누님."

율포댁이 삿갓 벗고 버드나무 아래 선 그를 알아보았다.

"너 어진이 아닌가. 네가 어떻게 이 먼 데까지 왔어!" 석주율은 대답을 못한 채 서 있었다. 율포댁이 달려와 석주율 손을 잡더니 오열을 쏟았다. "어진이 네 고생한 것 인편에 다 들었다. 부산경찰부에서 죽었다 깨어났다는 소식까지. 그래도 명줄 길어 세상으로 나왔구나. 어진아, 우리 동기간이 몇 년 만인가. 여기서 널 보다니……"

부엌에서 일하던 아낙들이 나와 동기간 상봉을 젖은 눈으로 지켜보았다. 그네들 역시 고향 떠나 이역에 살림을 풀었으니 회한이 사무쳤던 것이다.

"실성기가 있다더니 이제 정신은 온전하냐? 부모님은 다 무고하신가?" 율포댁은 주율이 말할 짬 없게 물었다.

"언양 고하골에 잘 계십니다."

율포댁이, 이럴 게 아니라 어디에 앉아 얘기하자며 동생을 이끌었다. 그네는 초가를 길다랗게 지어 여러 개 방으로 나눈 자기 처소로 그를 데리고 갔다. 방안은 바느질감으로 어수선했는데, 군복을 만들던 참이었다.

"내가 여기 있는 줄 어찌 알았나?"

"여섯 해 전 자형하고 왔을 때 엄생원 댁에 머물렀지요. 사부인께 여쭈었더니 누님이 여기 있다고 알려줍디다."

율포댁이 집안 소식을 물어, 주율은 엄마가 편찮으시고, 선화가 역술소를 냈으며 차봉이형은 설에 다녀갔다고 말했다.

"이제 보니 네 복장이 절옷이 아니구나."

"감옥에서 나온 후 환속했습니다."

"밀양 읍내에 살 때 이웃에도 표충사에 다니는 신도가 여럿이라 너 칭송을 많이 하더라. 그런데 절을 떠나다니?"

석주율은 감옥에서 나온 뒤 이력을 대충 말했다.

"그렇다면 잘됐다. 너도 여기서 우리와 함께 살아. 반도보다 여기가 낫다. 대한독립을 마음대로 말할 수 있고, 배곯지 않아. 여기 대교 신도는 왜놈을 이 땅에서 몰아내고 백두 영지를 중심으로 배달국가를 세워 지상 천국을 만들 희망에 부풀어 있어. 그 희망으로도 배부르고 기운이 솟아."

변해버린 누님 말을 듣자 석주율은 할 말이 없었다. 갯가로 시집가 서방과 자식마저 잃은 뒤 여보상으로 떠돌던 누님이 언제 이렇게 열렬한 대종교 교도로 변해 광복까지 들먹이게 됐는지 알 수 없었다. 돌이켜보면, 까막눈으로 농사일하던 종살이 신세에서 개명 세상의 변이를 알게 된 자기 입장과 견줄 때 피장파장이었다.

"자형이 대종교를 믿고 난 후 누님도 교도가 되셨군요. 그러나 하산한 지 일천한데 제가 어찌 대종교 교도가 되겠습니까. 국내 사정이 안정되면 저는 고향으로 갈 겁니다."

"너는 단군 임금 자손 아니냐? 배달민족이라면 단군교를 믿어야지. 불교는 인도에서 왔고, 야소교는 서방에서 왔고, 도교는 중국에서 왔다. 조선인이 어찌 남의 성인을 경배한단 말인가. 조선인은 한배님을 믿어야 죽어 환웅천왕이 계시는 천상에 올라갈 수 있어."

"종교는 탄생지가 중요하지 않고, 말씀이 중요하지요."

"천부경 말씀은 대단해."

"국조 단군님을 경배하고 강신지 백두산을 중심으로 배달겨레의 고토를 되찾자는 대종교의 큰 뜻을 제가 부정하는 건 아닙니다. 누님, 그런 이야기는 그만 하십시다."

"그렇다면 귀국할 동안 여기서 뭘 할래?"

"아무 일이나 해야지요."

"꼭 국내로 들어가야 해?"

"제 할 일은 거기에 있어요."

"네 속뜻을 모르겠구나" 하더니, 율포댁이 주율을 타일렀다. "어진아, 여기까지 왔으니 자형 한번 만나봐. 너도 깨칠 게 있을 게다. 왜 우리가 먼 북지까지 와서 조국 광복을 위해 애쓰는가를. 독립군부대를 만들어 왜놈과 싸우려 하냐를. 너도 왜놈한테 고문받고 옥살이했으니, 내 말뜻을 짐작할 거야. 얼이아버지가 청포촌 다녀간 지 두 달이나 지났다. 총본사와 연락 관계로 여기서 이틀 머물때 무슨 얘기 끝이던가, 네 말이 나왔다. 작은서방님 얘기도 하고. 널 만나면 반가워할 게고 할 말도 많을 거다."

"……"

"얼이아버지가 언제쯤 여기 올지 알 수 없으니 네가 찾아 나서야지. 여기서 며칠 쉬다 나서려무나. 숲 깊이 밀영(密營)한다니 부대 위치는 알 수 없으나 종무소를 통해 내가 알아보마. 네가 글 읽어 야학당 선생을 했다니 거기서 생도를 가르칠 수 있고, 서무 일도 볼 수 있어."

"별 할 일도 없으니 자형을 뵙겠습니다." 보부상이었으나 남달리 의기에 넘치고 용맹하던 자형이 제 길 찾아들었다니, 석주율은 달라진 자형 모습이 보고 싶었다. 부산경찰부 특고과에서 고문당하며 추궁받았던 장사직 암살사건 전모를 자형은 잘 알 터였다. 취조 형사들은 자형을 사건 주범으로 지목했던 것이다. "사백 리 길이라니 나흘은 잡아야겠군요."

석주율은 자형을 만나더라도 그곳에서 독립군 병사로 지원할 마음은 없었다. 독립운동의 당위성은 인정했지만 무장투쟁에 앞장서 총 들고 전장에 뛰어들 마음이 아니었다.

"얼이아버지도 거기서 여기까지 나흘 만에 왔다더라." 율포댁이 자리에서 일어났다. "용정에서 여기까지 왔다니 곤하겠지. 한숨 자거라. 내 하던 일 끝내고 오마."

율포댁이 나가자, 빈방을 지키던 석주율도 밖으로 나왔다. 교당에는 구구셈 외는 소리가 들렸다. 석주율이 열어놓은 창 안을 들여다보니 어린애도 섞였으나 공부하는 애젊은 생도들이 서른여명 되었다.

대종교 총본사는 만주 여러 지방에 흩어진 신도 중 청소년을 대상으로 교리강습을 시켰는데, 교육 기간은 두 달이었다. 피교육생은 자기가 먹을 양식을 지참해 청포촌 총본부로 모였다. 그들은 교리강습 외 한글과 한자는 물론 조선 역사, 박물(博物), 산술을 익혔고, 민족적 자부심을 고취하고 배일흥한(排日興韓)을 선양하는 강좌도 받았다.

삼신전(三神殿) 뒤쪽 언덕에서 한 무리 소년이 열 지어 내려왔다. 어깨에는 나무총 메고 칡넝쿨로 어깨와 가슴을 감아 위장한 차림이었다. 그중 대장인 듯한 소년은 나무총에 태극기를 달고 있었다. 소년 병사들이 힘차게 노래를 불렀다.

　우리 시조 단군께서 / 나라 집을 창건하여 / 태백산에 강림하사 / 우리 자손 주셨으니 / 거룩하고 거룩하다 / 태조왕의 높은 성덕 / 받들어 모시어서 / 왜족 무리 무찌르세 / 우리 강토 광명 찾아 / 배달정신 이어가세……

산야를 휘지르며 전쟁놀이하고 오는 소년 병사들 중, 계집애와 예닐곱 살 된 꼬마도 섞여 있었다. 석주율은 그들 중 조카도 있으리라 짐작했다. 장차 일본군과 싸울 독립군의 꿈을 키우는 아이들을 보자 그는 콧날이 시큰했다.

석주율은 총본사 식당에서 피교육생에 섞여 저녁밥을 먹었다. 조밥에 배춧국과 산나물, 콩조림 반찬이었다.

"어진아, 가자. 엄생원님도 널 보면 반가워하실 게다. 우리도 여기로 들어와 처음 찾은 집이 그 댁이었다." 율포댁이 두 자식을 앞세워 동생을 채근했다.

"외삼촌, 어서 가요." 한얼이 석주율 소매를 당겼다.

일행은 마을로 내려갔다. 서산 너머로 해가 기울어 하늘은 놀빛으로 물들었다. 낮 더위가 한풀 꺾여 바람이 선선했고 길가 수숫대잎이 바람결에 너울거렸다.

"그해 엄동설한에 여기로 오기까지 고생도 무진장 했지. 자형이 쫓기는 몸이라 후미진 길만 골라 산 넘고 물 건너오며 울기도 많이 울었다. 한얼이는 아버지가 업고, 나는 앞산만큼 부른 배로 삼천 리를 넘게 걸었으니…… 네 자형 담력이 아니었담 나는 어느 된비알에서 얼어죽었을 게다." 율포댁이 걸으며 말했다.

엄생원 집 앞까지 오자 석주율은 예복이를 만나기가 수꿀했다. 누님이 저녁밥 먹고 엄생원 집에 인사 가자 했을 때 속마음으로 그 말을 기다린 탓인지 가슴이 뜨끔했고, 떠오른 얼굴은 엄생원이 아니라 예복이 처녀 적 모습이었다. 내가 만약 파계하지 않았다면 이토록 천연덕스레 엄생원 집으로 갈 수 있을까. 한때 음심을 품었던 예복이를 대면하기 부끄러워 내려오지 않았으리라. 그는 그런 생각마저 들었다.

"그러잖아도 기다렸는데, 저녁밥은 어찌했소?" 엄생원 처가 대문간까지 쫓아와 율포댁에게 물었다.

"밥 먹고 내려오는 길이라요."

"이를 어째. 우린 주율스님과 함께 먹으려 기다렸는데."

"주율스님, 이게 몇 해 만이오. 오래 살다 보니 수천 리 밖 동포도 다시 만나구먼. 어서 안으로 듭시다." 들일에서 돌아온 엄생원이 수채에서 손발을 닦다 말했다. 여섯 해 사이 그의 염소수염도 반백이었다.

머릿수건 쓴 젊은 아낙이 부엌에서 얼굴을 내밀었다. 예복이었다. 그네가 수건을 벗곤 주율에게 수줍게 웃으며 목례했다. 그런데 여태 머릿속에 그려온 예전 예복이 모습이 아니었다. 쪽진 머리만 달라진 게 아니라 얼굴은 살이 쪄 넓적해졌고 탐스럽던 다홍색 뺨과 도도록하던 콧등에 기미가 끼여 있었다. 앞치마를 두르기는 했으나 잘록하던 허리도 절구통처럼 굵어졌다. 그럴 수 있을까 하는 주율의 놀람은 잠시였고, 그의 마음이 처연하게 돌아섰다. 환상은 그려볼 때나 꿈을 꿀 때 아름답지만 현실로 바뀌었을 때는 여지없이 허물어짐이 이번 경우만 아니리라. 세상 이치가 그러했고, 변해버린 예복의 모습은 그의 마음을 오히려 편안하게 했다.

바깥에서 놀던 배달이 또래 계집아이가 댕기머리채를 팔랑대며 집안으로 들어왔다. 예복이 딸이었다.

율포댁 두 아이는 밖으로 놀러 나가고, 석주율은 아래채 빈방에 들었다. 여섯 해 전 자기가 썼던 방이었다. 서둘러 식사를 끝낸 엄생원이 율포댁과 함께 아래채로 내려왔다. 엄생원 처가 참외 담은 소반을 들고 따랐다.

지난 여섯 해 동안 석주율의 신상 문제에 관한 안부 말이 있고, 국내 정세를 두고 엄생원이 여러 말을 주율에게 물었다. 주율은 지난 삼월 전국적으로 번진 독립만세 경위와 울산 지방 만세시위를 말했다. 그런 소식은 엄생원도 접한 듯 별 표정 없이 머리를 주억거렸다.

"국내 만세시위도 결국 실패로 끝난 것 같아요. 여기 용정에서도 궁벽 산촌 칠팔십 리 길도 마다하고 모여든 삼만에 달하는 조선인이 십삼일 정오에 왜놈 영사관 옆 서전대에서 각 예배당 종소리를 신호로 독립선언문을 낭독하고 궐기했으나 다수 사상자를 내고 끝났지요. 안도현 백초구에서도 삼월 이십육일 대교 신도 삼백, 야소교 신도 삼백 등 천이백 명이 모여 한족독립선언축하회를 열고 만세를 불렀습니다. 그러나 평화적인 시위란 한계가 있게 마련이라……" 엄생원이 한숨을 깔았다.

바느질 일을 해야 한다며 여자들이 밖으로 나가자, 두 사람만 남았다.

"감옥에 있다 나왔다니 석씨는 홍암대종사님 조천(朝天) 소식도 듣지 못하셨겠군요?" 엄생원이 침통하게 말했다.

"금시초문입니다. 홍암대종사께서 왜 그렇게 갑자기?"

"대종사께서 을묘년(단력 4248: 1915) 봄에 국내 교계를 시찰하러 일시 한양에 드셨지요. 그러자 일본이 그 기회를 이용해 그해 초가을 조선총독부령 팔십삼호로 종교 통제안을 공포해 대종교를 폐쇄해버렸습니다. 이듬해 병진년 설날 아침 대종사께서는 한양 남도본사 삼신전 앞에서, 단황대교(壇皇大敎)를 중광한 지 불과 칠 년 만에 교를 죽인 대죄를 저질렀으니 목숨을 끊어 사죄하겠다고 맹세하셨습니다. 그해 음력 팔월 나흐렛날 황해도 구월산 삼성사(三聖祠)로 떠나셨지요. 대종사께서 구월산 삼성사에서 기도하던 중 한가윗날을 맞았습니다. 명월이 만공산하자 대종사께서는 언덕에 올라 북으로 백두천산에 읍배하고, 남으로 선영 선산에 곡배하고 내려와 제자와 신도들을 데리고 제천대회를 봉행하셨지요. 그리고 수도실로 들어가 문을 잠그고 전수도통문(傳授

道統文)과 순명삼조(殉名三條)와 유서를 남기고 조천하셨습니다."

엄생원이 울음 잠긴 목소리로 말을 마치자, 소매로 눈물을 찍었다.

"그렇다면 자결하셨습니까?" 석주율이 물었다. 스스로 목숨을
끊음은 불교나 기독교나 죄악으로 여겨 금하는데, 종단 교조가 자
살하다니? 세속적 해석으로도 자살은 인간 행위 중에 실천하기 힘
든 그 무엇이 아닐 수 없었다.

"홍암대종사께서는 폐기법(閉氣法)으로 순명하셨습니다."

"폐기법?" 석주율은 스스로 숨을 멈추어 목숨을 끊는 방법을 처
음 들었다. 그러나 어느 교든 교조는 그보다 더한 신통력도 가능
하리라 수긍했고, 폐기법은 신통력이라기보다 의지로써 실현할
수 있겠거니 싶었다. 그런데 속죄로서의 자살도 순교일까 하는 의
문이 들었다.

"홍암대종사께서 쉰넷 연세로 조천하신 지 올해 한가윗날이면
삼주기를 맞습니다. 총본산에서는 홍암대종사님 위업을 기려 여
러 행사를 준비 중이지요."

"그렇다면 이대 도사교님은 어느 분이십니까?"

"홍암대종사님 유서에 따라 교통(敎統)을 전수받으신 무원종사
님이십니다."

"사학에 달통한 그분을 지난번에 왔을 때 총본사에서 뵈었습니
다."

"무원종사님이 도사교에 오르시고 교세가 더 확장되고 있습니다.
영아현에도 남관 총본사를 건립했지요."

"왕청현 춘면향에 대한정의단이 있다던데, 어느 분이 맡고 있습

684

니까? 자형과 어르신 사위 분도 거기 있다던데요."

"백포종사이십니다. 대종교 네 종사(宗師)라 함은 홍암대종사(나철), 무원종사(김교헌), 백포종사(서일), 단애종사(윤세복)를 이르십니다. 무원종사님이 사학의 대가라면 백포종사님은 철리(哲理)의 대가십니다. 『오대종지강연(五大宗旨講演)』『삼일신고강의(三一神告講義)』『회삼경(會三經)』이란 경전을 저술했지요. 한편, 그분은 철저한 무인이십니다. 출생지 함경북도 경원에서 간도로 들어오자마자 신해년(1911)에 대종교 교도를 중심으로 중광단(重光團)이란 독립운동 단체를 조직했지요. 백포종사께서는 독립에는 무력투쟁뿐이라고 역설했으나 무기가 없어 여태 군사 행동을 전개치 못하다, 연해주 쪽에서 이제야 무기를 구입하게 되자 중광단을 대한정의단으로 이름을 고치고 왜적을 상대로 독립전쟁을 벌이려 독립군양성소를 만들었지요. 제 사위는 거기 군법국에서 일을 보고, 석씨 자형은 사관으로 있습니다."

그날, 석주율과 엄생원은 밤이 깊도록 대종교에 관한 말을 나누었다. 신앙적 측면으로 대종교 뿌리를 파헤치다 보니 단군 왕검의 건국 신화로 화제가 옮아갔다. 하늘에서 내려온 환웅천왕이 인간으로 꾸며 곰과 결혼함으로써 단군을 낳았다는 점에서는 민족사화(民族史話)로 신화지만, 최초로 이 땅에 국가사회를 건설한 개국(開國) 시조로서는 현실적인 모습으로 단군이 존재한다고 엄생원이 말했다. 무속을 신봉하는 무당이 단군 신단에 제사 지냄은 단군이 민족 고유종교로서 신인(神人)으로 받들어지지만, 민족 시조로서 단군은 분명 역사적 인물이라 했다. 일본은 단군이 조선인 독립운동의 촉발제가 되기에 그 존재를 극력 부인하지만, 우리 민족은 신인으로서 단군과 역사적 인물로서 단군을 종합 융화해 숭배함으로써 민족의 구심점으로 삼아야 한다고 말했다.

엄생원은 1914년 『신단실기(神檀實記)』를 저술한 무원사교로부터 교리 시간에 들었던 고조선 건국 일화를 풀이했다.

원시 부락사회 시절, 여러 부락 중 하늘을 숭배하던 부락과 곰을 숭배하던 부락을 모태로 여러 부락이 합쳐 부락동맹체 사회를 이루었으니 신화는 그렇게 만들어졌고, 단군 왕검 탄생으로부터 국가로서 역사 시대가 시작되었다는 것이다. 지금의 조선반도와 요동, 요서 지역을 포함하는 발해 연안 지역의 광대한 땅이 고조선 영토였다. 고조선 시대에 이미 농사법이 발달했고 철, 동, 주석으로 연장을 만들어 썼으니, 동양에서는 문명이 먼저 깬 강대국이었다. 엄생원은, 사람을 귀하게 여기고 널리 이롭게 해야 한다는 홍익인간(弘益人間) 이념과, 당시 팔조법(八條法)도 풀이했다.

"……『맹자』에도 그런 말씀이 있지요. 고조선은 종사 수확을 스물로 잡을 때 그중 하나를 세금으로 거두었으나 당시 중국은 수확의 오 할을 나라에서 빼앗아 갔다지 않습니까. 그러니 고조선 때는 임금이 거창한 궁궐을 짓거나 사치를 하지 않았고 아래 백성도 부자나 빈자의 구별 없이 평등한 사회를 이루어 화목하게 살았지요. 이 모두 시조이신 단군님 교지를 백성이 잘 받들어 모셨기 때문입니다……"

고조선 뒤를 이은 부여, 고구려, 동예, 한, 이런 나라에서는 영고, 동맹, 무천, 5월제와 10월제 등 하늘에 제사 지내는 의식이 있었는데, 이때는 백성이 모두 모여 음식 먹고 술 마시며 가무를 즐겼다 했다. 이런 풍속은 고조선 풍습의 계승이었는데, 한민족 고대사회는 사회 신분에 따른 차별이 적었음을 알 수 있다는 것이다. 고대 중국을 보면 신분에 따른 계층 질서가 엄격해 사회적 신분이 다르면 한자리에 설 수조차 없는데 함께 술 마시고 노래한다는 유희는 상상할 수 없었다. 우리 민족의 이런 민족 공동체사회가 형성된 점도 홍익인간 이념이 생활 전반에 반영되었기 때문이라 했다. 그러므로 대종교는 새로운 종교가 아니요『삼국유사』와『제왕운기』에서 보듯, 예부터 있어온 단군님 모시는 종교로, 큰 맥은 고려 왕검교(王儉敎)로 이어왔다. 그런데 몽고 지배 아래 들어간 원종(1247~1260) 이후 맥이 끊어졌다 7백여 년 만에 중광한 셈이라고 엄생원이 말했다. 홍암대종사가 을유년(단력 4218: 1885)에 중광함으로써 이를 을유중광이라 한다는 것이다. 영조 임금 때 성리학자 성호 이익이『동사류고(東事類考)』에서, '우리 동방의 종교를 그릇 가리켜 선교(仙敎)라 하지만 실은 단군께서 세우신 종교'라는 고증을 예로 들었다.

"……그러니 우리 대종교의 당면목표는 국권을 회복해 잃은 땅을 되찾자는 겁니다. 홍암대종사의 순명도 왜나라에 주권을 빼앗긴 데 따른 단군님 후손된 자로 통분에 있었던 만큼, 우리가 왜놈 노예로 살아서야 되겠습니까. 그래서 백포종사님께서 이제야 본격적인 무장 독립군부대를 창설하기에 이른 겁니다. 대한정의단에는 수백 명 젊은이들이 훈련받고 있지요. 그들을 뒷바라지하려 만주 전역의 교도와 동포가 적극 모금운동을 펼치고 있습니다."

오랜만에 말벗을 만났다는 듯 엄생원 말이 이어졌다. 간도 지방 조선인 독립단체와 각 단체가 독자적으로 양성하는 독립군 현황, 청포촌 마을 생활담도 풀어놓았다.

밤이 깊자 위채에서 엄생원 처와 율포댁이 아래채로 내려왔다. 율포댁은 잠에 든 배달이를 업었고, 엄마 치마귀를 쥔 한얼이는 마당에 선 채 졸았다. 율포댁이, 애들 때문에 본사로 가야겠다는 말에 석주율도 일어섰다.

"석선생은 주무시고 가잖구요. 아침밥이나 함께 듭시다."

"아닙니다. 누님 따라 올라가겠습니다."

"모처럼 친동기가 만났으니 할 얘기가 오죽 많겠수." 엄생원 처가 말했다.

엄생원 내외가 대문간까지 배웅했다. 석주율이 설핏 보니 위채 건넌방은 문살이 밝았고, 바느질감을 차고앉은 예복이 그림자가 비쳤다. 그러나 그네를 보지 않고 떠나도 아무렇지 않았다. 몇 시간 사이 변해버린 자기 마음을 느끼자, 인격을 갖추자면 한참 멀었다는 생각에 부끄러움이 앞섰다.

석주율과 율포댁은 총본사로 오르는 어두운 밤길을 걸었다. 하늘에는 별이 쏟아져 내릴 듯 영롱했다. 8월인데도 청포촌 밤은 초가을 날씨같이 서늘했다. 낮 동안은 뙤약볕이 따가와 벼, 수수, 해바라기 열매가 잘 영글겠지만 밤낮의 기온 차이가 심했다.

배달이를 자기가 업고 가겠다며 석주율이 조카를 넘겨받아 업었다. 율포댁이 졸며 걷는 한얼이 손을 잡고 걸었다.

"부대에 막사가 있다지만 훈련 나가면 어디서 이슬 피해 주무시는지……" 율포댁이 혼잣말을 했다.

"교도 중 집을 떠난 청년들도 많겠군요?"

"모두 왜놈과 싸우러 갔어. 광복되는 날까지, 아님 아주 못 돌아올지도 몰라. 예복이나 나나 서방을 떠나보냈지만 우린 아무렇지 않다. 한배검님이 우리 가족을 지켜주시니깐. 야심한 첩첩산중을 넘더라도 국권 회복할 그날까지 참고 살아야 하니깐." 율포댁이 스스로에게 다짐하듯 말했다. "집 떠난 남정네들은 봄가을 농번기에 제집으로 돌아와 보름 정도 머물러. 바쁜 농사일 해내곤 또 떠나지. 군대로 돌려보내는 안사람 마음이 어떻겠냐마는, 모두 웃으며 전송해. 그러나 지난봄 만세사건 후부터 왜놈군과 진짜 전쟁 벌일 준비를 한다니 이번은 추수기가 돼도 오지 못할 거야. 그러니 여기 여자들은 지게 지고 쟁기질도 해야 해. 중국 관헌과 맞서야 하고 토비 떼에게 양식을 빼앗기지 않으려 우리도 쇠스랑이 들고 나설 때가 있지. 여기로 들어온 첫해는 싸우며 일한다는 말이 무슨 말인지 몰랐어. 한 해 그 혹독한 겨울을 넘기자 비로소 알겠더군. 요즘 청포촌 아녀자들은 밤잠조차 줄여 서대파 십리평 부대원들이 입을 군복을 만든단다. 집집마다 일감을 배당받았어."

"장하십니다. 누님 같은 분이 있는 한 우리나라는 반드시 광복의 날을 맞을 겁니다. 우리가 일본 속국으로 계속 남으리라곤 저역시 생각해본 적 없어요."

석주율은 청포촌에서 하루 더 머물렀다. 총본사에서 석판으로 찍어낸 단군 영정 한 폭을 얻어 바랑에 넣었다. 아침밥 먹고 나자 그는 바랑을 메고 길 떠날 차비를 했다. 이렇게 섭섭히 떠날 수 있냐며 율포댁이 울었다. 제비 오는 5월이 되면 고향 그리움에 사무쳐 울기를 네 해, 꿈결이듯 너를 만났는데 언제 다시 보겠느냐며 징징거렸다.

"십리평으로 들어가면 원씨를 찾아라. 원씨에게 물으면 부대 본영이 있는 데를 가르쳐준대. 자형 만나면 여긴 다 무사하다는 안부 전해주고."

율포댁이 무명 두 필을 석주율에게 내놓으며 고향으로 돌아가면 부모님께 전하라 했다. 그네가 지난겨울 밤을 독수공방하며 베틀 앞에 앉아 마련한 무명필이었다.

"부모님 뵈오면 곽서방도 나도 잘 있으니 걱정 마시라 해. 두 자식도 잘 크고, 배 안 곯고 따습게 산다고……"

"지금 예정으론 귀향할 날도 많이 남았는데…… 잘 보관할는지 모르겠습니다." 석주율이 바랑에 무명필을 담았다. 바랑 안에는 길요깃감으로 누님이 준 미숫가루와 감자 한 관이 들어 있었다.

"못 전해진대도 할 수 없지. 내 정성이요, 그래야 내 마음이 편하니깐. 집에 돌아갈 때까지 곤경한 처지를 당하면 무명 팔아 네 노자에 보태 써도 좋고."

율포댁이 들머리 초소까지 동생을 배웅했다.

석주율은 왔던 길을 되돌아 동으로 길을 잡았다. 들판 숲길을 지나 야산마루를 넘고 다시 긴 계곡을 빠져나갈 동안, 그는 심심찮게 10호 안팎의 작은 마을을 만났는데, 주민은 대체로 조선인 유이민이었다. 몇 마디 익혀둔 중국말을 쓰지 않고도 하루 갈 길 잇수를 알 수 있었다.

용정을 거쳐 국자가까지 이틀, 국자가에서 서대파까지 다시 이틀이 걸렸다. 조선인 민가에 들어 잠을 자거나 이슬 맞으며 야숙하기도 했다. 그래서 십리평에 들기는 닷새째 되는 정오 무렵이었다. 십리평은 계곡을 끼고 있어 수전(水田)을 일군 30여 호 큰 마을이었다. 중국인은 세 가구였고 조선인이 집단을 이루어 살고 있었다. 조선인 가구 중 대종교 신도가 세 가구였는데, 율포댁이 일러준 원씨를 찾으니 기골이 장대한 마흔 중반이었다. 그는 그 댁에서 하룻밤을 자며 간도 지방 조선인 무장투쟁에 관한 이야기를 듣고 자정 넘겨 잠자리에 들었다. 이튿날, 그는 대한정의단 군사정탐대 연락원 안내를 받아 훈련부대가 있는 노영지(露營地)로 떠났다. 십리평에서 그곳까지 밀림지대를 거치는 인적 없는 30리 길이라 했다. 알머리에 기름 먹인 종이삿갓을 쓰고 등거리에 잠방이 입은 연락원은 열댓 살 된 소년이었다. 그는 본사와 교당을 돌며 정보를 전달해주는 연락원 중 하나였다.

수해(樹海)의 들판과 산등성이를 휘어 돌아 세 시간 만에야 둘은 본영 숙영지에 도착했다. 봇나무 숲속에는 널찍한 야영장이 있었고, 기다랗게 지은 초가 막사 여덟 동이 야영장을 중심으로 동서남북으로 배치되어 있었다. 초소 뒤쪽으로 초가도 몇 채 있었다. 입구 초소에 군총 멘 초병에게 연락원이 석주율 신원을 밝히자, 출입이 허가되었다.

사무소로 쓰는 초가에 들르니 당번 둘이 있었다. 취사장 앞마당에는 아낙들이 둘러앉아 푸성귀를 다듬고 있어 석주율은 여기도 여자가 있구나 싶었다. 막사가 빈 것 같아 석주율은 병사들이 훈련 나갔거니 했는데, 연락원 말로 농사지으러 갔다 했다.

"화전을 일구지요. 부대원 농사는 점산호에게 지조대 바치지 않아도 되는 이점이 있습니다. 관리인이 지조대 받겠다고 오면 이쪽도 무장했으니 섣불리 강탈할 수 없지요. 그래서 독립군부대는 양식 절반을 자급자족하는 셈입니다."

석주율이 오후 시간을 무료히 기다린 끝에 저녁 무렵에야 기마병 열대여섯과 함께 일단의 병사가 군가를 부르며 숙영지로 돌아왔다. 앞장선 등거리 걸친 애젊은 병사는 태극기 매단 깃대를 들고 있었다. 병사들이래야 태반이 농사꾼 차림이었는데, 부대원이 얼추잡아 2백이 넘었다. 군총을 멘 병사는 사오십 명 정도였고, 나머지는 목총과 농사 연장을 들고 있었다.

푸성귀를 잔뜩 쟁인 말을 끌고 열외에서 걸어오던 곽돌이 막사 앞 야영장에 삿갓 벗어 들고 서 있는 석주율을 보았다.

"너 어진이 아니냐. 어쩐 일로 네가 여기까지 왔냐?" 곽돌이 달려와 처남 어깨를 흔들며 반가워했다. 창대수염은 여전했으나 챙이 달린 군모를 쓰고 있었다. 그는 지휘관답게 누런 군복 차림에 목이 긴 가죽신을 신었다. 탄띠에 권총을 찬 자형 외양이 석주율 눈에 예전 도붓장수가 아니었다.

"그동안 고생 많았지? 영남유림단 조직이 들통나 백선다님과 많은 분이 옥살이를 겪었다며?"

"스승님께서는 지난 삼월 만세시위로 다시 감옥에 들어가셨습니다. 이번 재판에서 삼 년 육개월 선고를 받으셨고요."

"그래?" 새 소식이라 곽돌이 방울눈을 크게 떴다. "안으로 들어

692

가. 들어가서 얘기하자고."

곽돌은 상급자로 보이는 군복 어깨에 견장 단 장교에게 무어라 보고하곤, 기다란 초가 막사 여덟 개 중 제3막사로 처남 등을 밀며 걸었다. 막사 안은 가운데에 통로를 두고 통나무를 켜서 짜붙인 마루청이 양쪽으로 길게 깔려 있었다. 곽돌은 마흔네댓 명이 기거하는 막사 부책임자로 제3대 선임 소대장이었다.

석주율과 곽돌은 한동안 영남유림단 사건 전말을 두고 여러 말을 나누었다. 장사직 처형 과정은 곽돌이 말했고, 영남유림단 실무요원들과 표충사 큰스님들의 연행에서부터 실형 언도를 받기까지는 주율이 말했다. 곽돌은 그 전말을 알고 있어, 자기와 우용대만 피검을 모면해 윗분들에게 미안하다는 말을 여러 차례 강조했다.

"대한광복회 박상진 회장이 경성 서대문감옥에 수감 중이란 소식은 알 테지?"

"신문에 보도되었지요. 자형까지 그 소식을 아시다니?"

"국내로 내왕하는 동지 편에 소식은 자주 접해. 광복회 충청도 지부가 풍비박산이 됐다는 것도 알아. 경상북도 진보 출신 권영만 동지 등, 각 지부 광복회 요원들이 수사 확대를 피해 속속 간도로 들어오고 있어."

곽돌과 석주율은 농군 병사들과 함께 저녁밥을 먹고 난 뒤 야영장 소각장 쪽으로 자리를 옮겨 앉았다. 둘만의 호젓한 기회를 갖자, 곽돌이 삭정이를 모아 불을 지폈다. 서늘해진 야기 속에 모닥불을 쬐며 둘은 여러 말을 나누었다. 석주율은 부산감옥 출옥 후에 자신이 하던 일과 울산 지방 만세운동 과정, 도정 박생원의 참수 사실도 말했다.

"일본군 국경수비대가 여기까지 출몰합니까?" 석주율이 물었다. 전투가 자주 있다면 병사들이 화전 일구며 농사짓기가 용이하지 않겠다고 생각했던 것이다.

"왜국이 중국과 간도협약을 맺은 게 십 년 전(1909) 아닌가. 여기가 엄연한 조선 영토인데 왜가 만주 이권을 얻으려 간도 땅을 중국에 귀속시켰지. 중국은 지금 백귀야행(百鬼夜行)의 혼미를 거듭하지만 왜군이 남의 나라 땅까지 함부로 월경할 수야 없지. 그러나 조선인을 보호한다는 명목으로 용정에 왜놈 영사관이며 파출소, 헌병주재소는 물론 조선은행 지점이 있고, 국자가에는 동양척식회사 출장소까지 차려놓고 변리(邊利) 장사로 잇속을 챙겨 간도 지방 상권(商權) 팔 할이 왜놈들 수중에 있어. 그러니 그 밑에 깔린 첩자만도 기천 명이고, 밀정짓 하는 조선족 개도 많아. 그놈들이 중국 공서(公署)에 손을 쓰고 비적 떼와도 내통해서 조선인 독립운동 단체에 압력을 넣고 독립군부대 기밀도 빼내 왜놈 영사관에 넘겨주지."

"용정 만세사건 때 중국 관헌 발포로 조선인 다수가 목숨을 잃었다던데, 중국측은 조선의 이런 독립군부대를 인정합니까? 일본도 일본이지만, 중국 관헌과 마찰은 없습니까?"

"왜 마찰이 없겠는가. 이역 땅에 들어와 독립운동 하는 우리야말로 사면초가지. 우리가 왜국과 중국 눈치 본다면, 왜놈과 우리쪽 눈치 보기는 중국측도 마찬가지야." 이어, 곽돌은 현재 중국 내부 사정을 설명했다.

1911년 신해혁명, 이듬해 청이 멸망하고 중화민국이 수립된 뒤 대총통 원세개의 반동을 거쳐 1916년 그가 사망하자, 중국 정세는 각지에 난립한 군벌들 세상이 되었다 했다. 간도가 속한 동삼성(東三省, 중국 산해관 동쪽인 만주 봉천성, 길림성, 흑룡강성)은 마적 출신 군벌 장작림이 '동삼성 순렬사'란 직함을 갖고 봉천에 거하며 전 만주를 다스린다는 것이다. 군벌들은 봉건 영주처럼 대내외적 권력구조를 갖추어 외교권이 있다 보니, 일본은 봉천 장작림을 상대로 교섭을 벌이며 온갖 압력을 넣고 있다 했다. 장작림 아래 길림성 독군(督軍, 신해혁명 뒤에 생긴 중국 관직 이름으로 각 성 군사 책임자)은 포귀경, 성장(省長)은 서정림, 그 아래 국자가에는 육군 제2혼성여단 보병 제1사단이 있고 사령관은 맹부덕, 국자가 도윤(道尹)은 장세전이라 했다. 일본측은 봉천 군벌 정부와 짜고 국자가 장도윤에게 조선인 불령단체를 철저히 다스리라 협박한다는 것이다. 중국측은 만주 진출에 야욕을 가진 일본을 경계해 그들 말을 겉으로는 들어주는 체하며, 순망치한(純亡齒寒)의 이치를 내세우는 조선측과 비밀리에 우호적으로 내통하며 일본측 동태를 수시로 알려준다 했다.

"국자가에 있는 중국군 사령관 맹부덕도 우리에겐 동정적이라 왜놈측 정보를 흘려주지. 지난 삼월 용정 만세사건 때 발포는 일본측에 빌미를 주지 않기 위해서였다고 우리측에 변명했어. 만약 우리 만세꾼이 왜놈 거류민이나 관리들에게 해를 입히면, 왜놈은 이를 구실로 당장 만주 출병(出兵)을 강행할 테니깐. 그렇게 되면 그러잖아도 허장성세한 봉천 군벌 장작림은 왜놈 군대 손발에 놀아나는 허수아비 꼴이 될 게 자명하니 왜놈 환심을 사려 부득이 발포 명령을 내렸다니 그런대로 이치에 맞아."

"그렇다면 간도 지방 독립군부대는 규모가 어느 정도 됩니까? 물론 대한정의단 외 여러 부대가 있잖습니까."

"많지. 북간도, 서간도 합쳐 스무 개도 넘을걸. 많게는 천 명에 적게는 기십 명으로, 조국 독립의 날을 기약하며 열심히 훈련받고 있지. 그중 명실공히 규모가 큰 독립군단으로는 서일 총재가 조직하고 공교회 일부가 가담한 대한정의단이지. 여기 본영 외 각지에 다섯 분단(分團)이 있고, 단 아래 칠십여 지단(支團)이 있어. 비무장이긴 해도 정의단 소속 병력을 모두 합친다면 천오백여는 될 게야. 지금도 만주 전역에서 계속 부대원을 초모하고 있어. 네가 여기서 한 달을 지켜보면 병력이 계속 불어나는 걸 알게 될 거야. 정의단 다음으로 전투력 면에서는 대한국민회와 손잡은 '홍범도 부대'로 봐야지. 포수 출신으로 기골이 크고 기상이 남다른 홍 대장은 이미 간도 지방 독립군 대장으로 널리 알려진 인물이니깐. 수하에 삼백여 무장병력을 거느리고 있어."

"대한국민회라면 명동학교 전 교장 김약연 선생과 야소교인들이 중심이 된 독립단체 아닙니까?"

"맞아. 대한국민회에서는 직속부대로 국민군도 양성해. 부대장은 안무란 분이야. 그쪽도 기백 병력을 보유하고 있어."

"독립군부대가 왜군과 전투 치른 적도 있나요?"

"지금은 그럴 능력이 없어. 너도 보다시피 우리 병력은 아직 대부분 도수(徒手, 맨손) 아닌가. 그나마 내가 처음 정의단에 배속받은 재작년 가을만 해도 일 개 중대에 지급된 총이라곤 화승총 서너 자루뿐, 군총이라곤 한 자루도 없었어. 그런데 올해 들어 해삼위에서 소량으로 아라사군과 서비아군으로부터 보총을 사들여. 간도 지방 조선 농민들이 공량(公糧)을 한두 되씩 바치는 성금이 그렇게 모여 무기가 되는 셈이야……"

곽돌 말로는 다른 독립군부대도 올해 들어서야 해삼위 쪽에서 들어온 군총으로 무장을 갖추기 시작했고, 신흥무관학교 생도들에게도 목총이 아닌 진짜 총기를 지급할 만큼 상황이 좋아졌다는 것이다.

"그러므로 왜군 수비대를 상대하는 본격적인 무력투쟁은 독립군부대가 전원 화기를 지참할 내년 후반기로 잡고 있지. 두만강 강안에 왜군 십구사단이 진을 치고 있는데, 놈들 파견 수비대나 주재소를 목표로 월강해 침공하곤 발빼는 유격전을 벌일 참이지. 그래서 독립군 각 부대가 협력해 합동으로 전선을 펼 작전도 준비 중이야. 경술국치 이후 내년이면 십 년 아닌가. 이제야 왜놈 정규군을 상대로 전투를 벌이게 될 거라며 정의단 대원들도 사기가 높아." 곽돌이 갑자기 방울눈을 빛내며 덧붙였다. "참, 며칠 전에 연락병이 가져온 소식인데, 홍범도 부대 특공조가 드디어 두만강 넘어 국내 진공의 첫 봉화를 올렸다더군. 혜산진을 점령하고 갑산을 공격하려다 실패하고 퇴각했다는 보고가 있었어."

"병력이 얼마인데, 갑산까지요?" 석주율이 놀라 물었다.

"더 이상 상세한 보고는 없었어. 그쪽은 안도현이니깐. 어쨌든 이제 왜놈과 전쟁은 시작된 참이야."

둘이 말을 나눌 동안 어둠이 짙어오는 야영장에서는 구령 소리에 맞추어 야간훈련을 받는 대한정의단 병사들의 기합 소리가 요란했다.

"여기 와서야 독립운동의 참뜻을 알 것 같군요. 일사보국(一死報國)의 결의가 대단합니다." 훈련 받는 소리를 들으며 석주율이 말했다.

"여긴 그래도 신흥학교에 비하면 약과야. 간도로 들어온 직후, 네 누님을 청포촌에 남겨두고 나만 통화현 합니하 신흥학교로 들어가 하사관반에서 위탁교육을 받았지. 삼 개월 과정을 수료하고 다시 사관반 삼 개월을 더 다녔어. 만주 추위가 오죽하니. 겨울에 버선 신지 않은 짚신발로 여섯 관 모래부대를 지고 백 리 구보는 보통이야. 썩은 좁쌀에 콩기름에 절인 콩장 한 가지를 찬해 먹으며 하루 열네 시간 혹독한 훈련을 받았어. 그래도 배달나라를 되찾자는 일념으로 버텨냈으니 교육생들 사기는 충천했지." 말을 멈춘 곽돌이 주율에게, 대한정의단에서 함께 일하자고 말했다.

"상대가 왜병이라도 저는 총 들고 싸울 마음은 없습니다. 어떠한 대의명분도 폭력에 의존한 살상에는 반대합니다."

"뭐라고?"

석주율은 타오르는 모닥불빛에 자형 눈을 마주 바라볼 수 없었다. 야영장에서는 대원들의 흩어지는 소리가 들렸다. 막사 안이 시끌버끌해졌다.

"조선민의 자유 쟁취와 일본의 무조건 조선 철수를 누구보다 원하지만…… 저는 그들이 적이라도 살생은 원치 않습니다. 그들이 우리나라를 빼앗았으나 조선민을 다 죽일 수 없고 조선민 마음마저 빼앗을 수 없듯, 우리가 그들 다수를 죽인다고 독립이 보장된다고 보지 않습니다."

"그럼 넌 이 북지로 왜 왔어? 지금 시대가 유람하듯 떠돌 땐가? 경후스님이 자살했고, 김조경 선생이 고문으로 타계했고, 네 스승은 다시 옥에 갇혔고, 도정어른이 참수당한 마당에, 넌 의분심도 없냐?" 곽돌이 뇌성 치듯 소리쳤다.

석주율은 하고 싶은 말이 있었다. 그러나 어떤 주장이든 자형을 설득시킬 수 없다고 생각했다. 명동학교 김정규 교장 말이 그랬듯, 보국에는 각자의 길이 있으니, 자형과 자신의 뜻은 같았으나 그 뜻을 이루려는 서로의 길은 달랐다. 자신이 선택한 길이 자형의 길에 비해 소극적이라 해도 어쩔 수 없었다.

"처남, 안창호란 분 이름을 들은 적 있는가?"

"민족교육자 아니십니까. 평양에 대성학교를 세우고 미국으로 들어가 애국단체 흥사단을 조직한 분이지요. 국내에 계실 때 애국 웅변을 잘해 그분 연설회라면 백성이 구름처럼 모였다더군요."

"그분이 지금 대륙 상해에 계시네. 삼월 국내 만세사건에 크게 고무되어 상해에 대한민국 임시정부가 수립되자 내무총장으로 취임하셨어. 자네 말처럼 안창호 선생은 민족 계몽운동가요 교육자야. 그분이 앉으나 서나 대한독립을 외쳤지만 자네처럼 무력투쟁에는 늘 반대했어. 그런데 임시정부가 수립되자 육대사(六大事)란 제목으로 독립운동 대방략(大方略)을 발표하며, 우리 당면문제는 독립운동을 평화적으로 계속하려는 방계(方計)를 바꾸어 전쟁을 하려 한다고 설파했어. 국내 삼월 만세운동이 평화적 시위로 일관한 끝에 처참하게 깨어졌음을 인지한 탓이겠지. 안선생 말씀인즉, 군사적 훈련을 아니 받는 자는 국민개병주의(國民皆兵主義)에 반대하는 자요, 국민개병주의에 반대하는 자는 독립전쟁에 반대하는 자요, 독립전쟁에 반대하는 자는 독립에 반대하는 자라 했으니, 독립전쟁이란 무력투쟁이요 무력투쟁에 반대함이란, 대한의 독립을 원치 않는 것과 마찬가지가 아닌가."

석주율은 자형 말을 들으며, 몇 년 사이 자형이야말로 새로이 태어난 듯, 다른 사람으로 변해 독립군부대 사관답게 유식자가 되었음을 실감했다. 아니, 자형이 비록 등짐장수였으나 도량 큰 그릇이었고 언행이 일치해 비범한 데가 있었다. 그는 그 본 길로 들어섰을 따름이었다.

"천하를 제패한 대강국 중국과 몽고에 인접해 있으면서도 사천여 년 독립국을 유지해온 조선인의 용맹을 제가 과소 평가하는 건 아닙니다…… 그러나 무력 사용을 정의라 말할 수 없습니다. 비록 원수일지라도 살생의 욕망은 선이 아닙니다."

"그렇다면 너는 인류 역사에 있어온 수많은 전쟁을 부정한단 말인가? 전쟁은 과거에도 있었고 미래에도 있어. 인간이 지상에 사는 이상 전쟁은 되풀이될 수밖에 없어!"

"전쟁은 상대가 원수이기 때문에, 또는 그가 두렵거나 얕볼 수 있는 대상이기에 폭력으로 공격하는 것입니다. 그러나 폭력으로 공격하지 않고 폭력을 자제할 수 있는 능력이야말로 인간만이 가진 양심이고, 종교적으로 말하면 그 자제력이 곧 자비나 사랑입니다. 저는 인간 영혼의 위대성이 자제할 수 있는 능력에 있다고 봅니다. 그 능력을 오히려 용기라 칭하고 싶습니다. 그래서 무력에 의한 투쟁이 아닌, 비폭력 방법으로 상대를 굴복시킬 때만이 진정한 승립니다."

"그런 승리가 도대체 뭐냐?" 곽돌 입가에 냉소가 번졌다.

"일본을 이길 그런 길을 찾고 있습니다. 압제와 빈곤 속에 헤매는 이 민족을 위해 그런 길을 애써 찾다 뜻을 못 이루고 죽더라도, 모두에게 유익한 정의로운 길로 나아갈 사람은 계속 생겨날 겁니다. 그것은 인간의 위대함을 증거하는 불변의 진리이기 때문에, 양심을 가진 모든 자에게는 그 길이 보입니다. 불의가 망하고 정의가 승리하는 그날까지 폭력이 아닌 다른 방법으로 일본과 싸우겠다는 제 뜻은, 누구도 아닌 제 영혼이 제게 명령 내리기 때문입니다."

"처남, 자네 말을 이해할 수 없어. 그렇게 지독한 고문을 당하고도 억울하지 않아? 복수심도 안 생겨?" 곽돌 목소리가 냉정을 되찾았다. "총을 들고 왜군과 싸울 수 없다? 그가 비록 원수라도 살생할 수 없다? 그렇다면 대자대비한 부처 뜻을 따르겠다는 발상에선가? 무장투쟁 없이 조선이 어느 세월에 독립을 쟁취해? 지난 봄 국내외 만세운동이 무엇 때문에 실패했어? 독립만세만 목청껏 부르면 독립시켜준다? 그렇다면 무력투쟁은 필요 없겠지. 말로써 설득이나 위협이 안 되기 때문에, 말로써는 세계 열강도 눈 한번 깜짝하지 않기 때문에 이렇게 어려운 싸움을 시작하려는 게 아닌가. 누구나 목숨은 하나뿐이고 소중해. 그 소중함을 모르고 독립군 부대원이 불길에 뛰어들려 해? 처남, 내 말 틀렸나?"

곽돌은 처남이 사려 깊고 침착한 대신 무슨 일에든 행동에는 소극적임을 알기에, 그동안 그가 비록 간난신고를 겪었다지만 성정은 예전에서 한치도 달라지지 않았음을 알았다. 아니, 그가 종교에 침잠함으로써 어떤 확고한 신념으로 총을 들 수 없다는 강변 또한 헤아릴 수 있었다. 그래서 그의 마음을 돌려세우기에는 쇠뿔도 단김에 빼라는 말이 실효가 없다고 짚어졌다.

"형님, 총칼로 조선인을 압제하는 일본은 기필코 망할 날이 올 겁니다. 그들의 행함이 선이 아니고 악이기 때문에 그렇습니다. 형님은 제 말이 원론적이라 현실감이 없다 여길는지 모르나, 저는 그 점을 분명하게 확신하고 있습니다."

"그렇다면 그날이 언제냐?"

"독립군부대가 일본군과 싸워 그들을 반도 땅에서 내몰 날은 언젭니까? 마찬가지로, 하늘이 알 뿐 인간은 그날을 맞힐 수 없습니다. 미구의 그날에 희망을 걸고 저 역시 제가 할 수 있는 일에 성실을 다하니깐요."

그때, 소대장님 여기 계셨군요 하며 부대원이 달려왔다.

"군사교육국장님이 전 지휘관을 소집했어요."

"총 못 들겠다는 자네 뜻은 앞으로 더 토론해야겠지. 어쨌든 잘 왔어. 우리 대한정의단은 너같이 학식 있는 대원이 필요해. 앞으로 업무가 폭주할 텐데 글을 깨친 사무요원이 부족하거든. 네가 총 잡지 않더라도 할 일이 많아. 대한독립을 한시라도 잊지 않고 있다면, 너는 우리를 도와야 해. 그 일이 보국이니깐." 곽돌이 자리를 떠나며 말했다.

자형과 부대원이 떠나자, 석주율은 모닥불을 껐다.

한 시간여 회의가 끝나 돌아온 곽돌은 제3대 막사에서 석주율과 나란히 잠자리에 들었다.

"오늘 저녁 지휘관회의에서 길림군정사(吉林軍政司) 교관으로 있는 김좌진 대장을 초청하기로 했어. 그분 역시 우리 교도지. 그리고 지휘체계를 통일하려 대한정의단은 그동안 손잡았던 공교회와 결별하고 대종교 단일부대로 새 출발하기로 했어." 곽돌이 낮게 말했다.

"지금 국내 형편은 어떻습니까?"

"이번 팔월, 총독부 수뇌부가 바뀐 줄 아냐? 전 해군 대장 사이토를 새 총독으로, 전 내무대신 미즈노를 정무총감으로 임명했어. 만세운동을 무력으로 진압하고 무언가 새로운 조선정책을 펴겠다는 술책이겠지. 만세운동을 총칼로 진압해 전국적으로 사망자만도 칠천에 이른다는 말도 있어. 부상자는 오만이 훨씬 넘고, 체포된 자도 오만을 넘어섰다는 풍문이 있으니 전국 감옥은 초만원일 테지. 네가 몸 피해 여기로 들어온 건 잘한 일이야. 총상을 입은 채 피체됐다면 혹독한 고문 끝에 살아남기 힘들었을 게야." 석주율이 침묵하자, 곽돌이 말했다. "자네 얘기를 서무부장님께 말씀 드렸어. 여기 서무 일을 보든가, 대종교에서 발행하는 『일민보(一民報)』 기자 일도 할 수 있어. 『일민보』는 국자가에서 발행하는데 여기 소식을 알리는 기사를 연락병 편에 송달하면 돼. 이를테면 대한정의단 본영 특파원이 되는 셈이지."

"……"

"처남, 벌써 잠에 들었나? 내 제의가 어떤가?"

"제가 그런 일을 잘해낼는지 모르겠습니다."

"야학당 선생 했다면 그 정도 일은 쉽잖아? 여기 독립군부대에 조선글이나마 읽고 쓸 수 있는 자는 스물도 안 돼. 나머지는 애국심 하나로 뭉쳐진 까막눈이야. 그럼 내일 또 얘기하기로 하고 그만 자자." 곽돌이 몸을 돌렸다.

그날 밤, 석주율은 잠 못 이루며 여러 생각에 잠겼다. 어차피 당장 귀국하지 못할 바에야 자형이 주선한 일을 맡음이 합당할 것 같았다. 얼두정으로 가서 오씨와 함께 개간 일에 몰두하며 그곳 자녀를 가르칠까 궁리했으나, 나라를 위하는 적극적인 길은 역시 독립군부대를 돕는 일이었다. 그러나 총 들고 적진으로 뛰어들지 않더라도 대한정의단 일원으로 일한다 함은 역시 무장투쟁을 획책하는 단원일 수밖에 없었다. 대한정의단에서 서무 일 한다고 살생으로부터 면죄부 받을 수 있을까? 내가 살생을 싫어함이 산문(山門) 수도 체험 탓일까? 무장투쟁의 당위성을 인정하지 않는다는 신념은 유약한 성격에서 기인함이 아닐까? 아니면, 그동안의 배움과 체험 끝에 얻은 확실한 신조일까? 고문에 전율해 무조건 폭력을 증오함일까? 무장투쟁에서 목숨 잃지 않을까 하는 사심이 잠재적으로 작용하지 않는가? 그는 자신에게 질문을 던졌으나 답이 풀리지 않았다.

대한정의단 본영에는 행정을 담당하는 서무부, 교육부, 군의부, 재무국, 군수국, 기계국이 있었다. 30리 밖 서대파 십리평에는 서일 총재가 직접 관장하는 후방사령부가 있었고, 산하에는 십리평과 본영 일대 경비를 담당하는 경위대와 군사정탐대를 두었다. 그쪽은 모연국(募捐局), 징모국, 군법국, 군정평의회가 있어 본영을 지원했다. 본영 행정부서들은 여러 초가에 나누어 사무를 보았는데, 석주율이 배속된 서무부는 교육부와 함께 초가 한 동을 사무실로 썼다. 기다란 통나무책상을 놓고 두 부서가 사무를 보았다. 책꽂이와 관물함으로 반쯤 가로막은 뒤쪽은 침상이어서 일곱 명이 거기에서 숙식했다. 출입문 오른쪽 벽에는 서일 총재가 친필로 쓴 대한정의단 4대강령이 큼지막하게 걸려 있었다.

일. 정대(正大)한 의리(義理)의 천양(闡揚)
일. 정당(正當)한 의무(義務)의 이행(履行)
일. 정직(正直)한 의무(義務)의 장려(獎勵)
일. 정순(正順)한 의거(義擧)의 찬동(贊同)

서무부은 초모병을 받아 심사 배치하고, 병력의 인사와 이동 관계를 일지로 기록해 보고하고, 비품을 관장했다. 석주율이 배속받았을 때는 서무부 행정요원이 둘이라 새벽부터 저녁까지 업무가 바빴다. 김현창은 서일 총재가 세운 동화의숙 출신이었고, 홍주수는 함경북도 경원이 고향으로 보통학교 교육을 받은 청년이었다. 둘 모두 석주율보다 두서너 살 아래로 대종교 신도였다.

곽돌 말이 그랬듯, 대한정의단 본영에는 간도 지방 여러 곳에 흩어져 있는 각 분단과 예하 지단에서 초모된 독립군 지원자가 열흘에 열 명 안팎으로 경위대 연락병 인솔 아래 입소되었다. 서무부는 괴나리봇짐 메고 무명옷에 짚신발인 젊은이들을 맞아 입교 심사를 하고 각대에 배치했다. 주율은 김현창과 홍주수를 도우며, 별도로 십리평 후방사령부에서 발행하는『일민보』기사 작성도 맡았다. 본영의 새 소식, 인원 현황, 부대원 훈련 과정 따위를, '오늘도 대한정의단 독립군은 기백도 늠름하게 배달민족의 국권을 회복하려는 일념으로……' 이런 애국적 취지의 문장으로 작성해 후방사령부로 보냈다.

8월을 넘길 즈음, 김좌진이 본영 총사령관으로 부임해 왔다. 김좌진은 서른 살의 기백 찬 젊은이로 '비호(飛虎)'란 별명 그대로, 강건한 체격이 역사다웠다. 그는 열여섯 살에 대한제국 무관학교를 졸업하고 향리 충남 홍성으로 내려가 호명학교를 설립한 바 있었다. 스물여섯 살에 독립운동자금모집 사건으로 체포되어 투옥, 이태 뒤에 출옥해 만주로 망명, 길림군정사 교관으로 있으며 대종교에 입교하자 서일 초빙을 받아 대한정의단 훈련을 책임 맡기로 하고 부임해 왔다. 김좌진은 본영에 부임하자 대한정의단 명칭을 보다 전투적인 대한군정회(大韓軍政會)로 바꾸고, 군사훈련을 체계적 조직적으로 실시했다.

북간도의 가을은 짧았다. 9월에 들자 서리가 내렸다. 자작나무

숲과 떨기나무들 잎이 단풍색으로 물들었다. 10월에는 백두대간에 눈이 내렸고 십리평에도 첫눈이 오기가 10월 중순이었다. 아침저녁은 솜옷을 입어야 할 정도로 날씨가 추워졌다. 그즈음에야 대한군정회 본영 부대원에게도 새 군복, 군모, 배낭, 신발, 내의, 버선이 지급되기 시작했다. 4백에 이르는 부대원에게 한꺼번에 군수품을 지급할 능력이 없어 도착되는 대로 1대, 2대, 이렇게 차례로 지급되었다. 연갈색 군복은 일본군 복식과 비슷했다. 만약 백병전이 벌어질 때 군복만으로는 적과 구별하기 어렵도록 복식을 통일하기로 다른 독립군부대와도 약속되어 있었다. 수류탄을 꽂는 가죽허리띠도 지급되었다. 바지 아랫단에는 각반을 두르고 신발은 바닥에 고무를 댄 간편한 베신이었다. 군모 역시 일본군 군모와 비슷했다. 배낭은 개인 식량, 식기, 소지품을 담고 모포와 수건을 겉에 싸맬 수 있었다. 석주율은 군수품 운송요원으로 서대파에 나갔고, 다른 일로도 여러 차례 국자가, 용정까지 연락원과 함께 출장을 다녀왔다. 소달구지로 군수품을 본영에 실어날랐다. 군수품은 제작 공장이 있지 않았으니 길림성 안에 사는 조선인 아녀자들이 한뜸 한뜸 정성 들여 만든 수공품이었다. 어느 군복 가슴께는 색실로 '대한독립만세' '乘勝長驅(승승장구)' '이기고 돌아오세'란 글자가 새겨져 있었다. 누님과 예복이, 그 외 많은 아녀자들이 호롱불 심지 돋워 군수품을 만들 때, 한 뜸마다 얼마나 많은 기원과 애절함이 배어 있을까를 생각하자 주율은 가슴이 메였다.

"이제는 정말 대한 나라 군인이다. 총만 주면 당장 두만강 넘어 진군할 수 있다!" 부대원들은 군수품을 지급받고 감격해했다. 나라 잃고 먼 북지까지 올라와 조국 광복에 한 몸을 바치겠다는 그들의 용기는, 주율이 무장투쟁을 반대하는 입장이었지만 마음 뭉클했다. 칼바람 무릅쓰고 훈련받는 모습 또한 '조국'이 무엇인지를 일깨워주었다.

한편, 석주율은 십리평 후방사령부로 갔다가 알머리에 눈이 큰 근엄한 서일 총재와, 예복이 남편인 남상영을 만나기도 했다. 남상영은 군법요원이었는데, 군법국은 대한군정회와 외곽 조선인 밀정을 탐지하고 중국군과 일본군 동태를 관찰하는, 이를테면 정보와 사찰 임무를 맡은 기관이었다.

석주율이 해삼위를 다녀오기는 11월 초순 들어서였다. 길림성 여러 곳에 흩어져 사는 동포와 대종교 교도, 아라사 일대, 국내 우국인사로부터 한푼 두푼 모금한 군자금으로 무기를 구입하기 위해서였다. 그는 의군단 단장 인솔 아래 부대원 마흔다섯 명과 함께 중, 아 국경을 넘었다.

해삼위에는 서비아 무장부대가 주둔해 있었다. 서비아 2개 부대는 오지리에 속해 제1차 세계대전 때 처음은 동맹국측에 참전하여 시베리아를 경유 해삼위까지 들어왔는데, 전쟁이 끝나면 서비아를 오지리로부터 독립시켜준다는 약속을 받아들여 협상국측과 제휴했던 것이다. 세계대전이 협상국 승리로 끝나자, 협상국측의 파리강화회의에서 서비아는 패전국이 된 오지리로부터 독립을 보장받았다. 나라를 잃은 지 3백 년 만에 오지리 노예 생활로부터 해방을 맞게 되었던 것이다. 그래서 해삼위에 있던 서비아 부대는 감격의 귀환에 앞서, 자기 민족과 비슷한 처지에서 일본의 노예 생활을 하는 조선민을 동정해 보유했던 무기를 대한독립군부대에 넘겨주었다. 가격은 아라사제 5연발 군총 한 정에 총대와 탄환 백 발을 포함해 35원이란 고가였다. 서일 총재가 직접 인솔한 선발대가 매매협정을 끝내놓았기에 석주율 일행이 해삼위를 갔을 때 아라사제 5연발 군총 75정, 탄약 1천5백 발, 권총 10정, 수류탄 48개, 기관총 1정과 탄약을 매입할 수 있었다. 그런데 십리평까지 수십 킬로미터 길에 무기를 운송하는 고충이 여간 아니었다. 대원 한 명이 2, 3정의 무기와 탄약을 분담해 메고 지고 삼삼오오 앞과 뒤가 연락 끊기지 않게 거리를 두면서 숲길과 늪지를 거쳐 고양이 피하는 쥐떼처럼 이동했다. 석주율 역시 군총 2자루에 탄환 한 상자를 짊어졌다. 중, 아 국경을 통과할 때가 가장 애를 먹었으니, 아라사 쪽이 무기 반출을 금지했지만 중국측도 일본측 압력으로 조선인의 무기 반입을 통제해, 우회도 하고 국경 수비대에 발각되면 그들을 돈으로 매수하기도 했다.

도수(徒手)부대로 훈련받다 얼마간 무기를 보급받자, 김좌진 총사령관은 실전을 방불케 하는 군사훈련을 실시했다. 며칠 동안 쉬지 않고 내리는 눈더미와 살을 뜯는 한파를 아랑곳 않고 본영 야영장은 강훈련으로 날마다 기합 소리가 진동했다. 조밥에 시래기 소금국 악식으로 허갈만 면하면서도 부대원은 일본군과 전투를 앞두고 용기백배했고, 모든 어려움을 조국과 민족해방에 두어 잘 견뎌나갔다. 행군 때는 그들이 소리 높여 부르는 군가 또한 우렁찼다.

신대한국 독립군의 백만 용사야 / 조국의 부르심을 네가 아느
냐 / 삼천리 삼천만의 우리 동포들 / 건질 이 배달자손 너와 나
로다 / 용감하게 싸우세 단군 후손들 / 자유독립 광복함이 오늘
이로다 / 정의의 태극깃발 날리는 곳에 / 적의 군사 낙엽같이 쓰
러지리라……

서비아군과 아라사군으로부터 무기 입수는 대한군정회만 아니
라 간도 지방에 소재한 여러 조선인 독립군부대의 한결같은 소망
이었다. 각 독립군부대는 군자금을 모으는 대로 아라사로 들어가
무기를 매입했다. 아라사는 아직 적군(赤軍)과 백군(白軍)이 곳곳
에서 전투를 벌이고 있었다. 피압박 민족에 동정적이었던 적군의
도움으로 독립군부대들의 무장화가 차츰 이루어지자, 12월에 들
어 대한군정회, 대한독립군, 서로군정서, 광복회총영, 천마대부대
는 국자가, 서대파에서 자주 합동 지휘관 연석회의를 열었다. 그
렇게 소망하던 독립군부대의 무장화가 이제 본궤도에 올랐으니
협동작전으로 두만강 국경에 진군 일본군과 정면 전쟁을 벌이자
는 의견이 대두되었다. 그러나 상해 임시정부측은 아직 시기상조
라 자제하라는 연락이 거듭 와서, 때를 기다리며 우선 초모와 무
력 증강에 더 힘을 쏟기로 했다. 섣부른 공격은 일본측에 만주 진
출 구실을 제공하는 우를 범할 뿐 아니라, 이를 두려워하는 장작
림 군벌측과도 소원해지면 독립군만 고립을 자초하는 결과를 빚
는다는 주장은 설득력이 있었다. 남의 나라로 들어와 군대를 양성

함에는 그 나라 주인 눈치를 살피지 않을 수 없었다. 대한군정회 본영에도 이따금 국자가에 주둔한 맹부덕 휘하의 중국군 순찰대가 들이닥쳐 무장을 해제하라고 으름장을 놓고 가기도 했다. 그럴 때마다 김좌진은 그들에게 술과 고기를 대접하고 모피며 돈을 주어 환심 사기에 애썼다. 모피와 고기는 독립군 부대원들의 사냥으로 여축분이 많았다. 외지로 훈련 나가면 백두산사슴, 스라소니, 산양, 사향노루를 올가미나 총질로 잡아올 수 있었다. 고기는 소금에 절여 말려 양식으로 비축했다.

1919년 마지막을 보내는 달, 대한군정회는 상해 임시정부의 유사 명칭 혼란을 방지하기 위한 권유에 따라 부대 정식 명칭을 북로군정서(北路軍政署)로 바꾸었다. 임정에서는, 이상룡을 최고 지휘자로 여준, 김동삼, 양규열 등을 지휘부로 짜고 지청천이 사령관을 맡은 서로군정서(西路軍政署)란 독립군부대와 이름이 대칭되게 명명했던 것이다. 그러나 대종교 교단 안에서는 대한군정회가 여러 독립군 단체 중 유일한 대한민국 독립군사정부임을 고집해 여전히 대한군정회로 불렸다. 김좌진은 본영 4개 대 중 18세부터 30세 미만의 체력 강건한 청년을 추려 따로 6개월반 사관연성소(土官練成所)를 설치했다. 인원은 3백 명이었고, 나머지 병력은 외곽 경비임무를 맡겼다.

새해로 들자 북로군정서 본영 서무부에 행정요원 둘이 보충되었으나 업무는 폭주했다. 새벽 기상나팔 소리에 잠을 깨고부터 잠자리에 들 때까지 석주율은 용변 볼 짬이나 있을까 휘뚜루마뚜루 산적한 업무에 매달렸다. 일을 성실하게 처리하다 보니 교육부 일감 일부까지 그에게 넘겨왔다. 교육부는 부대원들의 모국어 교육, 만국 각 나라 독립사 및 한일 관계에 따른 역사교육, 군사학, 술과학(術科學, 병기 사용법 및 부대 지휘 운용법)을 저녁 시간에 가르쳤는데, 석주율은 정신교육 교원 노릇까지 맡았다. 정신교육 시간에는 조국의 독립심 고취, 대한 역사, 위인 열전을 가르쳤다. 그래서 그는 취침나팔 소리가 들리고도 호롱불 밝혀놓고 미처 끝내지 못한 잔무를 처리했다. 그가 북로군정서 본영을 처음 찾았을 당시는 부대원이 3백 남짓했는데, 이제 5백에 이르러 그들의 신상 파악, 훈련 평점, 인사 기록업무가 폭주할 수밖에 없었다. 그래서 그는 자형조차 일주일에 한 번 정도 만나 몇 마디 안부말로 헤어지기가 고작이었다.

"자네를 두고 칭찬하는 말을 자주 듣지. 총사령관님도 저런 인재를 간도 땅에서 구하기는 하늘에 별 따기라 말하더군." 군복 위에 짐승털 조끼를 입고 토끼털로 아라사 군모를 만들어 쓴 곽돌이 주율 어깨를 두드리며 칭찬말도 했다.

곽돌은 신설된 사관연성소 2중대 1소대장을 맡아 그 역시 새벽부터 취침나팔이 울릴 때까지 부대원을 통솔하기에 바빴다. 사관연성소 연성대원으로 뽑힌 3백 명 중 150여 명에게 군총이 지급되어 전투훈련, 사격훈련이 본격적으로 실시되고 있었다. 연성대원이 영하 20도가 넘는 한파와 정강이까지 차는 눈을 헤쳐 기동훈련을 나가면 이삼일 동안 혹한 속에 야영도 불사했다. 과묵해 표정이 없는 김좌진 총사령관은 이따끔 한밤중에 비상소집 명령을 내려, 영하 30도에 이르는 강추위가 자작나무숲을 뒤흔드는 가운데 연성대원의 윗도리를 벗게 하고 알몸으로 운동장을 구보시키는 강훈련도 실시했다.

*

석주율이 북로군정서 본영에서 행정업무를 본 지도 여섯 달이 가까워 2월로 접어들었으나 그는 고향으로 내려가지 못하고 있었다. 북로군정서 모금국에서는 한 달에 십수 명을 비밀리에 자금 조달차 조선으로 들여보내고 있었다. 그들이 두만강이나 압록강을 월경했다 가져오는 소식에 따르면, 총독이 경질된 뒤 조선의 식민지 정책이 무단정치에서 문화정치로 바뀌어 조선인에게 유화책을 쓰고 있으나 작년 3월 만세사건 미검거 주동자는 계속 뒤를 쫓고 있다며, 실형을 살고 있는 자에게도 감형 혜택은 없다 했다. 뒤늦게 체포된 주동자 역시 방면되는 경우는 없고 재판에 회부시켜 실형을 언도한다는 것이다. 석주율은 만주 이주자 중 울산 지방 쪽 사람을 수소문하고, 새로 전입된 부대원 출신지도 파악해보았으나 향리 뒷소식은 알 수 없었다. 한편, 석주율은 국내의 그런 어두운 소식보다 맡겨진 일감 폭주로 업무에서 손을 뗄 수 없었다. 조선으로 들어가겠다는 자신의 명분이 일감에서 손을 뗄 만큼 떳떳하지 못했다. 그는 북로군정서 소식을 상해에 있는 대한민국 임시정부에 일지 형식으로 보고하는 새 일감까지 맡고 있었다. 보고문이 때때로 임시정부에서 발행하는 『독립신문』에 게재되어 뒤늦게 받아보기도 했다. 어쩌면 석주율이 여섯 달 예정의 북지행 약속을 어기고 귀향하지 못한 점은, 우유부단한 성격에도 기인했다. 향리로 돌아가 자수해 실형 살고 나오더라도 농민운동에 헌신하겠다고 우기면 임도준 서무부장이 그를 놓아줄 수밖에 없었다. 그러나 그는 마땅한 후계자가 없는 마당에 자기 업무를 팽개쳐가며 그런 고집을 세울 용기가 없었다. 서무부장은 무원사교가 한양에서 관직에 있을 때 그 아래에서 서무를 보던 아전 아들로 대종교를 신봉하는 활달한 젊은이였다. 나이는 석주율과 동년배로 한문에 달통했다.

4월에 들자, 간도 지방도 겨울이 물러가고 봄기운이 찾아들었다. 고비사막 모래를 실어 나르는 몽고바람(蒙古風)이 연나흘 호되게 몰아치고 그 풍진이 가라앉자, 다사로운 햇살이 십리평 북로군정서 본영에도 내리쪼였다. 응달과 움파리에는 겨우내 내린 눈이 켜켜로 쌓였으나 양지에는 들풀이 파란 새싹 줄기를 내밀었다. 눈이 녹으며 부쩍 분 개울물 소리도 한결 힘이 넘쳤다. 울창한 자작나무숲에는 말똥가리며 울새의 지저귐이 소란스러웠다.

그동안 북로군정서 본영은 인원이 더 늘어 행정요원, 취사와 재봉을 담당하는 아녀자, 군마와 우차를 관장하는 나이 든 비전투요원, 경비대 병력을 합쳐 부대원이 5백을 넘어섰다. 십리평에 있는 후방 사령부에서도 서일 총재를 필두로 박찬익 외교처장, 군정평의회 의장단의 본영 방문이 부쩍 잦아졌다. 서일 총재는 본영을 방문해 훈련에 여념 없는 사관연성대원을 격려할 때마다, 단군 자손으로서 배달겨레의 기백을 떨칠 왜놈군대와의 일전이 임박했음을 강조했다.

4월에 신흥군관학교 교관으로 있던 이범석이 본영에 초빙되어 사관연성소 연성대장을 맡았다. 그는 약관 스무 살로 강파른 용모만큼 성격이 매서워 연성대원을 강훈련으로 휘어잡았다. 애젊은 나이라 연성대장으로서 권위를 세우려 군기를 강화했다. 곧 전투에 투입될 듯 본영 분위기가 흥분에 들뜨게 되기는 내부의 그런 변화에서도 찾아볼 수 있었지만, 바깥 풍문이 부대원들 사기를 진작시키고 있었다.

용정에 있는 간도 지방 대표적 독립단체였던 간민회의 조직과 인맥을 계승해 작년 3월에 결성된 '대한국민회'의 간접 지원을 받는 대한독립군(지휘관 홍범도) 부대와, 대한국민회가 직접 양성하는 국민회군(지휘관 안무)과, 봉오동 대지주 최진동이 양성하던 군무도독부(軍務都督府) 부대가 통합되어 북로독군부(北路督軍府)를 새로 결성, 병력이 총 1천2백에 이르렀다. 군사작전 총지휘권을 홍범도가 맡게 되자, 그는 지난 3월에 소수 정예 특공대로 하여금 해빙되지 않은 두만강을 건너 온성 지방 일본군 수비대를 여러 차례 공격하게 해 전과를 올렸다. '독립전쟁'을 개전하기에는 아직 결정적 시기가 아니므로 무력공격을 자제하라는 상해 임시정부 명령을 무시하고 홍범도는 특공대를 과감히 투입시켜 일본군 헌병감시소, 수비대 파견소를 기습했던 것이다. 홍범도는 학식은 물론 군사교육조차 받은 바 없었으나 의병 시절 이후 풍부한 실전 경험과 명예나 권위를 따지지 않는 야인 기질의 불타는 애국심으로 부대원의 존경을 받고 있었다. 그래서 홍범도 부대라면 간도 지방과 함경도 일대에서 그의 탁월한 통솔력과 용맹한 전투력으로 대한독립군의 상징적 존재로 부상되고 있었다. 장백정맥 일대의 지리에 소상한 홍범도 부대가 국내 진공에 박차를 가하게 되기는 3월에 해삼위의 서비아부대로부터 기관총 7정, 군총 220정, 탄약 1만8천 발, 권총 22정을 무사히 들여와 전력이 보강된 때문이었다.

냇가 버드나무의 휘어진 줄기에도 파란 잎이 피어나고, 십리평 북로군정서 본영 밀림지대 나무들도 신록이 청청해 갈 무렵인 5월 중순이었다.

석주율이 대종교 주간신문『일민보』에 보낼 기사를 작성하려『동아일보』에 실린 독립군 전투 관계 기사를 읽고 있었다. 조선총독부는 작년 3월 만세사건 이후 문화정책 일환으로 조선인에게 신문 발행을 허가해 3월 5일에『조선일보』가, 4월 1일에『동아일보』가 창간되었던 것이다. 신문은 일주일 치가 모아져 북로군정서 본영에 배포되었다. 빨라야 보름 전 국내 신문을 받아보는 셈이었다.

『동아일보』2단 기사 제목은 '무장 단체 온성군 침입'이었다.

……불온한 사상을 가진 조선 사람들은 벌써부터 국경지방을 무력으로 침습할 계획이 있었으니 그들은 지난 3월 두만강이 아직 해빙되지 아니하여 자유로 강을 탈 수 있음을 틈타서 총 8회에 걸쳐 십수 일 동안 이백 명 내외 수십 명이 집단으로 분산하여 온성군 일대를 침습하였다. 이 준동에는 이범윤과 홍범도 등이 상당한 관계 있음이 의심할 여지 없다. 일제히 군복을 입고 포 속으로 만든 배낭을 진 조선인단이 가진 무기는 일본 38식

군총과 아라사 군총과 순니켈로 도금한 아라사 육혈포 등, 아라사 과격파가 무기를 공급한 줄 알기에 넉넉하다……

석주율은 총독부가 왜 이런 기사감을 신문에 싣게 버려두나를 따져보았다. 엄격한 검열이 있을 테고, 그런 내용의 기사가 국내 조선민에게 독립심을 고취시킬 것임을 알면서도 달포나 경과해 보도되기는 이유가 있을 터였다. 석주율이 짐작하기로, 조선총독부는 중국 땅인 간도에 조선 민족 무장 독립군부대가 존재함을 세상에 크게 알려 일본군의 토벌 구실을 마련하고 만주에 일본군 장기 주둔 여건을 만들고자 함이리라 여겨졌다.

"석서기님, 친척 되는 분이 찾아오셨는데요." 초소 경비병이 말했다.

석주율은 읽던 신문을 접었다. 자기를 찾아올 사람이 간도에서는 누님밖에 없었다. 자형을 찾다 훈련 나가고 없자 자신을 찾겠거니 여겨졌다. 시간은 석양에 당도해 해가 봇나무숲으로 기운 뒤였다. 숲을 흔들며 서늘한 바람이 불었다.

정문 초소로 걸으며 경비병이, 고향에서 올라온 분이라고 말했다. 바지저고리 차림에 삿갓 쓴 남자가 초소 앞 버드나무 그늘 아래 서 있었다. 삿갓이 얼굴을 가려 누구인지 알 수 없었으나 이희덕이 아닐까 여겨졌다. 언양장 만세시위로 1년 선고를 받았다니 이제쯤 그가 출옥했을 터였다.

남자가 삿갓을 벗자, 처음은 그가 누구인지 몰랐다가 그네가 정심네임을 알자 석주율이 놀랐다. 삭발한 그네의 남장(男裝)이 잘 어울렸다.

"어떻게 여기까지?"

"화룡현 청포촌을 찾아 율포 누님을 만났지요. 십리평 대종교 회당에서 대기했다 연락병 안내로 왔답니다."

석주율은 멍하니 정심네를 바라보았다. 여자치고 큰 몸집에 어깨가 넓고, 얼굴 또한 안면각이 발달한 데다 눈이 커, 누가 보아도 그네는 헌걸찬 대장부였다.

석주율과 정심네는 초소 뒤쪽 고목 둥치에 앉았다. 정심네가 배낭을 벗었다.

"여긴 별천지군요. 이렇게 별천지에 계시니 고향 생각도 잊고 살 만하시겠군요." 정심네가 초가 막사를 둘러보며 목에 걸친 수건으로 얼굴의 땀을 닦았다.

"지금으로선 여기를 떠날 여건이 못 돼서……"

"선생님이 약속한 여섯 달이 지나고 일 년이 가깝도록 소식이 돈절되니, 살아 계신지 어떻게 되셨는지…… 기다리다 지쳐 불원천리 찾아 나섰지요. 조선에서는 이쪽 독립군부대가 일본군을 상대로 전투를 벌인다는 소문이 파다합니다. 아녀자 몸으로 먼길을 나선다니 모두 말려서 볼썽사납게 남장을 했지요."

"희덕 군이 출옥했을 텐데, 야학당은 어찌되었습니까? 무학산 농막 식구는 무고한지요?"

"이선생은 제가 북지로 떠나기 전에 출옥했습니다. 함께 길 나서려는 걸, 그쪽에도 할 일이 많아…… 글방 문을 다시 열려 동분서주하지요. 석송농장(石松農場)이란 기둥을 입구에 세우곤 선생

718

님 대신 개간에 힘쓰고 있어요."

"석송농장이라니요?"

"선생님 성씨와 무학산 솔밭에서 한 자씩 따와 이름 붙인 모양 입디다. 병신마을이란 말이 듣기 싫어 그랬나 봐요. 농막 식구는 작년 농사지은 밭곡식과 함숙장님 댁, 부산 누이분 도움으로 그냥 저냥 지냅니다. 선생님이 어서 돌아오시기만 학수고대하지요. 지 난겨울 벙어리 장노인이 별세하고, 해동되자 종귀가 농막을 떠나 돌아오지 않았습니다. 열한 식구로 줄었지요. 참, 꼽추 거지소년 이 껴붙어 한 식구 늘었군요."

"옥에 갇히신 분들 소식은 어떻습니까?"

"함숙장께서는…… 부산감옥에서 병을 얻어 지난 해동 절기에 별세하셨습니다. 감옥서에서 통기가 와서 사모님과 자녀들이 부 산으로 내려갔을 때, 말문을 닫으셨답니다."

"어떻게 그렇게 갑자기?"

"감옥서측 말론 식사를 못하고 변을 못 보아…… 장 탈로, 장이 꼬여 그렇게 됐다나 봐요. 그런데, 백군수 댁 작은서방님 사모님 도…… 제가 선생님과 헤어져 돌아와, 소식 전하려 고하골에 들 렀더니…… 벌써 일 년 됐군요."

석주율은 코끝이 아렸다. 사모님 뵈온 게 길안여관 장작 패어줄 때가 마지막이었다. 심성 곱고 자상했던 사모님 은덕을 입기도 여 러 차례였다. 그보다 백립초당에서 사모님과 지냈던 생활이 암암 하게 떠올랐다. 부모님의 타계에 이어 사모님마저 세상을 떠났다 니 옥에 계신 스승님 심사가 어떠함은 주율이 짐작할 수 있었다.

사모님과 함숙장님 타계 소식을 듣자, 악한 자가 세상을 지배하니 선한 자들은 악을 견뎌내지 못해 횡액당하는가 하는 생각이 들었다.

"고하골 부모님은 별탈 없으시지만, 자당께서는 해소가 더 심해 기동을 아주 못하고 지내십니다." 정심네가 수건으로 눈두덩을 훔치곤 물었다. "다친 다리는 어떠세요?"

석주율이 다 나았다고 말했을 때, 훈련 나갔던 완전군장한 사관 연성대가 행군가를 부르며 정문으로 들어왔다.

"숙영지 주위에는 민가가 없으니 오늘은 여기서 잠자야겠군요." 석주율이 일어섰다. "절 따라오세요. 식당 아주머니들과 함께 계시면 될 겁니다."

석주율이 정심네를 데리고 부대원 취사를 맡고 있는 초가로 갔다. 석주율은 그네를 밖에 세워놓고 안으로 들어갔다. 취사장 안은 김이 서렸고, 아낙네 예닐곱이 밥과 국을 들통에 담아내고 있었다. 5백이 넘는 본영 식구 먹거리를 만들다 보니 취사장은 서 말치 솥이 양쪽에 세 개씩 걸려 있었다.

"점심도 안 드시는 석서기가 웬일로 부엌에까지?" 김치를 버치에 담던 웅기댁이 말했다.

"바쁘신데 죄송하오나 잠시 뵈었으면 합니다."

웅기댁이 밖으로 나왔다. 석주율은 그네에게, 고향에서 온 분이라며 정심네를 소개하곤 잠자리를 부탁했다.

"남장해서 독립군부대에 입대하겠다는 여장부 얘기를 들은 적 있는데, 색시도 그래요?" 웅기댁이 정심네 차림을 훑어보며 미심쩍은 듯 물었다.

"저는 일이 바빠 가봐야겠습니다. 정심네는 석식 후에 만나요. 제가 여기로 오지요." 석주율이 걸음을 돌렸다.

그날 저녁, 석주율은 정심네를 만나 진작 환고향하지 못한 사연을 설명했다.

"……제가 총 들고 싸우겠다고 여태껏 주저앉아 있는 건 아닙니다. 마음은 늘 갓골에 있으나 몸을 뺄 형편이 못 돼 때를 기다리지요. 제 짐작키로 이번 여름만 넘기면 여기 군정서도 일본군과 일전을 치르게 될 겁니다. 서일 총재께서 무기를 구입하러 달 초에 해삼위로 들어갔으니 성사됐다는 연락이 오면 거기로 떠나려 운반 병력이 대기하고 있습니다. 이번은 양이 많아, 무기가 들어오면 전 부대원이 무장하게 될 겁니다. 그러면 실전훈련에 박차를 가하다 가을에 들면 두만강 월경 침습도 불사할 테고, 그때면 여기 군정서 본영도 이동하지 않을 수 없습니다. 행정요원도 소수만 남고 전투원에 편입되겠지요. 그때쯤 저는 사무를 인계하고 조선으로 들어갈 작정이었습니다. 자수해서 얼마가 될지 모르지만 실형을 살고 나오기로 마음을 굳혔지요. 며칠 전 자형을 만났을 때 제 뜻을 분명하게 전달했습니다. 그 시기는 아마 추석 전후로, 그때쯤 여기를 떠날 수 있을 겝니다."

머릿수건 쓰고 치마저고리로 갈아입은 정심네가 저고리 고름을 만지작거리며 한동안 침묵하더니 얼굴을 들었다.

"추석 절기라면 이제 넉 달 남짓하군요. 선생님 뜻이 그렇다면…… 그때까지 저도 여기에 남겠어요. 보자 하니 부엌일이 바쁘던데, 그 일 거들며 남았다 선생님과 함께 고향으로 돌아가겠습니다."

"여기에 눌러 계시겠다고요?"

"여기가 제 있을 곳이 못 됩니까?"

"그렇지는 않지만······"

"제게 부담감 갖지 마세요. 제 처신은 제가 알아서 할 테니깐요. 부엌 아주머니들이 저를 두고 선생님과 어떤 사이냐고 캐물어, 인척 관계는 아니라고 말했습니다. 그렇다면 언약이 있는 사이냐기에, 그렇지도 않다고 했어요. 부엌 아주머니들 중 여기 부대원 누님 되는 분, 사촌 되는 분, 그렇게 인척도 있다더군요. 그러나 제가 여기 눌러 있으면 당분간은 이런저런 말이 있겠지요. 그렇지만 시간이 지나면 제 처신에 따라 그런 말도 가라앉을 겁니다. 사사로이 선생님을 만나지도 않겠고요. 그저 먼발치에서나마 뵙는 것으로······"

정심네가 말끝을 흐리며 한숨을 쉬었다. 석주율은 정심네가 왜 이럴까, 그 마음을 짐작하면서도 할 말이 없었다. 수천 리 길을 내일로 돌아가라고 권할 입장이 아니었고, 그렇다고 마음 편한 대로 하라며 승낙할 처지도 아니었다. 석주율이 말없이 창공에 뜬 별무리만 보자, 정심네가 가져온 보퉁이를 주율에게 넘겼다.

"옷가지며 버선을 준비해 왔어요. 그럼 저는 곽서방님 만나뵙고 제가 여기 당분간 눌러 있겠으니 허락을 받아달라고 청을 넣겠습니다. 만약에 곽서방님께서 돌아가라면······ 정문 보초소 앞에 며칠이고 단식하더라도, 선생님 떠날 그날까지 남겠습니다." 정심네가 말하곤 자리를 떴다.

그날 이후 석주율은 지나는 길에 어쩌다 정심네를 설핏 만날 뿐, 그네를 찾지 않았고 그네 역시 찾아오지 않았다. 곽돌이 행정실로 와서 말한 적이 있었다.

"내가 정심네한테 단단히 당부했지. 우리가 낯설고 물선 이곳까지 와서 오로지 국권회복을 위해 투쟁하는 마당임을 한시도 잊어서는 안 된다고. 여기는 병영이니 군율이 엄하므로 남녀가 사사로이 만날 때는 영창에 넣거나 퇴소시키겠다고 말일세."

취사장 아녀자들과 행정반 대원 사이에 농 삼아 오가던 '정인을 가까이 두고 지내는 기분이 어떠냐'는 말도 열흘쯤 지나자 시들해졌다. 말없이 사무만 관장하는 석주율의 자세는 예전과 변함이 없었고, 정심네도 부엌일이며 부대원 바느질 일감으로 바쁜데다 동료들과 스스럼없이 잘 사귀었다.

*

대한북로독군부 산하 1개 소대가 화룡현 월신강 삼둔자에서 출발해 두만강을 건너 6월 4일 오전 다섯시 종성군 양감동으로 진공한 사건이 있었다. 홍범도 명령에 따른 특공대는 일본군 헌병 군조 후쿠에가 인솔한 헌병순찰대를 격파하고 저녁 무렵 강을 건너 귀환했다. '무적(無敵)의 황군(皇軍)'임을 자칭하던 일본군은 이에 격분, 남양수비대장 신미 중위가 1개 중대 병력을 인솔 두만강을 월강해 독립군을 추격했다. 신미 중대는 삼둔자에 이르러 무고한 조선 민간인을 학살하고 계속 독립군을 추격하자, 독립군은 삼둔자 서남방에 잠복해 일본군을 기다리다 이를 섬멸해버렸다. 일본군이 처음으로 두만강을 불법 월강해 간도까지 독립군을 추격했다 참패당한 것이다. 함경남도 나남에 사령부를 두고 두만강을 수비하던 일본군 19사단은 그 패전에 크게 분개해 설욕을 다짐코 '월강 추격대대'를 편성해 6월 6일 오후부터 두만강을 건너기 시작, 이튿날 새벽 독립군 본거지인 봉오동에 집결했다. 병력은 추격대 주력만도 보병 2개 중대, 기관총 1개 소대, 헌병대와 경찰대를 합쳐 240여 명이었다. 대한북로독군부는 일본군 추격대대를 봉오동 골짜기로 유인한 뒤 포위망을 압축해 일거에 섬멸해버렸다. 일본군측은 사망자만도 157명, 부상자 수십 명을 내는 대참패를 입고 퇴각했다. 독립군은 이틀 동안의 전투에서 소총 160정, 기관총 3정을 노획했다.

'독립전쟁 개전' 또는 '독립전쟁 제1회 회전'이라 일컬어지는 '봉오동전투'는 상해 임시정부에서 발행하는 『독립신문』에 전투 내용이 상세하게 실렸고, 6월 20일자 조선 여러 신문에도 일제히 5단 내지 7단 기사로 게재되었다.

홍범도가 지휘하는 대한북로독군부의 봉오동 승첩 소식이 북로군정서 본영에 알려지기는 6월 12일이었다. 그 소식은 북로군정서 본영을 온통 흥분의 도가니로 끓게 했다. '독립전쟁 목전 박두' '일전불사' '배달의 혼, 용진무퇴'란 격문이 막사마다 걸렸고 사기가 충천했다. 8월에 들어서는 드디어 고대하던 무기와 탄약이 해삼위로부터 본영에 도착했다. 무기 운반에는 본영 부대원과 서대파 경위대가 합세해 2백 명이 동원되었으니, 무기량이 많았다. 그래서 북로군정서는 군총 총 8백여 정, 기관총 4정, 포 2문, 수류탄 2천 개를 확보하게 되었으니, 우마차 20량분이었다.

한편, 봉오동전투에서 대패한 일본군은 외교적 통로와 군사적 통로를 통해 봉천 군벌 동삼성순렬사 장작림에게, 조선 독립군을 직접 토벌하겠다는 거센 압력을 넣었다. 일본측은 조선 독립군부대들의 발흥과 무장활동을 정책적으로 대처하려 7월에 중국측과 세 차례에 걸친 '봉천회의'를 연 끝에, 장작림으로부터 중국 군대가 조선 독립군부대를 토벌하겠다는 약속을 받아냈다. 그리고 봉천 독군(督軍) 포귀경 고문으로 있던 우에다와 사카모도를 장(長)으로 '중일합동수색대'를 편성해 각지 친일단체인 보민회(保民會)를 앞세워 조선인 민족운동자를 체포 학살하기 시작했다. 일본측은 8월에 '간도 지방 불령선인 초토 계획'을 입안해 이를 확정했고, 만약 중국군이 조선 독립단 토벌을 성실히 이행치 않을 때는 비록 중국 영토지만 일본군이 조선인 불령선인단(不逞鮮人團)을 토벌하려 간도 지방에 직접 출병하겠다는 엄포를 놓았다. 그러나 중국 관헌 간부 중 대한독립군에 대한 동정자가 상당수 있어, 중국군 토벌의 준비 과정에 관한 정보는 시시각각 용정 대한국민회와 독립군부대에 알려졌다. 그러나 중국군은 일본군의 간도 침입을 막으려 부득이 조선 독립군 수색에 출동하지 않을 수 없었기에, 국자가에 주둔하던 중국군 보병 제1단장 맹부덕은 2백 또는 몇십 명 단위로 중국군을 대한독립군부대 수색차 파견했으나 군사 행동은 하지 않았다. 대한독립군부대도 막강한 전투력을 갖추었기에 선

불리 토벌을 단행했다간 섬멸을 당할 위험을 자초할 수도 있었기 때문이었고, 독립군측도 중국 체면을 세워주려 일본측 몰래 은밀히 상호 연락하며 적당히 타협하고 있었다. 맹부덕측은 대한독립군부대에게, 독립군의 현재 근거지가 일본측에 노출되어 있어 중, 일 양국의 분쟁 표적이 되고 있으니 일본측 눈에 잘 띄지 않는 삼림지대로 근거지를 이동하라고 종용했다. 근거지 이동에 따른 충분한 시간을 줄 것이며, 새 근거지 건설을 방해하지 않겠다는 조건이었다. 그래서 8월 하순, 대한북로독군부에서 떨어져 나와 독립부대를 형성했던 홍범도 지휘의 대한독립군 3백여 병력이 연길현 명월구에서 가장 먼저 요령성 안도현 방면의 백두산록으로 이동을 시작했다. 450리에 이르는 대장정이었다. 또한 중국군은 일본측 요구에 굴복해 8월 28일 국자가에 본부를 둔 혼성여단 제1단장 맹부덕이 보병 120명과 기관총대를 인솔해 대한독립군 근거지인 연길현 명월구로 출발했다. 맹부덕이 명월구에 도착한 9월 1일 대한독립군은 용정 대한국민회로부터 정보를 미리 연락받고 며칠 전 근거지를 이동한 뒤였다. 맹부덕은 대한독립군 무관학교 교사를 소각하는 정도에서 임무를 마치고 국자가로 돌아갔다.

일본측은 맹부덕에게 왕청현 서대파 십리평에 본영을 둔 북로군정서군도 함께 토벌하라고 압력을 가했다. 맹부덕은 9월 6일 2백명의 중국군을 십리평으로 파견했다. 북로군정서 사령관 김좌진은 그들을 맞아 소 두 마리, 돼지 한 마리를 잡아 호궤하면서 협상한 결과, 원만한 교섭이 이루어져 중국군은 9월 7일 되돌아갔다. 북로군정서와 중국군 사이의 협상내용은 한 달 기한으로 북로군정서 독립군 전원을 다른 삼림지역으로 이동시키고, 중국군도 한 달 동안은 피군(避軍)해 북로군정서를 추격하지 않기로 약속한 것이다.

중국 군대가 떠나자 북로군정서는 본영은 9월 9일, 6개월 동안 훈련을 마친 사관연성대원 298명의 필업식을 거행했다. 서일 총재를 비롯하여 전 간부진이 필업식에 참석했다. 이어, 12일까지는 필업 사관생도를 중심으로 여행대(교성대(敎成隊))와 경비대가 장정(長程) 준비를 마무리했다. 장정 최종 목적지는 백두산록에 자리잡은 안도현과 접경인 이도구와 삼도구 방면의 밀림지대로 잡았다. 서대파 십리평에서는 450리 길이었다. 북로군정서만 아니라 먼저 떠난 홍범도 부대에 이어 안무의 국민회군 250여 명, 한민회 200여 명, 의군단 100여 명, 신민당 천백여 명의 다른 독립군부대도 이동 장소는 역시 백두산록으로 정했다. 독립군부대들이 한 장소로 집중 이동하게 되기는 일본군과의 강력한 항쟁을 위해 군사통일을 추진하기 쉽다는 장점과, 다음과 같은 점을 중시했던 까닭이다. 첫째, 독립군 최고 목표는 국내 진입 작전을 통한 독립전쟁 수행이었으므로 이를 구현하자면 두만강과 압록강을 넘나들기 편리한 백두산록에 새로운 항전 기지를 건설하기가 용이하다는 의도였다. 둘째, 안도현의 백두산록 지방은 요철(凹凸)이 심한 험준한 지세에 삼림이 울창해 독립군이 유격전투를 벌이기에 유리했고, 독립군 본영을 두기에 알맞은 요새가 많았기 때문이었다. 셋째, 이 지역은 만주 3성(省) 중 봉천성과 길림성 접경 지역이어서, 일본측 강압에 못 이겨 중국 길림성군이 공격해 올 경우 군 관할 밖인 봉천성으로 피군할 수 있고, 반대로 봉천성 군이 공격해 올 경우 길림성 지역으로 이동할 수 있다는 지리적 요충지로 간주한 까닭이었다.

북로군정서 본영이 대장정에 출발하기에 앞서 석주율은 제3막사로 자형을 찾아갔다. 부대가 화룡현 이도구나 삼도구로 이동을 마치면 자신은 북로군정서와 결별하고 정심네와 함께 고향으로 돌아가겠다고 통보할 작정이었다. 부대원들과 함께 군장을 꾸리던 곽돌이 주율을 맞았다.

"행정반도 짐이 많을 텐데 이동 준비는 완료했는가?"

"출발만 남았습니다."

"군총도 지급받았겠지?"

"예."

"사격 연습도 했는가?"

"⋯⋯" 석주율은 잠시 뜸을 들였다 자형에게 다소곳이 말했다. "형님, 우리 최종 목적지가 싼따오고우(三道溝) 밀림지대 요새라 들었습니다. 인원과 장비가 많고 우회해서 이동해야 하니 소요되는 날수가 적게 잡아 스무 날은 걸린다더군요. 우리 부대가 밀영지에 안착하면⋯⋯ 저와 정심네는 거기서 백두산록을 넘어 조선으로 들어가겠습니다."

곽돌이 일손을 멈추고 침상에 걸터앉으며 군복 주머니에서 파이프를 꺼내 쌈지 연초를 쟁였다.

"앉아서 얘기해." 곽돌이 화덕 잿불에 연초를 붙여 물더니 건너편 침상에 걸터앉은 석주율을 못마땅한 눈초리로 바라보았다. "이 중차대한 시기에 고향으로 내려가겠다고?"

"제 할 일은 그곳에 있습니다. 영남유림단 시절…… 총 들고 싸울 자는 싸우고, 교육으로 민중을 각성시킬 자는 그 길로 보국하라는 말씀이 있었잖습니까. 밀양 전홍표 주무위원처럼 저는 아무래도 문치부 쪽인가 봅니다."

"고집을 더 꺾을 수 없구나. 서무부장한테 통고했는가?"

"말씀드렸습니다."

곽돌은 말없이 담배만 태웠다.

*

9월 17일 여행대(旅行隊)가 편성되어 대장 나중소, 부관 최준영, 연성대장 이범석이 인솔하는 3백여 명 사관연성소 출신 정예군이 만주산 네 필 말이 끄는 치중마차(輜重馬車) 스무 량에 탄약과 보급품을 적재해 선발대로 먼저 출발했다. 이튿날, 사령관 김좌진이 인솔하는 본대 4백여 명이 그동안 개척해 토대를 구축했던 십리평 밀영지를 버리고 뒤따랐다. 본대는 부대원과 경비대 병력을 합쳐 3백여에, 서대파 후방부에서 합류한 보급대 백여 명이 포함되어 있었다. 곽돌은 여행대 소대장으로 먼저 출발했고, 석주율은 행정반 요원들과 함께 본대에 섞였다. 그는 서무부 기록원으로 장정할 동안 일지를 기록하는 임무를 맡았다. 취사반에서 일했던 열세 명 아녀자들에게는 5백 리에 가까운 장정이 무리여서 귀가 조치를 내렸으나 장정에 합류하겠다는 여자는 그냥 두었다. 여덟 명 아녀자가 남게 되어 모두 군복으로 남장해 보급대와 함께 행군했는데, 정심네도 거기에 끼었다. 보급대 백여 명은 40량가량의 치중마차로 북로군정서 주식과 부식, 천막, 취사용구, 기타 일용품을 운반했다.

군사 7백에 이르는 대장정 대열은 하루 잇수가 30리를 채 넘지 못했다. 국도는 물론 평야지대의 농로마저 버리고 주로 야음을 틈타 험산준령을 서쪽으로 우회해 이동했기 때문이었다. 이는 중국 관헌측과의 약속을 이행하기 위해서였다. 대한독립군부대가 군복 차림에 무기까지 휴대하고 큰 마을이나 평야지대를 관통하면 일본측이 중국 도윤 장세전이나 연길 주둔 보병 제1단장 맹부덕에게, 왜 그들을 토벌하지 않느냐며 약속 불이행을 협박할 것이기에 자기네의 난처한 입장을 고려해달라고 부탁했던 것이다.

북로군정서 독립군부대는 대황구를 거쳐 왕청현 북쪽 준령을 넘어 인가 없는 연길현 의란구 깊은 산길을 따라 행군했다. 간도는 9월 하순이면 이미 가을이 깊어 밤에는 산중 기온이 영하로 떨어졌다. 낙엽이 발목을 덮는 산길 따라 달빛을 벗삼아 걷자면 원시림의 짙은 숲을 흔드는 칼바람이 매서웠다. 부대원들은 외투조차 없어 홑군복에 모포를 둘러쓰고 낙엽을 이불 삼아 야숙하며 행군을 강행했다. 탄약과 보급품을 실은 치중마차는 무릎까지 차는 개울을 건너 높드리 에움길을 탔고, 늪지 진흙밭을 힘겹게 통과했다. 말이 기진해 수레바퀴가 꼼짝 안할 때는 보급대원들이 개미떼처럼 달라붙어 지렛대로 바퀴를 고이고 마차를 밀었다. 서남 방향인 국자가와 용정을 거쳐 두도구로 빠지면 잇수를 백 리 가까이

줄이고 편편한 길이라 행군 또한 수월했으나, 그들은 영마루를 넘고 다리 없는 강의 얕은 물길을 찾아 옷을 적셔 건너는 험로를 선택할 수밖에 없었다. 그러나 구국일념으로 뭉친 불퇴전(不退轉)의 용기가 부대원의 어려움을 극복하게 했고, 이역 수천 리로 들어와 사는 조선인 부락를 만나면 동포들로부터, 조국 독립이 자기네 어깨에 매였다는 듯 따뜻한 환대를 받는 기쁨도 있었다. 동포들은 독립군 부대원을 감격의 눈물로 맞으며 가진 것 다 털어 음식을 만들어주었다.

　우리 시조 단군께서 나라 집을 창건하여 / 태백산에 강림하사 우리 자손 주셨으니 / 거룩하고 거룩하다 태조왕의 높은 성덕 / 받들어 모시어서 왜족 무리 무찌르세 / 배달정신 이어가세 대한 독립 성취하세……

청포촌 소년 병사들이 부르던 대종교 독립군가를 힘차게 외치며 부대원들은 전장(戰場)의 새 기지를 향해 태극기와 단군 성조기를 앞세워 쉼 없이 나아갔다.

　…… 오늘도 야간행군을 강행했다. 천보산 기슭을 지날 때 척후로 나선 정찰대가 본대로 연락병을 보내 왜인 수비대가 전방에 있음을 통고했다. 그곳에는 왜인 자본가가 채굴하는 은, 동광산이 있어 수비대가 무장하여 광산을 경비하고 있었던 것이다. 사령관께서는 숙영지를 광산촌으로 선택했다. 음력 8월 13일이라

달이 밝아 독립군 실체가 드러났으나 전 부대원은 광산촌 공터와 장옥에 모닥불을 피우고 숙영했다. 독립군의 엄청난 병력과 화력에 놀란 왜인 수비대가 혼비백산해 수세로 경계망을 폈으나, 사령관께서는 그들을 응징하지 않았다. 보잘것없는 적 무리를 없애려 단 한 발의 탄환도 허비할 수 없다는 말씀이셨다⋯⋯

석주율이 기록한 어느 날 일지였다. 김좌진 총사령관이 그들을 섬멸하지 않은 이유는 왜인 광산수비대가 정규군이 아니란 이유도 있었지만, 말 그대로 보잘것없는 무리를 처단해 일본의 간도 출병 구실을 줄 수 없다는 판단에서였다.

10월에 들어서자 백두대간 장백정맥 일대는 겨울 날씨였다. 낮동안 잠시 따뜻한 햇살이 있었으나 아침저녁으로 서백리아에서 몽고를 거쳐 몰아치는 서북풍의 칼바람이 침엽대숲을 뒤흔들었고 밤이면 영하의 기온이 살을 에었다. 북로군정서 장정 대열이 노두구령을 넘어 서구 앞으로 빠져 장인강과 이도구로 들어서자, 그곳에는 이미 독립군 연합부대가 어랑촌 일대에 산재해 주둔하고 있었다. 홍범도 휘하 대한독립군 3백여, 안무 휘하 국민회군 250여, 허근 휘하 의군부군 150여, 김성극, 홍두식, 황운서 휘하 복벽파 광복단 2백여, 방위룡, 김연군 휘하 의민단 백여, 김준근 휘하 신민단 2백여, 이광택 휘하 한민회군 2백여 등, 1천4백여 연합부대가 홍범도 총지휘 아래 군사통일을 이루어, 각 지방 조선인 정착촌에 군수품 징발 명령을 내리는 한편 곧 닥칠 일본군과의 일전을 위해 맹훈련을 쌓고 있었다. 군수품 징발은 '광복 사업 성패의 가을'이라 포고해 조선인 각 호마다 10원의 군자금 또는 동산, 부동산 10분의 1을 헌납하도록 했다.

대한군정서 7백여 독립군부대는 이도구를 거쳐 12일에 선발대가, 13일에 본대가 삼도구에 도착했다. 싼따오고우를 조선인들은 청산리라 일컬으며 동서 80리에 걸쳐 청산리, 송리평, 백운평, 연월평, 평양촌, 싸리밭골 등, 조선인 집단촌이 연이어 있었다. 북로군정서는 450리에 이르는 대장정의 마무리에 이른 셈이었다.

북로군정서는 청산리 어름에 임시 숙영지를 정하고 정찰대와 수비대를 풀어 사방의 적정(敵情)을 파악하는 한편, 청산리 일대 조선인 부락에 군수품 협조를 요청하며 며칠을 보냈다. 엄동은 닥치는데 한 달에 가까운 장정 동안 군량미 소모가 많아 비축 양식이 넉넉하지 않았다.

"석서기님 계십니까?"

천막 밖에서 찾는 말을 듣고 석주율은 정심네임을 알았다. 장정 동안 그네 모습을 보기는 여러 차례였으나 말을 나눌 기회는 없었다. 주율이 휘장을 들치고 밖으로 나가니 털목도리로 머리를 감싼 정심네가 어둠 속에 비켜서 있었다. 강풍이 잣나무숲을 뿌리째 흔들고 있었다. 해발 8백 미터 높드리 지대라 어둠이 내리고 기온이 곤두박질쳐 영하 십몇 도는 되게 날씨가 추웠다.

"저보다 소식 먼저 들으셨겠군요. 일본군이 이미 토산자 어귀까지 들어왔대요. 전투가 발등에 떨어진 불인데, 계속 머물다 총 들고 싸울 작정입니까?" 목장갑 낀 손을 입 앞에 모아 쥐고 정심네가 말했다.

"제가 가진 총은 호신용이지요. 회전이 시작돼도 제일선은 연성대 출신 병력, 제이선은 기타 병력으로 충원되니 보급대와 행정병이 직접 전투에 투입되지 않을 겁니다."

"선생님이 목숨에 연연해 그러시는 게 아닌 줄은 알지만⋯⋯ 그렇다면 언제까지⋯⋯"

"지금은 빠질 상황이 아닙니다. 내일모레 사이 우리 부대와 홍범도 대장의 연합부대와 수뇌회담이 있다던데, 거기에 기록원으로 참석해야 하고⋯⋯ 예감입니다만 곧 빠질 기회가 올 것 같습니다. 왜군과 전면 대결은 피하는 입장이니 동에서 치고 서로 빠지는 복병전을 전개하든, 피전(避戰) 쪽을 선택해 싼따오고우를 벗어나 백두산록이나 천보산으로 빠지든, 넉넉잡아 열흘 안에 결판이 날 겁니다. 제가 서무부장님과 자형한테도 통고했으니 그 기회에 빠지면 돼요. 일차로 저는 얼두정을 잡고 있습니다. 제가 백두산 넘어 이곳으로 들어왔을 때, 명동촌으로 가다 길을 잘못 들어 이곳 지리는 대충 알고 있습니다. 얼두정은 얼따오고우(이도구) 서북쪽에 있습니다. 거기 뜸마을에 조선인 네 가구가 살고 있어요. 장씨, 고씨, 탁씨, 그리고 저와 함께 그곳으로 들어간 오씨넵니다. 친분이 두터우니 거기서 며칠 유하며 길양식을 얻어 왜군 통로인 무산 쪽을 피해 백두산 정상 어름께를 넘어 조선으로 들어가면 됩니다. 정심네, 제가 북로군정서를 떠날, 출발 전날 연락드리지요."

정심네는 대답 없이 어둠 속에 눈을 슴벅이며 석주율을 바라보기만 했다.

"얼두정이 여기서는 정북향으로 갑산촌 넘어 백육십 리 정도 될 겁니다. 정심네가 먼저 그곳에 가 계셔도 돼요. 제 이름을 댄다면 그곳 동포가 환대할 겁니다."

"그렇게는 하지 않겠습니다. 열흘 정도라니, 선생님과 함께 떠나겠어요. 아녀자 소견이라 잘은 모르겠지만, 전투가 벌어지면 앞이 있고 뒤가 있지 않을 것입니다. 독립군부대는 제 땅 없이 떠돌며 싸우므로 적은 사방에서 포위해 뒤에서도, 옆에서도 덤빌 수 있고, 우리 같은 여자도 총 들고 싸워야 할 다급한 처지를 만날 수도 있습니다. 그럴 때 저는…… 선생님을 지키겠습니다. 선생님과 함께 난국을 빠져나가겠어요." 정심네가 냉정하게 말하곤 어둠 속으로 사라졌다.

석주율이 지휘관 회의에서 들었던 산악지대 전투 양상을 설명해줄 겨를조차 없었다. 적을 유인해 매복 섬멸할 작전을 세울 동안 보급부대는 안전지대로 빠져 대기할 수 있었다. 백에 하나 정심네가 말한 전방과 후방 없이 적이 몰아친다면 그때는 얼두정에 피신하기로 작심한 터였다. 도망병으로서 비겁자 소리를 들어도 어쩔 수 없었다. 아니, 총 쏘며 적과 전투하지 않겠다는 결심 자체가 독립군측 입장에서 보자면 이미 비겁자였다. 그러나 그는 다른 할 일이 있기에 어떤 상황 아래에서 잠시 비겁자가 되더라도, 긴 세월을 두고 볼 때 그 한때의 피신책은 정당성을 인정받으리라 판단했다. 그런 상황을 당하기 전 내일이라도 부대를 떠나기에는 차마 말이 떨어지지 않았다. 부대를 떠날 어떤 결정적인 순간이 조만간 닥치리라는 예감이 그를 자제케 했다.

얼따오고우 묘령(廟嶺)에서 10월 19일 북로군정서측 부총재 현천묵, 모연국장 계화, 연성대장 이범석과 연합부대측 홍범도, 안무, 이학근, 박령희 등 수뇌가 연합작전회의를 열었다. 회의에는 상해 임시정부의 간도 파견원도 참석했고, 북로군정서 기록원으로 석주율도 뒷전에서 참관했다.

회의에서 현천묵 등은, 독립군이 일본군과 회전하면 승패를 속단할 수 없으나 독립군 전투는 한편으로 중국측의 감정을 해치고, 다른 한편으로 '훈춘사건(渾春事件)'을 기화로 일본군 정규군이 드디어 간도지방에 출동해 있기에 일본측이 재차 대규모 병력 증파와 장기 주둔 빌미를 줄 것이기에 '분전의 호기'가 못 된다고 좀더 은인자중할 것을 주장했다. 홍범도 등이 이를 반대해 응전할 것을 주장했으나 격론 끝에 피전책(避戰策)이 채택되었다. 그러나 실전 경험이 풍부한 홍범도는 본격적 접전을 피하는 대신 허를 찌르거나 적을 산간으로 유인해 필승을 기할 경우에는 소규모 전투를 감행해야 한다는 절충안을 내어 이를 통과시켰다. 그리고 각 부대마다 정찰대를 조직해서 각 방면에 밀행시켜 일본군 동태를 계속 탐지하기로 했다.

북로군정서와 연합부대측도 간도 각 지방에 심어둔 연락원을 통해 10월 2일 훈춘현 훈춘에서 있었던 중국 마적단의 일본 영사관 방화사건과, 그 사건으로 일본 경찰관 한 가족이 몰살당했음을 구실로 드디어 '간도 지방 불령선인단 토벌'의 구실을 대어 일본군 대부대 간도 출병이 감행되었음을 알고 있었다. 일본측은 장강호 마적단을 돈으로 매수해 10월 2일 훈춘을 습격하도록 유도했다. 일본군 정보비를 받으며 조선 독립군과 조선인촌을 습격하던 4백여 무장 도적떼가 10월 2일 새벽 훈춘성을 공격했는데, 일본측 영사관 관원은 정보를 미리 알아 영사관을 비우고 대피했다. 그러나 조작극임을 감추려 남겨두었던 조선총독부 파견 경찰관 숙직자 일가족과 조선인 고용인 2명 등 9명, 중국 병사 70명, 조선인 7명이 마적 떼에 의해 살해되었다. 마적 떼는 살육을 전개한 다음 시가지를 약탈하고 퇴각했다. 이를 구실로 일본 정부는 10월 14일 간도 출병을 선언함과 동시에 재 영국 대사, 재 미국 대사에게 간도 지방 일본 거류민을 보호한다는 명목으로 출병한다는 전문을 보내고, 16일 간도 일본 총영사로 하여금 중국측 연길 도윤 장세전에게, 간도에서 불령선인단 토벌의 군사행동을 시작하겠다고 일방적으로 통고했다. 그러나 일본 보병부대는 10월 7일 두만강을 월경해 간도 침입을 감행한 뒤였다.

일본군은 함경북도 나남에 두었던 제19사단을 회령으로 이동시키고, 경성 용산에 있던 제20사단으로부터 1개 대대와 기타 보조 병력을 차출하고, 제14사단으로부터도 일부 병력을 차출해 편입시킨 다음, 제19사단 전부를 주력으로 동원해서 대한독립군부대와의 직접 전투에 투입될 3개 '토벌지대'를 편성했던 것이다. 제1지대는 이소바야시 소장이 이끄는 병력 4천여, 제2대는 기무라 대좌가 이끄는 병력 3천여, 제3지대는 아즈마 소장이 이끄는 병력 5천여, 거기에 관동군 만주파견대, 통신대, 기타 지원부대 병력까지 합쳐 실제 병력은 2만에 달했다. 그 중 아즈마 소장이 직접 인솔한 아즈마지대(東支隊)의 주력부대가 천보산 지방으로 출동해 얼따오고우 쪽과 싼따오고우 쪽 일대를 포위해 오고 있음 또한 대한독립군부대들은 감지하고 있었다. 최종지휘관 이름을 부대명으로 삼는 일본식대로, 아즈마지대는 보병 외 중무장을 갖춘 정예 기병과 포병을 포함한 5천여 막강한 병력이었다. 10월 15일 용정에서 출발한 아즈마지대는 두도구를 거쳐 얼따오고우와 싼따오고우로 들어오며 조선인 촌락을 거칠 때마다 불령선인으로 보이거나 도망하려는 자는 무차별 학살하며 가옥을 불태웠다. 그래서 조선인 동포 부락은 일본군이 들어온다는 소식만 있으면 늙은이만 남기고 모두 마을을 비우고 피신하는 실정이었다.

연합 수뇌회의 결과 피전책 소식을 전해 듣자, 북로군정서의 정예병으로 구성된 여행대는 일본군을 공격할 호기를 맞았다고 전투 준비에 임했다 크게 실망해 불평이 많았다. 그들 역시 선량한 동포를 학살하고 가옥을 불태우며 추격해 오는 일본군의 잔학 행위를 듣고 있었던 것이다. 독립군에 자원 응모했을 때부터 민족해방전선에서 기꺼이 목숨 바치기로 결의했기에 병사들은 애국심, 분노, 전의를 억제하지 못해, 병력의 압도적인 열세에도 불구하고 단호한 결전을 요구하고 나섰다. 총사령관 김좌진은 부대원을 구슬리며 송림평 쪽 후방으로 후퇴를 감행했다. 한편, 일본군과 일전을 주장하며 전투 준비를 하던 연합부대 총사령관 홍범도도 일본군이 얼따오고우 지역으로 유유히 진군해 들어오는 것을 정상에서 망원경으로 내려다보곤 끓는 전의를 억제치 못해 북로군정서측과 연합해 일본군과 일전을 치르자고 다시 연락했다. 그러나 김좌진은 자중하여 피전책 결의를 이행해야 한다고 말려, 홍범도도 자제할 수밖에 없었다.

아즈마지대 보병 제73연대장 야마다 대좌가 인솔한 병력이 싼따오고우 동쪽 기슭에 출몰하기는 18일 아침이었다. 독립군 초멸작전을 수행하려 야마다연대는 청산리 계곡으로 장사(長蛇)를 이루며 밀려들었다. 동서로 이어진 청산리 계곡은 청산리에서부터 싸리밭골까지 길이 80리에 이르렀다. 계곡 폭이 좁은 곳은 5리, 넓은 곳이래야 10리가 채 못 되었다. 계곡 좌우로는 만산준령(萬山駿嶺)으로, 서북쪽은 비교적 수림이 적고 동남쪽은 갈수록 활엽수림과 침엽수림으로 덮여 있었다. 키를 자랑하는 잣나무, 봇나무, 전나무, 화솔나무, 송백떡갈나무, 벚나무가 울창했다.

18일 오후, 청산리에서 계곡을 따라 송림평으로 이동하던 북로군정서 독립군부대는, 야마다연대 전위부대가 청산리 어름으로 접어들었다는 정찰대의 급보를 접했다. 김좌진은 곧 지휘관 회의를 소집해 피전책을 이행해 계속 퇴각할 것이냐, 아니면 들어오는 적을 맞아 회전할 것이냐를 두고 토의했다. 결과, 일본군측 초멸작전에 피전책만 강구하면 사방으로 포위되어 집중공격을 당할 수 있고 부대원 사기도 크게 위축될 것이니 유인전술로 일격을 가하자는 데 의견이 모아졌다. 마침 백운평 계곡은 폭이 2, 3리로 긴 계곡 중 가장 좁고 양쪽으로 깎아지른 절벽이 있는데다 가운데에 공지가 있으니, 유일한 통로인 오솔길을 따라 왜군 전위부대가 공지로 들어올 때 양쪽 절벽 기슭에 매복했다 일거에 섬멸해버리자는 계획을 세웠다.

북로군정서는 일본군을 그 지점으로 유인하려 송림평에 사는 조선인 동포를 보급대에 따라붙게 해 피신시키고 남아 있는 노령

자에게는, 독립군은 오합지졸로 무기를 제대로 갖추지 못한 채 일본군 토벌에 당황해 계곡 끝으로 줄행랑쳤다는 허위 정보를 퍼뜨려 이를 일본군측에 제공하게 했다.

19일, 북로군정서는 야간행군 끝에 송림평을 거쳐 이튿날 새벽 백운평에 도착해 그곳 조선인 동포들로부터 뜨거운 환대를 받았다. 독립군 부대원 7백여가 백운평 협소한 골짜기 공지에 들어서자 연성대장 이범석 지휘 아래 사관연성소 출신 3백여 여행대를 제2제대(第二悌隊)로 삼아 백운평 골짜기 바로 위쪽 절벽에 잠복케 했다. 제1제대는 김좌진이 직접 지휘하는 본대로 훈련이 부족한 대원들로 편성했는데 제2제대가 잠복한 건너편 약간 위쪽 지점인 사방정자 산기슭에 배치되었다. 기습전에 직접 참가하지 않는 1백여 보급대와 치중마차, 그리고 백운평, 송림평 동포들은 싸리밭골을 거쳐 서쪽으로 먼저 빠져, 후방에서 벌어질 회전 상황을 관망하다 나중에 전투부대와 합류하기로 했다. 행정반 요원들도 보급대와 함께 행동을 같이하기로 했다. 서무반 요원들이 보급품을 적재한 치중마차를 따라 막 떠나려 했을 때, 서무부장 임도준이 석주율과 김현창을 불러 세웠다.

"석서기와 김서기는 보급대에서 빠져 전투에 참전하도록. 기록원이 전투 현장을 체험하지 않고 어떻게 실제 상황을 기록 보고할 수 있겠는가. 나도 전투에 참전할 걸세."

명령에 석주율과 김현창은 백운평에 남게 되었다. 나도 드디어 적군을 섬멸할 기회를 맞았구나, 하며 김현창은 허리에 찬 탄대의 탄환꿰미를 쓸며 싱글거렸다. 그러나 석주율은 임부장 명령에 마음이 철렁 내려앉았다. 그는 나도 과연 총을 쏠 수 있을까, 하는 의문부터 들었다. 조국 광복의 최고 수단으로서 전쟁을 선택했고, 전쟁이란 무혈투쟁이며 그 투쟁에서 반드시 이겨야 한다 할 때, 이기기 위해서는 적을 상대로 싸우지 않을 수 없었다. 내가 적을 죽이지 않으면 적이 나를 죽이기 때문이었다. 그러나 내가 정말 적을 겨누어 그의 심장을 꿰뚫으려 총 쏠 수 있을까. 석주율이 다시 반문하자, 한 생명을 죽이려 총을 쏘리라곤 믿어지지 않았다. 기록원으로서 전투 진행 과정을 면밀히 살펴 이를 기록하는 업무만도 족하리라 여겼다. 그렇게 다짐하자 어깨에 멘 군총 멜빵을 잡은 손에 힘이 빠져나갔다.

　제2제대는 병력을 세 면으로 배치해 매복에 들어갔다. 우측지대는 이민화 휘하 아래 1개 중대를 배치하고, 좌측지대에는 한근원 지휘로 다시 1개 중대를 배치했다. 정면 우중대는 김훈이 지휘를 맡고, 정면 좌중대는 이교성이 지휘를 맡았다. 석주율과 김현창은 정면 김훈 중대에 합류했다. 정면 우중대 1소대장 겸 부중대장이 곽돌이었다. 부대원은 소나무와 잣나무 가지를 꺾어 군모와 군복을 위장했다.

　제2제대가 매복한 지형은 공지를 내려다보는 깎아지른 절벽 위였다. 급경사 위쪽은 밀림이 울창해 쓰러진 나무둥치가 널렸고 두꺼운 청태까지 덮여 천연적인 엄폐물이었다. 제2제대는 나무둥치를 엄폐물로 삼고 낙엽에 묻혀 매복했다. 약 8백 미터 떨어진 서쪽에는 김좌진이 거느린 제1제대가 전투 준비에 임해 절벽 아래 공지로 총구를 모으고 있었다.

밤이 들자 음력 9월 초아흐렛날이라 달이 밝았다. 기온이 영하로 떨어져 살을 에는 늦가을 밤 추위에 홑군복 입은 부대원은 저녁끼니조차 굶고 있었다. 정찰대원 보고로 야마다연대는 아직 청산리에 머물며 각지로 척후병을 내보내 독립군 정보를 파악하고 있다기에, 각 중대장은 외부에서 불길을 볼 수 없는 우묵한 지점에 모닥불을 피워도 좋다는 허락을 내렸다. 부대원의 주림은 어쩔 수 없다 해도 추위만은 덜어줘야 전투에 지장이 없겠다 여겼던 것이다.

　매복한 부대원이 모닥불 주위에 몰려 말뚝잠 자거나 거의 뜬눈으로 밤을 새우고 난 21일 아침 여덟시, 야스카와 소좌가 지휘하는 선발 보병 1개 중대가 하루 전에 북로군정서가 행군해온 길을 따라 백운평으로 진입하기 시작했다. 일본군 전위부대는 백운평을 점령해, 남아 있던 주민들로부터 독립군이 하루 전에 허둥지둥 도망쳤다는 정보를 수집한 뒤, 절벽 밑 꼬불꼬불한 오솔길을 따라 조심스럽게 접근해 왔다. 북로군정서 보급대 치중마차를 끄는 만주말이 흘린 똥을 정찰병이 채집해 온도를 측정하니 말똥이 식고 말라 독립군이 하루 전에 길을 지났음을 증명해주었다.

　콧수염 기른 야스카와 소좌가 전위부대에 앞장섰다. 금줄 번쩍이는 소좌 견장을 단 그는 장갑 낀 오른손에 군도를 잡고, 왼손에는 망원경을 들고 있었다. 그 뒤를 따라 독립군 군복과 똑같은 연갈색 복장의 일본군 1개 중대 병력이 공지 안으로 모두 들어섰다. 그들이 북로군정서 제2제대 매복지점으로부터 10여 보 앞에 도달했을 때였다.

김좌진 총사령관의 사격 명령을 신호로, 바로 눈 아래 내려다보이는 일본군을 향해 독립군의 일제 기습사격이 시작되었다. 오전 아홉시경이었다. 북로군정서 독립군의 6백여 정 군총과 4정 기관총과 2문 박격포 화력이 한꺼번에 일본군 전위부대의 머리 위로 쏟아져 내렸다. 요란한 총소리에 섞여 비명이 낭자했는데, 시체가 나뒹굴고 겨우 몸을 피한 일본군은 독립군이 어디에 은폐했는지 알지 못해 탄환이 날아오는 방향으로 대중없이 총질해댔다.

석주율은 2백 남짓한 일본군 중대병력이 마땅한 은폐물을 찾지도 못한 채 쓰러지는 살육의 현장을 거친 숨길로 지켜보았다. 청태 낀 나무둥치에 군총을 걸쳐놓고 총구는 아래쪽 일본군에 겨누고 있었으나 그는 한 차례도 방아쇠를 당기지 않았다. 그 옆 소나무 가지로 위장한 김현창은 열심히 방아쇠를 당기고 있었다.

독립군의 집중 화력에 일본군 시체가 늘어갔다. 석주율은 한순간에 삶에서 죽음으로 바뀌는 처절한 살육을 보며, 이것이 독립의 길인가를 자신에게 되물었다. 이 기회를 맞으려 빼앗긴 조국을 떠나 이역 북녘 땅으로 넘어와 추위와 허기를 견뎌가며 불철주야 훈련을 쌓았다면 그 결과에 따른 당연한 보상이리라. 그러나 시체가 늘어갈수록 피의 현장을 목격하는 그의 마음은 참담했다. 적이 공격해 온다면 개인의 목숨을 보존하려, 나아가 그가 속한 사회와 민족의 생존을 보장받으려는 투쟁은 필연적이리라. 그는 그 당위성을 수긍하면서도 마음은 상대가 비록 원수지만 살상이 결코 정의로움이라 수긍할 수 없었다. 그의 생각이 이적(利敵) 행위에 해당되므로 군율로 처단받는다 해도 그는 자기 주장을 꺾고 싶지 않왔다. 떠나야 한다. 이 살육의 현장에서 떠나야 한다. 그는 이 말만 되뇌이며 총구를 공지에 겨누기만 했을 뿐 방아쇠를 당길 수 없었다. 적을 겨누지 않고 쏜다면 한 알 탄환도 아껴야 했다. 이역 동포가 주림 참아가며 의연한 돈으로 구입한 탄환이므로 한 알이라도 아껴야 함은 십리평 본영 시절 귀따갑게 들어온 말이었다.

공지는 일본군 시체로 시산(屍山)을 이루어갔다. 석주율은 온몸을 떨며 비지땀을 쏟고 있었다. 고막을 찢는 총소리에 섞여 일본군 절규와 아우성이 들렸다. 쓰러지는 적병들이 그의 눈앞에 흐릿하게 어른거렸다.

"한 놈도 남기지 마라! 모조리 사살하라!" 곽돌이 외쳤다.

석주율이 사방을 살피니 자형은 허리 세워 권총을 두 손에 모아 사격하고 있었다.

기습공격이 시작된 20여 분, 야스카와 소좌가 이끌고 온 전위부대 2백여 명은 전멸되었다. '무적의 황군'답게 그들은 한 명도 도망가지 않고 장렬하게 전사했다. 공지 쪽에서 반격이 없자, 독립군 제2제대와 제1제대도 사격을 멈추었다.

"만세, 독립군 만세!" "북로군정서 만만세!"

사기가 충천한 독립군 병사들이 만세 부르며 벼랑을 타고 공지로 쏟아져 내려왔다. 이리저리 널렸거나 포개진 일본군 시체를 뒤져 전리품을 거두었다. 일본군 무기는 한 정 중기관총만 제대로 성할 뿐 나머지 기관총과 소총은 대부분 망가져 쓸모가 없었다. 독립군은 그중에 쓸 만한 무기만 골라 어깨에 멨다. 신발이 닳아 헐거운 병사는 재빨리 일본군 시체의 군화를 벗겨 신기도 했다.

"설핏 보니 넌 총을 안 쏘더군?" 손으로 입을 막고 일본군 시체를 공포에 질려 살피는 석주율에게 곽돌이 말했다.

"총알을 아꼈습니다." 석주율이 어깨숨을 쉬었다.

"어리석기는……"

"형님, 조만간 저는…… 사라지겠습니다. 제가 없더라도 찾지 마십시오. 저는 조선으로 들어가겠습니다."

"이 중차대한 마당에 도망병이 되겠다고?"

그때, 송림평에서 백운평으로 들어오는 쪽으로 산포(山砲) 소리가 연달아 들렸다. 가까운 거리였다.

"후발대가 들어온다. 전 부대원 원위치로!"

지휘관 외침이 들렸다. 공지에 있던 독립군 부대원들이 날다람쥐처럼 벼랑을 타고 조금 전 자기 위치로 올라갔다. 또 얘기하도록 하자고 석주율에게 말하곤 곽돌이 자기 대원을 독려해 벼랑을 타고 올랐다.

일본군 전위부대를 섬멸한 지 한 시간 채 못 되어 일본군 보병 제73연대인 야마다토벌대 본대가 산포와 기관총으로 응전하며 공지 어름으로 몰려왔다. 전위 중대가 전멸당했으니 나머지 4개 중대 8백여 병력이었다. 일본군은 조준과 목표가 명확치 않아 화력만 낭비할 뿐, 지형적 우세를 점유한 독립군의 정확한 조준에 사상자만 속출했다. 일본군은 보병 2개 중대 기병 1개 중대로 부대를 급편성해 매복한 제2제대 옆면을 우회해 포위하려 시도했다. 사기충천한 독립군은 은폐물을 이용해 절벽 위에서 계속 사격하자, 그들 역시 막대한 희생만 내고 패주했다. 야마다본대는 4, 5백 미터를 후퇴하더니 부대를 정돈해 다시 제2제대 정면과 측면을 산포와 기관총 엄호를 받으며 최후 공격을 시도했다.

"흑!" 석주율로부터 여섯 사람 건너에서 나무둥치를 은폐 삼아 총질하던 우중대원이 군모 날아간 이마를 움켜쥐었다. 얼굴이 금세 피로 물들었다. 총을 겨누기만 했을 뿐 쏘지 않던 석주율은 처음 전우 희생자를 목격했다. 주위 병사가 총질을 멈추고 총상당한 전우를 보살폈다. 총알이 대퇴골을 치고 나가 병사는 곧 숨을 거두었다.

전우 죽음을 목격한 병사들의 분기찬 사격이 더 맹렬하게 불을 뿜었다. 제2제대 정면 우중대가 은폐된 고지에서 반격했기에 일본군은 돌진해 오는 대로 사살되었다. 그들은 동료 시체를 쌓아 이를 은폐로 기관총을 난사했으나 별 실효를 거두지 못했다. 결과적으로 야마다 토벌 본대는 2, 3백 명의 새 전사자를 낸 채 송림평 쪽 숙영지로 패퇴했다. 백운평 공지에 전투가 시작되고 세 시간, 오전 열한시경이었다.

김좌진 총사령관은 독립군 부대원에게 야마다 토벌본대를 추격하지 말도록 자제시키고 즉각 얼따오고우로 퇴각 명령을 내렸다. 봉밀구 쪽에서 돌아오는 일본군 야마다 별동 기병연대가 한 시간 뒤면 도착될 것이고 그렇게 되면 퇴로가 차단될 위험이 있었다. 김좌진은 제2제대를 지휘하는 이범석 연성대장에게 연락병 편으로 쪽지를 전했다.

제2제대는 현 진지를 좀더 사수했다 제1제대 철수를 엄호한 뒤 적당한 시기에 철수하라. 제2제대는 내일 새벽 두시 이전, 현재 진지로부터 약 백 리 떨어진 얼따오고우 갑산촌에 도착하라. 제1제대와 보급대가 먼저 도착해 기다리겠다.

사방에 경계를 펴고 있던 이범석은 총사령관 명령을 연락원으로부터 수령받자 제1제대가 백운평 계곡을 무사히 빠져나갔음을 알고 철수작전에 들어갔다. 그는 서쪽 지구를 맡은 한근원 중대로 하여금 현 진지를 사수하며 계속 엄호했다 뒤따르라는 명령을 남겼다.

늦가을 여윈 햇살이 밀림 위 정수리로 떠오를 정오 무렵, 제2제대는 갑산촌을 향해 급행군을 시작했다. 나뭇가지를 잘라 임시 담가(들것)를 만들어 중상 입은 병사 셋을 운반하고, 나머지 대원은 전리품 무기를 나누어 메거나 탄환상자를 등짐 졌다. 경상자도 서른여 명 생겨 그들 일부는 말에 실렸고, 더러는 전우 부축을 받으며 쩔뚝걸음을 걸었다. 마천령까지 대략 60리, 구름 위에 솟은 영마루를 향해 대열은 빠른 속도로 행군했다. 어제 저녁부터 세끼를 굶었으나 독립군 부대원은 전투 흥분이 채 삭지 않아 배고픈 줄 몰랐다. 승전담을 나누며, 그동안 참았던 기갈을 개울물이나 눈으로 채우며 숲을 헤쳐 북으로 나아갔다. 승전담 속에는 우리측도 스무여 명 사망자와 실종자가 났다는 말이 대열 앞뒤로 전달되었다.

북로군정서 제2제대가 북으로 급행군하고 있을 낮 내내 앞쪽에서는 산포 쏘는 굉음이 그치지 않았다. 산불이라도 났는지 화염까지 솟구치고 있었다. 제1제대와 보급대가 한 시간 앞서 떠났는데,

포성은 그 앞쪽인 듯했다. 어쩌면 제1제대는 호랑이 굴을 제 발로 찾아들고 있는지 알 수 없었다. 얼따오고우 쪽에 진지를 구축했던 홍범도 산하 연합부대가 아즈마지대 여단 병력을 맞아 힘겨운 전투라도 벌이고 있다면 북로군정서 방향은 분명 원군(援軍) 임무를 띠고 달려가는 셈이었다. 만약 갑산촌이 쌍방 회전으로 쑥대밭이 되어 제1제대가 목적지를 변경했다 해도 제2제대는 별도의 명령이 하달되지 않는 한 갑산촌으로 치고 들어가야 했다. 제2제대야말로 사관연성대 졸업반으로 편성된 독립군 최강의 정예부대라 자부해온 터였다.

북로군정서 독립군이 백운평에서 첫 승전을 올리고 철수하던 그 시간, 얼따오고우 완루구에서는 일본군 아즈마지대 본대가 2개 부대로 나누어 한 부대는 남완루구에서, 다른 한 부대는 북완루구에서 홍범도가 인솔하는 연합부대를 협공하며 숨통을 죄고 있었다. 홍범도 각 부대는 정찰병으로부터 그 보고를 받고 미리 배치된 저항선에서 전투를 하는 한편, 예비대에게 삼림지대 중간로를 돌아 일본군 측면을 공격하게 했다. 북완루구로 진격하던 일본군 다른 부대는 홍범도 부대 예비대가 삼림 중간로를 빠져나와 측면에 위치하게 된 것을 알지 못하고, 중앙 고지에 위치해 있던 일본군을 독립군으로 오인해 기관총대가 일제사격을 퍼부었다. 중앙에 위치해 있던 일본군은 한쪽 측면에서 홍범도가 이끄는 독립군 공격을 받고 다른 측면에서 일본군 다른 부대의 협공을 받은 결과 전멸 상태에 빠져, 일본군 부대 전사자 4백여, 그 부대와 협동해서 독립군 토벌에 나섰던 중국 육군 광관 장군이 거느린 중국군 60여

명도 전사하고 말았다. 이는 연합부대 총사령관 홍범도의 능동적인 유인작전과, 독립군 부대원의 군복 색깔이 일본군 군복과 거의 동일했다는 점과, 삼림을 불태워 탈출하는 홍범도 부대를 섬멸하겠다는 일본군 작전이 오히려 독립군부대 탈출을 도와준 결과였다. 일본군 두 부대가 자중지란을 벌이는 사이 홍범도 연합부대는 어랑촌 쪽으로 바람같이 빠져나갔다.

북로군정서 제2제대는 한차례도 휴식을 취하지 않고 북으로 계속 급행군을 강행했다. 저녁에 들자 능선의 산내리바람이 얇은 군복을 칼날같이 저미고 들었다. 그제야 백운평 공지에 마지막까지 남아 엄호를 담당했던 한근원 중대가 길을 따라잡아 본류에 합류했다. 그때부터 제2제대 독립군은 모두 허기와 추위와 피로에 지쳐 걸음이 처졌다.

"새벽 두시까지 봉밀구 갑산촌에 도착해야 한다. 조선인 마을 갑산촌에 도착하면 동포들로부터 환영받고 따뜻한 방에서 더운밥 먹을 수 있다. 힘을 내!" 곽돌을 비롯한 사관이 대열 앞뒤를 돌며 병사들 걸음을 독려했다.

석주율은 중상자 담가 네 귀 중에 한 귀를 들고 묵묵히 대열을 따랐다. 이제 소년티를 갓 벗은 열아홉 살 난 병사는 왼쪽 어깨가 박살 나 잠시도 쉬지 않고 헐떡이며 통증을 호소했다. 붕대로 지혈시켰으나 출혈이 많아 그의 외침은 헛소리였다. 깜박 정신이 돌아오면 부모를 찾기도 했고, 언약이 있는 사이인지, "점분아, 나 죽는다. 나 무주고혼이 되거던 조국 광복에 한줌 흙이 된 줄 알아라" 하고 읊었다. 석주율은 문득 정심네가 떠올랐다. 전투가 시작되고부터 잊었던 그네였다. 제1제대와 함께 먼저 떠났으니 한 시간 앞서 낙엽 쟁인 능선을 통과했으려니 싶었다. 어쩌면 전투가 시작되자 먼저 얼두정으로 빠져나갔을지도 몰랐다. 아니, 자기가 여기 남았으니 아직 보급대와 행동을 함께할 터였다. 자기 안위를 걱정하며 그네도 허기지게 행군하고 있으리라. 그런데 그네는 왜 북지까지 올라와 이런 생고생을 달게 받을까. 그네 마음속에도 여장부로서 조국애가 끓어 독립군 부대원과 함께 행동한다고 생각되지 않았다. 그런 의분심도 있을 터였으나, 그 점은 전적으로 자기를 위한 희생의 감수였다. 그렇다면 내가 그네에게 어떤 존재일까를 되묻지 않을 수 없었다. 그네가 목숨 바쳐 자신을 사랑하기 때문이라면? 그 사랑을 확인하려 북지로 찾아왔다면? 그러나 그 점 또한 외쪽 환상일 뿐, 자신은 그네를 배필감으로 여겨본 적 없었다. 예전 삼월이를 그릴 때처럼 정욕의 대상으로 그네를 떠올려본 적조차 없었다. 그네 역시 그런 상대 마음을 여러 차례 확인해 알고 있었다. 어쨌든, 자신은 그네로부터 받기만 했을 뿐 준 게 아무것도 없었다. 두드려도 열리지 않는 문을 기어코 열겠다는 순결한 사랑을 배신한 자신의 이기심이야말로 죄악이리라. 그렇게 생각하자 주율은 무엇으로도 갚을 수 없고 속죄할 수 없는 죄를 짓고 있다고 자괴감에 빠졌다. 비단 그 탓만 아니라, 그는 아침 총격전이 시작되고부터 얼이 빠진 상태였다. 살육에 전율한 뒤, 그는 표정과 말을 잃어버렸다.

"머루다!" 누군가 산등성 길가 머루덩굴에서 흑자색 머루알을 보고 외쳤다. 병사들이 머루를 한 움큼씩 따서 씹으며 걸었다. 길섶에는 머루가 지천이라 병사들 허기를 꺼주었다. 이제 북쪽에서 포성은 들리지 않았다.

늦가을 짧은 해가 지자 곧 어둠이 내렸다. 밀림 속은 길마저 보이지 않았다. 밀림을 흔드는 바람을 헤치며 독립군 대열은 쉼 없이 북으로 나아갔다. 쓰러진 수목과 허물어진 바위가 앞을 막아 행군은 갈수록 힘들었다. 우거진 나뭇가지가 길을 막으면 전위 대열이 도끼로 찍어가며 앞을 열었다. 둥근 달이 떠오르자 어슴푸레한 빛이 수목 사이로 비쳐들었다. 추위와 주림과 수마(睡魔)에 쫓겨 독립군 대원은 모두 말을 잊었다. 달빛에 드러난 수목 사이로 발목 위까지 찬 푹신한 낙엽을 밟고 힘든 걸음만 옮겼다. 응달에는 눈이 쌓였고, 나뭇가지에서 얼어붙은 숫눈이 떨어져 내렸다.

나뭇가지를 흔드는 바람 소리에 섞여 석주율 귀에 끊겼다 이어졌다 하는 노랫소리가 들렸다. 쉰 목소리로 어느 병사가 부르는 노래였다.

……나는 일어나리라 / ……그때 우리는 조선의 먼동을 다시 보리라 / ……그대가 억눌려 신음하면……

석주율 귀에 익은 노랫말이었다. 백두산에서 하산할 때 장불이 들려주던 백두산 신화에 나오는 노랫말을 듣자, 그는 명치가 막혔다. 한 사람이 부르는 타령조 노래에 여러 병사가 따라 부르자 노래는 둔중한 울림을 이루었다.

……나는 일어나리라 / 그대가 북 치고 노래하면 / 그때 우리는 / 조선의 먼동을 다시 보리라 / 나는 깨어나리라 / 그대가 억눌려 신음하면 / 그때 우리는 / 조선의 먼동을 다시 보리라……

선소리이듯 음울하고 비장한 노래가 숲을 흔들었다. 쉬운 곡이라 석주율도 노래를 따라 불렀다. 이 시대야말로 백두거인이 조선 민족을 위해 다시 깨어나야 한다고 그는 믿었다. 그때가 일제 압력에 눌려 신음하는 지금이 아닌 그 어떤 다른 시대일 수 없었다. 조선 민족에게 지금보다 더 괴로운 시대가 또 있을까 여겨져 그의 눈에 눈물이 고였다. 노랫소리는 차츰 기를 세워 음울함을 벗고 활달해졌으며, 가락도 빨라졌다. 노래는 독립군 병사의 주림과 추위와 지침을 달래주는 묘약 같은 힘을 지녔다.

밤길을 행군할 동안 제2제대 병사는 여러 개울을 건넜다. 골짜기를 흐르는 물이라 물결은 급류를 이루었고 깊었다. 얕은 곳은 무릎에 찼으나 깊은 데는 가슴까지 닿았다. 군총 총구는 앞 병사가 잡고 개머리판은 뒷병사가 잡아, 긴 띠를 만들어 독립군은 허벅지에 차는 급류를 건넜다. 개울물은 얼음같이 찼다. 개울을 건너 다시 행군을 시작하면 바짓가랑이가 금세 뻣뻣하게 굳어왔다. 걷기가 불편했으나 낙오되는 병사는 없었다. 만약 대열에서 이탈하면 산속을 헤매다 굶어 죽거나 얼어죽기 십상이었다. 아니, 일본군 토벌대가 싼따오고우와 얼따오고우를 포위해 초멸작전을 벌이고 있었으므로 어느 부대 그물에 걸려 개죽음당할지 알 수 없었다. 이제 북로군정서를 떠나야 할 시점이라고 여러 차례 다짐했지만 석주율 역시 부대를 이탈할 마음은 없었다. 도망하거나 낙오되면 실종자로 처리되겠지만, 비난이 두려워서가 아니었다. 그런 비난은 자형한테도 숱해 들어왔다. 도망할 시점이 아니었고 그럴 당위성도 없었으니, 어차피 지금 행군은 대종교 총본사가 있는 청포촌을 비켜 자신이 북로군정서를 떠났을 때 1차 목표로 삼은 얼두정을 향해 직선으로 나아가고 있었다.

자정을 넘겨서야 북로군정서 제2제대는 골짜기와 능선을 빠져나와 평탄한 지대로 들어섰고, 비로소 길을 찾아냈다. 주위로 밭이 널려 있었다. 열네 시간 급행군 끝에 백 리를 돌파해 그들이 갑산촌에 도착하기는 22일 새벽 두시 사십분이었다. 갑산촌은 함경북도 갑산 지방 사람들이 이주해 와 집단 촌락을 이룬 마을이라 붙여진 동네 이름이었다.

제2제대는 총사령관 김좌진을 비롯한 제1제대와 보급대의 환영을 받으며 감격의 포옹으로 기쁜 재회를 가졌다. 그들만 아니었다. 잠자지 않고 후발대가 도착하기를 초조히 기다리던 갑산촌 동포들로부터도 환대받았다. 전우끼리 포옹했고, 감격의 만세를 외쳤고, 웃음과 함성이 어두운 밤하늘에 퍼졌다. 주민도 만세 부르며 함께 울었다.

"석서기님 어디 있어요? 선생님!" 여기저기 모닥불 피운 제2제대 병사 사이를 누비며 정심네가 외쳤다.

"여기 있어요."

군복 차림으로 달려와 안기는 정심네를 석주율은 차마 물리칠 수 없었다. 석주율 가슴에 얼굴 묻고 그네는 어깨를 들먹였다. 이

강심장 여자도 끝내 우는구나. 석주율은 그렇게 느끼면서도 그네를 포옹하지 못한 채 서 있었다. 하늘의 별무리가 쏟아져 내릴 듯 눈앞에 어른거렸다.

"돌부처 석서기, 한번 불끈 안아주구려." "와따, 정말 집 떠나고 감격적 장면을 처음 보구만." "나도 마누라 생각나네." 손뼉 소리, 휘파람 소리, 농짓거리가 왁자하니 남녀를 싸고 섞갈렸다.

제2제대 부대원은 갑산촌 동포집에 나누어 들었다. 한밤중인데도 부녀자들이 동원되어 꼬당꼬당 얼어 들어온 병사들을 덥혀주느라 온돌방에 불을 지폈다. 부엌 솥을 모조리 동원해 몇 차례나 밥을 지어 날랐다. 논이 없는 지방이니 쌀이 없었고 차조밥에 김치나마 대접하겠다는 그들 정성이 갸륵했다. 독립군 부대원은 몇 끼니를 굶은 터라 찰기장밥을 꿀맛이듯 먹어치웠다.

하루 종일 굶주림과 추위와 피로의 삼중고에 들볶이다 갑자기 따뜻함에 몸을 녹이고 포식하니 대부분 병사들은 마당에 지펴놓은 모닥불 주위나 온돌방에 아무렇게나 쓰러지고 말았다. 그들에게는 무엇보다 휴식이 필요했다. 석주율만이 방안 호롱불에 다가앉아 백운평에서 있었던 독립군 승전을 실제 본 대로 기록하기 시작했다.

독립군 부대원이 잠에 설핏 들었으니 한 시간쯤 지났을까, 갑자기 호루라기 소리가 요란했다.

"기상, 행동 개시! 전 부대원 공터로 집합!"

연락병들이 갑산촌 집집마다 돌며 부대원을 깨웠다. 선잠 깬 그들은 영문을 모른 채 군장 꾸려 공터로 뛰어나갔다. 병사들은 일본군 기습공격이 있을 모양이라고 쑤군거렸다.

제2제대가 갑산촌에 도착해 주민이 지어준 밥을 허기지게 먹을 때, 부락민들이 참모부로 와서 중요한 기밀을 제공했던 것이다. 갑산촌 북방 30리에 있는 조선인 집단 거주 마을 천수동(샘물골)에 일본군 1개 기병대가 머문다 했다. 그 수가 어름잡아 백여 명이라 능히 섬멸할 수 있다는 제보였다. 그래서 총사령관 김좌진, 참모장 나중소가 긴급 지휘관 회의를 소집해 작전계획을 수립한 결과 천수동 일본군 기병대를 선제 공격하기로 결정했다. 독립군 병사들이 백운평의 치열한 전투와 백 리 강행군으로 피로가 막심함을 알았으나 선제 공격한다면 백 기 기병중대쯤 섬멸이 어렵지 않겠음을 판단했던 것이다. 야밤 기습공격은 승산이 있었다.

갑산촌 공터에는 횃불이 출렁거리는 가운데 잠자다 뛰어나온 독립군 부대원으로 왁자지껄했다. 신발끈 조이고, 배낭과 탄환을 확인하고, 인원 점검을 하느라 북새통이었다.

석주율은 천수동 진공이 시작됨을 알자 이리저리 뛰며 정심네를 찾았다. 그러나 조선옷 차림의 마을 아녀자들만 눈에 띌 뿐 보급대 부녀대원은 보이지 않았다.

"제이제대가 선두에 서고 제일제대는 후미에 선다. 목표는 천수동. 여기서 북으로 삼십 리다. 우리는 천수동에 주둔한 왜병 기병중대를 치기로 했다!" 참모장 나중소 외침이 웅성거리는 잡음 속에 두드러졌다.

석주율은 보급대가 이번 야간전투에는 빠짐을 알았다. 그래서 그는 더 정심네를 만나야 했다. 얼두정이 천수동 서북쪽이니, 그네에게 얼두정으로 먼저 들어가라는 말을 남기고 떠나려 했던 것이다. 자신도 천수평전투를 북로군정서에 몸담고 있음의 마지막 길로 결정했다. 북로군정서를 어차피 더 따라다니지 않기로 마음먹은 이상 두 차례 전투 참가로 임무를 마치기로 결심을 굳혔던 것이다.

"보급대는 어디 있어요?" 전투대원이 아닌 보급대 대원을 잡고 석주율이 물었다.

"위쪽 언덕받이 집에 나누어 들었어요."

"취사반 아녀자들은요?"

"마을 아낙들과 새로 밥을 짓고 있어요. 아침에 천수동으로 주먹밥 나르려고요. 전투대원도 먹어야 싸우지요." 수염 거칫한 서른 중반의 보급대원이 말하곤 자리를 떴다.

"석서기, 뭘 해. 부장님이 찾으셔. 우리 둘은 제일제대에 붙으래. 지금 출발이야!" 배낭과 군총 멘 김현창이었다.

"보급대원!" 석주율이 언덕받이 고샅길로 오르는 보급대원 쪽으로 뛰어갔다. "부녀대원 중에 정심네라고 있습니다. 얼두정이라면 알아요. 여기서 서북쪽 육칠십 리 길입니다. 출발하라 일러줘요!" 석주율이 외쳤다.

오전 네시 삼십분경, 제2제대 3백 병력이 선두에 서고 제1제대 본대 병력이 후미에서, 독립군 부대원 5백여 명이 천수동을 향해 북으로 떠났다. 기록원 석주율과 김현창은 제1제대에 합류했다. 속보가 아닌 구보로 그들은 칠흑의 어둠을 가르고 살같이 북쪽 오솔길로 내달았다. 서리 내린 길처럼 그들 입에서 뿜어 나오는 입김이 어둠 속에 흩어졌다. 한 시간 남짓 만에 독립군부대는 천수동 외곽지대에 도착했다.

선발중대로 나선 김훈 중대 곽돌이 인솔한 소대원이 마을 들입 외딴집 삽짝을 치고 들어가 주인장을 깨워 일본군 기병대 숙영지를 확인하니, 천수동 세 마을 중 가운데 마을에 집단 숙영해 있다고 일러주었다.

일본군 시마다 중대장 지휘 아래 기병중대 120기는 천수동 일대를 안전지역으로 여겨 기병 순찰 몇만 가운데 마을 외곽에 보초로 세우고 조선인 민가를 징발해 모두 잠든 상태였다. 말은 가운데 마을 토성 안에 매어두고 있었다.

총사령관 김좌진이 작전 명령을 하달했다. 제2제대 김훈 중대는 북쪽 산을 타고 나가 마룩구 고개를 점령해 적 퇴로를 차단하게 했다. 제2제대 한근원, 이교성 2개 중대는 이범석 지휘 아래 천수동 북쪽 냇물을 따라 전진해서 언덕 사각지대를 끼고 들어가 동쪽에서부터 정면 공격 명령을 내렸다. 김좌진 지휘 아래 제1제대는 정면 공격조를 도와 부챗살로 마을을 향해 밀고 들어치기로 했다.

작전대로 김훈 중대가 퇴로를 막는 지점에 도착하고, 한근원, 이교성 중대가 냇물 따라 천수동 동쪽에 이르렀을 때, 일본군 기병중대 순찰 보초가 독립군을 발견하고 신호 총성을 쏘았다. 제2제대는 소리 죽여 약진할 여유가 없었다.

"돌격, 한 놈도 남김없이 사살하라!"

명령이 떨어지자, 부대원들은 마을 안으로 총탄을 퍼부으며 밀고 들어갔다. 중화기부대는 일본군 도주를 막으려 말이 매인 토성 쪽으로 내달았다. 총소리, 말 울음소리, 고함 소리가 아수라를 이룬 가운데 일방적인 전투가 시작되었다.

제1제대는 제2제대를 뒤따라 동남 방향에서 부챗살처럼 가운데 마을을 포위해 진공했다. 석주율과 김현창도 앞에총 자세로 그들 사이에 섞여 옥수수 밭고랑을 타넘고 뛰었다. 석주율은 죽는다는 두려움은 없었고 백운평전투처럼 필승만이 머릿속을 채웠다. 부대원의 불타는 조국애와 용맹성이라면, 더욱 목표물을 확실히 탐지한 야간 기습공격이라면 적이 연대 병력이라도 단숨에 제압하리라 판단되었다. 그러나 피가 피를 부르는 이런 살육전이 조선 독립에 최고 수단이냐에 대해서는 수긍할 수 없었다. 전투에서 승리한다 해도 적은 막강한 군사력으로 두 배 보복을 감행할 터였다. 독립군부대 수뇌가 우려해왔던 대로 만약 일본군이 독립군의 대일 투쟁을 빌미로 간도 지방에 장기 주둔한다면, 자유천지를 찾아 이역 땅으로 들어온 60만에 이르는 조선 유민들은 국내와 같은 속박과 모멸을 받게 될 게 분명했다. 그럼에도 주율은 여전히 총을 쏠 수 없었다.

일본군 기병중대는 잠자다 깨어나 집밖으로 뛰어나와 대중없이 응사하며 말을 찾았다. 전투는 백운평 때와 달리 육탄전이었다. 독립군 부대원은 집 앞으로 뛰쳐나오는 적을 눈앞에 둔 채 방아쇠를 당겼고, 방문을 열어젖히고 우왕좌왕하는 적을 무차별 난사했다. 군도를 지닌 병사는 적을 베었다. 토성 쪽에서는 여전히 길길이 뛰는 말 울음소리가 요란했고, 수류탄이 터지며 불티가 하늘로 치솟았다.

석주율도 정신없이 마을로 뛰어들었다. 김현창도 그의 옆에서
내달았다. 놀라 힝힝거리며 뛰어오던 말이 앞발을 꿇더니 그의 앞
에 나동그라졌다. 말 가슴팍에서 피가 분수처럼 뿜어져 나왔다.
제1제대 병사인지 제2제대 병사인지 알 수 없었으나 그의 앞에 여
러 병사가 몸 숙여 총질하며 여염집으로 뛰어들었다. 곧이어 집
안에서 비명이 낭자했고, 옷으로는 구별이 안 되는 병사가 삽짝
밖으로 나서다 총탄을 맞고 그 자리에 꼬꾸라졌다. 석주율은 적
을 죽이지 않겠다면 자신이 어디로 가야 할지, 어디에 있어야 할
는지 알 수 없었다. 살육의 현장을 떠나야 한다는 초조감만이 헐
떡이는 숨결 사이로 마음을 채근했다. 떠나기 전에 자형을 만나야
한다, 얼굴이라도 보고, 떠난다는 말을 남겼으면 싶은데, 그가 지
금 어디서 싸우고 있는지 알 수 없었다. 그때였다. "고레와 시맛
다(이거 야단났어)!" 하는 외침이 들리고, 한 병사가 석주율 쪽으
로 달려오며 총질했다. 귀 옆으로 총알이 비켜가는 소리가 들렸
다. 키가 작고 왜소한 일본군은 갈 길을 잡지 못해 두리번거리다
조준 없이 총을 쏘며 달려왔다. 눈앞에 다가온 적을 향해 석주율
은 자신도 모르게 방아쇠를 당겼다. 적병이 돌부리에 걸린 듯 앞
으로 꼬꾸라졌다. 불과 서너 발 사이였고, 그가 쓰러질 때 화염 속
에 번쩍이는 그의 안경알이 눈에 스쳤다. 나이 어린 병사였다. 나
도 사람을 죽였구나, 하는 절망감이 주율의 머리를 쳤다. 그는 망
연자실 등을 보이고 쓰러진 적병을 내려다보았다. 적병의 늘어진
팔과 다리가 경련에 떨다 멈추어졌다. 내가 정말 이자를 쏘았을까.
주율은 자기가 이자를 죽였다고 믿어지지 않았다. 뜨거운 오열 한

덩어리가 숨길을 막았다. 그는 순간적으로 떠나야 한다고, 이 살육의 현장에서 사라져야 한다고 깨달았다.

"김형, 어딨소? 김현창!"

석주율이 두리번거리자, 옆집 삽짝을 박차고 나오는 김현창을 보았다. 그는 현창에게 군총을 얼른 넘기고, 윗주머니 속 백지 묶음도 주었다. 기록하던 전투일지였다.

"석형, 왜 이래요?"

"나 이제 국내로 들어갑니다. 그럼……"

석주율은 서북쪽으로 내달았다. 김현창이 자기를 부르는 소리가 마치 살인자, 도망병이란 말로 들렸다. 총소리가 그 말을 깨부수며 그의 귀창을 파고들었다. 그렇다. 나는 살인자며 도망병이다. 나는 구원받을 수 없는 인간말자다, 짐승이다. 그는 자신을 비웃으며 미친 사람처럼 언덕을 향해 달렸다. 눈에서 눈물이 흘러내렸다. 스러지는 창공의 별도 보이지 않았고 총소리, 말 울음소리, 비명도 들리지 않았다.

—3권에 계속